德语经典文学作品译评

（上　册）

主　编　张　意　魏育青

中国人民大学出版社
·北京·

编写人员

陈良梅	陈郁忠	陈　早	丰卫平
冯亚琳	胡　蔚	姜爱红	江雪奇
金秀丽	李伯杰	李　欣	梁晶晶
刘菲菲	刘　丽	刘学慧	罗　倩
罗　炜	马　剑	马　嫽	马　迅
任卫东	魏育青	徐静华	徐　庆
徐　胤	张　帆	张　晏	张　意
张玉书	张玉婷	赵蕾莲	

导 言

《德语经典文学作品译评》是中国人民大学“十三五”本科规划教材。它受启发于《德语文学与文学批评》[①]，其最主要的特色是同时提供德语经典文学作品的译文、评论和原文[②]，这在国内尚属首次。有别于其他德语文学教材的是，本书更为侧重文学作品本身，收录的文学作品涵盖德语国家文学五个重要时期：18 世纪之前、18 世纪、19 世纪、20 世纪上半叶（1900—1945）和第二次世界大战后至当代（1945—）。收录的当代德语文学作品（尤其是 1990 年之后发表的作品）为数较多，还特别收集了几位一直以来受到忽视的德语女性作家的作品。

本教材适用于为德语系本科生开设的德语文学选读、德语文学史、德语文学赏析、德语文学翻译品评及翻译课程；也可以作为为文学方向研究生开设的各类文学课程的辅助教材。此教材也给德语文学爱好者提供阅读经典德语文学作品，了解相关作家、作品主要特点的机会。

本教材有以下几个特点：

第一，选入的作品语言规范，难度适中，题材广泛。

第二，本教材提供的评论文章既有对所选作品的解析，也有对国内读者而言比较陌生的当代作家的详细介绍。评论文章的作者多是本教材收录的文学作品的译者，也是我国高校德语专业和其他领域研究德语文学的专家。他们的评论展现了独到的见解，具有很强的学术性。

---

① 创刊于 2007 年，旨在翻译、评介优秀德语文学作品，由人民文学出版社出版，现已出版九卷。创刊时主编：张玉书（北京大学）、卫茂平（上海外国语大学）、朱建华（同济大学）、魏育青（复旦大学）和冯亚琳（四川外国语大学）。现任主编：魏育青（复旦大学）、张意（中国人民大学）和胡蔚（北京大学）。

② 因为篇幅限制，本教材无法提供当代作品的原文，敬请谅解。需要参考原文的老师和同学可以登录中国人民大学出版社官方网站（http://www.crup.com.cn）搜索本书后获取。

第三，教材中的评论文章提供多种学术论文的写作方法，可为学生们撰写学期论文和毕业论文提供参考。

第四，本教材中的译文可以帮助学生更好地理解原文，也可作为翻译范文供翻译课程使用，帮助学生提高翻译水平。

第五，本教材最后一部分收录的文学作品原文，可使学生直接体会德语文学的魅力。

使用此教材时，教师可以根据自己的实际教学情况，按照需求灵活选取需要讲解的作品。教师可以先把作品和评论文章布置给学生课下阅读，然后在课上组织学生讨论作家及相关作品特点。每篇评论文末附有两道思考题，旨在启发学生对作品的文学特点和作家的创作风格进行独立思考，可供学生讨论时使用，也可安排为学生课后写作阅读心得的题目。一些问题的答案不一定能在评论文章中找到，需要认真阅读作品后方可找到头绪。教师还可以引导学生在仔细阅读文学作品后对所涉及的作家和作品自主提问并自主解答，以此培养学生主动学习的能力并更好地把握作家的整体写作风格，理解作品的深层含义。

有以下几点需要说明：

第一，教材中选取的文学作品按发表时间排列。

第二，评论文章括号里或给出作家、作品、重要概念、鲜为人知的地名等的原文，或给出作者使用的参考文献信息和页码。参考文献的具体信息列在每章最后的“参考文献”中。

第三，18 世纪之前的德语文学中有很多重要作品，但限于篇幅，也鉴于国内业已出版的德语文学史对这个时期已有详细介绍，各类文学选读教材也收录了许多相关作品，故本书中仅选取中古德语诗人瓦尔特·冯·德尔·弗格威德（Walther von der Vogelweide，约 1170—1230）的两首诗歌。

第四，因受篇幅限制，大多数作品无法选入全文，只能截取重要片段，以期激发德语专业学生及德语爱好者阅读德语文学作品的兴趣。

复旦大学德语系魏育青教授担任本教材第二主编，参与教材整个选题过程，审阅所有译文并参与编写工作，在此向他致谢和致敬！中国人民大学德语系徐胤博士负责教材的统稿和格式，清华大学语言教学中心俞洁琼博士校对了教材中的德语原文，在此一并致谢！感谢中国人民大学出版社外语分社的编辑们的辛勤付出。北京大学德语系罗炜教授出席本教材申请中国人民大学“十三五”本科规划教材立项的专家论证会，并对教材设想给予充分肯定，中国人民大学外国语学院的贾国栋教授在本教材结项时提出宝贵建议，中国人民大学外国语学院副院长田丽丽女士为本教材出版事宜尽心尽力，在此一并致谢。也十分感谢人民文学出版社外国文学编辑室主任欧阳韬先生对本教材的鼎力支持。

最后，衷心感谢参与教材编写工作的所有成员，他们是（按姓氏拼音排序）：陈良梅（南京师范大学）、陈郁忠（中山大学）、陈早（深圳大学）、丰卫平（四川外国语大学）、冯亚琳（四川外国语大学）、胡蔚（北京大学）、姜爱红（北京理工大学）、江雪奇（德国柏林自由大学）、金秀丽（德国波鸿大学）、李伯杰（对外经济贸易大学）、李欣（中国人民大学）、梁晶晶（北京大学）、刘菲菲（德国德古意特出版社）、刘丽（中国人民大学）、刘学慧（北京第二外国语学院）、罗倩（自由职业）、罗炜（北京大学）、马剑（北京大学）、马嫽（北京科技大学）、马迅（四川外国语大学重庆南方翻译学院）、任卫东（北京外国语大学）、徐静华（北京外交人员语言文化中心）、徐庆（上海电机学院）、徐胤（中国人民大学）、张帆（上海外国语大学）、张晏（北京外国语大学）、张玉婷（大众汽车自动变速器天津有限公司）、赵蕾莲（中国人民大学）。

谨以此书表达对为德语文学在中国的翻译、介绍和研究做出卓越贡献的张玉书先生的敬意、感激和怀念。他生前一直非常关心本教材的编写工作并提出过大量宝贵建议。

本教材是对国内业已出版的各类德语文学教材的补充，也是一次新尝试。不足之处在所难免，敬请各位同行专家指正。

张 意

2020 年 3 月 6 日

目 录

第一部分　18 世纪前

第一章　18 世纪前德语文学概述（魏育青）…… 3

第二章　瓦尔特·冯·德尔·弗格威德…… 9

诗两首（罗倩 译）…… 9

诗言志，诗言情——瓦尔特·冯·德尔·弗格威德的现世关怀（罗倩）…… 10

第二部分　18 世纪

第一章　18 世纪德语文学概述（胡蔚）…… 23

第二章　戈特霍尔德·埃夫莱姆·莱辛…… 32

菲洛塔斯（节选）（张玉书 译）…… 32

评莱辛的独幕悲剧《菲洛塔斯》（徐胤）…… 41

第三章　索菲·冯·拉·罗施…… 47

冯·施特恩海姆小姐的故事（节选）（金秀丽 译）…… 47

从索菲·冯·拉·罗施的小说《冯·施特恩海姆小姐的故事》看德国 18 世纪下半叶的女性启蒙教育（金秀丽）…… 51

第四章　约翰·沃尔夫冈·歌德…… 59

《罗马哀歌》四首（陈郁忠 译）…… 59

《罗马哀歌》中的神话典故（陈郁忠） …… 62

第五章 弗里德里希·席勒 …… 71

叙事诗两首（魏育青 译） …… 71

“原卵”中的理念——席勒的叙事诗（魏育青） …… 77

第三部分 19世纪

第一章 19世纪德语文学概述（陈良梅） …… 89

第二章 弗里德里希·施莱格尔 …… 96

《雅典娜神殿》断片集（节选）（李伯杰 译） …… 96

评弗里德里希·施莱格尔的浪漫诗论 …… 102

第三章 卡罗琳娜·冯·君特罗德 …… 110

诗歌六首（张帆 译） …… 110

卡罗琳娜·冯·君特罗德的死亡崇拜与爱情诗作（张帆） …… 113

第四章 海因里希·冯·克莱斯特 …… 119

彭忒西勒亚（节选）（江雪奇 译） …… 119

我是谁？——克莱斯特戏剧《彭忒西勒亚》的身份问题（任卫东） …… 134

第五章 弗里特利希·德·拉·莫特·福凯 …… 145

婀蒂娜（节选）（张玉书 译） …… 145

《婀蒂娜》和它的作者弗里特利希·德·拉·莫特·福凯男爵（张玉书） … 151

第六章 约瑟夫·冯·艾辛多尔夫 …… 158

诗选（姜爱红 译） …… 158

痛苦的追寻——评德国浪漫主义诗人约瑟夫·冯·艾辛多尔夫及其诗歌（姜爱红） …… 160

第七章 贝蒂娜·冯·阿尼姆 …… 166

克莱门斯·布伦塔诺之春天的花冠（节选）（李欣 译） …… 166

她的生活是她的作品，她的作品是她的生活——贝蒂娜·冯·阿尼姆与《克莱门斯·布伦塔诺之春天的花冠》（李欣） …… 169

第八章 阿达尔贝特·施蒂夫特 …… 179
晚夏（节选）（徐庆 译） …… 179
充满秩序的乌托邦——施蒂夫特的《晚夏》（徐庆） …… 185

第九章 特奥多尔·施托姆 …… 194
雨神（节选）（丰卫平、马迅 译） …… 194
《雨神》——一个夏天的童话（丰卫平） …… 204

第十章 特奥多尔·冯塔纳 …… 211
迷惘与混乱（节选）（赵蕾莲 译） …… 211
评特奥多尔·冯塔纳的长篇小说《迷惘与混乱》（赵蕾莲） …… 219

第四部分 20世纪上半叶（1900—1945）

第一章 20世纪上半叶德语文学概述（徐胤） …… 231

第二章 伊丽莎白·冯·海靖 …… 236
他未曾收到的书信（节选）（张意 译） …… 236
“他者之镜”——评伊丽莎白·冯·海靖的书信体小说《他未曾收到的书信》（张意） …… 243

第三章 亨利希·曼 …… 254
皮波·斯巴诺（节选）（冯亚琳 译） …… 254
艺术对生活的颠覆——亨利希·曼中篇小说《皮波·斯巴诺》（冯亚琳） …… 260

第四章 赖纳·玛利亚·里尔克 …… 267
布里格手记（节选）（陈早 译） …… 267
孤独者的澄明——评里尔克的《布里格手记》（陈早） …… 272

第五章 赫尔曼·黑塞 …… 277
诗歌15首（马剑 译） …… 277

赫尔曼·黑塞诗歌中的生命主题（马剑） …… 283

第六章　阿尔弗雷德·德布林 …… 293

扬帆出海（罗炜 译） …… 293

德布林中短篇小说《扬帆出海》解读（罗炜） …… 299

第七章　托马斯·曼 …… 307

希特勒老兄（节选）（胡蔚 译） …… 307

德意志国与德意志人（节选）（胡蔚 译） …… 309

"兄弟"与"魔鬼"——一位艺术家眼中的法西斯主义——读托马斯·曼的政论散文《希特勒老兄》和《德意志国与德意志人》（胡蔚） …… 315

第八章　安娜·西格斯 …… 322

扬斯必死（节选）（张帆 译） …… 322

文学考古之发现——评介安娜·西格斯的遗弃之作《扬斯必死》（张帆） …… 325

第九章　克劳斯·曼 …… 333

梅菲斯特（节选）（刘丽 译） …… 333

魔鬼的引诱与虚妄的救赎——克劳斯·曼的小说《梅菲斯特》导读（刘丽） …… 338

第一部分　18 世纪前

第一章

18 世纪前德语文学概述

魏育青

德国与瑞士、奥地利构成德语圈，东西两侧没有明显的自然边界，在欧洲当轴处的地理位置对它的历史不无影响。在文学方面，德国与周边国家接触频繁，有取有予，在相互渗透的文化网络中形成了千丝万缕的联系。

古希腊罗马文学为欧洲各国文学的源头之一，对在欧洲语言文学中也属于历史悠久的德语文学的影响也不例外，有种意见认为，英、法、意、荷等国侧重继承古罗马的遗产，致力于建立古希腊罗马文化与基督教的和谐，而在一般偏爱古希腊文化的德意志人那里则可以感受到古希腊罗马文化与基督教之间的紧张关系。（参见 Bonhöffer 1988，96–97）不管是否同意这种特点概括，德语作家，从德国的莱辛（Gotthold Ephraim Lessing，1729—1781）到奥地利的霍夫曼斯塔尔（Hugo von Hofmannsthal，1874—1929），从崇奉日神精神的温克尔曼（Johann Joachim Winckelmann，1717—1768）到高扬酒神精神的尼采（Friedrich Nietzsche，1844—1900），都不断从古希腊罗马文学中获得启迪，却是无可置疑的事实。

在 8 世纪前，日耳曼人的文学如咒语（Zauberspruch）、歌句（Lied）等一直口耳相传，以后才有文字记载的作品。1841 年才在古老的宗教文献中发现的《梅尔塞堡咒语》（Die Merseburger Zaubersprüche）是约 10 世纪最重要的文字记载之一。不可不提的是英雄史诗（Heldenepos）。在 9 世纪《希尔德布兰特之歌》（Das Hildebrandslied）之后和约 1200 年《尼伯龙根之歌》（Das Nibelungenlied）问世之前，欧洲各地均诞生了可归入英雄史诗范畴的作品，如法国的《罗兰之歌》、西班牙的《熙德之歌》、俄罗斯的《伊洛尔远征记》以及主要流传于冰岛的歌集《埃达》和散文集《萨迦》。日耳曼史诗《希尔德布兰特之歌》叙说的是发生在民族大迁移时期的一段充满悲剧性的故事：主人公抛下妻儿，随东哥特国王狄特里希（Dietrich）流亡他乡，三十年后返回故里，在边境上和不认识他的儿子决斗并将其杀死，亲情和父爱最终不敌战士的荣誉感。德意志英雄史诗《尼伯龙根之歌》则篇幅巨大，分上下两部：上部叙述齐格弗里德（Siegfried）的故事，这位尼德兰王子勇武过人，曾杀死恶龙，以龙血沐浴后几乎刀枪不入。他不顾父母反对，决意向勃艮第国王巩特尔（Gunter）的妹妹克里姆希尔特（Kriemhild）求婚。他帮助巩特尔打败撒克逊和丹麦人，设法让他娶冰岛女王布伦希尔特（Brünhild）为妻，自己也因而得以和克里姆希尔特成婚。后来，布伦希尔特得知丈夫是借妹夫之力才娶了她，深感屈辱，侍臣哈根（Hagen）于是说服国王一起杀死齐格弗里德，夺取尼伯龙根宝藏。在下部中，克里姆希尔特在悲伤和祈祷中度日，为了复仇，十余年后她嫁给了无比强大的匈奴国王埃采尔（Etzel）。又过了十余年，她邀请巩特尔等人来匈奴相聚，而后要了兄长的性命，又用亡夫的宝剑手刃仇人哈根，最后自己也死于非命。这部万行史诗在歌德看来“如《荷马史诗》一般经典”，儿女情长交织着刀光剑影，在中世纪德语文学中流传最广，对后世亦有深远的影响，很容易诱使人们从中去寻找所谓“德意志特性”或“民族精神”。

对中世纪的古高地德语与中古高地德语文学（约750—1350）的考察其实更离不开欧洲文化这个宏观语境。若根据作为文化载体的社会阶层进行划分，此时的文学先后由“僧侣文学”、“骑士文学”和“市民文学”组成。当然三者并非泾渭分明，而是在一定程度上交叉叠合的。

原则上与古希腊罗马文化扞格不入的基督教文化在中世纪起着重要作用，基本上属于僧侣或称教会文学范畴的拉丁文文学，旨在播扬教义，为神权统治服务，从一个侧面体现了以力求克服此岸和彼岸、灵与肉、种性与人性的二元论为特征的中世纪精神。较早的宗教文学作品有《威索布伦祷文》（Das Wessobrunner Gebet）等。修女赫罗茨维塔（Hrotsvitha von Gandersheim，935—1002）是初期拉丁文基督教文学的代表之一。

历史上所谓的“十字军东征”对欧洲各民族的交流起了巨大的推动作用，与文化昌明的伊斯兰地区也有了进一步的接触。这在1200年前后德语文学的第一次高峰期时得到充分的体现。法国文学对德语文学有几次影响过程，其一就是“十字军东征”期间产生的骑士文学。稍迟于法国的德语骑士文学是世俗化的产物，由宫廷史诗（或称骑士史诗）和宫廷抒情诗构成。宫廷史诗主要讴歌骑士阶层的荣誉、德行和理想，多以法国作品为蓝本，如哈特曼·冯·奥埃（Hartmann von Aue，约1168—1215）和沃尔夫拉姆·冯·埃申巴赫（Wolfram von Eschenbach，1170—

1220）等人的主要作品便是基于克雷蒂安·德·特鲁瓦（Chrétien de Troyes，约1135—1185）有关亚瑟王及圆桌骑士的传奇，其中沃尔夫拉姆成于1200年前后的《帕尔齐法尔》（Parzival）尤为著名，这部两万多行的史诗被视为德语文学中第一部描述个人成长经历的"发展小说"。宫廷抒情诗（Minnesang，又译"骑士爱情诗"）在一定程度上受法国普罗旺斯行吟诗人的影响，不无雷同地表达对遥远的理想形象宫廷贵妇的崇慕，1190—1230年最为流行。瓦尔特·冯·德尔·弗格威德（Walther von der Vogelweide）堪称其中的佼佼者，其作品不再囿于注重宫廷生活理想化的法国模式，在所谓下层抒情诗里转而咏唱普通少女真挚的情感和喜悦，奠定了自己在德语文学史上无可争议的崇高地位。与此三人共同铸就中世纪德语文学之辉煌的还有另一位经典作家：戈特弗里德·冯·斯特拉斯堡（Gottfried von Straßburg，卒于1220前后），其悲剧性的未完成史诗《特里斯坦和伊索尔德》（Tristan und Isolde）赞颂生死相随的尘世之爱，男女主人公生前未能结成连理，死后坟头上各自长出玫瑰和葡萄，枝蔓永远交织在一起。

从13世纪中叶起，骑士文学由盛而衰，市民文学逐渐取而代之。文学中心由宫廷转向新兴城市。市民文学在法国极盛，民间创作《列那狐传奇》在欧洲各国广为流传，仿作者甚众，后亦成为歌德动物叙事诗的题材。在神秘剧的发展过程中，法国也在一定程度上起着榜样的作用。

但丁（Dante Alighieri，1265—1321）这位承前启后的意大利诗人即使对德国文学而言也标志着一个转折点。新高地德语文学从1350年左右开始，大致延续到1600年，此间具有深刻影响的有文艺复兴、人文主义和宗教改革运动。

意大利学者重新发现了古希腊罗马文化的价值，赋予古典哲学家和历史学家以新的生命。14至16世纪，始于意大利的文艺复兴思潮席卷欧洲大地，充满以人为万有之本思想的文学作品出现在法国、西班牙等国，在英国达到巅峰。这一运动也波及了处于封建割据之下的德意志。但丁、彼特拉克（Francesco Petrarca，1304—1374）、薄伽丘（Giovanni Boccaccio，1313—1375）这意大利三杰以文学著名，对德意志文化发展意义重大的罗伊希林（Johannes Reuchlin，1455—1522）和伊拉斯谟（Erasmus von Rotterdam，约1469—1536）等人则在文学创作之外更多地从古代语言研究出发投身于人文主义学术运动。

在德国，人文主义思想主要在学者圈中传播，文艺复兴运动不久即为宗教改革的大潮掩盖，因而有人认为"文艺复兴"这一名称用于德语文学不如用于罗曼语族文学合适。（参见Wilpert 1979，672-673）德国文学在这一阶段的成就首先离不开马丁·路德（Martin Luther，1483—1546）倡导的惊世骇俗的思想革命。路德的辩论文和演讲词中表达的基本观念对西方各国文学的影响是极其深远的，用恩格斯的话来说，他“不但扫清了教会这个奥吉亚斯的牛圈，而且也扫清了德国语言这个奥吉尼亚的牛圈”，其以古希腊和希伯来原本为基础的《圣经》翻译大大促进了德意志民族语言的统一，对德语文学的发展功不可没。路德杰出的赞美诗等也传诵至今，《我主是一座坚固的城堡》（Ein' feste Burg ist unser Gott）被恩格斯称为“16世纪的马赛曲”。

《维滕堡的夜莺》（Der Wittenbergische Nachtigall）是萨克斯（Hans Sachs，1494—1576）讴歌马丁·路德和宗教改革的名诗。这一时期，除了萨克斯的工匠歌曲和狂欢节戏剧之外，德意志民间故事、讽刺作品、“愚人文学”等也各具特色和价值。《愚人船》（Narrenschiff）1494年在巴塞尔付印，成为当时最为成功的德语作品。这部据称主要由丢勒配画的文学巨著有112章节7000余诗行，描写一艘大船驶往虚构之地愚人镇，所载百余愚人性格不同，各自代表一种愚蠢、恶习、罪孽或社会弊端，如贪婪、骄横、妒忌、忘恩负义、荒淫无耻、搬弄是非、重利盘剥等。这部讽刺诗体小说针砭时弊，不久即被译成多种语言，在全欧引起强烈反响。时人甚至将其作者布兰特（Sebastian Brant，1458—1521）与荷马、但丁、彼特拉克并列。民间故事书《约翰·浮士德博士的生平》（Historia von D. Johann Fausten）在以后德国及欧洲文学史和音乐史上被多次演绎，影响深远，《梯尔·欧伦施皮格尔》（Till Eulenspiegel）及《希尔德的市民们》（Die Schildbürger）等也是诙谐风趣，脍炙人口。但就总体而言，德意志大地上尚未能产生可与英国莎士比亚、法国拉伯雷、西班牙塞万提斯的杰作比肩的优秀民族文学。

宗教改革和反宗教改革之后，巴洛克文学（Barock，1600—1720）兴起。巴洛克作为当时全欧盛行的一种艺术风格发源于意大利，后经法国传到德国，在三十年战争前后发展起来。君特·格拉斯（Günter Grass，1927—2015）1979年的小说《在特尔格特的聚会》（Das Treffen in Telgte）多少戏仿巴洛克文风借古喻今，表达了“已有之事，后必再有；已行之事，后必再行”的历史观，其中反映三百年后西德“四七社”活动的，就是巴洛克时代差不多熬到三十年战争终于结束的一些墨客骚人在西蒙·达赫（Simon Dach，1605—1609）主持下于1647年夏天的聚会，参与者就有以下提及的格吕菲乌斯、格里美尔豪森等名家。

17世纪文艺复兴运动结束后的意大利一蹶不振，西班牙文学16世纪中叶开始的“黄金世纪”已是强弩之末，俄国文学在总体上尚无骄人业绩，唯英、法则随着资本主义的迅猛发展，文学界趋于昌盛。法国文学执全欧牛耳，其以古希腊罗马文学为楷模的古典主义尤其在戏剧方面占尽风骚。经受三十年战争（1618—1648）浩劫的德意志虽不能说乏善可陈，但至少没有震撼全欧的巨作。

在 16 世纪走了一段相对独立的路之后，德意志文学在巴洛克时期作为文学活动中心的诸侯宫廷中以仿效外国为主。“牧人文学（Schäferdichtung）”多基于罗曼语族的同类作品。德国戏剧此时的发展受到常在德国集市和宫廷巡回演出马洛（Christopher Marlowe，1564—1593）、莎士比亚（William Shakespeare，1564—1616）作品的英国喜剧团体的启发。著名的十四行诗《祖国泪》（Tränen des Vaterlandes）的作者格吕菲乌斯（Andreas Gryphius，1616—1664）也是德国文学史上的第一位戏剧大师，他从被誉为“荷兰黄金时期最伟大的诗人”的冯德尔（Joost van den Vondel，1587—1679）那里接受了五幕剧、三一律等戏剧规范。奥皮茨（Martin Opitz，1597—1639）的诗论吸取了意、法等国的经验，力倡取法古希腊罗马，创作符合规范、格律严谨的民族诗歌。他以意大利作品为蓝本编写了德国第一部歌剧，并介绍英国作家锡德尼（Philip Sidney，1554—1586）的牧歌传奇和巴克莱（John Barclay，1582—1621）的小说，在一定程度上促进了德国“牧人文学”和“国事小说”（Staatsroman，又译“国家小说”）的发展。此时的长篇小说不少也受西班牙 16 世纪中叶兴起的流浪汉小说影响，其中尤其值得一提的是格里美尔豪森（Hans Jakob Christoffel von Grimmelshausen，约 1622—1676）或不无自传成分的名作《痴儿历险记》（Der abenteuerliche Simplicissimus Teutsch，又译“痴儿西木传”）。无名牧童为躲避兵灾遁入森林，那里的隐士给他起名为“西木”（纯朴、无知），教他学会了读写，获得了信仰。隐士死后，他浪迹天涯，开始在三十年战争期间的各种冒险。历经磨难，九死一生。战争结束，他回顾一生，感到世事变幻无常。对生活对人生的厌倦、对社会对现实的绝望，促使他做出决定：告别世界，远离尘嚣，去做隐士，终其一生。在续篇中，西木到了一座孤岛，在那里住了多年，过着一种与世隔绝，然而却是勤奋的生活。鲁滨逊式的人物就这样首次出现在德语文学中，远远早于笛福的小说。也有人将这部作品归入发展小说或社会讽刺小说的范畴。托马斯·曼（Thomas Mann，1875—1955）1944 年在该小说的瑞典文译本前言中写道：“这是一座极为罕见的文学和生活的丰碑，它充满生机地度过了将近三个世纪，并将在更多的世纪中青春常驻。这部叙事作品不由自主地体现出一种伟大，它斑斓、狂野、粗犷、风趣，在热恋中不修边幅……”

有论者颇为激进地将 18 世纪中叶之前的德意志文学称为“失败的开端”，在欧洲相对落后而不得不时常以人为师，或者如大施莱格尔（August Wilhelm Schlegel，1767—1845）所言是“洲文化中的世界公民”。（参见史腊斐 2013）同样不容否定的是，在此期间仍有不少值得一读的名家和杰作问世，为此后不久德意志文学的迅速崛起和真正兴盛奠定了基础。

参考文献

[1] Dietrich Bonhöffer. Ethik.München: Kaiser, 1988.

[2] Gero von Wilpert. Sachwörterbuch der Literatur.Stuttgart: Kröner, 1979.

[3] 海因茨·史腊斐.德意志文学简史.胡蔚，译.北京：北京大学出版社，2013.

第二章　瓦尔特·冯·德尔·弗格威德（Walther von der Vogelweide）

诗两首

罗　倩　译

一、《菩提下》

平野旷兮有菩提，
其荫蔽兮为我席。
君之来兮为君见，
藉花草兮残芳迹，
幽谷毗兮傍深林，
　嚏乎嘻！
莺且歌兮恰声啼。
去闺阁兮之广原，
有君子兮长相俟，
迎娇客兮有所期。
　上邪！
酬两情兮媚不及。
应欢好兮索口舌？
尽展转兮千余数。
　嚏乎嘻！
殷丹唇兮著胭脂。
致殷勤兮何所寄，
撷芳菲兮锦上栖。
彼蹊径兮鲜人迹，
君若见兮君莫哂，
蔷薇华兮太萋萋。
　嚏乎嘻！
目迷离兮就枕席。
会阳台兮莫谁睹，
望九天兮长太息，
女惭惶兮羞人知。
与我契兮何以言，
有所事兮两心识。
隹兮隹兮未可去，
　嚏乎嘻！
虽有隹兮声其息。

二、《寒冬》

穷冬到此多摧厉！
昔闻妙音歌是乡，
而今草木色尽失。
但俟好女复嬉游，

应是鸟语与还时。
唯愿三冬梦里休！
岁寒无寐恨无计，
严节侵凌更千里。
一朝天意望春至，
今日覆白雪，他年撷芳枝。

诗言志，诗言情
——瓦尔特·冯·德尔·弗格威德的现世关怀

罗　倩

瓦尔特·冯·德尔·弗格威德（Walther von der Vogelweide），中古德语诗人，出生地不详。出身下等贵族家庭，早期在奥地利接受骑士教育，1190年左右至维也纳巴本贝格宫廷（Babenberger Hof），并师从著名诗人赖因玛尔·冯·哈格瑙（Reinmar von Hagenau，生卒年不详），开始写作骑士爱情诗。后在诗人亨利希·冯·莫伦根（Heinrich von Morungen，？—1218）的影响下，瓦尔特背离师门，将创作重心从传统的歌颂、效忠宫廷贵妇转向世俗生活和真挚爱情。1198年离开维也纳宫廷后，瓦尔特辗转于施陶芬的菲利普·冯·施瓦本宫廷（Hof des staufischen Thronkandidaten Philipp von Schwaben）、图林根侯爵赫尔曼宫廷（Landgraf Hermann von Thüringen）、迪特里希·冯·迈森宫廷（Dietrich von Meißen）等，并曾居住于帕绍大主教沃尔夫格尔教区（Wolfger von Erla，Bischof von Passau）。瓦尔特晚年时从弗里德里希二世（Kaiser Friedrich Ⅱ）那里获得封地，结束多年的漫游生活，1230年去世后葬于维尔茨堡（Würzburg）。瓦尔特有五百多个诗节传世，按体裁可分为宫廷骑士恋歌90首，政治格言诗110首，其作品多反映当时的政治格局和社会现实。瓦尔特早在13世纪已享有盛名，15、16世纪时被当时的文人尊为“古代十二大家”[①]之一，18世纪以来广受学界关注。作为德国中世纪诗人的杰出代表，瓦

① 古代十二大家（die zwölf alten Meister）是15至16世纪名歌手（Meistersinger）所选出的诗人典范，名单历代多有更迭，最早见于路珀尔德·霍恩堡所著的《韵书》（Lupold Hornburg，生卒年不详，Reimreden），分别为：瓦尔特·冯·德尔·弗格威德，沃尔夫拉姆·冯·艾申巴赫（Wolfram von Eschenbach，约1170—1220），赖因玛尔·冯·哈格瑙，亨利希·冯·迈森，康拉德·冯·维尔茨堡（Konrad von Würzburg，约1230—1287），康拉德·冯·玛尔纳（Konrad Marner，生卒年不详），哈特曼·冯·奥埃，亨利希·冯·姆格尔（Heinrich von Mügeln，约1319—1380），赖因玛尔·冯·茨维特（Reinmar von Zweter，约1200—

尔特·冯·德尔·弗格威德无论是在骑士恋歌还是在自然抒情诗中，都充分体现了对于诗歌传统的继承和创新。本文以《菩提下》（Under der linden）及《寒冬》（Uns hât der winter geschât über al）为分析对象，从“诗言志，诗言情”两个角度分别入手，阐释其诗歌既关乎个人体验，也体现社会伦理和现世价值的多重意义。

引言

诗歌不仅是诗人表达情感的手段，也是其自我认知的映射。诗歌是如何形成并产生影响的，其所选择的对象与主题有何关联，诗歌本身又具有何种表达上的局限与自由，这些都是文学解读中需要解决的问题。瓦尔特的作品也需要后世的解读者不断从以上几方面给予审视和反思。

简言之，诗歌是诗人与其所处时代共同的产物，是有目的有意识的精神创造的产物。每个文化都要回答一个同样的问题：人间秩序和道德价值从何而来？（参见余英时 1995，7）本文以《菩提下》《寒冬》两首诗为例，以“诗言志、诗言情”为旨归，探讨瓦尔特的情感表达方式和伦理观念。诗言志，最早见于《尚书·虞书·舜典》：“诗言志，歌永言，声依永，律和声。八音克谐，无相夺伦，神人以和。”这里所说的“志”是广义的志，既指政教怀抱，也指主观情怀；而这二者则是协调一致的。正如《诗大序》所言，“诗者，志之所之也，在心为志，发言为诗。情动于中而形于言，言之不足，故嗟叹之；嗟叹之不足，故永歌之”。所谓抒情言志、志情合一，诗歌是通过抒情来言志的，所以言志与抒情相统一是诗歌的本质特征。而诗言情，则是诗学基于个人意识觉醒之上的一个发展，表现为弱化诗的教化功能和政治集体意识，而转向侧重个体经验的审美价值。因此，诗言情并非将“情”与“志”相对立起来，而是作为个体的诗人的一种自觉表达。

本文并非试图以中国诗学理论来分析中古德语诗歌，而是将“诗言情”与“诗言志”视作两种表述方式，分别对应直抒胸臆和象征性语言表达，并借此进入诗人的情感和伦理世界。

一、《菩提下》——平等的两性关系与君臣模式

作为瓦尔特最负盛名的作品之一，《菩提下》一诗完美地实现了诗歌创作中艺术

1248），修道士维荷尔（Bruder Wernher，约 1225—11250），弗里德里希·冯·松宁堡（Friedrich von Sonnenburg，生卒年不详），波佩（Meister Boppe，生卒年不详）。参见 Henkel 1987，375–389。

样式的自然质朴与诗人自觉意识的表达之间的平衡——叙述语言和情境浑然天成，不落斧凿痕迹；然而诗人又同时颇具匠心地运用看似不经意的叙述手段，引导受众从叙事场景中抽离出来，从而建构起在另一纬度进行回顾考量的理性视角。

全诗是一位少女的独白；她在叙述中全方位勾勒出回忆里的一场欢爱。从文本角度来说，这首诗成功地塑造了一个具体的女性形象，而不是重复骑士恋歌中传统的、被概念化和抽象化了的宫廷贵妇。这个作为叙事主体的少女不仅以质朴而不矫揉造作的语言表达示人，甚至也不加遮掩她作为女子所拥有和经历的风情。初经人事的羞赧与沉浸于热恋的狂喜交织在一起，以自然真实的情感流露宣扬了她的爱情观。这里没有任何外貌、服饰、对话的描写；仅凭四段自白中强烈的感情色彩，就使得一个幸福娇羞的少女形象无比鲜活可爱。

从修辞层面来说，《菩提下》的叙述主题虽然是男欢女爱，但其处理却毫不低俗粗鄙。感性的、肉体的、尘世的欢爱是大多数吟咏崇高爱情的骑士恋歌所忽略甚至忌讳的，而瓦尔特却将感官的感知感受以概念性与形式上的手段来加以表达梳理，并不着痕迹地化用拉丁语诗歌的意象和表达要素，从而文采斐然，尽得风流。如本诗第一节中，“花折草藉”这一表达其实已经含蓄地透露出本诗的欢爱主题——撷花（defloration）是拉丁语诗歌惯用的隐喻，象征着“处女身份的失去”（Reich-Ranicki 1994，42）。除此以外，同样是第一诗节中的场景描写，就是刻意用鲜花、树荫和芳草地来渲染出一个“典型”的欢爱场所（locus amoenus）。其源头可以追溯到荷马史诗对特定自然场面的描写；而自维吉尔（Vergil，公元前 70—19）之后，locus amoenus 已然成为自然描写的主要母题，并形成了以鲜花、树荫、草地、流泉和鸣鸟构成的固定模式，进一步演化为人间天堂的象征。（参见 Curtius 1948，200）这一修辞要素至少一直沿用至 16 世纪。瓦尔特则很好地继承了这个传统，从本诗一开篇就优雅而婉转地直奔主题，并将自然意象同叙事完美地融合在一起。

从叙事手法上来说，《菩提下》带有微妙的叙事上的游戏性。不同于与莫伦根（Heinrich von Morungen，？—1218）等人创作的破晓歌（Tagelied），本诗并不局限于叙述情爱这一行为，而是从“且顾当下”的模式中跳脱出来。叙事主角通过对当时场景的回顾、对观众的发问、对自我沉迷的喟叹以及对未知的猜测和展望等各种角度，成功地关照到“当时”（作为过去时的欢爱场景）和“当下”（作为现在时的叙述歌咏场景）各个时空。叙事经过中的短暂间歇很好地再现了人物心理情感上的真实性：由喜悦所促动的表达意愿与含羞带怯的犹疑相结合，达到情景交替（而非司空见惯的情景交融）的效果。

韵致天成。场景和时间之间的自由切换以及情绪、叙事上的浑然衔接直接反映了瓦尔特作为诗人和创作者的自觉性。而这种语言、情境与观赏心理上的间离效果则十分符合代言体抒情诗（Rollenlyrik）这一文学样式的特质。这种从（诗人）真实身份中暂时抽离的表达方式也同时提供了一个空间，让观众得以对诗歌中所表达的两性关系在另一维度上进行考量——一个表面看来并非男性化的表述，其背后蕴含的实则是转换身份的诗人的诉求。瓦尔特也因此得以传递他所主张的伦理观念，即“两情相悦”（herzeliebe）和“道德贵族”（Tugendadel）。可以说，《菩提下》在文本层面旨在言情；从立意和叙事技巧来看，则含有丰富的隐喻意味和指向性。

（一）两情相悦与道德贵族——《菩提下》中的爱情伦理

《菩提下》一诗中，自始至终都不曾交代主人公的身份；贯穿全诗的，只有真挚无悔的情感表白。可见，无论是女主人公还是她的爱人，在此都是独立于其社会身份的；他们的关系中，也只存在爱情这一维系因素。瓦尔特跳脱出传统宫廷骑士恋歌的社会条件限制，强调爱情中起决定性作用的，不是社会地位与财富；爱情的基调也不应当是骑士对贵妇思慕而不得的忧苦。他追求一种更原始、更真实的两性关系，并一再提出“两情相悦”这个概念来替换“宫廷爱情”（minne）这一伦理价值。可以说，他是将“宫廷恋歌”这个领域拓展成为“情歌”；爱情中两人的平等地位和对等关系则是这个伦理价值的根本体现。

在瓦尔特的爱情伦理观中，最大的革命性在于女性对待男子追求的态度。他强调，女性不应只是被动接受的一方；她也必须对爱情做出回应，并履行自己在两性关系中的责任，完成追求方的意愿——这才是女性值得称道的品质。（参见 Brunner 2009，75）而拥有这种品质的女性则是高贵的；哪怕她们并非出身贵族，也可因道德的高尚获得贵妇（frouwe）这一尊贵的头衔。（参见 Wapnewoski 1990，93）

于是，贵妇不再是单一的社会地位的象征，而是具备了人性化的情感道德意义。瓦尔特的“道德贵族”（Wachinger 2001，1006）这一理想主义价值观正是出于此。尤其值得注意的是，诗人在这里有意识地提出了角色义务（Rollenverpflichtung）这一概念——在其位、谋其职，角色义务的履行直接与道德品质相关联，也是晋身为道德贵族的唯一途径。

至此，由骑士恋歌引出的价值伦理已经十分明确。所谓诗言志、诗言情，在很多具体案例中，情只是诗歌表层的写实感知；虽然动人，却未必值得一再言说。而志，则是诗歌内含的理想抱负——这种作用于社会层面的现世关怀，往往是诗人创作的初衷，也是诗歌的意义和功能所在。

（二）托志于情——《菩提下》的政治性解读

《菩提下》一诗有多种阐释的可能性。就文本层面而言，可以将其当作体验式的叙事抒情诗；而将其当作概念性的讽喻诗来解读，则是瓦尔特政治理念的假托，即诗人是以两性关系来比拟君臣关系。以美人喻君王是离骚及乐府的惯用手法；在瓦尔特研究中，也早有人提出过这样带有“政治性和目的性”（Brunner 2009，130）的解读，将《菩提下》看作是游吟诗人向君主的示意，以取得君主对自己的认可。

其实从根本上来讲，宫廷骑士恋歌原本也不是经验诗，而是礼仪和伦理的载体。它不是为了传讲个人经历或命运，而是以个体存在为例，以爱情为普遍理想的模板，提供了典范的宫廷社会行为模式。作为爱慕对象的贵妇，本身就是最高程度的完美理想在现世中的投射。而骑士对贵妇的爱情是受教、成熟和升华的过程；将其以诗歌形式进行表述则是一个自我意识的形成过程。（参见 Wapnewoski 1990，78）所以骑士恋歌从最初开始就根植于个人修养中的理性认识；爱情则是个人理想的载体和表达，从而在很大程度上承担了具有象征意义的思辨功能。

瓦尔特虽然对宫廷骑士恋歌多有改革和发展，但并未从根本上颠覆这一体裁的传统。他在诗中所要表达的不是一个孤立的个案，而是一个突出的典型案例。这可以理解为：尽管有极其强烈的个人意志和自我意识，但在中世纪宫廷这个大前提下，瓦尔特在（骑士爱情）诗中所塑造的并不仅是一个具象的主体，而是一个具有代表性的主体。

在这层映射关系下，《菩提下》所含有的隐喻和比拟也得到合理的解释——诗中所描绘的两性关系，同时也是游吟诗人与领主关系的写照；爱情行为模式与社会伦理行为模式成为一个互证关系。本诗中的男性既是爱人，也是骑士这一阶级的群像，是传统的追求方；而少女作为这种情感的承受方，则既是理想爱人的代表，也是理想君主的化身。《菩提下》宣扬的是男女间的平等关系；“道德贵族”的提出也直接与“出身贵族”形成对峙。瓦尔特将对于君主的期望和要求寄托在这个女子形象上，间接表达了他寻求认同的政治抱负。

从文本本身出发，读者可以从叙述角度分析、证明这个隐喻性的政治角度阐释。《菩提下》虽不是以男子（诗人本人）的口吻来进行描写，但一个男性化的立场一直存在。这一点主要体现在对女性履行角色义务的反复渲染上。爱情是恰如其分和适中的投入，爱情的目的是寻求认同而非伤害，这是传统骑士爱情诗所缺乏的，也是瓦尔特这个男性立场所期冀的两性关系的理想状态和期求。在《菩提下》中，这个理想以既往经历的呈现形式从女子的口中表述出来，使得“女性口吻与男性视角统一起来”（Wiese 1970，72）。而这一点，也正符合《菩提下》代言体抒情诗的特性。

如上文所说，少女对昔日一场欢爱的回忆在本诗中得到形象化再现。但这种场景的可视性又经常被打断，并通过提问、感叹而直接转向面对观众，使之从叙事场景中暂时脱离，从而达到某种程度的间离效果。其目的，就是突显角色（诗中进行叙事的少女）与诗人本身之间的辩证关系——诗人不等同于角色，但角色承载了诗人的价值伦理。可以说，这个角色充当媒介，使作为主体的个人通过暂时的距离感来完成一个有意识的自我反省过程，并与社会和群体产生互动。这表现在《菩提下》一诗中，就是爱情权衡与政治权衡的一致性。

并不是每一首爱情诗都可套用这个政治模式来进行阐释。这里针对《菩提下》所做的分析，是试图解释诗歌作为一种传播方式，在个人价值实现和社会伦理宣讲中可能发挥的作用——民间流传并上达天听的诗歌应当不仅仅是个人情感的产物，而应具有社会维度上的教化意义和普遍价值。

二、《寒冬》——作为象征的自然以及与其相对应的现世社会

这首短格小诗是瓦尔特在长达二十多年的漫游生活中的作品，曾被誉为他“最优美的诗作之一”（Protze 1963，244）。此诗的主题并不复杂：诗人以控诉者的形象出现，将寒冬肆虐后的萧条景象与昔日的莺歌燕舞相对比，抒发自己对严冬的厌弃以及对春夏回暖的美好憧憬。

从字面上看，这首诗是典型的自然抒情诗（Naturlyrik）。诗人即景而感，针对一个自然对象进行描绘和抒情。当然，中世纪时期并不存在浪漫派或现实主义所谓的自然抒情诗。瓦尔特所理解的自然，不是与人类文明相对的未经开垦的荒袤，也不是作为已经遗失了的自我的回声。相反，《寒冬》一诗中所表现出的情与景，很好地体现了中世纪宗教语境下的自然观。

（一）自然之书与普世规律

人对于自然的理解以及和自然的互动，在很大程度上取决于人对于自身的定位。在中世纪，对基督教的信仰已经决定了世界观的两极——上帝与人。保持这个关系中的一个重要环节，便是解读神谕。而自然，也由此成为上帝与人、上帝与世界之间的媒介，并从而衍生出“自然之书”这一概念。

作为中世纪自然哲学的核心观点，“自然之书”的定义与侧重点也经历了一系列变迁与发展。然而可以肯定的是，自然作为上帝除《圣经》之外所书写的另一本大书，其一切都是以上帝为模板而创造的。解读与破译自然的象征意义，代表了对神

性、对造化规律的认知。可以说，自然为尘世中的不同构成要件提供了一个生动直观的说明，从而成为接近上帝、理解造物客观规律的一个途径。而在实践中，效仿自然及其规律，则意味着依照神谕，理性而虔敬地行事。（参见 Curtius 1948，322）

同样作为语义传递的重要手段，诗歌与自然的契合在《寒冬》一诗中得到验证：对外在现象的感性认知以及其背后的譬喻意义被不动声色地结合起来，从而使得客观世界的存在也具备了深层次的维度。

本诗的开篇就是一个单刀直入的自然切入（Natureingang）。寒冬作为吟咏的对象在第一句就被直接提出，而两个诗节也始终将“冬”和“春”这两个色彩对立的话题紧密地呈现于同一个画面的对比之中。然而，诗句中对于冬和春的描写又简洁到近乎吝啬；诗人在更大程度上，其实是在用关键词将叙述对象加以抽象概括——春季意味着喜悦欢愉，寒冬意味着孤独落寞。这已经不仅仅是对自然的形象描写，而是一种传统的暗示手段，将春季与寒冬分别当作欢愉与忧伤的对应。这些与特定季节相对应的象征意义隐藏在文字和情感背后，是当时文化背景下共通的预设，是间接通过具象的自然而产生的一种自发的共识理解，也是表现普遍生存状态的一个讯号。

寒冬与春季这两个意象在诗歌中既然已是传统的对比和类比，就不需要过多的描述性演绎。在提炼并暗示与其相关联的深层含义这个基础上，则生发了指向诗人主体的经验实践，也即以自然的规律特征为参照，因其时，行其事。具体来说，本诗中的自然季节在每一个阶段都相应地触及人性的感触和思索；而爱情主题作为人性最本能也最直观的表达，在此也得到充分的展现。

第一诗节在提出“寒冬肆虐”这个观点后，马上以春天来临的欢快场景来加以对比。同样的，第二诗节在直抒胸臆表达对寒冬的厌弃之后，马上接以“折春花”这个意象。如上文所说，这是自拉丁语诗歌创作以来就约定俗成的对性爱的折射隐喻。如此一来，冬与春以及所对应的（诗）人对其的感知及其相应而生的行为就极其鲜明地交织在一起，从而形成互文的效果。

尤其值得一提的是，诗人有意在第一诗节的第四、第五句中调换了逻辑关系——他所描绘的“少女嬉游之日，便是春回之时，而鸟语啁啾矣”，其实应当是“春回时，是鸟语啁啾时，而少女嬉游矣”。这两句以精炼朴素的手法来揭示“春鸟来，春情至”这一人情与自然和谐一致的主题。而通过逻辑关系的调换，则可看出瓦尔特所强调的另一层含义：不仅是人要依据自然规律行事，而更是要从人的行事规律来反观自然。这是自然与人情在另一种层面上的匹配，也进一步提示本诗中的自然元素所承载的象征含义。

作为自然抒情诗,《寒冬》即景赋情的艺术性无须多言。而之所以要如此强调自然所代表的抽象概念，则是试图在诗言情的基础上，进一步挖掘生发此情的主体与世界更深层次、更普遍的理解与关怀。

（二）人世与自然的映照——《寒冬》的政治性阐释

由于“自然之书”这一基本思想所蕴含的诠释性作用，中世纪文学中对自然的描绘，在大多数情况下并不旨在再现自然的真实性。具有神性的自然在很大程度上代表了一个“理想状态”（Curtius 1948，189–191）。具体来说，实体性的自然是“作为上帝与人之间的媒介”这一理想状态的自然的载体；而理想状态的自然内蕴实体性的自然，并依托后者而得以呈现。这二者的统一则形成了作为审美范畴的自然，也即文学作品中所表达的自然。验证在《寒冬》一诗中，就体现为既可将自然作为造物规律的再现来做形而上的解读，也可将自然视为瓦尔特人生观在现实中的具体投射来做解读。前者是将具体的自然抽象化，后者是给抽象的观念赋予自然这个实体，从而具有直观的现实意义。

在这里，自然是依托于其个人理想而被选择的。瓦尔特通过细节处的语言表达体现出他强烈的自我意识，也因此使得自然具有明显的比兴意味，对《寒冬》的政治性阐释正是基于此。

从本诗第一句就可看出，诗人对于寒冬的态度不是感性的认知，而是理性的判断，甚至可以说是审判。诗的第二、第三句为这个敌对的态度给出了合理的解释：寒冬为祸。而在表达技巧上，诗人更是有意识地将冬与春这两个对立体紧紧绑在一起，以产生对比效果，从而使得这些切身的观察和体验又同时具备刻意的、明确的自觉性反思。

在第二诗节中，瓦尔特使用了个人情感十分鲜明的语句——恨不能睡过寒冬，却不得不清醒着经历它，以致产生仇恨情绪。这里的“睡过”与“清醒”也是很重要的一对词。从瓦尔特的另一首悲歌《惜流年》（Owê war sint verswunden alliu mîniu jâr）可以知道，“人生如梦”在中世纪已不是新鲜的表达方式；而“睡”或者“梦”多是诗人经历了理想与当下的巨大差异后，试图对一段压抑的经历或时光做出解释。（参见 Volkmann 1987，256–261）“睡”是避世的一个意愿或一种可能，对现实的陌生化体验是产生这个意愿的直接原因。本诗中，寒冬的严酷是诗人希望通过“睡”这个行为来规避的。因为他知道曾经有过一个“妙音而歌”的状态，因此寒冬肆虐的情形对他而言是陌生的、抗拒的。与之相对，“醒”则是对现世的有意识参与。瓦尔特说到底还是目睹并经历了寒冬及其所带来的一切。所以他对“春”的希求和召唤，也正是由于他无可避免地直接介入了“冬”这个现实。

那么，《寒冬》一诗中的“冬”与“春”又各自指向何处？回溯第一诗节调换了逻辑关系的两句——从人的行事规律来反观自然——再进行现实的投射，则《寒冬》的讽喻意义不言自明。结合瓦尔特的漫游经历和当时德国因诸侯纷争、皇权式微导致的政治经济衰落局面可以知道，诗中的寒冬是对残酷的社会现实状况和黑暗局势的讽喻，而春季则是这种状况的改善，是美好年景的象征。如果从宗教意义上来说，春作为一个标准的、理想的所在，更喻意着一个根本性的转折，那就是安宁与救赎的来临。（参见 Curtius 1948，192）

由此可见，瓦尔特在本诗中，并不是沉沦于客观的描写与主体的抒情。他将对自然的认识与体验过渡提升到对世界规律的理解和对社会现实的反思。这不仅是一个文人对个人经历和个人价值的考量，更是旨在救赎灵魂。这样的普世意义和现世关怀也使本诗具有更高的境界和立意。

三、结语

诗歌是诗人世界观的呈现，与其生命体验是分不开的。一个时代的政治、社会、经济、文化观念既是诗人的生存条件，也是其创作来源；而诗人又反过来通过诗歌来影响一个时代。以瓦尔特为代表的文人在多大程度上以诗歌这种方式实现了自己的政治主张，推动了教化之风，如今几乎已不可知；然而“游吟诗人”这一文学现象的出现和风行，则足以证明其在历史上所曾占有的一席之地。

12、13 世纪之交的文学中已触及人性的根本问题：爱、幸福、苦难、罪孽及救赎。这些因素在瓦尔特的作品中得到有意识的体现——其诗歌所呈现的，不仅是一位诗人的世界观，而且是将宫廷文化和阶级社会自我理解、自我表达的需求同诗人个体对社会的理解和表达相结合，因而具有普遍意义。

思考题

1. 宫廷恋歌与代言体抒情诗是否存在共同的诉求？二者的形式是如何为诗人的个人理想服务的？

2. 如果抛开中世纪的宗教与哲学前提，政治讽喻诗的象征与譬喻是否仍然成立？

参考文献

[1] Horst Brunner, Gerhard Hahn u.a.. Walther von der Vogelweide. Epoche –

Werk – Wirkung. München: C. H. Beck, 2009.

[2] Ernst Robert Curtius. Europäische Literatur und lateinisches Mittelalter. München: Francke, 1948.

[3] Kurt Herbert Halbach. Walther von der Vogelweide, dritte, durchgesehene und ergänzte Auflage. Stuttgart: Metzler, 1965.

[4] Nikolaus Henkel. Die zwölf alten Meister. Beobachtungen zur Entstehung des Katalogs. In: Beiträge zur Geschichte der deutschen Sprache und Literatur (PBB). Band 1987, Heft 109.

[5] Walter Hinck. Schläft ein Lied in allen Dingen. Das Gedicht als Spiegel des Dichters. Poetische Manifeste von Walther von der Vogelweide bis zur Gegenwart. Frankfurt am Main: Insel, 1996.

[6] Helmut Protze. Walther von der Vogelweide. Sprüche und Lieder. Gesamtausgabe. Gesamtausgabe, Tübingen: Niemeyer, 1963.

[7] Marcel Reich-Ranicki. 1000 deutsche Gedichte und ihre Interpretationen. Von Walther von der Vogelweide bis Matthias Claudius, Bd.1. Frankfurt am Main: Insel 1994.

[8] Joerg Schaefer. Walther von der Vogelweide. Werke. Text und Prosaübersetzung, Erläuterung der Gedichte, Erklärung der wichtigsten Begriffe. Darmstadt: WBG, 1972.

[9] Berndt Volkmann. Owê war sint verswunden alliu mîniu jâr. Die Elegie Walthers von der Vogelweide. Untersuchungen, kritischer Text, Kommentar. Göppingen: Kümmerler, 1987.

[10] Burghart Wachinger. Deutschsprachige Literatur des Mittelalters. Berlin: Hermann, 2001.

[11] Peter Wapnewoskl. Deutsche Literatur des Mittelalters.Göttingen: Vandenhoeck & Ruprecht, 1990.

[12] Benno von Wiese. Die deutsche Lyrik. Form und Geschichte. Vom Mittelalter bis zur Frühromantik.Düsseldorf: A. Bagel, 1970.

[13] 余英时 . 中国思想传统的现代诠释 . 南京：江苏人民出版社，1995.

第二部分　18 世纪

第一章

18 世纪德语文学概述

胡　蔚

1917 年，周作人受聘为北京大学文科教授，讲授“欧洲文学史”，这在中国大学里是第一次。讲义集结为《欧洲文学史》一书，其中“18 世纪德国之文学”一章，开头便这样写道：“18 世纪德国文学，发达至速，且称极盛，可与英法比美。”（周作人 2001，169）周作人敏锐捕捉到了 18 世纪德意志文学后来居上、迅速发展的态势。从中世纪一直到 18 世纪之前，德意志人虽然属于欧洲古老的文化民族，在中世纪处于核心地位，以古罗马帝国传统的继承者自居，但是德意志文学迟迟未登场，没有出现可以与意大利的但丁、薄伽丘、彼特拉克，西班牙的塞万提斯，法国的维庸、龙萨、拉伯雷、蒙田，英国的莎士比亚、乔叟等等相提并论的文艺复兴时期的文学大师。直到 18 世纪初，德意志人仍以拉丁文为书面语言，以法语为宫廷贵族社交语言，德语是不登大雅之堂的俚俗之语。[①] 1750 年以前，德意志文学尚未达到欧洲文学的普遍水平，在接下去不到 50 年时间里，却出人意料地脱胎换骨，莱辛、克洛卜施多克、歌德、席勒、施莱格尔兄弟、荷尔德林、克莱斯特等文学史上熠熠发光的人物相继登上文学历史舞台，他们的作品成为文学经典，为世人瞩目。到 18 世纪末，在经历了漫长的蛰伏期后，德国文学史终于迎来了巅峰时刻——德国魏玛古典文学（Weimarer Klassik）与德国浪漫主义文学（Romantik），直到今天，德国文学的名声依然被这个群星璀璨时期的荣光所照亮。

德意志民族在整个欧洲近代化过程中，是个姗姗来迟的晚到者。马丁·路德宗

① 17 世纪虽有以马丁·奥皮茨（Martin Opitz）为代表的西里西亚新教文人意识到德语作为民族语言的弱势，效仿古典和意法等国的文学规范，撰写《德意志诗学》（Deutsche Poeterey），意图为德意志文学制定诗学规范，但是终影响有限，未成气候。

教改革之后的纷争加剧了德意志神圣罗马帝国的分裂，三十年战争重创了德意志诸邦国。整个18世纪，德国政治、经济和社会发展停滞不前，远远落后于英法等欧洲邻国：政治上分崩离析，分裂为三百多个各自为政的君主邦国，邦国内君主专制，等级森严，底层农民生活悲苦。

在这样政治保守、经济落后、社会鄙陋的大环境下，德语文学在18世纪下半叶出乎意料地异军突起。其个中原因，耐人寻味，总结起来，有以下几点原因：第一，得益于宗教改革和马丁·路德的《圣经》翻译，德国的识字率高于英法等国。随着印刷术投入使用，图书市场逐渐成熟，尤其是在普鲁士等新教地区，市民阶层阅读成风，宣扬启蒙思想的读书会盛行，为德语文学的兴盛创造了外部条件。德意志各邦国宫廷贵族对德语文学的轻视使得德国文学成为由市民作家主导的领域，受过教育的市民阶层（Bildungsbürgertum）成为社会中坚，他们推崇开明君主专制，致力于建立一个理性、和谐、幸福的人类社会，重视个人的知识和道德修养。市民阶层成了德语文学的主要载体，市民的政治立场、道德观念和阅读趣味决定了18世纪德语文学的特征；第二，相对于邻国君主集权制对于作家的思想控制，德意志邦国林立的分裂状态允许了权力真空区域的存在，对天才和想象力的发展非常有益。一定范围的无政府主义允许每个个体可以完全自由地发展个人观点；第三，18世纪德国文学具有后发优势，作家善于学习、模仿和融合古典文学和现代欧洲邻国文学中的精华，他们以荷马、品达、莎士比亚、塞万提斯、布瓦洛为师，甚至将目光投向古波斯、古印度和古中国，汲取古今东西的文学养料，为建构德意志民族文学寻找出路。

以上所述固然是促进18世纪德国文学发展的有利条件，而文学与基督教的融合是启蒙以后推动德语文学迅猛发展的根本动力。在思想史的脉络里，18世纪德国是欧洲启蒙运动（Aufklärung）的重要组成部分。德国启蒙运动的独特之处在于，启蒙思想家继承和发扬了英国的经验主义和法国的理性主义，但是他们深深植根于德意志文化传统，尤其是基督教信仰传统，力图协调普世与本土、理性与信仰的关系。德国启蒙运动发生在神学内部，将基督教信仰转变成了一种合理性的信仰。18世纪之前，文学属于世俗领域，供游戏娱情之用，和宗教界限分明。到了18世纪，启蒙运动对基督教的绝对权威提出了质疑，而新教虔敬运动（Pietismus）将宗教虔诚内化到了世俗生活中，这种免除了宗教义务的虔诚，带来了文学兴盛。诗人成了上帝的代言人，为启蒙以后的世界重新赋予灵魂。宗教语言和思维方式移译为新的文学语言，宗教符号转化为美学用途，文学成为一种新的信仰。18世纪德国作家多有浓厚的基督教背景，德国文学具有静观思辨、内敛深邃的特点，题材摈弃世俗，远离商业和政治。作者无法依靠文学生活，这也保证了文学艺术的独立和纯粹。许多独特的作品得以问世，而不必依赖市场的好恶，这一点与英法文学在18世纪的发展情况不同。18世纪德国文学往往超越了现实政治社会的功利性，思考人类普世问题，因而也具有了超越时代的经典性。

德国文学史通常以1789年法国大革命为界，将18世纪分为两部分：1789年前为启蒙运动时期；1789年之后，德国文学进入古典与浪漫主义时期。大致在1750年前后，完成了德语文学的现代范式转换，进入了启蒙运动的鼎盛时期（1750—1770），随后是以青年赫尔德、歌德、席勒为代表的启蒙晚期——狂飙突进运动。1750年后，德国文坛上出现了第一批世界级文学大师和文学经典，这一阶段形成的文学范式决定了后世的文学观念，标志着德国文学史巅峰时期的到来。①

18世纪是启蒙的世纪。什么是启蒙？康德的回答最为深入人心："启蒙即人类从一个不经别人引导，就不能使用自己理智的不成熟状态中走出。"他大声呼吁："要有勇气使用自己的理智！"（Kant 1783）启蒙运动认为上帝赋予人类的理性，可以祛除蒙昧，认识真理。启蒙运动推崇人的理性，却不可与唯理主义（Rationalismus）等量齐观，人的理性和感性都是启蒙运动的中心范畴，启蒙运动因此充满了理智和情感之间的张力和矛盾。德国启蒙运动文学同时受到了法国古典主义、英国经验主义等思想流派和文学风尚的影响，形成了一场风格多样、流派纷呈的文学运动，理性主义，洛可可（Rokoko）、阿纳克里翁派（Anakreontik）、重情主义（Empfindsamkeit）以及狂飙突进运动（Sturm und Drang）纷至沓来。

戈特舍德（Johann Christoph Gottsched，1700—1766）是18世纪中期德国文坛最有影响力的文学理论家和剧作家。他在思想上受到德国启蒙主义哲学家莱布尼茨（Gottfried Wilhelm Leibniz，1646—1716）和沃尔夫（Christian Wolff，1679—1754）的影响，是理性主义文学观的代表人物。他在《德意志人的批评诗学》（Versuch einer kritischen Dichtkunst vor die Deutschen，1729）中倡导合乎理性和道德规范的文学创作，效仿法国古典主义美学家布瓦洛，推崇规范诗学。为了改变德国当时粗俗混乱的戏剧舞台风气，戈特舍德首次将德语剧本文本化，在《德意志戏剧舞台》（Die Deutsche Schaubühne）中收入了38部符合法国古典主义戏剧法则的戏剧作品，并与著名的戏团班主诺伊柏夫妇（Caroline und Johann Neuber）合作，将古典主义戏剧理论运用于舞台实践中。

18世纪上半叶启蒙运动理性主义盛行之时，德国哲理诗是最为流行的诗歌体

① 海因茨·史腊斐认为，这条范式转换的历史分界线在戏剧、小说和诗歌创作中，分别落到了戈特舍德与莱辛之间，施纳贝尔与维兰德之间，哈格多恩与克洛卜施多克之间，标志着德国文学史巅峰时期的到来。见：史腊斐 2013，11。

裁，其受到英国哲理诗（Lehrgedicht），尤其是蒲柏（Alexander Pope，1688—1744）的影响，语言准确客观，注重知识传授和道德教化，代表诗人有布罗克斯（Barthold Heinrich Brockes，1680—1747）和哈勒尔（Albrecht von Haller，1708—1777）。布罗克斯九卷本自然哲理诗《上帝内在的人间快乐》（Irdisches Vergnügen in Gott，1721—1748）用科学精确的语言描写自然万物和自然现象，赞叹世界造物之完美，用以证明上帝最高理性的存在，而人生的欢乐就在于体验存在于人间的造物之美，这正是启蒙哲学莱布尼茨-沃尔夫体系神正论思想的体现。哈勒尔著有长诗《阿尔卑斯山》（Die Alpen，1729），共500行，亚历山大诗体，遵循"诗如画"的诗学规范，描绘山区风光，每十行一段，在段末得出哲理认识。诗歌在形式上延续了17世纪巴洛克诗歌传统，描绘了阿尔卑斯山景色的壮美和崇高，讴歌山村居民生活得朴素自然，批判病态的城市文明和堕落败坏的宫廷社会。

受法国洛可可（Rokoko）风格的影响，启蒙时期"阿那克瑞翁派"（Anakreontik）风靡一时，他们号称以古希腊诗人阿纳克里翁（Anakreon，约公元前570—？）为师，歌颂醇酒、爱情与友谊。代表诗人为哈格多恩（Friedrich von Hagedorn，1708—1754）和格莱姆（Johann Wilhelm Ludwig Gleim，1719—1803），他们将古典颂歌体（Ode）和哀歌体（Elegie）融入了德语诗歌中，丰富了德语诗歌的表现形式。阿那克瑞翁派诗歌依然属于即兴诗（Gelegenheitsgedicht）的传统范畴，社交宴饮之作，具有游戏性和公共性，并非表达个人的真挚情感。因而在重情主义兴起之后，逐渐被新的诗歌范式所取代。

苏黎世两位语文学家博德默（Johann Jakob Bodmer，1698—1783）和布赖廷根（Johann Jakob Breitinger，1701—1776）受到英国经验主义影响，批评戈特舍德代表的理性主义诗学刻板僵化，认为文学应以情感和想象力为根本。他们的论著《批评艺术》（Critische Dichtkunst，1740）中"论奇异与或然"（Von dem Wunderbaren und dem Wahrscheinlichen）一章中提出文学不是模仿现实世界，而应利用想象力，在文学里塑造可能世界。启蒙时代的"抒情"立场很快在德国文坛占据了上风，建立了新的文学范式。无论启蒙如何诉诸理性，在文学的界域里，体验、感性和想象力缺一不可。发生在启蒙运动鼎盛时期，深受新教虔敬主义的影响，强调个人真实情感的重情主义成了德国启蒙文坛中的新风潮，在这次发生启蒙运动鼎盛时期的文学范式转换中，最具影响力的三位作家是克洛卜施多克、莱辛和维兰德，他们分别在诗歌、戏剧和诗歌领域做出了最重大的贡献。

克洛卜施多克（Friedrich Gottlieb Klopstock，1724—1803）是启蒙运动中重情主义运动的核心人物，也被认为是德国近代民族文学的创始人。他的代表作《救世主》(Der Messias. Ein Heldengedicht，1748) 效仿弥尔顿的《失乐园》，以基督受难为题材，将耶稣描写为英雄，全诗情感真挚充沛，充满感染力。《救世主》既充满了虔诚的宗教敬仰，同时又讴歌人性至善，反映了启蒙时期人们的普遍思想倾向。其中真挚的情感、激扬的语言借鉴了虔敬运动中的宗教用语，大大丰富和深化了文学作品的表现力。克洛卜施多克的诗歌，如《玫瑰花带》《苏黎世湖》《春之祭》等，抒发真情实感，歌颂爱情、友谊、上帝、自然、自由，情感崇高庄严，语言典雅优美，深受各个阶层读者的推崇。他也成为众人崇拜的偶像，他的诗歌被四处传唱。克洛卜施多克在诗歌形式上大胆革新，以品达为师，打破了原来德语颂歌体僵化的格律规范，创立了"自由韵律体"诗，使古代的颂歌体彻底德语化。克洛卜施多克同时也是德国现代民族国家思想的开创者之一，著有表达政治思想的剧作《赫尔曼之役》和政论文《德意志学者共和国》(Die deutsche Gelehrtenrepublik，1774)。他一度积极拥护法国大革命，被授予法兰西荣誉公民称号，在雅各宾专政后又对革命暴政厌恶至极。克洛卜施多克的诗歌创作和启蒙理想深深影响了青年一代，哥廷根大学的青年诗人团体林苑派 (Göttinger Hain) 将之奉为偶像。

莱辛是德国启蒙运动的核心人物，在文学 (包括文艺评论、戏剧、寓言和诗歌创作)、美学、神学三个领域都有重要建树，对后世影响深远，被公认为德国文学史上第一位世界级作家。他所有的工作都是为了维护启蒙精神，追求真理，批判各种教条、维护独立人格。莱辛最有影响力的领域是戏剧评论和戏剧创作：在 1759 年《最新文学通讯》(Briefe，die neueste Litteratur betreffend) 中，他对戈特舍德的戏剧理论进行了猛烈抨击，认为莎士比亚的作品在精神实质上比法国古典主义更接近古典作品，应该成为德国戏剧效仿的对象。莱辛在戏剧创作上突破了古典主义规范诗学对情节、人物身份的拘束，建立了现代戏剧的范式。他重要的戏剧作品有《萨拉·萨姆逊小姐》(Miß Sara Sampson，1755)，是第一部德国市民悲剧 (das bürgerliche Trauerspiel)，喜剧《米娜·冯·巴尔海姆或曰军人之福》(Minna von Balhelm oder das Soldatenglück，1767)，悲剧《艾米丽娅·伽洛蒂》(Emilia Galotti，1772)，寓意剧《智者纳旦》(Nathan der Weise，1779)。他受邀担任汉堡剧院戏剧顾问期间，撰写了 104 篇剧评，即著名的《汉堡剧评》(Hamburgische Dramaturgie，1769)。莱辛的美学研究《拉奥孔：论诗与画的界限》(Laokoon: oder über die Grenzen der Malerey und Poesie，1766) 对 17 世纪以来"诗如画"的诗学理想提出质疑，区分了造型艺术与语言艺术的界限，对当时的文学界产生了巨大的冲击力。莱辛比较了拉奥孔雕像和维吉尔的《埃涅阿斯纪》中对同一场景的表达，得出三个重要观点：第一，古代希腊艺术的原则不是表现"高贵的单纯和静穆的伟大”，而是表现美，不同的艺术媒体对于美有不同的表现方式；第二，造型艺术为了唤起观众的想象力，不能选择高潮，而要选择一个最有包孕性的时刻；第三，造型艺术是瞬时性的，适合表现空间中的具体事物；文学作品是历时性的，擅长表现时间中的情节，文学具有比绘画更丰富的表现能力。莱辛的神学研究也贯穿着启蒙运动的批判精神，反对僵化教义。早年有《理性的基督教》（Das Christentum der Vernunft，1752—1753），到晚年有《论对人类的教育》（Die Erziehung des Menschengeschlechts，1780）等论著，探索启蒙后的信仰问题。

启蒙时期的诗歌和戏剧在克洛卜施多克和莱辛的影响下发展迅猛，被认为不登大雅之堂的长篇小说也开始登堂入室，成为高雅文学。1774 年，德国出版了第一部关于长篇小说的诗学论著《试论长篇小说》（Friedrich von Blankenburg，Versuch über den Roman，1774）。女作家索菲·冯·拉·罗施（Sophie von la Roche，1730—1807）的长篇小说《冯·施特恩海姆小姐的故事》（Geschichte des Fräuleins von Sternheim，1771）是重情主义小说的代表作。维兰德（Christoph Martin Wieland，1733—1813）的代表作《阿迦通的故事》（Geschichte des Agathon，1766/67）是一部“成长小说”（Bildungsroman），描述主人公“阿迦通”的复杂人生经历和内心成长，调和理性和感性、道德和享乐、独特个性与造福大众的矛盾，以成为“完整的人”。维兰德最早将莎士比亚戏剧译为德语，作品富有异国情调，例如在政治小说《金镜》（Der goldene Spiegel，1772）中塑造了开明中国君主的形象。维兰德的作品还有讽刺小说《阿布德拉的居民》（Die Abderiten，1774）和童话《奥伯龙》（Oberon，1780）。维兰德视野开阔，博采众长，擅于从异国文化中汲取养料，着眼全人类的福祉，而不是弘扬德意志民族精神，因而与自己所处的时代格格不入，却被认为是魏玛古典主义（1789—1805）的先驱。作为启蒙运动中的著名知识分子，他在 1772 年受邀到魏玛公国担任亲王奥古斯特的老师，直到 1776 被歌德取而代之。

启蒙发展到晚期，德国社会内部矛盾日趋尖锐，市民阶级对开明君主的期待落空，对君主专政的不满日渐积聚。在启蒙思想的哺育和熏陶下成长起来的青年一代认为理性的批判和情感的神圣是不言而喻的。作为市民知识分子，他们不仅感受到了来自宫廷贵族的压迫，而且也感受到了国家体制和社会观念对个人的束缚。为了捍卫心灵和情感的自由，他们发起了一场观念和文学上的革新运动。“狂飙突进”是 19 世纪文学史家借用的这场文学革命的骨干之一克林格尔（Friedrich Maximilian Klinger）一个剧本的题目，它贴切地表达了这场运动的精神气质。

狂飙突进的核心圈子是“歌德派”，即以青年歌德（Johann Wolfgang von Goethe，1749—1832）为核心的一群青年知识分子，以赫尔德 1770 年 9 月与歌德在斯特拉斯堡相遇为开端。除了“歌德派”之外，“哥廷根林苑派”以及以青年席勒为代表的“施瓦本派”（Die Schwäbische Schule）也属于狂飙运动。他们共同的特点是反抗封建专制，宣扬民族精神，宣扬个人自由，提倡回归自然、崇拜天才，追求原创性。他们以荷马和莎士比亚为师，认为文学作品应该表达内心真实的情感，在戏剧创作上反对僵化的法国古典主义戏剧，打破“三一律”；诗歌也注重表达个人情感，收集民歌和具有民间特色的叙事谣曲，认为民歌中蕴含着每个民族本质的东西。

哈曼（Johann Georg Hamann，1730—1788）是狂飙突进运动的理论先驱，著有《纪念苏格拉底》（Sokratische Denkwürdigkeiten，1759）、《语文学家的圣战》（Kreuzzüge des Philologen，1762）等。他的思想，特别是情感论、经验论、天才论、自然论等直接影响了狂飙突进运动的理论导师赫尔德（Johann Gottfried Herder，1744—1803）。赫尔德著述丰富，思想富有原创性，大大推动了德国思想和学术的发展，是德国思想史发展中的关键人物。他的文学评论认为应从历史渊源和历史发展的角度研究和理解文学作品；语言学研究《论语言的起源》（Abhandlung über den Ursprung der Sprache，1772）认为语言是与社会和历史紧密相连的，这篇文章推动了19世纪德国语言哲学的兴起；《德意志的特点和艺术》（Von deutscher Art und Kunst，1773）是狂飙突进运动的产物，它收集了赫尔德、歌德和莫泽尔（Justus Möser，1720—1794）的四篇文章，其中赫尔德论莎士比亚和莪相（Ossian）的两篇论文为德意志文学的发展道路指明了方向；赫尔德按照国别收集民歌，编纂了《各族人民的声音》（Stimmen der Völker in Liedern，1778），他认为诗歌应真实生动，具有“民间性”，忠实记录了当时的时代和风俗。赫尔德的历史哲学和人道主义理想都深刻地影响了德国知识界。可以说，没有赫尔德，就没有德国文学史上巅峰时代的到来。

歌德在狂飙突进的文学创作中实践了赫尔德的理论，在诗歌、戏剧、小说三个领域都为德国文学乃至世界文学开创了新局面，成了德国文化的代表人物！有文学史家用“歌德时代”（Goethe-Zeit）来命名歌德生活的时代，因为他的人生和作品是时代精神（Zeitgeist）的体现，他的作品也为德语文学打下了深刻的烙印。歌德的文学创作时代长达六十多年，可以划分为洛可可时期、狂飙突进时期、古典时期、晚年时期。他在莱比锡求学时期受到当时文坛风气的影响，留下一些洛可可风格的诗作，并无新意。狂飙突进运动时期，才华横溢的歌德成了斯特拉斯堡和法兰克福青年诗人团体的核心，他的作品把个人与社会的冲突和矛盾推向了极致。《葛兹》（Götz von Berlichingen，1773）是歌德的戏剧代表作。葛兹是16世纪农民战争中的骑士，歌德把他塑造成一个为自由而战、反对分裂、志向远大、思想崇高、勇于实践和斗争的形象，是狂飙突进运动理想人物。在形式上向莎士比亚学习，打破了“三一律”，设置了许多平行情节。第二年，歌德发表《少年维特的烦恼》（Die Leiden des jungen Werthers，1774）声名遂传遍欧洲，在这个爱情悲剧的背后，是个人自由意志与现实社会的尖锐矛盾，也是时代精神的文学体现。《少年维特的烦恼》采用书信体的形式，情感真挚热烈，是重情主义的代表作。歌德狂飙突进时期的诗歌也为德国诗歌开辟了新的道路：《泽森海姆之歌》（Sesenheimer Lieder，1770—1771）是歌德写给爱人弗里德里克（Friederike）的诗歌，包括《五月之歌》（Mailied）和《欢会和离别》（Willkommen und Abschied），贵在有真情实感，被后人称为“体验诗”（Erlebnislyrik），建立了新的诗歌范式，将爱情、自然和自我融为一个整体。歌德在这个时期还创作了一系列自由韵律体的颂歌，其中有《普罗米修斯》（Prometheus）、《伽倪墨得斯》（Ganymed）、《漫游者的暴风雨之歌》（Wandrers Sturmlied）、《冬游哈尔茨山》（Harzreise im Winter）等，探讨人性与神性，个别和整体，有限和无限的关系。他在赫尔德的影响下，收集和创作民间叙事谣曲，如《荒野小玫瑰》（Heidenröslein）等。

狂飙突进的另一位代表人物，出生于施瓦本地区的席勒（Friedrich Schiller，1759—1805），在 1782 年登上文坛，标志性事件是他的处女作《强盗》（Die Räuber，1781）在曼海姆剧院第一次公演，取得轰动性成功。狂飙突进期间，席勒还著有悲剧《阴谋与爱情》（Kabale und Liebe，1774），历史剧《斐爱斯柯在热那亚的谋叛》（Die Verschwörung des Fiesco zu Genua. Ein republikanisches Trauerspiel，1783），都以追求个人自由为主旨，充满了反叛激情，洋溢着革命激情。

1789 年法国大革命的爆发标志着欧洲启蒙运动的终结，德国文学进入了魏玛古典文学和浪漫主义时期。法国大革命的爆发激发了德国作家对人类命运的思考，如何才能在人间实现情感与理性，理想与现实，个人与集体，主观与客观的统一？歌德和席勒在古希腊的城邦民主制中看到了理想国，在希腊人身上看到了人如何和谐、自由、全面发展。他们希望通过艺术来弥合现代人的破碎，在游戏中重回自由和完整。19 世纪文学史家盖尔维努斯（Georg Gottfried Gervinus，1805—1871）在 1839 年首先提出可将歌德和席勒在 1800 年前后的成就与希腊艺术相媲美，堪称经典（Klassik）。

也有史家将 1786 年作为德国魏玛古典文学的开端：1786 年歌德前往意大利，并完成了《伊菲格尼在陶里斯》（Iphigenie auf Tauris），同年，席勒完成了《唐·卡洛斯》（Don Karlos，1786），两部作品都有鲜明的人道主义色彩，标志着两位作家进入古典时期。歌德和席勒 1794 年在魏玛结盟，直到 1805 年席勒去世，他们携手合作的十年是他们创造生涯中的第二个高峰。他们志同而道不同：歌德重经验和现实，席勒重理念和理想；歌德倾向现实主义，席勒倾向理想主义；歌德善于观察，席勒长于思考。他们共同的目标是效仿古希腊，创立一种高雅和经典的文学，坚持文学独立自主，不带任何功利色彩；应该以人为本，关心人的命运，用文学净化人的灵魂。在这十年里，歌德完成了《威廉·迈斯特的学习时代》（Wilhelm Meisters Lehrjahre，1795）、《浮士德》第一部（Faust I），席勒完成了《华伦斯坦》三部曲（Trilogie Wallenstein，1800）、《玛利亚·斯图亚特》（Maria Stuart，1800）、《奥尔良的姑娘》（Die Jungfrau von Orleans，1801）、《墨西拿的新娘》（Die Braut von Messina，1803）、《威廉·退尔》（Wilhelm Tell，1804）等经典剧作。他们携手合作，在 1796 年《时序女神》（Horen）杂志上发起了“赠辞之战”（Xenienstreit），讽刺抨击他们的论敌；1797 年是“叙事谣曲年”（Balladenjahr），两人都创作了一些脍炙人口的叙事谣曲。两人书信来往频繁，同时还留下了很多重要的美学评论。

自启蒙运动以来，德国文学始终把人放到中心地位，启蒙运动前期的唯理主义时期强调规则和秩序，注意道德修养；启蒙运动中后期的重情主义、狂飙突进则把人的情感看得高于一切，强调自由和创新。而魏玛古典文学强调理性和情感、个体与社会的和谐统一，提出了平衡、完整的整体概念。因此，魏玛古典文学是启蒙运动中的唯理主义和重情主义的综合。

从社会历史的角度看，1770 到 1830 年是德国社会全面走向现代化的时期，历史学家柯塞勒克（Reinhart Koselleck，1923—2006）将之命名为“马鞍时代”（Sattelzeit），这个时期经济发展，社会转型，同时也带来了诸多问题——人被异化为职业的符号，失去了完整性。无论是歌德、席勒代表的魏玛古典文学，还是年轻一代的浪漫主义作家团体，以及无法被归入两种文学流派的三位作家让·保罗（Jean Paul，1763—1825）、荷尔德林（Friederich Hölderlin，1770—1843）和克莱斯特（Heinrich von Kleist，1777—1811），都在自己的作品中对时代危机进行了回应，从而成就了 1800 年前后德国文学的巅峰时刻。

参考文献

[1] Immanuell Kant. Beantwortung der Frage: Was ist Aufklärung?. In: Berlinische Monatsschrift, 5. Dezember, 1783.

[2] 海因茨·史腊斐 . 德意志文学简史 . 胡蔚，译 . 北京：北京大学出版社，2013.

[3] 周作人 . 欧洲文学史 . 止庵，校订 . 石家庄：河北教育出版社，2001.

第二章　戈特霍尔德·埃夫莱姆·莱辛（Gotthold Ephraim Lessing）

菲洛塔斯（节选）

张玉书　译

人物表

阿里德乌斯，国王

斯特拉托，阿里德乌斯的统帅

菲洛塔斯，战俘

帕麦尼阿，士兵

场景，阿里德乌斯营中的一顶帐篷

第一场

菲洛塔斯

菲洛塔斯：这么说，我真的身陷敌营，成了俘虏！我初学征战竟获得这样一个体面的序幕！啊，天上的众神啊！啊，我的父王！我多想说服自己，这一切只是一场幻梦！我从小梦想的便只是挥舞刀剑，露宿军营，征战沙场，冲锋陷阵，别无其他。一个少年怎么就不能梦见出师不利，被人缴械？你自我安慰吧，菲洛塔斯！我手臂负伤，右手发麻，宝剑脱落。倘若我没有看见这伤口，没有感到这伤口，该有多好！他们不顾我反抗，给我包扎。啊，诡计多端的敌人大发慈悲，真是残忍！

医生说，这个伤口并不致命，以为是在安慰我。卑劣之徒，这该是致命伤才对！可它只是一个伤口，一个普通的伤口。要是我知道，把伤口撕开，再让他们包扎，再把它撕开，可以造成致命伤，该有多好！——我发狂了，我这不幸的人啊！我现在想起来了，那个把我掀下战马的老战士，一脸嘲讽。他叫我：孩子！——他的国王想必也把我看成孩子。一个娇生惯养的孩子。他们把我带进这么富丽堂皇的一座帐篷！布置得这么讲究，设备舒适，应有尽有！这一定是国王的哪位妃子拥有的帐篷。对于战士来说，这可是个无比恶心的住处！没有人看守我，却叫人伺候我。这种礼遇分明是对我的嘲讽。

第二场

斯特拉托，菲洛塔斯

斯特拉托：王子殿下——

菲洛塔斯：怎么又有人前来探访？老人家，我不喜欢受人打扰。

……

斯特拉托：我叫斯特拉托。

菲洛塔斯：斯特拉托？就是在吕库斯河畔打败我父亲的那位骁勇善战的斯特拉托吗？

斯特拉托：请别让我想起这场得失难辨的胜利！您的父亲在麦提那平原复仇，那一仗流了多少鲜血？真是有其父必有其子。

菲洛塔斯：我父亲的敌人当中您是最值得尊敬的一位。啊，我可以向您抱怨，抱怨我的命运。……您听好，我为什么哭泣！这不是孩子气得哭哭啼啼，您高抬了它，陪着抛洒了您男子汉的眼泪——我父王原来以缠绵的柔情爱我，我视为最大的幸福，如今却变成了我最大的不幸。我害怕，我只怕他爱我甚于爱他的王国。为了让我得救获释，他什么条件都会答应，您的国王什么条件都会向他提出！为了我这可怜的东西，我的父王将在一天之内失去他三年来以他高贵的将士们的鲜血，以他自己的鲜血辛辛苦苦地赢得的一切。我还有什么脸面重新出现在他面前；我，岂不成了他最凶恶的敌人？而我父王的臣仆，要是我以后有资格执政，他们也将成为我的臣下，他们怎么会容忍我这个靠赎金救出的王子，而不对我表示极度的嘲笑和轻蔑？哪一天我羞愧而死，独自悄悄地去到地下，无人为我哀泣，那些阵亡将士的英灵将脸色阴沉态度高傲地从我身边走过。他们用自己的生命，换取国王的利益，而国王却为了一个不孝的儿子放弃了这些利益。——啊，这可不是一个有感知的心灵所能承受的啊！

……

第三场

国王阿里德乌斯，菲洛塔斯，斯特拉托

菲洛塔斯：……国王陛下，请不要拖延我的绝望。您刚才作为彬彬有礼的政治家已经致辞，现在请您作为君王、作为一位已完全掌控了争霸对手的君王讲话吧。

斯特拉托：啊，国王陛下，请不要再以前途未卜的命来折磨他。——

菲洛塔斯：谢谢您，斯特拉托！——不错，国王陛下，请您立即告诉我，您打算，让我这个不幸的儿子变得多么令我父王憎恶，他得和您缔结多么耻辱的条约，割让多少国土才能把儿子赎回？他得变得多么卑微、多么可鄙才能免去丧子之痛？——啊，我的父王！——

阿里德乌斯：年纪轻轻，便说出这样富有丈夫气的语言。王子，这也和您父王相似！我乐于听您这样说话！我希望我的儿子此刻在您父王面前，也能这样不失尊严地侃侃而谈！——

菲洛塔斯：您此言何意?

阿里德乌斯：……我不可能向你父王索取更高昂的代价来赎取你，只能拿我的儿子来和你交换。

菲洛塔斯：我惊讶不已！您这是想要告诉我——

阿里德乌斯：我的儿子如今是你父王的俘虏，正如你是我的俘虏。……王子，最好的礼拜乃是怀着感激之情表示喜悦。振作起来吧！我们当父亲的不会长久扣留儿子不放。我的信使已整装待发；他将前去，加速交换彼此王子的进程。但是你也知道，我们只是从敌方获得的喜讯，看上去总像是陷阱。你父王会怀疑，你也许已经伤重不治，死于非命。因此最好由你亲自再选派一名信使去见你的父王，使他不致怀疑。你跟我来，在俘虏中找出一个值得你信任的人充当信使——

菲洛塔斯：你是要我丢人现眼，颜面扫地？我会在每一个俘虏身上看见我自己，羞愧得无地自容。——就别让我遭这份罪了。

阿里德乌斯：可是——

菲洛塔斯：在俘虏当中应该有个名叫帕麦尼阿的人。请您让他来见我；我会打发他去的。

阿里德乌斯：好吧，就这么办！我们走吧，斯特拉托！王子，我们待会儿再见。

第四场

菲洛塔斯

菲洛塔斯：天上的众神啊！真是迅雷不及掩耳，霹雳就落在我面前，不可能再近了，却并没有把我击成齑粉。奇妙的众神啊！火焰缩了回去，烟雾已经消散，而我只是震昏了而已。——看见自己会变得多么可悲，父亲会因为我的缘故变得多么可悲，这难道就是我全部的不幸？——现在我又可以出现在你面前，我的父王！虽说是低垂了眼睑；可这只是因为羞愧，而不是剧烈痛苦地意识到，我把你一起拽入毁灭之中。我现在对你别无畏惧，只怕你微笑着指责一番，没有默默地悲哀，也没有狠狠地咒骂，因为父爱更为强劲，硬把咒骂强压下去。——

但是——不错，苍天在上！我对自己实在过于宽容。上苍似乎宽恕了我的一切过错，我难道自己可以全都原谅？难道我不该比上苍、比我父王更加严厉地自我审判？天上无比仁慈的众神啊！——他们可以消除因我被俘产生的一切悲惨后果，只有一点他们无法消除：那就是耻辱。虽说出诸贱民之口的耻辱会轻易地消散，但是那真正的持续的耻辱却不然。它是我内心的法官，我那不偏不倚的自我判定的耻辱不会消除！——

我多么轻易地就目迷神眩！我父亲真的因为我就没有蒙受任何损失？倘若我没被俘，泼利蒂默特却成了俘虏，这会给我父王带来决定性的胜利，可是现在却不算什么了——只是因为我，他被俘这件事变得无足轻重了！——本来胜负已定，可以宣布幸运归于何方；倘若被俘的只是泼利蒂默特，而不是菲洛塔斯和泼利蒂默特双双被俘，我父王的权力已经高奏凯歌！——

可是现在——我现在在动什么念头？不，——这是一个天神在我心里想出的念头——我必须接着往下想！让我把你拴住，你这转瞬即逝的念头！我现在又往下想！这个念头想得多远，越来越远；现在这个念头烛照我整个灵魂！——

国王刚才说了什么？为什么他要我同时自己也派遣一个不会遭人怀疑的使者去见我父王？为了让我父王不致产生疑虑，认为我伤重不治，已死于非命。——这可是他的原话——这么说，他认为，我若已经伤重而死，事情就会是另外一番模样？真会这样？这个消息真叫我感激不尽啊！感激不尽！——当然！因为这样一来，我的父王就可以凭这位被俘的王子提出一切条件；而国王呢，我父王的这个仇人，手里只有一个被俘王子的尸首，无法提出任何要求。免得见到这具尸首他心里恼火，他只好把它埋葬或者火化。好！这我理解！因此，我这可怜的俘虏，我若还想让我父王获得胜利，该取决于什么？取决于死亡。别无其他办法？——啊，说真的：一个人若知道如何赴死，他会比他想象的更有力量！

而我呢？我还是颗萌芽，还是朵蓓蕾。还没长大成人，我懂得如何去死吗？并不是成年人，并不是长大成人的人才懂，就是少年也懂，孩子也懂；要不就是他一无所知。谁活了十岁，就有十年时间去学习如何去死。倘若十年没有学会，就是再活二三十年，或者年龄更大也学不会。

必须让人从我现在如何，看到我以后能变成怎样的人。我想变成什么样的人呢？变成一个英雄。——谁是英雄？——啊，我那不在身边，无比卓越的父王，现在请您完全出现在我灵魂里面！——您不是教导过我，英雄就是懂得有比生命更为崇高的东西的人吗？英雄就是把自己的生命献给国家福祉，把自己，把个人献给众人福祉的人吗？英雄是个男子汉，是个成年男子？那么就不是少年啰，我的父王？稀奇古怪的问题！幸好我父王没有听见，否则他会以为，我只想他来否定这个问题作为回答。松树要长多少年，才能用作桅杆？要长多少年？它必须长到足够的高度，必须长得足够的结实。

那位教导我的世上智者说过，每件事物，只要达到自己的目的，就算完美无缺。我也可以达到我的目的。我可以为国家的利益而死：这么说，我也算完美无缺，我也是一个男子汉了。尽管我在几天前还是一个孩子，如今已是男子汉。什么样的火焰在我血管里翻腾？什么样的激情向我袭来？我感到胸膛狭窄，容不下我的心脏！——耐心点，我的心！我不久就要解放你！不久我就可以解除你这单调无聊的差使！不久你就可以休息，长久地休息——

谁来了？这是帕麦尼阿。赶快下定决心！——我得跟他说些什么呢？我要通过他给我父王传些什么话呢？——没错！这话我得说。这话得让他传过去。

第五场

帕麦尼阿，菲洛塔斯

……

菲洛塔斯：……你说得对！你认为一个充满柔情的孩子在这种情况下会对父亲说的话，请你都告诉我的父王。请原谅我年轻无知、行事鲁莽，把他和他的王国几乎拖进了灾难的深渊。请求他原谅我的错误。请向他保证，我永不会再犯同样的错误，让他想起我这次犯的错误。我将竭尽所能，使他忘记我犯的这一错误。请你央求他——

帕麦尼阿：您让我去办吧！这种话我们当兵的可以说得很好。——比一个有学问、爱唠叨的家伙说得更好；因为我们说得更加真诚，发自肺腑。——让我去说吧！我心里已经完全有数。——再见，王子殿下！我急着上路——

菲洛塔斯：等一等。

帕麦尼阿：怎么啦——为什么突然之间您的脸色变得如此庄严凝重？

菲洛塔斯：我作为儿子，刚才把你打发走了，作为王子，我还没把话说完——儿子应该诉说衷情；王子则必须深思熟虑。当儿子的多么希望现在就回到、尽可能早地又回到他父亲身边，他亲爱的父亲身边；但是王子——身为王子却不能这样。——你听着！

帕麦尼阿：身为王子不能这样？

菲洛塔斯：不愿意这样。

帕麦尼阿：不愿意这样？

菲洛塔斯：听着！

帕麦尼阿：我不胜惊讶——

菲洛塔斯：我说了，叫你听好，不是叫你惊讶！听着！

帕麦尼阿：我惊讶，因为我听着。刚才已经出现闪电，我正等着霹雳。——您说吧！——但是，年轻的王子殿下，请不要再一次鲁莽行事！——

菲洛塔斯：但是，战士，不要胡思乱想！——听着！我不愿在明天天明之前，被我父王赎走；我有理由，不到明天不要赎我！你听见了吗？——所以请告诉我们国王，千万不要在乎敌方信使的急切要求。某种顾虑、某种估计迫使菲洛塔斯拖延时间。你明白我的意思了吗？

……

菲洛塔斯：……我想告诉你，幸运之神往往会在最蠢笨的脑子里放进这么绝妙的一个想法——我现在就获得了这样奇妙的想法，只是偶然获得的；和我自己毫无关系。因为如果我的理智、我的想象力也有所参与，我会不高高兴兴地和你一起来考虑它吗？但是我现在不能和你一起考虑它。我要一开口，它就倏而消失。它是如此娇弱、如此精美，我都不敢用语言来加以表达；我只是心里想它，就像哲学家教我如何去想天神那样。我最多只能告诉你，它不是什么——虽说很可能它归根到底只是一个孩子气的奇思怪想，而我自己认为它是一个绝妙的念头，因为我自己还从来没有过更加奇美的想法。可是它怎样都成；就算它毫无用处，至少也毫无害处。这点我确信不疑；这是世上最为无害的念头；它是如此无害——犹如一次祈祷。因为你并不确切知道，祈祷对你是否有用，你就会忽视祈祷吗？——所以请你永远不要这样让我扫兴，帕麦尼阿，真诚的帕麦尼阿！我请求你，拥抱你——但愿你对我稍稍有些好感。——你愿意吗？我可以指望你，信任你吗？你愿意办到，到明天才交换我吗？你愿意吗？

帕麦尼阿：我愿不愿意？我能不愿意吗？我能不办到吗？——您听好，王子殿下。您若当上国王，请不要只是发号施令。命令是否遵从，并无把握。你要是把一桩相当艰难的任务交给谁去办，你就对待他像现在对待我这样。他若拒不从命，——那是不可能的！他不会拒不接受你的命令！我倒是想知道，有谁会拒绝从命。

……

第六场

菲洛塔斯

菲洛塔斯：这世上骗子不计其数，可是即使为了善良的目的，欺骗仍是那么艰难。——我刚才不是思来想去，费尽气力吗！——善良的帕麦尼阿，千方百计让我父王到明天才来赎我，那他就根本不用赎我了。——现在，我已赢得了足够的时间！有足够的时间来坚定我的意图，有足够的时间来选择最妥当的手段。坚定我的意图？倘若我的意图还需要坚定，那就够可悲的了！倘若我不具备年长者的坚定意志，那就让年轻人的顽固执拗支持我吧！

好吧，就这样！就这样坚定不移！我觉得我会变得心情平静——我现在变得心情平静了！你现在在这里，菲洛塔斯，（说着他端详自己）——哈！看上去想必是个动人而又美丽的景象：一个少年躺在地上，胸口插着宝剑！

宝剑？众神啊！啊，我这不幸的人！我这可怜至极的人！我现在才注意到这点？我没有宝剑；我手无寸铁！我的宝剑已成了战利品，在那个俘虏我的战士手里——说不定他原来会把宝剑留给我，但是剑柄是黄金打造的。——不吉利的黄金，难道你总是要毁掉美德！

没有宝剑？我没有宝剑？——众神啊，仁慈的众神啊，请你们就把这一样东西赐给我吧！就这一样！强大有力的众神啊，你们缔造了天和地，你们——只要你们愿意——就不能给我铸造一把宝剑吗？我那了不起、光闪闪的决定现在该如何实施？我只能对自己发出一声苦笑——

国王，他又来了。——别作声！要是我扮演孩子如何？——这个念头有点意思。是的！也许我这次会交上好运。——

……

第八场

斯特拉托，手执一把宝剑。阿里德乌斯，菲洛塔斯

……

阿里德乌斯：拿来！——王子，你愿意接受这把宝剑，把它看作你自己的剑吗？

菲洛塔斯：让我看看！哈！——（旁白）感谢众神。（他认真地久久观察宝剑）——一把宝剑！

斯特拉托：我选的这把宝剑不错吧，王子？

阿里德乌斯：你发现什么东西，值得你这样凝神专注？

菲洛塔斯：这是一把宝剑！（说着他又深思起来）一把漂亮的宝剑！这次换剑我毫无损失。一把宝剑！

阿里德乌斯：你浑身发抖，王子。

菲洛塔斯：因为心花怒放！——尽管如此，这剑还是短了些。不过，短又何妨？向敌人再逼近一步，就能弥补武器的不足。——可爱的宝剑！宝剑是多么美妙的东西。既能玩，又能用！我从小到大就从来没有玩过别的什么东西。

阿里德乌斯：（对斯特拉托）：啊，他既是孩子，又是英雄，两者融合得何等奇妙！

菲洛塔斯（旁白）：可爱的宝剑，不久有谁将和你单独相处！但是，拼一下吧！

阿里德乌斯：现在请你佩戴好宝剑，王子，随我来吧。

菲洛塔斯：马上马上！可是，不能只从外表来认识朋友和宝剑。（他抽剑出鞘。斯特拉托立即走到菲洛塔斯和国王中间。）

斯特拉托：我懂得钢铁的性能，胜过理解分内的工作。请相信我，王子，这柄纯钢铸就的宝剑是把好剑。国王在他年富力强的时候，曾用这柄宝剑不止劈开一顶头盔。

菲洛塔斯：我不会变得像他一样强壮有力！不论怎么说吧！不要这么靠近我。斯特拉托。

斯特拉托：为什么不得靠近您？

菲洛塔斯：这样就好！（说着他往后一跳。用宝剑在空中飞舞一圈）这把宝剑

的确名不虚传。

阿里德乌斯：王子，请你爱护你受伤的胳臂！你会使自己血流偾张！

菲洛塔斯：国王，您让我想起了什么？——想起了我的不幸；不对，想起了我的耻辱！我受伤就擒！不错！但是我以后再也不会被俘！凭着我的这柄宝剑起誓，我以后再也不愿被俘！不，我的父王，永远也不！今天发生的奇迹，省得你为儿子支付可耻的赎金，他的死省得你以后花钱赎取他！要是他又看到自己身陷重围，他必死无疑。再次身陷重围？——真是可怕！——是我，是我被围。怎么办呢？战友们！朋友们！兄弟们！你们都在哪里？全都已经阵亡？到处都是敌人？到处都是！从这里突围，菲洛塔斯！哈！看剑，大胆狂徒！还有你，看剑！看剑，你！（向他身边乱劈乱砍）

斯特拉托：王子，你出什么事了？快定定神！（向菲洛塔斯走去）

菲洛塔斯：（躲开斯特拉托）还有你吗，斯特拉托？你也是？——啊！敌人，请宽宏大量！请杀死我！别俘虏我！——不，我不会束手就擒！即使把我团团围住的人，都是斯特拉托！可是我要以一敌众，抵抗你们大家！我要抵御整个世界，以保护我自己！——使出你们全部解数吧，各位敌人！——可是你们不愿动手？不愿把我杀死，残忍的家伙们！你们想用暴力把我生擒活捉？——我只能报以大笑！把我生擒活捉？活捉我？——我宁可用手里这把宝剑刺穿我的胸膛——宁可——（他用剑刺透自己）

阿里德乌斯：众神啊！斯特拉托！

斯特拉托：国王陛下！

菲洛塔斯：这就是我要做的！（身子直往后倒）

阿里德乌斯：扶住他，斯特拉托！救人啊！快来救救王子——王子，多么强烈的哀伤——

菲洛塔斯：原谅我，国王！我给您开了一个致命的玩笑，比对我自己更加致命！——我就要死了，我死之后，战乱平息的两个国家可以享受我的死亡带来的果实。——国王，您的儿子被俘了，而我父王的儿子如今获得了自由。

……

评莱辛的独幕悲剧《菲洛塔斯》

徐 胤

戈特霍尔德·埃夫莱姆·莱辛是德国启蒙运动时期最重要的剧作家和戏剧理论家之一。其戏剧理论代表作《拉奥孔》和《汉堡剧评》，对后世的戏剧创作产生了深远的影响。独幕悲剧《菲洛塔斯》是莱辛的早期作品，也是其悲剧理论的一次创作实践。该剧创作于1758年，最早于1759年匿名发表，后被作家收入在1772年出版的《悲剧》（Trauerspiele）自选集中。但直到1774年，该剧才在柏林首次公演。

《菲洛塔斯》的故事取材于亚历山大大帝时期的古希腊历史。帕麦尼阿国王（Parmenio）的王子菲洛塔斯（Philotas）初次出征便负伤被俘，被囚禁在阿里德乌斯国王（Aridäus）的军营里，受到优待。王子悲愤交集，痛不欲生。他认为，他的父王为了赎回儿子，必定会同意阿里德乌斯国王提出的条件，损失得来不易的胜利果实。就在这时，他忽然听说阿里德乌斯国王的王子也为帕麦尼阿的部下所俘，国王正打算安排互换王子。故事照理会在化干戈为玉帛、皆大欢喜的缔结和约之中结束。不料，菲洛塔斯却在心里想：倘若他的父王获悉他已死去，就不会轻易交还阿里德乌斯国王的儿子，而会要求高昂的战争赔偿。于是，他先争取他的信使——一个也叫帕麦尼阿的战俘，回去让他父王同意等明天天亮之后才和阿里德乌斯国王互换王子，而他自己则在天明之前巧妙地骗得宝剑，在阿里德乌斯国王面前自杀身亡。

故事情节并不曲折，也没有旁生枝节，一切的矛盾冲突尽在主人公菲洛塔斯的内心深处展开。死还是活？活着是为什么？人生的意义何在？为什么想到死？一个刚刚成年的年轻人，怎么会做出这样的决定？他的这番作为，究竟意义何在？作者的意图是什么？如何评价这个悲剧？

两百年来，人们对此剧的褒贬不一，对菲洛塔斯这个悲剧人物的性格也有不同的分析。有的评论家认为，这是一出歌颂爱国主义、歌颂光荣献身的悲剧，值得赞扬。主人公自然是个视死如归的少年英雄，以牺牲生命来报效祖国、报答父王。他死得光荣，死得壮烈。有的评论家则认为，菲洛塔斯虽是战士，骨子里仍是孩子。他做事冲动，决断轻率，既不珍惜人的价值，对生命意义的认识也很片面、肤浅，完全违背人道主义。他的思考不成熟、不全面，他的死法不可取，也不足为惜。直到20世纪，对于《菲洛塔斯》一剧，人们依然众说纷纭，莫衷一是。

1.《菲洛塔斯》的创作背景

《菲洛塔斯》诞生于七年战争的大背景之下。发生在1756年至1763年间的七年战争，是英国–普鲁士同盟和法国–奥地利–俄国同盟这两大欧洲阵营为争夺殖民地和霸权所进行的战争。这场旷日持久的战争起因复杂，战场遍及欧洲各地，甚至波及周边的亚非国家和海上。众多国家被卷入其中，伤亡惨重。在德语区中，普鲁士王朝和奥地利哈布斯堡王朝之间围绕着萨克森和西里西亚进行的霸主之争，更是消耗巨大，伤亡惨烈，令交战双方均疲惫不堪。

随着战势的不断升级，民族主义和爱国主义思潮在民众和知识分子中不断涌现。在这一时期的许多作品中，不少作家鼓吹“为国捐躯”“舍小家为大家”的英雄主义精神，歌颂战争的狂热和胜利的喜悦。其中影响最大的一篇文章，是托马斯·阿伯特（Thomas Abbt，1738—1766）的《论为国捐躯》（Vom Tode für das Vaterland，1761）。虽然它发表在《菲洛塔斯》出版之后，但其所代表的好战情绪和引战思维，其实在七年战争之初就已萌生。在文中，阿伯特对普鲁士1756年率先出兵袭击萨克森的事实置之不顾，反倒片面地把普鲁士形容成正义的一方，肆意拔高爱国情怀的意义，鼓励民众为君王和国家做出自我牺牲。他把战士比作“殉道者”，鼓励他们在民族大义面前克服对死亡的恐惧，把“为国捐躯”视作实践英雄主义目标的终极手段，把慷慨赴死形容成一个人一生中的光荣时刻。

对于这种充斥在社会之中的片面英雄主义和爱国主义情绪，莱辛尤为不齿。在1759年给格莱姆（Johann Wilhelm Ludwig Gleim，1719—1803）的信中，他批评这种想法是“英雄气概的妄想”。在稍早的另一封信中，他这样写道：“虽然我并不排斥爱国者，但歌颂这般急功近利的爱国者……是我最不屑做的事情；因为这样做，只会让我忘了自己是一个世界公民。”正是在这样的大背景下，莱辛借助《菲洛塔斯》，对七年战争中的一些不当现象进行了影射和批判。

2. 菲洛塔斯：一个盲从者的悲剧

剧中的主人公菲洛塔斯是帕麦尼阿国王的独子，他“沉溺在荣誉和胜利的幻梦之中”，不识战争的险恶，刚成年便主动请缨出战，一心只求建功立业。这种盲目的爱国热情和集体认知，使得他在落入敌营后，心情沮丧至极，感受到了巨大的心理落差。于是，他把自己架上了一个道德高台，从而走上了一条不归路。在获悉自己的处境并没有那么糟糕、可能通过战俘交换回到祖国后，他不喜反怒，转而把命运的眷顾视作自己的悲剧和不幸。他强加给自己更为严厉的自我审判，觉得自己无颜面对父王和阵亡的战士，甚至羞于在敌营中会见同样被俘的己方士兵。在这样的情形之下，一死了之便是他最好的结局，也是他眼中大义凛然的“殉道”。

抱定必死决心的菲洛塔斯，为自己争取自杀时间、创造自杀条件做了一系列精心的安排，并最终如愿以偿。这看似是深思熟虑的理性结果，其实却是他冲动而轻率的不成熟表现。刚刚步入成年人世界的他，身上显然还保留着孩童的稚气和自恋。一方面，他急于脱离父亲的保护去建功立业；但从另一方面看，他其实在心理层面上一直没能摆脱对父亲和权力的依附。所以，他所谓的成长，其实不是肩负对人生的责任，而只是一种英雄主义的盲从。

从性格上看，菲洛塔斯也是一个极度情绪化的激情式人物。他“脾气火爆”，动辄对自己和下属大发雷霆；他有些是非不分，一边崇拜敌军统帅斯特拉托（Strato）的骁勇善战，一边却又听不进斯特拉托善意的劝说；甚至在想到自己即将赴死时，他还觉得“火焰在我血管里翻腾”。正是这种急躁的情绪，使他在自己所编织的“慷慨赴死”的幻想中越走越远，直至陷入“唯我独是”的思维怪圈之中。

菲洛塔斯的盲目，固然与他心智的不成熟有关，但无疑也是他深受片面的英雄主义情绪荼毒结果。从他的自白中我们不难看到，对于何为“英雄”，他其实并没有清晰的认识，而只是在人云亦云之间，默然接受了他人的教诲，以为英雄就是“懂得有比生命更为崇高的东西的人”，是“把自己的生命献给国家福祉”的人。在第四场结尾的一连串问句中，陷入迷茫的菲洛塔斯其实隐约对这种“英雄”的定义有过质疑，但遗憾的是，最终他依然未能摆脱内心的魔障，从而成了英雄主义的牺牲品。

3. 和解的方式：莱辛对战争的隐喻和思考

在《菲洛塔斯》一剧中，莱辛借帕麦尼阿国王和阿里德乌斯国王的交战，暗喻了七年战争中普奥两军的冲突。其中标志性的线索，是菲洛塔斯在与斯特拉托的交谈中，提到战争已经持续了三年（“我的父王将在一天之内失去他三年来以他高贵的将士们的鲜血，以他自己的鲜血辛辛苦苦地赢得的一切”）。而莱辛创作《菲洛塔斯》的 1758 年，正好也是七年战争的第三个年头。在第三场的开头，阿里德乌斯国王回顾了自己和菲洛塔斯的父亲帕麦尼阿国王之间的情谊。在青年时代，他们曾是推心置腹的好友。他们之间相互开战，多少有些身不由己的成分。而被卷入七年战争中的普鲁士王朝和哈布斯堡王朝，原本同是德意志帝国的诸侯国，它们正是为了争夺对德意志帝国的掌控权才反目为仇。帕麦尼阿国王是最先挑起战争的一方。但菲洛塔斯却与众多受到民族情绪煽动的普鲁士民众一样，认为自己才是正义的一方（“我认为正义是在我父王这边”），之所以先发制人，是因为对方的不断挑衅（“到什么地方找一个富有耐心、不动肝火、毫不敏感的人，别人一刻不停地挑逗他都不会生气？”）。反观七年战争之中，普鲁士率先入侵萨克森，也是因为哈布斯堡王朝在玛丽娅·特蕾莎（Maria Theresia）的领导下，四处与他国结盟，孤立普鲁士。从这层意义上看，菲洛塔斯不仅是忠于其父的儿子和战士，更是盲从于战争机器指挥的普通普鲁士民众的代表。他的自杀身亡，使得两国之间的休战成了遥不可及的泡影，也预示着普奥之间的战争在短期内难以终止。

那么，究竟是什么导致了菲洛塔斯这出悲剧的产生呢？涉世未深的菲洛塔斯最为致命的缺陷，是过于自信和自尊，以至于丧失了灵活变通和换位思考的能力。他从来没有设身处地站在他人的角度思考问题，只凭自己发热的头脑行事，所以自然也听不进他人的好言相劝。剧中阿里德乌斯国王的思考方式，正好与菲洛塔斯形成了鲜明的对比。与被战争情绪冲昏头脑的菲洛塔斯不同，他对于战争起因有着清醒的认识（“君王之间互相开战，并非个人的敌意仇恨”）。在他的眼里，战争的目的并不是为了拼个你死我活，所以对于沦为阶下之囚的菲洛塔斯，他一直善加宽待。只不过在对一切不管不顾的菲洛塔斯眼里，这种优待反倒是对他的一种折磨和羞辱。在与菲洛塔斯的谈话中，阿里德乌斯并未站在自己的角度和菲洛塔斯展开正面的争辩，而是对固执己见的菲洛塔斯表现出充分的尊重和理解，甚至不惜为此放弃自我辩护，以免陷入无意义的口舌之争。他认为，“一个人能这样否定自己的理智，正好表现出巨大的理智”。不过，他也一针见血地指出，菲洛塔斯对英雄主义的崇拜过于盲目：“国王如果不是民众的父亲，那他算什么国王！如果没有爱人之心，他又算是什么英雄！”他清醒地认识到，所有的不幸皆因战争而起；而终结战争的最好方法，自然是建立在平等基础之上的和解。所以，他把希望寄托在了菲洛塔斯和自己同样被俘的儿子波利蒂默特（Polytimet）身上，希望他们能够扮演“调停人”的角色，在两位不和的父亲之间起到斡旋的作用。

显然，这才是莱辛所提倡的化解矛盾的方法，也是终止战争的关键所在。与他的诸多友人不同，莱辛没有片面地站在普鲁士一方去评判和思考战争，而是在《菲洛塔斯》剧作中，让战争双方的观点产生碰撞，并试图寻找解决问题的途径。不过，正可谓知易行难，莱辛虽然指明了这条道路，但也知道要实现它希望渺茫。在菲洛塔斯的眼里，显然不存在建立在互惠合作基础上的和平。他希望自己的父亲能够从战争中获利，甚至不惜为此付出自己的生命。战争固然不能无休止地进行下去，但他终结战争的方式，是让一方获利，一方投降。所以，菲洛塔斯的故事，依然只能以悲剧收场。但戏剧开放性的结尾，或许也多少让人对战争的走向保留了些许希望。

4. 结语

作为德国启蒙文学的代表人物，莱辛在《菲洛塔斯》中对主人公披着理性外衣的不理智行为进行了严厉的批判。这一剧作表面上在讴歌英雄主义，实际上却是借菲洛塔斯的例子促人警醒。菲洛塔斯的盲从，绝非孤立的个案，而是一类人性的代表。在军人以为国捐躯为荣的德国，《菲洛塔斯》这出悲剧自问世以来从未得到大肆宣扬，这便足以说明它的用意，绝非歌颂爱国主义，而是敦促人们深思熟虑，从人性的角度考虑人生的意义、生命的价值，衡量流行的道德观是否可取。乍一看，菲洛塔斯是个慷慨赴死的少年英雄，实际上是个对生命不知珍惜，对人生的意义尚未领悟的很不成熟的少年。这个剧本与其说是对英勇赴死的歌颂，毋宁说是对无谓牺牲、对鼓励人们盲目赴死的宣传的质疑，对所谓的英勇牺牲的批判。莱辛同时代的著名学者博德默就认为，菲洛塔斯是个"可笑的英雄"。同时，莱辛也借菲洛塔斯的悲剧警醒世人，光凭一腔热血和英雄主义情怀，不但无法终结战争，反倒会激化矛盾，使冲突升级。唯有换位思考，发扬人性的光辉，才是解决问题的正确之道。

在批判盲从、呼吁理性、阐明世理的同时，《菲洛塔斯》也是莱辛对悲剧形式的一次艺术性尝试。《菲洛塔斯》不是传统意义上的悲剧，而是一个融合了古希腊英雄悲剧和近代市民悲剧特征的讽刺寓言。一方面，《菲洛塔斯》的创作在很大程度上受到索福克勒斯（Sophokles，公元前 497—406）悲剧《埃阿斯》（Aias，公元前 442）的影响，整部戏剧也是用古希腊故事在借古喻今。菲洛塔斯不顾亲情、慷慨赴死的行为，也符合传统英雄悲剧的模式。另一方面，《菲洛塔斯》也是莱辛继《萨拉·萨姆逊小姐》后，对市民悲剧的又一次探索和尝试。他让读者看到，菲洛塔斯的自寻短见不是理性作用下的自我超越，而是被激情冲昏头脑的结果。这样一来，菲洛塔斯不再只像古希腊悲剧的英雄那样高高在上，令人景仰敬畏，反倒也成了一个有血有肉、值得同情和怜悯的人物。这样的处理方式，拉近了主人公与普通人之间的距离，使得他不再只是一个古希腊式的英雄，同时也是一个受人诱导、误入歧途的普通少年。他既有豪气万丈的一面，也有稚气未脱的一面。正如阿里德乌斯在剧中所说的那样，菲洛塔斯"既是孩子，又是英雄，两者融合得何等奇妙！"我们欣赏的不是菲洛塔斯死得光荣、死得辉煌，而是莱辛对这个不成熟的少年内心活动真实可信的描写。他虽然具有高贵的出身和天赋，但绝非英雄，他的行为不值得仿效，也不值得赞扬。如何避免这样的悲剧重演，才是我们应该从这出悲剧中得到启示的地方。

思考题

1. 如何评价菲洛塔斯在剧中主动求死的行为？
2. 《菲洛塔斯》一剧，表达了莱辛怎样的政治主张？

参考文献

Monika Fick. Lessing-Handbuch. Stuttgart: Metzler, 2016.

第三章　索菲·冯·拉·罗施（Sophie von la Roche）

冯·施特恩海姆小姐的故事（节选）

金秀丽　译

冯·施特恩海姆小姐致埃米莉亚

亲爱的埃米莉亚，您能相信我的生命中会出现因为做了好事而后悔的时刻吗？现在，这个时刻来到了，我开始对自己那颗热切希望帮助他人获得幸福的心感到不满，开始计较我和他人的得失。您从上封信中得知，为了替T家庭向侯爵请求仁慈，我付出了多大的代价。您知道我的内心为何会觉得反感，我又是如何克服这种情绪的；但是侯爵和德比勋爵带来的双重不安，使我的心情变得极为烦闷，让我对自己的心产生不满的情绪。在社交场合，侯爵的眼光和话语更热烈地追逐着我。甚至当我们玩扑克牌时，他都大声地赞美我的优点，语气里充满激情，引起了所有人的注意。那个时候，德比勋爵刚从法老硬币游戏桌那边朝我们走来。我对侯爵的表现又生气又尴尬，不知所措的我将目光无意投向德比，看到他脸上流露出激动的表情，他的眼睛有些粗野地注视着侯爵，之后他走开了，举止有点错乱；但是我没想到，那个晚上他还会让我陷入极度不安之中。侯爵输给我很多钱；我发现他跟我单独对局时故意玩得很差，这让我感到沮丧；不管他的用意如何，我不稀罕他的钱。于是我说：我当晚会把它们赠送给T顾问家的孩子们。德比肯定听见了，于是偷听了我的谈话，并跟踪到T家去。对此他做了精心策划；因为我到了片刻之后，他也就到了，指名找T太太，并跟她说，他是G勋爵的秘书，受我嘱托给她家带点东西。期盼得到丰厚礼物的太太把她的丈夫、孩子，还有我房间里的罗西纳都喊了出来。我还没来得及问怎么回事，她已经和德比勋爵踏进门来，告诉我他是秘书，提起要赠她礼物一事，然后离开了房间。

惊讶和不快弄昏了我的头脑。在我还没来得及指责他的侵入之前，勋爵已经跪倒在我的脚下，请求我原谅和宽容他。我严肃地责备了几句，这时他开始讲述一段长久以来隐藏在心底的恋情，以及因为G勋爵禁止他来我们家而引起的绝望，而他却只能眼睁睁地看着其他人跟我谈论爱情。G勋爵的禁令让我惊讶，引我深思；德比异常激动地继续述说，我想起他整个晚上在聚会上的激动情形，于是我的心中愈加难堪。我请求他离开我，然后朝门口走去；他用十分恭敬的姿态表示反对，但是他的声音和眼神充满了激情，这使我感到害怕和难受。就在这个时刻，我开始恨自己的心，因为它今晚还让我给孩子们送赢来的钱，使我陷入困境。

当我听到他说出那个象征美德的神圣名字，当他祈求我让他再讲述片刻时，我终于冷静下来了。我无法重复他的话，但他讲得很好；对我外在的优点谈得很少，但他自称了解我的性格，认为它难能可贵，最后他以令人感动的方式慎重地对美德和爱情进行宣誓。

出于对他和对自己的不满，内心又震惊又感动之下，我请求他离开我，让他为自己的思想作证。他再次恳求我原谅他的侵入，然后迅疾离开，走之前还在那户贫困人家门口留下厚厚的一包钱。

一种异样的痛苦揪紧了我的心；我此刻最想得到的幸福是独处。但T太太走了进来，我把礼物和赢来的钱一起交给她。虽然她的快乐使我稍感轻松，但我匆匆离去，心中决定只要德比勋爵还逗留在D地，我不会再迈进这房子一步。当我回去时，姨夫和姨妈还在玩牌，于是我上床睡觉了。痛失父母和朋友曾给我带来悲伤的夜晚；但是我从未经历过不安和痛苦的灵魂带来的失眠之夜，而这归因于我的命运、情况与我的希望、性格完全相悖。我极力追求行为上的无过，但德比勋爵给我招来了私下约会的诽谤。看似尊重我的G勋爵，禁止他的亲戚与我进行友好的交往。我期望着从一位道德高尚的男士那里得到友谊，而他却远离我，与此同时，侯爵和F伯爵开始跟踪我。关于德比勋爵，我能说些什么呢：我承认，我乐于接受一位英国人的爱情，但——确实是这样；为什么我在了解情况之前就选择了这一位，而摈弃另一位呢；我的做法肯定是操之过急、不太合理。德比做事急躁，不会深思熟虑，但充满智慧，而且善解人意。他行善时何等迅速、何等热心？因为他如此关注善事，所以他的心不可能变得堕落；我还想说，因为他爱我这个人和我的思维方式。但大家都视他为坏人；他肯定是做了什么，使人们形成这种普遍的意见；可他的心中依然充满美德。埃米莉亚！如果爱能使他走出歧途，如果我的爱可以改变他，难道我不应该将对他人的主动之爱转移到此人身上吗？可现在我希望不用做出任何决定，但愿我的R姨妈很快会回来。可是这是空想！她在佛罗伦萨，还会在那里坐月子。你瞧，一切都不顺我意。在我那个僻静的S乡村，可感受到和平、宁静、高尚的纯朴，它们对我可怜的脑袋和心灵将会是莫大的慰藉，就像宫廷人士在艺术园林里长久徘徊，而他们的双眼因为观赏精心挑选和打造过的美景而感到疲倦时，蓦然之间看到一片空旷一样。他们会多么乐意将大理石上走累的双脚放在长满青苔的土地上，看着田野、森林、溪流、草地美妙交错的画面，在那里，自然以迷人的无序撒播着它最好的礼物！每逢这种情形，我都喜欢观察人们那种对自然最纯净的首次感受。甚至他们的走路姿态和举止都比在所谓的宫廷园林里的时候要自由和无拘无束得多。可不久以后我也看到习惯的力量，它一旦被触动，就会破坏笼罩内心的平和宁静。我的埃米莉亚，您说说，我道德的眼睛每天看着理智、情感、娱乐和美德中矫揉造作的东西，该有多疲倦啊！此外还有年轻伯爵F的求婚一事，就算我喜欢那人，也不会答应此事，因为它将把我锁牢在宫中。虽然这锁链镀着金子，撒满鲜花，可它们却更压抑我的心。想着某人因为我而不能实现自己的幸福，我不由得难过。可是人们为何不在他们的想法和我的想法之间做些比较？这样他们就会清楚发现，将我引导到他们的思想道路上是绝无可能的。我的姨夫和姨妈让我吃惊。他们了解我的父母和我受到的教育。他们确信我有坚定的想法和不变的情感，却还想通过等级、荣耀和娱乐等让人眼花缭乱的玩意儿来改变我的决定和灵魂？我不能生他们的气；他们根据自己对幸福的理解，希望通过一门得体的亲事让我找到幸福，并尽最大的努力让我认识宫廷迷人的一面。他们利用了我对慈善行为的热爱作为推动力。因为F伯爵保证过，侯爵高度赞赏我，因此会很乐意地同意我提出的任何请求，所以他们特意安排人，托他们让我向侯爵求情。他们觉得这对我来说是最强有力的诱惑，这种猜测也完全正确；而不顾一切去做善事，也是唯一值得我追求的幸福。

让我高兴的是，第一个请求只是虚荣的愿望，因为他们渴望一些可以放弃的东西，所以我毫不犹豫地拒绝为其求情。我打算尽量不去麻烦侯爵，只有T家庭的极端贫困和无助才给了我说情的理由。如果有人落难而找我说情，那么我的心又会陷入可悲的进退两难之中，在我乐于助人的责任心和不想欠侯爵人情的反感情绪之间徘徊。在一个假面舞会上，我还得为姨夫的诉讼去说情，大家为这个舞会做了多方面的准备。每个人都发挥了自己的想象力，参加者希望在衣着上既显得巧妙又讨人喜欢。被邀请的对象有宫廷人士和城市居民，这个舞会应该办得像英国沃克斯豪尔的假面舞会一样。我承认，整个策划让我有几分喜欢；其一，因为我可以见识到被称作平等节日的罗马农神萨杜恩节的场面，其二，因为这么多人有不同的想象力和对衣服的选择，这可以使我大饱眼福，见识到他们想象力的丰富和美妙。我将和F

伯爵、他的侄子、我姨夫、我姨妈扮演一队西班牙乐师，在夜里穿街走巷，在人家门口唱歌。这个想法很棒，我们的衣服呈朱红色，镶着黑色塔夫绸，非常好看；但是在这么多人面前展示我的歌喉，这个想法败坏了我的兴致；这种做法显得自负，而且有沽名钓誉之嫌。可是大家想讨好爱听我唱歌的侯爵，因为他们觉得这样可以使我姨夫的诉讼胜券在握，而我宁愿在全世界面前为他唱歌，也不愿经历昨天在我们花园里发生的那种场面了；在那里我和他散着步，听他对我谈情说爱。他在赞美我的思想和灵巧时，巧妙地将爱情表达出来。我的眼睛、形体，还有双手在他的宫廷里引起了许多迷惑，他也不知道该怎么办，因为我的魅力使主仆都无法抵挡。

“为了改变这种混乱局面，那我最好离开这里了。”我说。

“您不应该这样做，您不应该为我宫廷增色，却又夺走它；您应该选择一个意中人，永远、永远不要离开D地。”

我感谢他补充的话；他不得不补充，因为他发现我陷入迷惘，一下子变得悲伤、严肃起来。当说到选择意中人时，他转过来，充满渴望地望着我，我害怕他继续表白。他温柔地问我为何严肃起来；我控制住情绪，故作轻松地告诉他：是因为那个择偶的想法，因为我想不出能在D找到什么人。

“根本没有？您选择最爱您的，最能向您证明爱情的人。”——说着我们回到了大伙儿那里。他们试着从侯爵的脸上看出点什么。他对他们非常有礼貌；可一会儿就走了，还微笑着对我说：请我不要忘记他的建议。我严肃地跟姨妈谈起新发现的这些思想，并跟她说，我不会找到也不会培养意中人；我不会在舞会上唱歌，让她放我回斯特恩海姆去。

姨妈认为我过分夸大了那些古怪的念头，竟然连温柔的礼貌都无法忍受，这使她伤心；让我看在老天爷和她孩子们的份上，不要搞砸了舞会；如果我舞会之后还不满意，她许诺将我送回S村，在那里度过剩余时光。听到这个诺言时，我扶住了她，并向她重新表白了自己的态度。这是我那颗善心为了他人而对自己施行的最后暴政，然后我又可以重返S村了。噢，埃米莉亚！我会如何惊喜地重返那座房子，那里的每一寸地方都让我回忆起父母的美德，鼓舞我以他们为榜样！花花世界的美德和错误不适合我的性格；前者太绚丽，后者太黑暗。为自己的头脑和心灵找一个安静的角落，这是属于我的幸福，而在自己的庄园里我找到了这种幸福。埃米莉亚的友谊使这种幸福得到发扬光大，可如今她的美德在他处发光，我保留了与她的通信。

我有幸认识了大千世界和它迷人的一面。如今我能更准确地评价它。我感谢它用艺术中完美的知识使我的品味和才智变得敏锐。它的奢华、它嘈杂而令人疲倦的娱乐使我更加留恋家乡高贵的纯朴和安静的快乐；缺少朋友，使我更能珍惜埃米莉亚对我的友谊；爱是否占据我心？我的心只有爱神维纳斯之子可以伤害，而美德依然驻守心中，为此我感到欣慰。因为我的温柔绝不会选择一个排斥美德的对象。

美貌和才智无法控制我的心，尽管我深知两者的价值；燃烧的激情和温柔的话语也无法主宰；对我个人优点的夸奖更不能左右它；因为这只能让我觉得他是个追逐享受的情人。只有那些尊重我慈善之心，尊重我对高尚精神追求的人们，才能打动我的心，因为这种尊重标志着真正的、持久的爱情。我希望从某人那里听到，但从未有人向我说起。德比发出了这种声音：但我的心弦没有发出一声共鸣。这个男人的爱情，或是类似于爱情的感情，加强了我对平静和独处的思念与急切之情。一个礼拜之后就是舞会了；我的埃米莉亚，也许写下一封信的时候，我已经回到S村的小阁楼里，坐在母亲的肖像下，看着她的画，我的笔会在信中得到灵感，写出别样的东西来。

从索菲·冯·拉·罗施的小说《冯·施特恩海姆小姐的故事》看德国18世纪下半叶的女性启蒙教育

金秀丽

索菲·冯·拉·罗施是德国启蒙运动时期的女作家，其处女作《冯·施特恩海姆小姐的故事》被认为是女性创作的第一部德语小说。拉·罗施也是德国的首家女性杂志《秋天女神》（Pomona，1783年创刊）的创办人、编者及作者。

18世纪的德国，尤其在法国革命之前，还是个“母凭子贵”“妻凭夫贵”的社会，女性生活在丈夫、父亲、儿子或老师的光辉或阴影里。在那个时代，女性的地位比较低下。甚至那些出身豪门贵族的女性，也无权接受高等教育。女性表现出“可怕的空洞与无知”（Becker-Cantarino 1983，389）。那时的文坛被公认为男性作家的专属之地，能在文坛上流芳百世的女性可谓凤毛麟角。女作家的创作大多被认为是闲暇之余的活动。因为寓言、信件和小说而深受那个时代女性读者喜爱的启蒙主义诗人兼道德哲学家格勒特（Christian Fürchtegott Gellert，1715—1769）虽然极力赞成推行女性教育，但他还是觉得，“世界不太需要有学问的女人，但是如果一个女人通过阅读好的书籍来培养自己的智力、心灵和品味，……那么她对自己的家庭、朋友、未来的丈夫都意味着一种愉悦、幸福和平静。她写作，但不忘记自己的其他责任……”（Gellert 1774，124）成功的女作家普遍被认为“不是一个天才，因为——因为您是个女人，而一个女人——请您原谅——不可能会有天赋，即使有，也不可能像男人那样”（Becker-Cantarino 1983，366）。如果在这样的大气候下能在文坛拥有立足之地，可谓是奇女子了，而这些奇女子大多是自学成才。继 18 世纪上半叶诗人戈特舍德的妻子路易斯（Luise）之后，文坛上再次诞生了另一位奇女子：索菲·冯·拉·罗施。1771 年，拉·罗施的处女作《冯·施特恩海姆小姐的故事》在诗人维兰特（Christoph Martin Wieland，1733—1813）的帮助下得以匿名出版，之后好评如潮。自作品发表以后，她被冠以“德国女儿们的教育家”（Sudhof 1977，309）这一美誉，“冯·施特恩海姆”成了她的代名词。小说在短短的时间内多次再版，并被翻译成法语、英语、荷兰语和俄语，使拉·罗施的美名传播到欧洲各地。

《冯·施特恩海姆小姐的故事》被认为是由女性创作的第一部德语小说，它不仅在内容上而且在形式上都具有重要的历史意义。拉·罗施在小说中浓墨重笔地刻画 18 世纪下半叶逐步崛起的资产阶级，开创了德国女性作家在该题材领域的先河。形式上，她采用了由英国诗人理查森（Samuel Richardson，1689—1761）创立的书信体小说体裁，成了歌德书信体成名作《少年维特的烦恼》的先驱。小说由两个部分组成，其中索菲（Sophie）给女友埃米莉亚（Emilia）的书信构成故事情节的主要部分。品德高尚的上校和贵族之女一见钟情，虽然门不当户不对，但双方克服了等级障碍，婚后非常恩爱，产下索菲。由于母亲早逝，父亲承担起对女儿的教育义务。在他的细心照顾和培养下，索菲长成一位品德高尚、多才多艺的女子。19 岁时，父亲也离开人世。年轻的索菲被迫离开自己的庄园，投奔姨妈勒鲍伯爵夫人（Gräfin Löbau）。诡计多端的姨妈不顾索菲纯朴的性情和受到的教育，要把她变成侯爵的情妇，希望借此为丈夫谋得政治上的利益。在宫廷里，索菲结识了来自英国的德比勋爵（Lord Derby）和西莫尔勋爵（Lord Seymour）。对于德比勋爵，索菲怀着排斥心理，而西莫尔勋爵却深深地吸引着她。由于一次舞会上的误会，西莫尔怀疑索菲与侯爵发生了关系，因而愤恨离开。索菲识破了姨妈的圈套，深感失望。在此期间，德比伪装成一个道德高尚的君子，通过帮助贫穷的 T 家庭，让索菲喜欢上他。为了逃脱成为情妇的命运，重新恢复自己的名誉，索菲打算跟他结婚，并离开宫廷。德比于是上演了一出假结婚戏，让仆人乔装成神父，为两人主持婚礼。几周之后，德比开始厌倦索菲的忧郁伤感。当发现她对西莫尔还旧情难忘时，德比抛弃了她，并回到英国。经过这次打击之后，索菲将自己改名为苦难女士（Madam Leidens），并在希尔斯太太（Madam Hills）的帮助下创立了仆役职业学校，为来自下层的女性传授家政知识和道德教育。后来，她结识了萨梅斯太太（Lady

Summers），跟着她来到了英国的庄园。那时，德比已经跟萨梅斯太太的侄女结婚。为免后患，他让人劫持了索菲，将她绑架到苏格兰一个十分僻静的山里，让她受尽折磨。临死前的德比以为索菲已经不在人世，在良心的谴责下，向西莫尔说出了罪恶的真相。赶来的西莫尔发现索菲并没有离开人世，而是在一个贵族家庭的帮助下获得了拯救。最后索菲与西莫尔有情人终成眷属。

拉·罗施结合自己多年的所见所闻，用感人的笔触生动地刻画了品德高尚的女主人公索菲的命运和内心世界，索菲的道德观念成了富裕的资产阶级小姐们竞相模仿的典范。通过这部小说，拉·罗施"为文学史、文化史创立了一份重要的文献，它不仅对德国小说的发展，而且对 18 世纪妇女在社会史、文化史上的地位都起着重要的作用"（Becker-Cantarino 1983，382）。小说中表现出来的女性启蒙教育理念，具有划时代意义。在那个时代，"德国人对待自己妻子取得的成就并没有其他国家那些男人对待妻子那样公正"，拉·罗施在亲手创办的女性刊物《秋天女神》（Pomona，H. 8，1783，726）上这样写道。基于这种现象，"一方面，她开发了女性教育项目，另一方面，她为女性在家政及文化上做出的成绩寻求认可"（Killy 1990，155）。拉·罗施这种超前的女性解放、女性启蒙的教育理念清晰地体现在她的处女作中。

作品的道德教育性

拉·罗施在自传里表示自己的写作目的是，为"德国女儿们"（Killy 1990，154）给予母亲般的建议。所以她的作品强调教育性与道德性。她坚信通过教育可以改善人民的生活质量，这深刻反映了"那个时代相信的通过教育达到以善治恶的基本思想"（Sudhof 1977，304）。《冯·施特恩海姆小姐的故事》出版时，德国社会刚经历了启蒙运动。在这次运动中，教育被提升到一个前所未有的高度，认为只有教育才能推动人类向前发展。文学因为它的思想传播性，取得举足轻重的地位。那些以英国作品为榜样、以道德教育培养为指导核心的德国文学期刊，对逐渐上升的资产阶级产生了很大影响。那个年代，是否具有道德性是褒贬一篇作品的重要标准。在这个背景下，维兰特在序言中强调和盛赞《冯·施特恩海姆小姐的故事》的道德教育性，就不言而喻了："我忍不住要将一部作品赠给所有我们民族中充满美德的母亲们、所有可爱的年轻女儿们，这部作品将有助于推动智慧和美德——人类唯一的大优点，真正幸福的唯一源泉——不仅针对你们这类性别，也针对我这类性别……对一部道德作品来说，比情节纠纷和情节发展更为重要的是对主人公充满寓意的、有趣的性格刻画，道德性是第一目的，读者获得愉悦是其次……（女主人公）

拥有'纯洁美丽的精神，净纯净善的心灵，准确的品味，正确的判断，犀利的评论，丰富的想象力，和谐的表达，感知与思想充满个性，简单地说，我觉得她虽然还有一些小小的缺点，但她的所有天赋和美德足以保证她受人喜爱；受到那些被赐予了健康头脑和丰富情感的人们的喜爱'"（参见 Becker-Cantarino 1983，10–14）。

为了突出小说的道德性，拉·罗施在小说中让不同的角色在信中对同一事件进行描述，以表现他们不同的观点。比如说，侯爵给施特恩海姆小姐举办了一个乡村聚会。施特恩海姆小姐描写聚会时字里行间充满爱意和童真，她的追求者西莫尔因为误会，书信里透露出浓浓的反感情绪，而反面人物德比讲述了真相，同时也暴露了自己卑鄙的企图。（参见 Becker-Cantarino 1983，134）

拉·罗施与理查森

《冯·施特恩海姆小姐的故事》发表以后，评论界对该小说与理查森的书信体作品以及卢梭（Jean-Jacques Rousseau，1712—1778）作品之间存在的相似之处表示了很大的关注。里德霍夫（Kuno Ridderhoff，1869—1960）甚至称拉·罗施为"理查森与卢梭的弟子"（Becker-Cantarino 1983，403）。

拉·罗施在小说中采用了理查森首创的书信体，与 18 世纪中期德国出现的书信热潮有关。书信来往对当时社会的男女来说都是异常重要的事情，所有的社交娱乐都从书信开始，人们在各种场合都要写信。当时甚至流行一种下面带刺的墨水瓶，人们在漫游途中想写信时就把它插在地上。（参见 Touaillon 1919，58f）格勒特在《书信与有关书信中良好审美观的实用性论文》（Briefe nebst einer praktischen Abhandlung von dem guten Geschmack in Briefen）中，认为有必要选取那些确实给具体对象写过、可当时并没想公开的信件进行出版，鼓励年轻人、特别是女性通过研读它们来培养自己一种自然的写作方式。（参见 Gellert 1751，2ff）格勒特出版的书信集成了那个时代的畅销书，而他提出的建议也成为大多数读者撰写书信的参考准绳。通过不断写信，18 世纪的女性掌握了一定的写作技巧，大大拓宽了自己的社交圈子，为女性登上文学舞台打下基础。无独有偶，三年后歌德在《少年维特的烦恼》中也采用了这种体裁。

拉·罗施对情节与人物性格的设计与理查森有诸多相似之处：德比勋爵的性格类似于理查森作品《克拉丽莎》（Clarissa Harlowe，1748）中的角色罗伯特·洛弗拉斯（Robert Lovelace）、《帕梅拉》（Pamela，1740）中的 B 先生。施特恩海姆小姐的性格和道德与受到危险的帕梅拉不无相似之处，而她的命运与受到罗伯特欺骗、并被推入深渊的克拉丽莎相仿。许多主题也非常类似，比如：女主人公遭阴谋家的拐骗、被遗弃的恋人、恶棍临死前的悔恨。最值得一提的是理查森在描写女性心理方面对拉·罗施产生的影响，以及他笔下的清教徒式女性形象对虔信派教徒拉·罗施在塑造女性形象方面带来的灵感。据说拉·罗施的丈夫精通英语，并收集了大量英语书籍。拉·罗施在第一个孩子出生前，曾学习英语、阅读英语书籍长达几个月之久。（参见 Becker-Cantarino 1983，403–404）。

《冯·施特恩海姆小姐的故事》反映了当时社会对英国的热爱，这也是以莎士比亚、斯特恩（Laurence Sterne，1713—1768）、汤姆森（James Thomson，1700—1748）等人为代表的英国文学在德国得到广泛传播的结果。主人公施特恩海姆的外祖母是英国人，所以她感觉到道德上的优越性。后来命运驱使她来到英国，并通过一位英国勋爵找到了幸福。对 18 世纪德国资产阶级来说，当时被德国贵族竞相模仿的法国已经成为颓废的象征，而英国却让他们看到了一种健康、道德的力量。（参见 Becker-Cantarino 1983，403–404）

拉·罗施与卢梭

“如果说索菲·冯·拉·罗施从理查森以及虔信基督教的教育中学到了，女人有责任抑制自身的性欲望，使它在婚姻中升华成真正、持久的友谊和爱情，那么她在卢梭那里学到了，女人生活的目的在于取悦男人，她们应该培养和使用自己的天赋与能力，来扮演父权家庭或社会中家庭妇女和母亲的角色。”（Becker-Cantarino 1983，405）

1762 年，拉·罗施与维兰特的第二任未婚妻邦德丽（Julie Bondeli）相识，之后两人结成深厚的友谊。邦德丽认识卢梭本人，并将关于卢梭的论文寄给拉·罗施。拉·罗施最晚应该是通过她了解到卢梭的作品。（参见 Touaillon 1919，137f）。伟大的法国启蒙思想家卢梭在 1762 年发表了教育论著《爱弥尔——论教育》（Émile: ou De l’éducation，共分五卷），描写了一个人从出生、结婚到进入社会受教育的过程，提出了对不同年龄阶段采取不同的教育原则、内容和方法。他主张对儿童实行自然教育、劳动教育、自由平等博爱的思想教育，摈斥学而无用的教育方法，主张学以致用，培养既有哲学家头脑和判断力、又有劳动者的体魄与手艺，而且具有高尚品德、仁慈博爱的新人。在第五卷中，他探讨了怎样培养理想女性“索菲”的问题。他认为男人和女人在体格和性情上是不一样的，因而他们所受的教育也必须有所不同。他反对女孩子们浪费时间去搞那些琐碎的事情，将一半的时间拿去梳妆打扮。他觉得女孩子不应该对一切事物都蒙昧无知、或只是经管家务、或被伴侣当作奴仆。大自然赐予她们聪慧和可爱的心灵，所以也希望她们有思想和眼光，希望她们有所爱和有所认识，希望她们既培养身体又培养心灵。她们有很多需要学习的东西，但她们只能学习那些适合于她们学习的东西。他还认为，由于自然法则的作用，女人没有男人无法生存，因为她们需要男人供给她们生活必需品，必须听凭男人来评价自己的功绩。（参见 Rousseau 1962，413ff）

如卢梭的《爱弥尔——论教育》一样，《冯·施特恩海姆小姐的故事》也是一部成长小说，里面展现了索菲从稚嫩到成熟的整个过程。拉·罗施把小说里的女主人公也取名为索菲。小说在开始部分，就展示了教育的原则：主人公索菲的父亲是一位教授的儿子，从小“享受父亲最细致的教育”，“宽宏大量”“精神高尚”“心地善良”（Becker-Cantarino 1983，19）构成他性格的基本特征。索菲小姐很小就失去了母亲，父亲在神父的帮助下对她进行无微不至地培养，使她成为美德和善良的化身。因为她天生聪慧，父亲开始教授她哲学、历史和各种语言，还有各种音乐知识。索菲会讲一口完美的英语，能极为娴熟地弹奏琉特琴（Laute），在声乐和舞蹈上也取得了非凡的成绩。此外她还掌握了所有的女性家政技巧，16 岁开始已经操持家里的所有事务。（参见 Becker-Cantarino 1983，51–52）。父亲临死前在信中嘱咐神父：“不要让虚假的美德迷惑这位女孩的高尚心灵”（Becker-Cantarino 1983，53）。索菲是个博学多才、能歌善舞而且善良高尚的女子，在小说里，她也受到多方面的赞赏和仰慕。但是，当时的社会并不重视对女性进行全面的培养，上层阶级贵族小姐中能享受索菲这种教育的毕竟为少数。当时的社会流行“女子无才便是德”的看法，认为知识对女孩子有害无益，不仅导致她们疏忽自己应有的责任，而且让她们变得不可一世，更主要的是，这样的女子找不到丈夫，因为她们不愿意服从知识程度低于她们的男人，而男人也不愿意和有学识的女子结婚，因为不容易驾驭她们。（参见 Maurer 1983，12）

如卢梭的观点一样，拉·罗施承认女子从属于男子的地位。虽然 18 世纪的女性不需要像中国古代女子一样遵循儒家礼教规定的三从四德，但是她们没有权利对自己人生的大事和绝大部分小事做出决定：男人决定女子可以嫁给谁，读什么样的书，住什么样的地方，与什么人交往，如何教育孩子。（参见 Becker-Cantarino 1983，411；Touaillon 1919，34ff）拉·罗施生活的那个时代，同时面临着两个解放运动：资产阶级要从封建社会的桎梏中解放出来，而资产阶级妇女要从男性对她们的压迫中解放出来。（参见 Maurer 1983，8–9）对于男女之间的不平等，拉·罗施持有温和的批判态度：“我和您一样相信，男人还从来没有特别认真地考虑过我们的教育……我们以及我们的能力总是只被看成是用来持家的。”（Becker-Cantarino 1983，389）但是拉·罗施建议女性在“充当家庭主妇和母亲这些角色中找到幸福；对于男人对女人的统治，她从不批评，而她自己在一生中也总是按照男人的意志行事，并极力保持着男性读者和男性作家对她的厚爱”（同上）。主人公索菲为了逃离宫廷，必须找一个男人作为依托，于是她决定与德比秘密结婚，从而迈出了灾难性的一步。而一个女人的完美结局也大多离不开男人。通过与西莫尔的结合，索菲才觉得自己成了世界上最幸福的女人，生活变得完美无缺。但是拉·罗施在作品里也触及对当时社会来说还是禁忌的话题：她从寡妇 C 的角度将婚姻视为枷锁和痛苦。（参见 Becker-Cantarino 1983，253ff）

特别值得一提的是，卢梭在作品《Lettres de deux amans》（1761，自 1764 后改名为 La Nouvelle Héloise《新爱洛伊丝》）中充满感情的表达、在《社会契约论》（Contrat social，1762）中对自然和乡村生活的赞美，都在《冯·施特恩海姆小姐的故事》中得到了再现。（同上，404）拉·罗施“将教育性、社会性的计划用一种极为多愁善感的语言表现出来”（Sudhof 1977，304），而这种充满感情的写作风格可能是小说成功的一大秘诀，也成为拉·罗施 30 多年文学创作的一大特色。小说中的主人公索菲经过一番曲折，最终在西莫尔的庄园里找到归宿，重返童年时的田园生活。在拉·罗施的笔下，纯朴自然的乡村与矫揉造作的宫廷形成鲜明的对比。当然，索菲眼中的自然和乡村，不是一般的农庄，而是有相当经济基础的庄园。她向往的生活是那种乡村贵族衣食无忧的生活，这也是 18 世纪下半叶资产阶级所崇尚的生活。

拉·罗施的写作也深受卢梭学以致用原则的影响。从处女作、道德周刊《秋天女神》到现代的消遣杂志《信箱》（Briefkasten），拉·罗施始终保持着她的写作风格。在给予善感、善解人意的建议的同时，她不忘记传授家政方面一些清楚、实用的知识。自从创立《道德周刊》以来，与女性读者的通信成了一项热门的专栏。它朴素真实，涉及女性读者日常生活的点点滴滴，而没有“不食人间烟火的狂妄”之嫌。

结束语

拉·罗施一生勤于著述，耕耘笔坛 35 年载，为女性读者创作了大量富有道德教育性的小说、游记和文章。在那个男性作家几乎“一统天下”的时代，她以一个成熟女性的视觉去发现和描述问题，成为女性文学的开路先锋。拉·罗施不仅是个多产的女作家，无疑也是德国历史上最早提出女性解放思想、将女性的启蒙教育提到首位的作家之一。回顾历史，我们发现直到浪漫主义时代，女性解放的思想才正式成为谈论的话题，我们不由地感叹她的思想超过了同时代人好多年！

令人遗憾的是，除了处女作之外，拉·罗施的绝大部分作品差不多都已被世人所遗忘。而留下来的作品，大多被当作道德教育的素材或过时的女性消遣文学，而作品中的文学成就很少获得认可。《冯·施特恩海姆小姐的故事》对理查森、卢梭的作品在德国的传播起了很大的作用，而拉·罗施对德国文学发展所产生的影响将永远载入史册。施乐（Scherer）认为拉·罗施的处女作“让德国民族为《伊菲格尼在陶里斯》做了准备”（Scherer 1886，76），一点也不为过。

思考题

1. 分析《冯·施特恩海姆小姐的故事》的创作特点。
2. 讨论道德教育性在18世纪文学中的地位。

参考文献

[1] Christian Fürchtegott Gellert. Briefe, nebst einer praktischen Abhandlung von dem guten Geschmacke in Briefen. Leipzig: Wendler, 1751.

[2] Christian Fürchtegott Gellert. Sämmtliche Schriften. Achter Theil. Leipzig: 1774. (Faksimiledruck Stuttgart: Olms, 1968).

[3] Walther Killy. Literatur Lexikon. Autoren und Werke deutscher Sprache, Bd. 7. Gütersloh u.a.: Bertelsmann, 1990.

[4] Jean-Jacques Rousseau. Emil oder über die Erziehung, hg. v. Theodor Rutt. Paderborn: Schöningh, 1962.

[5] Wilhelm Scherer. Aufsätze über Goethe. Berlin: Weidmann, 1886.

[6] Siegfried Sudhof. Sophie Laroche. In: Deutsche Dichter des 18. Jahrhunderts. Ihr Leben und Werk, hg. v. Benno von Wiese, E. Schmidt 1977, S. 304-309.

[7] Christine Touaillon. Der deutsche Frauenroman des 18. Jahrhunderts. Wien u.a.: Wilhelm Braumüller, 1919.

[8] Sophie von la Roche. Mein Schreibetisch. Leipzig: Heinr. Gräf 1799, Bd. 2.

[9] Sophie von la Roche. Geschichte des Fräuleins von Sternheim, hg. v. Barbara Becker-Cantarino. Stuttgart: Reclam, 1983.

[10] Sophie von la Roche. „Ich bin mehr Herz als Kopf“. Ein Lebensbild in Briefen, hg. v. Michael Maurer. München: Beck, 1983.

第四章　约翰·沃尔夫冈·歌德
（Johann Wolfgang Goethe）

《罗马哀歌》四首

陈郁忠　译

三

亲爱的，你不要后悔，这么快就将自己委身，
相信我不把你看成无礼，也不把你看得卑微。
小爱神的箭作用总是不同，有的将人划伤，
再用慢性的毒药，让心灵忍受多年的痛创。
有的则有强劲的尾羽，还带着磨利的箭镞，
一扎进我们的骨髓，就让我们的心灵烧灼。
在远古的英雄时代，当男神和女神们还在相爱，
交互的眼神勾起了热望，接着享受也紧随而来：
难道你觉得，从前在伊达山的林荫里，
当爱神看上安基塞斯，她曾长久地迟疑？
假如月神曾经踟蹰，没能亲着那熟睡的俊人儿，
那曙光女神早就出于嫉妒，立刻唤醒眠人的梦寐。
在喧闹的庆典上，希罗瞧见了她的利安德，
他心中也燃起爱火，纵身投入黑夜的海潮。
蕾亚·西维亚本是应守身的公主，
却在去台伯河汲水之时，被战神掳走不归。
战神得了一双兄弟，由一头母狼哺育，
再后来，罗马便登上世界女王的尊位。

五

在这片古代的土地上，我感到自己是多么欢乐与激动，
古世今人都在对我诉说，他们越为高声，就越为动人。
我遵从他们的劝导，用勤快的双手
翻阅古人的著述，日日获得新的快慰。
可是每到夜里，小爱神总让我忙于他事，
我便只能受到一半的教诲，却收获双倍的欢愉。
张望她酥胸的形状，抚摸她丰臀的轮廓，
此时的我，怎么不也算把自己教授过?
而后我才懂得这大理石的雕像，思考且比较，
用我的双眼去触摸，用我的双手也能看得到。
要是白日里爱人拿走我几小时的光阴，
到了晚上，她又将它们归还作为补偿。
我们并不把对方亲个不停，却也把理智的话儿讲，
要是她睡意来临，那么我也躺下，让诗思飞扬。
一次次，我用我的手指在她背上轻轻数出
六音步的节拍，睡在她的怀中把诗吟唱。
她打着迷人的小盹，呼出甜蜜的气息，
那气息有火一样的力量，燃透了我的胸膛。
此刻小爱神拨亮了灯盏，他想起从前的年代，
因为那时的他也曾如此，服务过诗坛的三王。

七

哦，在罗马我是多么欢乐！想起过去的岁月，
那时，我的周身，只有北国灰暗的时日，
只有阴郁的天，沉沉地压在我的头上，
只有无色无形的世界，充盈在疲惫者的周遭，
我有颗未满足的心灵，为了它，我窥探前方
幽暗的道路，静静地把自我来深思与关照。
如今，苍穹的明光已经环绕着我的额头，

太阳神的呼唤，也让世界有了形态和色调。
夜里星光璀璨，传来夜的天籁，
月亮的光辉也比以往更为灿烂。
我这个凡夫曾是多么幸福！或者是在梦中
你天父朱庇特的神殿，将我这个客人收留？
啊，好客的朱庇特，请听我诉说，
我躺在这里，向你的膝盖伸出乞求的双手。
我无法说清，自己是如何进入了你的宫殿，
是赫伯抓住了我，带浪游人来到你的面前。
你曾传下命令，将一位英雄引上山来？
若是美人之误，那也且让我因祸得福。
也请原谅你的女儿，那幸运之神，恰好她
心情惬意，才温柔地分与我这无上之礼。
你就是那好客的神吧？那请别把你的客人
撵下这奥林匹斯之峰，又重回到他的人间。
“诗人，你竟还要前行？”——请原谅我的冒昧，这高耸的
卡皮特里诺之峰，是你另一座奥林匹斯的山巅。可朱庇特，
就先让我多待片刻，而后再让赫尔墨斯引我下山，
先路过塞斯提乌斯之塔，而后静静走上冥界的路途。

二十

如果说男人要有刚强的力量、自由勇敢的气质，
那他就更得有自己的秘密，在心中默默深藏。
沉默女神，你征服了座座城池，成了民众的女主！
亲爱的女神，你虽引我安然走过人生的旅途，
可命运多舛，缪斯拿我逗趣，狡黠的小爱神
也把我戏弄，惹得我紧闭的双唇把隐衷吐露。
哎，就算是国王的耻辱也难以遮掩！
王冠也好，弗律基亚人的帽子也罢，
都无法将弥达斯他变长的耳朵掩藏，
他的秘密被贴身侍从发现，胸中无比惊慌；

他想把它埋进土地，把心中的包袱放下，
可是这样的秘密，土地也无法缄默；
地里长出招摇的芦苇，在风中沙沙作响：
弥达斯王啊弥达斯，他的耳朵已经变长！
如今要我守住一个美妙的秘密，更是难上加难，
胸中的千言万语，无心脱口说出却是如此简单！
不能告诉女性的朋友，她会把我来痛骂，
无法向男性的朋友诉说，他也许会带来隐患。
我本可把欣喜向树林，向那幽咽的岩石倾诉，
可我终究已不再那么年轻，也不再那么孤独。
五音步和六音步啊，那就让我向你们说出，
白天里她如何让我欢乐，黑夜里又如何让我幸福。
她被无数男人追求，有奸猾之人，也有无耻之徒，
他们悄悄布下的陷阱，她都聪明灵巧地
从一旁逃脱，然后认清前方的去路，
那里，爱人一定在聆听，在热切地盼望着她的来临。
她来了！月神且慢些出来，别让邻人看到了她的身影，
风儿，请在那叶间呼响，别让旁人听见了她的跫音。
你们这些可爱的歌儿生长啊，开花啊，
在轻轻的，充满爱的温和气息里，
像那些多嘴的芦苇一样招摇，最后
让罗马的城民都知晓这对幸福人儿的秘密。

《罗马哀歌》中的神话典故

陈郁忠

约翰·沃尔夫冈·歌德在他《诗与真》（Dichtung und Wahrheit，1811）一书的开篇写道："1749 年 8 月 28 日，正当午时钟声敲响之时，我在法兰克福来到人间。

那一刻天象和谐，时属良辰……”（Goethe 1985，13）歌德后来取得的成就未必与他出生时的天象有关，但命运似乎确实给了他特别的眷顾。法兰克福是自由市，各地商贾云集，歌德从小就接触到非常广阔的世界；优渥的家庭条件使他直至成年都没有经济上的烦恼，相反，歌德很小就开始接受良好的文化教育。少年时的宗教课程，德文、法文、拉丁文、希腊文、意大利文以及英文的修习为他后来的文学视野和文学创作奠定了坚实的基础。

1765年9月，歌德奉父亲之命开始在莱比锡大学攻读法学。在这座被誉为“小巴黎”的大学城，歌德结识了诸如戈特舍德等名流，他此时的诗作留有洛可可的余味。1768年7月，歌德罹患咯血，9月因病返回法兰克福，1770年前往斯特拉斯堡继续学业。在斯特拉斯堡，歌德结识了赫尔德；在他的影响下，歌德开始关注德意志民间文学。这一时期因与当地女子布里翁（Friedrike Brion）的爱情写下的“泽森海姆之诗”带有浓厚的民歌风味，《欢迎与离别》是其中的名篇。同样在赫尔德的影响下，歌德开始学习莎士比亚。完成学业回到法兰克福后，歌德发表《莎士比亚命名日》（Zum Shakespeares Tag，1771）的演说，并以莎士比亚为榜样，写出《葛兹》一剧。剧中主人公“狂飙突进式”的反抗精神也体现在这一时期《普罗米修斯》等诗作中。正是在此时，歌德开始《浮士德》的创作。在法兰克福，歌德经历了一番爱情波折，加上好友因爱情而自杀的痛苦促使歌德写下著名书信体小说《少年维特的烦恼》，该小说让歌德赢得了全欧洲的声誉。

1775年11月，歌德应魏玛公爵奥古斯特（Karl August 1757—1828）的邀请来到魏玛，并担任一定的官职。在接下来的十年中，歌德因公务繁忙，鲜有大作问世，但许多著名作品的初稿都在此时完成。这一时期，歌德的成就主要在诗歌方面，《浪游者的夜歌》（Wanderers Nachtlied）和《神性》（Das Göttliche）是这一时期的佳作。可能是由于魏玛狭小的环境或者自己的创作陷入了低潮，歌德于1786年9月不告而别，只身前往意大利旅行，德语文学进入“魏玛古典”时期。在旅行中，歌德完成诗剧《伊菲格尼在陶里斯》和《艾格蒙特》（Egmont，1787）。1788年6月，歌德返回魏玛。这一年，歌德遇见了未来的妻子乌尔皮乌斯（Christiane Vulpius），也与席勒初次相识。在接下来的几年里，歌德虽然依旧公务缠身，但笔耕不辍，陆续写完剧本《塔索》（Torquato Tasso，1789），教育诗（Lehrgedicht）《植物的变形》（Metamorphose der Pflanzen，1789）、《浮士德——一个断片》（Faust. Ein Fragment，1790）、《威尼斯警句》（Venezianische Epigramme，1790）和《列那狐》（Reineke Fuchs，1793）等重要作品，长篇小说《威廉·麦斯特的学习时代》（Wilhelm Meisters Lehrjahre，1794）首三卷也顺利完成。

1794年，歌德开始与席勒合作，“魏玛古典”时期进入高潮（1794—1805）。仅1795年一年，歌德就在席勒主编的杂志《时序女神》上发表了《罗马哀歌》（Römische Elegien）和《十日谈》式的小说《德国逃难者的闲聊》（Unterhaltungen deutscher Ausgewanderten），同时完成《威廉·麦斯特的学习时代》四至七卷，翌年全书脱稿。由于《时序女神》杂志未能得到文学界的认可，歌德和席勒于1796年共同创作九百多首警句（Epigramm），并称之为“赠辞”（Xenion），以嬉笑怒骂的方式回敬了整个文学界，以此宣扬了自己的文学主张。1797年，两人同时创作多首叙事谣曲，刊登于下一年席勒主编的杂志《缪斯年鉴》（Musenalmanach）上，因此，1797年通常被称为“叙事谣曲之年”。从1798年至1805年席勒逝世，歌德一边继续写作《浮士德》，一边完成剧本《自然的女儿》（Die natürliche Tochter，1802），并改写其他已完成的剧本。

1806年，歌德与乌尔皮乌斯结婚（两人的儿子奥古斯特已于1789年出生）。此后的几年里，一系列重要作品迅速诞生。1807年歌德开始写作《威廉·麦斯特的漫游时代》（Wilhelm Meisters Wanderjahre）；1808年《浮士德》（第一部）出版；1809年写完《亲合力》（Die Wahlverwandtschaften）；1810年发表《颜色学》（Farbenlehre）；1811至1813年《诗与真》一至三部刊行后，1814年便马不停蹄开始《西东合集》（Das West-östliche Divan）的创作。1816年夫人乌尔皮乌斯去世。在生命的最后十几年里，歌德的主要工作是实现尚未完成的构想，完善已完成的创作。1819年《西东合集》发表，1827年出版增补版；1821年《威廉·麦斯特的漫游年代》（第一版）付梓，1829年第二版问世；1830年写完《诗与真》（第四部）；1831年完成《浮士德》（第二部）。这一时期的新作是组诗《痛苦三部曲》（Trilogie der Leidenschaft，1827）① 和《中德四季杂咏》（Chinesisch-deutsche Jahres- und Tageszeiten，1827），前者表现老年歌德的爱情，后者体现歌德对未来“世界文学”（Weltliteratur）的想象。1832年3月22日，歌德于魏玛辞世。

歌德的《罗马哀歌》完成于1788至1790年，1795年刊于席勒的《时序女神》上。称其为“罗马哀歌”，不仅因为诗歌反映了歌德第一次意大利之行（1786—1788）在罗马的经历，还因为这一组诗接续了古代罗马人“爱情哀歌”（Liebeselegie）的传统。古代罗马人写爱情哀歌是用精神对抗兵荒马乱的现实生活，这一类哀歌虽以爱情为主题，但内容并不一定悲伤。相反，诗中不但有性爱的满足，还有类似喜剧的幽默与反讽，而“哀歌”指的仅仅是由双行对句（Distichon）构成的诗体罢了。

---

① 在这个标题里，Leidenschaft（激情）一词还保留有动词leiden（痛苦地忍受）的含义。

歌德的意大利之行让他暂时摆脱了魏玛琐事的纷扰，在罗马的经历更让他觉得，古罗马诗人在爱情哀歌中的想象已在他的生活中成了现实。1788年，歌德从意大利回到魏玛后爱上乌尔皮乌斯；同年，歌德又获赠一本集有卡图卢斯（Catullus，约公元前87—54）、提布鲁斯（Tibullus，约公元前50—19）和普罗佩提乌斯（Propertius，约公元前47—15）三位著名古罗马哀歌诗人（歌德称这三人为“诗人三叶草”）的诗歌选集。意大利的经历与体验、对于乌尔皮乌斯的爱情和对于罗马古典哀歌的兴趣最终催生了歌德自己的《罗马哀歌》。（参见Wild 1996，226）

古罗马的爱情哀歌诗人常将神话典故插入诗作之中。神话中爱情的实现通常用来提请珍惜爱情或者相爱的时光，抑或用来反衬诗中“我”在追求恋人时经历的种种遭遇。歌德在写作《罗马哀歌》时，同样运用了大量古希腊罗马的神话典故来言说自己的情感。与罗马人一样，歌德运用几笔带过的方式引用神话典故，甚至只是暗引，让神话故事隐退到文字之后，成为一种潜藏的存在。这里，我们选取《罗马哀歌》中的四首具体分析歌德的这一手法。

几联诗连用典故是罗马人写爱情哀歌的习惯。在《罗马哀歌》第三首的第7至18行中，歌德也连用四个典故。其一为爱神阿芙洛狄忒（Aphrodite）爱上凡人安基塞斯（Anchesis），与其在伊达山上生下埃涅阿斯（Aeneas）；[①]其二为月神塞勒涅（Selene，罗马名卢娜Luna）爱上了美貌的恩底弥翁（Endymion），宙斯（Zeus）得知后问恩底弥翁是否希望为保持青春而陷入永恒的睡眠，恩底弥翁表示愿意，而后月神每夜都到山洞中亲吻熟睡中的恩底弥翁；[②]其三为塞斯托斯城阿芙洛狄忒的女祭司希罗（Hero）与海峡另一岸阿卑多斯城的青年利安德（Leander）相恋，希罗每晚都要燃起火把为泅海而来的利安德指引方向；其四是著名的罗马建城传说：埃涅阿斯之女西维亚（Silvia）与战神玛尔斯（Mars）生下两个男孩，均由一头母狼喂养大，其中的罗慕路斯（Romulus）后来建立罗马城。[③]

这四个典故都有提请（paränetisches Sprechen）的作用，都是“我”在劝慰爱人不要后悔如此之快便委身于自己（第1行）。罗马建城的故事更是说明罗马本身与爱情有着不解之缘，[④]那么“我们”为什么还要迟疑？然而，诗歌选取的其余三则神话不仅暗示下一刻幸福的高潮，同时暗示高潮过后难以预料的后果：安基塞斯得到

① 可参见赫西俄德《神谱》第1008-1010行。

② 可参见（旧题）阿波罗多洛斯（Apollodorus）《书库》（Bibliotheke）第一部第7卷第5节。

③ 可参见维吉尔《埃涅阿斯纪》第一卷第273-277行。

④ 在拉丁文里，罗马（Roma）与“爱”（Amor）正好互为回文（Palindrom）。歌德在《罗马哀歌》第一首的最后两句中说“可要是没有了爱……罗马也不成为罗马”。

阿芙洛狄忒后，宙斯大怒，用雷电击打他，使其忍受病痛的暮年；[①] 如果月亮女神没有及时吻恩底弥翁，致使他醒来，那他就将失去青春而走向死亡；希罗的火把在一个暴风雨之夜被熄灭，前来相会的利安德逆水而死。[②] 所以，这些神话还含有对命运不确定、不可知的思虑，而爱情也是这不确定、不可知的命运的一部分，在表面的热烈爱情与感官享受之下隐藏着关于命运、关于时间易逝（Vergänglichkeit）的悲哀，[③] 而这种“暗藏”正是通过运用这一系列神话典故来实现的。歌德虽然在哀歌中添入了关于命运和时间的忧思，但同时保留了古代爱情哀歌轻佻的口吻，所以这首诗没有因此“陷入感伤的情绪之中”（Rüdiger 1978，178）。

再如《罗马哀歌》第二十首第 7 至 14 行。这一典故出自奥维德（Ovid，公元前 43—公元后 17）《变形记》（Metamorphosen）第十一卷：牧羊人之神潘（Pan）没有自知之明，要和阿波罗（Apollo）比试音乐。比赛过后，只有弗律基亚王弥达斯（Midas）不同意裁判提摩罗斯（Tmolos）的裁决，认为潘的粗野音乐更胜一筹。于是，“阿波罗认为决不能让这种不辨美丑的耳朵继续保持人耳的形状，于是就把它们拉长，并且让他们长满了灰色的茸毛……变成了行动迟缓的毛驴的耳朵了。他的耳朵变得这样丑陋，使他羞惭无地，他就用紫布缠头，想把它们掩盖起来。但是替他剪发的家奴窥见了他的秘密，家奴一方面不敢把丑事宣扬，另一方面又实在控制不住，老想把这事说出去，于是他就在地上挖了一个洞，对着洞口低声说他看见主人的耳朵如此这般。说完他就又用土把自己说的话掩盖起来。把洞填满之后，他便悄悄走开了。但是从这块地上渐渐长出了一丛丛的芦苇。过了一年，芦苇长大了，就把种苇人的秘密泄露了，因为经风一吹，芦苇就把他所埋葬的话都说出来，泄露了家奴主人耳朵的秘密。”（奥维德 2000，251-252）

境遇的类似性是这个故事可以入此诗的原因：故事里，剪发的家奴不能说出主人的秘密，却没有忍住，将其埋进土地，秘密最终大白于天下，这是一个人泄露了另一个人的秘密；当时歌德面临的情况是自己的秘密不能说却又不得不说，[④] 这是自我的内心矛盾。一方面，歌德知道，这个秘密就像弥达斯的长耳一样，用什么都无

---

① 可参见维吉尔《埃涅阿斯纪》第二卷第 647-649 行。

② 可参见维吉尔《农事诗》（Georgica）第三篇第 259-263 行。

③ 这种悲哀可以从《罗马哀歌》的其他地方得到更为直接的佐证。如第七首第 25-26 行：“就让我再多待片刻，不时赫尔墨斯就将引我下山，先路过塞斯提乌斯之塔，而后静静走上冥界的路途。”歌德一直希望死后能长眠于罗马塞斯提乌斯金字碑旁的墓地中，那里埋葬着诗人雪莱和济慈，还有歌德的儿子奥古斯特。又如第十首 5 至 6 行：“那么，趁可怕的忘川还没沾湿你逃逸的脚步，生者，请在这个可以温暖爱的地方安度。”

④ 一般观点认为，歌德的秘密就是他与乌尔皮乌斯的爱情。

法遮掩，终有一天会为天下人所知；另一方面，这个秘密太甜蜜了，歌德主观上无法将其深埋在心中。弥达斯王的故事正好为歌德在“说”与“不说”之间提供了第三种言说方式。典故中的真正泄密者不仅是那个剪发的家奴，还有那丛芦苇，但芦苇事实上一直保持着沉默，或者说并无心透露弥达斯王的秘密，只是风让它发出了声音。同样，歌德也可以选择另一种言说方式，这种方式不至于把他的秘密十分突兀地呈现在世人面前，而是使其缓缓地自我展开，犹如芦苇在风中沙沙作响一样，同时诗人自己又是无心的。这种方式就是将那个秘密熔铸进艺术里，在熔铸的过程中，诗人只是完成了艺术的创作，所以诗中的“我”说：

> 五音步和六音步啊，那就让我向你们说出，
> 白天里她如何让我欢乐，黑夜里又如何让我幸福。
> ……
> 你们这些可爱的歌儿生长啊，开花啊，
> 在轻轻的，充满爱的温和气息里，
> 像那些多嘴的芦苇一样招摇，最后
> 让罗马的城民都知晓这对幸福人儿的秘密。

通过弥达斯王与诗人境遇的类比，歌德内心“说”与“不说”之间的矛盾被立体地展现出来，芦苇光靠语言难以描摹的“言说”状态也更加容易为人所感知。在歌德把自己的境遇投射其中之后，原来古代“爱情哀歌”式的滑稽故事有了不一样的情感色彩：诗人在找到第三种言说方式之后，获得了一种没有挂碍的（unbekümmert）轻松，而这种轻松已不是弥达斯王剪发人的那种如释重负（erleichtert）的轻松了。

遇到暗用的典故，即使读者不了解背后的故事，也不会影响对诗歌的理解，但如若懂得，则可以把握作品更为深层的意蕴。《哀歌》第七首第11至22行有种荷马史诗（die homerischen Epen）般的古朴，这里暗用的就是《奥德赛》（die Odyssee）第十三卷中奥德修斯（Odysseus）诸人闯入巨人波吕斐摩斯（Polyphemos）洞穴的典故。奥德修斯见到波吕斐摩斯时说：“我们现在既然来到你的居地，只好向你求情，请你招待我们，再赠予我们作为客人应得的赠品。巨人啊，你也应该敬畏神明，我们请求你，宙斯是所有求援者和外乡旅客的保护神，他保护所有应受人们怜悯的求助人。”（荷马 2003b，161）歌德的诗里并没有出现巨人，也没有出现奥德修斯，它与荷马的共同之处在于，两个场景中都有一次相遇，奥德修斯遇到了吃人的波吕斐摩斯，诗中的“我”遇了朱庇特（Jupiter）。正如奥德修斯所说，朱庇特（宙

斯）在古典神话里是“所有求援者和外乡旅客的保护神”[1]，所以“我”向朱庇特发问：“你就是那个好客的神吧？”无论是奥德修斯还是诗中的“我”都希望自己能得到对方的收留，因为这是朱庇特（宙斯）赋予他们作为客人的权利，特别是诗中的“我”，他面对的恰恰是好客的朱庇特本人。然而奥德修斯接下来的命运却是：他的同伴被波吕斐摩斯吞吃，自己依靠计谋才得以逃脱。歌德诗中的“我”只是谦卑地说出了请求，而他的结局并没有在诗中出现。但从两个故事的相似性来看，“我”其实具有奥德修斯的性质：他无端地来到奥林匹斯山上享受青春的幸福（奥德修斯在见到波吕斐摩斯之前吃了他的羊），但也预感到之后会有不幸发生，因为这儿的朱庇特既是外乡人的保护神，但也是波吕斐摩斯的化身。（参见 Witte 2011，636）纵然“我”请求“别把你的客人撵下这奥林匹斯之峰”，可“我”心里十分清楚，朱庇特不会允许自己在他的山上久留，青春女神赫伯也无法使他青春长驻，所以他最后说：

> 就先让我多待片刻，而后再让赫尔墨斯引我下山，
> 先路过塞斯提乌斯之塔，而后静静走上冥界的路途。

诗中的“我”知道，在青春的幸福之后，人依然要面临死亡。对于人生易逝的感叹是《罗马哀歌》暗藏的主题之一，悲哀的曲调在此处再次隐约奏响。但即使我们没有读出诗中的典故，还是可以感受到作者寄托在其中的情感，只是无法深切体味到当人生易逝之感突然来袭时作者的内心状态罢了。

《罗马哀歌》暗用典故最出神入化的例子是第五首（第 3 至 10 行）中暗藏的皮格马利翁（Pygmalion）的故事。据奥维德《变形记》第十卷（243–297 行）记载，塞浦路斯王皮格马利翁不满生活中的女子，运用他的雕塑绝技雕成女像一座。这女像容颜绝世，“你一看见就会把它当作是有生命的……艺术之高，使人看不出是人工创造”。皮格马利翁常去抚摸她，“看她究竟是血肉做的还是象牙雕的”；他吻她，“觉得对方有反应”。他跟她说话，给她打扮，与她同床共枕。在一次维纳斯节的庆典上，皮格马利翁向维纳斯（Venus）祷告说：“把一个像我那象牙姑娘的女子许配给我吧。”维纳斯应允。皮格马利翁回到家中“去看雕像，俯在榻边，吻她。她经他一接触，好像有了热气。他又吻了她一次，并用手抚摸她的胸口。手触到的地方，象牙化软，硬度消失，手指陷了下去……他的手指感到脉搏在跳动。”（奥维德 2000，230–231）这样，皮格马利翁的雕像就有了生命。

---

① 荷马《伊利亚特》第十三卷第 624 行：“竟然也不怕激怒好客的鸣雷神宙斯”。

古罗马的爱情哀歌诗人喜欢用情爱（Erotik）来谈论（诗歌）艺术。在第五首《哀歌》中，皮格马利翁的故事和“我”的经历都是为了阐明这一关系：皮格马利翁想通过他巧夺天工的艺术获得理想的爱情，而“我”却想通过情爱来真正懂得艺术。从细节上讲，他们实现这种爱情与艺术融合的方式都是欣赏、抚摸、感觉它们的对象：皮格马利翁通过观察、抚摸，维纳斯的法力才能生效，他的雕像才能不但拥有人的质感，还能获得人的脉搏；“我”也只有通过“张望她酥胸的形状，抚摸她丰臀的轮廓”，才能“真正懂得这大理石的雕像”。对于大理石雕像等艺术品，我们通常是进行美学欣赏，而对于爱人，我们则更加希望得到一种感官享受；而当爱人和艺术品合而为一之时，即使“我”只是对其进行审美欣赏也能获得感官享受，即使“我”只想获得感官享受也可以获得审美的愉悦：“我”已经达到了一种“通感”（Synästhesie）的境界。所以“我”说：“用我的双眼去触摸，用我的双手也能看得到”（第十行）（参见 Witte 2000，508）。情爱与艺术是相辅相成的，这一美学经验在诗中立刻化作“我”艺术创作的动力：

> 一次次，我用我的手指在她背上轻轻数出
> 六音步的节拍，睡在她的怀中把诗吟唱。（Jeßing 1998，114）

这首诗可谓用典无迹。即使我们不知道皮格马利翁的故事，也可以隐约感觉到其中鲜活的爱情与感官享乐，但只有在这个故事的映照之下，我们才不会忽略其中的艺术主题，才会明白情爱与艺术之间存在互动的关系。

思考题

1. 歌德的《罗马哀歌》在德语文学史上有怎样的特殊地位？
2. 《罗马哀歌》是怎样体现“罗马哀歌”的传统的？

参考文献

[1] Nicolas Boyle. Goethe. Der Dichter in seiner Zeit, Bd. I. 1749-1790, aus dem Englischen v. Holger Fliessbach. Leipzig: Insel, 2004.

[2] J. W. Goethe. Aus meinem Leben. Dichtung und Wahrheit, hg. v. Peter Sprengel. München: Hanser, 1985.

[3] J. W. Goethe. Gedichte, Studienausgabe, hg. v. Bernd Witte. Stuttgart: Reclam, 2011.

[4] Benedikt Jeßing. Sinnlichkeit und klassische Ästhetik. Zur Konstituierung eines poetischen Programms im Gedicht. In: Interpretationen. Gedichte von Johann Wolfgang Goethe, hg. v. Bernd Witte. Stuttgart: Reclam, 1998.

[5] Walther Killy. Mythologie und Lakonismus in der ersten, dritten und vierten Römischen Elegie. In: Gymnasium 71 (1964).

[6] Georg Luck. Goethes Römische Elegien und die augusteische Liebeselegie. In: Arcadia 2 (1967).

[7] Horst Rüdiger. Goethes Römische Elegien und die antike Tradition. In: Goethe-Jahrbuch 95 (1978).

[8] Reiner Wild. Römische Elegien. In: Goethe Handbuch. Bd. 1. Gedichte, hg. v. Regine Otto u. Bernd Witte. Stuttgart: Metzler, 1996.

[9] Bernd Witte. Roma-Amor. Antike Tradition und moderne Erfahrung in Goethes Römischen Elegien. In: Spuren, Signaturen, Spiegelungen. Zur Goethe-Rezeption in Europa, hg. v. Bernhard Beutler u. Anke Bosse. Köln: Böhlau, 2000.

[10] 奥维德 . 变形记 . 杨周翰，译 . 北京：人民文学出版社，1958.

[11] 荷马 . 伊利亚特 . 罗念生，王焕生，译 . 北京：人民文学出版社，2003a.

[12] 荷马 . 奥德赛 . 王焕生，译 . 北京：人民文学出版社，2003b.

第五章　弗里德里希·席勒（Friedrich Schiller）

叙事诗两首

魏育青　译

伊毕库斯的鹤

科林特地峡，云集希腊各族，
斗战车，比歌喉，不亦乐乎，
伊毕库斯——诸神的朋友
也要去与会参赛，一展身手。
阿波罗[①]赐他吟诵的才能
更赋予他甜美的歌喉。
于是他辞别雷焦[②]，踏上了行程，
神气激扬，旅杖轻悠悠。
赫然眼前，已然在望，
科林特卫城雄踞在高耸的山岗，
旅人怀着虔诚，战战兢兢，
踏入了海神波塞冬的松林。
环顾四周，寂然无声，
只有天上的群鹤做伴相陪，
遥对南国，那远方温暖宜人，
灰白的鹤群在展翅高飞。
"请接受问候，友好的鹤群！
你们陪伴我来到了海滨。
我把你们当吉兆，当祥瑞，
我们的命运相同，成双结对。
远道而来，我们远道而来，
恳望宾至如归，有栖身之处，
但愿好客者[③]能将我们善待，
不让他乡来人蒙受屈辱！"
他心情振奋，步履轻松，
转眼间就来到松林之中，
却不料竟窜出两个恶棍，
突然间，和凶手狭路相逢。
无奈下，他只得出手招架，
但旋即两臂松垂，无力活动，

---

① 日神阿波罗也主管音乐与诗歌。
② 诗人故乡，今天的意大利南部的雷焦·第·卡拉布里亚（Reggio di Calabria）。
③ 在此指宙斯。

他的手拨动琴弦无比优雅
却从没有蛮力搭箭弯弓。
他喊人救命，他呼唤众神，
但谁也没听见他的哀告之声。
无论他怎样向远方送去音信，
毫无生灵的迹象，不见人影。
“看来我必定孤独地死在此地，
客死他乡，无人为我满面泪痕，
性命断送在凶恶的歹徒手里，
还不见有人为我报仇雪恨！”
遭受重创，他砰然扑倒在地，
这时传来哗哗声，是飞鹤的羽翼，
他虽然已看不到，但还能听见
凄厉的鹤唳近在咫尺，就在耳边：
“假如没人鸣冤，全都三缄其口，
那么你们，展翅高飞的鹤群
要大声控告杀死我的凶手！”
发出这最后的呼号，永远闭上了眼睛。
裸尸被人发现，体无完肤，
不过科林特的东道主，
还是立即辨认出熟悉的面容，
尽管眼前老友不成人形，伤痕重重。
“谁料到竟这样与你再度聚首！
本希望以松枝编就的花环
围绕诗人的鬓角，让你享受
自己的荣誉带来的光辉灿烂！”
众多宾客会聚在海神节上，
听说这件事不由得黯然神伤。
整个希腊全都悲痛凄恻，
大家心里都在缅怀死者。
涌向元老院[①]请愿的人流翻滚，
怒不可遏，无比愤慨，
要为死难者报仇雪恨，
要向杀人犯讨还血债。
盛大的比赛吸引了各族民众，
人山人海，摩肩接踵，
在哪里能找到蛛丝马迹，
抓住阴险的凶犯伸张正义？
到底是卑鄙的强盗下的毒手？
抑或是嫉妒的对头暗中所为？
太阳神普照着尘世万有，
唯有他才知道究竟，明白原委。
也许凶手正嚣张地迈着大步，
隐藏在希腊人中间鱼目混珠，
复仇女神正在寻找他的行踪
他却享受罪恶的果实，恣情放纵。
也许他正在庙堂的门槛上
藐视众神，不把他们放在眼里，
随着汹涌的人流走向剧场，
混迹在民众之中毫无顾忌。
一排排座椅上挤得摩肩擦背，
连看台的支柱也摇摇欲坠。
远远近近的希腊各族纷纷涌来，
四面八方的观众正在此等待。
沉闷地咆哮着如同大海的波涛，
剧院里沸腾的人浪向上迸涌。
呈现出圆弧线一道又一道，
一直延伸到一碧如洗的天穹。
各族来客济济一堂，多如海边沙粒，
怎说得清他们姓甚名谁，有何来历？

① 指雅典五百人院中的五十人主席团，其他希腊自由城邦的最高权力机构也以此为名。

他们来自忒修斯的城市[①]，
海滨的奥利斯[②]，
来自斯巴达大地，来自福喀斯[③]，
来自亚细亚偏远的沿海，
来自星罗棋布的岛屿。
此刻他们全都聚集在看台，
聆听合唱团那令人战栗的旋律。
率由旧章，合唱团庄严肃穆，
步履徐缓，按古制准确无误，
她们就这样走出后台，
她们便如此绕场一圈。
看这步态，她们绝非来自人间，
她们绝非尘世人家的闺女，
她们的身躯如此伟岸，
超出凡夫俗子不知几许。
黑森森的长袍拍打着腰间，
舞火炬的双手是那么瘦削，
火炬的赤焰是那么暗淡，
脸颊上不见血色，死灰一般。
常人可爱的秀发轻扬，
友好地抚摸前额；而在此处，
在她们头上，却盘踞着蛇蟒，
高高鼓起充满毒液的肚腹。
可怕地转动着，令人毛发直竖，
她们一边唱起赞歌，一边飞舞，
这歌声撕心裂肺，单刀直入，
似收紧的绞索将罪人禁锢。
使人恍惚、昏厥、神迷心醉，
复仇女神之歌在剧场回响。
这歌声啮咬着听众的心，深入骨髓，
容不下古琴的音韵悠长：
“有福了，那无辜的人，清白的人，
他保持着赤子般纯洁的灵魂！
我们不能逼近他实施报复，
他会自由自在地走人生之路。
可谁要是暗地里犯罪将人杀戮，
谁就大祸临头，遁逃无路，
我们这些可怕的黑夜一族
会穷追不舍，把他紧紧盯住！
他以为能逃脱惩罚，金蝉脱壳，
我们却会展开双翼，飞速赶到，
抛出绳索绊住他奔逃的双腿，
使他倒地不起，再不能远走高飞。
我们追他，不知疲倦辛苦，
他即使后悔，我们也不宽宥，
我们追他，一直追到阴曹地府，
即使到了那地方也不会松手。”
她们唱着，跳着，绕着圆圈，
是什么沉重地笼罩着剧院？
是死神的沉默，死一般的寂静，
似乎复仇之神正在降临。
率由旧章，庄严肃穆，
她们恪守古制绕场而行，
步履徐缓，准确无误，
她们就这样在后台消隐。
半信半疑，亦真亦幻，
在场者都觉得心惊胆战，
向那可怕的力量表示敬畏，

① 指雅典，忒修斯被视为希腊城邦的缔造者。
② 奥利斯，希腊古城。
③ 福喀斯，希腊地名。

它在冥冥之中审判和守卫，
以无法探究、玄奥莫测的方式
缠绕起命运的黑色线团，
向着幽深的内心自我启示，
却不在光天化日之下露面。
这时在最高一排的座位上，
有个人突然开始大声嚷嚷：
“看，蒂莫台乌斯，那是什么，
那飞来的是伊毕库斯的鹤！”
天空刹那间一片昏暗，
大家不由得抬头仰望，
只见灰蒙蒙、黑压压的一团，
群鹤正在剧场的上空飞翔。
“伊毕库斯！”——这高贵之名
让每个人的心中都悲愤填膺，
就像一浪接一浪的大海波澜，
众人议论纷纷，口口相传：
“伊毕库斯，我们为他痛哭流涕，
竟然在凶徒手里死于非命！
这人到底怎么了？此言何意？
为什么提到这飞来的鹤群？”
疑问的声音越来越响亮，
众人若有所悟，豁然开朗，
如心头有雷电闪过：“注意，
这是复仇女神的魔力！
要为虔诚的诗人报仇雪耻，
凶手不打自招，原形毕露！
快，快抓住那说这话的小子，
这话说给谁听？那家伙也得逮住！”
悔不该说漏嘴，露了行迹，
那人正想把秘密重埋心底，
无济于事，那张吓得发白的嘴
马上暴露了他心中有鬼。
众人将他揪出，交给法官审讯，
凶手难逃复仇的雷电交加，
剧场的舞台转眼间变成了法庭，
两人供认了，一切大白于天下。

人　质

达蒙在长袍下暗藏尖刀，
向着暴君狄奥尼修[①]悄悄逼近；
不料被捕快发现，束手就擒。
“手持利刃想干什么，快招！”
脸色阴沉的暴君吼道。
“我要解放城市，脱离暴君！”
“你会在十字架上懊悔反省。”
“我准备牺牲，不会摇尾乞怜，
不会求饶，”达蒙慷慨陈词，
“但是还要请你发个仁慈，
恳求你宽限我三天时间，
把妹妹出嫁的事情了结。
我把我朋友留作人质，
我若不回来，你可把他绞死。”
国王奸笑着，一肚子阴险，
盘算了一会儿，开口发话：
“好吧，我就宽限你三天吧，
不过记住了，倘若过了三天，
你还没返回，还没在此出现，
你的朋友就会因你丧命回老家，

① 狄奥尼修一世（前430–前367），古希腊叙拉古城的僭主。在西方文献中常被视为暴君的典型。

而你自己，则能逃脱惩罚。”
达蒙来到朋友处，把情况说明：
“国王有旨，要送我上西天，
以此来惩罚我谋逆的罪愆。
但他许诺宽限我三天光阴，
让我把妹妹交给她的夫君。
你作为人质留在国王身边，
直到我回来，你才能脱险。”
忠诚的朋友默默地与他拥抱，
然后去了暴君处，不得脱身。
达蒙出门，踏上了旅程。
第三天的朝霞尚未来到，
他已把妹妹的婚事办好，
急匆匆往回赶，心急如焚，
真担心会误了约定返回的时辰。
不料想大雨滂沱，连绵不断，
山洪迸发，往下猛冲，
河水暴涨，波涛汹涌。
他拄着旅人的拐杖来到河畔，
只见桥梁在漩涡中崩溃垮塌。
巨浪如雷鸣般轰隆轰隆，
摧毁了吱嘎直响的桥穹。
不知如何是好，在岸边团团转
四处张望，总也无路可走，
大声呼喊，却是无奈发愁。
从那安全的河畔不见来船，
他不能如愿，登上对岸。
不见船夫划着筏子露头，
只有河水湍急，汪洋般的洪流。
他瘫坐在岸边乞求痛哭，
向上苍的宙斯伸出了双臂：
“求求你，快让激流平息！
时光在飞逝，现在已是中午，
再过一会儿，等到黄昏日暮，
要是我还不能进到城里，
我的朋友就会一命归西。”
但是洪水再度发威，不断涨起，
犹如后浪不断将前浪吞噬，
时光在一刻又一刻地消逝。
他充满了恐惧，他鼓起了勇气，
飞身跃入了咆哮的激流里，
双臂劈波斩浪，所向披靡，
天无绝人之路，上帝仁慈。
游到了对岸，急忙赶路，
没忘了感谢上帝的拯救之恩。
谁知有一帮打劫的强人
冷不丁从林子幽深处窜出，
杀气腾腾地拦住了去路，
恐吓，威胁，挥舞着粗棍，
不让心急如焚的路人登程。
“你们想干什么？”他大惊失色，
“我身无分文，只有命一条，
而且这条命还得向国王上交！”
从身边强人手里夺下棍子，一声大喝：
“看在朋友的份上，对不住了！”
三个剪径者被他狠狠地打翻撂倒，
其余的见势不妙，逃之夭夭。
太阳送来了炙人的热浪，
无尽无休的奔波劳顿，
他双膝无力，跪地求神：
“你仁慈地使我逃出了强盗的魔掌，
脱离了洪水来到了神圣的大地上，
难道要我在此备受煎熬，干渴难忍，
却让我挚爱的朋友为我献身！”

听！银辉般清亮地冒出来了什么，
就在不远处，潺潺流淌。
他凝神细听，不再奔忙；
看！那岩石犹如快嘴真利索，
吐出了汩汩清泉活泼泼。
他弯腰曲身，欣喜若狂，
火辣辣的四肢得到一丝凉爽。
太阳光透过了枝丫的绿色，
洒落在高山上闪亮的草坪上，
勾勒出树木巨大的阴影；
他看见两个人在路上走着，
在要快步经过的时刻，
他听见了那两人的话音：
“现在他要上十字架受刑。”
恐惧使他如生双翼快步向前，
担忧的痛苦驱赶着他飞奔。
远天晚霞中已出现叙拉古城，
它的城垛已跃入了他的眼帘，
又与菲洛斯特拉图斯相遇面对面，
这位家里忠实的仆人，
万分惊讶地认出了主人：
“快回去！你再也救不了朋友，
既如此，还不如自己去逃生！
他此刻正在忍受死神之吻。
他曾心中怀着希望等候，
时刻等候，盼望能与你再聚首，
任凭暴君如何冷嘲热讽，
也无法使他的信念动摇半分。”

“如果为时已晚，我已无力
出现在他面前，作为久盼的救星，
那就让死神使我和他合并。
嗜血成性的暴君不要自以为是，
以为朋友会对朋友背信弃义。
让他夺走我俩的性命，
却不得不相信有爱和诚信！”
夕阳西下，他抵达了城门，
只见十字架已经高高地竖着，
四周是目瞪口呆的围观者；
面对把朋友往上吊起的粗绳，
他奋力分开聚集于此的众人：
“刽子手绞死我！”他一声大叫，
“他为我担保，现在我已来到！”
惊讶之情攫住了围观的群众，
两个朋友紧紧地拥抱在一起，
他们痛哭失声，他们喜极而泣。
在场者无一人不泪如泉涌，
奇迹般的消息传到了宫中，
国王人性触动，感慨不已，
命人马上带他俩来见自己。
国王惊讶万分，凝视良久，
“你们成功了，”国王吐露真言，
“你们征服了寡人的心田；
诚信不是幻觉，绝非无中生有，
快把我也看成是你们的盟友：
接受我的恳求吧，将我成全，
让我成为你们的第三个成员！”

"原卵"中的理念——席勒的叙事诗

魏育青

在德语文学最辉煌的时期之一，即在所谓"魏玛盛世"，叙事诗（Ballade，或译叙事谣曲）达到了前所未有的高峰。1797作为"叙事诗年"永载德国乃至世界文学的史册：在这年及前后，歌德和席勒创作了大量叙事诗，犹如在古典文学理想旗帜下进行这一体裁的革新竞赛，歌德写有《科林斯的未婚妻》（Die Braut von Korinth）、《掘宝者》（Der Schatzgräber）、《神与舞女》（Der Gott und Bajadere）、《魔术师的门徒》（Der Zauberlehrling）等：席勒献给读者的叙事诗有《潜水者》（Der Taucher）、《手套》（Der Handschuh）、《波吕克拉特的指环》（Der Ring des Polykrates）、《去铁匠铺的路上》（Der Gang nach dem Eisenhammer）、《伊毕库斯的鹤》（Die Kraniche des Ibykus）、《人质》（Die Bürgschaft）、《斗龙记》（Der Kampf mit dem Drachen）等，作品极受欢迎，一时称盛。

类似叙事诗的口传作品在许多国家历史悠久，作为文学体裁在中世纪晚期才出现在德国。叙事诗的定义不一而足，当然以歌德的最为著名。在这位文学全才看来，叙事诗兼有三种主要体裁的特点，集诗歌、戏剧、小说为一体。

"叙事诗充满神秘性，乃是源自其吟诵方式。即使说，诗人对他的题材、他的人物形象及其行为和活动如此烂熟于心，以至于不知道如何才能把这些从内心深处挖掘出来，献给公众。于是他便运用文学的全部三种基本形式，以表现应该激发想象力和应该诉诸精神的东西。他可以用诗歌、小说、戏剧的方式开始，然后可以任意变换形式往下写，直奔结尾，或者迟迟不去结尾。叠句，同一尾声的不断再现，赋予这种创作体裁决定性的诗歌特征。——若是如在我们德国人这里经常能看到的那样，作家对这种创作体裁情有独钟，那么叙事诗对所有民族就是可理解的，因为在某些时代……人们处理同样的事情采取同样的方法。此外，选取一部分此类诗歌甚至可以展示全部文学，因为文学成分在此尚未相互分离，而是如同在一个充满活力的原卵[①]中那样浑然一体，卵只需被孵化出来，就会成为一种华美无比的现象，展开金色的双翅在蓝天上高高飞翔。"（Goethe 1974，400）

① Ur-Ei，或译"原始胚胎"。

“叙事诗”这一术语源自希腊语，起初与“舞曲”有关，作为概念约于18世纪引入德国，大抵指篇幅相对短小的作品，叙述一个较为完整、充满冲突的事件，体现出扣人心弦的戏剧性，但又具备抒发主体情感的诗歌特点。在19世纪，许多人和早年的歌德一样，还使用Ballade和Romanze两个名词，后来文艺理论家多只用Ballade这一说法了，却加上了许多限定词，于是叙事诗分类林林总总：如“传说”叙事诗、“轶事”叙事诗、“趣闻”叙事诗、“寓言”叙事诗，如“北国”叙事诗、“传奇”叙事诗，如“民间”叙事诗、“艺术”叙事诗，如“鬼怪”叙事诗、“英雄”叙事诗、“理念”叙事诗，等等。席勒的叙事诗常被视为以艺术语言写就的“理念叙事诗”（Ideenballade），著名的《人质》即为适例之一。

《人质》作于1798年，于四日内一气呵成。1799首次发表在《文艺年鉴》（Musenalmanach）上时，主人公名叫摩罗斯。有相关文献认为故事来源于古罗马作家许癸努斯（Gaius Julius Hyginus，约公元前64—17）的《传说集》（Fabulae），席勒在1798年9月4日致歌德的信中写道：“许癸努斯让我知道了另一个故事。我很想知道自己是否已经幸运地从这一素材中找出了所有主旨。您思考一下，您是否还发现了其他主旨；在诸如此类的情况下能思路清晰地写作，几乎可以按照原则虚构故事。”（Goethe 1990，618）《传说集》中两位朋友摩罗斯和塞利努提乌斯，就是其他作家笔下的达蒙和皮尔厄斯。另有研究者指出，该诗可能取材于中世纪后期的《罗马人传奇》（Gesta Romanorum）。这是一本以拉丁文写就、当时流传甚广的奇闻轶事集，莎士比亚、薄伽丘等诸多文坛巨匠都从中得益。书中有一篇《恪守诺言》讲述了达蒙和皮尔厄斯的故事。1804年席勒在其作品的豪华版中亲笔将主人公名字改成了“达蒙”。钱春绮先生认为这首叙事诗赞颂了高贵的友谊，并附带举了战国时代羊角哀和左伯桃的例子。（参见钱春绮 1989，184）

诗共20节，每节7行，其中第1、4、5行和第2、3、6、7行分别押韵，前者为重音在最末音节的阳韵，后者则是重音在次末音节的阴韵。诗中运用了大量修辞手段，如头韵、顿呼、拟人、通感、排比、对照、夸张等。《人质》情节紧张，充满悬念，对白生动，格言精炼，尤其适于朗诵，具有飞流直下的听觉冲击力，颇能触动听众的心灵。这首脍炙人口的名诗对后世影响很大，舒伯特（Franz Schubert，1797—1828）曾多次为之谱曲。

《人质》故事发生在古希腊城邦叙拉古。作品一开始要言不烦地勾勒了一次以暴制暴的革命，主人公达蒙“在长袍下暗藏尖刀”暗杀狄奥尼修一世的行动未获成功。他束手就擒后接受了判决，甚至坦承自己的武力行动是“谋逆的罪孽”，但恳求暴君给他三天宽限，将妹妹出嫁的事情安排妥当后再回来引颈受戮。狡诈的暴君扣下达蒙的朋友作为人质，心中认定生死关头无英雄，达蒙必定会背叛朋友。然而对达蒙和他的朋友而言，道德准则是毋庸置疑的人性，忠诚绝非子虚乌有。故事的主人公话语不多，性格主要通过行为凸现出来，在一系列动感十足的画面中，我们看到更多的是外在的理想化行为。达蒙想到被扣为人质的朋友就力量倍增，有多少自然的和人为的艰难险阻都不在话下，无论“杀气腾腾地拦住了去路”的强人，还是“巨浪如雷鸣般轰隆轰隆”的洪流，抑或“炙人的热浪”和“无尽无休的奔波劳顿”，都不能妨碍他去挽救朋友的生命。席勒浓墨重彩地描述了《人质》主人公在与时间赛跑的过程中遇到的重重障碍，较之原来素材中只有“洪水暴涨”的情节增色不少。终于峰回路转，达蒙的忠诚、执着和牺牲精神唤醒了人性：犹如奇迹发生，本来只是看热闹的群氓被这种纯粹的理想行为感动了：“在场者无一人不在泪如泉涌”。连“嗜血成性”的狄奥尼修亦是如此，他原本不相信人间自有真情在，现在也“人性触动，感慨不已”了：“你们征服了寡人的心田”，仿佛突然间暴君变成了人，甚至要求“将我成全，/让我成为你们的第三个成员！”

不妨将这首“理念叙事诗”置于大时代背景之中，并与席勒本人的基本观点联系起来进行考察。在《人质》杀青前九年，轰轰烈烈的法国大革命爆发，然而以暴力解决社会问题的尝试最后以失败告终了——至少在席勒看来是如此，似乎自由、平等、博爱的目标难以通过暴力手段达到，要建立一个合理的国家秩序，唯有人的审美教育才是不二法门。在席勒看来，只有像《人质》中那样描绘了丢失的人性，展示了道德的理想，当代的诗人才算尽责了，因为这种理想或许只有经过审美存在和文艺作品才能进入人的经验。

然而诗中的这种立地成佛、皆大欢喜的结局是否令人信服？确实，我们在《人质》尾声中听到了一曲乌托邦的和乐，其实和席勒在这段时间的大量美学论著，尤其是《审美教育书简》（Briefe zur ästhetischen Erziehung，1795）的基调相去不远。诗人席勒主张自由，争取解放，但不主张仿效攻占巴士底狱的法兰西人，而是呼吁走进美和艺术的王国，经审美教育而克服理性与感性之间的鸿沟，在“游戏冲动”中促成两者之间的和谐，培养高尚的心灵和完整的人格，进而消除社会弊端，建立一个理想的人间。也许正是在此意义上，恩格斯在《路德维希·费尔巴哈和德国古典哲学的终结》（Ludwig Feuerbach und der Ausgang der klassischen deutschen Philosophie，1886）一书中提到了“席勒所传播的那种沉湎于不能实现的理想的庸人倾向”（陆梅林 1983，515）。

席勒叙事诗的素材主要来自历史和神话，来自中世纪和古希腊、古罗马。而在结构方面，古典主义戏剧的特点依稀可见。另一首著名的叙事诗《伊毕库斯的鹤》

亦是如此。

诗中描述了一段发生在古希腊的故事。生活于公元前 6 世纪的诗人伊毕库斯以其炽热的情诗而闻名，他去伯罗奔尼撒半岛东北部参加伊斯米亚大赛，这是隔年一次在科林斯地峡举办的体育及文艺盛会，在当时规模仅次于奥林匹克运动会。不料未及一展身手，就在途中遇害了。凶手逃之夭夭，当时在场的只有一群鹤。“整个希腊全都悲痛凄恻，/ 大家心里都在缅怀死者”，为失去一位杰出的诗人而义愤填膺。接着，在这场各族民众参与的盛会上，复仇女神登场了，“率由旧章，庄严肃穆，/ 她们恪守古制绕场而行”。

在古希腊、古罗马之后，复仇女神出现在西方文学作品中，如但丁的《神曲》（Göttliche Komödie，约 1301—1321），弥尔顿（John Milton，1608—1674）的《失乐园》（Paradise Lost / Das verlorene Paradies，1667），歌德的《伊菲格尼在陶里斯》和《浮士德》。在席勒的这首叙事诗中，复仇女神的合唱使得混在观众中的凶手在上有鹤群飞过时脱口而出：“那是伊毕库斯的鹤来了！”在场的观众恍然大悟，凶手原形毕露了。

《伊毕库斯的鹤》的作者以独特方式使这一素材体现出一种更高尚的思想。本来可以只将鹤群视为工具，通过鹤群揭示凶手注定的命运；但这样一来，叙事诗就是在说明一个“行不义者必自毙”的简单道理，描述形而上学的命运链，描述超越尘世的神祇如何有计划地介入人的生活，帮助人实现正义了。席勒却并非意在突出不寻常的命运安排，他自己也在相关的书信中声明不是为了表现奇迹。于是他设计了复仇女神的情节：正是这些可怕的合唱者给观众留下的印象，导致凶手受恐惧的折磨而罪行败露，落入法网。所以诗中对复仇女神形象的描写如此详尽。歌声对人的心灵产生震撼，起着净化、崇高化的作用，文艺的力量淋漓尽致地显示出来。在文艺力量的作用下具备真正人性的希腊民众成了审判的主体，是他们追求公正的社会行为，要为受人尊敬的诗人复仇雪耻，惩罚罪犯的不再是冥冥之中的神秘力量。从这个角度看，以宿命论为此诗之单解未必合适。洪堡（Wilhelm von Humboldt，1767—1835）曾认为《伊毕库斯的鹤》带有纯粹的古典色彩，“诗人吸收了古典精神，他在其中自由地运动，于是一种新的、通体散发着古典气息的诗作诞生了”。是什么使得这一素材对席勒而言如此有价值呢？“是其中凸现的这样一种理念，即艺术表现对人类胸襟产生的巨大力量。”（Humboldt 1962，10）

全诗 23 节，每节 8 行。每节前 4 行分别为邻韵，后 4 行为交替韵。开头 3 节为引子，介绍了多才多艺的诸神之友伊毕库斯，交代了他去科林斯的原因。从第 4 节起情节逐渐展开。伊毕库斯在林子里遇到两名暴徒，在搏斗中受了重伤。他徒劳地呼救，死前说出了对以后的情节发展极为重要的一句话："假如没人鸣冤，全都三缄其口，/ 那么你们，展翅高飞的鹤群 / 要大声控告杀死我的凶手！"第 7–12 节描写了民众对诗人遇害一事的反应，大家悲愤难已，要将罪犯绳之以法，却苦于不知凶手是谁。第 13 节，随着古希腊复仇女神的登场，叙事诗的主体部分开始了。接下去的几节描述了这些复仇女神让人震惊的神秘形象和善恶有报的重要宣言。在第 18–19 节里，这些合唱者退场，观众无法判断目睹的一切是真是幻。第 20 节，凶手一声呼喊无意中暴露了自己和同伙。第 21–23 节描写的是人们对这句呼喊的反应：先是迷惑不解，接着明白过来，强烈要求抓住罪犯，最后凶手难逃法网。

《伊毕库斯的鹤》呈现出戏剧结构特征，全诗包含引子、情节发展、主体部分和道德寓意等要素。或许可以说，并非诗到末尾才说出想说明的道理或"理念"，第 16–17 节中复仇女神的歌声说明清白无辜者和负罪在身者分别会有何等遭遇，也可将之视为道德寓意。问题是如此一来，这首叙事诗似乎就是在宣扬宿命论了。

在充满戏剧张力的《人质》中，诗人并非平均用力。席勒有时惜墨如金，比如最后一节讲到两名凶手认罪伏法，关键处只有寥寥几句。对此，席勒在与歌德讨论结尾问题时是这样解释的："罪行真正大白于天下，作为那声叫喊的后果，对此我竭力避免大肆铺陈，因为找到凶手的路一旦打通（打通这条路的是那声喊叫以及随之而来的不知所措的惊恐），叙事诗也就结束了，余下的事不是诗人该做的了。"（Goethe 1990，410）有时，诗人又具体入微地描写外在状况，交待情节开展的背景，比如一一列举"各族来客，恒河沙数……"。席勒当年还就古希腊民俗细节请教在魏玛的考古学家、文学家和教育家伯蒂格（Karl August Böttiger，1760—1835），对方的答复是诗中对古希腊环境的描写惟妙惟肖，"从海神波塞冬的松林到绕场一圈的合唱队直至剧场的看台，都是那么真，那么实，似乎您能在魔镜中将一切尽收眼底。"[①]

另外值得指出的是，《伊毕库斯的鹤》情节紧张，扣人心弦，描写了从案发一直到最后凶手落网的过程，有几分像侦探小说。侦探的角色由剧场里的希腊神话中的复仇女神担任。作者以此为例展示了歌声的功效、审美的力量，以古希腊戏剧为代表的文艺伸张了任何其他人类机制都难以实现的正义。在此有一种合力格局：观众和演员的互动突出了戏剧性的效果，作为自然现象的鹤和古希腊戏剧中的神话也在共同作用，以实现真正的人性这一古典目标。

对古希腊文化极为钟情的洪堡对《伊毕库斯的鹤》赞赏有加，他写信给席勒，

① 参见 www.schiller-institut.de/seiten/schill97.htm。

称这首诗“体现出一种也完全为您所有的宏大和高尚。尤其在提及剧场之后，描写更是出神入化，圆形露天阶梯式剧场以及盛会的画面是如此生动，如此宏伟，如此清晰，仅仅各民族的名字就能使人如置身于那幸福的时代，我几乎不知道还有比这更出色的想象。还有复仇女神的合唱，她们上场绕行时营造出可怖的宏大气象，甚至在最后消隐不见时还能令人生畏。语言在此既充满个性，又适合情状，以至于我无法否认，即使您如此贴近古希腊埃斯库罗斯笔下的合唱，我在您诗中描绘的合唱中其实体会到了更多、更高尚的东西。仅仅这样的语言，这样的诗句，甚至韵脚，就使得一般而言属于现代作品的东西也与古典姻娅相连。古希腊表达中特有的想象和情感的崇高，在我看来，现在也使精神获得了提升”（Seidel 1962，136）。

而席勒的挚友科尔纳则明确反对洪堡的赞词，在 1797 年 11 月 27 日以及 12 月 25 日写给席勒的信中，他认为这首诗虽然写得精美，不少局部也颇具效果，但总体上是枯燥的。盛会及合唱场景描绘极为生动，却淹没了主人公伊毕库斯。而叙事诗要求主角是一个与命运抗争的人物形象，命运复仇这个抽象概念本身不应成为聚焦点。席勒对科尔纳的批评并非一笑了之。他在 1798 年 4 月 27 日的回信中还转述了歌德的观点：“……但他不同意你对《波吕克拉特的指环》和《伊毕库斯的鹤》的看法……他认为，你对它们进行批评时作为出发点的概念过于狭窄；他希望，人们能把这些诗看成是一种新的、拓展了诗艺的新体裁。他认为在此涉及的对理念的表现并非诗艺的外在，不能把这些诗和象征抽象思想的诗混淆起来。”[①]

席勒在叙事式创作时确实经常得益于歌德，而歌德也表示自己一些叙事诗要归功于席勒的鞭策。《伊毕库斯的鹤》作于 1797 年，在某种意义上可以说是歌德、席勒双雄会的结晶。两人常被比作宙斯的双生子卡斯托尔和波吕克斯，友谊虽然短暂，却异常亲密和多产。但是随着席勒过早辞世，这一在托马斯·曼看来“在所有精神联盟中最为著名”[②]的歌德和席勒之间的合作告终了，歌德觉得自己“失去了一位朋友，我生活的一半也随之而去了”（Martini 1978，259）。德国文坛上这两颗无比璀璨的双星各有特色，以致后人每谈及此就会推出诸如“天才的感性诗人”—“善于推理的思想家”“侧重于现实主义”—“倾向于浪漫主义”“重客观”—“重主观”之类的理想化对立来。无论如何，歌德和席勒各有特色地使叙事诗的内容和形式与魏玛古典主义原则相一致，他们密切合作，深入切磋，求同存异，互补双赢。席勒在 1793 年 9 月 1 日致科尔纳的信中如此描述自己和歌德的关系：“每次离开他，我

① 参见 www.zeno.org/Literatur/M/Goethe,+Johann+Wolfgang/Gespräche/[Zu+den+Gesprächen]/1798。

② 参见 wissen.spiegel.de/wissen/dokument/78/22/dokument.html?id=32362287&top=SPIEGEL。

心里总是已植入某些东西。每个人都可以给另外一个人以对方所缺少的东西，并且从对方那里接受自己所需要的东西。”歌德也认为许多思想很难说是谁的专利，许多诗句实际上是两人合作的结晶，许多情况并无你我之分。或许马丁·瓦尔泽（Martin Walser，1927—）的话不无道理：“两人之间的合作若能如在九十年代后期那样延续下去，那么最终就能以类似马恩全集的形式出版歌德、席勒的作品了。”[①] 歌德席勒共同撑起了德国魏玛古典文学的辉煌，这点从在《伊毕库斯的鹤》的创作过程中也可略见一二。

“伊毕库斯的鹤”本来是歌德正在酝酿处理的古典素材，后来“让”给了席勒。1797 年 8 月 17 日，席勒将前一日晚上才完成的初稿寄给歌德征求意见：“您现在终于可以拿到《伊毕库斯的鹤》了。但愿您能满意。我承认，对此素材细察之后，我面对比原先预料更多的困难；不过我觉得，这些困难大都已被克服。”（Goethe 1990，396）歌德于 8 月 22 日回信，首先肯定了这首诗，包括向剧场情节的过渡，复仇女神的合唱等；接着在一些细节上提出了自己的看法，“一、鹤作为候鸟，应该是一群，既在伊毕库斯头顶，也在剧场上空飞过。它们作为自然现象出现，可与太阳和其他有规律的现象并列。不必是同一批鹤，它们也许只是浩浩荡荡的迁徙大军中的一支小分队，如此一来，奇迹性也就可以消除了；我觉得，故事里的不祥预感和奇异气氛其实纯属偶然。二、要是我写这首诗，我就会在复仇女神退场的第 14 节后再加上一节，以描绘合唱的内容引起的民众情绪，从好人严肃认真的观看表演过渡到歹徒心不在焉的漠然态度，然后让凶手目瞪口呆地发出惊叫，虽然愚蠢、粗野，而且声音不小，但也只有近旁的观众可以清楚地听到。于是凶手就会和邻座产生纠纷，从而引起大家的注意，等等。通过这样的处理，加上鹤群的到来，一切就会显得自然，我觉得能增强效果，因为现在第 15 节开始处过于响亮和突出，人们几乎会有其他的期待。如果您能对这里或那里的韵脚再下点功夫，那么别的方面就容易了……”（Goethe 1990，397-398）次日，歌德又补充道：“因为中间部分您处理得非常成功了，而且这首诗反正也不长，所以我希望您在引子处增加若干诗句。窃以为，完全可以先让鹤群跃入旅人伊毕库斯的眼帘，赶路的他将自己与鹤群相比，将过客和过客相比，如此就能留下一处不错的伏笔。他后来死在歹徒手中，咽气前就能向这些结伴同行的鹤发出为他申冤作证的吁求。……对我来说，要紧的是把这些鹤处理为一种长久和普遍的现象，这种现象在我看来又能和长长的、纠结的复仇女神线索很好地联系起来。”（Goethe 1990，399-400）席勒在 8 月 30 日回函致谢，

① 参见 www.ursulahomann.de/EinesFreundesFreundZuSeinUeberDieFreundschaftVonGoetheUndSchiller/kap 004。

认为自己感受到了“活生生的认识和经验即便对于虚构而言也是大有裨益”，承认因为缺少生活中的观察而未能看到鹤群这种“自然现象”用于创作的可能性，表示愿意尝试赋予鹤群超出“命运英雄”之外的“普遍性和重要性”。（Goethe 1990，402–403）在 9 月 7 日给歌德的信中，他又写道：“我已基于您的高见对《伊毕库斯的鹤》做了重大修改。引子部分不再贫乏，叙事诗的主人公更能引起读者的兴趣，鹤群也注入了更多的想象力，足以控制注意力，以便基于前文伏笔在最后出现时不被人遗忘。”（Goethe 1990，409）但是席勒对歌德的建议也并非照单全收，比如没有接受歌德关于先让近旁的观众听到凶手喊叫的构思，认为这样一来细节过多，会产生稀释和延缓作用，影响飞流直下的进展气势；况且关于凶手叫喊的描写并非不自然，在心理上可以解释，在最高一排大叫即使不能让全场也能让多数观众听到。

如果说按一般的说法，歌德的叙事诗体现出民间叙事诗的特点，读者常会联想起大自然、魔法、鬼怪等关键词，那么席勒更多的是从某一“理念”出发，极富戏剧性的故事情节为之服务，最后这“理念”或曰道理又浓缩在精炼的格言警句中，以便深深地镌刻在读者的心中。这是席勒接受史上最具争议的问题之一（比如某种程度上工具化、简约化的危险等），但其叙事诗的青春永驻也与此有关：为德国学校必读作品，常被称为叙事诗的经典，魅力不减当年，关于德国学校里以席勒叙事诗为教学活动内容的报道即便在如今互联网时代也很常见。对中国读者而言，席勒的叙事诗也是德国古典文学宝库中的一颗璀璨的明珠。或许这些叙事诗与《孔雀东南飞》《木兰辞》《琵琶行》等相去甚远，尽管王国维等认为中国文学的抒情传统远胜于叙事，但席勒的叙事诗既注重道德教益，又注重审美作用，尤其是理想之高尚，气象之宏大，行文之精彩，效果之戏剧化，似乎很符合中国受众的胃口，推崇备至者大有人在。“歌德的确是抒情诗的圣手，但在叙事谣曲方面，恐怕还得让席勒出一头地。”（王以铸 1980，11）

思考题

1. 歌德为什么将叙事诗比作“原卵”？试举例说明叙事诗的特点。

2. “《伊毕库斯的鹤》呈现出戏剧结构特征”——你同意这种说法吗？理由何在？

参考文献

[1] Johann Wolfgang von Goethe. Sämtliche Werke, Münchner Ausgabe,

Bd. 8.1. Briefwechsel zwischen Schiller und Goethe in den Jahren 1794-1805. München: Hanser, 1990.

[2] Johann Wolfgang von Goethe. Ballade, Betrachtung u. Auslegung. In: Erich Trunz, Hamburger Ausgabe, Bd.1, Gedichte u. Epen I. München: C.H.Beck, 1974.

[3] Michael Hoffmann. Schiller. Epoche, Werke, Wirkung. München: C.H.Beck, 2003.

[4] Fritz Martini. Deutsche Literaturgeschichte. Stuttgart: Kröner, 1978.

[5] Siegfried Seidel. Der Briefwechsel zwischen Friedrich Schiller und Wilhelm von Humboldt, 2 Bde. Berlin: Aufbau-Verlag, 1962.

[6] 陆梅林 . 马克思恩格斯论文学与艺术：第 1 卷 . 北京：人民文学出版社，1983.

[7] 钱春绮 . 我译席勒叙事诗的一点体会 // 杨武能 . 席勒与中国 . 成都：四川文艺出版社，1989.

[8] 王以铸 . 歌德席勒叙事谣曲：译者前言 . 北京：人民文学出版社，1980.

[9] 张玉书 . 歌德与席勒 // 张玉书 . 海涅、席勒、茨威格 . 北京：北京大学出版社，1987.

第三部分　19 世纪

第一章

19 世纪德语文学概述

陈良梅

19 世纪是一个纷繁而漫长的世纪，各种现象并置甚至重叠出现，让生活在这个世纪的人感觉眼花缭乱、无所适从。从社会发展的角度看，此时的欧洲新旧交替、风云激荡；工业革命浪潮的蓬勃兴起，导致了从未有过的新的社会阶层产生——工业资产阶级和工人阶级，从而引起了社会结构的变化。资本主义的发展、工业化程度的提高，吸引着农村劳动力向城市转移，也使得传统封闭的乡村社会逐渐向开放、多元的城市生活转变，致使农耕社会凋敝，整个社会生活也随之发生改变。从科学技术的发展上看，蒸汽机车、电报机、电动机、火车以及照相术的发明，深刻地改变了人的生活。例如，电报的应用使得人与人之间的联系变得方便快捷；火车替代马车，使得人的生活节奏由慢变快。最重要的是，世界不再是封闭的，而是互联互通的。而在政治上，拿破仑战争引发的维也纳会议却把欧洲社会带回到法国大革命之前的专制统治，社会精英对人民在国家内部享有自由以及人民参与国家生活构建的热切期望化为泡影。与此同时，社会生产工业化、日常生活城市化，将至此为止未曾见识过的群体力量聚集到大城市中来。这些未经整合、缺乏人文关怀和社会管理的力量取代了封建的阶级、统治和征服结构。越来越多的社会阶层陷入隐匿的、非人的文明束缚。这一切又进一步表明，旧的政治制度和理念不再能适应新的经济发展模式。因此，反封建专制复辟和要求符合工业革命发展潮流的各种改革和革命运动相继发生。

具体到德国，拿破仑对德意志的占领使得有名无实的德意志神圣罗马帝国（das Heilige Römische Reich Deutscher Nation，962—1806）不复存在；从另一角度看，拿破仑间接地成就了德国的统一：反拿破仑战争的结束卸去了压在德意志人身上的巨大精神压力；到了19世纪后半期，普鲁士通过三次王朝战争实现了普鲁士控制下的德国统一；在1870年爆发的普法战争中，普鲁士击败法国；普鲁士国王威廉一世1871年1月18日在法国凡尔赛宫加冕为德意志皇帝，确立“德意志第二帝国”，成就了真正意义上的德国第一次统一。

德国19世纪前期的浪漫主义文学、中期的现实主义文学和晚期的现代主义文学正是在这样的社会背景下产生、发展的。当然，这三大文学主流并非相互取代，而是并行不悖，这一点恰恰是德国19世纪文学最显著的特点。19世纪前期，浪漫主义余温尚存。这个被萨弗兰斯基（R. Safranski，1945—）定性为“一个德国事件”（萨弗兰斯基2014）的浪漫主义，之所以是“一个德国事件”，是因为浪漫主义在德国的发生和发展与德国的社会政治现实有着直接的关联。当欧洲邻国民主运动和民族解放运动高涨、通过革命推翻国王统治——法国人则攻克了巴士底狱，德国却是邦国林立的一盘散沙，进步的力量在德意志神圣罗马帝国松散的政体下无法聚集壮大。因此，德国知识阶层中的有识之士便号召人们来一场“头脑风暴”，在头脑里进行这场革命，从而在文化领域制造出一个能与拿破仑、法国大革命相媲美的、令德意志民族骄傲和自豪的东西来。当然，进行头脑革命并非空穴来风，它有着坚实的理论基础，这就是同时期以费希特（J. Fichte，1762—1814）和谢林（F. Schelling，1775—1854）为代表的唯心主义哲学，其强调天才、灵感和主观能动性并把自我提到高于一切的地位，为浪漫主义文学强调主观精神和个人主义倾向提供了依据。如果说德国浪漫主义具有一定的民族主义倾向，那是因为浪漫主义在德国形成之时，德国还不是一个统一的民族国家。这样的历史背景导致年轻一代知识分子热烈追求民族的统一。又由于割据的政治局面使得有志之士无法凝聚成一股力量去改变社会现实，导致他们最终逃进宗教、历史中去，在那里寄托自己的理想与追求。这又使得德国浪漫主义具有一定的神学倾向和浓厚的历史主义色彩。

德国浪漫主义文学的主要代表，有擅长理论阐发的施莱格尔兄弟（August Wilhelm Schlegel，1767—1845，Friedrich Schlegel，1772—1829）和诺瓦利斯（Novalis，1772—1801）；布伦塔诺（Clemens Brentano，1784—1842）、蒂克（Ludwig Tieck，1772—1853）和E. T. A·霍夫曼（Ernst Theodor Amadeus Hoffmann，1776—1822）则以创作奇妙故事见长。特别是弗里德里希·施莱格尔，他不仅提出了“总汇诗”（Universalpoesie）和“浪漫反讽”（romantische Ironie）这样的美学观点，还在小说《露琴德》（Lucinde，1799）创作中进一步深化其诗学理论。可以说，理论阐发与创作实践并驾齐驱，是德国浪漫主义文学区别于欧洲其他国家浪漫主义文学的标志。

现实主义无疑是19世纪的文学主流。现实主义文学在意识形态上承载的是市民阶层的意识，因而它又被称为“市民现实主义”（der bürgerliche Realismus）。小说家、剧作家兼评论家的路德维希（Otto Ludwig，1813—1865）将德国现实主义称为“诗意现实主义”（der poetische Realismus），因为他主张作家通过想象重新创造一个更加完整的、体现各种社会关系的“现实”。正是因为对现实进行了艺术加工，并且不少作家倾向于采取诗意的美化来调和尖锐对立的社会矛盾，特别是冯塔纳（Theodor Fontane，1819—1898）的小说，而不是像法国或者俄国现实主义那样赤裸裸地反映现实，因此“诗意现实主义”概念确实更准确地反映了德国现实主义文学的特点。

作为对浪漫主义反拨的现实主义，于19世纪30年代逐渐形成，并于50年代初盛行于西欧各国。而19世纪的德国现实主义文学，又可以细分出“毕得麦耶尔”（Biedermeier）、“青年德意志”（Junges Deutschland，1820—1850）（Mettenleiter，Knöbel 1991，277）和“三月前”（Vormärz）。它们是政治层面上拿破仑战争之后欧洲全面复辟与反复辟之较量在文学创作上的反映。一类人在彻底失望之余，从此远离一切与社会和政治相关的事情，退回到私人生活领域，在宗教和家庭生活中寻求自己可以掌控的微小而确实的幸福与满足；而另一类人则不甘于失败，不接受自己无权参与政治生活的现实，希望通过斗争改变国家的政治状况。前者创作的作品归类到“毕得麦耶尔”文学，后者归类到“三月前”文学，其创作主体又被称为“青年德意志”。这两支文学的影响一直持续到1848年三月革命前夕。

用“小艺术”（Kleinkunst）来概括毕得麦耶尔文学，是恰如其分的。这类文学取材于日常生活中微不足道的事，形式多为短小的体裁；不仅如此，这类文学作品还具有浓郁的地域性特点。因此，毕得麦耶尔文学及其作家的影响是有限的，其代表作家默里克（Eduard Mörike，1804—1875）和德罗斯特（Annette Droste-Hülshoff，1797—1848）都是在去世多年之后才逐渐得到认可并获得应有的声誉，成为今天德国家喻户晓的作家。

与之形成鲜明对比的是“三月前”文学及其创作主体。这些被称为“青年德意志”的具有民主思想的知识青年，对社会政治的复辟状况强烈不满。他们“拿起笔做刀枪”，以文学创作为武器，紧贴时事政治内容，目的是唤起民众进行政治变革或社会革命。因此，“三月前”是一种政治化的文学创作，采用的往往是传单、随笔、戏剧这样的体裁。这一部分文学的主要代表作家有毕希纳（Georg Büchner，1813—1837），古茨科（Karl Gutzkow，1811—1878），劳伯（Heinrich Laube，1806—1884），温巴尔格（Ludolf Wienbarg，1802—1872）和蒙特（Theodor

Mundt，1808—1861）（Mettenleiter，Knöbel 1991，277）。其中，毕希纳创作的《丹东之死》（Dantongs Tod，1835）、《沃伊采克》（Woyzeck，1837）和《伦茨》（Lenz，1835）成为传世之作，至今仍然在德国上演，以至于德国最重要的文学奖"毕希纳文学奖"都是以他的名字来命名的。海涅（Heinrich Heine，1797—1856）也可以被归结到这一类，然而他的情况又有些特殊。他的《德国——一个冬天的童话》（Deutschland Ein Wintermärchen，1844）和《阿塔·特罗尔——一场仲夏夜之梦》（Atta Troll — Ein Sommernachtstraum，1847）无疑是政治讽刺诗的经典之作，而他的《诗歌集》（Buch der Lieder，1827）、《游记集》（Reisebilder，1826—1830）和《罗曼采罗》（Romanzero，1851）则是他自认为支撑他文学声誉的三根柱石。他的理论著作《论浪漫派》（Die romantische Schule，1836）和《论德国宗教和哲学的历史》（Zur Geschichte der Religion und Philosophie in Deutschland，1834）开创了嬉笑怒骂、讽刺挖苦、主观恣意的全新文学批评风格。海涅的诗歌、游记和理论著述至今影响着一代又一代读者，在德国19世纪文学中占有重要一席。

在现实主义文学中，小说占据了绝对的主导地位。凯勒（Gottfried Keller，1819—1890）、施托姆（Theodor Storm，1817—1888）、迈耶（C. F. Meyer，1825—1898）、拉贝（Wilhelm Raabe，1831—1910）和冯塔纳创作的不同风格小说成为德语小说史上灿烂辉煌的篇章。其中特别值得一提的是冯塔纳，他创作的十多部以柏林的社会生活为题材的小说，反映了19世纪70年代开始的俾斯麦时代德国社会的面貌。不同社会阶层在社会转型期的生活、思想情感上的矛盾、被扭曲和破坏了的人与人之间的关系、等级差异和社会规范及禁锢所造成的人间悲剧，这一切都被他的小说娓娓道来。他的创作为德国文学带来了可以与英国和法国社会小说相媲美的作品。从发表于1870年代的《暴风雨前》（Vor dem Sturm，1878），发表于80年代的《迷惘与混乱》（Irrungen，Wirrungen，1888），到90年代《燕妮·特莱伯尔太太》（Frau Jenny Treibel，1892）和《艾菲·布里斯特》（Effi Briest，1895），直到他的最后一部小说《施泰希林》（Stechlin，1897），幽默、高尚的信念、包容的处世态度、睿智的对话和冷静的叙事，自始至终贯穿于他的小说。

现实主义文学主要盛行于1848年革命失败到俾斯麦时代结束的这几十年间。从19世纪80年代开始至19世纪末，挥斥方遒的是自然主义。在自然主义者看来，现实主义虽然发现了现实，然而现实主义揭示的是被现象遮蔽的现实，并不是自然现实本身；而且现实主义对现实的表现过于"诗意"。于是，自然主义者掀起了一场新的"狂飙突进"，他们决心与传统决裂，不再亦步亦趋跟在前人后面，因为"我们的世界不再古典，/我们的世界不再浪漫，/我们的世界只是现代”[①]。这首出自自然主义诗人和理论家霍尔茨（Arno Holz，1863—1929）之手的诗歌，道出了自然主义者的心声。那么，自然主义者认为自己生活的“只是现代”的世界又是什么样的呢？威廉帝国时代的德国工业发展迅猛，与之相伴的工人生活极度贫困，劳资矛盾日益尖锐等社会问题凸显。这些都为自然主义提供了适宜的社会土壤。从社会意识形态上看，英国生物学家达尔文（Charles Darwin，1809—1882）的进化论，法国哲学家孔德（Auguste Comte，1798—1857）的实证主义和法国文艺理论家泰纳（Hippolyte Taine，1828—1893）的种族、环境、时代三要素，为自然主义者的创作奠定了理论基础。达尔文的“物竞天择，适者生存”被用来解释人类社会的许多现象；孔德的认识论表明，进入现代实证阶段之后，人类智慧只能认识事物的现象，超越感觉经验范围的事物的本质则是不可认识的；而泰纳则认为，艺术家必须适应社会环境，满足社会要求。于是，表现工业化了的社会，特别是社会的阴暗、丑陋卑鄙的一面，精确地、丝毫不差地描摹生活现象，“分秒必录”地描写事情的发生和变化，成了自然主义者的追求。他们因此也称自己是彻底的“现实主义者”。他们对文学作品的判断，以其接近现实原样的程度为准，犹如霍尔茨在其论著《艺术，其本质和规律》（Die Kunst，ihr Wesen und ihre Gesetze，2 Bände，1891/1893）中提出的“艺术 = 自然 – X”的公式所要求的那样。这个 X 代表的是艺术家模仿自然的能力，他的能力越强，其创作的作品就越接近自然。于是，表现人作为环境、出身和遗传的产物的作品纷纷登场。霍尔茨和施拉夫（Johannes Schlaf，1862—1941）合著的小说集《哈姆勒特爸爸》（Papa Hamlet，1889）和剧本《泽利克一家》（Familie Selike，1889），聚焦的都是酗酒问题以及它最终所导致的人间悲剧。

德国自然主义深受法国影响，特别是左拉（Emile Zola，1840—1902）的影响。他的 20 卷长篇小说《卢贡——马卡尔家族》（Les Rougon-Macquart，1871—1893），小说《黛莱丝·拉甘》（Thérèse Raquin，又译《红杏出墙》，1867）及其论述《实验小说》（Le roman expérimental，1880）从纯物质的角度看待人的行为，认为人性完全取决于遗传。他的作品以及在德国上演的易卜生（Henrik Ibsen，1828—1906）戏剧，如《娜拉》（Nora oder Ein Puppenheim，1879），《群鬼》（Gespenster，1881）和《野鸭》（Die Wildente，1884），有力地推动了自然主义在德国的发展。此外，俄国的屠格涅夫（Iwan Turgenjew，1818—1883），托尔斯泰（Leo Tolstoi，1828—1910）和陀思妥耶夫斯基（Feodor Dostojewski，1821—1881）以及瑞典作家斯特林堡

① 原文为：Unsere Welt ist nicht mehr klassisch, unsere Welt ist nicht romantisch, unsere Welt ist nur modern。

（August Strindberg，1849—1912）等，也都对德国自然主义文学产生了巨大影响。

自然主义在德国有两个中心，一个是以康拉德（Michael Georg Konrad，1864—1927）为首的慕尼黑中心，一个是以哈特兄弟（die Gebrüder Hart）为首的柏林中心。从对后世产生影响的角度看，柏林中心的影响更大一些。其中的格哈特·豪普特曼（Gerhardt Hauptmann，1862—1946）是德国自然主义最杰出代表，其创作代表了德国自然主义文学的最高成就。他的戏剧《日出之前》（Vor Sonnenaufgang，1889），历史剧《织工》（Die Weber，1892），喜剧《海狸皮大衣》（Der Biberpelz，1893），特别是1894年在柏林"自由舞台"（Die Freie Bühne）上演的《织工》，标志了一场文学革命：剧作的主人公不再出自高贵的社会阶层，而是来自织工这样的社会群体，传统戏剧的主人公没有了；剧情表现的不是某个个体的命运，而是资产阶级与无产阶级之间的社会冲突；此外，剧本还大量使用方言，真实地反映了纺织工人的生活，从而打破了戏剧只能使用高雅语言的禁忌。

豪普特曼的晚期创作走向了现代主义，从而印证了自然主义者认为自己就是"现代派"的观点。从19世纪90年代开始，现代主义作家格奥尔格（Stefan George，1868—1933）、霍夫曼斯塔尔（Hugo von Hofmannsthal，1874—1929）、施尼茨勒（Arthur Schnitzler，1862—1931）和韦德金德（Frank Wedekind，1864—1918）都已经开始在文坛崭露头角，反自然主义的思潮和流派纷纷登场：印象主义、象征主义、唯美主义、颓废主义，新浪漫主义，新古典主义、青春风格等等，不一而足。

文学是其时代经济、社会、心理、政治和科学等各种力量与冲突的产物。从外表上看，19世纪很辉煌，科学技术和经济获得前所未有的进步与发展；科学技术发掘了现实的力量，让现实服务于人类。只用了几十年的时间，地球的面貌就变了样，人、自然与历史仿佛被重新发现。然而自然科学骄傲地用因果规律机械地解释世界的发展，将世界发展的每一个环节无缝地衔接到一起：人的心灵和精神发展被归结为制约其产生的前提条件和因果关系的结果，人的内心世界也逐步被生理学和心理学攻陷。在这样一个冷酷无情、相互牵制的体系中，人类形而上的需求、心灵深处的梦想、成为自己的愿望，如尘埃一样缥缈无着。人的心灵从此没了归宿，只能逃避到自欺欺人的所谓美的国度。

在这个美的国度里虽然涌现出了题材和体裁丰富多样、数量巨大的文学作品，然而从文学史的角度看，对社会产生影响的作家却屈指可数；而这一点恰恰又反过来凸显了这个世纪的情形，表明了它内在的发展特点：19世纪二至四十年代，面对现实的巨变，德国唯心主义和歌德时代的生活信念无可挽回地崩溃解体，费希特、谢林和黑格尔的形而上学的哲学体系失去了承载力。面对个体受到的威胁、大众的生存困境、新生的神灵与妖魔，古典时期的人文关怀、浪漫主义的心灵梦想统统化为缥缈的幻想。随着世纪的前进步伐，文学也因此迅速失去了社会影响和作用，让位于科学和政治，从中心走向边缘。引领世界的不再是文学而是其他的各种力量。后歌德时代的所有文学创作都笼罩在人的生存受到致命威胁的情绪之中，人不再是主体，而是任由宰割的客体；文学一再塑造这样的个体，他们在被剥夺了意义的此在生存中固执地、怀疑地或者绝望地维护或确立新的生活意义，试图保持自己的主体地位，越过时代发展的巨轮。在此努力过程中，每个作者给出的答案也不尽相同，然而遭遇的却是相同的命运，即他们的声音不再具有穿透力、他们已不再获得社会认可。文学如同宗教一样，成了个人的“私事”。

参考文献

[1] Gerhard Fricke. Mathias Schreiber, Geschichte der deutschen Literatur. Paderborn: Schöningh, 1974.

[2] Fritz Martini. Deutsche Literaturgeschichte. Von den Anfängen bis zu Gegenwart, Kröner 1978.

[3] Peter Mettenleiter, Stephan Knöbel. Blickfeld Deutsch.Paderborn: Schöningh, 1991.

[4] Kurt Rothmann. Kleine Geschichte der deutschen Literatur. Stuttgart: Reclam, 1985.

[5] 吕迪格尔·萨弗兰斯基.荣耀与丑闻——反思德国浪漫主义.卫茂平，译.上海：上海人民出版社，2014.

[6] 任卫东，刘慧儒.范大灿.德国文学史：第3卷.南京：译林出版社，2007.

[7] 韩耀成.德国文学史：第4卷.南京：译林出版社，2008.

第二章　弗里德里希·施莱格尔（Friedrich Schlegel）

《雅典娜神殿》断片集（节选）

李伯杰　译

[4] 人们常常忽略了诸体裁中的重要性较低的体裁，因而对诗体裁的理论极为不利。譬如，自然诗还可再分为自然的自然诗与人为的自然诗，民间诗同样可分为大众的民间诗和学者及有地位的人的民间诗。

[24] 许多古代人的作品已成为断片。许多现代人的作品则刚刚开始成为断片。

[30] 一个风华正茂的姑娘，就是纯粹的、善的意志最具魅力的象征。

[33] 设法使别人侃侃而谈，比自己说得精彩困难得多。

[42] 好的戏剧必须是激烈的。

[45] 新与不新，就是在最高的和最低的立足点上，在故事的和好奇的基点上，一部作品中被提问的东西。

[62] 印刷出版与思维的关系，就像产房与初吻的关系一样。

[66] 作家如果无言应对批评家的批评，就会对批评家说：你也没有本事干得更好。这好像死守教条的哲人想要指责怀疑论著无力构想出一套体系一样。

[68] 艺术爱好者认为另外一些愿望得以满足时，能够完全舍弃某些愿望，对最钟爱的事物也仍然严肃地审视其价值。在不得已的情况下能够容忍对它做解释，并通晓艺术史。只有这样，他才称得上真正热爱艺术。

[69] 古人的哑剧我们已经不再拥有了。反之，现在整个的诗都是哑剧式的。

[71] 人们经常谈论、肢解艺术美妨碍了艺术爱好者的享受。因此内行的爱好者不要让自己受到干扰！

[72] 一个人如果视一切单个事物而不见，而是把它们合起来看待，那么现在正在时髦的整体的观念就产生了。

[73] 在真理的问题上，如同人们所说，追求比结果更有价值。在人的问题上难道不是这样吗?

[77] 对话是断片组成的一条链，或者说一个断片的花环。通信是放大了比例的对话，回忆录是对话组成的体系。没有任何东西在材料和形式上是断片式的，而同时又是全然主观的和个人的，全然客观的并像包容所有科学的体系中一个必不可少的部分一样。

[78] 不理解一般绝非缺少理智，而是缺少感觉。

[93] 此外，关于精神和文字的学说之所以这样趣味盎然，正是因为它使哲学和语文学产生接触。

[100] 诗的表象是想象的游戏，游戏是情节的表象。

[101] 诗里发生的事，在现实中要么从来不发生，要么经常发生。否则它就不是真正的诗。人们不必一定要相信它现在的确在产生。

[108] 那既优美又崇高的，就是美的。

[111] 一部小说所要阐发的教喻必须是这样的，它们只能整体地传达，不能单个地证实，也不能通过肢解来穷尽。否则诡辩的形式就精美、高级得无以复加了。

[114] 诗的定义只能规定诗应当是什么，而不是诗过去或现在在现实中是什么；否则最简便地说，诗的定义就会是这样：诗是人们在任何一个时刻、任何一个地点称之为诗的东西。

[116] 浪漫诗是渐进的总汇诗。它的使命不仅是要把诗的所有被割裂开的体裁重新统一起来，使诗同哲学和修辞学产生接触。它想要、并且也应当把诗和散文、天赋和批评、艺术诗和自然诗时而混合在一起，时而融合起来，使诗变得生机盎然、无拘无束，赋予生活和社会以诗意，把机智变成诗，用一切种类的纯正的教育材料来充实和满足艺术的形式，通过幽默的震荡来赋予艺术的形式以活力。它包括了凡是有诗意的一切，最大的大到把许多其他体系囊括于自身中的那个艺术体系，小到吟唱着歌谣的孩童哼进质朴的歌曲里的叹息和亲吻。它可以消失在被描述的对象中，这样一来便使得人们相信，自己正在刻画形形色色的诗意的个体，这个行为乃是他们的全部作为。但是现在还没有一个形式是用来完整地表达作者的精神的，所以有些艺术家本来只是想写一部小说，而写出来的或许正是他自己。只有浪漫诗能够替史诗充当一面映照周围整个世界的镜子，一幅时代的画卷。也只有它最能够在被表现者和表现者之间，不受任何现实的和理想的兴趣的约束，乘着诗意反思的翅膀翱翔在二者之间，并且持续不断地使这个反思成倍增长，就像在一排无穷无尽的镜子里那样对这个反思进行复制。浪漫诗有能力达到最高和最全面的文化教养，并

且不只是由内向外，而且也是由外向内。它所采用的方法，是替每一个在浪漫诗的作品中都应成为一个整体的人把其各个部分以类似的方式组织起来；这样一来，浪漫诗便有望获得一个无限增长着的典范性。浪漫诗在各种艺术中的地位，与如同哲学的机智、社交、聚会、友谊和爱在生活中的地位并无二致。其他的文学体裁都已衰亡，现在可以彻底地肢解开来。浪漫诗风则正处于生成之中；的确，永远只在变化生成，永远不会完结，这正是浪漫诗的真正本质。浪漫诗不会为任何一种理论所穷尽，只有预言式的批评才敢于刻画浪漫诗的理想。只有浪漫诗才是无限的，一如只有浪漫诗才是自由的，才承认诗人的随心所欲容不得任何限制自己的法则一样。浪漫诗体裁是唯一大于体裁的文学样式，可以说就是诗本身：因为在某种意义上，一切诗都是、或都应是浪漫的。

[117] 对于艺术家来说，一部作品的理想如果不具有活生生的现实，以及同样多的个性，就像情人和友人那样，这样的作品最好不要写出来。它们至少不会成为艺术作品。

[118] 在小说里，如果所有的人物都像行星环绕太阳那样围绕着一个人转，那么这部小说算不上是一个精美的，而只是一个利己主义的刺激，这个人物通常就是作者顽皮的宠儿，也成了兴奋的读者的一面镜子和取媚于读者的人。正如一个开化的人对于自己、对于他人都不仅是目的，而且也是手段；在开化的诗里，所有各部分也应当既是目的又是手段。据说宪法是共和主义的，其中总是允许某几个部分是主动的，另外几个部分则是被动的。

[123] 鉴于戏剧只有在诗里才是可能的，难道诗不应该因此是所有艺术中最高级、最尊贵的艺术吗？

[124] 一旦人们从心理学的角度出发来写小说或读小说，那么害怕对于不自然的肉欲做最缓慢、最详细的分析，就是非常不合逻辑与卑劣的。对于恶俗的痛苦、可恨的不名誉、令人恶心的肉欲和精神上的无能的分析也是如此。

[126] 所有民族化的、旨在追求效果的戏剧都是浪漫化的滑稽戏。

[138] 悲剧家们几乎总是把他们作品的场景置放在过去。到底为什么一定要这样做，为什么就没有可能把场景放到将来呢？这样一来，想象就将一跃而起，而不顾忌历史，也不必限制在历史当中。当然，若要一个民族承受住对较美好的未来中令人感到羞耻的形象做崇高的描绘，就必须有比一部共和主义宪法更多的东西，它必须有一个自由的思想意识。

[139] 从浪漫的观点来看，即使那些诗的变种，甚至那些怪僻和怪异的变种，作为总汇性的材料和预备练习而有其价值，只要其中有点什么，只要它们是独创性的。

[143] 不能强迫任何人把古代人看作经典的或古代的；这最终取决于标准。

[153] 一个古代作家越通俗，就越浪漫，这是现在的人选择的原则。现在的人用行动从古代的经典作家的精华中发明了这种选择，或者不如说，还正在不断发展它。

[165] 所有希腊散文纯粹的体裁，都以古典的个性并列着，不相混淆，锋芒毕露：诸如逻辑的、表演的、颂扬的和神话的体裁。表演的体裁乃是基础和普遍的元素；其他体裁常常只是作为陪衬而出现。此外，柏拉图还有一种为他所有的本色，这就是酒神颂歌的体裁，人们可以称之为神话体和颂歌体的混合，即使它缺乏一点紧凑和自然科学的尊严。

[167] 几乎所有的艺术判断，要么太泛，要么太专。批评家应当在这里，在自己的产品中寻找中庸之道，而不是在诗人的作品中寻找。

[196] 一部部纯粹的自传从作家笔下问世了。它们或出自总是束缚于自己的自我的精神病人，卢梭也属于这类人；抑或出自一个强有力的艺术家的或历险式的自爱者，一如本文努托 · 塞里尼[①]；或是由本身也是历史艺术的材料的天生史学家来记述；或者是那些向后世人卖弄风情的妇人所著；或者是由谨小慎微的人所作，他们临终前想把最细微的瑕疵写得有条有理，不把一切都解释清楚便不肯瞑目；或者说，自传只能被视为公众面前的辩护词。自传作者中有相当一部分人都是自欺欺人的人。

[206] 一条断片必须宛如一部小型的艺术作品，同周围的世界完全隔绝，而在自身中尽善尽美，就像一只刺猬一样。

[216] 法国大革命、费希特的《知识学》和歌德的《迈斯特》，是这个时代最伟大的倾向。谁对这个排列持有异议，谁认为只要不是急风暴雨般的和物质的革命就不是重要的，谁就还没有把自己提高到人类历史的广阔高度上。我们贫乏的文化史往往就像一部随时加了注解的作品集，而经典的正文却已丢失。甚至在我们的这些文化史中，喧嚣的大众未曾多加留意的同时代的一本小书，却比其他一切事物都起着更大的推动大众的作用。

[225] 一部传记一旦企图进行概括，就是一个历史断片。一部传记一旦专注于刻画个性，就是生活艺术哲学说的证明书或它的作用。

[230] 基督教的神秘剧把理性的信仰卷进了一场无休止的争吵中。通过这场争

① 本文努托 · 塞里尼（1500—1571），意大利金匠、雕刻家，其传记直至 1728 年才出版，歌德于 1803 年以《本 · 塞里尼的一生》为题将此书译成德文。

吵，这些神秘剧要么走向怀疑论，放弃一切非经验的知识，要么走向批判的唯心论。

[238] 有一种诗，它的全部内容就是理想与现实的关系，所以按照有哲学韵味的艺术语言的相似性，它似乎必须叫作超验诗。它作为讽刺，以理想和现实的截然不同而开始，作为哀歌飘游在中间，作为田园诗以理想和现实的绝对同一而结束。超验哲学是批判性的，在描述作品的同时也描述创作者，在超验思想的体系中同时也包含对超验思维本身的刻画。现代作家的作品中不乏超验材料和准备阶段的练习，早在品达的作品、希腊人的抒情诗断片和古人的哀歌中，就有艺术反思和美的自我反映，在现代人中，这种反思和反映则是存在于歌德的作品里。超验哲学若是没有上述特点，超验诗也就没有必要把现代作家中的超验材料和预习同艺术反思和美的自我反映结合起来，把它们结合成创作能力的诗论，在它的每一个表现中同时也表现自己，无论何处都是诗，同时又是诗的诗。

[245] 一首诗或一出剧，若想博得许多人的喜爱，就必须多少面面俱到，成为一个小宇宙。在其中，些微不幸夹杂着些微幸福，有点艺术又有点自然，有适量的道德，又杂有一点邪恶。其中，除了机智，甚至哲学，主要是道德，间或杂有一点政治之外，也必须有精神。一种配料不超作用，另一种也许会奏效。假使即便所有成分都无效，那么它们至少不会像有些正因此而得称赞的药品一样——没有任何危害。

[246] 魔幻性、讽刺性和物质性，是现代喜剧在内核中赖以与古代的阿里斯托芬喜剧相似的媒介，一如现代喜剧凭借蛊惑人性的通俗性在外观上类似于阿里斯托芬喜剧、并在哥齐的作品里变成了回忆一样。喜剧艺术的本质永远是热情的精神和古典的形式。

[249] 写诗的哲人，进行哲学思辨的诗人，是一个先知。教喻诗应是有先见之明的，并且也有条件成为先知诗。

[252] 诗的真正的艺术学说，将会从艺术永远无法解释的分离和粗糙的美之间截然的不同开始。诗本身将会描述这二者之间的斗争，以艺术诗和自然诗的完美和谐而告结束。这个完善的和谐只存在于古代人当中，它本身将不外乎是有关古典诗的精神的一部较高级的历史。然而，诗的哲学通常始于美的自主性，始于这样一个定理：美有别于也应该有别于善和真，与真和善有同等权利；对于基本上能够理解美的人，从这个定理中得出结论：自我＝自我。它自身将徘徊在哲学和诗的合与分之间，徘徊于实践与诗、诗本身与各种体裁和方式的分与合之间，以全然统一而告结束。诗的开端产生出诗学的原则，诗的中期产生了特殊的、本质上属于现代诗的体裁的理论，产生了更高意义的教喻的、音乐的、修辞等等体裁理论。一种长篇小说

的哲学，其首要的轮廓已包括在柏拉图政治性的艺术学说中，将是诗的完结。这样一种诗学对于各类出类拔萃的诗人中没有热情和学识的人和半瓶醋，犹如三角学的书籍对于一个想要看图画书的孩童一样。讨论某个对象的哲学，只有了解或拥有该对象的人才能加以利用；只有这样的人才能明白这种哲学的要求和内容。哲学没有能力预先给人注射或变出经验和理解力，也不应该有这种要求。知道这一点的人，当然从哲学那里不会再了解到新鲜事情；但是只有靠着哲学，人知道的东西才能变为知识，然后再获得新的形象。

[253] 恰如其分这个词的意思是，按照整体的精神有意使作品最内在与最细微之处得到纵向和横向的发展，此外还有艺术家实践的反思的意思。有鉴于此，在恰如其分这个词较高贵的、原本的意义上，现代诗人中没有人比莎士比亚更恰如其分。所以没有人像他那样有条理。他之所以有条理，有时是因为个体、群体，甚至世界在美术类别中形成对照的反论，而有时又是通过同一个伟大的标准的音乐对称，通过宏伟的重复和叠句而实现的。他的条理性常常还是借助于字面意思的谐意和嘲弄浪漫主义戏剧的精神，或是通过最高、最完善的个性和最丰富多采的、把从诗的感性模仿所有阶段直到诗的精神的特性结合在一起的描绘而完成。

[255] 诗越是成为科学，也就越是成为艺术。要让诗成为艺术，艺术家要洞察了解自己的手段和目的及艺术的障碍和对象，那么诗人就必须对自己的艺术做哲学探讨。如果他想要不单单做一个想入非非的人和手艺匠，是在其领域里成为内行，能够在艺术的国度里理解自己的同行，那么还必须是语文学家。

[258] 一切追求效果的诗，一切效法怪僻的诗里那种喜剧或悲剧的放纵和夸张的音乐的诗，都是讲究修辞的。

[259] 甲：您说断片是综合哲学真正的形式。形式并不重要。这种断片能为人类最重要、最严肃的事情——科学的完善——做些什么呢？它们对于这种完善又有什么意义？乙：断片对于科学的完善的作用，只不过是用莱辛式的盐反对精神的懒惰，也许就是一个犬儒主义的讽刺，具有古代卢西利乌斯或贺拉斯的风格，或者说甚至像认识的发酵酶对于批判哲学的作用一样，对于时代的文本所做的边注。

[372] 在最伟大的诗人的作品中，经常散发着另一种艺术精神的气息。难道在画家的作品中不是这样吗？米开朗琪罗的画不是有几分类似雕刻吗？拉斐尔的作品不是有些建筑风格吗？柯勒乔[①]画不是有音乐韵味吗？而且他们肯定并不因此而减色，而不如仅仅是画家的提香。

① 柯勒乔（1489—1539），意大利文艺复兴时期画家。

[391] 阅读就是满足语文学的冲动，用文学来刺激自己。人们恐怕不会为了没有语文学的纯粹的哲学和诗而阅读。

[393] 为了能够把古代人的作品完美地译成现代的，译者必须精通现代语言，使自己能够得心应手地摆布它；同时又必须深刻理解古代，不仅能够模仿古代人，而且尤其能再创造。

[395] 真正的散文里的每一个字句都应强调。

[432] 有些著作，尤其是卷帙浩繁的历史著作，局部上处处都写得很有魅力，很美，但是读者在整体上仍不免感到一种不愉快的单调。为了避免这种情况，色彩、声调，甚至风格都必须改变，整体中的各大部分也必须各不相同，以使作品不仅更加色彩斑斓，而且也更有条理。很清楚，这样有规律的变换不可能是灵感的作品。在这里，艺术家必须完全确切地知道，为了能做到这一点，他必须做些什么；不过这也很明白，在诗或散文还没有能够完善地构造它们的作品之前，把诗或散文说成是艺术，未免失之过急。无须顾虑，这样一来天才就被弄得变成多余的了，因为从对于应当创造出来的事物的最直观和认识与清晰的关照来看，趋向完善的飞跃，永远是无限的。

[433] 诗的情感的本质大概在于，人们自己就可以使自己激动，可以不因为任何事情就大动感情，可以没有缘由就想入非非。

评弗里德里希·施莱格尔的浪漫诗论

李伯杰

弗里德里希·施莱格尔（以下简称施莱格尔），德国作家，在文学史和文化史上则是以德国早期浪漫派的理论家、纲领制定者和精神领袖著称于世。他不仅在生前名噪一时，为浪漫派的产生和流传做出了贡献，而且他的作品已经成为德国文化中不可或缺的一个重要组成部分。

对于德国的浪漫运动而言，施莱格尔的意义非同小可。德国早期浪漫派的理论诉求、理论纲领多出自他的笔下，浪漫派的喉舌《雅典娜神殿断片集》（Athenäum，1798—1800）也是在他的努力下问世的，可以说没有施莱格尔就没有德国早期浪漫派。在刚开始阅读施莱格尔的作品时，读者也许会感到茫茫然无所适从，因为他的作品多为断片、短论等“只言片语”，缺乏一个系统性，全然不像当时德国学者那样动辄便是鸿篇巨制的体系大手笔。之所以如此，原因该出于施莱格尔的浪漫文学和哲学的理念。要了解他的作品，要在他洋洋洒洒的断片、书评、学术随笔和其他作品中当中寻觅出一条可理解的路径，需要把握住几个关键性的概念。这些关键词主要包括“渐进的总汇诗”“浪漫反讽”“断片”等等。以下将择要介绍评价之。

一、“渐进的总汇诗”

施莱格尔著名的《雅典娜神殿断片集》第 116 条被视为他的整个浪漫诗论乃至德国早期浪漫派诗论和整个诉求的纲领。这条著名的断片开宗明义就说道：“浪漫诗是渐进的总汇诗”，这一句话给早期浪漫派的文学理论和世界观下了定义。这句话里至少有三个关键的概念，即“渐进的”、“总汇”和“诗”，早期浪漫派的许多关键性的概念都与此相关。

施莱格尔所说的“渐进”（progressiv），其所指主要不在于刻画社会的进步，与政治上的“进步”与“落后”无涉，更不在于技术的进步，而是牵涉到欧洲人的历史观和文化观，即对历史和文化发展的看法。所谓“渐进”或曰“不断发展”的观念，在其核心内容上，关涉到如何看待历史和文化、文学发展的问题，以及由此引起的对于宇宙人生的看法。施莱格尔在这里所表现出来的观念，承袭了启蒙运动的遗产，有别于希腊、东方和基督教的历史观。他在作品中也对古典文化和现代文化的特点做了区分，认为古人的作品追求的是“美”（das Schöne），而今人作品追求的则是“有趣”（das Interessante）。古典文化的“美”并非随意的，反之是有路可循的，希腊人制定的种种规则，如和谐、比例、清晰的线条、体积的大小等规则对美做出了明确的界定。而“有趣”实际上体现了现代人对于文化的态度，即文化开始作为一种消费品被商业化，读者观众追求的是刺激而非审美教育。1797 年前后，浪漫精神占据了施莱格尔的头脑。在新的历史哲学的感召下，他认为历史的直线型发展已成定局，是不可逆转的。历史的“无限”导致了价值的失落，因为在“无限”的发展中，终极的价值何在？人们不得而知。而人类又是需要一个终极价值的，所以在这样一个无限发展的历史中，人怎样才能接近或是达到“最高者”，就成了一个关乎人类精神家园的大问题，所以施莱格尔开始狂热地思考有限与无限的关系。在他看来，诗或曰文学就是达于终极认识的必由之路，“浪漫诗是渐进的总汇诗”这个定义应当放在这样一个宏观的架构下来考察，才不至于把这个定义中丰富的内涵错过。他在其他断片中也津津乐道于“变化”或曰“生成”(Werden),其目的也在于此。基于这样一个历史观,施莱格尔认为,其他种类的诗,无论是古典的,还是骑士的、文艺复兴的、巴洛克的都已完结,唯有浪漫诗不会被终结,因为浪漫诗的本质是“渐进的”,不断发展的,所以只有浪漫诗才是有前途的,未来属于浪漫诗。还是在《雅典娜神殿断片集》第116条中,施莱格尔说道:“浪漫诗不会为任何一种理论所穷尽,只有预言式的批评才敢于刻画浪漫诗的理想。只有浪漫诗才是无限的,一如只有浪漫诗才是自由的”。

这个定义中的另一个核心概念是“总汇”(universal)。总汇,并不仅仅是无所不包或包罗万象,不仅是指把大千世界囊括于其中,而是表达出这样一个思考,即一就是全,全就是一。不包括世界整体的是不完整的,而包括世界整体的则必是统一的与和谐的。“最高者”不单包含了终极的认识,而且包含了宇宙万物,“和而不同”是也。对于这个概念,除了思想史的解读之外,更重要的也许是了解施莱格尔头脑中的人文关怀。“总汇”意味着色彩斑斓的世界中有一个统协一切的关系,也意味着这个世界应当是统一的与和谐的,也就意味着在近代社会中被割裂的一切本来是统一的,也应该再次统一起来,还原到和谐,这就是早期施莱格尔思想的核心“综合”(Synthese)。

但是,“渐进”和“总汇”的核心还是落在“诗”上。施莱格尔本质上还是一个文人、一个“读书人”(Büchermensch)、一个文学理论家,所以施莱格尔的人文关怀、价值关怀最终还是体现在文学当中。施莱格尔最为关切的、也是他最痛心疾首的,是价值的缺席。神性式微而理性亦非完善,何处寻觅价值和意义,就是施莱格尔念念不能忘怀的。施莱格尔及其同人的对策,就是给美以特殊的关注,大力提升艺术的地位。神性式微之后,艺术在浪漫派那里充当了宗教的替代品。但是在诸艺术种类中,施莱格尔尤其津津乐道于“诗化”人生,即赋予文学以至高无上的地位,“独尊文学”。

在形而上的层面上,施莱格尔认为,诗或曰文学,乃是因果链上最顶端的事物,因而也是最高的事物。诗既是改造世界人生的利器,又是认识世界的路径。所以施莱格尔提倡“诗化”,认为要想让社会进入良性发展,就必须使社会具有诗的品质,换言之,要把社会诗化。施莱格尔企图借此创造一种新的诗学价值观,以替代已经失落的神学价值观。具体地说,施莱格尔终于发现,借助“诗”(Poesie)便可以找到失落的“意义”,而且诗乃是寻找意义的最佳媒介。在他看来,一旦诗成为它所应该是的,甚至超出它所应该是的,那么诗便成了新的福音书,浪漫派所憧憬的“金色时代”便即将来临,“诗化”就成了他们的救世良方。在德国早期浪漫派那里，世界的“浪漫化”（Romantisierung）就是“诗化”（Poetisierung）。施莱格尔认为，因为世界的本质是诗意的，所以只有假道于诗才可以最终进入认识的殿堂。

二、“浪漫反讽”说

施莱格尔的浪漫诗论中的一个关键词是“浪漫反讽”。作为一种修辞手段，反讽古已有之，在发展的过程中形成了两种形态，即修辞反讽和戏剧反讽。而在施莱格尔的论述中，反讽不再是一种手段，反讽的内涵和外延得到了极大的拓展。除了技术层面上的意义之外，反讽更被赋予了形而上的意义，具有了调节有限与无限、在认识和传达当中进行斡旋的功能，成为保持思维活力、使思维时刻处于运动之中的良方。为了区别于传统的反讽，施莱格尔把他的反讽称为“浪漫反讽”（romantische Ironie）。

施莱格尔认为，人在思维过程中极易产生惰性和片面性，使思维囿于某些定势之中，反讽的目的则针锋相对，“反讽就是永恒的灵活性的清晰意识”（Schlegel 1882，198）。这里，我们可以把反讽理解为一个运动变化的原则，它使精神处于运动状态中，永不停步地向前奔跑，与对于纯粹思维而言极其重要的辩证法是基本一致的，施莱格尔对于悖理的偏爱也是想要借此摆脱僵化的定式，把运动的观点引入思维，还思维以生命与运动的特质，使思维保持清醒。愈是悖理的，愈能促使思维活跃起来，只有处在活动的状态中，真理才能被把握，思维才能理解世界。浪漫反讽理论在戏剧的运用中，遵循的就是这个原则。

从另一个方面来看，即从事物本身来看，施莱格尔认为事物内部的对立和冲突是事物的属性，事物本身就是一个矛盾的统一体，事物在冲突中沿着否定自身的路不断地向前运动：“一切有价值的都必须既是他自己，同时又是他的对立面”（Schlegel 1979/ XⅧ，154），“所有不能自己否定自己的，都是不自由的，没有价值的”（Schlcgel 1979/ Ⅱ，87）。浪漫反讽的特点就在于否定自身，但是否定的意义不在于破坏，恰恰相反，是在于创造。正是在这一点上，浪漫反讽引起了许多纷争。既然矛盾是事物的属性，那么冲突就是永恒的，是一种常态，和谐的和解就不可能是矛盾的最终解决。因此施莱格尔追求的，不是古典式的和谐，而是在永恒的分与合的交替中达到永恒的动态平衡。

但是，浪漫反讽之所以重要，主要还是在于它用新的眼光来考察人本身，重塑了艺术家与作品之间的关系。早在关于希腊诗的研究中，施莱格尔就高度重视所谓酒神与日神的关系，并认为二者在希腊诗里达到了完美的结合，是以希腊诗才焕发出和谐与自然的光彩。就个体的人而言，施莱格尔则认为二者是代表了人身内部两种对立的因素，即感性与理性。如果偏重于其中任何一方，人的正常发展就会受阻。施莱格尔的特点在于，他特别推崇酒神因素，没有把单纯和节制视为古典文化的唯一要素，而是一再批判智性的统治，为感性大声呐喊。这种为感性“声张正义”的举动在后世留下了清晰的痕迹，也是一个不无争议的举动。它强调感性的权利，维护人的完整性，但是也给反启蒙运动的非理性主义提供了思路和思想资源。是福是祸，不易评说。

时间已经跨入了 21 世纪，我们今天应当怎样来看待施莱格尔的“浪漫反讽”说？浪漫反讽虽然主要是一种美学——哲学思考，似乎与现实无涉，但是浪漫反讽是施莱格尔“审美革命”的核心组成部分，是普遍综合的要素，所以具有了人文主义的现实关怀。施氏“审美革命”企图通过一场艺术运动来改变蜕化中的人性，具体来说就是借诗的作用来实现综合，把诗本体化，把本体诗化。诗的中心是人，诗意化的世界，实质上就是诗意化的人。世界的审美转化，从无意义到有意义，只能以人本身的诗化为根据，所以世界的诗化最终必然落到人类个体身上。这也可以理解为是实施浪漫诗理论的道德实质。

三、关于“断片”的形式和内容

施莱格尔的早期作品中，断片占了相当大的分量。正如其他许多概念一样，在施莱格尔那里，“断片”的概念不仅具有工具的意义，而且同样具有形而上的意义。“断片”（Fragment）这一概念在欧洲文学体裁的流变中逐渐获得了三个主要的含义。其一是真正意义上的残篇，即以不完整的形式流传下来的作品；其二是指由于某种原因如作者的逝世、兴趣转移或无暇顾及等原因而未能完成的作品；其三是指有意识地把断片作为一种形式来使用，目的是充分发挥这种形式的灵活性和开放功能，展现内容或主题的无限性，此类断片可视为警句（Aphorismus）的一个门类，如 17 世纪法国作家尚福尔（Nicolas Chamfort，1741—1794）的断片。

正是这最后一种意义上的断片最受德国浪漫派的青睐，仅施莱格尔一人就写下了 7500 多条断片。可以说，没有断片就没有德国早期浪漫派。断片经过一番脱胎换骨的形而上改造，成了浪漫派艺术理念和价值理念的主要载体之一。不仅如此，断片的形式本身就是一种理论表征，体现了浪漫派的精神追求，也充分反映了浪漫派第一代人的气质、特征和心态。

对于浪漫派来说，断片的形式本身就蕴含了一种与启蒙哲学相对抗的认知方法，即所谓“神秘论”。浪漫派思维的出发点之一是有机论。他们把世界视为一个完整的统一体，个体与整体之间存在着内在的联系，互为依存，即所谓“一寓于全，全寓于一”（Schlegel 1979/ Ⅱ，87）。他们的着眼点与学院派哲学不同，他们追求的是对世界的整体把握，而不是追求绝对的体系。为此，首先必须打破常规的思维定式，摆脱传统思维方式如形式逻辑、经验论、实证论的桎梏，用新的思维方式来认识世界。在这一点上，施莱格尔等人与后期启蒙运动的僵化思维方式产生了极大的分歧，如果用一个个概念来归纳，就是施莱格尔的反体系主张：“科学要昌明，就必须用剑与火消灭掉许多异类，系统就是其中之一。所以根本无须问体系与多面性有何关系。人们常常把解释的确定性、科学描述的准确性称作系统性，而我只关心看法的完整性和内在的完善。多面性乃是通往全面的道路，这还不清楚吗？”（Schlegel 1979/ XXⅢ，143）

在微观层面上，反体系思想表现为对条分缕析的学术论文的反感，主张以断片对抗论文。正统学术论文所要传达的是作者找到或认为已经找到的真实的结论，而断片作者则不希冀找到真，因为他们认为真理是可望而不可及的，所以断片也只是一个向着真以及未知领域冲击的思维冲动。在宏观层面上，施莱格尔反对长久以来行之有效的形式逻辑，要求以“绝对逻辑”或“高级逻辑”取而代之。为了颠覆形式逻辑，他从颠覆形式逻辑的两个基本规则上入手，即矛盾律和充足理由律。

在施莱格尔看来，矛盾律（或不矛盾律）貌似有理，实则犯了以偏概全的大忌。矛盾律认为，在同一时间、同一关系中对同一对象所做的两个矛盾判断不能同时都是真实的，而是非此即彼。而施莱格尔等人的主张与此却大异其趣，因为浪漫派所要求的是包含个体差异的统一，可以说是“和而不同”，如果排除了个体的殊相，作为整体的共相也就无从谈起。

施莱格尔的另一个矛头所向，是形式逻辑的充足理由律。这条定律要求任何真实的判断都要有充足的理由，每一个论点都必须得到足够证据的支持，论证是其关键。充足理由律的因果关系与存在当中的因果关系吻合一致，是建立在存在的因果律之上的。而在施莱格尔看来，世界上很多事情都是不可证明的，真理或是不言自明，或是无法言说。既然如此，论点或曰言说的意义便远远超过了证明，所以浪漫派的断片中一般只是提出论点，并不为论证而消得人憔悴。以《雅典娜神殿断片集》第 116 条为例，施莱格尔开篇便亮出论点：“浪漫诗是渐进的总汇诗”，浪漫诗何以是“渐进的”，为什么又是“总汇的”，这个世界为何要被“浪漫化”，施莱格尔一概不加以论证。既然论证纯属多余，那么充足理由律亦可免去。

断片的形式也符合施莱格尔“没有体系的体系”的诉求。施莱格尔之反体系是显而易见的，但是绝对地把体系从认知系统中删除则是完全不可能的，所以即便他讨厌体系，却不能视体系而不见，所以施莱格尔等人创作断片时头脑中也必然有一个大致的指向，单条断片之间隐含着一个潜体系，读者阅读他的断片必须基于一个前提才可避免误读，即不能只读单个的断片，而是必须把断片作为一个整体来看待，必须在林林总总的断片之中找出关联，才能得其门而入。施莱格尔以及浪漫派同人的断片之间存在着大致相同的意义指向，单条断片之间实际上存在着“问答”与“呼应”的结构。断片的写作虽然不是按次序进行的，更没有被纳入一个体系之中，但是断片作者的思想大体上有一个思路和范围，是沿着一个有序的轨迹运行的。断片作为这些思想的记录，其中也隐含着自己的秩序。断片集是一个大论坛，其中又包括了许多不同层次的小论坛，如此循环往复。所以，为了捕捉断片间的关联，断片的阅读应当整体进行，阅读断片集而非单条断片。

一个体系做到滴水不漏，刀枪不入，才称得上论证严密，逻辑性强；但这同时也就把读者的“填空”余地限制在最小限度之内。而断片是开放的，所以就给读者留下了广阔的“填空”的余地。在这一点上，断片写作的立意颇与现代接受美学相契合，而且是有目的的：“分析的作家按照读者的本来面目来看待读者……综合的作家按照读者的应有状态来写作，依此来创造读者。”（Schlegel 1980/1，183）断片述而不证，证明的工作显然有待于读者的参与。断片是开放的文本，它提供的是一个个处于变化中的思想而非完成的结论，可以说具有发生学的意义，更能激发读者的思考。在这种“潜体系”中，要把散落于单条断片中的论断、论点整合成一个整体，无疑对读者提出了更大的挑战。

施莱格尔的关于断片的思考和实践表明，他认可一种形式上的反体系和内容上的潜体系的存在：“对于精神来说，有体系与没有体系同样是致命的。精神也许将要下定决心把二者结合起来。”（Schlegel 1980/1，196）

施莱格尔的所有努力，所有思考，如果用一个概念来概括，就是他自己说的“审美革命”。施莱格尔生逢一个社会大转型的时期。转型期的特点在于旧的事物正在或已经失效，而新的事物尚未或正在成形。施莱格尔生逢其时，他的一生以及他的思想，都被“转型”这个时代特征打上了清晰的烙印。在转型的过程中，旧的价值和信仰正在逐渐被边缘化，而新的价值正在生成中，至于对于一种具有超验价值的信仰则有彻底丧失的可能。尤其是因为在世俗化的过程中，传统的以基督教神学为基础的价值观受到世俗化的剧烈冲击，西欧社会的价值准则产生了混乱，人的内心世界受到极大的震撼，人的精神陷入迷茫和迷惘之中。在这样一个特殊的时期，世界和生活的意义何在，便摆在了喜爱并善于思考的人面前。这样一个追寻意义和真理的过程变得困难而艰巨，因为何谓“真”、何谓“善”，生活的意义何在，世界的本质到底是什么等等终极问题，已经在混乱中变得依稀模糊。

施莱格尔在探寻真与善的过程中，一方面对旧的、在他看来不合时宜的一切进行解构，另一方面极力对他认为一切新的、属于未来的进行建构。其建构表述为“诗化人生”“诗化世界”“世界的浪漫化”“人生与诗合一论”等等诉求，其本质就是寻求新的价值。美，作为宗教的替代品，被他提升到了空前的高度，成了提供意义和价值的资源；其解构则体现在颠覆现行的意义和把握世界、理解世界的方法上，体现在范式转换的问题上。新的一代不再满足于言必称希腊，在他们看来，“江山代有才人出”，古典文化的美的标准已经失效，新的时代必须有新的范式。从这个角度来看，所谓“审美革命”最表层的含义，就是用新的标准取代旧的标准。

但是新的标准到底是什么，或应当是什么样的，无人可以给出一个准确的答案，历史学家也只是“向后看的先知”，并不是可以预示未来的预言家。所以，浪漫派一代新人的努力从这个角度来看，无疑只是一个实验，但也是一个有益的、带来极其丰富的成果的实验。把握住了实验性这个特征，用它来衡量施莱格尔的许多思想，就不至于对这位才华横溢而又好走极端的青年人过于苛求，也不至于把他的言论奉为经典，用它作为新的教条来取代旧的教条。这样的情形也必定不见容于施莱格尔本人，因为他本人就极其反感教条，反对教条。他的浪漫派时代结束后，他本人又经历了许多阶段，进行了许多新的尝试，可以说，他的一生就是一个实验的过程。

思考题

1.《雅典娜神殿断片集》对于浪漫派有何意义？

2.《雅典娜神殿断片集》的内容主要有哪些？

参考文献

[1] Friedrich Schlegel. Prosaschriften der Jugend. Wien: Schaumburg, 1882.

[2] Friedrich Schlegel. Kritische Ausgabe seiner Werke, hg. v. Ernst Behler und Hans Eichner. Paderborn: Schöningh, 1979.

[3] Friedrich Schlegel. Werke in zwei Bänden. Berlin: Aufbau, 1980.

第三章　卡罗琳娜·冯·君特罗德
（Karoline von Günderode）

诗歌六首

张　帆　译

唯一

追随一个人，一个人，
那种感觉有多么拘束；
将伊人拥入怀中
这唯一的渴望驱使着我；
只有悄悄滋养这个愿望，
欢乐才会让我满足，
在睡梦中痴迷不醒，
在渴慕中饱受煎熬，
孕育我，却置我于死地。
反抗于我无益，
我必须再次逃避，
只有发怒，宽慰自己，
却无法将您忘却，
只得大声悲叹；
泪水洒落酒杯，
我陷入梦幻的空想，
听不到轮舞的曲调，
高低起伏。
波涛汹涌，一浪高过一浪；
清澈的泉水向外涌动奔流，
看不到明亮的色彩，
春风向我致意，
淡淡的花香亲吻脸颊，
但是这一切都毫无希望，
对我而言如同虚无，
因为我的灵魂已被紧紧缚住
被那唯一的热望
得到一个人，一个人。
我亲临这欢乐盛宴
客朋满座，饥肠辘辘，
大自然慷慨地馈赠人间；
悄悄询问，是否很快便会结束？
我是否属于轮舞客人
可以逃离这令人厌恶的餐宴，
虽填饱众人的肚子：
却为何满足不了我的一个愿望？

只有一样令我心神向往，
这个欲望耗尽了我的精力；
我的世界被紧紧束缚，
只被这唯一的渴望
我想要实现的追求。

爱之纽带

啊！我的爱人已逝！
他行走在阴间
星光不再照耀他；
不再有明媚的白日
历史对他保持缄默；
时代的命运，
迈着强悍的脚步，
也无法将他唤醒。
一切都随他而去，
但于我而言，
他却不曾死去。
因为永恒的纽带连接着我和他。
这纽带就是爱，
它织就了我的白天与黑夜，
将死与生合而为一。
是的，我知道有一方土地：
那里，死者与生者交谈；
那里，远离阴间，重见光芒
那里，死者复生，记忆重返；
那里，丧服之下，灼热着尘世之光。
那梦想的极乐之地！
那里，死者与生者
在曙光中漫步，生活自有乐趣。
那里，在那愉悦之地，我重遇高贵，
沉浸于爱与拥抱之中
我在阴暗中呼出青春之气，
生命的红晕重染他的面颊，
温暖气息凝滞的脉搏开始跳动，
爱的感觉让他挺起胸膛。
同伴，你别问！我为何颤抖？
为何玫瑰红抹去了死一般的惨白？
我把生命置于地府阴间中，
它们贪婪地汲取着我青春的力量。

你爱这黑夜

悲伤的夜晚
黎明使你恐惧
你凝视着晚霞
叹息着用餐
打翻了酒杯
无法咽下
你厌弃狩猎
你淡泊名利
那屠杀的骚乱
凋落了你心中的花朵
比往日凋零得更快
奔涌的热血
敲打着你的心房

爱情

啊，富有的贫穷！
付出，并幸福地接受！
在怯懦中滋生勇气！
却在自由中被俘虏。

在沉默中诉说，
在白日里躲避，
终在畏惧中胜利。
行尸走肉般，
活在极乐世界里，
陷入困境，在反抗中屈服，
享受着对你的思念，
看你千遍也不厌倦，
像梦一样生活，双重生活。

梦中的吻

这一吻将生命注入，
把我胸口至深的痛楚消除。
来吧，黑暗！
将我笼罩，令我痴迷，
新的狂喜将我唇吮吸。
此生在梦中沉溺，
此生只为观赏那永恒的梦境，
藐视世间一切欢愉，
因为如此甘馨，
只有夜的吐息。
白日缺少甜蜜的喜悦，
炫目光明将我刺痛，
太阳的灼热将我吞噬。
藏起你的眼吧，
避开那俗世的阳光！
藏在夜里吧，
她会满足你的需索
于是，伤痛平复，
如忘川冷静的潮。

无处不在的爱

我的心头能怀有炙热的心愿吗？
让我从中看到生活的繁花似锦，
即使走过落寞时
我也不必忧伤？
我应该蛮横地忘却最炙热的愿望吗？
我应该无畏地奔赴黄泉吗？
祈求朋友们和上帝，
询问死后新的去所？
我在阴曹地府向下前行
在黑夜的怀抱下，
爱的火焰在燃烧
鬼魂在旁飘荡
当爱已不是幸事，
一切皆为徒劳
他也径直向冥河前行
在天空的映照下，
丝毫不感到欣喜。

卡罗琳娜·冯·君特罗德的死亡崇拜与爱情诗作

张 帆

德国浪漫派女诗人卡罗琳娜·冯·君特罗德（Karoline von Günderode，1780—1806）出生于卡尔斯鲁厄（Karlsruhe）的一个败落的贵族家庭，幼时父亲亡故，为生计所迫，19 岁进入法兰克福贵族女子修道院。单调孤独的修道院生活，加之为遗产继承与家人不和，与弗里德里希·卡尔·冯·萨维尼（Friedrich Carl von Savigny，1779—1861）、克莱门斯·布伦塔诺、弗里德里希·克罗策尔（Friedrich Creuzer，1771—1858）的爱情均无果而终，与贝蒂娜·冯·阿尼姆（Bettina von Arnim，1785—1859）的友谊破裂，种种遭际令浪漫率真、倔强自立的她与现实世界愈加格格不入。1806 年，君特罗德用随身携带的匕首在莱茵河畔的维克（Winkel am Rhein）城郊自杀。

一

卡罗琳娜·冯·君特罗德一生耽于梦境和幻想，从中诠释爱与死亡的真谛，“如果我像在梦中一样快乐，清白无罪地享受幸福，哪怕只有几个月，我也愿意怀着对上帝的感激之情死去！……为了这样的奖赏，我愿把头颅伸到断头台上，毫不胆怯地期待那致命的一砍”（Günderode 1981，236）。君特罗德在致贝蒂娜·冯·阿尼姆的信中这样勾勒自己无望的生存状态：“我好像看见我躺在棺柩里，两个我惊诧地凝望着彼此。”（Arnim 1983，450）显然，这两个“我”——作为女人的“我”与作为作家的“我”——正是君特罗德自我分裂的真实写照。作为女人的“我”，敏感而智慧，却为俗世所不容，被禁锢在狭小的生活圈子里，修道院狭小的房间、窄小坚硬的床板是她所拥有的全部世界，“棺柩”是她对自己生存空间的绝好讽喻：静止、僵死、狭窄而又令人窒息。而在情感世界里，君特罗德与萨维尼、布伦塔诺、克罗策尔的三段爱情无一例外以悲剧收场；为枯萎的爱情苟且偷生，还是为自我的精神追求而死？君特罗德选择了死亡，以自杀拒绝妥协，结束了短暂而充满激情的一生。埃尔克·海邓艾希（Elke Heidenreich）在《写作的女人活得危险》（Frauen, die schreiben，leben gefährlich）一文中评论道：“这是一个才华横溢、创造力非凡的女人，与一个追求成功、以写作为事业的男人之间的两难选择：寻遍世间，我们已找不到一个真正的男人。我们对彼此心怀恐惧。男人通常用他们的作品来武装自己的恐惧，而女人的武器只有一死了之。”（海邓艾希 2010，19）而作为作家的“我”，颠覆了传统女性的角色，闯入了男人垄断的文学禁区，这显然逾越了当时社会对女性的定位和期许，“在工业社会里，‘女性要素’与‘精神要素’同样匮乏”（Wolf 1986，424），同时身兼二职——作为女人和作家，对女性来说是一种奢望，君特罗德自然也不能幸免，“这两者我可能都将错过：生活和写作，然而我别无选择”（引证 Wolf 1982，37）。她绝不苟且，唯有以死抗争，“死比这样活着更好”（Günderode 1981，246）。君特罗德是一个时代的牺牲品，也是一代知识分子的社会悲剧，正如克里斯塔·沃尔夫（Christa Wolf，1929—2011）在《是的！下一次生活从现在开始》（Nun ja! Das nächste Leben geht aber heute an.）一文中指出，君特罗德不是毁灭于浪漫的爱情悲剧，而是毁灭于时代的准则，在那个时代，女性在艺术领域没有充分发展的可能性，是导致女性走向自我毁灭的社会根源。

在君特罗德看来，时代和社会境况“孕育着杀我之物”（Günderode 1985，52），因此“我欢迎死亡的到来”（Günderode 1981，114）。死亡不仅是君特罗德世界观的核心，而且也是她生存的基本经历。她的死亡崇拜与早期浪漫派一脉相承，这不是绝望断弃的表现，而是对“永恒”的神往，正如诺瓦利斯所言：“死亡是我们生活的浪漫化准则，死即为生，通过死亡，生命才愈显活力。”（Novalis 1968，559）克·沃尔夫指出，君特罗德悲剧的一生并非消极的一生，她的主体意识与死亡崇拜联系在一起。（参见 Wolf 1981，10）死亡对于她并不陌生，死亡成为她生存的法则：“俯身于尘土，不复存在，化为不死之死亡。哦！上帝于世间，死亡已注定！万物皆凋零，死亡乃归宿。”（Günderode 1985，47）在君特罗德看来，生活被理解为超验的过渡阶段，死亡将为之注入穿透一切的力量和灵魂。只有死亡才能让爱情存活，因为爱无法经受世俗生活的琐碎和折磨，它必然在人生中夭折。表面上，是死亡越来越有力地控制了她的生活，而事实上，她在死亡中参悟了真谛，跨越了俗世肉身。显然，她唯有勇敢地毁灭深陷现实困境的自我，才能获得自由和爱情以及对自我和身体的自主权，“消灭我自己，是为了能更好地保存自己”（Günderode 1981，121）。君特罗德以身体死亡的言说方式，控诉这个给她带来不幸的男权社会；她宁愿自杀，也不愿让自己对爱和艺术的追求被男人的实用主义工具理性毁灭，这是个人解放的一种形式。

从对死亡的崇拜中，君特罗德发展了浪漫主义超越死亡的“爱的哲学”。在她看来，只有在死亡中，爱和美才能施展奇迹般的悲剧力量；也只有在爱和美中，死亡才能施展它的魔力，“谁用眼睛看到美，那么死即已产生”（Günderode 1922，134）。然而，爱和美作为永恒物是不死的，躯体的死只是表象的死，死去的只是形式，本质在形式转换中得以保存，并在新的形式中得以复活，爱可以在死亡中抵达无限，“所有的生活，所有的生命，伴随着死亡而产生”（Günderode 1985，47）。这种爱、死和复活的循环往复使她产生了对永生的神秘想象，因而，尽管她在精神世界层面充满了死亡图像，却在另一个维度上展示了对“生”的永恒渴望；由此，死亡上升为生活的意义和核心，以及再生的出发点。君特罗德的作品以自己的生活为蓝本，以对逝去的美的哀怨和对死亡的憧憬为基调，记录着爱、美、死之间富有激情和痛苦的关系。她在《莫拉》（Mora）一诗中写道：“有爱情和荣誉相伴，我的死不是死亡，我还惧怕什么？”（Günderode 1922，57）她在诗歌里表达了通过死亡以求永恒的愿望：“我有勇气让可死之物死去，让不死之物永存，把可死之物的生命献给不死之物。”（Günderode 1981，100）君特罗德视自己为爱的化身，“我永远是我爱之本身”（Günderode 1922，199），那么作为爱的本身，她只有通过死来实现爱的无限，从而也使浪漫主义女性诗学理想在现实中周而复始的存活。在《爱之纽带》（Die Bande der Liebe）一诗中，君特罗德完美地消除了过去和现在、死者和生者的界限。这也例证了君特罗德的自杀不再是非理智、疯狂或绝望的举动，而是为追求浪漫主义女性诗学理想而主动献身。

二

卡罗琳娜·冯·君特罗德大抵是德国第一位创作并出版爱情诗的女作家，她相继出版了《诗歌与幻想》（Gedichte und Phantasien，1804）、《诗歌断片》（Poetische Fragmente，1805）、《墨勒忒》（Melete，1806）等多部诗集。她的诗格律工整，用词谨严，借助暗示、对比和比喻等多重艺术手法，在语言和诗歌韵律方面大胆尝试，融合了民歌、抒情诗、哲理诗、十四行诗、祈祷、叙事诗和古典韵文等形式，既表达了自我情感、道德反思，又深具哲理性、表现力，传递出超时代的本质情感。

爱情诗对君特罗德来说如同一个泄洪的闸门，在字里行间流露出平日没有勇气说出的心里话，她坦承：“诗歌是对生活中无法满足的慰藉。”（Günderode 1981，197）君特罗德的爱情诗源自女性的主观情感，完全摒弃了男人的视角和感受，大胆改造传统俗套的诗歌意象，以女性特有的直觉想象传达女性的欲望和要求，表达浪漫主义关于爱的诗学想象，其中《唯一》（Die Einzige）是她典型的爱情诗作。君特罗德践行了浪漫主义关于“诗歌即女性”的理念——诗歌的本质是女性，女性的本质是诗歌。正如深爱她的历史学家克罗策尔所言：君特罗德本人就是诗歌；他甚至怀疑君特罗德爱的根本不是他，而是一首诗、一个梦、一个自我幻想的理想形象，而他只能与她的理想擦肩而过。（参见 Susman 1960，56）君特罗德的爱情诗感人肺腑，丰富的格律、多种抒情诗形式和生动的语言引起文坛强烈的反响，沃尔夫冈·门泽尔（Wolfgang Menzel）称赞说："人们在如此优美的语言中深深感触到打动人心的哀怨，她的语言堪称浪漫主义作家的翘楚。"（Menzel 1875，349）夏洛特·冯·施泰因夫人（Charlotte von Stein）高度赞赏君特罗德的诗是"最亲切的、扣人心弦而且与众不同的诗作，其深刻的感受和丰富的思想令我惊叹，如此美丽的诗篇，歌德也不过如此。"（引证 Wolf 1981，26）诗作《爱情》（Liebe）被誉为"德国文学中最早出现的完美而率真的女性爱情诗之一，没有伪装，未经雕琢，是在不可调和的矛盾驱使下写出的一首诗"（同上，21）。

君特罗德试图通过写作表达自我、拓展生存空间，并以此实现与世界的沟通，"写作在不知不觉中轻易打破了隔离于我最内在的情感与世界之间的障碍……用一种永恒的形式，以一种有尊严的形象表达我的生活，使自己踏入最杰出的行列，问候他们，融入他们的群体，我内心的这种欲望越来越生动和强烈。是的，我始终对这个群体怀有强烈的欲望，我的精神一直对这座神庙怀有在凡间朝圣的欲望。"（Günderode 1981，193）同时，君特罗德在创作中追求独立性和真实性，渴望成为有独立个性的女作家。关于创作意图，君特罗德这样阐述道："究竟什么促使艺术家从思想的土壤中汲取他的创作理想，并将之付诸素材？如果更随意、更自由，那么他的创作在思想的国度中会变得愈加美妙，他的作品就会更多，而不为创作素材所奴役。……艺术家想要在美的国度里不朽，就要用永恒的形式把思想展现出来。"（Günderode 1985，85）因此，君特罗德拒绝迎合既有的男性文学传统，当浪漫派作家克莱门斯·布伦塔诺对她独立创作指手画脚时，她断绝与之的信件来往。君特罗德内心感情丰富，常常耽于梦境和幻想，惯用与时代精神相悖的感性词汇（如心灵、欲望、好奇、幻想）表达自我的世界观。她极力主张写作要与感受相一致，提出"感觉式的思考和形式"（Wolf 1981，25）是艺术创作的前提。君特罗德在给贝蒂娜·冯·阿尼姆的信中写道："我想，诗歌中最本质的在于，诗歌的萌芽产生于内心……诗歌的重要之处在于，真正在灵魂中产生的真实直接的感受"（Arnim 1983，409）；"我们所表达的一切必定是真实的，因为我们感受到它们。"（同上，333）在追求主观真实性的写作中，君特罗德也体会到自我异化的痛苦，在现有的条件下，女人的自我意识和愿望只能用男性的话语表达，她痛苦地经历着追求的自主性和现实的约束性之间的冲突，并有效地将这种痛感融入艺术作品之中，增强了创作的真实性。表达自我是她深切的需要，她的作品没有以任何一种方式复制男人的典范，正如克里斯塔·沃尔夫所说："作为诗人，她是真实的。"（Wolf 1981，25）

尽管，君特罗德所生活的时代，“女人永远不可能过上自由自在、充满创造性和艺术感的生活”（转引自海邓艾希 2010，11），市民社会尚未赋予女性参与社会生活的权利，“作家”是“非女性”职业，女性无法在公共领域发出自己的声音，然而，君特罗德“对所有伟大的宗教、历史、艺术和哲学怀有热切向往的激情，这种伟大对她来说具有一种神性，能使她克服尘世的障碍得到升华”（Gödeke 1989，66）。她满怀激情地投入写作，“我必须写作，这对我是确信无疑的；用一种永恒的形式来表达我的生活，这是我心中的渴望”（引证 Wolf 1982，72）。君特罗德不断摸索，创造并尝试新的女性生存状态和写作模式，她的作品超越了私人领域，进入男人把持的社会公共空间，这在当时实属罕见。克里斯塔·沃尔夫称赞她属于“与时代交隔”的一代人，她同时打破了两个传统：一是她渴望作为独立的女人去爱和被爱，二是她完全献身于她的创作，卡罗琳娜·冯·君特罗德的一生以牺牲和自我牺牲创造了一个神话。（参见 Wolf 1981，6）

思考题

1. 卡罗琳娜·冯·君特罗德的诗歌如何践行了浪漫主义诗学主张？
2. 谈谈卡罗琳娜·冯·君特罗德爱情诗的创作特色。

参考文献

[1] Bettina von Arnim. Die Günderode. Leipzig: Insel, 1983.

[2] Karl Gödeke. Grundriß zur Geschichte der deutschen Literatur aus den Quellen. Frankfurt am Main: Suhrkamp, 1989.

[3] Karoline von Günderode. Der Schatten eines Traumes. Gedichte, Prosa, Briefe. Zeugnisse von Zeitgenossen, hg. v. Christa Wolf. Darmstadt: Luchterhand, 1981.

[4] Karoline von Günderode. Gedichte, hg. v. Franz Josef Görtz. Leipzig: Insel, 1985.

[5] Karoline von Günderode. Gesammelte Werke. Berlin: Bibliophiler Verlag von O. Goldschmidt-Gabrielli, 1922.

[6] Wolfgang Menzel. Geschichte der deutschen Dichtung von der ältesten bis auf die neueste Zeit. Leipzig: Insel, 1875.

[7] Novalis. Schriften, hg. v. Richard Samuel. Stuttgart: Kohlhammer, 1968.

[8] Margarete Susman, Frauen der Romantik. Stuttgart: Joseph Melzer, 1960.

[9] Christa Wolf. Die Dimension des Autors, Essays und Aufsätze, Reden und Gespräche 1959-1985, Bd. II. Berlin: Aufbau, 1986.

[10] Christa Wolf. Kein Ort. Nirgends. Berlin: Luchterhand, 1982.

[11] Christa Wolf. Vorwort. In: Karoline von Günderode: Der Schatten eines Traumes. München: dtv, 1981.

[12] 埃尔克·海邓艾希 . 写作的女人活得危险：序 // 斯特凡·博尔曼 . 写作的女人危险 . 宁宵霄，译 . 北京：中央编译出版社，2010.

第四章　海因里希·冯·克莱斯特（Heinrich von Kleist）

彭忒西勒亚（节选）

江雪奇　译

第十五场[①]

彭忒西勒亚、普萝妥耶、阿喀琉斯、众亚马逊战士。

① 德国著名剧作家海因里希·冯·克莱斯特的悲剧《彭忒西勒亚》（Penthesilea，1808）讲述的是传说中的亚马逊族女王彭忒西勒亚与希腊英雄阿喀琉斯在特洛伊战场上的爱情悲剧。全作不分幕，共二十四场。在前十四场中，彭忒西勒亚统帅着骁勇的亚马逊少女军团突然降临特洛伊城下，并以一种异常的狂热追踪希腊英雄阿喀琉斯，因为按照本族习俗，她只有在战场上将所爱的男子俘获，才能合法地与之结合。然而在战斗中，彭忒西勒亚反败在阿喀琉斯手下，她忠诚的女伴普萝妥耶想带着昏迷不醒的女王逃离，可最终还是被追赶而来的阿喀琉斯擒获。此时彭忒西勒亚却渐有了苏醒征兆，普萝妥耶见状恳求阿喀琉斯一起演一场戏，让他假装是自己被彭忒西勒亚所俘虏，以避免进一步刺激她骄傲而脆弱的心灵，阿喀琉斯应允。第十五场在全作中不仅是篇幅最长的一场，而且在情节上也是最为精彩的。在本场中，彭忒西勒亚相信了善意谎言，激动万分，与阿喀琉斯互诉衷肠，并向阿喀琉斯解释了亚马逊国和她自己的秘密。可正当二人甜蜜之际，远处却传来了激战之声，原来是亚马逊人重整旗鼓打了回来，以解救彭忒西勒亚。于是阿喀琉斯不得不告诉女王残酷的真相。后来彭忒西勒亚还是被族人救回，然而她却因失去与爱人结合的机会而悲恨不已。与此同时，阿喀琉斯决定主动向彭忒西勒亚发出决斗邀请，以能够在战场上束手就擒，好依照亚马逊国的法度作为俘虏与所爱的她结合。然而最终……

《彭忒西勒亚》在问世后，立刻便因为其血肉横飞的暴力狂乱情节以及“爱他就要吃掉他”的惊世骇俗的爱情理念而遭受同代人的如潮恶评；不过随着时代的发展，这部悲剧逐渐得到了其应有的评价，并被人称作是克莱斯特“最具勇气、最富才华”，也是“最个人、最激情、最炽烈”的作品。原作的绝大部分诗行是用相当严谨规整的五步抑扬格（Fünfhebiger Jambus）写成，但是汉语言无法再现这种格律，德语的节奏美感在翻译中只能无奈丢弃，实是一件憾事。故而译者有意让译文“整齐”，希望能以视觉上的规整感作为一种补偿，此外译文在行号计数上也与原作保持一致，以方便读者对照原文阅读。

《彭忒西勒亚》的完整汉译本已由华夏出版社出版。

彭忒西勒亚：

快过来，海仙女可人的儿子[①]
来吧，伏到我脚边——过来！
大胆过来！你没有害怕我吧？
没有因我战胜你便憎恶我吧？
是否惧怕那击倒了你的女人？
阿喀琉斯：（在她的脚边）
如花朵敬畏日晖。

彭忒西勒亚：

好，讲得好！
那么你就视我为你的太阳吧——
我的女主月神[②]哪，他负伤了！

阿喀琉斯：

不过是划破胳膊，仅此而已。

彭忒西勒亚：

佩琉斯之子呀，请不要以为
我有过任何要取你性命之念。
我虽曾希望用臂膀将你击中；
可当你落地之时，我的胸膛
却羡嫉起了那拥住你的尘壤。

阿喀琉斯：

你若爱我，就别再提这些了。
看，伤愈了。

彭忒西勒亚：

那你是原谅我了？

阿喀琉斯：

全心原谅——

彭忒西勒亚：

现在你可以告诉我，
爱神，那生着翅膀的小男孩[③]，
是如何锁囚住了桀骜雄狮的？

阿喀琉斯：

我想，爱神抚摩它粗野面颊，
它便平静了。

彭忒西勒亚：

好，现在你就像
姑娘手中的驯顺的幼鸽一般，
即便被她套上项圈也不挣扎。
哦少年，因为这胸中的情愫
就如同双手一般地将你爱抚。
（她给他缠上花环）

阿喀琉斯：

奇异的女人哪，你究竟是谁？

彭忒西勒亚：

拿来吧——我叫你先别说话！

---

① 海仙女的儿子：即阿喀琉斯，他的母亲忒提斯本是海仙女（Nereïden，音译涅瑞伊得斯）的一员，后与凡人佩琉斯结合而生下了他，因此本剧中的阿喀琉斯常常被称作“海仙女之子”或“佩琉斯之子”。

② 月神：古代神话中掌管月亮、狩猎和森林的女神，也是妇女儿童的保护者，其形象为手持银弓金箭的年轻女猎手，剧中的亚马逊人主要侍奉的女神就是她。本剧中时而按照希腊名称她为“阿尔忒弥斯”，时而又按照罗马名称之为“狄安娜”。其实希腊和罗马的月神原本是各有不同的来源的，然而由于她们的职能类似，所以在历史上很早就被“混为一谈”。克莱斯特在本剧中纯粹是将狄安娜和阿尔特弥斯视作同一个月神的两个不同名字，并任意地交替使用。同理也适用与雷神宙斯和朱庇特，战神马尔斯和阿列斯等。为简便起见，译文中的神祇名一律只按照希腊名音译，或者直接意译。

③ 这里指的是爱神丘比特（希腊名为厄洛斯）。他通常被描绘为一个生着翅膀的小男孩，随身带着弓箭，谁被他射中，便会陷入爱河。在文艺作品中，他有时会以骑着狮子或坐着狮子拉的车的形象出现。

会都告诉你的。将这轻盈的
玫瑰花环盘在你头顶和项上，
往下缠到臂上、手上、足上，
再向上绕回至头上——好了。
——你嗅什么？

阿喀琉斯：
你唇上的馨香。

彭忒西勒亚：（向后仰回身）
是那些玫瑰在散逸芬芳而已。

阿喀琉斯：
我想要品味花茎之上的鲜花。

彭忒西勒亚：
爱人呀，花一旦成熟你便采。
（她又给他的头顶戴上一副花环并让他走动）
现在好了——哦，你来看看，
流散的玫瑰光泽多么适合他！
他风暴般的暗脸堂亮着光芒！
挚爱女伴[1]呀，实话说，纵是
那跟随时令女神[2]从山巅降临、
让大地泛起钻石色泽的晨光，
也不及他目光那样柔煦温和。
你可觉得他眼睛似乎在闪耀？
此般样貌真是令人不敢相信
这是他。

普萝妥耶：
你指谁？

彭忒西勒亚：
佩琉斯之子呀！
是谁在特洛伊城之前击杀了
普廉[3]最杰出的儿子，是你吗？
真的是你扎穿了败北者的脚，
用斧将他脸朝下地钉在车后，
并环绕着他父祖的城池拖行？
——告诉我呀，你是怎么了？

阿喀琉斯：
是我。

彭忒西勒亚：（审视了他之后）
他说是他。

普萝妥耶：
是他呀，女王；
你可以通过他的饰物认出他。

彭忒西勒亚：
通过什么？

普萝妥耶：
通过这身甲胄，看，
这是高贵的女神忒提斯为他

---

① 挚爱女伴：即彭忒西勒亚的挚友、她属下的亲王普萝妥耶。这个名字来源于古希腊历史学家西西里的狄奥多罗斯（Diodoros Siculus）的著作中的亚马逊将领之名。

② 时令女神：掌管时节变易的一组女神。

③ 普廉：《伊利亚特》中的特洛伊之王，他最杰出的儿子就是赫克托耳。赫克托耳在战斗中杀死了阿喀琉斯之挚友帕特罗克洛斯，阿喀琉斯盛怒之下杀死了他，以为友复仇，还残忍地用斧头将其脚踝钉在战车上，又将其身体倒悬在车后，使头部落在地面上，就这样驾着战车拖拽其尸体围绕特洛伊城和帕特罗克洛斯的坟墓。后来普廉王潜入希腊营帐恳求阿喀琉斯归还儿子的尸体，阿喀琉斯受感动而允诺。

从赫淮斯托斯[1]那里所求来的。

彭忒西勒亚：

好，世间最桀骜不驯的人呀，
我用吻问候你，你是我的了！
年轻的战神，你是属于我的，
人若问你，你便要说起我名。

阿喀琉斯：

哦，我眼中你形象多么灿烂，
仿佛天国开启，你降临而下，
莫测的女人哪，你究竟是谁？
如果我的灵魂狂喜地问自己
它归属了谁，我该如何回答？

彭忒西勒亚：

到时你只需要答出我的特质，
你思及我时便以此作为名字。——
在此我赠与你这枚金质指环，
它模样独特，你但须拿出它，
人们便可准确指引你找到我，
可指环会失落，名字会忘却，
若名字忘却了，指环失落了，
你心中可还能留存我的形象？
纵使是瞑目你也能将其想起？

阿喀琉斯：

就如同钻石上的纹理[2]般坚牢。

彭忒西勒亚：

我是统治亚马逊民族[3]的女王，
我的部族自称阿瑞斯[4]之苗裔，
俄特雷雷[5]乃是我伟大的母亲，
我的民众称我为彭忒西勒亚。

阿喀琉斯：

彭忒西勒亚。

彭忒西勒亚：

没错。

阿喀琉斯：

我垂死之时
也要如天鹅般吟唱你的名字。[6]

彭忒西勒亚：

我赐予你自由，你现在可以
在少女军团之中随意地走动。
因为我要用一种花朵般轻柔，
却比铁更加坚固的特别锁链
来将你牢牢地缚在我的心上。
而即便在这超越了时光沧桑，
也不惧世事变故的环环锁链
由真情之炽焰温柔锻成之前，

---

① 赫淮斯托斯：希腊神话中的火焰、锻造、金属与武器之神，其形象为瘸腿男性。

② “纹理”与上文的“特质”（1814）在原文中为同一词“Züge”，系阿喀琉斯的双关语。

③ 亚马逊人：又译“阿玛宗人”，古希腊文献中经常提及一个令人畏惧的神秘部族，大约是居住在黑海附近，盛产骁勇的女战士。某些资料讲到亚马逊女战士会切断自己的右乳，以便张弓射箭。有观点认为“亚马逊”这个词在希腊语的字面意思就是“无胸”。近代探险家将南美洲的那片著名雨林命名为亚马逊，正是因为在那里遭遇过骁勇的土著女武士。

④ 阿瑞斯：希腊战神之名，原文中有时也按其罗马名称而称之为马尔斯，译文为简洁而统一译作阿瑞斯。

⑤ 俄特雷雷：希腊神话中的亚马逊女王。相传小亚细亚的以弗所城（Ephesos）的月神阿尔忒弥斯神庙就是她所建造。

⑥ 古希腊传说认为天鹅垂死时会最后一次动情歌唱。

出于义务你还是要回我身边。
年轻的朋友，理解我的用心，
你要什么想什么，我都答应。
告诉我，你愿意吗？

阿喀琉斯：

就如幼驹
依恋滋哺他的马槽的气息般。

彭忒西勒亚：

好的，我相信你。我们现在
即刻启程向特弥斯库拉[1]进发；
我名下一切马匹都归你所有。
你还会得到紫色[2]的帐子居住，
除此之外你贵为一国之君主，
侍奉你的奴仆也必不会缺少。
可我这一路上实在事务缠身，
这你也能理解，所以你暂时
还得先同其余俘虏待在一起：
海仙女之子，到特弥斯库拉，
我才能全心将自己奉献与你。

阿喀琉斯：

会实现的。

彭忒西勒亚：（对普萝妥耶说）

告诉我，你的那位
阿卡狄亚人[3]身在何处？

普萝妥耶：

女王哪——

彭忒西勒亚：

亲爱的普萝妥耶，我好希望
能看见你亲手为他戴上花环。

普萝妥耶：

他会来的，花环也不会少的。

彭忒西勒亚：（准备动身）

好啦——我还有不少事要忙，
让我走吧。

阿喀琉斯：

怎么了？

彭忒西勒亚：

让我起身吧。

阿喀琉斯：

你要逃走？躲开？将我抛下？
亲爱的，多少奇异事你还未
对我满怀渴求的心讲个明白。

彭忒西勒亚：

到特弥斯库拉再说吧。

阿喀琉斯：

在这吧！

彭忒西勒亚：

到特弥斯库拉再说吧，朋友——
放开我！

普萝妥耶：（不安地拦着她）

怎么？女王你要去哪？

---

① 特弥斯库拉：亚马逊人的首都，在今日土耳其北部。古罗马历史学家查士丁（Justin）记载过，有一群特弥斯库拉一带的斯基泰人经常骚扰各个邻国，最终被邻国人合力消灭。然而他们的女人们拿起武器，赶跑了邻国人并除掉了自己国中残存的男人，从而建立了一个女人国。

② 在希腊罗马时代，紫色是极为尊贵的颜色。

③ 阿卡狄亚人：前文提到过普萝妥耶俘获了她所喜爱的阿卡狄亚英雄。

彭忒西勒亚：（诧异地）

奇怪！——我要去检视军团，
还得同梅萝耶和梅伽丽[1]议事，
除了闲谈我难道就无事可做？

普萝妥耶：

部队还在追击败逃的希腊人。——
让统兵在前的梅萝耶处理吧；
你还需要休息——只待敌军
尽被打到斯卡曼德罗河[2]对岸，
凯旋之师便会被领到你面前。

彭忒西勒亚：（考虑着）

这般！还到这田野上？确定？

普萝妥耶：

确定，放心吧。——

彭忒西勒亚：（对阿喀琉斯说）

那就简短些讲。

阿喀琉斯：

奇异的女人哪，你究竟缘何
如同雅典娜一般从云端降下，
万军中一马当先、不可凌犯，
猛飙到我们的特洛伊战场上？
是什么使得你如复仇女神般
从头到脚都以钢铁全副武装，
怀着莫名的盛怒攻打希腊人？
可爱的你本只需恬静地展示
自己的美丽容颜，便足以使
面前一切男性拜倒在尘埃中；

彭忒西勒亚：

海仙女之子呀——我无缘于
那种本属女性的温柔的技能！
无权如你的国度的女孩一般，
来到那些青春昂扬的少年们
欢乐地集会和竞技的赛场上，
为自己物色一位理想的爱人；
无权以花束装饰[3]和羞涩目光
将心仪的他吸引到我身边来；
无权在夜莺啼透的石榴林中，
于朝霞炽红时依偎在他胸膛，
对他表白说，我要的就是他。
只能在血腥的杀伐场上找寻
自己心中如意的那位少年郎，
先要以铁般的臂膀将他攫捕，
然后才能将他揽入柔软怀中。

阿喀琉斯：

这法规乃是何时何处所产生？
恕我直言，它违反女性天性、
悖逆自然，简直是世所未闻。

彭忒西勒亚：

哦，少年哪，这一律令来自
一切远古圣物的骨灰盒之中，
来自永恒萦绕着神秘芳云的、
无人曾踏足过的时间之极峰。
最古的始祖母们是如此立规，
对此我们都只有默默地遵从，

① 梅萝耶和梅伽丽：剧中的两名亚马逊女将。
② 斯卡曼德罗河：特洛伊城附近的河流。
③ 花束装饰：姑娘以花束的不同饰法来暗示是接受还是拒绝男方。

一如你们谨依始祖父的遗训。

阿喀琉斯：

解释清楚些吧。

彭忒西勒亚：

好的！听我讲。——

亚马逊人现在统治的土地上
过去生活着斯基泰人[1]的一支，
他们服侍众神，自由而骁勇，
和大地上其他部族并无两样。
多少个世代以来，他们都以
花果丰饶的高加索山为家园，
直至一日埃塞俄比亚[2]的国王
维克索力斯[3]带人马来到山下，
他迅速击败协力抵抗的男人，
汹汹闯过山谷，其锋刃所及
从男童直到老翁都屠戮无遗。
整个辉煌的氏族从此便绝灭。
野兽般的胜利者们鸠占鹊巢，
悍然住进了本属我们的屋舍，
吞食着我们富饶土地的果实，
并且强加给我们无比的耻辱，
以暴力逼迫我们同他们欢爱：
将女人们从自己丈夫的墓边
强行拉上了他们污秽的床榻。

阿喀琉斯：

我的女王，促使你的女人国
诞生的机缘乃是灭顶之灾啊！

彭忒西勒亚：

但人只能吞忍有限度的苦厄，
倘若肩上重负令他忍无可忍，
他便会奋起反抗、挣脱压迫。
多少个夜晚，女人们悄悄地
来到阿瑞斯庙宇中伏地痛哭，
为祈求拯救而几乎泣穿台阶。
她们用衣带、戒指、别针等
金属饰物在灶火之上铸造成
闪着寒光的匕首，并且各自
将其藏在自己受辱的床榻上。
只等待我们的女王塔娜伊司
与埃塞俄比亚王的婚礼到来，
便会用它们亲吻众宾的胸膛。
在婚礼上，女王将匕首刺进
那恶棍的心脏，并以阿瑞斯
当作新郎而完成了结婚仪式。
这整伙入侵的歹徒就是这样
在一夜之间统统被匕首刺死。

阿喀琉斯：

能想象婆娘们干出这种事来。

彭忒西勒亚：

民众大会颁布了这样的决议：
立下了此等英雄功业的女人

---

① 斯基泰人：国内又译作“西徐亚人”，欧亚大草原上的一支古老的游牧民族。

② 埃塞俄比亚：希腊传说中的极远之国名，与今日非洲的埃塞俄比亚不为一国。

③ 维克索力斯：其名称应来自查士丁著作中提到的埃及国王维佐西斯（Vezosis）。这位维佐西斯向斯基泰人发动了战争，却在对手到来前就怯懦地丢下部下，自己飞逃回国中。

都已如旷野上的风一般自由，
再也不会臣服于男性的统治。
一个自主的国家便这样成立，
在这个女人国中，自此再无
男人能颐指气使地发号施令。
它要庄严地给自己订立法规，
听从自己的意志，捍卫自己，
国家的女王则将是塔娜伊司。
哪个男人若窥到了这一国度，
就必然立时永久地闭上眼睛；
暴君之吻若使女人诞下男婴，
那么这个孩子也不得不旋即
紧随他残暴的父亲陷入冥府。
阿瑞斯庙宇中一时熙熙攘攘，
伟大的塔娜伊司将要被加冕，
正式成为上述法度的守护人。
她登上了战神之祭坛的阶梯，
即将从盛装的女祭司长手中
接过先前的历任斯基泰国王
所曾持有的硕大的金色宝弓，
就在这无比庄严肃穆的时刻，
传来一个声音道出这番话来：[1]
“如此之国只会招男人讥笑，
它用不了多久就必将覆亡在
骁勇的邻邦的初次进犯之下，
因为弱女子受丰满乳房之累，
永远不可能如同男人们那样
轻易地将弓与箭的威力施展。”
女王沉吟了少顷，她静观着
这番话语将会产生何种效果；
而当怯懦的骚动蔓延开之时，
她便毅然断下了自己的右乳，
并将这些要张弓射箭的女人
取名叫亚马逊人，意即无乳。
未及她完毕，骚动便已止息，[2]
随后王冠便被置于她的头顶。

阿喀琉斯：

凭宙斯起誓，她不需要乳房！
她完全可以统治男人的民族，
我的整个灵魂向她鞠躬致敬。

彭忒西勒亚：

她的举动使得满堂鸦雀无声，
此时此刻只能听见那张宝弓
从面容如死尸般惨白僵硬的

---

① 空中传来的神灵的声音。

② 这段话的原文似有歧义，动词“zusammenfallen”（本义为崩溃）既可以被理解为女王“崩溃”倒地，即女王晕了过去；也可以被理解为“怯懦的骚动”（第1985行）“崩溃”了，即骚动被平息了下去。译者所参考的各个英文、俄文译者均是按照前一种理解来翻译的。然而雷克拉姆出版社的德文底本在注释中明确指出，这个动词的主语是“怯懦的骚动”；再者如果是女王倒地的话，这与她的坚毅性格似乎也不符；而且假如她已经倒地，下一句里就不可能立刻给她加冕了。可是在反映本剧早期形态的“柏林手稿”中，“崩溃”和“骚动”二词位置相隔甚远，不太像是组合在一起的；另外“柏林手稿”中的加冕的时间还在更后面一点。译者在这里姑且遵从后一种理解方式。但如果是根据前一种理解方式而翻译的话，那么本句就应该译作“她还未完毕便自己昏倒在地。”

女祭司长的手中落地的声音。
那硕大的、金色的王国宝弓
在大理石阶上来回撞击三次，
发出了如同钟磬一般的鸣响，
最终死般沉寂地落在她脚边。——

阿喀琉斯：
我但愿，女人国的人们并未
都如同她一般吧？

彭忒西勒亚：
当然不像她！
大家下手时没有她那份气魄。

阿喀琉斯：（惊讶地）
什么？也就是还是？不可能！

彭忒西勒亚：
你说什么？

阿喀琉斯：
——那可怖传说是真的？
环立着你的所有的芳华女子
都姿容卓绝堪称女性之骄傲。
她们在盛装之下好比是祭坛，
能令人不胜倾慕地拜倒在前，
可竟都被造孽般地剥夺了那——？

彭忒西勒亚：
你先前都不知道吗？

阿喀琉斯：（把脸凑到她的胸前）
哦女王哪！
那种种青春美好感情的驻所
竟被这野蛮的疯念头——

彭忒西勒亚：
平静些，
这种种感情都迁移到了左侧，
这样它们距离心也就更近了，
愿你能从我这感受到每一种。[1]

阿喀琉斯：
说实话，纵使是虚渺的朝梦
都比此时此刻显得更为真切。——
还是继续吧。

彭忒西勒亚：
什么？

阿喀琉斯：
——你还差结尾，
这个没有男人参与而成立的
志骄意满的女国究竟是如何
不依靠男人的帮助而繁衍的？
是否那位杜卡里翁[2]直到今日
还会时不时对你们抛掷泥土？

彭忒西勒亚：
每当女王依据年度人口测算
而要为国家补充死亡损失时，
她便将正当青春芳华的女人
从——
（顿住，看着他）
你笑什么？

阿喀琉斯：
你说谁？说我吗？

---

① 歌德曾痛骂这段表述“极度可笑”（hochkomisch）。

② 杜卡里翁：希腊传说中宙斯降下大洪水灭绝了人类，只留下了杜卡里翁家。为让大地重新恢复人口，杜卡里翁投掷石块，石块落地即变为人。此处用典略有出入。

彭忒西勒亚：

亲爱的，你好像笑了。

阿喀琉斯：

——原谅我，

你的美貌让我分心。我在想，
你可是从月亮降临我身边的？——

彭忒西勒亚：（停顿片刻）

每当女王依据年度人口测算[1]
而要为国家补充死亡损失时，
她便将正当青春芳华的女人
从王国的各个角落召到首都。
她登临阿尔忒弥斯的神庙中，
为她们年轻的怀抱祈求降福，
使之受孕于战神贞洁的种脉。
这一节日名称叫芳华少女节，
其庆典仪式十分宁静而安详。
待到春日亲吻大自然的胸膛，
吹去了冬日大地的皑皑严装，
月神的神圣祭司接收到请求，
便起身前往阿瑞斯庙宇之中，
匍匐在祭台边上向战神转达
圣明的万民之母提出的祈请。
神时常会拒绝，毕竟雪山中
出产的粮食并不是十分丰足。
但神若乐意满足我们的愿望，
就会通过女祭司指示给我们
某支品性与名望兼优的民族，
使之代表他来做我们的新郎。
他道出那民族的名称与居地，
欢腾之潮便席卷城市和乡村。
大家向那些少女热烈地致意，
并将她们称作“战神的新娘”，
母亲们手赠给她们箭和匕首，
众人殷勤欢欣地为她们服务，
给她们的腰肢披上铁的嫁衣。
待出征的欢快日期得到确定，
四面便响起和缓的号角鸣声，
成群的姑娘低语着飞身上马，
像着着羊毛鞋般悄无声息地
在璀璨夜色中穿越崇山茂林，
向被选中者的遥远营地进发。
我们的人马抵达那个国度后
会在城门前稍做两日的休整：
然后便仿佛火红的旋风[2]一样
迅猛地飙进男人的丛林里去，
并将败倒者中最成熟的那些
如从树冠上摇撼下的种子般

---

① 克莱斯特在其1801年8月15日从巴黎寄给未婚妻的信中，表达了自己对大革命后的法国的失望，认为理性与科学并没有把这个国家变得更好：“……卢梭、爱尔维修、伏尔泰的皇皇著作，我想，都有什么用呢？难道有一部达到其目标了吗？它们难道止住了那永不停歇地奔向深渊的车轮吗？……为什么国家要向这些机构靡费百万钱财用于传播知识呢？这难道是为了真理吗？对国家而言吗？一个国家所知的唯一的利处就是按照百分比来测算。”本剧中的亚马逊国也同样是个建立在理性“测算”基础之上的国家。而彭忒西勒亚的本性则与之相反，是无法“揣测”的（参见本剧第1536行）。

② “旋风”一词原文为“Windsbraut”，其后半部分“Braut”有“新娘”的意思，应是双关语。

一并刮回到我们家乡的田野。
我们在月神庙宇中照料他们，
举办连串我不甚了解的庆典，
只知道其名字叫作“玫瑰节”[1]。
因为唯有新娘们才有权参加，
他人如若接近便被处以死刑。
待我们收获种子所结之果实，
就会慷慨地赠予男人们厚礼，
并在成熟母亲节用豪华车驾
送他们归乡。海仙女之子呀，
只是这一节日并非十分欢快，
因为那时大家总是涕泗横流，
多少人内心充盈着悲戚哀恸，
不理解为何所有法律都规定
人们要将伟大塔娜伊司赞美——
你在胡思乱想什么？

阿喀琉斯：
我吗？

彭忒西勒亚：
你呀。

阿喀琉斯：（心不在焉地）
爱人，这已难用语言表述了。
——那你也要这样放我走吗？

彭忒西勒亚：
亲爱的，我不知道，别问我——

阿喀琉斯：
真奇异。——
（他陷入沉思）
——但还有件事请解释下。

彭忒西勒亚：
尽管问，我很乐意。

阿喀琉斯：
究竟何故
你偏偏如此狂热地将我追逐？
仿佛早就认识我似的。

彭忒西勒亚：
当然了。

阿喀琉斯：
怎么认识的？

彭忒西勒亚：
你不会笑我傻吧？

阿喀琉斯（微笑着）
我只能学着你，也说不知道。

彭忒西勒亚：
好，我都告诉你。——看啊，
就在我母亲俄特雷雷临终时，
战神阿瑞斯将我选择为新娘，
在那之前我一共已二十三次
经历过玫瑰佳节，但都只是
听着从神庙边高耸的橡树林
远远地传来的欢声笑语而已。
因为我们的王族出身的公主
不可以自行参加芳华少女节，
而只能在战神要求之时前去。
阿瑞斯会通过伟大女祭司长

---

[1] 古希腊历史学家希罗多德（Herodot）记载，萨尔马提亚人（Sauromaten）是亚马逊人的后代，族中的少女必须要先在战斗中杀死过敌人，然后才有权结婚。另一位古希腊历史学家斯特拉波（Strabo）则称亚马逊人有在春天进行爱之节庆的习俗。这些材料在某种程度上可能就是克莱斯特笔下的“玫瑰节”的原型。

口传其意旨而将她隆重召唤。
正当我的母亲躺在我怀抱中
面色苍白、气息奄奄的时候，
战神给我的使命也庄严传来，
他召唤我前往特洛伊城出征，
在那里为他佩上花环并结亲。
恰巧，在新娘们的心目之中，
那些正在那酣战的希腊英雄
胜过历来的所有战神代表人。
每个角落都听得见欢腾之声，
所有市集上都响起豪迈歌谣，
赞颂这场英雄之战中的壮举、
这一时代的每件伟大的事迹：
帕里斯之苹果、海伦之劫案、
统帅阿伽门农两兄弟的故事、
布里塞伊斯之争、舰队大火、
帕特罗克洛斯之阵亡，还有
你是如何为他壮烈报仇雪恨。[1]——
在母亲临终时，我泪眼模糊、
痛苦不堪，无法入神地倾听
使者传给我的神意。我呼道：
“母亲，让我留在你身边吧！
我要最后一次动用你的权柄，
请你命令这些女人统统走开。”
可尊贵女王早想送我上战场，
因为她身后若无合适的嗣女，
另一个野心勃勃的王室支脉
将觊觎王位。她说：“走吧，
可爱的孩子，战神在呼唤你！
你将给佩琉斯之子戴上花环，
和我一样做骄傲快乐的母亲——”
然后便轻按住我手，去世了。

普萝妥耶：
俄特雷雷向你说出了名字吗？[2]

彭忒西勒亚：
——她是以母女间讲话用的
私密的语气而道出他名字的。

阿喀琉斯：
为何？为何？法律不允许吗？

彭忒西勒亚：
战神之女不得自行选择对手，
只能够接受那个由神意决定
而与她在沙场上交锋的男人。
但这对有追求的女人是好的，
因为她总寻找最强英雄作战。——
不是吗，普萝妥耶？

普萝妥耶：
没错。

阿喀琉斯：
后来——？

---

① 以上皆为荷马史诗《伊利亚特》中的情节。

② 亚马逊国的法规严禁女战士们在战斗中挑选具体的对手，她们只能与“神意”安排给她们的男人（她们自己在战场上所遭遇并俘虏的男人）相结合。女王俄特雷雷向女儿道出阿喀琉斯的名字，就相当于指示她认准一个具体的男人作为新郎，这是“知法犯法”的行为，因此普萝妥耶对此感到惊讶。在“柏林手稿”中，她甚至还称俄特雷雷的行为是“轻率”的。

彭忒西勒亚：

——在逝者墓边我久久哭泣，
度过了悲痛哀悔的整整一月，
那王冠失去了主人搁在一旁，
我也不曾去碰它。直到最后，
已整装待战的臣民焦急难耐，
包围了我的王宫，再三呼请，
才强行将我拉上了女王宝座。
我满怀着哀恸与抵触的情绪，
来到了阿瑞斯庙宇中接过了
铿锵作声的亚马逊王国宝弓。
母亲的魂灵仿佛正氤氲着我，
弓在手中，我感到再没有比
满足她的遗愿更为神圣之务。
我刚往故去的母亲的棺椁上
撒上最芬芳的花朵，便率领
我的亚马逊军队踏上了征途，
向着达尔达诺人[1]的城堡进发。
与其说是伟大战神呼唤我去，
不如说是为慰藉母亲的亡魄。

阿喀琉斯：

对逝者的哀思短暂地消减了
你年轻胸膛引以为荣的力量。

彭忒西勒亚：

我爱她。

阿喀琉斯：

接下来又是如何？——

彭忒西勒亚：

当我
一路迫近斯卡曼德罗河之时，
我飞驰经过的所有的山谷中
都回荡着特洛伊大战的兵声。
伤痛也渐渐消弭，我的心中
展开了欢畅战争的恢宏世界。
我那时这么想：纵使史上的
一切伟大瞬间在我眼前重现，
一切豪迈歌谣所赞颂的英雄
都自星辰间降下，并要由我
挑出一个为他戴上玫瑰花环，
那其中也绝找不出一位能比
母亲为我选择的你更为卓越。
可爱又狂野、可人又可怖的
制服赫克托耳的佩琉斯之子！
你曾是我醒时的永恒的思维，
你曾是我眠时的永恒的梦境！
世界像是张展开的斑斓巨网，
每个宽大网眼里都织结进了
一件你所创建下的伟大功业。
而每一件我都以烈焰的色彩
烙进我如丝绸般白洁的心中。
我登时看到你在伊利昂城[2]前
将普廉战败逃窜的儿子击倒；
看到你燃着冲天的胜利豪情
转过脸庞，而此时他的头颅
则被血淋淋拖过赤裸的大地；

① 达尔达诺人：特洛伊人的别称。
② 伊利昂城：特洛伊城的别称。

还看到普廉到你的帐中恳求——
你这有大理石般胸膛的铁汉
竟然仍能够被一种情所触动，
每当我念及此处便洒下热泪。

阿喀琉斯：
亲爱的女王哪！

彭忒西勒亚：
哦，我的朋友，
初见你本人时我是何种感受——！
彼时你现身斯卡曼德罗河谷，
周围是你民族中的诸多俊杰，
仿佛苍白的群星簇拥着炎日！
对我而言，此情此景就仿佛
战神阿瑞斯亲自驾乘着白马
从奥林匹斯隆隆地径直降临，
到我身边来向他的新娘致意！
而你离去之后，我伫立依旧，
因幻景而目眩——仿佛夜间
漫游者的面前击下一道闪电，
又若如光明乐土大门作着响
在一个魂灵面前开启又合上。
佩琉斯之子呀，我立时猜中
我胸中澎湃的感情自何而来，
是爱情之神突然占据了我心。
我当即断定我已是别无选择：
要么将你赢取，要么便死去，
现在我获得了更甜美的结局。
——你在朝哪里望？
（远方传来武器的嘈杂）

普萝妥耶：（偷偷地）
神之子呀！
求你立刻向她表露清楚心意。

彭忒西勒亚：（准备动身）
阿尔戈人[1]来了。女人们，上！

阿喀琉斯：（阻拦她）
别激动！女王，那都是俘虏。

彭忒西勒亚：
是俘虏？

普萝妥耶：（偷偷对阿喀琉斯说）
天啊，这是奥德修斯！
你的人正被梅萝耶紧逼退却！

阿喀琉斯：（小声自语）
但愿他们统统都化作岩石吧！

彭忒西勒亚：
究竟怎么了！

阿喀琉斯：（强作欢颜）
你将为我生育出
凡间之神灵，而普罗米修斯
将起身向世人宣告：“现在，
终于诞生了个我理想中的人！”
但我不会随你去特弥斯库拉，
而是你跟我去繁荣的弗底亚[2]：
当我的民众结束了战争之后，
幸福的我将欢欣地带你前去，
让你坐在我家族宝座上。
（嘈杂声持续着）

[1] 阿尔戈人：在本剧中用作希腊人的别称。
[2] 弗底亚：阿喀琉斯的故乡之城。

彭忒西勒亚：

什么？

我一个字也没懂——

众女人：（不安地）

一切诸神哪！

普萝妥耶：

神之子，你是要——？

彭忒西勒亚：

到底怎么了？

阿喀琉斯：

没什么，莫惊骇，我的女王，
你看，时间紧迫，现在必须
告知你众神安排给你的命运。
虽然爱情之力让我从属于你，
而我也将永甘承受这一束缚；
但是论战事胜负你则属于我；
杰出的女人哪，我们交战时，
是你败倒我脚下，而非相反。

彭忒西勒亚：（努力站起身）

可怕的人哪！

阿喀琉斯：

爱人哪，即便是
宙斯也无法扭转既成之事实，
请你如同岩崖般把持好自己，
听一听那信使的话。我猜想，
他带给我的应是不幸的消息。[1]
可是你并不会从中获得转机，
你的命运已经永久无可改换。
你是我的俘虏，而且我将会
比地狱犬更加凶恶地看守你。

彭忒西勒亚：

我是你的俘虏？

普萝妥耶：

是这样，女王！

彭忒西勒亚：（举起双手）

永恒的天灵哪，我呼唤你们！

① 在“柏林手稿”中，此处有一位脸孔苍白惊惶的信使赶来，因此阿喀琉斯才能猜到他所要汇报的定是亚马逊人击败希腊人的“不幸的消息”。终稿缺失此句。

我是谁？——克莱斯特戏剧《彭忒西勒亚》的身份问题

任卫东

奇异的女人哪，你究竟是谁？

作家简介

海因里希·冯·克莱斯特出生于普鲁士一个古老、显赫的军事贵族世家，他也曾效仿先祖，进入普鲁士军队，但几年后不顾家人的反对，退伍进入大学学习物理、数学、哲学。然而，对康德哲学的误解，使克莱斯特陷入了不可知论，也就是研究者们所说的“康德危机”。他在给未婚妻的信中写道：“我们不能确定，是否我们称之为真理的那种东西真的是真理，还是仅仅是在我们眼中看来如此而已。如果是后者的话，那么我们在此所搜罗的真理在死后便不在了。一切试图追寻一种能够伴我们进入坟墓的财富的努力都是徒劳的。……我唯一的、最高的目标沉沦了，我再也没有目标了。”

克莱斯特再无心于自然科学的学习和研究，转而进行文学创作。克莱斯特的文学野心很大，他想要超越歌德，成为最伟大的作家，甚至曾经跟朋友们说他要“扯下歌德额上的花环”（Sembdner 1966，62）。但是，克莱斯特的文学创作道路从一开始就不平坦。很快，他陷入了对自己文学才能的深深怀疑，绝望中的他销毁了已完成的戏剧《罗伯特·吉斯卡尔》（Robert Guiskard）手稿。之后，他与好友共同创办过文学杂志和报纸，但都以失败告终，他的作品也得不到当时文学同僚和评论界及观众的承认。1811 年 11 月 21 日，克莱斯特与一位身患绝症的女性友人在柏林万湖（Wannsee）相约自杀。

克莱斯特作为他的时代的文学界的一个异类，不属于那个时代的任何一个文学流派，其文学价值在整个 19 世纪都没有被认识到，直到世纪转折时期，他才被重新发现。克莱斯特短短 34 年的生命中，创作了 8 部戏剧作品，《施罗芬施泰因一家》（Die Familie Schroffenstein，1803）、《破瓮记》（Der zerbrochne Krug，1808）、《安菲特律翁》（Amphitryon，1807）、《彭忒西勒亚》、《海尔布隆的小凯蒂》（Das Käthchen von Heilbronn，1808）、《赫尔曼战役》（Die Hermannsschlacht，1821）、《洪堡王子弗里德里希》（Prinz Friedrich von Homburg，1821），每一部都以其复杂性和现代性，成为戏剧中的经典，克莱斯特本人也被视为现代戏剧的先驱。他的中篇小说《米夏埃尔·科尔哈斯》（Michael Kohlhaas，1808）、《侯爵O夫人》（Die Marquise von O...，1808）、《智利的地震》（Das Erdbeben in Chili，1807）、《圣多明各的婚约》（Die Verlobung in St. Domingo，1811）、《卢加诺的乞妇》（Das Bettelweib von Locarno，1810）、《养子》（Der Findling，1811）、《圣塞西莉亚或音乐的力量》（Die heilige Cäcilie oder die Gewalt der Musik，1810）、《决斗》（Der Zweikampf，1811），不仅成为中篇小说（Novelle）这个体裁的典范，而且创作了德国文学史上中篇小说的高峰。

《彭忒西勒亚》内容简介

《彭忒西勒亚》是克莱斯特寄托了最多情感的一部剧作，他自己曾在信中写道：这部剧中蕴含了"我最内在的本质""我灵魂全部的痛苦和光辉"。

故事发生在特洛伊战争（Trojanischer Krieg）期间，神秘的女人国亚马逊（Amazonen）的女王彭忒西勒亚，带领女子军团来到交战的希腊人和特洛伊人中间，向两方都发动了猛烈进攻，并俘获了大量俘虏。更令人不解的是，彭忒西勒亚本人以一种异常的狂热追踪着希腊将领阿喀琉斯（Achilles），似乎是怀着深仇大恨一般。然而，当阿喀琉斯陷入危险时，女王竟又出手相救。

在一次交战中，彭忒西勒亚被阿喀琉斯击倒昏迷在地后被俘。女王忠诚的女伴普萝妥耶（Prothoë）恳求阿喀琉斯，让他在女王醒来后谎称自己被彭忒西勒亚俘虏。已经爱上美丽女王的阿喀琉斯同意了。彭忒西勒亚醒来后信以为真，激动万分，与阿喀琉斯互诉衷肠，并向阿喀琉斯解释了亚马逊国和她自己的秘密：

很久以前，亚马逊也是一个普通的部落，然而不幸遭受外族入侵，部落的所有男人被杀，女人们被凌辱。女人们不堪忍受，在女王塔娜伊司（Tanaïs）的带领下奋起杀死入侵者，从此便建立了一个只有女人的国度。为了更好地持弓杀敌，所有的亚马逊女人还都要割去自己的右侧乳房。这个国度为了繁衍，便定期按照"神意"去打仗，掳掠男人带回，在"玫瑰节"庆典上与之欢爱，待成功怀孕后再释放归国。年轻的女王彭忒西勒亚是首次参加这种战争，她的母亲在临终时告诉她，阿喀琉斯将是她孩子的父亲。然而亚马逊国的法律规定，女人们不得自己挑选配偶，只能与战场上打败的那个男人结合。这就意味着，彭忒西勒亚必须自己亲手击败并俘虏阿喀琉斯，才能与他结合，这正是她此前一直疯狂地追击阿喀琉斯的缘故。

然而，正在二人互诉衷肠之际，亚马逊女兵们来解救女王了。被救回的彭忒西勒亚得知了真相，恼羞成怒，陷入疯狂。正在此时，一位希腊信使带来口信，阿喀琉斯希望与彭忒西勒亚再次决斗。其实这个决斗只是个幌子，阿喀琉斯已经决定抛下希腊军队，自愿做彭忒西勒亚的俘虏，跟随她去亚马逊国。但是，彭忒西勒亚却误以为阿喀琉斯是要再次打败并羞辱她。丧失了理智的女王不顾众人劝阻，全副武装地扑向手无寸铁、毫不抵抗的阿喀琉斯，跟手下的猎狗们一起撕咬阿喀琉斯的尸体。

事后，逐渐恢复了意识的彭忒西勒亚知道了自己的所作所为，她冷静地向族人宣布，她将脱离亚马逊，不再当女王，她要追随这一位阿喀琉斯而去。彭忒西勒亚在自己的心中，用“毁灭之情”、“懊悔”和“悲痛”为自己锻造了一把锐利的匕首。随后她果真用这把“匕首”杀死了自己。

教材节选剧中第十五场。这是内容最丰富的一场，也是剧中迄今为止所有疑惑被解开并发生转折的一场。

评论

作家与其作品的关系，常常是互为标签：有时候，某部代表性或者著名作品成了作家的名片，比如《少年维特的烦恼》之于歌德。而那些以文学史上颇受不同时代作家们喜爱的、不断被使用的题材而创作的作品，则往往因作家独具匠心的艺术加工，被盖上该作家的私人印章，这时，作家就成了作品的定语。还以歌德为例：歌德的《普罗米修斯》、歌德的《伊菲革涅亚》，还有克莱斯特的《彭忒西勒亚》。

亚马逊国及其女王彭忒西勒亚的故事起源于古希腊神话，从古希腊、古罗马，再到近现代，不同时期、不同国家的作家，不断以不同的文学形式对这一素材进行文学再加工创作。直到1808年，德国作家海因里希·冯·克莱斯特的诗体戏剧《彭忒西勒亚》出现，彭忒西勒亚以一个惊世骇俗的形象，不仅使以歌德为代表的文坛主流大惊失色（参见 Müller-Seidel 1981，144），而且令其他相同素材的作品顿时黯然失色，从此天下只有一个“彭忒西勒亚”，那就是克莱斯特的。颇有“倚天一出，谁与争锋”之势。

克莱斯特的彭忒西勒亚，从一个视男人为仇敌的女人国国王，到一见钟情地爱上希腊英雄阿喀琉斯，到最后以疯狂的方式杀死阿喀琉斯并自戕，其内心经历了从质疑自己的身份、找到另一个身份、在两个身份之间撕裂的痛苦历程。

1. 被建构的身份

德语词 Identität（身份）来自拉丁语 *idem*，直译为“同一”（Böhme 1997，686）。本义为一个存在的全部，是把一个客体与其他事物区分开来的所有特征。作为一个哲学概念，“身份”一词可以有不同的理解方式，它既是个体对自我形象的理解，也是习惯对人的塑造，也是社会角色和规定，还是述行和建构的结果。所以，身份不仅是指个体及其能力，它还涉及社会和文化生活状况。（参见 Zirfas 2010，8–17）简单说，与身份概念最直接相关的两个问题是：我是谁？你是谁？也就是说：自己理解的“我”和别人眼中的“我”。

在《彭忒西勒亚》中，阿喀琉斯与彭忒西勒亚交谈中问的第一个问题就是：“奇异的女人哪，你究竟是谁？”（1774）“莫测的女人哪，你究竟是谁？”（1811）（参见 Kleist 2011，文中出自该文本的引文均在括号中标注诗行编号）而彭忒西勒亚的回答：“我是统治亚马逊民族的女王，/ 我的部族自称阿瑞斯之苗裔，/ 俄特雷雷乃是我伟大的母亲，/ 我的民众称我为彭忒西勒亚。”（1824–1827）这些回答充分显示，彭忒西勒亚在用别人的眼中的“我”来定义自己，她此时理解的“我”，是外界赋予她的角色和规定。

《彭忒西勒亚》中的亚马逊国作为一个单一性别的女人国，有着惨痛的历史：她们曾遭受外族入侵，本族的男人全部被杀。女人们不甘忍受屈辱，奋起杀死入侵者，建立女人国。她们从原本依附于男人的弱女子，变成了必须征服男人的女汉子。这种身份转变，即否认原本的身份，建构并认同新的身份，是依靠一系列法律和仪式对社会成员的身体和心理进行规训而得以实现的。

仪式作为“具有象征意义的、被编码的身体过程”，能够制造、解释、维持和改变社会现实。仪式由某些人群或团体演示，在仪式进行过程中，身体动作制造出的情绪，也会促成对仪式行为的改变，因而仪式具有社会建构潜能。通过仪式行为，社会规范被书写进参与者的身体，进而确立权利关系。整个仪式过程在所有参与者的意识之外进行，所以对参与者具有更加强大和持久的影响力。（参见 Wulf 1997，1029–1030）具有象征意义的仪式，在亚马逊国建立过程中，在维持国家法规时，对于国家中每一个人的身份建构都起着非常重要的作用。

亚马逊国的建国仪式，就是一场改变在场的每一个成员性别和身份的仪式。亚马逊女人们用在弗洛伊德（Sigmund Freud，1856–1939）精神分析学上象征着男性生殖器的匕首，杀死了所有入侵的男人，她们已经掌握了男人的武器并战胜了男人。“立下了此等英雄功业的女人 / 都已如旷野上的风一般自由，/ 再也不会臣服于男性的统治。”（1954–1956），她们建立了一个女人“自主的国家”，不再需要男人颐指气使地发号施令，而是“自己订立法规，/ 听从自己的意志，捍卫自己”（1960–1961），领导女人们起义的塔娜伊司被推举为亚马逊国的第一任女王。在加冕仪式上，作为掌管国家最高权力的象征，她“即将从盛装的女祭司长手中 / 接过先前的历任斯基泰国王 / 所曾持有的硕大的金色宝弓”（1972–1974）。这张金色的弓箭，为历任国王所持有，它显然是国王权威和统治权力的象征。而先前的国王之所以选用一张硕大的弓箭作为权力象征，是因为弓箭作为武器，同时代表着身体的力量。男性国王们试图通过拉弓引箭，显示自己的身体孔武有力，对外宣示国家的强悍和战斗力。女王接过弓箭，在象征意义上意味着她继承了权威、接过了统治国家的权力，但是，女性身体的天然弱势，使人怀疑她是否有能力执掌这张弓，是否有能力统治这个国家，这个新兴的国家是否有能力抵御外敌。怀疑的声音响起：“如此之国只会招男人讥笑，/ 它用不了多久就必将覆亡在 / 骁勇的邻邦的初次进犯之下，/ 因为弱女子受丰满乳房之累，/ 永远不可能如同男人们那样 / 轻易地将弓与箭的威力施展。”（1977–1982）怀疑的声音在亚马逊成员中引起了“怯懦的骚动”（1985），影响了建国仪式的顺利进行。于是，塔娜伊司“便毅然断下了自己的右乳”（1986），完成了加冕仪式。

乳房作为女性的第二性征，除了其生物学功能——哺乳之外，它就只能在两性关系中起到吸引男性的作用，它同时也是女性身体的弱点。割去乳房的行为，首先象征着否定女性身体的性别特征，并且消除了女性身体的弱点，从身体上变得像男人一样。同时，作为女人国的成员，不再需要展示性别的魅力，乳房也丧失了性吸引的功能。塔娜伊司通过割去乳房——这一体现女性身体特征的器官，与自己原来的性别告别，建构了一个新的性别——“像男人一样”。因此，“献祭右乳，可以看作是性别转变的仪式性演示”（Brandstetter 1997，98）。在完成自己性别转换的同时，她“将这些要张弓射箭的女人 / 取名叫亚马逊人，意即无乳”（1987–1988）。她通过述行，象征性地完成了亚马逊人的性别和身份的重新定义——没有了右乳的她们变得像男人一样强悍。同时，保留下来的左乳又使她们没有丧失在繁衍后代时的哺乳功能。于是，亚马逊的女人们彻底被物化和工具化了，成了保家卫国的女战士和繁衍后代的工具。

建国仪式上割除右乳的仪式，不仅在象征意义上完成了亚马逊人的性别转换和身份建构，而且它是名副其实的、真正意义上的对身体的书写和编码。因为仪式不仅是象征行为，也是身体行为。仪式参与者的身体在场性，是仪式不可或缺的前提。（参见 Soeffner 1995，179）由于身体的直接参与，仪式的象征意义才能在仪式进行过程中被强行植入参与者的身体，对他们产生无法逃避的影响。《彭忒西勒亚》中割去右乳的仪式，身体的疼痛和血淋淋的视觉冲击，使每一个参与者直观地感受到仪式的象征意义。同时，留在身体上的伤疤，不断提醒她们，让她们回忆起并永远记住那个场景的意义。对亚马逊国成员的身份重构，通过作用于身体的行为，在每一个成员身体上打上磨不去的烙印，新的性别、身份、秩序、法则、意识形态被铭刻在她们身体上和心理上，强迫她们接受。人的身体的物质性决定了人的存在的物质性，他的身体的在场性和可被伤害性，决定了仪式行为比纯粹语言说教更能把人带入社会情境，能对人产生更强烈的作用。（参见 Wulf 2008，179）

为了使每个亚马逊人认同自己的新性别、新身份，亚马逊国还制定了一系列的法规。

为了繁衍，亚马逊国定期通过神谕去打仗，把从战场上俘获的男人带回，举行盛大的玫瑰节，在女人们确认怀孕后，男人们被释放，女人们生下的男孩儿被杀死，女孩儿被养大成为骁勇善战的女战士。在这过程中的各种法律规定，限制着每个个体的情感和意愿。首先，亚马逊人必须遵照神的旨意去跟某个部落交战，其次，她们不许“自行选择对手，/ 只能够接受那个由神意决定 / 而与她在沙场上交锋的男人”（2145–2147）。亚马逊女子必须接受神指定给她的那个男人，一方面是要求她们绝对顺从，另一方面，禁止亚马逊女子在战场上选择男子交战，是为了避免感情的萌发。因为，如果有自主选择的可能，不论根据什么标准，必然会掺杂主观好恶，而好感会成为将来情感产生和发展的温床，因为亚马逊女子选择的不仅是交战的对手，更是以后的性交往的对象和未来孩子的父亲。

另外，法律规定，亚马逊女人必须战胜自己的对手，才能把对方作为性交往的对象：她们必须“仿佛火红的旋风一样 / 迅猛地飙进男人的丛林里去，/ 并将败倒者中最成熟的那些 / 如从树冠上摇撼下的种子般 / 一并刮回到我们家乡的田野”（2069–2073）。这样的规定，一方面强化了亚马逊人对自己性别的认同：像男人一样，甚至比男人更强悍。另一方面，男人和性都被功能化了：男人只是种子的载体。同时，在亚马逊女人的潜意识里，性与敌对、暴力、征服捆绑在一起，温柔和爱情都被排斥在外了。原本依靠恬静和“美丽容颜”就能使男性“拜倒在尘埃中”的女子，变成了“全副武装”的“复仇女神”，寻找爱侣的甜蜜过程，变成了战场上的暴力厮杀。所以彭忒西勒亚对阿喀琉斯说：“我无缘于 / 那种本属女性的温柔的技能！ / 无权如你的国度的女孩一般，/ 来到那些青春昂扬的少年们 / 欢乐地集会和竞技的赛场上，/ 为自己物色一位理想的爱人；/ 无权以花束装饰和羞涩目光 / 将心仪的他吸引到我身边来；/ 无权在夜莺啼透的石榴林中，/ 于朝霞炽红时依偎在他胸膛，/ 对他表白说，我要的就是他。/ 只能在血腥的杀伐场上找寻 / 自己心中如意的那位少年郎，/ 先要以铁般的臂膀将他攫捕，/ 然后才能将他揽入柔软怀中。”（1887–1901）

亚马逊国对原本最私密的两性关系都做了规定，进行监督，防止男女之间产生爱情，把两性关系完全功能化、目的化，使亚马逊女子不是作为个体人存在，而是作为社会的一分子。有着这样的法律的国家，不是一个自然的、符合人性的、能满足成员个体要求和特性的共同体。它与个体之间不是相辅相成的和谐，而是处在对立和排斥的状态。它的存在，是以每个成员为了集体而牺牲自己的个体性和人性为前提的。这个共同体只能依靠把个体变成实现共同体目的的手段而存在。一旦个体想要成为自己、实现自我，这个国家的存在就会受到威胁。（参见 Fricke 1980，90）阿喀琉斯对这个国家法律的评价是：“它违反女性天性、/ 悖逆自然，简直是世所未闻。”（1903–1904）

在这样一个共同体中生长的彭忒西勒亚，在她生命的二十三年中，接受了各种法律的规训，经历了各种不断重复的仪式，也被迫接受身体被书写、身份被建构的过程：她的右乳也被割掉；她已经借助听觉从远处间接经历了二十三次玫瑰节；她沉浸在母亲去世的悲哀中不愿就任国王之职，却迫于形势，不得不承担起女王的职责：“在逝者墓边我久久哭泣，/ 度过了悲痛哀毁的整整一月，/ 那王冠失去了主人搁在一旁，/ 我也不曾去碰它。直到最后，/ 已整装待战的臣民焦急难耐，/ 包围了我的王宫，再三呼请，/ 才强行将我拉上了女王宝座。”（2151–2157）她被民众戴上王冠、推上王位，成为代表国家法律和秩序的女王。彭忒西勒亚被迫接受了如复仇女神般彪悍的、要去征服希腊人的女王的职责和身份。

2. 另一个身份的苏醒

彭忒西勒亚的悲剧，并不在于她被建构的性别和身份，而在于她还有另外一个身份，另外一种属性，并且她意识到了自己的另一个身份。她不再像克莱斯特笔下的木偶一样，只有一个重心，她灵魂的重心，没有落在动作的重心上。（参见 Kleist 2011，425–433）在两个重心的作用下，彭忒西勒亚失去了平衡，不知所措，不知道应该选择哪个身份，最后发现自己的处境是个无解的死局。

其实，不仅是彭忒西勒亚，每个亚马逊女人的身体里都藏着另一种属性，否则，她们就不会在释放男人回家时“涕泗横流”，并且“内心充盈着悲戚哀恸”，不理解制定了这种法律的塔娜伊司女王为何会被赞美。亚马逊人的抱怨，来自她们作为女性对情感的需求、对爱的渴望。她们这种女人的自然属性并没有随着被割去的右乳而被剔除，“这种种感情都迁移到了左侧，/ 这样它们距离心也就更近了”（2006–2007）。只不过，亚马逊人作为女人的身份，被她们作为女战士的身份所压抑，彭忒西勒亚曾反抗过强加给她的女王身份：她痛苦地守在垂死的母亲身旁，不想听从神的召唤；她在母亲的墓前悲哀不已，拒绝带上王冠。她最后被臣民们逼迫着接过“铿锵作声的亚马逊王国宝弓”（2160）时，“满怀着哀恸与抵触的情绪”（2158）。她内心的抵触来源于两个身份之间的冲突：一边是承担着统帅国家职责、代表着国家法律的、作为亚马逊女王的她，另一边是有着丰富情感、热爱母亲的、作为女儿和女人的她。然而，她的反抗一直是下意识的，她的另一个身份一直沉睡着，虽然她的母亲在临死前“以母女间讲话用的 / 私密的语气”（2142–2143）暗示过她：“你将给佩琉斯之子戴上花环，/ 和我一样做骄傲快乐的母亲”（2138–2139）。垂死的俄特雷雷，不是作为女王，而是作为母亲，违背了法律规定，对作为女儿的彭忒西勒亚说出了阿喀琉斯的名字。彭忒西勒亚前往特洛伊“与其说是伟大战神呼唤我去，/ 不如说是为慰藉母亲的亡魄”（2168–2169），是为了满足母亲的遗言。她还没有意识到，母亲的愿望与战神父亲的要求已经相悖；她还不知道，母亲的指引，更符合她另一个身份诉求。

彭忒西勒亚作为女性身份的苏醒，是在她见到阿喀琉斯的那一刻：那一瞥“仿佛夜间 / 漫游者的面前击下一道闪电，/ 又若如光明乐土大门作着响 / 在一个魂灵面前开启又合上”（2213–2216）。彭忒西勒亚与阿喀琉斯的第一次相见，“宿命般地决定了彭忒西勒亚的整个存在。在那一刻，亚马逊女王变成了彭忒西勒亚”（Fricke 1980，93–94）。在别人看来她莫名其妙地脸红、突然之间地心不在焉，都是那个陷入爱情的彭忒西勒亚的反应。她立刻明白了，“我胸中澎湃的感情自何而来，/ 是爱情之神突然占据了我心”（2218–2219）。站在阿喀琉斯面前的，不再是那个战神之女、战无不胜的女王，而是被爱神之箭射中、被爱人夺了心魄的女子。下令所有亚马逊人不许伤害阿喀琉斯、以满怀爱意的女性身份与阿喀琉斯交战的彭忒西勒亚，是不可能战胜后者的。

3. 两种身份的相斥性

彭忒西勒亚已经意识到自己的两个身份。当她面对阿喀琉斯的问题“你是谁”时，她先回答：“我是统治亚马逊民族的女王”（1824），接着又说出自己的名字。此时的彭忒西勒亚还没有认识到，她的这两个身份是相互排斥的，她以为，在要么“赢取”阿喀琉斯，“要么便死去”之间，她“获得了更甜美的结局”（2222），她以为自己能同时是亚马逊女王和爱着阿喀琉斯的彭忒西勒亚。然而，当阿喀琉斯看到这是个无解的难题，问她是否也会在玫瑰节之后将自己放归时，彭忒西勒亚无助地回答："亲爱的，我不知道，别问我——"（2091）她没有办法，只是想逃避，包括她被阿喀琉斯击中落马并昏迷，醒来后把经历当作噩梦，未尝不是一种下意识的逃避，逃避无法接受的现实和没有出路的两难。甚至在她知道了自己是被阿喀琉斯打败并俘虏的真相之后，她仍然祈求阿喀琉斯跟随她回到特弥斯库拉（Themiscyra）、回到月神的神殿。此时的彭忒西勒亚置亚马逊的律令于不顾，以疯狂爱着阿喀琉斯的女子的身份，请求后者跟随亚马逊女王回到故乡。在她妥协的请求中，隐含着她想把两种身份融合起来的愿望。

让彭忒西勒亚丧失所有理智陷入彻底疯狂的，不是她败在阿喀琉斯手下，也不是她被族人解救，从而与阿喀琉斯分开的现实，而是阿喀琉斯的挑战。同样深深爱上彭忒西勒亚的阿喀琉斯，也忘记了自己作为希腊将领的身份。为了能跟彭忒西勒亚在一起，他提出再战一次。他的本意是在战斗中故意输给彭忒西勒亚，成为后者的手下败将和俘虏。但是，彭忒西勒亚没有理解阿喀琉斯的意图，以为阿喀琉斯要再次羞辱自己：他"看出我无力抗衡他"（2384）。盛怒之下的彭忒西勒亚全副武装，带着犬群迎战赤手空拳的阿喀琉斯，并跟狗一起将阿喀琉斯的尸体撕咬为碎片。

彭忒西勒亚对阿喀琉斯的误解，源于阿喀琉斯没有认识到彭忒西勒亚身份的转变。彭忒西勒亚虽然一直试图让自己的两个身份能够统一，但是，她已经下意识地以女人的身份在与阿喀琉斯相处。她对阿喀琉斯最后的祈求、她不顾全体亚马逊人的恳求做出坚决不撤退的非理性决定，都是一个为爱情不顾一切的女性的反应。而阿喀琉斯仍然把她看作亚马逊女王，想让后者以符合亚马逊国律令的方式带自己走。阿喀琉斯的战书实际上是把彭忒西勒亚"推回到塔娜伊司的法律之下"（Fricke 1980，109），所以必然被彭忒西勒亚理解成对爱情的背叛。已经违背了亚马逊国法律、置自己女王身份和责任于不顾的彭忒西勒亚，又面临着爱情的丧失和爱人的背叛，于是认为自己已经失去了所有存在的理由。

彭忒西勒亚的两种身份具有无法融合、相互排斥的悲剧性张力，这种张力无法通过简单地将一方视为不合理而得以消解，从而避免悲剧的发生。悲剧之所以只在彭忒西勒亚身上没有在别的亚马逊人身上发生，关键是彭忒西勒亚深陷于两种身份之中：一方面，她不是个普通的亚马逊人，而是代表着国家法律和秩序、承担着神圣责任的女王，另一方面，她是不顾一切爱着阿喀琉斯、得不到爱情宁肯去死的纯粹女子。她无法在两种身份之间做出选择，因为两种身份都是她。或者说她的两种身份都过于强大。普萝妥耶在彭忒西勒亚死后说："她是因过于骄傲强健才陨落！/

正如枯死的橡树能挺过风暴，/ 而茁壮者因其树冠易受风摧，/ 反而会在风暴之中轰然倾折。”（3040–3043）

彭忒西勒亚并没有永远陷在两种身份的纠结中。看到阿喀琉斯的尸体，彭忒西勒亚反而从癫狂中清醒过来。她平静而清晰地跟亚马逊人说：“我不跟你们走！”（3003）她奉劝其他亚马逊族人回乡后说道：“将塔娜伊司的骨灰撒到空中！”（3009）塔娜伊司的骨灰盒是亚马逊人必须遵守的一切律令的来源，抛撒掉祖先的骨灰，意味着宣布古老律法的失效。之后，彭忒西勒亚在自己的两个身份之间做出了最后的选择：“我宣布脱离女人法规之束缚，/ 并要追随着这一位少年而去。”（3012–3013）她以一种最奇特的方式，靠自己的意志，通过语言讲述杀死了自己，“真随他去了”（3035）。彭忒西勒亚在生命的最后时刻，提到迄今为止决定自己存在的三种力量：亚马逊国的法律，那是在她遇到阿喀琉斯之前决定了她身份的力量；她与阿喀琉斯之间的爱情，那是她无法也不愿逃避的力量，哪怕牺牲亚马逊国和自己的生命也在所不惜；最后，是她自己的决断力，是她在两种身份之间以积极、主动、斗争的姿态决定自己命运的力量。（参见 Hermann 1993，27）

自戕是彭忒西勒亚在两种身份之间做出选择的唯一方式，她以此对阿喀琉斯的问题“你是谁？”做出了最终回答，这次的回答干脆、明确，如同作者在标题中就暗示的一样，她是：彭忒西勒亚。

思考题

1. 如何看待亚马逊国家与个体之间的关系？
2. 分析彭忒西勒亚作为女王身份被建构的过程。

参考文献

[1] Gernot Böhme. Identität. In: Vom Menschen, hg. v. Christoph Wulf. Weinheim: Beltz, 1997.

[2] Gabriele Brandstetter. Penthesilea. „Das Wort des Greuelrätsels“. Die Überschreitung der Tragödie. In: Interpretationen: Kleists Dramen, hg. v. Walter Hinderer. Stuttgart: Reclam, 1997.

[3] Gerhard Fricke. Penthesilea. In: Heinrich von Kleist: Aufsätze und Essays, hg. v. Walter Müller-Seidel. Darmstadt: Wissenschaftliche Buchgesellschaft, 1980.

[4] Hans Peter Hermann. Sprache der Liebe. Beobachtungen zu Kleists

„Penthesilea“. In: Text + Kritik. Zeitschsrift für Literatur, Sonderband, Heinrich von Kleist, hg. v. Heinz Ludwig Arnold. C. H. München: Beck, 1993.

[5] Heinrich von Kleist. Penthesilea. Ein Trauerspiel. In: Sämtliche Werke und Briefe. Bd. I. München: dtv, 2011.

[6] Heinrich von Kleist. Über das Marionettentheater. In: Sämtliche Werke und Briefe. Bd. II. München: dtv, 2011.

[7] Walter Müller-Seidel. Penthesilea im Kontext der deutschen Klassik. In: Kleists Dramen: Neue Interpretation, hg. v. von Walter Hinderer. Stuttgart: Reclam, 1981.

[8] Helmut Sembdner. Heinrich von Kleists Lebensspuren. Dokumente und Berichte der Zeitgenossen, Neuausgabe. München: dtv, 1996.

[9] Hans-Georg Soeffner. Zu den Stichwörtern „Kollektivsymbol“ und „Ritual“. In: Raum und Ritual: Kirchbau und Gottesdienst in theologischer und ästhetischer Sicht, hg. v. Rainer Bürgel. Göttingen: Vandenhoeck & Ruprecht, 1995.

[10] Christoph Wulf. Die Erzeugung des Sozialen in Ritualen. In: Die neue Kraft der Rituale, hg. v. Axel Michaels. Heidelberg: Arun, 2008.

[11] Christoph Wulf. Ritual. In: Vom Menschen, hg. v. Christoph Wulf. Stuttgart: Reclam, 1997.

[12] Jörg Zirfas. Identität in der Moderne. In: Schlüsselwerke der Identitätsforschung, hg. v. Benjamin Jörissen u. Jörg Zirfas, VS Verlag für Sozialwissenschaften 2010.

第五章　弗里特利希·德·拉·莫特·福凯（Friedrich de la Motte Fouqué）

婀蒂娜（节选）

张玉书　译

第十一章
贝尔塔达的命名日

……

“啊，上帝啊，婀蒂娜，我的父母亲在哪里？”痛哭流涕的贝尔塔达叫道，“你一定知道，你已知道实情。你这神奇的姑娘，否则你不会把我的心撕得这样粉碎。难道他们已在这里？是这样吗？”她的眼睛扫过这些衣衫华丽的人群，停留在一位执政高官的夫人身上。这位贵妇人就坐在她养父身旁。这时婀蒂娜转过身去，朝着门口，眼里流出温柔已极、感动至深的眼泪。她问道：“那对可怜的正在等候的父母亲在哪里？”老渔翁和他的老伴从门前观望的人群中摇摇晃晃地走了出来。他们的眼睛带着询问的神色，时而凝视着婀蒂娜，时而凝视着那位美丽的贵族小姐，据说她就是他们的女儿。欣喜万分的女主人结结巴巴地说道：“她就是你们的女儿！”两位老人搂着他们失而复得的女儿，放声大哭，连连赞美上帝。

但是贝尔塔达却奋力挣脱两位老人的拥抱，又惊又怒。她原来坚信，这次聚会将大大提高她迄今为止业已达到的荣耀，这一瞬间有希望让宝座的华盖和帝王的冠冕落到她的头上。这样的相逢对于她那高傲的心灵实在无法忍受。她觉得，是她的情敌故意策划好了这一切，为了让她在胡特布朗特和众人面前丢人现眼，蒙受羞辱。她破口大骂婀蒂娜和两位老人：“女骗子，被收买来的帮手！”这样丑恶的字眼从她嘴里迸出。这时，老渔婆只是喃喃自语：“唉，上帝，她已经变成了一个凶恶的女人。尽管如此，我心里感到，她是我亲生的孩子。”老渔翁则合上双手，轻声祈祷，但愿这个女人不是他的女儿。婀蒂娜脸色苍白，摇摇晃晃地从父母亲身边走到贝尔塔达身边，又摇摇晃晃地从贝尔塔达身边走到父母亲身边，蓦然间她从自己梦想的天国乐园跌到了恐惧和惊恐之中。迄今为止她就是做梦也没有经历过这样的惊恐。“你有灵魂？你难道真的有个灵魂，贝尔塔达？”她冲着她盛怒的女友一连大吼几声，仿佛想使劲地让女友从突然爆发的疯狂或使人迷乱的梦魇之中清醒过来。贝尔塔达却更加暴跳如雷，遭到摈弃的父母号啕大哭起来，席间的宾客分成两派，争论不休，态度激烈。婀蒂娜神情庄重严肃，请求大家允许她回到自己丈夫的房里谈话。周围的人顷刻之间噤声不语。她走到餐桌的上首贝尔塔达的席位上，在大家目不转睛的凝视下，说了下面这番话：

“诸位，你们脸上敌意森然，惊恐沮丧，把我举行的友好盛宴给搅得乱七八糟。唉，上帝啊，我对于你们愚不可及的风俗习惯和冷漠无情的感觉方式一无所知，大概我一生一世也不会适应它们。我把一切都弄得颠三倒四，但罪不在我。你们相信我吧，这责任完全在你们身上，尽管你们似乎也无此意。因此我也没有多少话跟你们说。但是有一点我却非说不可：我没有撒谎。除了我的保证，我无法也不愿提供任何别的证明。可我愿意为此发誓。这是把贝尔塔达从她父母身边引开的那个人亲口告诉我的，是他使贝尔塔达进入水中，后来又在公爵路过时，把她放在路边茵绿的草地上。”

贝尔塔达嚷道：“她是个魔法师，是个和邪恶的精灵交往的女巫！她自己坦白承认了这点。”

“我没这样做。”婀蒂娜说道。她的眼睛，像是一片清澄明净的天宇，纯洁无邪，信心十足。“我也不是女巫。你们仔细看看我吧。”

“那么，她就在撒谎吹牛，”贝尔塔达打断她的话，“她不能宣称，我是这两个下等人的孩子。我的贵为公爵的父母亲，我请求你们，带我离开这个聚会，离开这座城市。这里的人只想对我横加羞辱。”

但是庄严诚实的老公爵伫立着，一动不动。他的夫人说道：“我们必须弄个水落石出，这究竟是怎么回事。上帝明鉴，不然，我决不迈步离开这座大厅。”这时老渔婆走过来，向公爵夫人深深地一鞠躬，说道：“您为我敞开了心扉，高贵的敬畏上帝的夫人。我要跟您说，倘若这个邪恶的贵族小姐是我女儿的话，那么在她的两肩之间有一个形同紫罗兰的痣，另一个同样的痣长在她的左脚背上。她只要愿意和我一起离开这座大厅，就可以知道究竟。”“我是不会在农妇面前裸露我的身体的。”贝尔塔达说道，一面傲气十足地转身，把背冲着渔婆。“但是在我面前总可以吧，”公爵夫人说道，神情十分严肃，“请你跟我到那个房间里去，姑娘。善良的老太太，您也一起来吧。”三个人离开了，其余人都留在大厅里，沉默无言，紧张地期待着结果。过了一会儿，三个女人回来了。贝尔塔达的脸色像死人一样苍白。公爵夫人说道：“实话就得实说，所以我宣布，我们的女主人说的，纯属实情。贝尔塔达确是渔翁的女儿。在座的诸位需要知晓的就是这些。”公爵夫妇带上他们的养女离去；公爵做个手势，渔翁夫妇也随之离去。其他客人也相继离去，有的默默无言，有的喃喃自语。婀蒂娜倒在胡特布朗特的怀里，哭得悲痛欲绝。

第十五章
维也纳之旅

……

可是胡特布朗特对于这么多丑怪的妖术幻影气愤已极。他几乎要猛然发作，大声咒骂，幸亏婀蒂娜向她投以谦卑至极的目光，轻声哀求他：“看在上帝的分上，啊，我的夫君。我们是在波涛之上，你现在千万别对我发火。”骑士一声不吭，坐了下来，陷入深深的沉思之中。婀蒂娜在他耳边轻声说道：“亲爱的，咱们是不是放弃这次愚蠢的航行，太太平平地回到凌斯台腾城堡去更好一些？”但是胡特布朗特充满敌意地喃喃说道：“这么说，要我在自己的城堡里当个囚徒？只有在井口封上的时候才能呼吸？可我希望这些疯狂的亲戚……”，说到这里，婀蒂娜把她美丽的纤手轻柔地放在胡特布朗特的双唇上，骑士也就此住口，默默地再三思量婀蒂娜从前跟他说过的话。

与此同时，贝尔塔达曲里拐弯地想了各式各样的事情。她对婀蒂娜的身世，知道很多，可是并非全部。首先对她来说，那可怕的居勒蓬是个令人恐惧的谜，始终是个非常难以破解的谜，她连他的名字也没听人提起。她沉湎于思索这些奇特怪异的事情，自己也没注意，就把一条金项链解了下来，这是胡特布朗特最近某一天在旅途上从一个游动商贩那里买来送给她的。贝尔塔达把金项链放在河面上划水，半睡半醒，欣赏着项链如何把闪闪金光投向傍晚明亮的河水之中。蓦然间从多瑙河中伸出一只大手，一把抓住金链，突然钻进汹涌的江水之中。贝尔塔达大声惊呼，从水底深处响起一阵嘲弄的嬉笑。这下子骑士怒气勃发，再也按捺不住。他霍地跳起身来。冲着河水破口大骂，诅咒一切想威胁他的亲戚和他的生命的精灵，不论是水怪还是水妖，他要求他们出来面对他业已出鞘的利剑。贝尔塔达这时痛哭丢失了自己如此心爱的首饰。她的眼泪对于怒气冲天的胡特布朗特来说，不啻火上浇油。与此同时，婀蒂娜把手伸出船舷，伸进波浪之中，一个劲地轻声自言自语。有时她打住她那奇怪神秘的低声絮语，哀求她的丈夫：“我心爱的心上人，别在这里骂我。你骂什么都行，但别在这里骂我，你知道为什么！”果然，骑士管住自己的舌头，刚才因为发火，咕咕哝哝地说个不停，现在没有再说出一句直接斥责婀蒂娜的话来。这时婀蒂娜浸在波浪中的那只水淋淋的小手，从水里捞出一条精美绝伦的珊瑚项链。项链闪耀着，美不胜收，把大家都弄得目迷神眩。“拿去吧，”婀蒂娜友好地把项链递给贝尔塔达，说道：“我用这条项链作为补偿，别再愁眉苦脸了，可怜的孩子！”可是骑士一下子跳到她们两人当中，一把从婀蒂娜手里夺过这件美丽的首饰，把它扔回河水里去，怒气冲冲地叫道：“这么说，你和他们还保持联系。那你就凭着所有女巫的名字，带上你所有的礼物留在他们那儿，让我们这些人安安宁宁地过日子吧，你这个要妖术的骗子！”可怜的婀蒂娜泪如雨下，目光呆滞，凝视着他，可是她的手一直伸着，她刚用这只手如此友好地把一件美好的礼物递给贝尔塔达。然后她就越哭越伤心，就像一个无辜受罚、被人冤枉的孩子。最后她终于心力交瘁地说道：“唉，温柔的朋友，唉，永别了！我不会让他们加害于你！请保持忠诚，那我就能保护你，不让他们接近你。唉，可是我得走了。我得走到别处去度过这年轻的生命。啊，惨啊，真惨啊。你都惹出什么事情来了啊！啊，惨啊，惨啊！”

她跳过船舷，化为轻烟，就此消逝，——她是跳过江面，投进波浪之中，还是淹没在江水里面，随波流去，无人得知。似乎两者都是，又一个也不是。不久，她就完全融化在多瑙河中；只有航船四周细小的水浪在呜咽抽泣，轻声细语，几乎可以听见它们似乎在说：“啊，惨啊，真惨！唉，你要保持忠贞！啊，惨啊！”

胡特布朗特热泪满面，躺在航船的甲板上，一阵晕眩很快把这不幸的人儿卷入梦乡，宛如给他盖上一层减轻痛苦的轻纱。

……

第十七章

骑士的梦

黑夜将逝，拂晓将至，骑士半睡半醒地躺在床上。他正要完全进入梦乡，突然觉得，仿佛有件可怕的事情就在眼前，使他警觉，因为熟睡之中会有鬼怪出现。他当真想使自己清醒过来，忽然有阵声音传来，宛如天鹅翅膀的扇动和悦耳波涛的喧响，使他迷迷糊糊地进入一种难以名状的心神迷醉的惬意状况。最后他大概完全陷入沉睡之中，因为他觉得，天鹅鸣叫着，带着他远远地离开大地和湖面，一面展翅飞翔，一面曼声歌唱。“天鹅之声！天鹅之歌！”骑士一再对自己说：“这不就意味着死亡吗？”[1] 可是估计这还另有一种意义，因为他蓦然觉得似乎飘浮在地中海上，有只天鹅在他耳畔唱道：这就是地中海。在他俯瞰海潮的时候，海潮变成了纯净的水晶。他几乎可以一直看到海底。他非常高兴，因为这样他就可以看见婀蒂娜，看见她坐在拱形水晶宫顶下面。婀蒂娜当然在哀哀哭泣，看上去比她在凌斯台腾城堡和他一起度过幸福时光时阴沉忧郁得多，尤其比她初到城堡时，以及此后在他们开始多瑙河之游前不久忧郁得多。骑士不由得非常详细、非常动情地回想这一切。但是，看上去婀蒂娜并不像注意到了他。这时，居勒蓬走来见婀蒂娜，想要斥责她为何哭个不停。可是婀蒂娜振作起来，面容端庄，神情肃穆地望着居勒蓬，使得居勒蓬几乎大吃一惊。“尽管我现在住在水下，”婀蒂娜说道，“可是我是把灵魂一同带了来的。因此，我可以哭泣，尽管你根本猜不透，这些眼泪意味着什么。这些眼泪也是幸福的，就像拥有忠实的灵魂的人身上所有的一切都幸福一样。”居勒蓬不信这番话。他摇摇头，沉思片刻，说道：“可是，侄女，你要服从我们这种元素的法律。只要这个骑士再次结婚，不忠于你，你就得执行法令，结果他的性命。”“他到此刻为止还是独身，”婀蒂娜说道，“他还是心情悲痛地爱着我。”“同时他也是个新郎官，”居勒蓬带着嘲弄的口气笑道，“让我们再等几天。那时候神父给他们也举行过了婚礼，那时候你就必须为他重婚必死而浮上水面。”“我上不去，”婀蒂娜笑嘻嘻地答道，“我已经把井口封死了，无论是我还是我的同类都上不去。”“那就等他离开城堡，”居勒蓬说道，“或者等他再次叫人打开井口，因为所有这些事情，他肯定想也不会想到。”“正因为如此，”婀蒂娜依然含泪微笑着说，“正因为如此，他现在还神游于地中海上空，梦见我们的谈话，会得到警告。我是经过深思熟虑做出这番安排的。”这时居勒蓬咬牙切齿地抬头仰望骑士，凶相毕露，拼命顿脚，接着像支箭似的在万顷波浪之下飞速而去，就仿佛他一腔恶毒膨胀起来，使他变成一头鲸鱼。天鹅们又开始鸣叫，振翅飞翔。骑士感到自己飞过阿尔卑斯山和多瑙河，最后终于飞进凌斯台腾城堡，倏而醒来，躺在床上。

他的确在床上醒来，正好有个侍童进来向他报告，海尔曼神父还留在这一地区。他昨天夜里在林中遇见神父，住在一间茅草棚里，这是神父自己用树枝、青苔和干柴搭成的。侍童问他，待在这里干什么。他不是不愿给骑士举行婚礼吗？神父的回答是：“除了在婚礼的祭坛上进行的圣礼之外，还有其他的圣礼呢。我不是来主持婚礼的，我也可以主持别的圣礼啊。什么事情都得等到时机成熟。再说，悲喜的典礼相去并不太远。谁若不是故意视而不见，自会看清这点。”

① 据说，天鹅死前总要吟唱一曲，即天鹅之歌。

骑士听了这番话，又做了那场梦，产生了种种古里古怪的想法。但是一个人脑子里一旦有了一个念头，也就很难把它打消。于是一切照常进行，完全按照原定计划。

第十八章

胡特布朗特骑士如何举行婚礼

……

工人们使劲地撬动那块巨石。有人大概想起他们是在破坏先前那位亲爱的女主人办好的工程，一边干活，一边叹气。不过这活干起来比人们想象的要容易得多。似乎井里有股力量从里向外帮他们顶起石头。“好像，”工人们面面相觑，惊讶地说道，“井里的水变成了喷泉。”石头越升越高，几乎用不着工人搭手，就慢慢地滚到一边的石头路上，发出沉闷的声响。只见一股类似白色水柱的东西从井口庄严地冉冉升起；大家起先以为这当真是一道喷泉，后来才发现，从井里缓缓升起的形象是个脸色苍白、蒙着素纱的女人。她哀痛欲绝地哭泣着，胆战心惊地把双手伸到头上，拼命绞动，步履缓慢庄重，朝府邸走去。城堡里的仆人们都从井边四下散开。和女仆们一起站在窗前的新娘脸色灰白，吓得浑身发僵。那人影紧挨着她的屋子在下面走过，发出哀求的嘤嘤啜泣，抬起头来看了一下新娘。贝尔塔达相信，自己在面纱下认出了婀蒂娜苍白的面容。但是哀泣的女人已经走过去了，步履沉重，欲行又止，就像是走向刑场。贝尔塔达大声叫人，快把骑士叫醒。可是没有一个侍女敢挪动脚步。新娘自己也不再作声，仿佛听见自己的声音在颤抖。

她们几个心惊肉跳地站在窗前，泥塑木雕似地一动不动。那位奇怪的漫游者已经走进城堡，登上她十分熟悉的一层层台阶，穿过她十分熟悉的一座座厅堂，一直默默地垂泪。唉，这里的一切和她当年在这里到处漫步时多么不同啊！

骑士已把仆人全都打发出去，卸装卸了一半，神情阴郁地站在一面大镜子前面，身旁的蜡烛发出幽暗的微光。有人用手指轻轻地敲门。婀蒂娜当年亲热地和他逗着玩时，就这样轻轻地敲门。“这一切只是幻觉而已，”骑士暗自说道，“我得上床了，新婚的床铺。”“你是得上床了，但是你上的是张冰冷的床铺！”骑士听见有个带着悲泣的声音在房外说道，然后，他就在镜子里看见房门轻轻地打开，那个身穿白衣的漫游者慢慢地走进屋来，文雅地又在身后把门插上。“他们把井盖打开了，”那个人影轻声说道，“现在我就到这儿来了，你可就死定了。”骑士的心为之一沉，事情也就只能这样了结。他举起双手捂住眼睛，说道：“在我临死之时，千万别吓得我发疯。你面纱后面的脸要是非常可怕，就别把它掀开。杀我吧，别让我看见你。”“唉，”漫游的女人回答道，“难道你不想最后再看我一眼？我美艳动人，就和你在地角追求我时一样。”“啊，要是这样就好了！”胡特布朗特叹息道，“但愿我能死于你的一吻。”“愿意效劳，亲爱的。”她说着掀开面纱，她那美如天仙的脸庞温柔地冲着他微笑。由于爱情炽烈，死亡临近，骑士浑身颤抖。他向那美女迎了过去。仙女给他一吻，使他如登天国，但是，她再也不放开骑士，她把骑士紧紧地搂在怀里，泪如雨下，仿佛想把自己的灵魂在哭泣中化去，她的眼泪流入骑士的眼睛，化为可爱的痛苦，穿过他的胸膛，直到他最后停止呼吸，变成一具尸体，从她美丽的双臂间滑落下来，轻柔地倒在他床铺的枕头上。

“我把他哭死了。”白衣女子对前室里遇见的几个仆人说道，然后缓步从这些吓得魂飞魄散的仆人身边走出屋子，向院里的水井走去。

《婀蒂娜》和它的作者
弗里特利希·德·拉·莫特·福凯男爵

张玉书

《婀蒂娜》（Undine）的作者弗里特利希·德·拉·福凯男爵（Friedrich de la Motte Fouque，1777—1843）于 1777 年出生于普鲁士勃兰登堡一个古老的法国贵族世家。16 世纪法国发生旧教即天主教和新教即耶稣教之间的激烈斗争，信奉新教的法国人逃亡德国，被视为胡格诺腾派教徒。福凯便是胡格诺腾派一个贵族世家的后裔。他自幼喜欢诗文，受军事教育，作为少尉参加普鲁士的近卫军团。1794 年参加莱茵河征战，然后退回家园，从事写作。爱国主义的激情使他在 1813 年再次披挂上阵，作为自由猎骑兵上尉参加以普鲁士为首的反拿破仑战争。1815 年作为少校退役，回到庄园，和浪漫派作家交往，创作浪漫主义的长篇小说和英雄剧本，蜚声文坛。北欧传说，中世纪法国骑士故事，激发了他的想象力。1808—1818 年是他生活和创作的高峰时期。他的杰作《婀蒂娜》于 1811 年出版，到 1881 年已再版 24 次，可见受人欢迎的程度经久不衰。

海涅在《论浪漫派》一文中特别强调中篇小说《婀蒂娜》的美：“《婀蒂娜》（原译：《涡堤孩》）真是一首多么奇妙可爱的诗篇啊！这首诗本身就是一个吻；文艺的

精灵吻了一下沉沉入睡的春天，春天便笑盈盈地睁开眼睛，于是所有的玫瑰吐露芬芳，所有的夜莺纵声歌唱，我们卓越的福凯把玫瑰的芳香和夜莺的歌唱化为语言，称之为《婀蒂娜》。”（海涅 2002，158）

骑士小说一般歌颂富有骑士风度、侠义精神的中世纪骑士，以他们为心仪已久、极为尊崇的贵妇人赴汤蹈火，历尽艰辛的冒险故事和最终有情人终成眷属这样的陈套为内容，难免千人一面，千部一腔，难免美化中世纪，富有浪漫色彩，封建气息浓厚。然而福凯的这篇小说未落这种骑士小说的窠臼。他任想象力驰骋，创造出一个美丽多情、性格善良、爱情忠贞的水妖婀蒂娜。她是水这个元素的产物，是海的女儿，犹如中国神话中龙王的公主。中世纪，人们相信，自然界由四大元素组成，它们是：水、火、气、土，犹如中国人的金、木、水、火、土。这四大元素各有精灵，水中的精灵乃是婀蒂娜。她钟情于世上的美男子，小说中的骑士胡特布朗特·冯·凌斯台腾（Huldbrand）。由此演绎出这则美好怪异的故事。

故事发生在湖边地角，宛如桃源仙境。有茂密的森林，把地角和尘世隔绝。林中常有妖精出没，人们视若畏途。地角上住着一户人家，年迈的渔翁渔婆。婀蒂娜乃是他们的养女。婀蒂娜性格活泼顽皮，既可爱，又淘气，她对林中迷途、误抵地角的骑士一见钟情。骑士看见婀蒂娜出奇美丽也惊若天人。两人的爱情发展迅速。林中洪水突然爆发，地角形成孤岛，正好为这对情侣构筑爱巢、沉湎于两人世界提供了令人赏心悦目的牧歌境地。尽管骑士从婀蒂娜嘴里获悉，他的心上人有着极不寻常的离奇身世，他本人也频频受到婀蒂娜的叔叔水怪居勒蓬（Kühleborn）的骚扰，但他依然迷恋婀蒂娜，对她热情不减。居勒蓬不懂人间爱情的曲折复杂，唯恐婀蒂娜受到委屈，不懂爱中有恨，恨中有爱，痛苦和欢乐兼而有之，尤其不能容忍见异思迁，用情不专，始乱终弃，容不得背叛，唯恐骑士会背叛他的侄女而使她受到委屈。

骑士胡特布朗特虽然一貌堂堂，英俊潇洒，可惜薄情寡义，看到婀蒂娜美若天仙，便一见钟情，立即与之结为夫妻，竟然忘记了城里公爵的养女贝尔塔达（Bertalda）对他一往情深。等受到居勒蓬的骚扰，忍无可忍，他又不顾婀蒂娜苦苦哀求，对她厉声斥责，致使婀蒂娜不得不离他而去。婀蒂娜离别时还不忘嘱咐丈夫，务必忠贞，不可负心和另外结婚，并设法让骑士神游于地中海上，目睹她和居勒蓬进行的一段对话。居勒蓬警告婀蒂娜，只要骑士一旦另寻新欢，另娶新娘，婀蒂娜必须按照海水一族的严酷法律，亲自把他杀死。

婀蒂娜走后，骑士也曾日思夜想，后悔不迭。但他唯恐再失去贝尔塔达的爱，孤寂一生，于是不顾海尔曼神父（Pater Heilmann）的忠告和婀蒂娜梦中的警示，一意孤行，终于做出有负婀蒂娜的决定，和贝尔塔达结婚。照理骑士可以免予一死，因为城堡中的水井已被封死，婀蒂娜无法进入城堡，向骑士执行死刑，可是偏偏贝尔塔达的使女为了巴结女主人，悍然命人掀开封井巨石，于是婀蒂娜便从水井中冉冉升起，步入骑士房中，按照骑士的心愿，让他死于婀蒂娜凄婉动人的热吻之中。

这篇小说虽是骑士故事，然而骑士胡特布朗特的性格并没有落入传统骑士性格的陈套，而婀蒂娜的性格则具有超凡脱俗的特点。她任性率真自私，但是善良真诚忠贞。这个通过爱情才刚刚获得灵魂的海水之女，竟比生来便有灵魂的贝尔塔达更重亲情，不慕浮华，不羡名位，不嫌贫爱富，爱情忠贞，不含杂念。

小说中揭示贝尔塔达身世的一场戏表示了没有灵魂或甫得灵魂的水妖竟比拥有灵魂、受到贵族家庭优秀教育的贵族小姐更有人性，更加高尚真诚。贝尔塔达一听自己原来是贫穷的渔夫之女，而非皇亲贵胄的千金，顿时大为失态，破口大骂。婀蒂娜的两声责问："你真有一个灵魂？"没有说出口来的便是："你怎么这样无视亲情，这样绝灭人性？"这个问题点出了这个海的女儿对缺乏人性的人的轻蔑。人的高贵在于身为万物之灵，在于拥有灵魂。不料有了灵魂，沾染上世俗的观点，便人性泯灭，变得如此势利、如此虚荣。这是对世人的批判，是对现实生活的批判。这篇乍一看脱离现实的作品，其实在敦促世人，要效法未被现实沾染的纯净如水的海的女儿的真诚和忠贞。千万不可为名缰利锁所控制，成为不认亲人只认名利的庸人。

福凯以善写骑士小说著称。他的婀蒂娜直接取自16世纪的作家帕拉切尔舒斯（Paracelsus 1493—1541，原名为费力普斯·台奥弗拉图斯·冯·霍恩海姆，Philillus Theophrastus von Hohenheinm）的著作。此人原是医生，由于其医学观点有离经叛道之嫌，被视为江湖郎中。他的文学著作涉及水妖精怪，福凯从中汲取素材。此外，他又通过他的老师奥·威·施莱格尔接触到浪漫派诗人诺瓦利斯的艺术童话所展现的神奇世界。他的独创在于神怪与现实的巧妙结合以及语言的质朴简洁，因而雅俗共赏，广为流传，一度被认为是浪漫派最主要的代表。

福凯在他的骑士小说里力图把日耳曼的骑士精神和中世纪宫廷贵族的高雅美德结合起来，他的创作，未能脱俗。但是福凯的小说雅俗共赏，这点受到海涅的充分肯定："福凯的桂冠是货真价实的。他是一位真正的诗人，诗意的神力降临在他的头上。没有几个作家像我们卓越的福凯那样，受到普遍的赞扬…… 浪漫派诗人之中，作品也为下层阶级所喜爱的，福凯先生是绝无仅有的一个，他可以为此自豪。"（海涅，158）

小说《婀蒂娜》是福凯的成名作，也是他的代表作。作品发作之后，不仅风靡德国，其他欧洲国家对它也评价很高，把它译成多种文字，改编成歌剧、戏剧、芭蕾，直到20世纪中还盛况不衰。

多才多艺的德国浪漫派杰出作家E. T. A. 霍夫曼在邦贝尔格担任乐队长时结识了福凯，对他的《婀蒂娜》赞不绝口，请求福凯把小说改写成歌剧脚本，福凯欣然命笔。霍夫曼便根据福凯的这一脚本于1814年2月至8月创作了歌剧《婀蒂娜》。这位浪漫派作家自己的作品便不是逃避现实于虚幻世界，而是以多种多样的方式反映现实的问题，这部歌剧也针对现实。幻想的神怪世界和人类的现实世界在第二幕发生碰撞。

这部三幕歌剧基本上和小说一致，但是情节更为集中。霍夫曼在歌剧中没有让男高音扮演男主人公，而是让男中音扮演，也不安排他唱大段大段的咏叹调，而是把叙述性的部分分在各个场景之中。这和传统的歌剧不同，却对以后的歌剧，尤其对瓦格纳（Richard Wagner，1813—1883）的音乐戏剧有很大的启发。可惜这部歌剧如今已经散失。

但是另一位德国作曲家阿尔贝特·洛尔青（Albert Lortzing 1801—1851）在1845年创作的歌剧《婀蒂娜》则成为世界上最受欢迎的歌剧之一，与威尔第的《茶花女》、比才的《卡门》、普契尼的《图兰朵》、斯美塔纳的《被出卖的新娘》等同为各大歌剧院的保留剧目。

二战前法国最重要的作家、戏剧家之一让·吉罗杜（Jean Giraudoux 1882—1944）受纪德和德国浪漫派影响，作品充满了幻想和人性的色彩。这位主张德法和解的作家力图用神话和圣经题材为现实服务，在1939年把《婀蒂娜》改变成戏剧。

1958年，德国作曲家汉斯·维尔纳·亨彻（Hans Werner Henze 1926—2012）还把《婀蒂娜》改编成了芭蕾。

中国著名诗人徐志摩在20世纪30年代把它译成中文，这都说明这篇小说脍炙人口、遐迩闻名。

继《婀蒂娜》之后，福凯发表了大量骑士小说、骑士悲剧和冒险小说，混杂着“柔媚的力量和爱情的美德”。从1808年到1818年是作家创作的鼎盛时期。他当年雅俗共赏的骑士小说使他一时成为浪漫派最重要的作家，他对于诗人艾兴多尔夫的赏识和帮助成为文坛佳话和美谈。艾兴多尔夫也对他极为感激。1813年，福凯发表的悲剧《哈勒塞家族》便取材于艾兴多尔夫兄弟之间的矛盾。哥哥威廉（Wilhelm）参加奥地利军队，信奉天主教，弟弟约瑟夫（Joseph）参加普鲁士军队，信奉新教。这部以散文写成的剧本，自然清新，充满生活细节的场景，故事发生在西里西亚，时间是在利格尼茨（Liegnitz）战役的前期，奥地利军队打败了普鲁士人。

这出家庭命运悲剧反映出德国两重性的悲剧命运。两兄弟爱上了一位伯爵夫人，她是奥地利人，而她的丈夫则是普鲁士贵族。哥哥更富军人特色，而弟弟则耽于梦想。

福凯把两兄弟的性格矛盾提高到世界观的高度，分别代表浪漫派和启蒙运动。不论人们如何评价艾兴多尔夫对福凯的态度，在反对伏尔泰和启蒙主义的理性主义思潮上，他们两人站在一边，即使到了晚年也是如此。剧中的弟弟菲利普死于利格尼茨之战，他曾想劫持苔奥多拉，劫持未成。哥哥没有认出弟弟，救出苔奥多拉。苔奥多拉的丈夫在这一战役中阵亡。苔奥多拉因为在丈夫生前爱上威廉，感到内疚，遁入修道院赎罪。普鲁士最后在战场上获胜，而朗德芬根家族的苔奥多拉姐弟代表的精神和态度则始终不屈不挠。福凯希望这两兄弟能够和谐相处，一致对抗外侮。这个理想在 1813 年的民族解放战争中得到实现。小说的结构和情节是有流行小说和骑士故事之嫌，但是小说中涉及的问题，兄弟阋墙和普鲁士及奥地利的新旧教信仰之争，则别开生面，引人注目。

福凯在 1808—1818 年写的作品使他跻身于浪漫派最优秀的作家之林而无愧色，例如他的《婀蒂娜》《魔幻指环（Der Zauberring，1813）》《美丽的伊尔莎》（Schön Irsa und ihre weiβe Kuh，1818）等。但是在 1818 年后的作品又使人把他贬为肤浅的通俗作家。海涅在《论浪漫派》中盛赞福凯的艺术成就，也批评福凯是个堂·吉诃德似的人物："沉溺于他的骑士书籍，越陷越深，整天梦游于往日，对现代毫不理解。""福凯后期的作品，不堪卒读。他前期作品中的缺陷在此达到顶点。他笔下的骑士浑身只有钢铁和心灵，既无血肉又无理性。他塑造的妇女只是图画，或者不如说只是玩偶，她们金色的卷发向下垂落衬托出她们妩媚的花容月貌，真是秀色可餐。福凯的骑士小说……使人想起我们称之为哥伯兰的壁毯，花纹繁复，色彩斑斓，悦人之目而不动人之心。尽是骑士盛会，牧童嬉戏，双人决斗，古旧服饰，花花绿绿地织成一片，怪异而无深意，花哨然而肤浅"。（海涅，159-160）

1843 年 1 月 23 日福凯在柏林去世，一度似乎被人遗忘。可是对福凯的评价，至今尚无定论。有的评论家认为把福凯这样截然的分成前后两个人，两个作家，并不公平。应该说，他的作品有的已经超越了他时代的艺术潮流和时代趣味，而有的则局限于符合他那时代作者的品位和要求。他晚年的作品中依然有些佳作，依然受到现代读者的欢迎，例如：《流亡者》（Refugié，oder，Heimat und Fremde）和《背离与忏悔——心灵之镜》（Abfall und Busse — die Seelenspiegel，1844），便足以证明他的作品并无断裂之嫌。不能说，仅仅前期作品为佳作，后期全是败笔。这种说法并不公允。

福凯的杰出之处在于再度焕发青春。《流亡者》和《背离和忏悔》这两部著作，使他达到新的高度，再度吸引读者的兴趣，得到读者的赞赏。这说明福凯在创作后期并未江郎才尽。

《流亡者》显然有作者切身经历的痕迹。16世纪法国基督教的新旧两派斗争激烈，在所谓的巴托洛美乌斯之夜（Die Bartholomäusnacht，即1572年8月24日）在巴黎发起屠杀新教徒的活动。新教徒于是逃往德国。小说主人公罗伯特（Robert）是一位牧师的儿子，法国流亡者的后代。罗伯特在大学里因为自己流亡者的身份受到讪笑，深感受到侮辱。于是父亲向他叙述流亡者的痛苦经历，称赞儿子具有祖上流亡者的坚毅顽强的品德，做父亲的感到欣慰。

罗伯特不喜欢大学生学生会的作风，他和朋友海因里希（Heinrich）争吵，也拔剑决斗，然后和解，这反映出当时大学生的特点，而不是中世纪骑士的风貌。谈及学生会的事情，罗伯特想要改姓，以免人家对他讪笑。父亲劝他忍耐，告诉他"一个流亡者是乌鸦群中的一只枭鸟"，总是与众不同。流亡异国他乡，生活很不容易，能忍则忍。1813年3月，罗伯特投笔从戎，参加各民族反抗拿破仑的解放战争，途遇海因里希，也去参军。两人表示都为一个伟大的思想而战。只有这样，后世才会尊敬你的骨灰。该为祖国的解放而战，为祖国的荣誉而战。获救后的祖国将受到人们的欣赏和热爱。罗伯特投入战斗，英勇作战，冲锋陷阵，战死沙场。这些描述，反映了福凯亲自参加过的解放战争时期的情绪和气氛。这不是中世纪骑士小说的再版，而是在反映现实的小说中采用了骑士小说的因素。主人公是大学生，人物生动，情节新颖，故而受到欢迎。

《背离与忏悔》讲的是18、19世纪之交，拿破仑战争时的情景。大革命中流亡德国的法国贵族奥里维埃（Oliver）和崇拜拿破仑的普鲁士青年军官弗朗茨（Franz）之间的交往及弗朗茨坎坷曲折的恋爱经历，都发生在拿破仑时代的特定环境之中。普鲁士和法兰西共和国关系亲善，法兰西共和国对大革命时期的法国流亡贵族态度宽大，允许他们回国，在拿破仑将军麾下为共和国效力。弗朗茨获得普鲁士军方同意，脱离普鲁士军籍，穿上法国军装，变成法国上尉，前往巴黎，投奔拿破仑，充当他的一名副官，随他远征埃及，参加金字塔下战役，负伤养伤，年复一年。十年后返回巴黎，发现世上发生了天翻地覆的变化。拿破仑业已称帝，共和国不复存在，法国的命运，自由的命运均已改变。弗朗茨原想参加法兰西共和国军队，使世界新生，不料世界沉沦。拿破仑为了奖励弗朗茨的战功，授他伯爵称号和上校军衔。他拒不接受。当年他放弃普鲁士的爵位，投入法军，并非为了成为法国的贵族。他心情苦闷，去看恋人。不料命运弄人，俄当西娅又成为萨姆尔伯爵夫人。她愿意与弗朗茨一同自杀殉情，又为半疯的伯爵所阻。这时法兰西与普鲁士开战。弗朗茨被迫参加 1806 年 10 月 14 日在奥厄斯台特举行的普法会战。弗朗茨与旧日的战友厮杀，被斥为“卖国贼”，心情痛苦。鏖战中建立战功，却身负重伤。为旧日的未婚妻玛蒂尔德和她的丈夫所救。疗伤之际，获得拿破仑所赐的荣誉团十字勋章，欣喜万分，不顾伤痛，想重返战场，又不愿与普军作战。心情矛盾，伤痛发作，溘然逝世。书中人物生动，心理活动和思想斗争符合时代特色，刻画准确细腻。拿破仑作为重要人物出场。他的外表，性格，语言和历史事件都得到生动的描绘，再现在读者面前。在紧张的杀伐征战之中，交织着缠绵的爱情故事，情敌之间的决斗，恋人的别离和欢会，担忧和期盼。尤其是战斗场面紧张激烈，不复是骑士的决斗，而是当代骑兵冲锋，炮兵轰击的激烈会战。这是福凯当代的现实生活，新颖鲜活。可见，作者在晚年已被现实生活所吸引，拿破仑战争时代和 1813 年的解放战争在他的脑海里留下的并非短暂的印象，而是作为色调浓郁的生活场景，栩栩如生的人物形象，出现在他笔下的动人故事之中。尤其可贵的是，没有民族主义的色彩，没有仇法情绪，连拿破仑也未遭丑化。这既说明作者思想水平超过同时代的作家，也反映出作家的艺术功力远在一般同行之上。这部小说发表在作者身后，是海涅在 30 年代撰写《论浪漫派》一文时，所未曾读到的作品。倘若海涅晚 10 年写他的这篇著名论文，定会对他的好友福凯做出更为全面、更加公正的评价。新的材料拓宽了研究者的视野，也使评论界得以对他做出崭新的评述。

思考题

1. 骑士小说具有哪些典型特征？
2. 骑士小说的特征，在小说《婀蒂娜》中如何体现？

参考文献

海涅 . 海涅选集：批评卷 . 北京：人民文学出版社，2002.

第六章　约瑟夫·冯·艾辛多尔夫（Joseph von Eichendorff）

诗选

姜爱红　译

月夜

好像苍穹
静静地亲吻了大地，
使它在花的微光中
不由得追忆梦徊。
和风掠过田野，
麦穗微微地泛起波浪，
树林发出轻轻的沙沙声，
星空是如此晴朗。
我的心张开
宽阔的翅膀，
飞越寂静的大地，
好像飞回故乡。

在河旁

河水悠悠地流淌
一如往日淙淙作响，
我依在沙滩上默默倾听，
咳，凡我所爱，早已是逝去的时光！
在湿热弥漫的正午，
没有声音、没有一丝风、没有歌唱，
静默的杨柳垂向水波
沉入清凉的梦乡。
她们像海妖塞壬
有着湿润的绿色长发，
满怀对古老时光的渴念
轻轻地把美妙的歌声吟唱。
唱吧，杨柳，绿色的杨柳！
像来自至亲墓冢的呼唤
你那神秘而充满痛苦的歌声
引我一同流入河水的忧伤。

探水仗

世间万物之中沉眠着一首歌，
万物沉入梦乡，梦儿一个接连一个，

你只需道出那具有魔力的咒语，
世界便会起而欢唱。

幸福的人

我真心喜爱着一个姑娘，
她两眼明澈宛如烛光，
当它们在田野上随意流盼，
啊，世界竟会如此光彩动人！
仿佛在林中的夜晚峡谷之间
山谷两壁突然欢悦相连，
河流闪烁，荒野中繁茂的枝叶
仰天沙沙作响——正如我的心田。
仿佛从山脉向海中眺望，
像蓝天中翱翔的海鹰，
在夜幕降临中呼唤大地的踪影——
这就是真正的爱，它如此不可估量！

故乡，赠我的兄弟

你还记得那座寂静高山上的宫殿吗？
夜晚号角在那里吹响，好像在呼唤
着你，
鹿儿在深谷中吃草，
低处传来树林零乱的沙沙声——
噢，请安静！不要唤醒！好像
下面深谷中沉睡着无以名状的痛。——
你还认识那座花园吗？——当春天再次
来临，
在清冷的小道上
一位姑娘在寂寞中静静地走过，
唤醒了那轻轻弹奏美妙音响的河水，
那声音又好像树木和鲜花
对古老而美丽时光的吟咏。
树梢和泉水，你们尽情地作响吧！
不管你在疯狂的逃离中奔向哪里：
都无处会找到安宁！
那神秘的歌声永远会追上你，
在这美妙湖水的光晕中
让我们一同沉没吧，我和你！——

濒死的快乐

在沉入蓝色的潮水之前，
天鹅还在梦幻般地痴心讴歌。
凋零中夏日里慵倦的大地，
在葡萄中燃尽它所有的焰火。
沉落中的太阳光芒闪烁，
再一次把光辉赐给大地吞酌，
直到星星一个个把醉饮的大地包裹，
美妙的夜幕降落。

晚年

鸟儿在高空和云朵结伴旅行，
大地已起睡意，紫菀花儿近匿形，
已听不见欢快的歌声，
阴郁的冬天覆盖了辽阔的土地。
墙上的挂钟嘀嗒作响，屋里
你秋天捕捉的林中小鸟仍在低声吟唱。
一本图画书展现了所有的往事，
你翻看着它，远离风暴和冰霜。
晚年于我常常显得如此安详：
等着吧，不久房檐上会流下融化的雪水，

一夜间风就已改变了方向。
一位信使带着欣喜的面容叩响了窗户，
你惊异地迈出门 —— 没再返回房屋，
因为春天终于来了，它永远不再结束。

痛苦的追寻——评德国浪漫主义诗人约瑟夫·冯·艾辛多尔夫及其诗歌

姜爱红

一

浪漫主义以其与古典文学相对应的艺术主张，以对人的主观情感的推崇、用诗美化世界的艺术理想以及与此相应的艺术实践，成为德语文学史上一个重要的文学流派。诗歌创作是这一流派主要的艺术活动，因为诗歌可以更好地满足浪漫主义者注重抒发内心情感、塑造梦幻世界的要求。在众多浪漫派诗人中，约瑟夫·冯·艾辛多尔夫（Joseph von Eichendorff，1788—1857）的诗歌以其意境幽远的画面、无所不在的忧伤以及优美抒情的旋律吸引和打动着一代又一代读者。

艾辛多尔夫于 1788 年 3 月 10 日出生在上西里西亚（Oberschlesien）拉提博尔（Ratibor）地区的一个贵族家庭，在鲁波维茨（Lubowitz）宫中度过了童年，接受到具有天主教色彩的私塾教育，童年无忧无虑的生活成为其日后不断憧憬和歌咏的对象。1801 年他到离家不远的布莱斯劳（Breslau）就读中学，1804 年毕业。之后，他开始攻读法律和哲学，先后来到哈勒（Halle）、海德堡（Heidelberg）和维也纳（Wien），在此期间接触到浪漫派文学，并结识了当时浪漫派的一些代表人物，如格勒斯（Joseph Görres，1776—1848）、布伦塔诺、阿希姆·冯·阿尼姆、弗里德里希·施莱格尔以及福凯。浪漫派文学的传说、民谣和童话给艾辛多尔夫带来持久的影响。1813 年艾辛多尔夫主动参加反拿破仑战争，但未能亲身参战。由于家庭经济状况日渐窘迫，1817 年他被迫在普鲁士政府宗教、教学与医疗事务部供职。公务员的工作没有给他带来快乐。他曾满怀热情地支持当时的部长所推行的改革，可是碍于反动与保守势力的强大，改革最后以失败告终。在以新教为主、政治腐朽的普鲁士，站在改革派一边的天主教徒艾辛多尔夫在仕途升迁上无疑会受到双重的排挤。

直至 1844 年退休，他还是普鲁士政府中一名无关紧要的职员。1857 年 11 月 28 日艾辛多尔夫在奈塞（Neisse）逝世。（参见 Korte 2000）

艾辛多尔夫的文学作品主要是小说和诗歌。小说主要有《预感与现实》（Ahnung und Gegenwart，1815）、《大理石像》（Das Marmorbild，1819）、《迪兰德宫》（Das Schloss Dürande，1837）和《一个无用人的生涯》（Aus dem Leben eines Taugenichts，1826）。其中最为出色、至今仍为德国人所喜爱的是《一个无用人的生涯》，它讲述的是一个磨坊工的儿子由于对周围现实的不满而到远方漫游的经历。在诗歌方面，艾辛多尔夫从中学读书时起就已从事诗歌创作，几乎持续了一生，共写下了二百多首诗歌。著名的有《月夜》（Mondacht）、《思念》（Sehnsucht）、《探水仗》（Wünschelrute）、《幸福的人》（Der Glückliche）等，许多诗篇被音乐家谱成歌曲，在民间广泛流传。

二

如上所述，艾辛多尔夫很早就受到浪漫派文学的影响，到海德堡读书后又有幸结识了阿尼姆和布伦塔诺等人，被带入了浪漫派文艺圈。1815 年，著名诗人及出版人福凯出版了艾辛多尔夫的第一部小说《预感与现实》，随后一系列作品相继问世，逐渐确定了他的作家地位，并成为中、后期浪漫派的主要代表。

艾辛多尔夫的诗歌主要被收集在 1837 年出版的《诗集》（Gedichte）当中，后来虽然又有一些新诗陆续增补进来，但总体来看，其绝大部分诗歌作品是在 1837 年前创作的。

无论从创作题材还是从写作风格来看，艾辛多尔夫的诗前后没有明显的变化。漫游之歌、歌者生活、时代之歌、春天与爱情、死者祭祀、宗教诗歌、叙事谣曲，作者按照题材的不同将自己的诗分门归类，而这些题材也正是其同时代人所喜闻乐见的。（参见 Kremer 2003，297）使艾辛多尔夫在众多以浪漫派风格创作的诗人当中脱颖而出的，是他精湛的写作技艺。艾辛多尔夫的诗不仅情感真切、意境幽远，而且画面色彩宜人，或清新、或朦胧、或阴暗、或温暖，总能引人入境，带给人无限的想象，加之诗歌伴随情感的起伏与转换而展现出的或欢快轻盈、或忧郁低沉、或凄美悠扬的旋律，给人以视觉和听觉的无尽享受，使人辗转回肠。

首先是诗中的情。艾辛多尔夫的诗到处充满着淡淡的忧伤，有一种无以名状的隐痛。这怅然若失的情感源于内心深处对那古老时光的默念，对远方家乡的向往。渴望、思念、痛楚成为其诗歌反复吟咏、回味的对象。但诗人在创作时并没有直接去处理情感，而是将其融入周围的景致之中。情景结合是艾辛多尔夫诗歌创作的一个鲜明特色。无论是在室内，还是置身大自然之中，凡目之所及，到处都被诗中的情感所浸染，烘托出诗的情境与气氛，感人至深。

如《在河旁》(Am Strom)[①]：杨柳、河水、沙滩，静谧的空间、夏日的慵倦、河水汩汩的流动声，诗的第一段便向读者展现出一幅气氛浓郁的景致。河水与杨柳是诗的主要意象。潺潺流逝的河水引起诗中“我”对美好时光不再的感叹，流水好比时光。而杨柳将头垂入水波，沉入清凉梦乡，暗示杨柳对已逝去的美好时光的追忆。

诗的第二段将杨柳比作传说中会唱歌的海妖塞壬(Sirene)，不仅外表使人产生联想，而且在空寂中“我”也听到了她们的轻声吟唱。这歌声充满了苦痛，它好像来自“亲人”，表明它是“我”所曾经拥有的，给人以温暖和慰藉的；而这“亲人”却是“墓冢”中的，表明“我”所失去的一去不复返了。因而这歌声与其说是对逝去时光的追忆，不如说是对其痛楚的悼念。

在诗中，诗人将主观情感移入周遭景致，使杨柳哀怨，使河水忧伤。情与景结合所烘托出的气氛，吸引读者身临其境，极具艺术感染力。

与诗歌情感对应的是诗歌画面的色彩。艾辛多尔夫的诗歌画面色彩以冷色为主。由于诗歌多以大自然为衬景，所以蓝天、白云、绿树、青草等构成画面的基本色调。艾辛多尔夫的许多诗是以夜色为衬托的，空灵、清冷、透明成为这类诗歌的色调。最为典型的是《月夜》(Mondnacht，56)，这是艾辛多尔夫十分著名的一首诗，以其优美的画面和深远的意境吸引无数读者。诗歌展示的是夜间野外空旷的景色。

虽然诗的名字叫《月夜》，诗中却并没有对月亮的描摹，而清澈的月光无处不在。最引人产生联想的是苍穹与大地亲吻、大地在“花的微光中”沉入甜蜜梦乡的比喻。“花的微光”让人联想起在视觉的远方天地相连处，白色的月光所反映出的花瓣一样的图像，大地就在这花瓣之上，在朦胧的光亮中入眠。万籁俱静，只听得见风轻轻掠过麦穗的声响。在清澈的月光下，似乎看得见麦穗的波浪起伏。诗中没有一字修饰颜色，然而一切都在青色月光的笼罩之下，浓郁的气氛渲染和铺垫使诗歌末尾处的抒情变得十分自然：在这静谧的月光之夜，置身野外，面对水色星空、成片的树林和麦浪，有谁不会展开想象的翅膀，任思绪在远方翱翔！

艾辛多尔夫诗歌作品中以暖色为基调的相对较少，主要集中在以“傍晚”为题材的诗作中。此类作品往往触景生情，或吟咏别离的痛楚，或感怀人生已逝，充满忧伤。

① Joseph von Eichendorff, Gedichte, hg. v. Hans Dieter Schäfer, Piper 1988, S. 74. 下文摘自此诗集诗歌，皆只给出诗歌名称及页码。

傍晚

金色的桥梁跌落下去，
山林上下如此静寂。
再不会有什么使我欢欣，
不再知道生活的期冀。
(……)
傍晚抛撒开粉红色的絮羽，
慢慢地覆掩大地。
繁星舞动神圣的花环，
拨弄微睡者的发丝。(Abend，26)

这里诗人用形象化的语言描绘出傍晚时分野外的景致。跌落的“金色桥梁”和散开的“粉红色絮羽”描绘出夕阳西下，晚霞中万物渐渐进入安息的情形。这场景引发出诗中的“我”对一切美好事物已经逝去的感慨，一时间对生活中的一切失去了兴趣。但在诗歌结尾处，面对大自然在夜幕中所呈现的优美画卷，“我”不禁重又唤起希望，思绪进入美妙的梦想。

在对晚霞日落的描述中给人留下深刻印象的是诗歌《濒死的快乐》，这首诗所展现的画面可谓光芒四射。如此绚丽的景观在艾辛多尔夫的诗作中实属少见，这完全与表现诗的主题相关：景色越精美、绚烂，为景色而吸引、如痴如醉、宁愿葬身其中的精神状态就越显得使之所然、合情合理。全诗的中心意象不在落日，而在“醉饮”。“醉饮”的意象可以体现在天鹅沉入河水前的“痴心讴歌”以及大地对夕阳余晖的“吞酌”。这种“醉”是一种至极的醉，是消融自我、燃尽自身的醉。正因为它是消亡前的快乐，所以更显得凄美、壮烈。全诗似乎都在写景：蓝色的河水、水上的天鹅、被夕阳映红的天际、夜幕慢慢降临后天空渐渐闪现的星星等等，主观的“情”似乎没有出现，但实际上它却无处不在，作为“醉”它已完全消融在景色之中，使诗歌达到了“无我”的境地。

除了幽婉的情感表述和渲染气氛的色彩运用，艾辛多尔夫的诗还具有很强的音乐感染力。由于受到民歌创作的影响，艾辛多尔夫的诗十分讲求韵脚、节拍、节奏和旋律。他的诗一般篇幅不长，多为三至五段，每段多为四行。再加上用词简练，诗歌本身又赋有极浓的抒情色彩，因而很受作曲家们的青睐，单《月夜》一首诗就已被谱曲四十多次。集情感、画面和音响效果于一身的《月夜》被视为德国文学史上最完美的诗作之一。原文中各段句式十分整齐。全诗由抑扬格组成，每段的第一句与第三句押韵，节拍为四抑三扬，第二句与第四句押韵，节拍为三抑三扬。全诗的第一句以“好像……”句式展开，使整首诗从一开始就语调轻悠、节奏舒缓，与诗中梦幻般的情境十分相衬。由于韵律整齐，读起来抑扬顿挫，很具音乐效果。

艾辛多尔夫诗歌的艺术感染力还归功于他对一些创作技巧的运用。突出的一点就是他对虚拟语式“好像……”的钟爱。这种语式在其诗歌中经常出现，有时在一首诗中就会反复出现多次，增强了诗歌非现实的朦胧梦幻色彩。

此外，艾辛多尔夫对形容词的运用也十分独特。“寂寞”（einsam）是贯穿其全部诗歌作品的一个核心词汇，该词在德语中的名词化形式（Einsamkeit）在语义上与形容词保持一致。“寂寞”本来是人的一种心理体验，但艾辛多尔夫却把内心世界移入了外部空间，使外部世界成为人物内心的一面镜子。在诗句“一位姑娘在寂寞中静静地走过”（《故乡，赠我的兄弟》）（Die Heimat. An meinen Bruder，47），“噢，在所有山谷和森林之上 / 这壮丽的寂寞使我欣喜异常”（《夜的声音》）（Stimmen der Nacht，94）以及“风在深谷中肆虐，/ 下面电光闪烁，/ 惊异中我认出 / 那心仪已久的寂寞”（《乐园》）（Eldorado，76）中，“寂寞”成为外部景致的一种存在状态，甚至就是令人心驰神往的精神家园，一种心理感觉被转化为外在现实。

对形容词的独到运用还体现在诗人经常打破语法规则，拓宽形容词的语法功能，以达到陌生化的艺术效果，给人以深刻印象，并耐人寻味。如前面提到的《在河旁》中的诗句“在湿热弥漫的正午，/ 没有声音、没有一丝风、没有歌唱，/ 静默的杨柳垂向水波 / 沉入清凉的梦乡”，原文中实为“透过弥漫的正午湿热”和“垂入水波清凉”。形容词“湿热的”（schwül）和“清凉的”（kühl）作为定语本应放在名词“正午”和“水波”之前，而作者却把它们放在了诗句末尾，放在所修饰的名词之后，这一方面是为了押韵，而更主要的则使两种对立的身体感受作为意象变得更加鲜明，同时也使两个意象所代表的“现时”与“过去”的对立凸显出来。再如《故乡，赠我的兄弟》中的“唤醒了那轻轻弹奏美妙音响的河水”，原文为“唤醒那有着美妙音响的轻轻河水”，形容词的错位会引起读者的注意，引发读者的想象，通过咀嚼和回味找出句子间的内在联系，使诗歌更别致、更亲切、更有韵味。

与通过对形容词的独到运用而造成的陌生化效果相似，艾辛多尔夫还喜欢构建新词。一个突出的例子就是《月夜》中的“花的微光”（Blüten-Schimmer）。两个极普通的词“花”和“微光”结合到一起后却产生了奇异的效果，因为新的词义违背常理：花怎么可以产生光？而诗的吸引人之处就在于此，词义的不确定性可以充分调动起读者的想象力。人们可以想到明亮、清澈，想到纯洁、想到新鲜的生命……

这种新词的构建无疑给诗歌增添了活力。

此外，艾辛多尔夫的诗歌十分讲求动静结合。从我们此前分析的几首诗歌可以看出，艾辛多尔夫的诗大多以静为主，而且诗中的景致多为空旷的野外，拥有宽阔的视野。但在静谧之中诗人时刻不忘有动的点缀：树林沙沙，流水潺潺，鸟的歌唱，牧羊人的号角……即便什么声音都没有，诗中的情思却引领着读者在飞翔，穿过高山，越过田野，寻找梦中的故乡。在清静中对动态的描写往往更加烘托出静的悠远、深厚，达到“蝉噪林逾静，鸟鸣山更幽”的效果。《在河旁》和《月夜》都是这方面很好的例证。

三

忧郁低回的情感表述、气氛浓郁的色彩烘托、优美动听的音乐效果共同成就了艾辛多尔夫诗歌的艺术格调。依靠娴熟的创作技巧，艾辛多尔夫以一幅幅美丽的自然画卷、一曲曲动听的抒情乐曲，将埋藏在心灵深处的对人类美好生活的渴念、对逝去的温馨时光的向往一一展现开来。他的忧伤是整个人类脱离自然、迈向文明之后内心失落的缩影。而文明脚步的不可逆转又决定了人与自然的重新合一只能是一个永远无法实现的梦想。艾辛多尔夫在诗歌当中所展现的无以慰藉的苦痛和从未泯灭的追寻愿望以一个永恒的人类话题依然打动着生活在现代文明中的读者，虽历经二百余载，而艺术魅力经久不衰。

思考题

1. 艾辛多尔夫诗歌中有哪些典型的浪漫派主题和题材?
2. 举例说明艾辛多尔夫诗歌的艺术特色。

参考文献：

[1] Joseph von Eichendorff: Gedichtc, hg. v. Hans Dieter Schäfer. München: Piper, 1988.

[2] Hermann Korte: Jeseph von Eichendorff. Reinbek: Rowohlt, 2000.

[3] Detlef Kremer. Eichendorffs Lyrik. In: Romantik. Stuttgart: Metzler, 2003: S. 294-300.

第七章　贝蒂娜·冯·阿尼姆
（Bettine von Arnim）

克莱门斯·布伦塔诺之春天的花冠（节选）

李　欣　译

亲爱的克莱门斯：

外祖母没有把你那封亲切的告别信交给我，如果不是我偶然来到存放它的地方，我可能永远不会收到它了，而且它已经被打开过了。

你知道，我非常地爱你，你人这么好，我想向你诉说一切，那样你就能够教我，做那些让我变得更好，也让你喜欢的事情。

你在信的开头又一次向我做最后的告别！——难道我们之后会很久很久无法重逢？难道我要远离我所爱的一切？对于来来往往的其他人，我和你都毫不在意。——法兰克福大道褪去了全部的光彩，在弥漫的雾气中显得无比寂寥，只因你夜晚不能和我在那里相遇！如果夜晚时分你在那里，那么早晨就会像往常一样，还是那样美好。你希望我早起利用晨间的黄金时光，所以我想感受一下。早在黎明时分，我穿过法兰克福大道。路上，那些印着你的足迹的鹅卵石染上了白霜；如果我晚来些，那条路就被小商贩们来回地踩踏过了。对了，还有你为了让我开心而进行的冬日远足！——我们兄弟姐妹和亲友们一起说着玩笑，从这个快乐之家出发，穿过皑皑白雪的田地，在寒冷、寂寞的农家小院的台阶上，我们听到风儿在一起窃窃私语。在风雪交加的夜晚，你独自踏上了回家的路！——是的，你希望我像你爱我一样，一直这样爱着你。如果你就在我身边，我就可以紧紧地拥抱你，因为我在你身上找到了，在其他地方寻找不到的东西；一次心灵的对话，静静地在大门口，我们如此温柔地相互吸引，诉说衷肠。——我担心你夜晚漫长寂寞的路程，也许星星会陪你交谈！——保重，我的克莱门斯，抱歉我总是只写这么一点点给你，但即使我的信件微不足道，它也会让我非常开心！——我可以给你写下那些零散的想法吗？就像我和你闲聊时，你总会不等我说完，就给我一个答复。——对了，你打算怎样把信寄给我，也许外祖母根本不会把它们交给我！

你的贝婷

亲爱的贝婷：

外祖母没有把那封简短的辞别信交给你，这让我感到十分遗憾，如果她请你给她读那封信就好了，你也一定非常高兴那么做；还有啊，请你从内心原谅她吧，因为她肯定是出于好意才那样做的。现在我通过邮局把这封信寄给你，对不起，我不得不在邮件上公开写上你可爱的名字，但它比另一种绕弯子的方式好一些，学会因你而高兴，理解并保护你，这是哥哥应该做的。

给我写信时不要太激动，如果这样习以为常的话就不好了；可人们往往容易这么做，因为这样让人感到舒服；但是这样的信太情绪化了，一个字比一个字激烈，而实际上每一个字都应出自你的心灵。给我写写发生在你们之间可笑的事情、幼稚的想法还有自以为是的糗事。亲爱的，对于你的兄弟姐妹，尤其是你周围的人，你要努力做到，让自己成为他们之中不可缺少的一分子，得到所有人的爱和尊敬，这样你的内心就不会被烦扰，你与世人的交往也会很愉快。好好弹钢琴、唱歌、画画，学习一切你能学的，只有这样，才能扩宽你的生活圈。我们很快就可以再见，我会在复活节时回来，我在这里很开心，下一次写信时我会告诉你，我在这里是怎么生活的。快乐是最重要的，它是身心的健康并在人们之间相互传递着。

你的克莱门斯

你是否能在给我的信中写下那些零碎的想法，就好像我和你在闲聊一样？——亲爱的孩子，在我这里根本无法打断你，即便你还没有发觉这一点，其实从这个遥远的地方我恐怕也无法对你有很好的了解。再者，学会充分而简洁地表达自己也是一种艺术兴趣。写信的人同时也在给自己写，因为他自己也要通过信件来熟悉自己；你也跟我说过，世界对你来说无限的宽广，你自己仿佛迷失在其中。同时对你而言，你的生活圈子又是那样狭窄，以至于你只能向前迈出一小步。所有这一切都是因为，你还不认识你内心的那个人，你还不了解你自己，但是在信中你看到自己内心的折射；为了避免误入歧途，面对最真实的自己是非常必要的。因为高贵的心灵有最高的使命！实现这一使命是心灵唯一的任务，世界充满了各种各样的事物，它就是一张网，在这张网里，每个人的和谐构建都是一根必要和持久的线条。不是每根线都要以可见的形式被编织进去，但每根线都会让这张网变得更精致和更稳定。这其中蕴含着一个真理，就是每根丝线在网络形成的重要过程中都起到主要作用。但是，我在这里告诉你的这些，并不适合你的年龄和你的经历，还是忘记它吧，亲爱的，请你铭记于心，就算只是少年时代的游戏和玩笑——简而言之，那些可能看起来微不足道的东西，它们不会永远微不足道，只要它们是从生活乐趣中喷涌出来的明确而清晰的想法。

致克莱门斯

终于，我可以大声地说出我私下常有的念头。你在魔镜中看到的贝婷，她可能是那个样子，但不是真实的贝婷！——

你对我的想法和期望让我感到惊讶。我很吃惊、也不理解，你让我小心些什么东西和注意些什么人！——昆德罗德告诉我，你希望你的精神能在我身上获得重生，这样就可以将我塑造成完美的形象。——啊，对此我真的非常震惊！——我真想躲起来让你找不到我！——你让我不要恋爱；哦，克莱门斯，如果你放弃将我塑造完美的想法，那么我愿意向你保证，我的心不是那么容易被收买的！如果我真的恋爱了，我会担心你因此而不高兴，就不会跟你这么亲近了。

……

我喜欢这儿的一切，并陶醉其中；最令我喜欢的，是只会遇到农夫的清晨和在夜晚燃起烛火的小屋，看到被烛光照亮的一家人的生活。——夜晚，我经常和福格特先生沿着山谷的小路往山下走，透过一个小窗户，我看到那些坐在屋里，正忙着纺织的可怜的人们。他们一无所求，却表现出足够的勤劳、专注和信任！他们愿意与更贫穷的客人分享他们来之不易的晚餐，在我看来，这个小房间里充满了他们内心的价值感。——当我想到，你们俩也住在这样一幢房子里，你们应该不会感到寂寞，也会把自己烤的面包与别人分享。我能感受到你们的快乐，我写信把你们的快乐告诉给昆德罗德。回信中，昆德罗德温和而不失尊严地、充满诗意地写道："谁会不爱克莱门斯呢？他出现在你面前，能看透所有人，洞察他们的内心，你想对他说的话，他都心知肚明！几乎没有人能触及他的气息，而他们自己呼吸时却像绽放出更高贵的品质和更优雅的举止的花朵一样。"——昆德罗德这样写道，这听上去像是将要为你演奏颂歌，你的声望在时间的迷雾中熠熠发光，给人们带来美好的一天。"但是，"昆德罗德继续写道，"克莱门斯如此敏锐，能够洞察陌生人的内心。冲动却让他马失前蹄，他的仕途被蒙上一层阴影，况且他也无法忍受这些既琐碎又非常规的事情。——正如有人制定法令，有人站上演讲席，克莱门斯注定要倾其一生，凭借其才智、哲学、勤奋和不断的尝试，唤醒人们，点亮黑暗的房间，促成世事的新旧交替。他不会像大多数受过教育的人一样反对生活、反对商品交易、反对艺术，甚至反对消遣娱乐，他只是以某种自我保护的方式去做事和生活，就如同人们阅读一大堆报纸，只为了最后可以摆脱它们一样。——这让他感到很荣幸。只是偶尔他会产生一个奇怪的愚念，觉得自己虚度光阴，什么也没做，也做不成什么。因为他做的事情不能像一页写了字的纸那样摆放在他眼前。”

……

——不要说，你因为我的原因而不想结婚，宁愿和苏菲就这样不幸福地一起过下去。——如果不是害怕到最后你会认为自己是因我而结婚的，我会马上在这里为你写下：“你应该娶她！”不，我们必须出于自己的意愿，为自己这样做，既不需要讨好也不要将就其他人。我不懂那些小市民的法则，但是我知道，树要扎根于为它提供适当营养的土壤中。希望树枝笔直地向四处伸展，这样，早晨的太阳为它撒下金色阳光，风儿与它喋喋私语。你的幸福是真实的，这一点你没有弄错。

今天，天阴得很厉害了，世上没有一个地方这样阴沉，阴郁的心情让人想谈一场恋爱。这里的云雾呈现出特别奇怪的形状，雨有时就在几小块地方落下来，不是一点一滴地，而是倾盆大雨。这样的阴郁让我知道清晰和透彻有多么好，尽管黑暗、混乱和模糊不清也常会让人感到刺激；——所以，为了使你心中的混乱脱离黑暗，获得澄清，我大胆地表明自己的态度。

……

贝婷

她的生活是她的作品，她的作品是她的生活——贝蒂娜·冯·阿尼姆与《克莱门斯·布伦塔诺之春天的花冠》

李　欣

一、童年、家庭与写作

贝蒂娜·冯·阿尼姆，19世纪德国著名浪漫主义女作家，1785年出生于德国美因河畔的法兰克福，1859 年在柏林逝世。贝蒂娜的父亲彼得·安东·布伦塔诺（Peter Anton Brentano，1735—1797）笃信天主教，是法兰克福一个富有的意大利商人，事业非常成功，在社会上颇具影响力。贝蒂娜的母亲马克西米丽安娜（Maximiliane Brentano，1756—1793）曾经是年轻时代歌德的情人，更是他著名小说《少年维特的烦恼》中的原型人物。18 岁时，她嫁给了 41 岁的布伦塔诺，婚后 19 年里生了 12 个孩子。马克西米丽安娜热爱艺术，却由于贝蒂娜父亲布伦塔诺反复无常的性格以及和他之间巨大的年龄代沟，婚姻生活非常痛苦。1793 年，在贝蒂娜刚刚 8 岁的时候，马克西米丽安娜去世。1794 年，贝蒂娜和其他 3 个姐妹被送到位于卡塞尔附近的乌祖里娜女子修道院（Mädchenpensionat der Ursulinen），在那里寄宿并接受天主教的教育。

1797 年，父亲去世后，贝蒂娜与外祖母一起生活。外祖母索菲·冯·拉·罗施是德国 18 世纪著名女作家，曾经在 1771 年出版了书信体小说《冯·施特恩海姆小姐的故事》。这部小说拥有无数读者，被翻译成多种语言，是当时妇女文学的榜样和经典之作。但是，这部小说在问世之初，却是匿名出版的。因为在当时的社会，人们并不鼓励妇女从事写作。但是很快，作者是一位女性作家的消息不胫而走，这更加激起了同时代妇女的共鸣。1783 年，拉·罗施创办了第一份德国妇女杂志《秋天女神》，这份杂志讨论很多关于教育、医药、哲学和文学的话题。同时，拉·罗施在杂志上继续以施特恩海姆及其女友的通信形式进行小说创作。拉·罗施先后发表了《瑞士旅游日记》（Tagebuch einer Reise durch die Schweiz，1787），《法国之行报道》（Journal einer Reise durch Frankreich，1787）和《荷兰、英国旅行日记》（Tagebuch einer Reise durch Holland und England，1788）。在身为著名作家的外祖母家里，贝蒂娜不但能阅读很多书籍，而且认识了很多到家中拜访的著名学者和知识分子。其中一些后来在贝蒂娜生命中扮演了非常重要的角色。比如丈夫阿希姆·冯·阿尼姆和哥哥克莱门斯·布伦塔诺，以及嫂子苏菲·梅罗（Sophie Mereau，1770—1806）（参见 Diers 2010，33）。

在修道院时，贝蒂娜接受的是典型的女孩教育，学习阅读、算术、音乐和美术。尤其在音乐和美术方面，贝蒂娜非常有天分。后来她为歌德设计纪念碑，也印证了她的艺术天分。到了外祖母家后，贝蒂娜跟从私人教师学习。18 世纪末、19 世纪初，西方女性在意识形态领域仍处于附属男性的地位。所谓的女性美德是要顺从男人，女孩子的最完美归宿就是要嫁为人妇、成为家庭主妇。因此，在外祖母家里，贝蒂娜虽然跟着私人教师接触到历史、语言、音乐和基本的自然科学，但都不是系统学习。在那个时代，女孩子不需要系统的学习，她们在一定范围内接受教育，只是为了让她们更符合社会对传统女性的要求，为了更好地遵循女性道德规范（参见 Diers 2010，36–43）。

1797 年 10 月，在外祖母家，12 岁的贝蒂娜见到了多年未见的哥哥。克莱门斯·布伦塔诺年长贝蒂娜 7 岁，是德国浪漫主义思潮中海德堡浪漫派的代表人物。他的抒情诗《摇篮曲》（Wiegenlied）具有民歌风味，诗情浓郁。除了抒情诗外，他也写过小说、剧本和童话。1803 年，克莱门斯不顾家庭反对，和离异的女诗人苏菲·梅罗结婚。他们的三个孩子全部夭折。梅罗自己也于 1806 年死于难产。1807 年，克莱门斯和 16 岁的奥古斯泰·布斯曼（Auguste Bußmann，1791—1832）结婚，婚姻不久破裂，1812 年离婚。1817 年，婚姻不幸、备受打击的克莱门斯改信天主教，这是他人生的巨大转折，从此致力于天主教的振兴。

贝蒂娜和克莱门斯相互信任、相互欣赏，兄妹感情十分深厚。克莱门斯在贝蒂娜身上，看到了另一个自己，因为兄妹两人在秉性才能方面都有相似之处。在贝蒂娜的少年时代，哥哥克莱门斯是她最亲近的人。他非常关爱贝蒂娜，在教育和阅读书籍方面，对贝蒂娜产生了极为重要的影响。他推荐贝蒂娜阅读历史和歌德的作品。克莱门斯引导贝蒂娜走进早期浪漫主义的世界，慢慢地了解和接受浪漫主义的思想（参见 Diers 2010，40–42）。

1801 年，克莱门斯在哥廷根大学念书时，认识了年轻的阿希姆·冯·阿尼姆。对文学和诗歌的共同热爱让两个人很快成为好朋友。1802 年，贝蒂娜通过克莱门斯认识阿尼姆。1805 年到 1808 年克莱门斯和阿尼姆合作出版了浪漫主义民歌集《男孩的神奇号角》（Des Knaben Wunderhorn），搜集收录了德国近 300 年的民谣、童话、谚语等。这部诗歌集对 19 世纪的诗歌创作产生巨大影响。

1811 年，贝蒂娜和阿尼姆结婚，婚后两人育有 7 个子女，却过着长期两地分居的生活。1806 年开始，贝蒂娜同歌德的母亲结下深厚的友谊。之后，同歌德谱写了德国文学史上一段著名的忘年交。1824 年，她为歌德设计了一座纪念碑，其造型是歌德坐在王座上，面前有一个拿着竖琴的裸体小缪斯。纪念碑至今还矗立在法兰克福广场。

贝蒂娜虽然厌烦家庭琐事和世俗生活，但是也努力做好贤妻良母。直到 1831 年，丈夫阿尼姆去世以后，她才开始从事文学创作。1835 年，贝蒂娜出版了她的第一部书信体小说《歌德和一个孩子的通信》（Goethes Briefwechsel mit einem Kind），这也是她最著名的作品。5 年后的 1840 年，贝蒂娜出版了第二部书信体小说《冈德洛德》（Die Günderode）。之后，又隔了四年，1844 年出版了献给年轻的普鲁士王子瓦尔德茂（Prinz Waldemar von Preuße）的《克莱门斯·布伦塔诺之春天的花冠》（Clemens Brentanos Frühlingskranz）。这些作品极具吸引力、充满独立和世俗精神，在当时引发极大的社会关注和争议。

贝蒂娜在文学创作的同时也积极参与社会活动，为妇女解放而呐喊，具有强烈的献身精神。她倔强任性，从不因袭守旧；且同情下层人民，在作品中常会出现代表民意的呼声，包括 1843 年出版的《国王的书》(Dies Buch gehört dem König) 和 1852 年出版的《同魔鬼谈话》(Gespräche mit Daemonen)。这两本专供普鲁士国王腓特烈·威廉四世（Friedrich Wilhelm Ⅳ）御览的书中，亦带有她自己的政治见解。作为浪漫主义知识分子的代表，贝蒂娜期望通过自己的作品，向王室传递法国大革命自由平等的思想理念，争取王室的支持，促使普鲁士进行革命。

1859 年 1 月，73 岁的贝蒂娜在柏林逝世，葬于墓地位于威柏斯道夫（Wiepersdorf）的丈夫阿尼姆身边。

二、书信体小说《克莱门斯·布伦塔诺之春天的花冠》

书信是一种古老的叙述文体。写信人以灵活多样的形式将其生活中的见闻和感想记录下来。通过广泛丰富的书信内容，作者可以更好更细腻地表达主人公的内心世界，体现其深刻而复杂的思想感情，便于直抒胸臆。18 世纪末，私人信件往来被用于书信体小说的主要素材。18 世纪的妇女书信内容大部分不涉及政治，主要是日常家居生活、个人情感、乡村生活，较少涉及大题材。这与妇女通常被局限在家庭中，生活天地狭小有关。19 世纪初盛行的浪漫主义思潮显著影响了当时的女性作家。她们的作品中描写理想，抒发个人情感和对大自然的歌颂。然而她们的创作在当时不被社会普遍承认。她们处于边缘文化的地位，常常受到男性评论家的嘲笑。

在贝蒂娜的三部书信小说中，基本素材都来自真实的书信往来。但是贝蒂娜将自己和歌德的书信、和女友冈德洛德的书信、和哥哥布伦塔诺的书信，都进行了较大的加工处理。这些根据浪漫主义的基本原则创作的书信小说，经常被读者认为是真实的材料、史实的记载，而不是充满独特艺术审美的文学作品。这导致当时的读者和评论家指责贝蒂娜的书信体小说有造假成分。

1. 创作背景

贝蒂娜生于 1785 年，但是她真正的艺术生命开始于 1835 年。“她的生活是她的作品，反过来一样，她的作品是她的生活。”古斯塔夫·康拉德（Gustav Konrad）这样评价贝蒂娜。童年生活、婚姻生活、写作与政治生活构成贝蒂娜的一生。尤其是童年生活和写作生活紧密相连。在贝蒂娜的笔下，她的童年生活是最美好的，同时作家用自己独特的写作手法和艺术方式又塑造了一个新的童年。（参见 Diers 2010，11）贝蒂娜三部最重要的书信小说都取材于少年时代的信札往来。小说中，贝蒂娜并没有将童年生活和写作及政治生活从时间的层面上分割开来，而是彼此缠绕、相互交融。贝蒂娜借用一个文学人物“贝婷”（Bettine），作为真实的“我”的代言。她在作品中以“贝婷”这个孩子的身份出现，但是这个“贝婷”并不是童年生活里那个真正的“贝蒂娜”，当然也不是完全的文学人物，而是一个符合作家心目中理想的童年贝蒂娜的样子。女作家将自己的生活体验写进小说，这本身也是一种争取妇女话语权利的行为。

贝蒂娜和哥哥克莱门斯一直保持着密切联系。她非常感谢哥哥在她文学道路上的引领，给她寻求自我、进行自我认知的勇气。（参见 Baumgart 2016，32）她的第三部书信体小说《克莱门斯·布伦塔诺之春天的花冠》收集整理了 1801 年到 1803 年期间，贝蒂娜和哥哥克莱门斯之间的书信，同时穿插了克莱门斯年轻时未出版的一些诗歌和作品，还有丈夫阿尼姆的作品以及克莱门斯和第一任妻子苏菲·梅罗的书信。（参见 Janssen 1997，204）作者贝蒂娜巧妙地运用不同的文字和内容，灵活地将过去、现在和未来，用虚构的和现实的书信编织在一起。在过去与现在、经历与经验、浪漫语言与敏感政治、和谐遵从与反抗争执中穿插，交织。小说中所包含的信件，并不是日常生活交流的内容，而是通过虚构为信件设定新的背景，赋予新的意义。小说的文字是对历史和过去的保存，但作者的目的是寄希望于未来。在小说开篇就写道：

> 不要丢掉我的每一封信，神圣地保留它们，它们能够让我回忆起一个更好的自己，如果我跟随圣灵，走了，为我编织一个花冠。

这被看作是哥哥克莱门斯对妹妹贝蒂娜的写作委托。但是在兄妹现实生活中的书信中，并没有找到这句话。同时，克莱门斯写这封信的地点也被证实是虚构的（参见 Seidler 2013，133–146）。克莱门斯希望得到一个死亡的花冠。而贝蒂娜却把小说命名为春天的花冠。通过这个题目，作者表露，出版小说并不仅仅是为了纪念和怀念哥哥，同时也寄予希望，通过追思过往，展望未来。春天的花冠指向政治的希望，寓意 19 世纪 40 年代德意志公民的春天以及贝蒂娜政治活动的春天。

2. 小说主题与贝蒂娜女性自我认知的发展

贝蒂娜处于一个历史巨变的时代。1785 年，她出生那一年，席卷半个欧洲的法国大革命还没开始。18 世纪末、19 世纪上半叶，在贝蒂娜的童年以及少年时代，法国大革命初期理想的自由、平等、博爱的政治目标，在普鲁士王国仍没有实现。但是受法国大革命的深刻影响，法国大革命所传递的政治觉醒，促使浪漫主义思潮在德国年轻的诗人和知识分子中迅速传播。他们认为，古典主义对理性的强调实质上是对秩序、规律的强调，违反人的自然本性。而浪漫主义的世界观是一种自然观，强调对大自然的表现，强调人与自然的统一，强调自由、个性、个体。贝蒂娜从写作小说时所处的政治背景出发，赋予 1800 年到 1802 年时青少年时代的“贝婷”一种 1840 年的政治上积极的“我”。在小说中，贝蒂娜不仅仅只关注个人的解放、记录个人为争取自由而做的努力和斗争，同时也清晰地表达了，为女性争取自由的愿望。通过贝婷和哥哥的倾诉与对话，作家表达了自己对革命事件、对妇女解放等的感受和态度。

书信体小说《春天的花冠》的主题，同时也是小说写作的时代的主题之一，即：从最广泛的意义上进行独立个人的教育。书信体小说作为宣传手段，带着传达品行和指导举止的主要动机，试图向读者灌输正确的生活态度和道德原则，涉及教育理论的宣传。书信体小说不受时间和空间限制，自由地回忆往事，描述现在，展望未来，与收信人和读者畅谈社会、人生、自然、艺术、生活、爱情。在书信体小说《春天的花冠》中，作者通过虚构的文学形象“克莱门斯”和“贝婷”，展示兄妹的对话，记录和讨论女性教育、自然和诗歌、教育和“自我”、历史观、妇女解放等一系列时代话题。在这种对话式的书信交流中，兄妹双方进行思想的碰撞，艺术地表现了贝婷一步步逐渐成熟的自我认知。然而，两个独立主体之间思想的交流，是建立在相互尊重和彼此认同个体差异的基础上的。但是在贝婷和哥哥的对话中，两人处于一个不平等的对话状态。（参见 Isselstein 1992，210）

无论是在现实生活中，还是在小说中，作为年长的哥哥，克莱门斯对贝蒂娜（贝婷）都有着强烈的教育责任感，扮演着教育者的角色。在《春天的花冠》中，利用书信这个重要的手段，克莱门斯保持着和贝婷的兄妹对话，对贝婷进行教育的尝试。贝婷最初是一个被动的接受者，接受哥哥的说教。类似于学校里的老师和学生的地位。在兄妹两人的信札中，哥哥克莱门斯时而鼓励她，时而又打算控制她。他在信中，鼓励贝婷学习拉丁语、哲学、历史、音乐，鼓励她培养钢琴、绘画和很多其他的爱好。

> 好好学习音乐和绘画，这是构成善和美最纯洁的化身。
>
> 我将非常高兴，如果你能读一些历史，然后经常读歌德，永远读歌德。
>
> 好好弹钢琴、唱歌、画画、学习一切你能学的，只有这样，才能拓宽你的生活圈。

> 我将非常高兴，如果你能学学英语。语言能让人收获良多，语言不仅包含表达的多样性，而且天生具有音乐的节律，而这节律又能引起心灵上的舞蹈跃动。

在当时的社会，这些都被认为是一个受过良好教育的年轻女子所应该具备的修养。克莱门斯为贝婷所构建的教育理想，有些是个人经验，有些是基于广泛理论支持的教育理念，是符合歌德和洪堡的古典人文主义的教育理念。克莱门斯认为，受过教育的人，过着现实和精神的双重生活。现实生活发生在符合其社会地位及家庭身份的周遭世界中。精神生活包括他的思想和情感。而真正的教育，来自现实，这是所有道德感的基础。为此他做出了很大的努力，试图引导贝婷富有野性的思想，在设置好的、有秩序和规则的轨道上发展。（参见 Isselstein 1992，211）

而现实生活中，贝蒂娜的童年是在修道院里度过的。在那里，修女们非常关爱贝蒂娜，除了教她融入社会的道理和知识之外，也给予她充分的空间和自由，让她接触大自然、植物、动物。在小说《春天的花冠》中，大自然为贝婷的思想和美好的事物碰撞提供了驰骋的空间。自然就是她的老师，天空、星星、太阳、树木和花草等——在这些自然事物的力量中，贝婷感受到了自由的魅力。

> 在那些童年岁月里，我都经历了些什么呢？——树根和草药，还有一种花伞，轻轻一碰，就有种子跳跃出来……它们总是告诉我同样的事情：要自由，可每一个信仰的命令都反对我这样。

通过跟大自然的接触，体悟到生命对自由的追求，这为贝蒂娜发展和寻求自我、培养自我认知意识奠定了基础。小说中，贝婷虽然能感受到哥哥克莱门斯对她的关心和爱护，但是她强烈的自我认知意识让她对哥哥思想的束缚产生了质疑，因此，在写给哥哥的回信中，她巧妙地将自己的自我认知和独立的思想比喻为内心的舞曲，表达自己不愿意被操控、被束缚：

> 但是我的灵魂就像一个热情的舞者，她随着我内心的舞曲翩翩起舞。那首只有我能听到，旁人却无法感知的舞曲。所有人都在喊叫，让我平静下来，你也在喊，但我的灵魂陶醉在舞蹈当中，听不到你们的声音。当舞蹈停下来之时，我的生命也要停止了。我能从所有那些认为自己足够智慧，想操控我、束缚我的人那里得到什么呢？他们所说的，是我的灵魂从来都不会重视的东西。他们说的都是些空话。我向你发誓，我不会被束缚起来，我会去相信那些真正让我快乐的东西。因为到最后，它和任性的感觉没什么两样。人们看到了任性

坏的一面。但是人们活着不也算是任性的一种吗！

克莱门斯要求贝婷遵循社会对女性角色的要求，在多封书信中要求她：

> 要勤劳、快乐，要尊重和注重你的举止和行为。
> 麻烦你帮我一个忙……帮我织几双长袜，不要多精致，结实耐用就行。
> 轻松生活，认真对待你的义务。（Schwarzer 2007，63）

克莱门斯希望妹妹作为年轻的女孩，多做手工，多进厨房，保持女性传统美德，为下一步的生活道路——走进婚姻做好准备。（参见 Diers 2010，62）因为，克莱门斯不仅关心妹妹贝婷的思想和精神生活，同时更加关注妹妹的婚姻。他把自己的朋友们介绍给妹妹认识，希望能给妹妹找到一个理想的结婚对象。他在信中多次提到自己大学时的密友阿尼姆，非常愿意促成妹妹和阿尼姆走入婚姻。克莱门斯高度赞扬婚姻，试图引导贝婷保持传统的女性美德，接纳婚姻、顺从男人、固守家庭：

> 当人类社会失去本真，习俗就会以调解者的身份出现；当道德与忠诚从我们身上消失，礼貌和才干会取而代之……婚姻作为一种强制性的法律，告诉我们，爱情并不总那么令人敬仰。所有这些起调解作用的自我代表，即使他们本身并不那么美好而神圣，但他们同样受人尊敬。他们是逃离地球的神灵的化身，是他们留下的足迹、讯息和神秘文字，在他们身上寄托着希望，对美好未来的召唤以及为此而做出的努力。

然而，作者贝蒂娜不守时规和世俗，蔑视传统对女性角色的要求，认为社会对于女性所期望的行为举止、劳作手工等女性美德是社会对女性需求和欲望的限制。至于克莱门斯所看重的婚姻，贝婷认为，找到一个丈夫并不是一个女性的天生任务，而是当时父权社会强加给女性的枷锁。她不想被世俗的婚姻限制，拒绝成为这种偏见的牺牲品。在小说中，贝蒂娜通过贝婷写给哥哥的回信，表达了她强烈的女性自我认知和独立意识，以及对这种世俗要求的不屑一顾与强烈反抗：

> 当我环顾了一圈我的义务，我感到特别高兴。这些义务都已经落满了尘土。如果我抓住它们，我要把它们的脖子扭断！

因而，在作家贝蒂娜的现实生活中，她即使决定结婚和生子，也没有遵循社会所期望的女性角色要求。在和阿尼姆订婚九年之后，才最终走入婚姻。而且在婚后，两人长期两地分居。低调保守、沉默安静的诗人阿尼姆住在远离大城市的家乡威柏斯道夫（Wiepersdorf），热情奔放、世人眼里不循规蹈矩的贝蒂娜则带着孩子住在柏林。贝蒂娜多才多艺、充满探索精神，争取个人独立与精神自由。她的家成为在柏林的作家经常聚会的地方。强烈的女性自我认知意识，让贝蒂娜在婚姻之中，也充分保持了自己的精神自由。

在小说中，人们能看到贝婷思想的发展与成熟，她对自然的欣赏与理解、对个人自由的追求与渴望，对自我力量的萌发与坚信，是变化的、是发展的。贝婷逐渐形成了独立的自我认知意识，对自己进行独立的自我教育。在小说的结尾，克莱门斯和贝婷的对话中止，因为贝婷和哥哥划分了界限，两人渐行渐远。（参见 Janssen 1997，203）贝婷越来越清晰地表达着自己的观点和信念：

> 虽然黑暗、混乱和模糊不清也常会让人感到刺激，但这样的阴郁让我非常喜欢清晰和透彻——所以，为了使你心中的混乱脱离黑暗，获得澄清，我大胆地表明自己的态度。

致力于研究阿尼姆的政治作品和教育理念的德国学者乌尔里克·兰德菲斯特（Ulrike Landfester）认为，《春天的花冠》是一场“针对哥哥的复仇战役”。贝蒂娜拒绝哥哥的“将她教育成女人的尝试”。小说被看作是记录贝婷从兄弟监护中独立解放出来，以及妇女从男人的保护者和教育者的角色下解放出来的心理历程。（参见 Seidler 2013，133-146）从小说的兄妹信件往来中，我们可以看到，随着贝婷的觉醒，她从最初的被动接受者，逐渐认知到个体的独立性，进而表达了对哥哥建议的质疑，最后断然拒绝了他的劝谕。哥哥克莱门斯所表达的“自我”，对贝婷而言，是重复的镜子或者回音，是贝婷“自我”的一部分。对话中，兄妹对某一观点进行辩论。他们时而分离对立，时而又达成一致。这是一个自我概念的分离，“新我”与“旧我”之间产生距离。克莱门斯将对科学和教育的传统理解作为自我的基础，而贝婷质疑与颠覆社会准则和性别准则。小说将两个“自我”编织在一起。兄妹关系的这种动态发展也伴随着小说的发展，同时赋予小说一种叙事的张力。

贝蒂娜认为，保持和发展最内在的自我，是人们的权利，也是义务。作品的中心主题也是作家贝蒂娜自己的生活。她用自己 50 年的生活经验，赋予了小说中那个童年的贝蒂娜——“贝婷”强烈的自我认知信念。通过贝婷这个孩子的声音，表达了作家自己成年后的声音：人要尊重自我、欣赏自我，人要坚信自己有足够的力量，追求个人的独立和自由。（参见 Diers 2010，11-14）当“新我”这个目标实现时，小说的最后一段写道：“第一卷结束。”

思考题

1. 书信体小说的主要特点是什么？为什么18、19世纪书信体小说成为德国女性作家写作的主要形式？

2. 在小说《春天的花冠》中，作者是如何通过兄妹间对话式的交流展现贝蒂娜女性自我认知的不断发展与成熟的？

参考文献

[1] Bäumer Konstanze. Bettina von Arnim. Stuttgart: Metzler, 1995.

[2] Carmen Viktoria Janssen. Textile in Texturen: Lesestrategien und Intertextualität bei Goethe und Bettina Brentano-von Arnim, UMI Microform 9736573 1997.

[3] Hildegard Baumgart. Bettine und Achim von Arnim. Die Geschichte einer ungewöhnlichen Ehe. Leipzig: Insel, 2016.

[4] Konrad Feilchenfeldt, Luciano Zagari. Die Brentano. Eine europäische Familie. Ursula Isselstein (Torino): Briefwechsel als Bildungsprojekt, Dialogische Konstellationen im ‚Frühlingskranz' Bettine von Arnims. Tübingen: Max Niemeyer, 1992.

[5] Michaela Diers. Bettine von Arnim. München:dtv, 2010.

[6] Miriam Seidler. Deine Briefe sind ja doch keine Kunstarbeit? – Bettine von Arnims Schreiben im Zeichen der Avantgarde, in: Kodikas/Code. Sonderheft „Avantgarden und ihre [R]evolution der Zeichen. Wendezeiten der Literatur und Kunst. Tübingen: Gunter Narr, 2013.

[7] Susanne Margit Schwarzer. The "Construction" of Queer Selves in Bettina Brentano-von Arnim's Epistolary Novels. UMI, 2007.

[8] Ursula Isselstein. Briefwechsel als Bildungsprojekt, Dialogische Konstellationen im ‚Frühlingskranz' Bettine von Arnims. In: Konrad Feilchenfeldt, Luciano Zagari: Die Brentano. Eine europäische Familie. Tübingen: Max Niemeyer, 1992.

[9] Walter Schmitz. Clemens Brentano's Frühlingskranz/Die Günderode. Frankfurt am Main: Deutscher Klassiker, 2006.

第八章 阿达尔贝特·施蒂夫特
（Adalbert Stifter）

晚夏（节选）

徐 庆 译

得窥堂奥

回家后的第二天，我与父亲接着谈论这类话题[①]。此后，他拉着我的手，把我带到了他的绘画陈列室。到家以来我就刻意不去那里，决定留待一个比较安静的日子再进这个房间。这两天我陪父母闲聊家常，向父母和妹妹赠送了特意给他们带来的礼物，其中就有那些在红沼制作的小型大理石制品。余下的时间里我忙着腾空行囊、整理房间和拜访友人，告诉他们我回家来了。现在我们走到绘画陈列室正中，父亲松开了我的手却一言不发。我惊讶不已。这里的绘画作品并不算多，在数量上远逊于我东道主[②]的藏品，甚至还比不上星苑[③]里的丰富，但它们看来美得出奇，堪称完美而和谐的杰作，如果我的第一感觉准确无误，那么我东道主的藏品并不具备这样的高贵与呼应之美。我很快发现，父亲没有收藏较新的或是最新的画作，他的藏品全部诞生于古代，估计至迟创作于 16 世纪。一种深沉而独特的感情流入了我的心中，这就是伟大的父爱，难以形容的父爱。父亲拥有这些珍贵的藏品，它们牵动着他的心，可他的儿子以前经过这些藏品时却无动于衷。尽管如此，他对儿子的爱却未减分毫，为了儿子，他牺牲自己，为了儿子，他几乎倾尽一生的心血，他关心儿子，却从来不曾尝试向儿子指出这些藏品是多么美丽。我感到自己在家中也得到了极大的包容。

---

① 指艺术话题。

② 指“我”的良师益友里萨赫男爵。

③ 指里萨赫男爵挚友玛蒂尔德夫人及她的女儿娜塔莉居住的庄园。

“这些画太美了！”我情不自禁地喊道。

“我相信它们并非没有价值。”父亲答道，嗓音中透出感动。

之后我们走近这些画作，细细欣赏。确实，它们全是真正的古画，没有一幅尺寸过大，也没有一幅尺寸小得难以体现艺术。我评论说，父亲没有收藏当代作品。

“这是命中注定的，”父亲说，“这里的画，有些是我从你同样热爱艺术的祖父那里继承来的，另一些是我通过各种机缘获得的。中世纪艺术可能比当代艺术更有价值。与现代艺术相比，中世纪艺术孕育了更丰富的杰作。因此，找到一张没有缺点的古画比找到一张没有缺点的新作更容易。热爱当代绘画的人不会出售那些在美学上无可指摘的新作，所以想获得这样一幅画谈何容易。那些由新手之流炮制的缺乏艺术性的作品不难到手，也许跟过去一样，可以从艺术家和商人那里等许多地方买来。我对这类作品从无好感，所以只收藏古画。古时候的人叱咤风云、强大有力，此后出现的却是一个软弱堕落的时代。这个时代里的人以为，假如能将画上的形象塑造得比较繁复而含混，假如能运用更浓的色彩和更少的阴影，他们就能创造出更好的作品。他们逐渐开始蔑视古代作品，任由古代艺术颓败衰落。特别是当那些狂暴混乱的历史时期到来之际，与无知伴生的野蛮甚至会摧毁某些古代作品。这时，人们会再次改变欣赏习惯，古代作品的价值也将再度获得更广泛的重视——它们从未完全遭到蔑视。人们甚至开始尝试模仿古代艺术，不仅在绘画方面，而且更多地在建筑领域。不过，不论新的仿制品在细节上多么美丽逼真，在整体性和表现力方面，它们都无法达到原作的高度。正如某些迹象显示的那样，世风正在好转，人们重新开始欣赏古建筑——我甚至知道一个时期，当时被认为有学识和能判断的旅人和作家将哥特式建筑说成是野蛮的和过时的，人们偏爱古代绘画，甚至搜集古代家具，还在服装剪裁上部分地融入了古代造型和款式。但愿人们能沿着这条道路走向更完美的艺术，而不会将古代艺术变成一种单纯的时尚，不理解其精神实质，只想变换口味。你还能经历一个艺术高峰的出现，因为低谷中总能涌起高峰，高峰又总会沉入低谷。假如对古代艺术——不仅是我们的古代艺术，还有更美丽的古希腊艺术——的认识能像现在显示的那样不断深入、永不停歇，那么我们也终将有能力创造自己的杰作，其中伫立着的是严肃的美神，而不是激情或者企图，不是浅薄的诱惑或者单一、无序的冲动。这些作品不是仿制品，不单表现某种古代风格。等我们做到了这一点，我们从社会角度来看也会上一个台阶，到了那时，不仅我们民族中的一部分人能岿然屹立于世界，而且我们的整个民族都能如此。我们将从容自在地面对人生，并因此有力地影响其他民族的生活。我经常想，那些能够聆听春天里云雀歌唱的人是幸运的，但他们对自己的这种状态却没有旁观者看得清楚，这就正如无辜者对自己的无辜一无所知，正直者对自己的正直不做好评，堕落的时代并不了解自己的堕落。”

父亲的这番话让我想到了我的东道主，他也有着类似的感触，说过类似的话。但这并不奇怪，因为这两个人胸怀相似的追求，具备相似的精神，心存相似的思想，而且年龄差异也不大。

现在我们开始逐一欣赏。

父亲收藏了提香、圭多·雷尼、保罗·维罗内塞、阿尼巴尔·卡拉齐、多米尼奇诺、萨尔瓦托·罗萨、尼古拉斯·普桑、克劳德·劳伦、阿尔布雷希特·丢勒、霍尔拜因父子、卢卡斯·克拉纳赫、凡·代克、伦勃朗、俄斯塔德、波特尔、凡·德·尼尔、沃维尔曼和雅各布·罗伊斯达尔[①]的作品。我们从一幅画走向另一幅画，欣赏每件作品，把有的画搁在画架上，谈论每件作品。我的心中充满欢乐。现在我越来越清楚地意识到，跟我初见这些画时的猜测一样，父亲画室中陈列的都是精品，而且它们的价值非常统一，因此整体看来能给人留下出类拔萃的印象。我已经具备了相当的判断力，因此认为自己的眼光不会出什么大错。我把自己在这方面的看法告诉了父亲，他向我证实，他确实认为自己不仅拥有名家的作品，而且根据他多年来通过参观美术展览和阅读艺术书籍获得的经验，他拥有的还是名家的杰作。我越来越沉醉于这些画，几乎无法将目光从某些作品上移开。我曾经临摹过的一幅少女头像出自小汉斯·霍尔拜因之手，它如此温柔可人，再度让我心醉神迷。它当初也一定对我施展过魔法，不然我又怎会把它当作临摹对象？我很难发现画家通过何种手段达到了画面效果。一种如此简单、自然的设色，高光和浓重的色彩很少，如此简洁、朴素的线条，却创造出了这样可爱、纯粹、简朴的效果，让观者不忍离去。从额头梳向脑后的金发只用寥寥数笔勾勒而成，但这金色卷发的美丽却鲜有匹敌。父亲允许我两次将这幅画放在画架上细看。

欣赏过这些绘画作品之后，父亲从文物收藏室的柜子里抽出一个扁平抽屉，把它放在窗边的桌子上，叫我走近看他收藏的石雕。

我照办了。

这些石雕甚至比刚才那些绘画更让我惊讶。在这些作品上我看到了和东道主家

---

① 提香（1488/90—1576）、圭多·雷尼（1575—1642）、保罗·维罗内塞（1528—1588）、阿尼巴尔·卡拉齐（1560—1609）、多米尼奇诺（1581—1641）、萨尔瓦托·罗萨（1615—1667）：意大利画家；尼古拉斯·普桑（1593—1665）、克劳德·劳伦约（1602—1682）：法国画家；丢勒（1471—1528）、大汉斯·霍尔拜因（1465—1524）及其子小汉斯·霍尔拜因（1497—1543）、卢卡斯·克拉纳赫（1473—1553）：德国画家；凡·代克（1599—1641）、俄斯塔德（1610—1685）、波特尔（1625—1654）、凡·德·尼尔（约1603—1677）、沃维尔曼（1619—1668）、雅各布·罗伊斯达尔（1628—1682）：尼德兰画家。

楼梯上的雕像一样的人物形象。

"这些全是古代作品。"父亲说。

石雕各式各样，价值不同，规格也有异。按照时下标准因为材质的缘故而价值高昂的宝石，比如红宝石、蓝宝石等，并不在父亲的藏品之列，他收藏那些可以当首饰佩戴的价值较低的宝石，我现在清楚地记起，母亲过去有时佩戴过它们。一块缟玛瑙上的人物群像以常见的浮雕手法雕琢而成。一位男子坐在一张式样古老的凳子上，衣着简朴，双臂随意地垂于体侧，英俊的面庞略微抬起，年纪尚轻。他的周围簇拥着妇人、女孩和少年，这些形象雕刻深度较浅，不那么突出，一位女神将花冠举在端坐着的男子的头顶。我父亲说，这是他最大最好的石雕藏品，端坐者可能是奥古斯都，至少石雕上他的半边脸和保存良好的硬币上的奥古斯都侧面像一样。这位男子的外表、体形、姿态，那些女孩、妇人、少年的外表、着装、沉静而朴实的仪态，纤巧的四肢与服饰上体现出的清晰自然的雕工给我留下了严肃、深沉、陌生和奇特的印象，这也正是我在夏日雨天上楼走向东道主家楼梯上的雕像时心中的感受。其他石块上雕刻着戴头盔的男子，他们或是有着年轻俊美的面庞，或是年长男子，蓄着令人心生敬意的长髯。完全没有中年男子的形象。在一些石雕上也能看到女子的头像。更多的石块上雕刻的是全身像，譬如足旁生翼的赫尔墨斯、奔跑的少年或是伸展手臂正要投掷石块的男子。这些形象细腻生动，经得起人们用放大镜细细审视。父亲只收藏人像石雕。我记得曾经在什么地方——具体地点想不起来了——见过昆虫石雕。

"我偏爱人像石雕，"我就此发表评论时，父亲说，"因为我认为它们跟人类的关系最亲近。我没有足够的财力进行广泛收藏，不可能搜集市面上能买到的所有类型的石雕，所以只收藏人像作品，而且是价格适中，购买后不会影响家庭开支的作品。因为某些石雕的价值相当于一份可观的财产，一般的小家庭只要不是要求太高，单凭这份财产的利息就能过日子了。"

石雕上男子戴头盔的姿态很常见，就跟人们在古代硬币上见过的一样，我也看到过一些画，它们临摹的就是古希腊古罗马建筑浅浮雕上的这类形象。即便头盔价值高昂，戴着它的人却仍旧十分随意，这样的气度在描摹中世纪等后继时代浮雕的画像中再难寻觅。这些脸庞具备一些特征，展示了某种陌生的东西，它现已不复存在，只能让人回想起一个遥远的时代。这些面部特征多半是简单的，甚至简单到了不可思议的程度，但它们很美，而且——至少在我看来——比现代人的面部特征更加美丽、更加高贵。那些前额、鼻子、嘴唇更加严肃、自然，更加接近人类的本来面目。即便刻画老翁的石雕也是如此，人们甚至会猜测，这个头像肯定是以一个活生生的人为原型雕刻而成的。此类作品不可能是艺术家灵光一现，因为石雕明显源于不同时代、不同大师之手，必定是往昔的遗产。女子的头像也很美，美得时常令人惊诧，但它们也有着不同于我们常见形象的特殊之处，这些特殊之处可能在于她们的发式，可能在于额头和鼻子的形状，可能在于脖颈、喉部、前胸或手臂——假如石雕上也有这些部位的话，可能在于她们与我们截然不同的整体气质。跟现在的女子相比，这些头像大都更为有力，更能让人联想到男儿气概，因此也就显得更有魅力，更让人心生敬畏。雕琢这些形象的手法如此简洁、高超、连贯，以至于人们根本不会想去寻找其中的任何一处细微缺陷，相反，人们甚至会将这些作品看作自然的产物，而将后世的作品视为幼稚的学步之作。古代艺术家拥有伟大而简洁的美学观念，这种观念源自生活环境之美，又反过来进一步美化了生活环境。我十分喜爱父亲的绘画收藏，正如我十分喜爱我东道主的绘画收藏；正如东道主的大理石像比他的绘画收藏让我更觉严肃深刻，父亲的石刻收藏也比他的绘画收藏让我更觉严肃深刻。他肯定感受到了这一点。石雕让我们流连许久，我陶醉于这些作品，将其中一些多次拿在手中细细端详。后来父亲说："古希腊的雕刻艺术是世界上最美的。就简洁、伟大和准确而言，没有一种后世的艺术形式能胜它一筹。可能只有在音乐领域——在这个领域，我们确实拥有少数杰出的乐章和某些杰出的完整作品——我们方能与古代艺术的朴素和伟大媲美。但是谱写这些音乐杰作的人物的生活方式却依然是朴素而古典的，在此，我只想提巴赫、亨德尔、海顿、莫扎特等人。非常遗憾的是，除了被视为绘画艺术分支的壁画和建筑装饰之外，再没有其他类型的古希腊绘画作品传世。由于古希腊的诗艺是诗艺的巅峰，由于古希腊的建筑艺术尤其切合他们国家的地貌，堪称简洁之美的典范，由于古希腊的历史学者和演说家举世无双，我们也就能够推测，古希腊的绘画艺术也达到了类似的高度。在流传至今的文字中，古希腊人对自己的绘画艺术的评价并不低于他们对自己的处事智慧、历史学、诗艺和雕塑艺术的评价，有时他们甚至更加推崇自己的绘画艺术，也就是说，它必定具备极高的价值。因为我们无法想象，作为时代与民族杰出代表的作家对其他艺术门类有着很深的理解与体悟，却会对绘画艺术中的缺陷视而不见。也许他们的绘画作品会像他们的柱形立像一样以其严肃和完美激起我们的惊诧与赞赏。我不知道我们的绘画艺术是否可能向他们学到些什么，正如我也不知道我们已经从他们的雕刻艺术中学到了多少。多年来，这些石雕是我欢乐的源泉。在闷闷不乐的时候，当担忧与疑虑夺走了生活的芬芳，当我眼前现出一片贫乏的景象，我便走近这些藏品，欣赏它们，于是我便置身于另一个时代、另一个世界，成了另一个人。"

我凝视着父亲。尽管我过去也曾多次对父亲产生过敬重之情，也经常发现他的品格比我想象的还要可贵，但我还从未能像现在这样看待他。被迫从事无比单调的业务，或是自发自愿地投身于此——因为他有条不紊、正直无欺、坚持不懈、全心全意地干着自己的工作，足以让人惊讶——他不起眼地履行着市民的责任，很多人只以为他在家里收集古代家具、绘画、书籍等消遣玩意儿。但是父亲也许在自己的周围建立了小天地，它比我现在认识到的还要深刻、还要孤寂。父亲知足地扩展着这个小天地。我对父亲产生了敬畏之感，问他是不是读过方才提到的那些作家的希腊文原作。

“我热爱这些作家，不管是过去还是将来我都绝不会阅读译本，”他答道，“基督教兴起前的古代世界拥有与我们的时代截然不同的思想。民族大迁移对历史时期进行了鲜明的分割，以至古代民族的作品再也无法翻译，因为我们语言的形态和本质都与古代思想格格不入。若要逐渐成为古人的一员，学会评判他们的天性，我们就别无选择，只有接触他们的语言，阅读他们的文学与史学作品才行。我们在学校里学过拉丁语和希腊语，假如毕业之后还能继续接受辅导、勤奋阅读古代作品，那么学习古代语言就能事半功倍，比现在大多数人学习法语、意大利语或者英语还要容易。”

“可是你也学过这些语言呀。”我说。

“就跟其他人一样，”他说，“我的社会地位也要求我学习这些语言。”

“今天我才知道你阅读古代作品的原文，”我说，“而且你还深入钻研创造这些作品的民族的诗艺、历史和哲学。你知道，我们从不认为自己有能力研究你读的那些书籍。”

“没必要告诉你我读哪些书，”他答道，“我想过你总会知道的。你母亲早就知道了。”

儿子过去没有充分意识到父亲的过人之处，如今他对父亲满怀敬意，但这并非那天我们唯一的收获。父亲耐心地等待着儿子，想看看儿子能不能跟他走上同一条道路。我清楚地感受到父亲也更加尊重我了，他很高兴，因为儿子在艺术方面也向他靠拢了。我过去确实知道我俩在一些科学问题上看法一致。但是尽管近来我俩有时也会谈论历史、文学话题，我却并不知道父亲对这类对象有多少研究，也不知道他是如何研究的。今天我对父亲有了更全面的了解。我至今仍不知道，父亲早年接受过何种系统的科学训练，是否正是这样的科学教育背景使他允许我走上了自己的人生道路，有时我自己都会觉得这条道路不同寻常。我现在越发希望父亲能与我的东道主见上一面，让他像今天和我谈话一样，跟我的东道主就艺术品进行探讨。但我的见识有限，并不知道父亲对古希腊的雕塑、诗艺、绘画以及近代音乐所做的判断是否合理。可是父亲仍旧安静地从事着他的工作，埋首于各项业务，关照生意的日常进展，所以不能轻易指望他下定决心出门旅行。

我们谈话快要结束的时候，母亲和克洛蒂尔德[①]也走了进来。母亲喜形于色，因为她看到我们站在石雕的旁边，看到父亲指着石雕为我讲解，因为她知道父亲很高兴，知道她所期待的父子心灵的接近终于成了现实。

充满秩序的乌托邦——施蒂夫特的《晚夏》

徐　庆

《晚夏》(Der Nachsommer，1857) 是德语文学中“诗意现实主义”(poetischer Realismus) 时期的代表人物奥地利作家阿达尔贝特·施蒂夫特 (Adalbert Stifter，1805—1868) 创作于 1857 年的著名成长发展小说。

施蒂夫特 1805 年出生于波希米亚 (Böhmen) 南部 (现属捷克) 的一个贫苦家庭；1826 年起在维也纳大学学习法学，后肄业。为了维持生计，他长期担任家庭教师，1843 年到 1846 年间曾在奥地利首相梅特涅 (Klemens Wenzel Lothar von Metternich，1773—1859) 家中任教。1844 年至 1850 年，施蒂夫特出版了六卷本短篇小说集《习作》(Studien)，收录著名作品《布里吉塔》(Brigitta) 等，逐渐在文坛崭露头角。1848 年革命时，施蒂夫特当选为法兰克福议会的选举人，此后陆续被任命为地方督学和文物保护官员等。1853 年，他出版了短篇小说集《彩石》(Bunte Steine)，收入代表作《石灰岩》(Kalkstein)、《山中水晶》(Bergkristall) 等。1857 年，长篇小说《晚夏》问世。1865 年，施蒂夫特因病退休，开始创作长篇历史小说《维提克》(Witiko)，该书于 1867 年付梓。1868 年，饱受病痛折磨的施蒂夫特自杀离世。

《晚夏》中的第一人称叙述者“我”出身于富裕而有教养的商人家庭。丰厚的家资使“我”无须考虑谋生，可以按照自己的兴趣自由游学。一日，“我”为了避雨偶然来到阿斯普庄园 (Asperhof)，受到了主人里萨赫男爵 (Freiherr von Risach) 的热情款待，同男爵、他的养子古斯塔夫 (Gustav)、为男爵工作的农民艺术家等人结

① “我”的妹妹。

下了深厚友谊。从此，每年进山考察后“我”都会到阿斯普庄园小住。男爵不仅对自然科学颇有研究，也是艺术收藏的行家。在阿斯普庄园，人人都勤奋工作、努力学习。在众人的影响下，“我”也开始热爱艺术。

“我”还在阿斯普庄园结识了男爵养子的生母玛蒂尔德（Mathilde）夫人和她的女儿娜塔莉（Natalie）。“我”与娜塔莉日久生情，决定在征得家人的同意结为夫妇。玛蒂尔德夫人、男爵与“我”的父母都很赞成这门婚事。

“我”和娜塔莉订婚之前，男爵讲述了他与玛蒂尔德夫人的往事：里萨赫男爵出身寒门，年轻时一度以教书为生，玛蒂尔德是他学生的姐姐。虽然他们已经私订终身，但是里萨赫被玛蒂尔德的父母说服，决意先打好生活基础，暂不谈婚论嫁。玛蒂尔德认为里萨赫背叛爱情，遂与他断绝来往。数年后，已然事业有成的里萨赫再次向玛蒂尔德求婚，却遭到了拒绝。于是两人只得各自成婚，却未过上幸福生活。多年后两人分别丧偶，玛蒂尔德偶然得知里萨赫一直没有忘记自己，才明白自己当年错怪了他。两人重新建立了友谊，决定像亲人一样度过生命的“晚夏”。

在“我”和娜塔莉的婚礼上，“我”的父亲宣布要效法男爵，退休并定居乡间，在晚年搜集和研究艺术品、管理庄园。“我”和娜塔莉的姻缘成了连接几个家庭的纽带，为众人的生活带来了新的幸福。

《晚夏》与秩序

长达三卷的《晚夏》严格按照时间顺序记录了“我”成年后几年内极富规律的行动。故事按四季展开，从无例外：“我”春天离开城市前往森林开展科学考察；夏初到里萨赫男爵处盘桓，研习科学艺术；秋末返城，继续自学。四季的更迭在《晚夏》中具有浓重的象征意味，因为自然秩序在这里成了作者倡导的社会秩序和道德秩序的模板。“他赞赏自然律无情而平静的存在，它永不犯错、总能达到目的。对他而言，它象征着平静而不可阻挡的道德律的存在。”（Rosebrock 1981，24）

《晚夏》中人物寥寥，且形象高度趋同。不同人物通常只是处于不同生命阶段的同一形象。比如古斯塔夫是少年“理想男性”，“我”是青年“理想男性”，父亲和里萨赫男爵是成熟的“理想男性”。人物的成长与其说是形成独特自我的过程，毋宁说是在行为和精神上不断仿效长辈，以便成为长辈的翻版的过程。因此，早在《晚夏》问世后不久，就有评论称这部小说根本称不上现实主义作品，因为其中“‘苍白、无生命的人物’让人想起‘机械人’和‘木偶’”（Becker 2003，208）。不过，这样的人物塑造正能与小说中的四季主题呼应：人物因为严守各类秩序而变得面目相似，他们的生活也就和波澜不惊的四季交替有了共通之处。

从情节布局上看，《晚夏》并不具备由不同事件组成的跌宕起伏的线性结构，而是拥有循环往复、缺乏变化的环形结构。占据全书绝大部分篇幅的是重复出现的日常生活细节和大量涉及艺术和科学等主题的长篇说教。主干情节中没有出现过一次冲突；除了插叙的里萨赫男爵和玛蒂尔德夫人青年时的爱情悲剧，书中几乎没有戏剧性事件。一言以蔽之，“单调和宁静替代了前进和变换”（Bark 2002，118）。不过，摒弃情节起伏与塑造雷同人物一样，都是作者自觉运用的写作技法。施蒂夫特认为，引人入胜的冲突式情节偏离了日常生活秩序，并不具备普遍代表性：“正如普遍规律在自然界中安静而永恒地运行着，而异常现象只是这些规律的一种表现，道德律也是通过人与人之间永不停歇的交往安静而振奋人心地运行着。偶发事件造成的短暂奇迹只是这一普遍力量的小小特征。”（Stifter 1974，49）

由此可见，于矛盾迭出的19世纪上半叶，在小说这片精神领域里建立一个让某些批评者深觉无趣的充满秩序的乌托邦恰是施蒂夫特的理想，也是当时德语小说的任务之一，因为“随着市民阶层兴起，世俗化进程加快，过去稳固的基督教的神的秩序在人们心中逐渐淡化，小说的功能就是以文学形式在人的想象中创造一种新的统一和完整的秩序。”（谷裕 2007，5）这种重建秩序的愿望是“诗意现实主义”作品的共同特征，也体现于它们美化现实的种种努力之中。在《晚夏》里，“美化策略”（Verklärungsstrategien）无处不在：施蒂夫特营造的世界“是根据美学原则塑造的日常生活，所有不美好、不和谐的事物都被阻隔在外……施蒂夫特的世界由此成了一个过滤后的世界，其中只有过滤后的人，他们在固定的、按照道德律运行的秩序框架内生活。相应地，这个世界中没有斗争，没有任何事物会打扰这里的居民，个人和社会的矛盾……根本不存在”（Becker 2003，216）。

社会秩序

阿斯普庄园是《晚夏》世界里秩序的直观表现：那里没有噪声；休息室里的书籍不允许放错位置；书房里看不到一丝工作的痕迹；田产几乎不会受到病虫害侵袭；庄园中“占据核心地位的是玫瑰种植，即对自然的驯服，它的本能和野性必须得到控制”（Becker 2003，206）。

男爵对手下人的管理同样一丝不苟，连女仆的穿着也会得到他的特别关照：“屋里的女仆穿的是农村服装，只有当这些服装……不讨人喜欢或者有点丑陋的时候，它们才会在主人的影响下得到改良，并点缀上在我看来很美丽的小饰品。一开始这些饰品不受欢迎，但由于它们是老主人赠送的，因为不想让他不快，所以饰品还是被接受了，后来，它们不仅得到了周遭居民的羡慕，还成了仿效的对象。”（Stifter 1857/I，367）通过强调“我”对男爵审美品位的赞同，施蒂夫特将女仆和男爵的审美差异刻画成了女仆的审美缺陷，这样一来，男爵对仆人生活细节的干涉就成了友好而合理的举动——此为“美化策略”的一重表现。“美化策略”的另一重表现见于施蒂夫特塑造的仆人的反应：她们欣然接受了男爵的深度管理，甚至以此为荣。通过这样的笔法，社会上层人物行动中的专制色彩就被大大削弱。

男爵“改良”女仆服装的事例是《晚夏》世界里消除等级矛盾的模板：上层人不是通过暴力手段，而是通过温和、善意的“建议”影响下层人的生活；下层人则乐于接受“教化”。只要每个人都心甘情愿地依照自己的身份行事，将等级秩序内化到社会生活的方方面面，那么任何社会矛盾都不会产生。

既然要使笔下人物将遵守社会秩序作为要务，并且也让读者认同这一点，作者就得首先证明这种社会秩序的合理性。在“我”和里萨赫男爵初次相遇时，施蒂夫特就试图通过男爵对手下农民的评价来解决这个问题。里萨赫说：“他们根本不懂天气……他们割草只是因为我吩咐他们这么做。”（Stifter 1857/I，106）正如女仆在穿着打扮方面需要主人的指导，施蒂夫特笔下的农民也要依靠地主告诉他们天时，后文中“我”在进山考察时也能凭借丰富的自然科学知识反过来指导当地向导登山。以上例子说明《晚夏》中的农民被塑造成了智力贫乏、性格顺从的“童稚者”，甚至不具备从日常生活中总结直接经验的能力。而市民的素质——甚至包括身体素质——则远在他们之上。“我”表示，“妹妹尽管被周围的人当成小姐，却很乐意干那些所谓的家务粗活，这样就能证明她不仅知道怎么干活，体力上也比那些从小干这些活的人还要强”（Stifter 1857/I，23）。通过这样的人物塑造，施蒂夫特在他的乌托邦中顺利“证明”了管理和领导农民和仆人是市民的“天职”。同样地，出于证明等级秩序合理性的需要，《晚夏》中的贵族也绝不可能被塑造成仅仅因为出身名门就能身居要职的尸位素餐之徒。

在施蒂夫特笔下，等级源于人与人之间的“本质”差异：下等人是因为自身的种种缺陷而成为下等人，一如贵族是由于智力过人、品德卓越而成为贵族。既然“本质”和自然律一样无法变更，那么人们当然必须服从自己的“本质”，安于自己的等级身份。

从维护既定社会秩序的角度出发，“艺术”主题在本书中的意义也能得到揭示。“我”学习绘画，欣赏古代雕塑、家具以及寻访文物的过程是《晚夏》叙事的重中之重。然而值得一提的是，不管是“我”，还是作为“我”榜样的里萨赫男爵和父亲，都从未从事过任何艺术创造活动。搜集古代艺术品、按照古代标准仿制新的器物就是三人艺术行为的全部。这从一个侧面说明了创造性艺术行为和以遵循秩序为目标的生活准则无法共存：创造意味着破坏或颠覆规则；富于开拓精神的艺术家必然是既有审美标准的叛逆者。在施蒂夫特的乌托邦里，这类“危险”的行为和人物不可能受欢迎。与创造相反，收藏意味着承认和延续既有的艺术标准。如果说艺术创造有时表示同大众的审美眼光背道而驰，那么艺术收藏就表示贴近特定人群——其他“雅好艺术者”，在书中指社会上层人士，即贵族和有教养的市民——的价值观。

为了营造一个无比和谐、绝无矛盾的乌托邦，施蒂夫特没有直接以容易引起冲突的经济实力或者政治权力，而是以对文学、艺术、科学的爱好程度作为衡量人物社会地位的尺度。基于这一“美化策略”，欣赏并收藏艺术品便不再是单纯的个人爱好，也不再仅仅涉及艺术本身，而是被描述成了上流社会的标准生活内容之一。由此，“我”研习艺术的过程也就和“我”在精神领域向社会等级更高者看齐的过程合二为一了。与此相似，在小说也占据了相当篇幅的“我”的自然科学考察虽然没有成果，却最终为“我”和贵族赢得了共同语言，其社会意义同样不言自明。

家庭秩序

黑格尔在《美学》中调侃了一些成长发展小说的主人公：“今天的年轻人与家庭、市民社会、国家、法律和职业作对，仿佛要打破这个秩序，改变或改良这个世界。但过了不久他们磨去了自己的稚气和锋芒，开始与存在妥协，开始遵守各种理性规范。到最后，人人都找到一位称心如意的姑娘和一份好工作，娶妻生子，成了庸俗的市民。”（黑格尔 1996，167-168）但是这个说法并不符合“我”和《晚夏》中的其他主要人物，因为他们从来就不是秩序的反叛者，不是无奈地向秩序妥协之人，而是秩序的衷心拥护、执行者；秩序也不是束缚他们的枷锁，而是生活幸福的保障。

在社会秩序方面，“我”和身边人都自觉自愿地做着符合自己地位的事；在家庭秩序方面，他们则将晚辈对长辈、女性对男性的无条件服从视为重要的美德。

施蒂夫特曾借里萨赫男爵之口宣扬了子女对父母的服从义务：“孩子不能不听父母的话”（Stifter 1857/ Ⅲ，315）、“父母的意愿是孩子的法律”（Stifter 1857/ Ⅲ，319）。为了避免给读者留下长辈在家中建立“一言堂”的印象，服从家长没有被塑造成长辈对晚辈的命令，而是成了晚辈对自己的要求：“我”成年之后，父亲允许

"我"自由安排名下财产，"我"却向他承诺"我永远不会在财产事务和其他事务上违背他的意愿行事，倘若没有获得建议，我连最小的一步都不会跨出"（Stifter 1857/Ⅰ，44）。被允许单独去剧院后，"我"仍旧只看父母带"我"看过的戏，不越雷池一步。古斯塔夫也只阅读养父为他选定的书籍，"因为对他而言，养父说的就是真理"（Stifter 1857/Ⅲ，87）。

为了避免读者得出晚辈的个性受到压抑的结论，施蒂夫特再次运用了"美化策略"，着力刻画了两位模范父亲的形象。这种写法的内在逻辑是：只要论证了父亲永远正确，那么子女的长期服从也就合情合理。古斯塔夫的养父里萨赫上知天文、下知地理、爱好艺术、保护文物、阅历丰富、品德高尚、治家有术，身上简直集中了人类所能具备的全部正面特质。"我"那辛苦持家、博学多闻、酷爱收藏的父亲也堪称人中龙凤。有了这样的完美家长，施蒂夫特树立晚辈对长辈言听计从的家庭秩序也就顺理成章了。

《晚夏》中的主要女性角色完全符合中国古代社会对妇女的"三从"要求。在家庭生活中，她们始终处于辅助地位，在任何方面都自觉接受"永远正确"的男性家长的领导。根据贯彻全书的"美化策略"，女性对男性的服从以及以家庭为中心的行为被描绘成了她们对自己的要求，而不是男性对她们的要求。"我"的母亲曾向妹妹指出"女人的主要义务在于她的家庭"（Stifter 1857/Ⅱ，73）。娜塔莉也曾对"我"说："敢于干大事、见世面可能是男人的特权。"（Stifter 1857/Ⅲ，21）

综上所述，施蒂夫特塑造的理想家庭秩序有着浓厚的父权制色彩。"他笔下的父权统治基本不以残酷、专制的丑恶面目示人。……但在大多数家庭中笼罩着一种明显的——几乎令人感到古老的——父权制秩序。"（Schacherreiter 2005，74）在这种秩序中，长辈晚辈、男性女性的尊卑地位都是完全固定的，因此"这种角色分配下的交流过程自然是单向性的，即非民主的"（Schacherreiter 2005，74）。

爱情秩序

《晚夏》中的爱情也受到了规范的严格约束，它被要求仅仅以缔结婚姻为目的，而且必须远离激情、深沉平静。

施蒂夫特首先借笔下人物之口提出了理想爱情的标准。"我"和娜塔莉充满节制的感情得到了长辈的赞美："你们的好感不是很快产生的，而是有准备的，你想要克服这种感情，你什么也没说，你很少向我们提起娜塔莉，因此这份感情不是仓促的、具有吸引力的要求，而是建立在尊重基础上的爱慕。"（Stifter 1857/Ⅲ，36–37）

施蒂夫特还通过对笔下人物命运的具有强烈倾向性的安排强调了遵循感情秩序的必要：里萨赫男爵和玛蒂尔德夫人青年时的恋情由于充满激情而以悲剧告终；“我”同娜塔莉情感含蓄，最终得以结为夫妇。值得指出的是，施蒂夫特之所以如此看重婚姻并以“我”的婚礼结束整部作品，就是因为结婚本身就是建立秩序的表现，“婚礼代表回到稳固的生活秩序”（谷裕 2007，11）。

爱情秩序在《晚夏》中的反映是精细而有趣的。小说开始时，“我”在戏院看《李尔王》时曾受到一名因激动而晕倒的少女的吸引：“她满面泪光，我目不转睛地注视着她。”（Stifter 1857/I，305）走出戏院“我”又再次与她相遇：“我注视着她，她似乎友好地看着我，朝我动人地微笑。”（Stifter 1857/I，306）此后“我”便开始关注和绘制少女的头像，却觉得所有画中人和现实中的女子“没有一个拥有跟我在包厢中见到的少女稍能相提并论的美貌”（Stifter 1857/I，309）。这次偶遇算得上是“我”情窦初开的经历。事后“我”也没有去打听少女的身份下落，只在心里留下了一丝朦胧的好感。在一般读者看来，“我”的举动可说是发乎情止乎理。但在施蒂夫特眼中，这段感情却似乎成了“我”身上的“污点”，是“我”在心理上对日后妻子的不忠，因此他在全书末尾特意指出这个少女不是别人，正是日后成了“我”妻子的娜塔莉。这样一来，妻子也就成了“我”一生中第一个也是唯一一个爱慕的对象；“我”对那个陌生少女的暗自倾慕也就成了日后敬爱妻子的初始阶段。

上述细节体现了施蒂夫特的道德观严苛到了何种地步——他笔下的人物不仅不能在行为上有任何越轨之处，在心理上也要做到绝对的“生平无二色”。但这类经过高度美化的感情会不会因其过分夸张而让读者觉得脱离现实、缺乏感染力，则是一个耐人寻味的、涉及“美化”程度和小说现实主义色彩的关系的问题；而《晚夏》中真正感人的部分恰是一些人物身上无法完全压抑、不能完全臣服于严格秩序的感情。

尽管施蒂夫特竭力将“我”塑造成一个克己复礼的“完美”青年，但“我”身上还存留着一些未被根除的激情，譬如对假想情敌的嫉妒，而正是这类细节让“我”的形象获得了生气。一次，在造访玛蒂尔德和娜塔莉居住的乡村别墅时，“我”“再次注意到，他（指农民艺术家罗兰 [Roland]——笔者）的眼光时不时地盯着娜塔莉”（Stifter 1857/ Ⅱ，216）。因为娜塔莉此时尚未成为“我”的未婚妻，所以按照施蒂夫特式的道德律，“我”本不应该盯着她看，施蒂夫特也没有写“我”在关注娜塔莉。不过，假如“我”不曾特别关心她，又怎么会“再次”发现罗兰看着她？在此，原本为了指出罗兰行为失当、提倡感情秩序的一笔，却间接透露了“我”对娜塔莉的爱慕和对“情敌”的嫉妒。可是“我”这种在严格意义上也已称得上“违背秩序”的行为非但不会让读者觉得不妥，反而会促使他们对“我”的认同，因为按照常理，青年欣赏，爱慕异性不仅正常，还能体现出他们的生命活力。

同样地，尽管施蒂夫特为了维护爱情秩序而惩罚了青年时期的里萨赫男爵和玛蒂尔德夫人，让他们不能结为连理，但他们的爱情悲剧却成了书中最感人的篇章。何况，就连施蒂夫特也不得不承认，遵守爱情秩序只是幸福婚姻的必要条件，而不是充分条件，这体现于他对里萨赫和玛蒂尔德分手后的经历的描述。尽管两人后来分别结了婚，也过上了举案齐眉的模范家庭生活，甚至还被视为夫妇中的典范，但是不以强烈的感情吸引为基础的婚姻却从未让两人满意，只有晚年时的重逢才给他们带来了慰藉。这似乎说明了即便在《晚夏》这个充满秩序的乌托邦中，爱情仍是人类身上最难被约束、被规范的因素。

结语

通过无处不在的“美化策略”，施蒂夫特在《晚夏》中有效地建立了一个理想世界：“被篱笆围成花园的自然、在收藏室中得到保存的艺术、通向婚姻的有节制的爱情在施蒂夫特的作品中以存在之必然秩序的形式出现，它令一切主观意愿、一切个人要求都显得无足轻重。”（Plumpe 1996，622）至于读者能不能像《晚夏》世界的营造者和其中的居民一样热爱这个充满秩序的乌托邦则令人存疑。由于守秩序和受压抑往往只有几步之隔，评价《晚夏》世界的标准也必然因人而异，足以让所有的读者和评论者见仁见智。

思考题

1. 施蒂夫特在《晚夏》的副标题中将这部长达三卷的小说称为“Erzählung”，而不是“Roman”，这种文本分类与他对小说情节的安排有什么联系？

2.《晚夏》中的重要人物里萨赫男爵和他养子的名字都是“古斯塔夫”，两人的重名可能有哪些深层含义？

参考文献

[1] Joachim Bark. Geschichte der deutschen Literatur, Bd. 3, Biedermeier und Vormärz/Bürgerlicher Realismus. Stuttgart: Ernst Klett, 2002.

[2] Sabina Becker. Bürgerlicher Realismus. Literatur und Kultur im

bürgerlichen Zeitalter 1848-1900. Tübingen: A. Francke, 2003.

[3] Gerhard Plumpe. Roman. In: Edward McInnes, Gerhard Plumpe. Bürgerlicher Realismus und Gründerzeit. München: dtv, 1996.

[4] Ulrike Schacherreiter. „Ordnung der Liebe“. Kind sein in den Erzählungen Granit und Bergkristall. In: IDE (Informationen zur Deutschdidatik), 1/2005.

[5] Adalbert Stifter. Aus der Vorrede zu Bunte Steine. In: Andreas Huyssen. Die deutsche Literatur in Text und Darstellung, Bd. 11, Bürgerlicher Realismus. Stuttgart: Reclam, 1974.

[6] Adalbert Stifter. Nachsommer, Bd. I/II/III. Pest: Gustav Heckenast, 1857.

[7] Theo Rosebrock. Erläuterung zu Adalbert Stifters Brigitta. Hollfeld: C Bange 1981.

[8] 谷裕 . 现代市民史诗 —— 十九世纪德语小说研究 . 上海：上海书店出版社，2007.

[9] 黑格尔 . 美学：第 1 卷 . 朱光潜，译 . 北京：商务印书馆，1996.

第九章　特奥多尔·施托姆
（Theodor Storm）

雨神（节选）

丰卫平、马　迅　译

玛伦推开窗，将头探入新鲜的空气里，此时清晨的第一缕阳光已撒在了她屋前花园里的向日葵上。在起居室一侧的小房间里，熟睡的维森鲍尔显然被吵醒了，因为他那足以穿越所有墙壁的鼾声突然停止了。“你在干吗？玛伦？”他睡意浓浓地嚷嚷道，“你怎么啦”

女孩竖起一根指头放到唇前以示自己要小心点，因为她知道，要是父亲察觉了她的计划，她就不可以外出了。她立马便镇定自若了：“我睡不着了，爸爸，”她回答道，“我想和大家到草地上去，今天早晨的空气真清新！”

“没这个必要吧，玛伦，”维森鲍尔说，“我女儿可不是做工的。”过了一会儿他又说道：“也行，如果你高兴，就去吧！不过，你得准时回家，到时会热得要命的。别忘了我的温啤酒！”他一边说着一边翻过身去，床吱吱作响。很快，女孩又听见了那熟悉而均匀的鼾声。

她小心地关上了屋门。正要走出大门时，她听到了一名长工唤醒两个女用人的声音。不得不说谎，这可真不好，她心里想道，不过——她轻轻叹了口气——为了自己的心上人，有什么不可以干！

那边，穿着礼拜服的安德雷斯已经在等着她了。

“你还记得你的口诀吗？”他朝她喊道

“记得，安德雷斯！你还记得路吗？”他一个劲儿点头。

“那我们走吧！”这时，安德雷斯的母亲施蒂娜也从家里赶来了，她往他儿子的兜里塞了一瓶蜂蜜酒。“这是我奶奶的奶奶的奶奶……总之，一位前辈酿的酒，”她说，“她经常悄悄地使用它，这很管用，天气炎热时用它会对你们有帮助的！”

于是，在晨光中他们沿着寂静的乡村小道渐行渐远，而这个寡妇，也就是安德雷斯的母亲，却久久地站在那儿张望，直到那两个年轻人健壮有力的身影消失。

穿过村庄边界后的一片宽阔的原野，两人就进入了广袤的森林。但森林里的树叶大多已枯萎落地，于是阳光就打四处穿进了林间，他们几乎被这炫幻的阳光弄得眼花缭乱。在橡树和山毛榉树的树干间，他们久久地穿梭前行，女孩一直都紧紧抓住男孩的手。

“怎么了，玛伦？”他问道

“我刚才听见我们村的钟敲响了，安德雷斯。”

“是的，我也听见了。”

“现在一定六点了！”她接着说，“谁给爸爸弄温啤酒呢？仆人们都在田地里呀。”

“我也不知道，玛伦，但这不重要！”

“是的，”她说，“这是不重要，但你还记得我们的口诀吗？”

“当然记得，玛伦！”

雾是波，尘是源！

他迟疑一会儿，她立马接上：

森林寂静，火神在田间跳舞！

“啊，”她喊道，“这太阳真毒！”

“是的，”安德雷斯说着，揉了揉脸，“就像针扎一样”。

终于，他们走出了森林。在离他们几步远的地方，有一颗老柳树。它粗壮的树干已成了一个大大的空洞，一眼望去黑魆魆的，深不见底，似乎这漆黑一直延伸到地底深处。安德雷斯先独自爬进洞去，玛伦就靠在树洞口看着他。可是，过了一会儿她便再看不见他了，只听见他深入洞里往下爬发出的声响，她开始害怕了，四周是如此寂静，最后她再也听不到从洞里传来的任何声音了。她把头伸入树洞喊道：“安德雷斯，安德雷斯！”但没有回应，于是她再一次呼喊“安德雷斯！”——过了一会儿她似乎又听到了从洞深处传来的声音，渐渐地她听出是安德雷斯的声音，他也在呼喊她。安德雷斯往洞口爬了回来，她抓住了他伸过来的手。“洞里有一直往下的台阶，”他说，“但是台阶很陡而且摇摇欲坠，也不知道通往地底有多深呢！”

玛伦面露惊恐。“别害怕，”他说，“我背你，我会稳稳地。”说罢他便背起这个身材苗条的女孩，让她靠在他的宽肩上。她将手臂紧紧缠绕在他脖子上，然后他便小心翼翼地和她一起向深处走去。四周昏暗一片，他背着她一步步地在蜿蜒曲折的台阶上往下行。玛伦深深地吸了口气，因为这地底深处清凉宜人。这里也听不到外面的任何声音，只有一次她听见了地底深处传来的滚滚流动的水声，地下水似乎在徒劳地涌向有光的地方。

“那是什么？”女孩低声问道。

“我也不知道，玛伦。”

“这难道没有尽头吗？”

“看起来是这样的。”

“但愿火神没有骗你！”

“我想他没骗我，玛伦。”

就这样他们越走越深。终于，他们又感觉到了太阳那微弱的光线。伴随着他们的脚步，这光线越来越强，但与此同时一股令人窒息的热浪向他们袭来。

当他们从地底最深处将要踏上地面时，眼前呈现的则是一个完全陌生的地方。玛伦诧异地环顾了一下四周，最后她说：“这太阳看起来不还是同一个太阳吗！”

“至少不会更冷。”安德雷斯心想着，一边便把玛伦拽上了地面。

他们站在宽阔的石堤上，从这里一条林荫道一直伸向远方，道旁是枯老的柳树。他们没有多想就沿着一排排树直接朝前走，似乎这条路是专门指定给他们的一样。他们四处观望，发现这里是一片荒芜的、看不见尽头的低地，坑坑洼洼，如同干涸的湖泊和河床，到处杂乱一片。令人窒息的雾霾，枯竭的芦苇，看来也证实了他俩的猜测。零零星星的树木间还残存着一丝余热，这对两个探险者来说好比看见了一小束白亮的火光拂过已满是尘埃的路。安德雷斯此时一定想到了火神胡子间的火星。有一次他甚至在刺眼的阳光里看见两个黑眼圈，然后他又觉得听见了火神那纺锤腿疯狂跳跃的声响，一会儿左，一会儿右。可他一转身就什么也看不见了，眼前只感觉到滚滚热浪那灼人的气息。“好啊，你让我们气愤，但今天你这样做没道理！”他想着就抓住了女孩的手，两人疲惫地前行。

他们不断地往前走着，彼此只能听见对方越发困难的呼吸声。单调的路途没有尽头，而他们身旁依旧是那些灰色的、叶子快掉光的柳树，低地蔓延的雾霾使人毛骨悚然。

突然，玛伦靠着一棵柳树干停下了脚步，闭着眼，“我不能再往前走了，”然后喃喃道，“这空气里全是火。”

此刻，安德雷斯想起了他们直到现在都从未碰过的那瓶蜂蜜酒。——他一拔开瓶塞，一阵香气便扩散开来。那香味让人觉得仿佛是有人用蜜蜂在几百年前百花盛开时采的蜜酿成了这瓶酒。女孩的嘴唇一接触到瓶口，就睁开了眼睛，“噢，”她喊道，“我们这是在哪块美丽的草坪上啊？”

“哪有什么草坪，玛伦，喝了它，它能让你神清气爽！”

她喝了酒便振作了起来，用明亮的双眼打量着四周。“你也喝口吧，安德雷斯，”她说，“我们女人真是可怜！”

“这么一滴就真管用！”安德雷斯喝过后大声说道，“天知道，前辈用什么酿的这酒！”

他们恢复了体力，然后有说有笑地继续前进。可过了一会儿，女孩又停住了。“你怎么了，玛伦？”安德雷斯问道。

“噢，没事，我只是在想……”

“想什么？玛伦”

“你知道吗，安德雷斯！我爸爸还有一半的干草在外面的草地上；而我现在离开家是想要天下雨！”

“你爸爸是村里的富人，玛伦。但我们其他人早就将干草存放在仓库里了，我们的粮食全都枯死了。”

“是的，是的，安德雷斯，你说得对，得为大家着想！”

她心里默默对自己说：玛伦，玛伦，不要再给自己找借口了，你做这一切是为了你亲爱的人。

于是，他们又继续往前走。过了一段时间，玛伦突然大叫：“这是什么？我们在哪儿？好大的花园！”

他们确实不知不觉地从那条单调的柳树大道走进了一个巨大的花园。宽阔草地上的草都晒干了，到处是拔地而起的高大粗壮的树木。虽然有的树叶掉了或是枯叶挂在枝头，但是轮廓分明的树干伸向了天空，壮实的根系紧抓着土地伸向远方。大地上铺满了花朵，这是两人之前没有见过的。不过，所有这些花都凋谢了，没有香味，仿佛是正当花朵盛开时遭受了火焰袭击。

“我想，我们来对地方了！”安德雷斯说

玛伦点了点头。“你现在得留在这儿，直到我回来。”

“那当然。”他回答道，说着就在一棵橡树的树荫下伸展着四肢。“剩下的都是你的事了！牢记口诀，到时候别说错了！”

于是，她独自一人走过这片宽阔的草地，穿过参天大树。不久，留在原地的安德雷斯就看不见她了。玛伦孤单地走着，不一会儿，树林消失了，地面下陷。她知道，她走进了一片干涸的河床，到处都是白色的河沙和鹅卵石，死鱼散布其间，银白色的鳞片在太阳照射下发着光。她看见一只不明种类的灰色的鸟站立在河床中心，这鸟看着像苍鹭，但是假如它把头伸直，那肯定得有一人多高。现在它已把那长长的脖颈收回在羽翼下，像是睡着了。玛伦有点害怕，这里除了这只一动不动的神秘鸟儿外就再没见别的活物，连只苍蝇发出的嗡嗡声都听不见。寂静就像恐惧一般笼罩着这里。有那么一刻她害怕得都想呼喊她的安德雷斯，但她又不敢，因为在这片荒地中只听见自己的声音比听见其他声音更让她瘆得慌。

她朝远处观望，似乎又看见了浓密的树林挺拔而起。于是，她径直朝前走，没有左顾右盼。她轻轻走过那只大鸟身边，它仍然一动不动，只有那么一小会儿它白色的眼皮下射出黑光，她深吸了一口气。又走了一大段路后，她看见河床变窄，成了一条水沟，在椴树林的遮掩下往前延伸。粗壮的树干上枝丫茂密，虽说叶子稀稀拉拉，仍然挡住了阳光。玛伦在水沟中继续走着，突然她感到四周一阵凉爽，树梢在她头上形成了一个高高的黑色圆拱，她感觉自己仿佛在穿过一座教堂。一道炫目的光线一下子使她睁不开眼睛，树林消失了，在她面前耸立着一块灰色的岩石，刺目的阳光正照耀其上。

玛伦自己站在一片空空的沙地里，这里以前有瀑布经岩石倾流而下，水流经沟渠流入如今已干涸的湖里。她用目光寻找岩石间向上的路，忽然她被吓了一跳，因为悬崖半壁高的地方不再是岩石，尽管那东西和在静止的空气中的这块岩石一样是灰色的、一动不动的，可她马上就看出，那是一件长袍——这件长袍满是皱褶，披在一个纹丝不动的人身上——，她屏住呼吸向上凑近了点，这下她看清楚了：这是一个女人，美丽而高大。她的头仰靠在岩石上，金黄色的头发一直垂到腰际，头发上满是灰尘和枯叶。玛伦仔细打量着她，心想她在脸颊变得干瘪和双眼如此凹陷之前，想必是很漂亮的。啊，她的嘴唇好苍白！她会不会就是那个雨神呢？——可她不是在睡觉，这是一个死人！噢，这里真是静得可怕！

不过，这个勇敢的女孩马上就镇定了。她靠得更近了，并且跪着以鞠躬的姿势把她鲜嫩的嘴唇凑近这个静止不动的人那大理石般苍白的耳朵。然后，她鼓足了所有的勇气，大声并清晰地说：

雾是波，尘是源！

森林寂静，火神在田间跳舞！

从那苍白的嘴里发出低沉哭诉的声音，然而女孩说得越发激烈、迫切：

在你醒来前，

要当心，

母亲深夜

领你回家！

接着树梢开始沙沙作响，远方传来了低声的雷鸣，仿佛雷雨即将来临。与此同时，从岩石的另一边，一阵刺耳的声音传来，如同一只怪兽的怒吼。当玛伦抬头向上看时，雨神已经高高站立在她面前。“你想要什么？”她问。

“啊，雨神，”女孩依然跪着回答道，“您何以忍心沉睡这么久，让所有的草木和生灵饱受煎熬！”

雨神睁大眼睛看着她，仿佛正在努力地从酣梦中醒来。

终于，她轻轻地问道：“源头不再涌水了吗？”

“对，雨神。”玛伦回答道。

“我的鸟不是盘旋在湖上吗？”

“它站在炙热的太阳光下睡着了。”

“唉！”雨神悲叹道，“是时候了，站起来跟着我，别忘了带上你脚边的那个水壶！”

玛伦照她说的做了。两人现在沿着岩石的一边往上爬。这里的地上曾经生长着更大的树群和更奇妙的花朵，然而现在这里万物凋谢，死气沉沉。她们沿小溪沟走着，小溪曾经从岩石的斜坡上流过。雨神迈着蹒跚的步子慢慢走在女孩前面，只是有时悲伤地打量着四周的一切。不过，玛伦却觉得雨神双足踏上的这片草地仍然留有一丝绿意。而当她灰色的长袍拂过干枯的小草时，小草发出了一种奇怪的沙沙声，这使得她总是去侧耳倾听。

“雨神，已经下雨了吗？”她问。

“哦，没有，孩子，你得先去打开一口井！”

“井在哪里呢？”

正在此时，她们走出了这片树林。“在那儿！”雨神说，于是玛伦便看到离她几千步的地方有一个巨大的建筑物赫然耸立，它看起来像是由那些尖角形的灰色岩石不规则地堆起来的。玛伦觉得，这东西应该是直冲云霄，因为它的顶部轮廓像是在水雾和阳光中模糊了，而在底部的那些巨大的凸出部位到处都是高大的尖顶门洞和窗口，甚至都看不见窗户和门扇本身。

她们朝着那建筑物走了过去。走了一会儿，被一条河的河岸陡坡挡住了去路，这条河看起来是围绕着那建筑物流淌的。可是河里的水也仅有一小股而已，它流向河中心，逐渐地被蒸发掉了，而在河床的干涸污泥上搁着一条散了架的小破船。

“走过去吧！”雨神说，“它不能把你怎么样。但别忘了，要取到水，一会儿会用到它！”

玛伦遵命从河岸往下走，却差点儿把脚又收回了，因为她隔着鞋子也能感觉到这地实在太烫了。哎，这鞋该不会燃起来吧！

她一边想着，一边挺起身板儿拎着水壶继续前进。忽然，她停下了脚步，眼睛里呈现出一种深深的惶恐：她身旁的污泥裂开了，一个褐红色的弯曲着手指的巨大拳头从污泥里冲了出来，抓向她。

“勇敢点！”她听见身后传来雨神来自河岸的声音。

于是她大叫了一声，这鬼影便消失了。

“闭上眼睛！”她再次听到雨神的喊声——就这样她紧闭着双眼继续前行。当感觉到脚下有水时，她便俯身下去把水壶装满。然后她轻快而安全地爬上了对岸。

不一会儿，她就抵达了城堡。当她走进了其中一个敞开着的大门洞时，她的心狂跳不已。

在入口处，她惊呆了：城堡的整个内部看上去是一个无穷大的空间，结实有力的石钟乳柱子共同支撑着高得几乎看不到头的奇异天顶。玛伦觉得，这无非就是一个灰色的巨型蜘蛛网，从柱顶间悬挂下来，其间到处是城堡内部突起的部位。玛伦仍然站在那儿，像是有些茫然，她一会儿朝前看，一会儿朝两面张望着，但是这些巨大的空间除了刚才玛伦进来的地方，似乎没有任何界限。柱子一根根地拔地而起，无论她是多么努力，都始终看不到尽头。此时她把目光停留在地上的一个凹陷处。终于她看见了！在那儿，离她不远处，有一口井，她还看见地板的陷落活门上有一把金色的钥匙。

她朝那儿走去，她发现这儿的地面不像她在村里教堂里看到的那样是用石板铺成的，而是到处被干芦苇和草地植物覆盖着。不过，现在这对于她来说已不足为奇。

此刻，她站在井边想取钥匙，却突然飞快地把手抽回。因为她清楚地看到，这把钥匙被从外面射进来的阳光照得闪闪发光，呈火红色，而不是金红色。她毫不犹豫地把水壶里的水浇在了这把钥匙上，水蒸气的嗞嗞声也在其他几个空间发出了回声。然后，她用钥匙迅速打开了这口井。她一打井陷落门，一阵清新香气从深处扑面而来，接着水雾很快就让一切都挂满了细小而湿润的雾珠，这些雾珠如柔软的云尘一样从柱子间升起。

玛伦若有所思地四处走动着，在清新的凉气中她深吸了一口气。正在此时，她的脚下发生了另一个奇迹：一片淡绿色如薄雾一般纷纷扬扬地散落于铺在地面的干枯的植物上，于是草秆直起了腰，不一会儿女孩就徜徉在了叶尖的新绿和花海之中。城堡圆柱底部四周开满了蓝色的勿忘我，中间盛开着黄色和褐紫色鸢尾，散发出沁人心脾的花香。蜻蜓在叶尖上飞动，它们梳理着翅膀，盘旋着，扑动着闪亮的翅翼在花丛中翩翩起舞。与此同时，清新的水雾不断地从井里飘出来，空气中的露珠越来越多，就像是在散落的阳光里跳舞的银色火星。

正当玛伦沉浸在无尽的惊喜之中时，身后传来一声悦耳的轻吟，像是一个女子甜美的声音。果真如此：当她将目光转向那口井时，看见在那片抽出新绿的青苔地边上有位无比美丽的青春焕发的女子。这女子将头枕在裸露的发光的手臂上，金黄色的头发像丝质的波浪一样飘落下来，而她的眼神则游离在天顶的柱子间。

玛伦也不由自主地朝顶上看去。她看见以前被她看作是蜘蛛网的天顶现在已经宛如一片由雨云织出的柔纱了，雨云里充满了从井里飘出来的露水，所以变得越来越重。雨云在天顶中央散开，轻柔地飘下，于是玛伦犹如隔着一层灰色的轻纱隐隐约约地看着井边这位漂亮女子的脸庞。女子拍了一下手，旁边窗户里的云朵也聚集了过来，然后又飞出窗口到外面去了。

“好了！”这个漂亮女子说，“这下怎么样？”说着她红唇微启展开了笑颜，露出了白亮的牙齿。

然后女子向玛伦招手，玛伦在她旁边的青苔地里坐了下来。当有一片云从顶上沉下来时，女子说：“现在拍一下手！”。玛伦听话地拍了一下手，这片云就和第一朵云一样飞到户外去了，女子大呼：“看啊，这多么简单！你比我还做得好！”

玛伦惊奇地打量着这位此时兴高采烈的美丽女子。“可是，”她问，“你到底是谁啊？”

“我是谁？哎，孩子，你真是太天真了！”

玛伦再一次仔细地看着这个女子，她仍然不能确定，最后她迟疑地问道：“你不会就是雨神吧？”

“那我还能是谁？”

“真是对不起！您现在太漂亮了，又如此地高兴，跟先前大不一样！”

突然，雨神默不作声了。“是的，”她说，“我得感谢你，要不是你叫醒我，火神就将主宰一切，而我也得回到地下我母亲那儿去。”说着她像是出于内心的恐惧一样抱紧了她雪白的臂膀，然后说：“现在这上面郁郁葱葱，清新怡人！”

接着，玛伦就给她讲述了她是如何来到这里的。雨神回到苔藓地，仔细地听着，时不时地采下一朵身边开着的鲜花，插在她自己或者是玛伦的头上。玛伦说到了他们在柳树大道的艰辛困苦时，雨神叹了口气说：“这条路本来是你们人修建的，那已经是很久很久以前的事了！你现在穿的衣服我在那时的女人身上从未见过。那时候他们常来找我，我给他们新的粮食种子和谷物，他们则送给我水果表示感谢。就像他们不会忘记我一样，我也始终惦记着他们，他们的田间从来都雨水充足。但这之后不久人们就渐渐和我疏远了，不再有人来看我。于是我因为太热、太无聊就睡着了，而狡猾的火神就快胜券在握了。”

玛伦听着也闭上眼睛躺在了青苔上，四周下着露水，她感觉自己沉浸在温柔之乡里，美丽雨神的声音听起来如此的甜美和悦耳。

“只是有一次，”雨神接着说，“但也是很久以前的事了，有个女孩来了。她长得和你很像，穿着和你一样的衣服，我送给她我的草场蜂蜜，这是人类从我手里得到的最后礼物。”

“看看，”玛伦说，“这就对了！那女孩就是我男友的祖先，我喝下的蜂蜜酒让我精力充沛，原来就是你的草场蜂蜜！”

雨神想了想当时她那位朋友的模样，然后问：“她是不是长着漂亮的棕色卷发？”

“你指谁啊？雨神？”

“那位你刚才提到的祖先！”

“噢，不，雨神，”玛伦回答说，此刻她觉得自己比她的朋友要聪明些，“这位祖先早就已经老态龙钟了！”

“老？”美丽的雨神问道，她不明白，因为她不知道什么是年岁。

玛伦费了很大的劲给她解释。“记住，”她说，“灰白的头发、眼睛发红、容颜丑陋，还愁眉苦脸的！雨神，我们称这样的状态为年老！”

“好，”她回答道，“我现在想起来了，那时的女人中也有老态龙钟的人。不过，那位前辈应该到我这里来，我可以让她重获美貌和快乐。”

玛伦摇着头说：“这不行，雨神，她早已在地下长眠了。”

雨神叹息道：“可怜的前辈。”

这之后两个人都沉默了，她们仍然舒服地躺在柔软的青苔地上保持着伸展的姿势。“噢，孩子！”雨神突然喊道，“我们只顾聊天，把降雨这事给忘了。快睁开眼睛！我们现在已经完全被云朵掩埋了，我一点儿都看不到你了！”

“啊呀，我们浑身湿得简直像落汤鸡！”玛伦睁开眼睛大声说道。

雨神笑道：“轻轻拍下手掌吧，但是要注意别把云朵戳破了！”

于是，两个人开始轻轻拍手。不一会儿，云潮涌动，一团团云雾争相向外面涌去。不久，玛伦又看见那口井，绿地上缀满黄色和褐紫色鸢尾花。窗户洞也清晰可见了。她们抬头望去，花园树林的上空已经布满了云朵。太阳渐渐消失了。又过了一会儿，她们听见外面雨拍打着树叶和灌木丛，渐渐地这雨声更低沉、更强劲且持续不断。

玛伦双手交叉地坐着。“雨神，下雨了。”她轻声说。

雨神轻轻点了点她那满是金发的头；她坐着，如同在梦中。

忽然，外面传来一阵巨大的轰鸣声和哀号声。玛伦惊恐地向外望去，她看见从她不久前跨过的那条围城河的河床里，巨大的蒸汽云正成片成片地往上升，与此同时她感觉到美丽的雨神用手臂抱住了她。雨神颤抖着紧贴在她身旁这个坐着没动的年轻人身上。“它们现在正在把火神浇出地面来，”她低声说，“屈服吧，他还在反抗！反抗也没用。”

她们这样抱着彼此。过了一会儿，外面安静下来，除了轻柔的雨声什么也听不到了。于是，她们起身，雨神将井的陷落门沉了下去，并锁上了它。

玛伦吻了吻雨神雪白的手，说道：“我要向您表示感谢，亲爱的雨神，感谢您为我和我们全村的人所做的一切！”她有些犹豫地说：“现在，我想回家了！”

“这就走了啊？”雨神问。

“您知道的，我的心上人在等着我，他可能都已经被淋湿透了。”

雨神举起手指，说：“你以后也不想让他等待吗？”

“当然不，雨神！”

“那么走吧，孩子。到家了，就给其他人讲讲我的故事，让他们别忘记我。现在跟我来吧，我送你回去。”

外面，清澈的天空下已是绿地遍野，乔木和灌木枝头吐出了新绿。她们来到那条河边，只见满满的河水流淌着。那条小船仿佛被一只无形的手修复一新，在长满茂盛绿草的河岸边轻轻摇摆，似乎是在等待她们。她们上了船。小船在河面上轻盈地飘荡，雨滴嬉戏似地带着丁零零的声响落进河水里。当她们踏上对岸时，夜莺从旁边草丛深处发出了响亮的叫声。“噢，”雨神说着发自内心地深吸了一口气，“这仍然是夜莺的时代，这还不算太晚！”

于是，他们就沿着小溪走，这条小溪一直通向了瀑布。瀑布已经和往日一样从山崖上冲过岩石奔腾而下，然后涌入黑魆魆的椴树下宽大的水沟里继续向前流淌。往下的时候，她们必须靠着这些树的一侧走。当她们再次抵达平地的时候，玛伦看见那只叫不上名字的鸟划着大圈盘旋在一潭湖水上方，湖面一直延伸到她们脚下。接着，她们顺着湖岸向下走去。途中，她们不停地呼吸着芬芳的空气，听着浪花叮咚的声音，浪花拍击着岸边闪亮的小石子。四周，鲜花盛开。玛伦注意到有紫罗兰和牵牛花，此外有些花是之前因为炙热而不能按时生长，现在也绽放了。“它们也不愿退让，”雨神说，“百花在竞相开放。”

她说着甩了甩她的金发，金发上的雨珠像小火光一样飞溅开来。时而她又交叉着双手，雨水便像珍珠一样从她丰满而洁白的手臂滑落，然后她又分开双手，当雨滴接触到地面时，新的水雾又缓缓上升。各色珍稀的鲜花争奇斗艳，成为草地上一道亮丽的风景。

她们绕湖而行，玛伦再次回头看了看无垠的湖面，它正捕捉着每一滴从天而降的雨水。她回想起自己早晨如何走过这干涸湖底，就禁不住地不寒而栗。一会儿就应该快到她告别安德雷斯的地方了。是的！那边，在高高的树下，他枕着手臂躺着，似乎睡着了。美丽的雨神红唇微启，她微笑着，心满意足地从玛伦身旁跨过草地。见此情景，玛伦忽然觉得自己穿着乡下人的衣服是如此笨拙和丑陋。于是她想：哎，这可不好，没必要让安德雷斯见到雨神！ 不过，她只是大声说道：“感谢您的陪伴，雨神，我可以自己走了！”

“可是，我还得见见你的心上人！”

“不用麻烦了，雨神，”玛伦回答道，“他和其他年轻小伙子一样，正好配得上一个乡下姑娘。”

雨神看着她，目光炯炯有神：“你很漂亮，小傻瓜！”雨神抬起手指说道：“你也是你们村里最漂亮的吧？”

这个漂亮女孩的脸一下子红了，雨神又笑了。“仔细听好，”她说，“因为现在所有水源都有水了，所以你们可以走一条近路回家。就在柳树干的左下方有一条船，你们放心坐上去，它会把你们又快又安全地送回家！——再见，请多保重！”说着她拥抱女孩并吻了她一下。“噢，她的吻是如此的甜美！”玛伦心想。

然后，雨神转过身在淅淅沥沥的雨水中穿过草地。她边走边唱歌，那歌声就一个调，但悦耳动听。当这个美丽的女子在树林中消失时，玛伦已经搞不清楚她听到的是远方的歌声，还是雨滴落的声音。

女孩在原地站了许久。然后，她伸出了双臂，仿佛一下子对雨神产生了眷念之情。“保重，美丽的雨神！亲爱的雨神！再见！”她呼喊道——但没有回应。于是，她明白了，她听见的只是嘀嗒的雨声。

《雨神》——一个夏天的童话

丰卫平

特奥多尔·施托姆（1817—1888），德国小说家和诗人。施托姆中学毕业后在基尔和柏林的大学学习法律，1843 年回故乡当律师。可是他从中学时就开始阅读文学作品，随后开始进行文学创作，从文学中获得心灵的慰藉。施托姆的主要成就是小说，其中篇小说影响广泛，他一共创作了 58 个中短篇小说，其中也有很多作品译成中文，深受中文读者喜爱，如《茵梦湖》（Immensee）、《白马骑士》（Der Schimmelreiter）等。此外，施托姆致力于收集民歌、童话和传说，他自己也创作童话。《雨神》（Die Regentrude）是其 1852 年发表的童话故事，故事讲述了北德的一个小村庄因连日干旱，农产品歉收，村民们深受煎熬。童话的主人翁玛伦（Maren）和安德雷斯（Andrees）分别遇上了神话人物雨神和火神，从而成功唤醒雨神，打败火神，让甘雨普降大地，最后他俩也终成眷属。

1815 年以后，欧洲和德国本土社会、政治、经济领域发生的重大变化导致了精神领域的巨变，对德语文学也产生了强烈的影响。此时的德语文学从古典文学和浪漫文学对抽象的精神和灵魂以及普遍人性的关注，转向关心现实生活中看得见、摸得着的具体社会现象、日常现实生活中人的生存和心理状态。文学的发展趋势是现实化和世俗化，文学贴近现实，这即德语文学史上的现实主义时期。这一时期，德语文学最主要的成就体现在长篇小说和中篇小说的创作上，其中的代表人物有冯塔纳、凯勒和施托姆等。艺术童话在经历了浪漫主义时期的鼎盛发展后，在以艺术地再现现实为主旨的德语文学现实主义时期理所当然的处于边缘地位。正如施托姆所言："市民忙于生意，童话丧失信誉。"（Mayer，Tismar 2003，119）不过，在 19 世纪欧洲现实主义文学开始勃兴的时代，童话开始拓展新的表现空间：那就是在吸取民间童话营养的基础上，延续浪漫主义艺术童话的表现手法，融入了 19 世纪的时代气息。这一时期童话文学的标志是享有世界声誉的丹麦著名童话作家安徒生（Hans Christian Andersen，1805—1875）。安徒生童话直接关注现实人生，他借用民间童话的主题和表现手法，巧妙地将童话与社会生活联系起来，在童话的幻想中反映人间现实。另如，19 世纪后期爱尔兰的童话作家王尔德（Oscar Wilde，1854—1900）成功地运用了童话写作艺术的特点——对比和互衬，加之他自己的唯美主义思想，使王尔德童话成为精妙绝伦的童话作品。当然，同一时期的德语文学中没有产生有世界影响的童话作品引起大家的关注。不过，现实主义文学的代表人物凯勒和施托姆仍然将童话的艺术旨趣和现实主义的原则完美地融合在一起，创作了为数不多的艺术童话。施托姆的童话故事《雨神》就是例证之一。

一

在所有的现实主义作家中，施托姆和他的童话创作被认为是最具有浪漫主义色彩的，也就是他和他的童话延续了浪漫主义艺术童话传统。施托姆在1863年年底给他父母的信中说，他是为了远离无情的现实——第二次德国和丹麦之间争夺石勒苏益格-荷尔斯泰因（Schleswig-Holstein）的战争——试图逃向幻想王国，从而产生了创作童话的愿望。（参见 Wührl 2003，226）他本人认为，《雨神》——或一则盛夏的童话——是他精心创作的作品，也被评论界认为是施托姆最有名的一篇童话。（参见 Mayer，Tismar 2003，119）

故事发生在北德的一个小村庄。盛夏酷热难耐的天气让田里的庄稼、旷野的植物都枯萎了，农庄的牲畜也渴死了不少。炎热的天气当然也使农产品歉收，导致农产品价格上涨。而村里唯一从如此暴热的天气获利的是精明的维森鲍尔（Wiesenbauer），他精打细算，早在多年前就低价买进一块湿润的低地草场，连日的干旱没有影响他草料的收获。他成了村里的有钱人，邻居施蒂娜太太（Stine）问他借五十塔勒，他要求施蒂娜太太将她剩下的土地作为抵押才肯借钱。施蒂娜太太的儿子安德雷斯（Andrees）和维森鲍尔的女儿玛伦（Maren）是一对恋人。尽管安德雷斯是一个能干的小伙子，可是维森鲍尔不愿意自己的女儿嫁给一个穷小伙，他一直在阻挠这桩婚事。烈日炎炎，施蒂娜太太埋怨道："这是因为掌管下雨的女神睡着了，需要找一个女孩子去找到她、唤醒她。多年前的一个酷暑，女神曾经被她奶奶的奶奶的奶奶……，总之是被一位祖先唤醒过，然后天降大雨，滋润大地。"维森鲍尔认为施蒂娜太太关于雨神的故事是无稽之谈，并和她打赌说，假如施蒂娜太太能在24小时之内找到雨神让天下雨，他就把他的宝贝女儿嫁给她儿子。这话正好被玛伦听见了。可是，施蒂娜太太忘记了唤醒雨神的咒语。于是，安德雷斯使用巧妙的计策使这则童话中的另一个神话角色火神泄露了咒语和寻找沉睡中的雨神的路径。在安德雷斯的陪伴下，玛伦找到了雨神，并用咒语唤醒了她。雨神向玛伦讲述了她陷入沉睡的原因。很久以前，人类仍敬奉她时，她总是光顾大地，用雨水滋润人间。可是后来人们渐渐忘记了她，她无聊至极，所以就睡着了。玛伦唤醒了她，她对此感到很高兴。于是，在雨神的帮助下，甘露遍洒久旱的大地。当玛伦和安德雷斯返回村庄时，田野、草地已在雨水的润泽中恢复了生机。维森鲍尔只得遵守自己的承诺，同意了玛伦和安德雷斯的婚事。童话就此结束了。

众所周知，评论界历来都关注施托姆的中篇小说，因为他的作品是德语文学现实主义时期的代表作。所以，迄今为止，施托姆为数不多的童话并没有引起研究的兴趣。塔克斯（Petrus W. Tax）在其论文《〈雨神〉——一则引人深思的故事》中分析了童话中的性别关系。他认为，童话分为现实和非现实两个层面，每一个层面的男性和女性角色都是相对立的，男性和女性分别都处于孤立中，而童话的结局是消除了这种男女之间的对立。他把神话人物雨神看作是“适度的、和谐的形象”，是女性的象征。唤醒沉睡的女神，就意味着让在现代社会中“已经失效的女性的自然力”重新发挥作用。所以在他看来，施托姆用这则童话勾画了“男女和谐相处”的理想画面，这是以重新发挥女性的自然力和消除男性疯狂的占有欲和毁灭性为基础的。（参见 Tax 1982，615–635）

也有论者将童话故事中女性特质定位为奇妙，男性则讲究实际，惟利是图。所以，男性和女性的对立就是现实与幻想的对立。童话中，男性角色维森鲍尔是资本主义发展时期的典型代表，而雨神具有原始母系社会的丰收女神原型特征。分析家认为，玛伦和安德雷斯最后成功地将“女性和非理性”融入现实世界，使现实世界达到理性与非理性的和谐。（参见 Scherer 1993，217–229）

玛伦找寻雨神之路也被解释为女性自我回归之路，玛伦与雨神的关系是确定身份的母女关系，母爱对人的自我身份的构成具有中心意义。因此，施托姆童话的主题是“消除个体自我异化”和现实社会对人的异化。（参见 Roebling 1985，55–66）

《雨神》中的神话因素同样成为评论者关注的焦点。雨神被看作是“侍奉大地之母的女神”，是万物生长之神。相反，童话中的男性角色要么象征死亡和毁灭——比如火神是儿童死亡之神，要么如维森鲍尔那样远离自然，因为他完全不相信人之生存的最原初的根源。所以，施托姆的童话是呼吁人“回归神话”，警示人们不要远离自然，一味信奉追求利益的经济原则。（参见 Freund 1986，38–47）

二

虽然，施托姆在故事的开始“几百年之前一个酷热的夏天”让人自然而然地想到了童话故事的“从前……”。但是，故事很快转入了现实层面：一个小村庄因天气原因带来的经济问题成为叙述的中心。由此，故事展现的俨然是一幅现实主义的画面，完全脱离了非现实的童话层面。连日的干旱导致收成不好，唯一从中获利的维森鲍尔成了富人，他神气活现地抽着烟斗，看着自己的粮食满仓，而村里其他的村民却因为歉收艰难度日。维森鲍尔幸灾乐祸，村民们都来找他借钱，借粮食，大家都在经济上依赖他，他成了小村庄里因为有钱的有权人。女邻居问他借钱，他根本不考虑邻居的情分，也丝毫没有同情心，竟然要求邻居将土地作为抵押才肯借钱。在他貌似慷慨的态度背后实际上隐藏着他唯利是图的贪欲。经济上的优势当然也使他的社会地位上升，他看不起安德雷斯，劝告他离自己的女儿远些，因为他早就盘算着将女儿嫁给一个有钱人，能让自己的财富锦上添花，能使自己的社会地位得以提高。维森鲍尔和施蒂娜太太不仅是当时社会有钱人和穷人的代表，同时他们的世界观也是相互对立的。维森鲍尔用晴雨表看天气，并断定干旱的天气仍将持续下去；施蒂娜太太希望天气变化，认为天干不下雨是因为雨神睡着了。维森鲍尔使用代表现代科技发展水平的仪器来预测天气，而施蒂娜太太相信神话人物的出现能影响天气。维森鲍尔代表了资本主义发展时期的理性的世界观，拒绝一切非理性的东西，施蒂娜太太却是传统的观念，认为唤醒雨神天气就能转好。有意思的是，维森鲍尔依赖现代技术来预测天气，在人与气候的关系中，人处于一种完全被动的地位，而施蒂娜太太看似迷信的说法——要一位少女唤醒雨神——却表明，在人与自然的关系中，人可以积极地对环境产生影响。

施托姆的童话故事虽然发生在一个小村庄，却反映了19世纪普鲁士资本主义社会的现实。经济、科技和文化飞跃发展，发源于英国的工业革命也波及德国，工业飞速发展，工业革命与科学技术的发明和应用更是相互促进。社会发生了巨大变革，造成了社会阶层的分化，如维森鲍尔这样的有产者或通过一切手段积聚财富的人，以及无产者和农村丧失土地的农民这样的贫困阶层。在思想层面，精神信仰已然崩溃，这是一个技术发明和物质活跃的时代，不同于古典和浪漫派时期，人们追求精神和思想至上，同时也相信思想和理念具有改变世界的力量。这一时期，在费尔巴哈（Ludwig Andreas Feuerbach，1804—1872）、叔本华（Arthur Schopenhauer，1788—1860）哲学和实证主义的影响下，德国的资产阶级没有狂热激进的要求社会变革的欲望，也没有浪漫派那种退回到精神世界的渴求。在经济和科学技术的飞跃发展中，他们更多关注自己财富的增长和经济力量及已有社会地位的巩固。其中，费尔巴哈提出，人应当取代神成为自己的上帝，人不应当崇拜上帝，而是应当相信自己。这些思想当然波及社会现实中的每一个人。如施托姆故事中的维森鲍尔，他不信神和神话，他肯定施蒂娜太太说的雨神是无稽之谈，认为雨神只出现在神话和传说里。在日常生活中，他相信人类自己发明的技术仪器，比如他使用晴雨表了解天气。总之，维森鲍尔是19世纪德国社会典型的市民代表。现实层面的另一个人物是施蒂娜太太，她没有维森鲍尔那么开明和精于算计，在经济技术飞速发展的时期仍然相信古老的传说和雨神。

故事中的现实层面和非现实层面自然地融为一体，来自远古的神话王国的雨神和火神用他们在传说中特定的功能对现实产生影响。游走在现实和非现实之间的是故事末终成眷属的玛伦和安德雷斯。在童话中，安德雷斯是唯一一个与导致天气干旱无雨的火神相遇的现实层面的人。他发现有人把给羊盛水的桶撞翻了，所以他的羊渴死在草地上，就在同一刻他进入了火神的世界，看到了这个撞翻水桶的罪魁祸首。这里，施托姆在安排人与神的相遇场面时，没有让安德雷斯使用魔法或者让神仙相助，安德雷斯亲眼看到火神是如此的自然，他还见证了火神如何操控天气，让大地灼热、干旱。可是机灵的安德雷斯仍然使这个威力无比的恶魔愚蠢地泄露了找到雨神的秘密。同样，玛伦是童话中唯一一个可以找到雨神的现实层面的人，她符合传说中唤醒雨神的条件。在安德雷斯从火神那儿获得了唤醒雨神的咒语和找寻雨神的路径后，两个年轻人上路了。在漫长的旅途后，玛伦筋疲力尽，她喝了蜂蜜酒——这是装在祖先留下的瓶子里的魔汤，恢复了元气。在到达雨神沉睡的花园时，按照祖先的遗言，只能由她一人去见雨神，安德雷斯止步了。玛伦发现了奄奄一息的雨神，用咒语唤醒了她，雨神帮助玛伦战胜了凶猛的火神。玛伦最终找到水之源，她打开了水源，使雨神的花园恢复了生机，几近荒芜的园地突然百花齐放，百鸟起鸣。此时，骄阳似火的天空云彩朵朵。然后，玛伦双手击掌，雨水普降大地。童话色彩在此体现得最为明显。雨神给两个年轻人指明了返乡之路。在恢复了生机的村子里，两个年轻人受到了村民们友好的接待，维森鲍尔也不敢食言，因为他买的低地在雨水中被淹了，他失去了财富上的优势，也失去了高高在上的理由。故事末，不仅玛伦和安德雷斯结为百年之好，维森鲍尔和施蒂娜太太也连理花开。婚礼上，雨神在新娘的花环上洒下祝福的雨滴。村里，人们喜气洋洋，孩子们在欢快地游戏，一派祥和的景象。施托姆借此寄托了自己对未来的希望。

不过，施托姆绝不仅仅是借童话构筑理想的社会模式。他创作这一童话故事，也不仅仅是打算从丹麦和德国为争夺石勒苏益格-荷尔斯泰因的战争中逃离而遁入幻想的世界。事实上，施托姆是借助童话在战乱纷争的年代寻找一片宁静，与现实保持距离，远观现实，从而反思现实问题。由此，施托姆童话的时代批判意义彰显。故事开端，小村庄持续的干旱实际上映射了 19 世纪普鲁士社会发展的弊端。借维森鲍尔这一形象，施托姆批判了当时追求利益至上的资本主义制度。同时，维森鲍尔所表现出的不信神、不敬神，盲目相信科学技术，在大自然面前没有敬畏之心，也表明 19 世纪随着科学技术的进步和经济的发展，人们的生活越来越远离自然，人的欲望越来越膨胀。可是，人类的物质文明发展仍然没能使人摆脱战争和人与人之间为利益的钩心斗角。人类似乎成为自然的主宰。可是，童话故事中的小村庄在干旱的天气面前束手无策，人们仍然要依赖自然之神来获取生存的能力。施托姆的童话似乎又在警示，科技、财富和物质积累并非人类生存的全部依据，他试图以这则童话让追求经济发展和科技进步的人们要有足够的心理准备和文化准备。找寻、唤醒远古的神话人物，或许意在让人类放慢脚步回望从前、回望心灵，从而找寻人类生存的精神力量。与自然和谐相处、人与人和谐相处，这才是人类理想的生存状态。在当今这个喧嚣的物欲时代，施托姆的童话或许也具有一定的现实意义。

此外，施托姆采用童话这种形式进行文学创作，是因为童话这一体裁本身的叙述特征和艺术手法。正如麦克斯·吕蒂（Max Lüthi，1909—1991）对民间童话的分析所断言“假如童话不描绘现实，那么它们就叙述真理”（吕蒂 1995，103）。童话故事始终围绕着人类“威胁与拯救、萧条与繁荣、死亡与复活这样一种意味深长并且周而复始的事情”（吕蒂 1995，12），这是文学创作永恒的题材。无论是民间童话还是艺术童话都既具有现实性，又充满幻想。只不过，童话中幻想与现实的关系在每个历史时期都不一样，一再地更新、一再地被作者用来重新诠释社会、现实和历史，总是有作家一再地利用童话这种形式来表现自己对生活的观察、体验和反思。

思考题

1. 怎样解读《雨神》中的人物维森鲍尔？
2. 请解读童话《雨神》在 19 世纪的德国具有的现实意义。

参考文献

[1] Winfried Freund. Rückkehr zum Mythos. Mythisches und symbolisches Erzählen in Theodor Storms Märchen *Die Regentrude*. In: Schriften der Theodor Storm Gesellschaft 35 (1986).

[2] Mathias Mayer, Jens Tismar. Kunstmärchen. Stuttgart: Metzler, 2003.

[3] Irmgard Roebling. Prinzip Heimat eine regressive Utopie? Zur Interpretation von Theodor Storms *Regentrude*. In: Schriften der Theodor Storm Gesellschaft 34 (1985).

[4] Gabriela Scherer. Die Regentrude, in: Kunstmärchen. Erzählmöglichkeiten von Wieland bis Döblin, hg. v. Rolf Tarot. Bern u. a.: Lang, 1993.

[5] Petrus W. Tax. Storms *Die Regentrude* – auch eine nachdenkliche Geschichte. In: Modern Language Notes 97 (1982).

[6] Paul-Wolfgang Wührl. Das deutsche Kunstmärchen.Baltmannsweiler: Schneider Verlag Hohengehren, 2003.

[7] 麦克斯·吕蒂．童话的魅力．张田英，译．北京：社会科学文献出版社，1995.

第十章　特奥多尔·冯塔纳
（Theodor Fontane）

迷惘与混乱（节选）

赵蕾莲　译

第三章

蕾娜与房东狄尔太太聊天，谈起她与博托的恋爱：

……

“关键是要真诚、正派并且守信用。当然，最终是怎样一个结局，也就只能受着了，并且不要大惊小怪。明白这一切之后还总是保持好性子，那情况就不会糟糕的。糟糕的其实是不切实际的想象。”

蕾娜大笑：“瞧您说的。不切实际的想象！我一点儿都没有想入非非。当我爱一个男人的时候，就是爱他。这对我来说就已经够了。我根本不指望再从他那里得到任何东西，什么也不指望，不指望任何东西。每次等他来的时候，我的心都怦怦跳，掰着指头算时间，直到他来；我会迫不及待地等着他再来，这让我感到幸福。这对我来说就足够了。”

第四章

博托身为贵族，但很尊重蕾娜的养母这位洗衣妇：

他把蕾娜一直拿在手里的木椅子推到老人边上，一边坐下一边说：“坐在尼姆普迟太太边上；这是最好的位置。还从来都没有过让我这样喜欢的炉灶；总是生着火，总是暖暖的。是的，好妈妈，就是这样。这里最好。”

“哎，我的上帝，”老人说，“这里最好！在一个洗衣、熨衣的老妇人这儿最好。”

“当然啰。为什么不呢？每个社会阶层的人都有自己的荣誉。洗衣妇同样如此。

柏林有过一位著名诗人[①]，他写了一首赞美洗衣妇的诗。您知道吗，好妈妈？”

“有这种事？”

“当然有。甚至是确定无疑。您知道他最后说什么吗？他说，他想象一个洗衣妇那样生活与死去。对，他就是这么说的。”

“有这种事？”老妇人又喃喃自语地说了一遍。

“知道吗，好妈妈？别忘了，他说得完全正确，并且我也会这样说。[……]”

……

第五章

蕾娜深知，什么因素会导致她与博托的爱情不会长久：

……

“你对我太不了解了。请相信我，我拥有你，拥有这一刻，这就是我的幸福。至于结局如何，我不在乎。总有一天，你会飞走的……”

他摇了摇头。

“你别摇头，事实就是这样，就像我说的这样。你爱我，而且对我忠诚，至少我在我的爱情上幼稚又虚荣，以至于会这样认为。但你会飞走的，这一点我看得一清二楚，而且很确定。将来你不得不这样。俗话总是说，爱情使人盲目，但它也使人心明眼亮，并且遥知未来。”

“哎，蕾娜，你根本就不知道，我有多么爱你。”

“不，我知道。我还知道，你认为你的蕾娜有点儿特别，而且，你每天都在想‘她如果是个女伯爵该多好。’但是，太晚了，这一点我无法实现了。你爱我，但你软弱。这是无法改变的。所有英俊的男人都软弱，而更强大的人掌控他们……更强大的人……是的，谁是更强大的人呢？现在看来，是你妈或者是人们的品头论足，

---

① 阿达尔贝尔特·冯·沙米索（Adalbert von Chamisso 1781—1838 年）写了一首诗《老洗衣妇》（1833 年），这首诗的结尾部分如下：

但愿在我的晚年，
我会像这个老洗衣妇那般，
把我该完成的事做完，
在我的领域里，尽管我有种种局限；
我但愿我会
饮尽人生百味使自己振奋向上，
或许在人生的尽头同样喜欢
我的死亡衬衫。

冯塔纳的小说也表现了沙米索在诗歌中表达的对同类人的情感。

或者各种社会关系。或许三个都……你就等着瞧吧。”

第十一章

博托和蕾娜到柏林东南部的“汉克尔斯货站”郊游：

“让我们来这里的念头太棒了。快看啊，那些人在拖船上面跑来跑去，奋力摇橹。而周围是那么安静。噢，我唯一的博托，这儿多美啊，我好感激你啊！”

看到蕾娜如此幸福，博托很高兴。平时她性格中的某些果断甚至生硬的东西，好像消失了，平素她不常显露的温柔取而代之，而这种交替似乎也让她自己感到很舒服。

……

博托和蕾娜不仅又单独在一起，而且充分享受这独处的幸福。在附近一堆低矮的灌木丛中做巢的一只燕雀在一根下垂的榆树枝上摇晃，成群的燕子飞来飞去。最后来了一只黑母鸭，带着长长的一队小鸭子从阳台旁边走过。它昂首阔步，架子十足而自豪地奔向延伸到河里的长长水上栈道。可是，这只鸭子在栈道上停了下来；而小鸭子们则纷纷跳进水里，游走了。

蕾娜全神贯注地看着这一切。她直截了当地说，她想划船。

“女人真是无可救药。轻率得无可救药。想想复活节第二天。差点儿……”

“……我差点儿淹死。没错。但这只是其一。我还顺便结识了一位魁梧的先生，你或许还能想起他吧。他叫博托……我想，你总不会把复活节第二天看成一个不幸的日子吧？现在我更乖、更懂礼了。”

“那么，那么……那你真的会划船吗，蕾娜？”

“我当然会。我甚至还会掌舵，扬帆呢。因为我差点儿被淹死，你就小瞧我，小瞧我的技术。责任全在那愣小子身上，说到底，每个人都可能溺死。”

她边说边离开阳台，沿着栈道朝两只小船走去。小船的帆被收了起来，而绣着名字的三角旗在桅杆上呼呼地响。

“我们划哪一只船呢？”博托问，“‘鳟鱼号’还是‘希望号’？”

“当然是‘鳟鱼号’。我们为什么要‘希望号’？”

博托很清楚，蕾娜是为了挖苦他才有意这么说的，她从来都不否认自己是个喜欢小小地冷嘲热讽一番的柏林人。他原谅了她这句刻薄的话，一言不发地扶着她上船，随后纵身跳上去。正当他要把小船划开时，店主过来了。他拿来夹克衫和大衣，因为太阳落山后会冷。他们俩表示感谢，转眼他们就到了河中间。这一段河面因有岛屿和岬角而狭窄，大概还不到三百步宽。蕾娜只是偶尔划一下桨。可就这儿下已经足以使他们一会儿就划到了水草茂盛、立即就可以当船坞用的草坪旁。草坪上，在离他们不远的地方，人们在造一艘可以在施普雷河上行驶的拖船；他们用蘸了柏油的麻绳给漏水的旧拖船堵缝，再往缝隙上涂焦油。

“我们得去那儿，”蕾娜一边欢呼雀跃地说，一边拖着博托就走。可是，还没等他们靠近造船的工地，工匠们用斧头砍伐的声音就停止了，钟声开始响起，宣布下班了。这样一来，他们就在离船坞一百步远的地方拐进一条小路。这条小路斜插过草坪，延伸到一片松树林里。林中红红的树干在落日余晖的映衬下显得格外富丽堂皇，树梢上漂浮着一片淡蓝色的雾霭。

“我想给你采一束美丽的花儿。”博托说，一边拉着蕾娜的手。“你快看啊，看那片纯净的草坪，一望无际，全是草，没有花儿，一朵都没有。”

“有的。很多很多。只是你看不到，因为你要求太高了。”

“……蕾娜，你有一头长长的秀发。拔一根出来，用它来捆花吧！”

“不行，”她果断地回答。

“不行？为什么不行？为什么不？”

“因为谚语里说：‘头发是束缚。’如果我用它来捆花束，那你就一起被捆住了。”

“说什么呢，这是迷信。狄尔太太会这么说。”

“不，是老太太说的。从小开始她就对我说的那些，即使像是迷信，也总是对的。”

“那好吧。我不想跟你争。但我就只要你的头发来扎花束，别的什么都不要。你不会那么固执地拒绝我吧。”

她凝视着他，从头上拔下一根，并用它来捆花。然后她说：“是你要这样的。给你，拿去吧。现在你被束缚了。”

他试图大笑，但刚才她谈话的时候，特别是说最后这句话时的严肃，还是给他留下极深的印象。

谁都不说一句话。但每个人都沉浸在他的幸福之中，并且在考虑，这幸福还将持续多久。

第十四章

博托收到母亲的信，催他娶表妹，以拯救其没落的家族。博托陷入痛苦的挣扎，最后决定恪守社会秩序，与蕾娜分手：

“而在我看来，最美好的就是质朴、真实、自然。这些蕾娜都具备，这就是她令我倾心之所在，现在，令我难下决心摆脱的那个魔力就在于此。”

“难道我想要的，”他继续说，“是那样愚蠢且不可能吗？不。我并不想挑战世俗世界，向它的偏见公开宣战；我完全反对这种堂·吉诃德式的行为。我想要的一切，是一种宁静的幸福；为了避免冒犯社会，我期待着这种幸福迟早会得到社会的默许。这就是我过去做的梦，以前，我是这样希望和考虑的。现在，我要走出这样的幸福，去换另一种对我而言不是幸福的幸福。沙龙对我来说是可有可无的，而且，我反感一切不真实、矫揉造作和粉饰。”

一个小时后，这位上司死了。为什么？就为了一种贵族观念，一种等级奇想。这种等级观念比所有的理性都更强大，也比法律更强大，而他其实真有义务成为法律的守卫者和保护者。“很有教益。”我尤其该从中学到什么呢？这座纪念碑给了我怎样的教诲？无论如何，有一点是明确的，出身决定着我们的行为。顺从这一点的人可能也会灭亡，但比违背它的人的下场要好些。

“劳动，每天的面包和秩序。我们边区的人结婚的时候，谈的不是激情和爱情，他们只说：‘我还得有我的秩序。’这是我们民族生命中的一个美好品质，甚至平淡没有诗意。因为秩序意味着很多，甚至是一切。现在我得扪心自问，我此前的生活‘有秩序吗？’不。秩序就是婚姻。”他就这样自言自语地又说了一会儿。然后眼前又浮现出蕾娜的身影，但她的眼神里毫无责备和抱怨，恰恰相反，好像在友好地表示赞同似的。

“是的，我亲爱的蕾娜，你也赞同劳动和秩序，而且也能理解这一点，并且不为难我……但这样做还是很难……对你、我都是。”

第十五章

博托向蕾娜提出分手.

……

周围一片静谧，只能听到田野那边传来的蟋蟀声。皓月当空。

她依偎在他身边，平静而发自肺腑地问：“这是我最后一次握你的手吗？”

“是的，蕾娜，你能原谅我吗？”

“你干吗总这样问。我该原谅你什么？”

“我伤了你的心。”

“是的，是很伤心。这是真的。”

这时她又不说话了，抬头去看夜空中惨淡闪烁的星星。

“想什么呢？蕾娜。”

“在那上头该多美啊。”

“别这么说。你不许有轻生的念头；距离这样的愿望可只有一步之遥……”

“回忆很重要，就是一切。我现在有了回忆，它一直陪伴我，没有人能把它从我手中夺走。我真切地感到，我的心情舒畅了不少。”

他拥抱她：“你真好。”

可是，蕾娜仍然语气平静地说：“我不想放过我的好心情；我要把一切都告诉你。其实都是我反复跟你说过的那些话，就在前天，在我们还在那次失败了一半的郊游途中时，还有就是在后来我们分别时。我从一开始就看到了事情发展的走向。现在看来，只是发生了必须发生的事情。如果说我们曾经做过美梦，那我们就应该感激上帝，而不应该抱怨梦停止了，现实又重新开始了。现在我们是很难过，不过一切都会被忘记的，或者一切又会重新赢得一张友好的面孔。将来有一天，你又会幸福的，或许我也是。”

“你相信这一点吗？如果不是这样的话，那会怎样呢？”

“那就没有幸福的生活。”

“哎，蕾娜，瞧你说的，好像幸福什么都不是似的。可幸福是个东西，恰恰是这一点折磨我，让我觉得我对你做了不公的事。”

“我宣布你无罪。你没有做什么对不起我的事情，你也没有把我引入歧途，你也未曾承诺过我什么。一切都是我的自由决定。我打心眼里爱着你，这是我的命运。如果说过错，那也是我的错。我得反复对你说，我全身心地为这个过错而感到高兴，因为那过错曾经是我的幸福。假如我必须为此付出代价，那我也很乐意。你没有委屈过，没有伤害过，没有侮辱过，至多也就是顾忌了这一点：人们称之为体面和好的礼节习俗。我难道要因此生气吗？不。一切都会重新恢复正常，感情也是……”

第十七章

蕾娜在街上偶遇新婚宴尔的博托和凯特，他们亲昵说笑着从她身旁走过。她受到打击，昏厥过去。她苏醒后决定搬家：

……

蕾娜说：“……我们必须离开这里。我每天都得经过那儿，我受不了这个，妈妈。我祝他幸福，而且，更有甚者，我也为他拥有幸福而感到高兴。上帝为我作证，因为他曾经是个好心的、可爱的人，而且，他爱过我，他并不趾高气扬，也不刚愎自用。我可以直言不讳地说，尽管我无法容忍贵族社会的先生们，可是，博托是真正高贵的人，的确是个持正确态度的人。是的，我亲爱的博托，你应该幸福，正如你应该得到的那样幸福。可是，妈，我看不得他幸福的情景。妈，我必须离开这里，因为，每当我走十步路时，我就会想，他会站在我面前。那样我就会永远担心害怕。不，不，这样可不行。可是，你会有你的火炉的。这一点我可以向你保证，我，你的蕾娜。”

第二十章

蕾娜嫁给了本阶层的工长弗朗克。弗兰克婚前拜访博托，了解蕾娜的为人：

……

“也不会有别的说法，弗朗克先生。因为，蕾娜不撒谎，她宁可咬断自己的舌头也不会骗人，我还能说这一点，为此我打心眼儿里感到高兴。她有双重的自豪感：除了想靠双手自食其力外，她的另外一个自豪感是对一切都直言不讳，不胡说八道，对任何事物都既不夸大，也不缩小。我多次听她说‘我不需要这个，我不愿意这样’。是的，她有自己的意志，或许这种意志稍微超出了正确的程度，谁要想指责她什么，那么，可以责备她固执。然而，她只想要她认为能够负责的事以及或许她真正能够负责的事。而这种意志更多是她的个性，而不能说她刚愎自用。您点头了，我看得出来，我们的看法是一致的，这使我非常高兴。现在再说句结束语，弗朗克先生。过去的事情已经过去了。如果您容忍不了这一点，那我尊重您的态度。但是，假如您能容忍这一点，那么，我要告诉您，您得到的是一个难得的好女人。因为，她是个热心人，而且有很强的责任感、正义感和秩序意识。”

“我也一直认为蕾娜是这样一个人，关于她我向自己保证，蕾娜是个难得的好女人，完全像男爵先生所说的那样。是的，人应该恪守戒律。”

“是啊，男爵先生，关键要得体，关键要正派，关键要诚实。在婚姻状况中也是如此。因为诚实会持续最久，必须信守诺言，值得信赖。但是，已经成为既成事实的就让它成为既成事实，应该把它放到上帝前，由他来评判。正如男爵先生所说，假如我对所谈论的事物想法不同（我也尊重这一点），那么，我肯定会对这件事敬而远之，也就根本不会开始我在感情上的好感和爱。”

第二十二章

博托婚后依然留恋与蕾娜热恋的美好时光，但为了维系与凯特的婚姻，他决定烧毁蕾娜当时给他的情书：

他的思绪在这幅画面上又停留了片刻，然而，后来画面变换，如烟的往事，而不是凯特又涌到他的心间：狄尔家的花园、朝威尔默尔村走的路线、到汉克尔斯货栈的郊游。那曾经是最后一个美好的日子，最后幸福的时光……“当时她说，头发会束缚得太紧，所以，她拒绝把头发给我，不想给我。而我呢？我为什么坚持要用她的头发捆花束呢？是的，存在这种谜一般的力量，这些来自天堂或者地狱的好感，而我现在被束缚住了，无法挣脱。哎，她是那么妩媚迷人，在那个下午，当我们还在享受二人世界而且没有想到会有人干扰时。我难以忘记那幅画面：她站在茂盛葳蕤的草丛中间，俯身时而向左，时而向右地忙着采撷花朵。那些花朵——我还珍藏着。但是，我想对此做个了断。这些已经逝去的往事又该如何呢？这些往事只能加剧我心灵的不安，会破坏我些许的幸福，干扰我婚姻的宁静，一旦有一只陌生的眼睛发现了它们。”

他拿出一小叠捆好的信，这叠信用一根红线系着，信的上面放着他刚才说到的花朵，那是他后放上去的。他在手上掂量着这小摞信，一边解开红线：“几多欢乐，几多痛苦。迷惘，混乱。老生常谈的故事。”

第二十三章

博托总结三年的婚姻生活：

在骑马过程中，那一天又使他记忆犹新：那天，他曾经在这里骑马徘徊，为了鼓足勇气，好在第二天与蕾娜分手。当时他觉得分手是那么难，而他又不得不分手。这一时刻已经过去三年了。这三年期间又都发生什么事情呢？许多欢乐，这是确定的。可这不是真正的欢乐。一块糖而已，没有更多的意义。而谁又能靠甜食为生呢！

博托劝说经历艳遇的雷科信，避免走“折中路线”：

“我劝您远离这些想法。您所打算的事情总有两种可能，二者都一样糟糕。假如您扮演忠诚者和固执己见者的角色，或者什么类似的表达，那您就等于从根本上与社会等级观念、传统和道德精神决裂，那么，您如果不堕落沉沦，您久而久之就会觉得自己是个可憎的人，一个累赘。但是，假如情况按照另一个方式发展，您在很长时间后按照社会规范与社会和家庭和解，那么，痛苦就来了，那时就必须厘清这种事物：它通过幸福的时光，意味更深远的说法是，通过不幸的时光，通过困境和恐惧交织在一起，生长在一起。而这是痛苦的。”

“我警告您，您千万别采取这种折中路线，别采取这种半截儿的东西。您以为是收益的，其实是破产；而您以为是港湾的地方，其实是触礁罹难。”

第二十六章

蕾娜与弗兰克在报上刊登了新婚启示，凯特看到后奚落他们“滑稽”的名字。博托的反应截然相反：

……

博托拿起报纸，但是，他当然只是想以此掩饰自己的尴尬。然后，他把报纸还给她，尽可能用一种轻松的语调说：“凯特，你跟吉戴翁有什么过不去的？吉戴翁比博托要好。”

评特奥多尔·冯塔纳的长篇小说《迷惘与混乱》[①]

赵蕾莲

生平、写作特色、主要作品、历史评价

特奥多尔·冯塔纳 1819 年 12 月 30 日生于柏林附近小镇诺伊鲁品（Neuruppin）一个胡格诺派法裔家庭，父亲是药剂师。冯塔纳起初子承父业。文学批评家莫里茨·高特里普·萨菲尔（Moritz Gottlieb Saphir，1795—1858）介绍他加入文学俱乐部“施普雷河[②]上的隧道”（Tunnel über der Spree），他开始与文学结缘。1845 年 12 月 8 日，他与艾米丽（Emilie）订婚，育有七个孩子。他当过药剂师、海外记者、报纸编辑、文学评论家，晚年成为跻身世界文学的优秀作家。1898 年 9 月 20 日，他突发心脏病在柏林家中去世。

冯塔纳是德语文学现实主义作家最重要、最有影响力的代表，因为其“社会批

① 本文依据笔者五篇已发表的论文和一个译者后记修改，并新增参考文献。译著标题翻译更正：任卫东等在《德国文学史》（第 3 卷）（第 448 页）和魏育青在文章《提升了的镜像，美化了的现实——德语文学中的‘诗意现实主义’》（见《德语文学与文学批评》第二卷第 12 页）中都翻译成《迷惘与混乱》，仔细推敲，他们的翻译更贴切，应把“迷惘”(Irrungen) 和“混乱”(Wirrungen) 两个词颠倒一下，故笔者在此更正该译著的书名为《迷惘与混乱》。

② 施普雷河流经柏林。

判性是最强的”（任卫东等 2007，442）。其风格独特的社会批评小说大多描写勃兰登堡（Brandenburg）尤其是柏林的贵族和市民阶层以及第四阶层[①]的婚恋冲突、社会秩序和荣誉感等社会问题。深层次和现实主义的情节是其长篇小说的主要特征。他以敏锐的观察力层次分明、细致入微地刻画人物。他堪称写景状物和描写人物内心世界的大师。他善于通过人物个性鲜明的对话和自言自语塑造人物。其“艺术建立在恰当地刻画人物的基础上，通过针对时代和环境的人物对话与人物的行为方式”（dtv-Lexikon 1992，39），其小说构思精巧，自然清新。诺奖得主托马斯·曼和君特·格拉斯都受他影响，后者的长篇小说《辽阔的原野》（Ein weites Feld）与其作品有互文性关系。研究者用持久改变欧洲大陆政治格局的铁血宰相俾斯麦（Otto von Bismarck，1815—1898）强调冯塔纳在 19 世纪文学领域的重要地位：他在卷帙浩繁的作品中“创造直观、多层次、多侧面的”19 世纪全景图，他描写近一个世纪“充满矛盾与对立、希望与恐惧，在革命与复辟之间摇摆”（Grawe，Nünberger 2000，103）的社会画卷。

1852 年，冯塔纳到伦敦当《普鲁士报》（Die Preußische Zeitung）的驻外记者。在 1864 年、1866 年和 1870 年的战役中，担任战地记者。他在 1860—1870 年担任保守的《十字报》（Kreuzzeitung）编辑。1870—1889 年，他为自由派的《福斯报》（Vossische Zeitung）撰写文学评论，赞成自然主义作家，为文学的现代潮流鸣锣开道。

冯塔纳初登文坛时创作叙事谣曲。1876 年，他开始潜心文学创作。他首先在英国司各特（Walter Scott，1771—1832）和德国阿莱克西斯（Willibald Alexis，1798—1871）的影响下创作长篇历史小说《暴风雨前》。以下长篇小说演绎婚恋主题：《迷惘与混乱》及其姐妹卷《施蒂娜》（Stine，1890）、《燕妮·特莱伯尔太太》、《艾菲·布里斯特》。其他作品如下：小说《沙赫·冯·武特瑙》（Schach von Wuthenow，1883），长篇小说《格雷特·敏德》（Grete Minde，1880）、《爱勒恩克里普》（Ellernklipp，1881）、《通奸的女人》（L' Adultera，1882）、《佩托伊弗伊伯爵》（Graf Petöfy，1883）、《在梨树下》（Unterm Birnbaum，1885）、《泽西利亚》（Cécile，1887）、《覆水难收》（Unwiederbringlich，1895）、《伯根普尔一家》（Die Poggenpuhls，1896）、《施泰希林》、《玛蒂尔德·莫伊灵》（Mathilde Möhling，1908）以及游记《勃兰登堡漫游记》（Wanderungen durch die Mark Brandenburg，1862—1882）。

① 第四阶层即新兴的无产者，排在贵族、市民和小市民后面。

冯塔纳的现实主义纲领

冯塔纳的文学评论随笔《我们 1848 年以来的抒情和叙事文学》（Unsere lyrische und epische Poesie seit 1848，1853）被视为“现实主义的纲领”。（Grawe，Nünberger 2000，418）它“证明了冯塔纳诗学反思的功能价值”。在奥托·路德维希（Otto Ludwig，1813—1865）和古斯塔夫·弗莱塔克（Gustav Freytag，1816—1895）等确定现实主义纲领的一批人中，冯塔纳“是唯一跻身世界文学的德语作家”（Grawe，Nünberger 2000，413）。

他指出现实主义的时代意义：“在所有方面都刻画我们时代特点的是现实主义。”（Fontane 1969，236）“艺术中的现实主义与艺术本身同样古老，毋宁说，它就是艺术。”（Fontane 1969，238）现实主义反对“谎言和僵硬”等“不自然”。（Fontane 1969，238）现实主义并非简单复制生活的悲惨：“我们理解的现实主义并非赤裸裸地再现日常生活，绝非再现日常生活的悲惨与阴暗面。”他强调，完全真实地记录悲惨现实的倾向并非现实主义，要通过“提炼”才能发展成现实主义，好比把“生铁矿”变成“金属”。他一再强调“真实”：“为了所有的艺术创作，我们需要素材，我们宁愿说，需要真实。”（Fontane 1969，240，241）现实主义是“对一切真实生活、一切真实的力量和艺术本质利益的反映”。它“包括全部丰富的生活”。现实主义“将至高的思想和至深的情感拉入其领域，歌德的冥思苦想（Grübeln）和甘泪卿（Gretchen）的快乐与痛苦都是其素材，因为这一切是真实的。现实主义不想要单纯的感性世界而别无他物。它最不想要单纯的明确，但它想要真”。现实主义排除四个特点：“谎言、勉强、模糊虚幻和麻木。”（Fontane 1969，242）“真实”成为艺术处理的客体和主题。

冯塔纳 1889 年 10 月 10 日致信弗里德里希·施苔凡尼（Friedrich Stephany）时解释，幽默是现实主义最好的美化（Verklärung）方法：

> 倘若人们假设，现实主义永远与丑陋联姻，那么，人们就把现实主义完全理解错了。相反，现实主义一旦与美结合，并美化此刻生活附带的丑陋，那么，这种现实主义就是完全正确的。怎样并通过什么美化呢？找到答案乃现实主义的事，而最好的方法是幽默。（Fontane 1970，729）

幽默是冯塔纳的描写原则。他认为，幽默“是占有优势的力量”，反讽“仅满足于嘲讽和揶揄”“反讽走在通往幽默的路上”。（Grawe，Nünberger 2000，433）

现实主义标志其作家的身份认同。冯塔纳给 19 世纪下半叶的文学史图景打上烙印。但我们不能用“市民现实主义”限定其全部作品，因为其晚期艺术发展与现实主义之后的“自然主义和世纪之交的文学”有接触，这种接触展现他向“‘现代文学’的平稳过渡”。（Grawe，Nünberger 2000，433）

《迷惘与混乱》的核心主题——社会等级差异阻碍婚恋自由

冯塔纳1882年开始创作《迷惘与混乱》，搁笔四年，1886年末继续写。1888年1月，小说正式发表，成为其最受读者和评论界钦佩与青睐的作品之一。它以清新自然的叙述风格和追求真实的现实主义理念标志着冯塔纳在小说创作上的最终突破，提高了他作为小说家的地位。

1875年复活节第二天，女主人公玛克达蕾娜（简称蕾娜）· 尼姆普迟（Magdalene Nimptsch）和女友在柏林郊外划船时遇险。男主人公青年贵族博托·冯·里奈克（Botho von Rienäcker）男爵与同僚挺身相救，使她们化险为夷。博托与蕾娜逐渐产生爱慕之情。但社会等级差异是横亘在其真爱前难以逾越的鸿沟：烫衣女蕾娜（Lene）是老洗衣妇尼姆普迟夫人的养女，属第四等级；博托出身普鲁士贵族家庭，他们的社会等级差异悬殊。他们深知，社会秩序远比其真爱强大，因此，他们并不幻想长相守，只陶醉于眼前的幸福。蕾娜“独立意识更强，头脑更清醒”（Jens 1998，668）。她的房东狄尔太太（Dörr）警告她，别对这段真爱抱太大希望：“糟糕的其实是不切实际的想象。”（冯塔纳 2013，20）蕾娜深知，她的爱并非决定因素，制约真爱的是博托的贵族家庭、可畏的人言和社会等级观念。

他们在柏林东南的“汉尔克斯货站”郊游，尽享甜美的二人世界。但博托的三个同僚及其女友却突然搅局，蕾娜难逃遭排挤的宿命，致使二人不欢而散。

博托的母亲写信，催促他娶其家境殷实富足的表妹凯特·塞伦丁（Käthe Sellenthin），以恢复没落家族的偿付能力。博托痛苦地斟酌现状：假如他选择表妹，他就得付出很大的感情代价，离开真心爱恋的蕾娜。反之，倘若他选择身处社会底层的蕾娜，他就必须有勇气与自己的贵族家庭决裂。但他不敢反抗社会规约。他抵触冒险行为，承认自己懦弱：“向世俗世界提出挑战并且向其偏见公开宣战，这并不符合我的性格。”他曾奢望得到平淡的、免遭世俗社会辱骂的幸福。但他不想让自己的婚姻僭越社会规范：“要潜入到另一种对我而言不是幸福的幸福中。”（冯塔纳 2013，131）他很清楚社会秩序的力量，因此无奈地坦言：“秩序就是婚姻。”（冯塔纳 2013，132）建立在社会秩序基础上的婚姻观迫使他向蕾娜提出分手。

内疚的博托担心伤害女友的感情。蕾娜却异常淡定，因为她早有心理准备。她还试图卸掉博托的思想包袱："我从一开始就看到了事情发展的走向。"权当做了一场"美梦"，此刻"梦停止了，现实又重新开始了"。"你没有做什么对不起我的事情，你也没有把我引入歧途，你也未曾承诺过我什么。一切都是我的自由决定。我打心眼里爱着你，这是我的命运。"她故意轻描淡写地说，他们将来"又会幸福的"（冯塔纳 2013，139）。

等级观念使他们为了遵循社会秩序而牺牲个人的幸福。博托和乐天却肤浅的表妹过上貌似甜蜜的婚姻生活。三年后，蕾娜嫁给工长吉戴翁·弗朗克（Franke Gideon）。他接受了蕾娜有恋爱史的现实。他甚至登门拜访博托，以进一步了解她。憎恶谎言的蕾娜并未隐瞒自己的感情经历。博托和蕾娜都平静地回归各自的社会秩序，未引起轩然大波。

然而，分手的痛苦令他们挥之不去。表面的幸福平静无法掩饰内心的苦涩。生活中的一切从此黯然失色，他们对未来感到迷惘。

博托越发觉得，快乐无忧的妻子凯特与理性而真实的蕾娜截然相反。他最大的遗憾莫过于失去真诚、自然的蕾娜，因为她理性又不乏激情。而花瓶式的凯特于他只是"可爱的玩偶"，她没有思想深度，缺乏理性思考能力。凯特对他的评价不太满意，"因为玩偶是给人们玩儿的"。但关键是："玩偶得到的爱最多，也得到最好的对待。"（冯塔纳 2013，230）博托总结三年的婚姻生活，认为甜腻的幸福缺乏真正的生活味道："许多欢乐，这是确定的。可这不是真正的欢乐。一块糖而已，没有更多的意义。而谁又能靠甜食为生呢？"（冯塔纳 2013，219）

博托内心抗拒社会等级观念和贵族的虚假做作，但他又不敢违背社会等级观念。他婚后经常出入社会地位更高的社交圈，身边充斥着虚假敷衍、忸怩作态。他在婚内也从未感受到真诚。凯特是社交夫人的典型代表，善于娴熟地运用讨喜、但言之无物的社交技巧。浅薄平庸的凯特毕竟凭借大笔嫁妆让入不敷出的博托继续过锦衣玉食的生活。对女人的依附使他尴尬无比，使其男人的自尊和洒脱荡然无存。博托从不敢当面指责凯特肤浅，反而满脸堆笑，将怨恨深埋心底，暗自体会失去蕾娜后巨大的心理落差。他不由自主地给自己戴上了"面具"（冯塔纳 2013，82）。

面对来自贵族家庭的压力，博托表现出软弱、妥协和屈从。蕾娜真诚而率真的音容笑貌常浮现在他眼前，他担心自己对蕾娜的留恋会搅扰婚姻的宁静，于是决定烧掉她写的情书。那段纯真的爱情并未随着灰烬消失，反而成为他无法抹掉的美好回忆。面对乏味的婚姻，他不免顿生惆怅："几多欢乐，几多痛苦。迷惘，混乱。老生常谈的故事。"（冯塔纳 2013，211）这呼应小说标题的情感基调，概括了博托和蕾娜情感世界的迷惘与混乱。"主人公的情感迷惘实际上源于社会等级观念对男

女婚恋自由的扼杀。”（赵蕾莲 2010，108）

博托的同僚雷科信（Rexin）爱上社会底层的姑娘，也面临婚恋难题。雷科信不想让父母伤心，又不想抛弃女友，所以想瞒着父母与姑娘结合，走中间道路。博托劝他放弃冒险的折中路线，因为它不会被社会秩序认可：“您千万别采取这种折中路线，别采取这种半截儿的东西。您以为是收益的，其实是破产；而您以为是港湾的地方，其实会触礁罹难。这样永远都不会导致好的结局。”（冯塔纳 2013，224）博托总结自己的恋爱教训，要避免进退维谷，最好别碰不被社会认可的爱情，因为，一旦选择忠于爱情，就“等于从根本上与社会等级观念、传统和道德精神决裂”；一旦与社会妥协，放弃真爱，“按照社会规范与社会和家庭和解，那么，痛苦就来了”（冯塔纳 2013，223）。他深知等级观念在人们心目中根深蒂固：“这种等级观念比所有的理性都更强大，也比法律更强大。”（冯塔纳 2013，132）

冯塔纳揭示婚姻方面深层次的社会现实：合法婚姻中悬殊的等级差别通常不会善终。而具有盲目性的爱情蔑视所有等级偏见。未经法律和社会规范允许的男女结合不会成为心灵要求与社会要求的折中点。因为折中路线要求当事人与传统和道德精神决裂，从而招致社会偏见对自我的不满。

在小说的最后，博托获悉蕾娜结婚，他脱口说出一句隐含自责和惋惜又仿佛如释重负的话：“吉戴翁比博托要好。”（冯塔纳 2013，243）蕾娜的丈夫弗兰克“并不因循守旧而且真诚”，尽管他“没有幽默感、举止言谈滑稽”，但他“是正面、独立、超越社会偏见的人物”。（Grawe，Nürnberger 2000，581）

男女主人公的人格魅力

博托和蕾娜都颇具独特的人格魅力。博托曾热心地冒险救人。他务实而崇尚自然，“反感一切不真实、矫揉造作和粉饰”（冯塔纳 2013，131）。他坦言，蕾娜“令我倾心的”正是其“质朴、真实、自然”这种“最美好”（冯塔纳 2013，130）的品质。他在本质上与贵族社会格格不入，引用沙米索（Adelbert von Chamisso，1781—1838）赞美洗衣妇的诗歌安慰尼姆普迟夫人：“每个社会阶层的人都有自己的荣誉。”（冯塔纳 2013，26）这位老人过世后，他信守诺言，亲自到公墓为她献上花环。

蕾娜自尊、自立、自强，从不自卑，从不纠缠贵族出身的博托。她一向真诚对待爱情，坦诚地正视一切。她善于敏锐地洞察博托的内心。她深知博托潜意识中希望她出身贵族，门第的悬殊是导致他们最后分手的社会原因：“你每天都在想‘她如果是个女伯爵该多好。’”（冯塔纳 2013，42）

两个细节流露她内心对幸福不会长久这个结局的敏感和难言的惆怅：在划船前，博托问蕾娜，选择“鳟鱼号”还是“希望号”，她挖苦地反问：“我们要希望干什么？”她故意刻薄地暗示他，他们的爱情并无希望可言。她采了一束野花儿，当博托想用她的发丝捆扎花束时，她起初拒绝了，因为她坚信，头发会起束缚作用。一旦她用自己的头发捆扎花束，就意味着，他和她永不分离。她明智地想避免他被束缚的结局。

蕾娜高度自爱，很有自知之明。这使她从未被爱情冲昏头脑。她自觉地筑起捍卫自我尊严的防线，根本没想靠婚姻攀附贵族。冯塔纳的生花妙笔把蕾娜塑造成自立自强的女性形象：她年轻漂亮，纯真自然，勤勉坚强。独立的人格和坚强的个性是她最大的魅力。尽管她身处社会底层，但她不仅能自食其力，还能用自己劳动所得赡养体弱多病的养母。一个冰清玉洁的女性形象栩栩如生地展现在读者眼前。

冯塔纳主张婚恋自由与该小说的接受

冯塔纳颇具超前意识地支持青年男女的婚恋自由，批评的矛头直指维系数千年、扼杀无数美好姻缘的旧伦理道德和婚恋观。我们不禁对他敏锐的社会洞察力和超前意识、非凡的勇气和高超的表现手法肃然起敬。

博托的同僚雷科信提出“真诚、爱、自由”（223）的爱情信条。这表达了冯塔纳对婚恋自由的支持。在这部现实主义小说中，冯塔纳触及青年男女在自由恋爱基础上未婚同居这个当时较新的题材，真实描写贵族青年与熨衣女真诚自然的爱情。这种前卫的婚恋观不符合当时占统治地位的道德标准，因而招致读者的强烈反感和拒绝。有读者致信主编施苔凡尼，发泄道德愠怒：“难道这个恶心的妓女故事不会马上就停止吗？”（Betz 2002，86）概括而言，同时代人对该小说的道德判决来自两大阵营，且动机不同：“市民阶层对这部小说不满，主要是因为其‘自由的’恋爱关系；相反，贵族阶层只对‘与底层联姻’非常敏感。”（Liesenhoff 1976，69）其实作家描述的并非轻佻关系，而是男女真情。蕾娜理智而明确地预感到，他们的爱情幸福不会长久。他们在短暂的时光内体会纯粹美好的人生乐趣。冯塔纳从新颖的心理角度演绎青年男女自由恋爱这个棘手的题材，描述博托和蕾娜这类未婚同居的恋人会如何对待婚姻，婚姻于他们意味着什么。冯塔纳曾指明，自己全部作品的特点是心理描写与批评。他极好地处理这个棘手的主题，营造主人公分手前悲喜交加的氛围。冯塔纳作为表面上“没有偏见而容忍的叙述者”（Rothmann 2003，197），其批评呈现内敛特征。

1887年9月8日，冯塔纳致信儿子，批评市民阶层伪善的道德观。他承认，自己对蕾娜采取宽容的态度，强调该小说的"价值"和"意义"在于"坦诚地承认对这些问题的明确态度"即他同情和理解婚恋自由。他揭露世人的虚伪，认为人们应为"虚伪行径"和"虚假游戏而感到羞耻。"他认识到，男女自由恋爱已势不可挡："除了一些我也无法窥视其灵魂的下午布道者以外，除了这种颇成问题的几个特殊情况以外，究竟还有哪位有教养的、彻头彻尾的正派人，会因为一个裁缝小姐有了自由的恋爱关系，而真正从道德角度上暴跳如雷呢？"他声称自己幸好没遇到这种他尽量回避的"危险人物"（Fontane 1980，59）。他无疑捕捉到了当时涉及道德价值的社会敏感问题。其敏锐的社会洞察力和预见性值得钦佩。

劳伊特（Hans-Heinrich Reuter）高度评价其社会批评力度和文学价值："迄今为止，他的任何作品都没有产生如此影响。上流社会的人生谎言首次遭到抨击，戳穿，并以前所未有的诗意渗透力和令人信服的力量被揭露。德国小说以往从来没有认识到这一点。"（Reuter 1968，669）

弗兰茨·梅林（Franz Mehring，1846—1919）的评论带有十足的阶级意识论，他引用博托与弗朗克的对话，认为看到了"资本主义的凯歌"，称小说为"作家梦里的资本主义"，弗朗克这个"老实巴交的无产者娶了善良的女同志"，"尽管她过去被一个'来自更高阶层的'坏蛋欺骗过"。（Betz 2002，116，117）

格拉夫（Christian Grawe）认为，作家同情并拔高底层女性，以此增强社会批评力度：

> 在小说《迷惘与混乱》、《施蒂娜》和《马蒂尔德·莫伊灵》中，冯塔纳富有同情心地描写小市民、无产者的社会环境及其代表，这时他接近现代自然主义文学，而上述代表在人的潜能、自我意识和社会意识以及现实主义的人生勇气方面都超过上流社会。这三部小说的主人公都是女性，在当时男性占主导地位的社会里，这加强了这些小说的社会批评力量。（参见 Graweu，Nürnberger 2000，577）

从整体看，该小说毫无瑕疵：它"精准描写社会矛盾，深入刻画人性冲突，人物形象贴近真实生活，环境真实，内涵丰富，构建现实的对话时体现轻松和批评意识，为社会曝光私事，象征手法渗透整个文本。"（Graweu，Nürnberger 2000，578）

冯塔纳在该作中的社会批评表现在，冷静客观地描写真心相爱的男女主人公为恪守社会秩序而牺牲个人幸福。主人公没有为追求真爱而反抗社会秩序，因为他们都认同社会规约。有鉴于此，读者看不到人物言辞激烈的抗议。

德语文学素有批评贵族（Adelkritik）的传统，而等级差异和“并非门当户对的婚姻”（Mesalliance）也属于贵族批评范畴。莱辛、席勒、歌德、海涅尤其是冯塔纳都演绎过社会等级观念导致爱情悲剧这一主题。（参见 Zhao 2017，165）该小说的姐妹卷《施蒂娜》“对社会等级观念的危害揭露得更明显”，它“通过男主人公自杀的极端抗议举动、通过巧妙运用日落象征手法和加强人物对话以及成功塑造配角，更直接暴露没落贵族死守门第观念的本性，加强了对社会等级观念和偏见的批评力度。”（赵蕾莲 2013b，77，82）冯塔纳在上述姐妹卷和《艾菲·布里斯特》以及《泽西利亚》中批评普鲁士没落贵族的价值观，揭露等级观念对婚恋自由的戕害，揭露贵族决斗这种应该遭到摒弃的荣誉崇拜源于普鲁士“军人贵族的黩武主义传统”。冯塔纳“以贵族、市民以及底层无产者的婚恋为切入点，在家庭婚恋这个隐微之处，通过婚恋故事透视其时代各个阶层错综交织的社会全貌”（赵蕾莲 2013a，111）。

思考题

1. 冯塔纳在其随笔中如何界定“现实主义”？如何理解生活中的“真实”对现实主义的意义？

2. 请结合长篇小说《迷惘与混乱》的内容论述社会等级观念如何阻碍婚恋自由。

参考文献

[1] Frederick Betz. Erläuterungen und Dokumente, Theodor Fontane, Irrungen, Wirrungen. Stuttgart: Reclam, 2002.

[2] dtv-Lexikon in 20 Bänden, Bd.6. München: dtv, 1992.

[3] Theodor Fontane. Unsere lyrische und epische Poesie seit 1848. In: Theodor Fontane. Sämtliche Werke, Bd.1, hg. v. Jürgen Kolbe. Darmstadt: Wissenschaftliche Buchgesellschaft, 1969.

[4] Theodor Fontane. Brief an Friedrich Stephany am 10.Okt.1889, Brief an Theodor Fontane（Sohn）am 8.Sept.1887. In: Theodor Fontane. Sämtliche Werke, Bd.3, hg. v. Otto Drude, Manfred Hellge und Helmuth Nürnberger. Darmstadt: Wissenschaftliche Buchgesellschaft, 1980.

[5] Christian Grawe, Helmut Nürnberger. Fontane-Handbuch. Stuttgart: Alfred

Kröne, 2000.

[6] Walter Jens. Kindlers Neues Literatur-Lexikon, Bd.5. München: Kindler, 1998.

[7] Carin Liesenhoff. Fontane und das literarische Leben seiner Zeit. Eine literatursoziologische Studie. Bonn: Bouvier, 1976.

[8] Hans-Heinrich Reuter. Fontane, Bd.2. Berlin: Verlag der Nation, 1968.

[9] Kurt Rothmann. Kleine Geschichte der deutschen Literatur. Stuttgart: Reclam, 2003.

[10] Leilian Zhao. „Wirklichkeit und Fremdheit in den Romanen *Irrungen, Wirrungen* und *Stine* von Theodor Fontane". In: Wirklichkeit und Fremdheit in Erzähltexten des deutschen Realismus, hg. v. Aihong Jiang/Uwe Japp. Frankfurt am Main u.a.: Peter Lang, 2017: S.151-165.

[11] 冯塔纳．混乱与迷惘．赵蕾莲，译．哈尔滨：黑龙江教育出版社，2013.

[12] 任卫东，刘慧儒，范大灿．德国文学史：第3卷．南京：译林出版社，2007.

[13] 魏育青．提升了的镜像，美化了的现实——德语文学中的“诗意现实主义”// 张玉书，等．德语文学与文学批评：第2卷．北京：人民文学出版社，2008.

[14] 赵蕾莲．追求真实，再现迷惘——评特奥多尔·冯塔纳的长篇小说《混乱与迷惘》// 张玉书，等．德语文学与文学批评：第2卷．北京：人民文学出版社，2008：209-222.

[15] 赵蕾莲．追求真实，再现迷惘——评台奥多·冯塔纳的长篇小说《混乱与迷惘》．解放军外国语学院学报，2010（5）：106-110.

[16] 赵蕾莲．论台奥多·冯塔纳对普鲁士贵族价值观的批评——以《艾菲·布里斯特》、《泽西利亚》、《混乱与迷惘》和《施蒂娜》为例．德国研究，2013a（4）：101-111.

[17] 赵蕾莲．论台奥多·冯塔纳的中篇小说《施蒂娜》中“并非门当户对的联姻”主题．外语教学，2013b（6）：75-77，82.

[18] 赵蕾莲．《混乱与迷惘》译后记// 冯塔纳．混乱与迷惘．赵蕾莲，译．哈尔滨：黑龙江教育出版社，2013c：244-250.

第四部分　20 世纪上半叶（1900—1945）

第一章

20 世纪上半叶德语文学概述

徐 胤

文学是对现实的折射与思考，所以文学创作必然受到时代背景的影响。进入 20 世纪的欧洲大陆，处于风雨飘扬的动荡环境之中。20 世纪上半叶是整个欧洲政治和社会环境最为起伏动荡的一个时期。伴随着两次世界大战，德奥两国的政治体制均发生了剧烈的变化。人类历史上最为惨烈的两次战争，均发生在 20 世纪上半叶。战争导致政权的更迭，左右作家的命运，也决定了文学创作的方向。这一时期的德语文学创作，在思想和创作手法上发生了剧变，实现了脱离传统、拥抱现代的转折。

在 18 世纪和 19 世纪，文学创作的风格在一定时期内相对统一，古典主义、浪漫主义、现实主义等文学流派均有着较强的生命力，并随着时间的流逝有序地发生更迭。但在进入 20 世纪之后，德语文学开始呈现出纷繁芜杂、百家争鸣的特征。在资本主义畸形发展、社会矛盾日趋加剧的大背景下，各种风格独特的文学思潮纷纷涌现，却又如昙花一现般很快被新的创作理念所取代。短短的几十年来，就接连涌现了唯美主义（Ästhetizismus）、象征主义（Symbolismus）、印象主义（Impressionismus）、表现主义（Expressionismus）、达达主义（Dadaismus）、超现实主义（Surrealismus）等多种旗帜鲜明的创作风格。这些既有交叉也有对立、既有对话也有争鸣的文学流派，在起止时间上却没有清晰的界定。更重要的是，战争和政治的走向在影响作家个人命运的同时，也影响了他们的创作思考和文学趣味，为他们的作品打上了鲜明的时代烙印。这也在客观上催生了一种新的文学现象：一个作家在不同时期的文学主张和文学创作，常常会判若两人，呈现出截然不同的风格和品位。但纵观世界文学史，无论是在诗歌、戏剧还是小说领域，这一时期的德语文学均取得了辉煌的成就，也涌现出了托马斯·曼、弗朗茨·卡夫卡（Franz Kafka，

1883—1924）、赫尔曼·黑塞（Hermann Hesse，1877—1962）等享誉世界的知名作家。

以时间顺序划分，德语文学的发展脉络可大致归纳为世纪更迭时期文学（1890—1910）、表现主义文学（1910—1925）、魏玛共和国时期文学（1919—1933）和第三帝国时期文学（1933—1945）四个时期。（参见韩耀成 2008）不难看出，重大的历史转折事件，直接左右了文学创作的走向。

1900 年前后的世纪更迭时期，是欧洲各思想流派层出不穷、交迭不断的时期。随着经济的繁荣进步和工业生产的迅猛发展，以德国为代表的欧洲社会在大步迈向现代化的同时，社会矛盾也日益凸显。在文学艺术领域，传统的自然主义创作已经跟不上急剧变化的时代，逐渐遭到摒弃。找寻不到方向的人们，陷入了颓废厌世的末日情绪之中。但在另一方面，这种局面也为新的文学思潮提供了契机。在"世纪末"（Fin de siècle）情调的影响下，维也纳逐渐取代柏林，成了这一时期德语文学创作的中心。随着社会经济的发展，人们有了更好的生活条件，也有了充裕的物质和精神条件，去交流和探讨文学和艺术思想。维也纳著名的"咖啡馆文化"（Kaffeehauskultur），吸引了一大批青年作家的到来，也为他们提供了沟通交流的平台。以阿图尔·施尼茨勒和胡戈·冯·霍夫曼斯塔尔为代表的"青年维也纳"（Junges Wien）作家，在尼采和弗洛伊德的指引下，逐渐把创作重点转向了人物的内心世界。尼采在批判资本主义危机的同时，抨击了真理的唯一性，并以真理的不可知性反衬语言的全能性；以弗洛伊德为代表的精神分析，则在颠覆了心理学认知的同时，为作家的文学创作提供了更为广阔的表现领域和表达手段。20 世纪上半叶的德语作家，或多或少都与两人的思想有所交集。两人的理论，也为现代主义文学奠定了哲学和心理学基础。（参见韩耀成 2008，51-61）世纪之交的德语作家，借鉴了弗洛伊德的精神分析理论，创作了一大批描述当时人物命运和社会现象的戏剧和小说。这些作品往往以悲剧收场，这与 19 世纪末的自然主义文学形成了鲜明的对比。而如果说素材、情节和人物特征是 19 世纪文学创作的重心，那么在进入 20 世纪后，语言的表现能力和表现手段则越来越受到作家的重视。这一被称作"语言危机"（Sprachkrise）的文学现象，其实与"危机"关系不大，而更多地体现在作家对语言本身的重视和多样的个性化表达的探索上。作家们在写作手法上做了许多新的探索和尝试，如开始频繁地使用内心独白、意识流等写作技巧。胡戈·冯·霍夫曼斯塔尔的《一封信》（Ein Brief，1902）和赖纳·玛利亚·里尔克（Rainer Maria Rilke，1875—1926）的《布里格手记》（Die Aufzeichnungen des Malte Laurids Brigge，1910），便分别是这一现象在理论和实践领域的代表。另一个值得注意的现象，是犹太人在文学创作中扮演了越来越重要的作用。一方面，这是因为许多犹太人有着良好的经济基础和文化素养；另一方面，自中世纪以来就在欧洲遭受迫害的犹太人，在进入 20 世纪之后更是处于风口浪尖之上，也更有借助文学创作表达自身诉求的愿望和想法。所以，20 世纪上半叶知名的德语作家，大多具有犹太血统，或与犹太人和犹太文化有着千丝万缕的联系和交集。

进入 20 世纪的德国，在完成了经济和军事的腾飞之后，一跃成了世界大国，急于与英法等老牌强国争夺欧洲霸主的地位。随着同盟国和协约国两大阵营之间矛盾的不断激化，第一次世界大战一触即发。精神的高度紧张和社会矛盾的不断激化，让一批年轻艺术家在感到压抑和不满的同时，又陷入了迷茫。表现主义在这种背景之下应运而生，处于旋涡中心的德国自然也成了欧洲表现主义的中心。（参见韩耀成 2008，162）表现主义最早起源于绘画领域，它反对工业化所带来的去人文化和国家主义，强调个性和主观感受，关注社会现实；它擅长借助怪诞离奇表现时代危机，要求突破事物的外在表象，呼唤变革和解放，其作品往往带有一定的乌托邦色彩。这种艺术创作上的美学观念，很快也被一些年轻作家借鉴到了文学创作之中。表现主义作家擅长用夸张、荒诞的语言来反衬社会的丑陋和险恶，并用象征的手法展现抽象的概念。与此同时，随着工业的发展和科技的进步，20 世纪初涌现了无线电、唱片、摄影、电影等一大批新生媒体。在给传统的纸质媒体带来巨大挑战的同时，这些新媒体为丰富都市生活和大众文化做出了贡献，在一定程度上推进了性观念的解放，也为文学创作带来了素材和启迪。在这些媒体中，影响最大的当属电影。电影在一定程度上挤压了文学的生存空间，也推进了大众对文字语言的反思和批判；围绕电影的利弊，社会上展开了一场激烈的辩论。与此同时，电影的叙事角度和结构也为文学创作提供了灵感，如“蒙太奇”一类的叙事手法，很快便被文学作品借鉴。对电影风格的模仿，更是成了表现主义的标志性纲领之一。在文学体裁上，表现主义作家偏爱诗歌，兼顾戏剧，轻视小说。诗歌是表现主义最为重要的表现形式。库尔特·平图斯（Kurt Pinthus，1886—1975）编选的诗歌集《人类的曙光》（Menschheitsdämmerung，1920），收录了 1910 年至 1920 年间最具代表性的早期表现主义诗歌作品，成了影响最为深远的表现主义诗歌作品集。除此之外，这一时期还涌现了格奥尔格·特拉克尔（Georg Trakl，1887—1914）、戈特弗里德·本恩（Gottfried Benn，1886—1956）、格奥尔格·海姆（Georg Heym，1887—1912）等著名的表现主义诗人。弗朗茨·卡夫卡是表现主义在小说领域最为杰出的代表，更被誉为“现代派文学的奠基人之一”（韩耀成 2008，205）。他是“布拉格派”（Die Prager Schule）德语作家的领军人物，尤为擅长用滑稽、荒诞的情节，表现人物内心的孤独，反映社会问题。他独树一帜的卡夫卡式叙述风格，在以《变形记》（Die Verwandlung，1915）为代表的小说中表现得淋漓尽致。1910—1920年间的十年是表现主义的黄金时期，柏林是德国表现主义的文学中心。而伴随着德奥两国在一战中的战败和经济危机的出现，忙于生计的人们厌倦了呐喊和激情，许多表现主义作家纷纷展开了新的尝试和探索，表现主义也就日渐式微了。

取而代之的，是以“新实际主义”（Neue Sachlichkeit）为代表的一批新思潮。战争加速了德意志帝国的瓦解，几经革命后，建立在民主议会制基础上的魏玛共和国于1919年成立。在1919年至1933年这短短的十五年里，德国经历了战后的经济萧条和社会动荡，但没过多久又在美国的经济援助下迎来了“黄金20年代”（Goldene Zwanziger Jahre），直至1929年和世界其他国家一道，再度陷入经济危机。在平静的外表下，这时的德奥世界其实暗潮涌动：一方面，以工人为首的无产阶级正在为革命积蓄力量；另一方面，纳粹势力暗中滋生，并最终利用人们对现实危机的不满成功上位。但总体来看，虽然面临一定的经济困难，但魏玛共和国时期依然是两次世界大战之间，德国在经济和政治层面保持相对稳定的发展时期。这也为文学创作的再度繁荣奠定了难得的社会基础。伴随着表现主义的没落，文学界出现了一股主张回归现实和理性的新思潮——新实际主义。它不再刻意追求激情、夸张的表达效果，注重客观而忠实地还原社会现实，反映普通人的忧虑和战争的流弊。现实性、真实性和客观性，是新实际主义文学创作的指导理念。具体到戏剧创作领域，大众剧（Volksstück）、卡巴莱剧（Kabarett）、轻歌剧（Operette）等贴近生活、轻松幽默的戏剧形式逐渐兴起，戏剧创作的重心也被放在反映普通民众的日常生活和政治诉求之上。贝托尔特·布莱希特（Bertolt Brecht，1898—1956）是新实际主义在戏剧创作方面的杰出代表。他擅长用小人物的故事，引发人们的共鸣和反思，揭露黑暗的社会现实，从而实现对资本主义的无情批判。而小说，尤其是长篇小说这种艺术形式，更是在这一时期取代诗歌，一跃成了主流的文学形式，并一直保持着地位并延续至今。20世纪最为著名的一大批长篇小说，如托马斯·曼的《魔山》（Der Zauberberg，1924），罗伯特·穆齐尔（Robert Musil，1880—1942）的《没有个性的人》（Der Mann ohne Eigenschaften，1930—1933）和阿尔弗雷德·德布林（Alfred Döblin，1878—1957）的《柏林亚历山大广场》（Berlin Alexanderplatz，1929），均在魏玛共和国时期问世。埃里希·玛利亚·雷马克（Erich Maria Remarque，1898—1970）、赫尔曼·黑塞、斯蒂芬·茨威格（Stefan Zweig，1881—1942）等知名德语作家，也在这一时期完成了他们的传世之作。

随着希特勒所领导的国家社会党攫取政权，纳粹党人逐步推行极右翼政策、长期迫害犹太人并奉行严苛的文化审查政策，许多作家尤其是犹太裔作家的生存遭受到了严重的威胁。作家的生活境遇和文学创作，再次被与其政治主张和社会角色联系在了一起。战争与反战、犹太与反犹、坚守与流亡，成了文学界争论的焦点。法西斯的上台执政，更是直接导致了文学界的分化，形成了拥护纳粹政权的纳粹文学与反对法西斯统治的“内心流亡”文学和流亡文学三派。一些屈从乃至支持纳粹政权的作家，在文学创作中遵循纳粹的民粹和军国主义路线，鼓吹纳粹，宣扬战争，他们的作品虽曾红极一时，但如今已经彻底失去了影响力。与此相反的是，流亡文学和“内心流亡”文学得以流传至今，成了文学史上一对耀眼的双子星。希特勒上台后，纳粹政府为了铲除异己，对一大批犹太裔作家和同情犹太人、反对纳粹政策的作家进行了惨无人道的迫害。在这种情况下，一些作家被迫逃亡，踏上了背井离乡的道路，但也有少数作家选择留在德国，继续以写作的方式进行抗争。这两派作家，分别成了流亡文学和“内心流亡”文学的代表。值得一提的是，许多作家通过创作历史小说影射社会现状，这也使得历史小说创作在这一时期出现了空前的繁荣。亨利希·曼（Heinrich Mann，1871—1950）的《亨利四世》（Henri Quatre，1935—1938）和托马斯·曼的长篇小说四部曲《约瑟夫和他的兄弟》（Joseph und seine Brüder，1933—1943），便是借古讽今和借古喻今的传世名篇。揭示犹太民族的苦难、反映流亡的艰辛不易、声讨法西斯的反人类罪行，是流亡文学的另一大主旋律。安娜·西格斯（Anna Seghers，1900—1983）的长篇小说《第七个十字架》（Das siebte Kreuz，1939）、《过境》（Transit，1944）以及内莉·萨克斯（Nelly Sachs，1890—1970）的诗歌集《在死神的寓所》（In den Wohnungen des Todes，1947），都已成为流亡文学的经典之作。相对而言，选择留在德国进行“内心流亡”的作家由于面临当局的审查，在创作中不得不刻意回避一些敏感问题，以相对委婉的方式进行抗争。这也是他们遭到一些流亡作家歧视和排斥的原因。关于哪种流亡方式更为“正确”的争论，曾经在两大阵营之间引发不小的争论。但总体来看，反对法西斯暴政、揭示战争对个人命运的摧残，是两大文学流派的共同主题。不朽的文学抗争，也一直延续到了 1945 年二战结束前的最后一刻。

参考文献

韩耀成．德国文学史．第 4 卷．南京：译林出版社，2008.

第二章　伊丽莎白·冯·海靖
（Elisabeth von Heyking）

他未曾收到的书信（节选）

张　意　译

1

您的来信令我无比欢欣愉悦——尤其因为信读起来没有像我担心的那样满纸悲伤。北京城里没有了我，您竟然不觉得它更加灰暗、更加荒凉一点，我的脸面都快挂不住了。我想您多少该有点想我——但也别太多。一切就看如何把握细微的分寸。您或许因为常年研究中国的锦缎和瓷器会对细微的差别有非常好的理解，您信里的语气正好让我感觉特别舒服。

所以我谢谢您的来信，还有其他的一些事情！

我们在日本度过的短暂假期就这么迅速结束，快得叫人害怕，美好时光总是昙花一现。我不想把事后补记的旅行见闻寄给您，您对菊子夫人[①]的故乡应该比我更为了解。我只想对您说，我在那里有很多时候想到您，您给我讲述的一切和您借给我的相关书籍使我去日本的时候已经对这个国家有所了解。我感觉我在那儿尽和故交相逢，比如茶室里的那些侍女，她们给我们上茶时仪态优雅而又彬彬有礼，对待我们的人力车夫也是采用同样的礼遇；还有那些农民，他们挽起裤腿，常常高过膝盖，踩在泥泞的稻田里，雨天他们披上蓑衣，翘起的草茎尾端让他们看上去像勤勤恳恳的大刺猬。我觉得他们犹如一本熟悉的画册里的人物，大家冲着他们打招呼，

① 菊子夫人（Madame Chrysanthémes）是法国作家路易·玛丽–于连·维阿（Louis Marie-Julien Viaud，1850—1923）的小说《菊子夫人》里的主人公，此作家笔名为皮埃尔·洛蒂（Pierre Loti），该小说1887年出版，后被改编成歌剧，安德烈·马撒谢（André Messager）谱曲，乔治·哈特曼（Georges Hartmann）和亚历山大·安德烈（Alexandre André）创作歌剧剧本。故事发生在日本长崎。1893年1月21日在巴黎首演。

瞧啊，瞧啊，你们都在这儿啊。

……

我们在横滨的最后一个早晨还有两个经历，没有它们，日本就不是真正意义上的日本了：我们早上被地震惊醒；我们看到了富士山。这位身躯高大的白衣先生在此以前一直闷闷不乐地躲在缭绕的云雾后面，不露真相，我并不为此责怪那些高耸入云、孤寂屹立的山峰，因为就算是更为年轻和更加微小的生物也往往厌恶直视这个世界。正当我们乘坐小船驶向我们的轮船时，天色突然明亮了起来，我们看到了富士山雪白的圆形山顶，真实的它看上去和无数画幅中的模样一样近乎虚幻。有人对我说过，谁要是在启程的那天看到身躯伟岸的富士先生，他定会重返日本。您是知道的，我这个人有个毛病，生性迷信，那就走着瞧吧，看看我那浪迹天涯的命运是否会再次把我带回这个微笑和鲜花的国度。

我们在轮船上遇见的第一个人是巴尔托罗（Bartolo），他是个追逐开采权的大商人，他在北京饭店一待就是好几个月，而您这时候恰恰正在中国内地从事您的那些神秘之旅。那时巴尔托罗首先打算用他自己发明的枪支去装备不存在的中国军队，后来他又试图把一个灌溉戈壁沙漠的计划兜售给中国政府。谁要是听了巴尔托罗以及除他以外那么多其他人为了中国人的福祉而想出的所有项目，一定能理解您对中国深深的同情，您总爱说“可怜的、可怜的中国人”。您对那帮可怜的公使的同情就少多了，他们每个人身边都有一批巴尔托罗这样的人，他们催逼公使去施加政治压力，为他们获得巨大开采权的愿望提供支持，在他们看来，这帮公使所做的永远不够，这种看法不时地表现在报纸上的攻击话语和议会的质问里。

巴尔托罗神采飞扬地告诉我们，他获得了最后一次申请的开采权，不是戈壁沙漠的那个，而是真正最后的一个，是红宝石矿的开采权。开始时他并不清楚该争取哪个省的开采权，是广西还是广东，因为这两个地方他本人都不认识，也不知道那里是否有红宝石。他查阅了李希霍芬[①]写的书，对于“去中国淘金”这种新的信仰的年轻门徒来说，此书堪称他们的福音书，巴尔托罗最后决定还是把宝押在广东。

对巴尔托罗自诩这么快就获得了这个开采权，我和哥哥颇为吃惊，尤其是因为中国人刚刚才设立了一个主管矿山的衙门，其主要任务就是拖延处理这类事务。巴尔托罗告诉我们，坐镇该衙门的最有势力的人物是年长的崔（Tsü）和年轻的齐

① 费迪南德·冯·李希霍芬（Ferdinand Freiherr von Richthofen，1833—1905），德国地理学家，于 1868 年至 1872 年在中国旅行，著有五卷集《中国——亲身旅行及据此研究的成果》（China. Ergebnisse eigener Reisen und darauf gegründeter Studien）。

（Tsi），他在天津的时候曾介绍小齐认识了一位既讨人喜欢又美貌动人的美国女郎，还暗地里送了一套金质茶具给老崔的小妾。从那以后，他的事情在这个中国人的委员会里就是走走过场而已，仅仅碰到过一些小麻烦。

巴尔托罗现在正要前往伦敦去组建一个股份公司，以便开采红宝石矿，他估计能从这个矿山获利几百万。为了这次航行他准备了大量的食品罐头和精美小食，每次船上用餐他都会从中拿出许多供他认识的所有人享用。他其实是个心肠不错的人，所以他希望借此让大家现在就在一定程度上分享他未来的财富。

每每听到人们谈论想在中国发家致富，我总为这些美妙的幻想而痛苦，这令我想起我在中国看到的无尽的、让人揪心的贫困，比任何其他地方都更为严重。这些财富到底该从哪儿弄来呢？没准是我搞错了，因为我只了解中国荒芜的北方，也许在那个我和巴尔托罗都从没去过的广东的街上真的遍地都是红宝石。

我必须结束今天的信了，因为我们想去林子里走走。但是我还会从这里继续给您写信的，因为我们还会在这里待上几天，以便从之前的旅行中恢复过来，为接下去的旅行养精蓄锐。这最初的问候只是要告诉您，我已经平安抵达大洋的彼岸。现在我要在脑海里架起一座桥梁，桥的一端在这里，另一端则触及北戴河那边的土地，无数承载友好记忆的真挚思绪正通过这座桥梁飞快地传递给您。

1899 年 8 月，温哥华

2

……

我们的船上还有几位俄国游客，以及从北京回来的英国和比利时工程师。他们在北京谋求铁路开发权，那些铁路也许要到几十年后才能获准修建，也许永远也不得修建。我清楚地记得您常常对我说，恰恰是索要铁路开发权一事令中国人恨之入骨。而大多数用威胁获得的让步从长远来看都毫无意义，提出这些要求只是为了比其他申请者捷足先登而已。这些人在北京炫耀他们获得的开发权，就像印第安人炫耀他们割下的带发头皮。没有一个地方像中国那样让我感到幅员辽阔，无边无际，然而似乎在任何地方也不像在北京这样，使我感到再广阔的世界也无法餍足人们的需求。在那里人们怀着嫉妒之心你争我夺，宁可让一个地方荒芜废置，也不愿让它落入别人之手。不管这个世界多么富足和辽阔，弱者将永远一无所获，因为强者的贪婪远远超过最广大的空间。

在船上听得到各种各样无休止的讨论，有关中国的未来，有关“开放门户”以及“势力范围”，也有关各国之间的分配和要求。那些在北京的圈子里只是轻描淡写地暗示出来的东西，却被这帮旅行者胆大妄为地公开谈论。你突然发现自己面对着的是一帮人面兽心的家伙，这才是他们的真实面目：他们总是觉得自己分得的那份太少，而别人得到的那份太多。每个人的心愿都以无伤大雅的天真直率透露出来：希望自己拥有封闭的、空间越大越好的势力范围，希望邻人总是尽量保持门户大开。这些辩论往往让我特别痛苦，因为它们为未来展示了充满无止境的争斗和压迫的丑陋前景。在那里滔滔不绝的只是个别人，大多是些毫无影响、无足轻重之辈，但他们的言谈却可以使人联想到时代的普遍精神，那就是用不择手段、只求成功以及凶残暴戾的态度对待世上一切不能自卫的人们。那两个日本人认真倾听着所有的一切，就算他们自己寡言少语，但还是能在他们身上感觉到，对于他们来讲，佛祖及其教义早已被抛到脑后，就像其他人早已背离基督和他的教诲一样。就连这两个日本人也已把欧洲人和美国人的基本准则化为己有：“吞噬一切，以免被人吞噬。”

外面雾气迷蒙，天色变得灰暗、冰冷。

有那么一两个旅客好像问了一句，是否有撞船的危险。得到的回答是：“在这样偏北的纬度上根本没有其他的轮船航行，就算我们和一艘帆船不期而遇，我们这条船也更为结实。”

于是船就在浓雾中继续前行，雾中报警的笛声均匀地响起，间隔的时间很长，令人不寒而栗。

其他的旅客不是进了吸烟室就是回到自己的舱房；我一个人留在甲板上，裹在我最厚的毛皮大衣里。

……

1899年8月，温哥华

62

今天夜里，我最亲爱的朋友，我醒来，想象自己又身在北京。我一定在睡眠中听到什么声响，这声响在睡梦中变成两块小竹板相互敲击的声音，它伴随着中国的更夫巡更。我多少次静静地倾听这嗒嗑嗒嗑的声响啊，先是轻轻响起，随即声音越来越大，然后又逐渐消失。在炎热的仲夏之夜，蚊子撞着蚊帐嗡嗡作响，整个大地似乎发散出它在白天吸入的热气，这时我听到这均匀的声响，仿佛是给我所有夜间杂乱无章的思绪配上低沉单调的伴奏。在北京寒冷的冬夜，白雪覆盖着巨大的灰色城市、高耸的城墙和墙外广袤的原野，整个活生生的世界仿佛消失在一片沉寂之中——这时在寂静之中这声响像最后的、经受住一切的主旋律：嗒嗑、嗒嗑、嗒嗑——快乐、痛苦、死亡——快乐、痛苦、死亡！

我尤其想起一些春天的夜晚，那时我在北京身患重病卧床不起，生命的火花像一束微弱的鬼火在我和屋外灰暗的虚无之间来来回回不稳定地跳跃着，不知是要离去还是留下。窗户大开；从院子里涌进白色丁香的芬芳；我从床上遥望布满星星的天空。一种异常虚弱的感觉侵袭着我，但也是一种极乐解脱的感觉——我觉得自己飘进了一片深蓝色的夜空，星星在向我致意——与此同时，如同轻轻的命运之语从正远远在我身下下降的大地传来：快乐、痛苦、死亡！——快乐、痛苦、死亡！

今夜我在这里，在另一个陌生的国度，我在梦中又听见了那个熟悉的声音。它在我的心头继续萦绕着，但是我不断听到的只有这一个词：死亡、死亡、死亡！我被一股难以名状的恐惧攫住，强烈地希望奔向那里，可又必须坐在这里静止不动，这是真真切切的绝望。我想去帮助和解救，然而这个声音一再响起：死亡、死亡、死亡！

这就像一种令人痛苦、备受煎熬的思念，最亲爱的朋友，这是对您的思念，思念您，牵挂您。我觉得恰恰在今天还要对您诉说成千上万的绵绵情话，还要保护您，不让您离我而去。为什么恰恰只是今天有这样的心悸和战栗？这恐惧不让我有一秒钟的清静，它把我从屋里驱到海滩，又从海滩驱回屋里，它就是不想离开，不像那些夜晚的鬼影，它们会从梦境过渡到清醒时消失；而这是一种不断增长的恐惧，就连现在我给您写信的时候也是这样。为什么是在援军想必已经离您很近的今天？另外就是这轻轻的声音，我夜里做梦时已经听到的：嗒嗑、嗒嗑、嗒嗑。这声音死死地跟着我。我不想听，却不得不一刻不停地听着它。我捂住耳朵，听到自己的血脉在跳动，嗒嗑、嗒嗑、嗒嗑。它像钟声似的发出轰鸣，像持续均匀的射击声：嗒嗑、嗒嗑、嗒嗑。——它究竟想要跟我说什么呀？我侧耳细听，侧耳细听。现在它变得很轻……就像来自遥远的地方，就像最后的快要停止的心跳，侵入我的身心……死亡、死亡、死亡……

这是什么意思？这是什么意思？

哦，恐惧！可怕！

1900年8月13日，贝维尤

65

……

最亲爱的朋友，今天，我觉得一定会得到您的消息，然后这封信就会立即发出。它该对您说……

起初这些话对我是空洞的声响。它们不具有任何意思。我慢慢才明白是怎么回事。外面的海水还在翻滚作响，海浪冲击着海滩——完全就像刚才那个不太遥远的时刻一样，当时我还没有听到这些话语。他再也听不到这海浪的声响了。说他死了就是这个意思吗？这封给他的信摆在我面前，刚开了一个头……他再也不会读到它了。说他死了就是意味着这吗？我的任何东西再也不能到达他那里了，是这样吗？就因为他自己已不再存在，整个世界对他也都不存在了，我对他也不再存在了吗？是这样吗？

我一直听到的只是这同样的话——他已不在了。一开始我不明白这话——现在这是我唯一知道的事了。这话充盈了整个世界——其他一切都沉没了。

哪怕我再见到他一次该多好啊！至少在最后时刻我要是在他身旁该多好啊！可他却孤身一人，不得不孤零零地死去！我用自己的孤独来衡量他的孤独，我用我的凄惨来衡量他的凄惨。

多年来他对我温柔体贴和关怀备至，爱着我——我直到现在才知道这爱有多深——我那时根本不能去想这个——必须消失——就在他把整个生命托付给我的地方。

唉，要是我现在能对自己说，有一个小时我是完全献给他的，那在他最后的脑海里他肯定能记起这一个小时的！

我自己要是能有哪怕这样一个记忆作为安慰该有多好！

但是我对他来讲什么也不是。就连他生命最后的时刻我都不能在他身边。他不得不孤零零地死去。

我要是能对他说一次："你其实一直知道我是多么地爱你，不是吗？"这该多好！

唉，我真该在他身边长眠地下！——

我只还能看到一个无边无际的废墟——道路如此荒凉，不知通往何处——这就是我的生活。

不计其数的人生记忆从我心底升起。所有这些记忆中都有他，也有我。我们只是不再有所知而已。我模模糊糊地感到，在所有的这些记忆中，我们都在不断地相互寻找，可是我们总是能够找到彼此吗？还是只是惊讶地认出对方然后迅速地分道扬镳？

我累了，好像经历了无数次的人生那样累。想要沉沉睡去。但是不想做任何梦，不想再知道任何事情。

唉，在可以离去和必须回来之间还有这么漫长的死寂！

时间在那痛苦万分的漫漫长夜走得好缓慢。不断地苦思冥想，就算我留在北京是否也无法阻止这一切？

现在我知道我们为什么得离开北京了：我该得到拯救，因为他当时大概已经对很多事情有所预感。

可是没有你的世界和没有你的生活还有什么意义呢？就算你一千个不愿意——你却一直吸引我追随着你。早在最最开始，一根看不见、扯不断的线就把我们两人紧紧系在一起了。我追随着你，常常已经几乎不知道自己是否还在人世。这是唯一的安慰。

自从和你分别以来，我就只是表面上还生活在这里，其实已经完全身在别处。在你身边。在那座你在世时我们一起待过的城市，以及更遥远更广阔的地方。你在世间停留过的所有地方，我的思绪都陪伴着你，在你所有的旅行中，我的思绪都在你左右——我凭借思念一直生活在你身边，为此我熟悉那些我从未到过的地方。我和你一起走过无边无际的平原，我在你身边越过荒僻的岩石隘口，我们一起登上陡峭的山峰，我和你一起站在黑暗的神奇庙宇中，共同聆听古老的智慧格言。——这才是我真正的生活，在你身边的才一直是真实的我。

现在你走得更远，去到最遥远的地方。但是我也会追随你而去。自从有了生命和意志，我一定已经追随你经过了所有的岁月。你如果要穿过太空去到其他的星球、月亮和太阳，穿越深沉的黑夜和明亮的白昼——我也追随你——别无其他选择！

我好像觉得我躺在这里已有好几个星期。其实只有几天。对我来讲空间和时间渐渐模糊。一分一秒都包含着如此无穷无尽的痛苦，如此折磨人的思念，我艰难地忍受着，像经历了永恒。过去的事情近在咫尺，仿佛触手可及……可是这双手也模糊起来……床脚移向远方无边的天际……我看不见自己的身体了……它变成了整个世界……痛苦……痛苦着世上所有的痛。

我几乎拿不住笔……一切都是乱七八糟的……一切都让我痛……越来越厉害。寒冷……黑暗。我和黑暗抗争……和恐惧抗争。我想要，想要，想要——神智清醒地死去。没有害怕——没有扭曲……深渊……惊恐！……可是……是快乐！……快乐！……去你身边。

他们为什么又一次唤醒我？为什么又延长痛苦？难道这还不够吗？我已经睡去了……握着你的手……好像……已经完结……可现在呢？……我再也找不到你了……哪里……到底在哪里啊……等待……总是一再地等……然后呢？……什么都没有了……

1900年8月21日，贝维尤

“他者之镜”——评伊丽莎白·冯·海靖的书信体小说《他未曾收到的书信》

张　意

书信体小说《他未曾收到的书信》（Briefe，die ihn nicht erreichten）发表于1903年，此书以义和团运动为背景，较真实地反映了当时的时代风貌，一经出版就深受读者欢迎，同年就再版46次，并被译成多种语言，成为当时德国最畅销的小说。很难想象这部包含对帝国主义殖民政策严厉批评的作品出自1896年至1898年间在中国出任德国公使的埃德蒙德·冯·海靖（Edmund Baron von Heyking，1850—1915）的夫人伊丽莎白·冯·海靖（Elisabeth von Heyking，1861—1925）之手。

一、文学世家——中国渊源：外交官夫人变身畅销书作家

伊丽莎白·冯·海靖出身文学世家，母亲阿姆加特（Armgart）是德国浪漫派作家阿希姆·冯·阿尼姆和同时代德国女作家贝蒂娜·冯·阿尼姆的女儿。伊丽莎白的外祖母贝蒂娜在年幼时结识歌德，并在1835年发表《歌德和一个孩子的通信》，从此走上文学创作的道路，成为当时颇有名气的女作家。而贝蒂娜的外祖母索菲·冯·拉·罗施也是作家，年轻的歌德曾经经常参加她举办的文化沙龙。她的成名作《冯·施特恩海姆小姐的故事》被当代德国文学批评界誉为“第一部德国女性长篇小说”（Beutin 2001，282）。

伊丽莎白于1861年12月10日出生在德国卡尔斯鲁厄市（Karlsruhe），父亲阿

尔贝特·冯·弗莱明伯爵（Albert Graf von Flemming）是普鲁士驻巴登州公使。伊丽莎白从小在母亲身边接受教育。根据她母亲的回忆，她六岁时就能看德文和法文书籍，地理也学得特别好。伊丽莎白后来也常常谈起自己儿时对异域风光和那里居民充满好奇和兴趣，认为这很好地预言了她后来足迹遍布世界各地的命运。

母亲过早地去世令伊丽莎白悲痛万分，濒于绝望。为了缓解悲愁，她前往意大利旅行，途中结识自己一位女友的哥哥斯蒂芬·普特利茨（Stephan Gans Edler Herr zu Putlitz，1854—1883），此人在大学执教。旅行结束时，两人宣告订婚。斯蒂芬对伊丽莎白充满好感，而伊丽莎白接受他，似乎不是出于爱情，而更多是出于理智的考量，为的是尽快克服母亲的离世给她造成的孤独感。婚后不久两人就发现性格不合，而且人生目标也存在很大差异。不久，伊丽莎白结识了自己丈夫的大学同学，普鲁士外交官埃德蒙德·冯·海靖男爵，两人交往频繁，惹来很多闲言碎语。斯蒂芬深陷痛苦、难堪的境地，最终自杀身亡。

1884年，伊丽莎白和海靖结婚，从此成为海靖夫人，跟随丈夫在国外度过了近20年的外交生涯。他们去过智利的瓦尔帕莱索（Valparaiso），印度的加尔各答，埃及开罗，墨西哥以及中国的北京、天津、上海和青岛等地，对他们在那里的生活和自己丈夫的外交官生涯海靖夫人在自己的日记中都有详细记载，该日记在她去世后于1926年以《来自世界四大洲的日记》（Tagebücher aus vier Weltteilen）为名出版。

1896年，海靖被德国皇帝威廉二世（Wilhelm Ⅱ）派往北京担任德国公使，海靖夫人随行。德国在完成统一后，特别是在俾斯麦下台、威廉二世亲政之后，外交政策开始从仅仅面向欧洲转变为带有强烈殖民主义色彩的“世界政策”（Weltpolitik）。作为一个飞速发展日益壮大的工业强国，其不断强大的国力使它已经不能满足于现状，对外扩张、拓展殖民地成为首要任务，而幅员辽阔、物产丰富的中国自然成为其觊觎的对象。海靖夫妇就是在这样的背景下来到中国，他们把为德国在中国获得最大的殖民利益视为最重要的使命，而海靖夫人也直接参与了这个使命的策划和实施，下文中的日记片段对此均有提及。

在1896年7月30日的日记中，海靖夫人这样记载：“午餐时，我和海军上将对我们获取殖民地的必要性进行了长谈。”[①] 在同年8月6日的日记中可以看到这样的话：“埃德蒙德的首要任务就是将这里的德租界变成一块繁荣的领地。”海靖夫人在同年12月的日记中详细归纳自己丈夫在中国的任务：

> 在这里，埃德蒙德应该提高德国声誉，为德国工业界争取一席之地，并

① 所有日记原文引自 Heyking 1926。

获取一个海军基地！我们还要问自己该如何抗争俄国和法国在这里的优势地位……

其实从1870年起，德国就曾经多次派遣地质学家里李希霍芬到中国进行地质考察。他在考察报告中详细介绍山东境内丰富的物产，更明确指出胶州湾作为深水港的优点，强烈建议德国政府占领胶州湾。作为新任德国驻华公使，海靖在北京任职后就开始奉威廉二世之旨向清政府索借胶州湾，但遭到清政府拒绝。1897年11月1日，两名德国传教士在山东巨野被杀，消息传到柏林，威廉二世认为夺取胶州湾的机会已到，下旨命令驻守上海的远东舰队司令率领舰队前往胶州湾，同时指派海靖向清政府交涉"巨野教案"。不到两周德国舰队开进胶州湾并强行登陆，中国守军一枪未放撤离炮台。海靖认为时机已到，便以"巨野教案"为借口向清政府提出诸多要求，包括赔款、修建山东铁路、租借胶州湾等，但均遭到清政府的拒绝。12月15日，由威廉二世的弟弟海因里希亲王（Prinz Heinrich）率领的一支规模更大的舰队前往胶州湾。此时清政府还在幻想通过和德国进行谈判解决胶州湾事件，并希望其他西方国家能够参与"调停"。然而那些西方列强一心只想自己如何从此事件中获利，根本不可能给清政府提供任何帮助。最终，清政府于1898年3月6日与德国签订《胶澳租界条约》，中方签约代表为李鸿章，德方为海靖。根据此条约，德国获得胶州湾99年的租借权以及修建胶济铁路和开采铁路沿线30华里（15千米）内一切矿产资源的权利，从此山东正式沦为德国的势力范围。

海靖夫人在自己的日记中详细记载了自己的丈夫与清政府谈判的整个过程，以下片段尤其值得关注。1898年1月4日的日记里有这样的记录：

> 在最后时刻，他们仍旧试图将租借期从99年减少至50年，对于这点埃德蒙德决不让步。我在家里无比紧张地期待谈判结果，一看到轿子到家门口，我就冲了过去，埃德蒙德马上冲我喊道："所有目的都达到了！"我们俩的快乐心情难以用言语形容……

对正式签署条约的1898年3月6日海靖夫人的日记里有如下记载：

> 午饭后埃德蒙德立即带着公使馆的全体成员前往总理衙门。他在那里待了三个多小时，这让我相当担心，因为这在以前从未发生过。等到他终于回到家的时候，家里正有客人，他在我耳边低语道："所有的文件都签署停当。"

一段重要的历史被海靖夫人的日记冠以如此细节、如此私人的脚注令人感慨，但这又恰恰真实记载了海靖夫妇在为德国政府实现最大殖民目标后的真实感受——欣喜若狂和得意扬扬，同时也反映了他们当时彻头彻尾的殖民者心态。

然而，为德国政府立下汗马功劳的海靖并没有获得柏林外交部的任何肯定。《胶澳租界条约》签订后不久，海靖即被调往墨西哥任职，从此不被重用。

丈夫事业上的失意使海靖夫人万分失望，痛感命运不济；陌生的环境以及长期和故乡的分离又让她乡愁满怀，备感孤寂，于是开始潜心写作《他未曾收到的书信》，1902 年柏林的《每日评论》（Tägliche Rundschau）匿名连载此作品，1903 年该作品单行本正式出版，很快成为畅销书。可以说是文学创作将海靖夫人从人生的低谷解救出来，而处女作《他未曾收到的书信》大获成功也使她决定从此步入文坛。后来她还发表过几部长篇小说和小说集，但都没有引起太多反响。1907 年海靖男爵因病退出外交界，他们举家搬到巴登巴登（Baden-Baden）。海靖夫人晚年在埃尔斯特河畔的克罗森（Crossen an der Elster）的城堡（Schloss Crossen）中度过，1925 年 1 月 4 日去世，享年 63 岁。

二、《他未曾收到的书信》之评析

《他未曾收到的书信》由一个婚姻出现问题的女子在离开中国经日本取道加拿大到达美国，再从美国前往柏林，并由柏林重返美国的旅途上，给她在北京结识的德国男友写的书信组成。书信体小说原本营造的是一个私密的话语空间，反应非常隐私和个人的内容。一个女子写给爱人的书信，理应充满对爱人无限思念的倾诉，但是《他未曾收到的书信》更多的却是借助信中提及的不同地方、各种人物和诸多事件将一个特定时期的时代风云展现给读者。这就使这部小说远远超出一般书信体小说的范畴，成为一部富有多种载体作用的文学作品。

小说书信的时间是从 1899 年 8 月至 1900 年 8 月，正值北京义和团运动高涨、外国公使馆被围和八国联军入侵时期。小说让一个当时历史的亲历者，也就是书信中的“我”对当时发生的事件进行详细叙述，比较准确地再现历史现场，提供了中国近代史的一幅生动画卷。

1. 小说中的“我”

小说中的女主人公——写信者“我”在旅途上经过很多地方，如日本、加拿大的温哥华、班夫（Benf）、美国的纽约、德国的柏林，还有“我”在德国的故乡加尔青（Garzin）小城等等。她在信中对这些地方的自然风光和人文景致进行细致的描述，所以这部小说也称得上一部游记。作为旅行的记录者，作者的身份是特殊的，她既有现实中人物的影子，也是文本的虚构者，她的身上体现了跨国界、跨种族、跨文化的特征。通过对异地游历的记录和叙述，作者也经历了一个发现真正自我的过程，能够更好地确认自己的身份，调整自己的思想和对世界的认知。

小说书信中最重要的部分当属女主人公“我”自己发表的各种观感。比如在去美国的邮轮上“我”借着对同行者的描述做出以下评论，以此揭示和批评西方列强当时对中国的殖民主义野心：

> 在船上听得到各种无休止的讨论，有关中国的未来，有关“开放门户”以及“势力范围”，也有关各国之间的分配和要求。那些在北京的圈子里只是轻描淡写地暗示出来的东西，却被这帮旅行者胆大妄为地公开谈论。你突然发现自己面对着的是一帮人面兽心的家伙，这才是他们的真实面目：他们总是觉得自己分得的那份太少，而别人得到的那份太多。（Heyking 1975，9–10）

小说中的“我”还在信中记录了她在旅途中遇见的各种人物：在中国千方百计争取矿山开采权的唯利是图的殖民者、在美国通过不正当手段发家致富跻身上流社会的新贵、老牌政客、狡猾势利的外交官、社会名媛、在中国传教的神职人员、到过中国对中国较为了解的外国记者、邮轮上的日本游客等等，这些人物都具有一定的代表性。小说通过对他们的描述或者借助这些人物自己的话语，对当时美国的国家状况、政治形势、欧洲对美国的态度、日本人当时的殖民心态也做出精彩的分析，并对美国未来在世界政治中所起的作用做出准确的预言。比如“我”在书中是这样评价美国的：

> 美国开始向所有的地方伸展它的触角——它也许根本就是这样，不可能是别的样子，因为人们在这里体会到一种业已集聚起来的巨大力量，迫不及待地等待着大展宏图的时刻，对它来讲根本别无选择，只能被客观事物的逻辑所驱使，去寻找更加辽阔的边疆，在越来越新的世界问题上一显身手。（Heyking 1975，34）

难能可贵的是，书中的“我”对即将遭受战火侵袭的中国人民深表同情：“现在大家想想中国人，想想那些可怜的陌生人。那里还将出现多少不可名状的苦难？”（Heyking 1975，141）

针对八国联军，“我”是这样评述的：

> 现在从各个国家都有船只开往遥远的东方；……这些哥萨克人、法国人、英国人以及意大利人，德国各个地区的子弟、美国人、日本人，甚至印度人——他们为什么要出征呀？在遥远的地球一角他们将与以前对他们也一无所知闻的陌生的黄皮肤男人相遇。迄今为止他们之间相隔数千里，他们既不会成为朋友也不会成为敌人，因为他们都不知道对方的存在。尽管如此，现在一批人会杀掉另一批人，人们还会称此行为精彩无比，是爱国行径。（Heyking 1975，140）

由此可以看出"我"应该是反对组织八国联军前往中国的，她谴责以所谓爱国主义名义进行的武力报复行为，认为归根结底总是最底层的老百姓沦为一切战争的牺牲品。

"我"甚至对上帝也进行反思，认为能够目睹世上发生这么多不公平的事情，却袖手旁观的上帝"……就不是那个按照自己的形象创造出人类的上帝，而是人类按照自己秉性里找到的最可怕的特性给自己构建的一个上帝""一个让成千上万的人为了少数几个人的错误而受苦受难的上帝"（Heyking 1975，140）。

"我"也对当时的新闻报道提出批评，指出这些耸人听闻的报道只是为了追求轰动效应，缺乏新闻道德：

> 报纸上这些可怕的消息——非读不可，真够折磨人的。有关北京的最近几次战斗的最恐怖的细节通过来路不明的途径被公之于世，这些细节被挑选出来然后作为标题用巨大的粗体字印刷出来，所有那些不幸的人们的痛苦被人为了商业投机的目的而遭到滥用，以满足大众对轰动效应的需求。（Heyking 1975，137）

可以说小说中的"我"是一个具有社会批判精神的女性。书中有对中国底层百姓的怜悯和同情，也有对清末中国社会种种弊端的揭露，有对西方列强瓜分中国的无耻意图的批评，也有对当时美国霸权倾向的精辟分析。这些都赋予此部作品社会批评功能，此小说也因此成为一部社会小说。

小说中的"我"像聊家常似的提到那些读者只有从历史书上才能获悉的地方和人物，比如：总理衙门、哈德门、李鸿章、慈禧太后、伍廷芳、康格（E. H. Conger）等等，带给读者阅读震撼，仿佛历史就发生在眼前，给此作品添加历史小说的色彩。

当然，也只有海靖夫人可以胜任对这段特殊历史如此细致的描述，因为她的写作和她的个人经历有着密不可分的关系。小说具有很高的真实性，接近自传体小说。“我”非常接近作者本人，海靖夫人甚至在小说中直接提到她的外祖父阿尼姆：“我”在信中记录自己在柏林时去拜访了她的姨夫，“他书桌上方的墙上挂着一幅大理石浮雕。上面雕刻的是姨夫早已过世的夫人，那轮廓鲜明的侧影看上去和阿希姆·冯·阿尼姆或者拜伦有明显的相似之处”（Heyking 1975，94）。

当然，“我”和阿尼姆的亲属关系并没有海靖夫人和阿尼姆的亲属关系直接。但是从各种意义上都可以说书信中的“我”就是作者的代言人。

“我”原本对北京抱有很大成见、甚至强烈反感，就像作者本人。海靖夫人在 1897 年 2 月 20 日的日记中对北京有这样的描述：“您根本无法想象这座野蛮人城市的生活条件有多么恐怖，因为即使是看到过东方最可怕和最肮脏的村落的人也预料不出北京是怎样一座城市。”海靖夫人对北京之所以产生这样的印象是和她的贵族淑女身份，以及她在欧洲受到的教育密切相关的。初到北京，她必然以欧洲对东方的先入之见和行为准则来观察这个陌生的地方；不同的文化背景和生活环境必然引发激烈的认知冲突。但是，“我”在离开北京之后竟然对它产生了无比的思念，她所厌恶过的地方变成她念念不忘的地方：“有些人一旦在北京生活过，以后就再也放不下它，总是要不断地说起它或者写到它。我担心我也已经变成了这样的一个人”“……我常常把北京称为痛苦之城、灾难之城——可我热爱这座灰暗阴沉的城市。我现在经常清楚地感觉到，好像我是属于它的，好像它会永久地收留我，不管我离它的距离有多么遥远。”（Heyking 1975，60）可见北京已经成为她思想的一部分，她已经把自己的心留在北京，把自己的情也置于那片土地，再也割舍不下。随着小说中的“我”后来把北京当作自己心灵的第二故乡，海靖夫人本人也慢慢纠正了自己以往对北京的认知偏差。

2. 小说中的“您”

书信中的“您”是一个纯粹杜撰出来的人物，也应该是作者心目中的理想人物、一个完美的化身。“我”在信中这样提及“您”：

> 自从我们到达北京以后我已经听到许多有关您的事情：您在中国进行的奇特、冒险的旅行，都是那些欧洲人几乎从未问津过的地方；您的那些珍奇的收藏，您和坐落在偏远地区的庙宇里的喇嘛结交的友谊，这些喇嘛从来没有和其他外国人说过话，可是他们把您几乎视为他们当中的一员，这归功于您的那些佛学研究。（Heyking 1975，124）

> ……在我眼里您一直就是那个和中国人建立起真正联系的外国人。您认识朝廷官员、监察官、帮会头头、文人，而其他欧洲人则认为对这个国家人民的事情了解得越少越好，并以此为骄傲……您也许是唯一一个对中国了如指掌的欧洲人……（Heyking 1975，128）

“您”应该是秉着东西方文明平等的观念来到中国的，他以严谨的科学研究精神和深厚的文化理解力对待在中国大地上的所见所闻。“您”的行为和那些怀着经济或文化殖民主义意图来到中国的西方商人、外交官以及传教士截然不同，也不同于那些普通的以猎奇为目的的西方冒险家或者旅行者。这些人对中国都持有一种傲慢的态度，冷漠地对待中国的实际状况，对普通百姓的生活视而不见，对中国文化存在严重隔阂。他们常常抱有自负以及文化优越感，只会对当时中国落后的生活环境牢骚不断，不会主动去探究正在剧变中的真实中国，也不可能发现普通中国人身上的美德，更无法在丰富多彩的民间生活和浩瀚深厚的文学艺术中体味中国文化的内在本质和魅力。“您”同情中国人，喜欢置身其中，愿意与中国人交往，甚至与他们结为朋友。所到之处，“您”积极了解当地的文化和习俗，学习中国语言，以一种科学客观、人性平等的态度考察中国。可惜这样一个完美的人却是无名的，而且也在使馆被围困的最后时刻死去，永远留在中国的土地上，留在小说女主人公的心里，并将随着她的离去而消失。这使这个人物成为一个完全的悲剧人物。

当然小说中的“您”也是有一定的东方主义烙印的，“您”虽然对中国、中国文化和中国人充满好奇，也显示出足够的好感，并做了一些实际改善中国人生活的事情，比如在寒冷的冬天，为饥寒交迫中的乞丐提供食物，但这里体现的更多是一种居高临下的“关注”和“同情”；一提到中国人，“您”总是说：“可怜的、可怜的中国人。”而他最后的行为在西方人眼里固然是勇敢的“自我牺牲”，但很容易被当代读者，尤其是中国读者理解为一种“拯救他人”的救世主情结。

3.“他者之镜”

中国读者还可以借小说信件中记录的诸多人物的对话了解 1900 年前后西方人如何看待中国，如何看待义和团运动以及如何看待他们自己在中国的所作所为。比如书信中记述了一次关于义和团运动起因的不寻常的对话，一位在中国试图借着攫取开采权大发横财的商人认为“中国人可是一个知足常乐、易于统治的民族啊！”（Heyking 1975，112）此话充分体现了一位典型的西方殖民者对中华民族的曲解。对此，小说中的常驻中国的德国记者希尔伯施泰因（Silberstein）试图加以修正：

> 这是所有民族中最听天由命的民族…… 他们本来对生活便要求不高，倒也乐天知命。可是越来越多的人来到这里，向他们讲述进步和变迁，大家都有一个商品，都想把它作为不可或缺的东西强加给他们，比如宗教、战争武器、铁路和轮船…… 当他们日益发觉，外国人把中国鄙视地看作是一只西瓜，已经熟透，可以切开瓜分的时候，他们的政治仇恨觉醒了。（Heyking 1975，113）

希尔伯施泰因的这席话较为客观地反映出当时中国的状况，并且体现了作者本人对西方殖民者在中国的所作所为的反省。“……我们正面对不可逆转的重大事件，而这些事件是由我们自己的过失造成的。”（Heyking 1975，113）此话可以算是一个有良知的西方人对西方殖民行为的较为深刻的反思，应该也代表了作者本人的态度。

“我”在书信中对中国、对北京当时的状况发出如下的感慨，实际是在谴责西方列强瓜分中国的贪婪企图和恶劣行径：

> 没有一个地方像中国那样让我感到幅员辽阔，无边无际，然而似乎在任何地方也不像在北京这样，使我感到再广阔的世界也无法餍足人们的需求。在那里人们怀着嫉妒之心你争我夺，宁可让一个地方荒芜废置，也不愿让它落入别人之手。不管这个世界多么富足和辽阔，弱者将永远一无所获，因为强者的贪婪远远超过最广大的空间。（Heyking 1975，9）

小说借“我”的书信又对北京有以下的描述，展示了由西方人眼里北京具有的异域风情：

> 您不是经常带我到古老灰暗的北京城里去看那些风景如画的景点吗？这些地方平素外国人也许永远也无缘光顾，而这些幽源之地独具一格的特征提供了怎样的绘画题材啊！您曾经带我走进一座原本一直对外紧闭大门的寺庙，在那里我用画笔记录下奇特的神像或者宁静的寺庙庭院，庭院里缕缕阳光透过百年古树的枝丫，婆娑起舞，洒落在身着黄色袈裟的僧侣身上，僧人靠着一只巨型铜狮的基座，狮身已蒙上一层青铜绿锈，僧人手指拨弄着念珠，神情淡然，与世无争。（Heyking 1975，44）

“我”在另外一个地方又指出，“在北京，政治是一种能和所有东西都掺和在一起的作料”（Heyking 1975，62），短短一句话一针见血地勾勒出北京在当时特定情形下有别一般的特点。

谈到中国人，“我”一再强调的是神秘感和陌生感，在这点上还是或多或少体现了东方主义的影响：

> ……我们所见到的总是那些同样让我们不可理解的人们，他们过的是和他们相似的人们数千年来过的同样的生活，街上总有同样一拨熙熙攘攘的人群，在我们眼里，他们一模一样单调划一，显得如此神秘莫测，他们象牙色的额头犹如世间关闭的大门，我们永远也无法进入。（Heyking 1975，14）

《他未曾收到的书信》以西方人的视角、西方人的叙述方式讲述义和团运动前夕的中国，在一定程度上反映了当时的时代风貌。可以说，小说既是一部文学作品，也是一份历史材料。作者对中国有感叹，有同情，也有偏见；作品中反映出的中国，有一定的真实性，也不乏误解；但这也是一面镜子，一面“他者之镜”。

三、结语

《他未曾收到的书信》是一部书信体小说。无独有偶，海靖夫人的外祖母贝蒂娜创作的《歌德和一个孩子的通信》也是一部书信作品。而贝蒂娜的外祖母索菲·冯·拉·罗施的成名作《冯·施特恩海姆小姐的故事》也是一部书信体小说。海靖夫人继承了自己两位伟大前辈的传统，并将书信体小说这个深受早期德国女性作家偏爱的文学体裁进行了发展和升华。

总体上讲，《他未曾收到的书信》打破了用欧洲文化中心主义和殖民主义权势话语构建起来的东方主义的思维模式。小说中的“我”的思想历程印证作者本人的思想转变。海靖夫人在作为外交官家眷期间形成的那些殖民主义和帝国主义的想法和世界观，随着自己不断增长见识，经历更多事件，遭遇更多打击，经过足够时间的反省和反思以后，在她创作这部文学作品时得到很大程度的更正。此书借女主人公之口对当时中国，尤其是北京的社会现状、西方列强对中国的分割企图以及当时美国的政治野心和欧洲国家对中国的政策发表的种种前卫看法，和她在当外交官夫人时的日记中流露的强烈的帝国主义和殖民主义思想相比，有了本质的不同，可以说是很大进步。也许作者正是借着文学创作来消解自己由于过去持有的强烈殖民思想而引发的负罪感并由此来进行自赎和自救。

思考题

1. 《他未曾收到的书信》这部书信体小说与传统书信体小说的不同在哪里？
2. 作者如何借助这部小说阐述她对殖民主义的批评？

参考文献

[1] Wolfgang Beutin u.a.. Deutsche Literaturgeschichte. Stuttgart: Metzler, 2001.

[2] Christof Hamann, Cornelia Sieber. Räume der Hybridität – Postkoloniale Konzepte in Theorie und Literatur. Stuttgart: Georg Olms, 2002.

[3] Elisabeth von Heyking. Tagebücher aus vier Weltteilen. Berlin: Koehler & Amelang, 1926.

[4] Elisabeth von Heyking. Briefe, die ihn nicht erreichten. München: Wilhelm Heyne, 1975.

第三章　亨利希·曼
（Heinrich Mann）

皮波·斯巴诺（节选）

冯亚琳　译

……

这狭窄的佛罗伦萨究竟还有没有个完？马勒沃特突然渴望呼吸到他山丘上的空气，渴望呼吸到那被橄榄球叶浸透的、充满月桂树气息、苦涩而又温柔地轻拂着他的嘴唇的空气。车轮的咯吱声在夜幕笼罩着的小巷里回荡，马与车的阴影在墙上跳上跳下，郊区的房子终于清晰起来了，花园中洒上了一层月光。

“我征服了前面那座小山，我的房子就建造在上面，而且不仅只是它，所有这些小山丘都被我征服了。”

他的手在空中划了一个半圈，滑过远方隐隐在现的小丘，仿佛滑过一个女人的胸部。

“这个国家所有的城镇乃至最后一幢房屋，我都不得不去征服，因为没有哪一幢房屋曾经属于我。是的，没有哪个角落里的哪一条秘密小径了解我的身世。现如今试想一下：你出生在海上，母亲是个外国人。像一个热情的、身着链环衫的朝圣者出于虔诚甘洒一腔热血一样，你的悲剧艺术狂热地追求这个国家，追求它的每一寸土地。

现在我站稳了脚跟。意大利的每一个人都知道我正在用词句覆盖的那张纸摆在哪个村庄的哪一张桌子上。今晚那么被征服的人从我身旁走过，整个剧场的人都为我所倾倒！喝彩声就有过十一次。王后的赞美，都灵伯爵的祝贺。在接下来的庆功宴上，有代表祝词，市长祝酒，部长阁下发来了贺电。同行们只得用嘲弄为自己排解。然后呢？没有了。宴会上没有一个女人。没有女人，这一切还有什么意思呢？”

马勒沃特手托下巴从车子里探出身来。他注视着路旁盛开的花树在淡淡的月光中变幻飘忽。马车驶近门萨拉桥时，他似乎发现前面的高坡上行驶着另外一辆车，但很快又不见了；那辆车的车篷是翻上去的。马车夫什么也没有看见。这么晚了，有谁还在乡间大道上游荡呢？

“那些女人——她们是否知道一切原本都是为了她们而发生的呢？有些人装出一副信奉精神的样子，却并不知道精神——这个要人扶助的稚童没有我们的感知它既不能站立也不会行走。我们只有自己的感受。但它是给谁的呢？它的最高价值是什么呢？啊，伏案写作无异于对女人白费心思的追求，通宵达旦的写诗作文无异于一无所获的销魂之夜。女人们明白这些吗？我何需再问。她们对天才的怀疑，她们对那种蠢货——那只属于她们，而不是属于书本的蠢货的偏爱，已让我领教了。女人与书本，两者无缘。

我清楚地记得，一个二十来岁的诗人对她们有那么多的话要说，以致他笨拙地沉默着。他寻觅过很多的激情，这对于那些醉心虚荣的女人无疑是莫大的负担。那时候我做过每一个在沙龙里、在巡礼彩车中露过脸的女人的梦。倘若她们中间有一个人理解我的话，我会狂热地毫不迟疑地拜倒在她的石榴裙下。她们可都不笨，没有一个人愿为我们这些神经衰弱、过度兴奋的灵魂带来一点慰藉。她们不喜欢我们的落落寡合，瞧不起我们的清高文雅，只乐于与功成名就者为伍。她们获得了她们想要得到的人，这是女人的天运。她们这些人类中的经久不衰者让我们这类病态人不知不觉地毁于她们之手。而我却崇拜她们，因为我崇拜力量！

就在那个时候，我突然摆脱了怯弱，诱骗了我自身也诱骗了年轻的诺拉公主。多么令人惊讶的事！一个工资微薄的家庭教师，贵夫人们连包都不屑让他拿一下……我绝望中的这一举动一下子贬抑了她们所有的人。那位被诱骗的加里波里公主，她是谁？在她面前我曾不得不垂下脸睑。直至今天我仍有向下看的习惯。打那以后我对女人的每一次放肆都大获成功，虽然每一次我都需要勉强自己。

有人责备我粗野，这比骂我放肆更甚。有个俱乐部成员拒绝和我决斗，声誉委员会居然认可了他的态度。这帮蠢货，他们怎么会知道我的粗野正是出于对自己骨子里的温柔的惧怕。我的苦衷在于理解力太丰富，疑虑太多，对别人的痛苦有太多的预感。我生性就是个失败者。当我遗弃身败名裂的诺拉公主时，我是多么的自愧呦——即使是今天，倘若我在罗马那种半上流社会中遇见她，我也会心虚的。

那个杰出的悲剧演员，那个因我而苦恼过的蒂娜不也常常让我发怵吗？”

马里奥·马勒沃特把身子往后靠了靠。他激动地看着远处的山。灰蒙蒙的月光下，一座宫殿骤然出现在树海叶浪中；一束细细的、燃烧着的光宛如一缕情思投到一颗树冠上，顿时把它变成了一朵淡红色的云。

她如今生活在地球的哪一个角落？我已经好久没有她的消息了。这次她居然拒绝担当我《阿拉希讷》一剧的女主角，这真是够严重的了。是我无缘无故地得罪了她？谁能像我们俩人这样，深谙苦难之事又擅长酿造苦难呢？我们都明白，俩人在一起并相互补充，便都能得到成功，能成为了不起的艺术家。正因为如此，虽然不间断地相互诅咒，虽然日复一日地心灰意冷和相互憎恶，我们还是一次又一次地重新凑到了一起。世界上没有哪一出滑稽剧能与我们的爱情相比。在我们所有的激情的背后，所有燃烧着我们生命的野性的背后，都隐藏着一个贪得无厌、追求每一个新角色的舞台效果的、似笑非笑的幕后人——艺术。

我们往往都会突然发现对方是在演戏，两个人都恶心得要吐，于是愤然离去……但是四个月后，我们则又都出现在排练场上。这是职业需要，与爱情——那种年轻人为之彻夜辛劳为之奋力追求声誉的爱情无丝毫关系。只是我真想知道，如果不带来爱，声誉又有何用？……唉，声誉和爱情一样都像幽灵，你越是穷追不舍，它越是远远地躲避。当我还是个无名小辈的时候，它是有形有体的！它是一位挥动着金色王冠的国君！自从我付出高昂的代价，一点一点地夺取它之后，自从我弄清楚它的制作过程之后，它却触不着，摸不到了。它成了由我本人抛洒出去的、关于我自己的光闪闪的假象。实际上它并不属于我，我的真面目没有人知道。

这么说吧，这个马勒沃特对待女人和生活都有股子果断劲儿——名声不大好。他是个铁手腕的生存竞争者，这是他的艺术的灵魂所在。种族的伟大力量在一位诗人身上复活了。可见这种伟大的力量即便是在一个狭小的胸膛里也挺立得起来。在他的作品中，传统的文化充满生机……得这么看，不能让人看到的是我藏在阴暗角落中的恐惧以及每一个女人、每一部作品、每一个健康的男人所带给我的屈辱。不能让人知道我为了我热血沸腾、有生命的一面所付出的代价，那灵魂不时的痛苦的呼号和身躯所受的煎熬——我不愿意别人知道这一切！哪怕每一个人成功的背后都有痛苦在作祟，可我不照样可以自豪吗？

我对一部作品的骄傲，都是一种忧郁伤感的情绪，因为它并不是力量而是意志所创造的。我的生命不具有力量，它只是像尼俄柏[①]一样把渴望的双手拼命伸向高处。我渴望得到的却是我已经到手的——就像我至今仍向往女人一样。我做着与二十岁时同样的梦，只不过更加希望渺茫。因为我已经试验过了，她是永远不会充

① 希腊神话中的人物。因炫耀她的七个儿子和七个女儿，嘲笑太阳神阿波罗的母亲女神勒托只生了一儿一女，被阿波罗神杀死了所有的孩子。尼俄柏最后变成一尊哭泣的石像。

当一个戏子的伴侣的。她太像我了。我能给她什么她又能给我什么呢？她自己也需要喝彩声，要用热情来报答——她对我来说太过昂贵了。我需要我的感情，好向人们摆弄；我必须吝惜我的灵魂，好使别人因之而陶醉。我把生命分发得越多，我自己就会越发贫瘠。

充满热情，甘愿自我牺牲，毫无疑虑，无所企求——不追求掌声也不要回报，不在乎外界舆论以及自己的名誉和前途，聚敛她生命中的一切精髓，毫不犹豫地投入我生命的怀抱，丰富我并和我同呼吸、共命运，这样真正的、罕见的女人对我来说是不存在的。即使她活生生地步入我的房间，奇迹也无法完整。因为在我的心灵深处，在我的生活之中，没有她的位置。不能得到她，她过于伟大，过于坚强；有的只是得到她的渴望。

今天晚上我坐在台上，透过幕布上的小洞我又一次渴望得到她们。”

马里奥·马勒沃特把头朝后一仰，叹了口气，深深地凝视着泛白的银河：

“她们，我几乎全都认识。其中几个我已经占有过，另外几个我本来可以占有。但又何必！难道要我利用她们培养自己的伤感情绪，促使自己社会地位的提升？就像当年利用年轻的诺拉公主吗？利用她们来钻研二十个不同的角色？就像利用悲剧演员蒂娜一样吗？或者要她们像米密一样，由我编织于她于我都不相干的激情的花环，而她只充当一个可怜巴巴的、空虚的活动玩偶而已？还是让她们最终看清我、蔑视我、羞辱我、赶走我？……用眼睛一个个地摘星星是会疲倦的，更何况到后来两手空空呢！

今晚在剧院的楼厅里，她们便是这般闪烁着光芒的！”

他打量着一个成熟的巨大的星斗：

“丽诺佐有着希腊式的长长的塌鼻子，两只细长的眼睛靠得很近，眉毛上方贴着黑油油的发浪，宽阔的嘴唇涂成了朱红色，湿润、柔和而富有活力。每当她把闪闪发亮的扇子轻轻挡在唇旁，或者当她脑袋向后靠，身子斜倚着，眼角飘着微笑时，她是最令人神魂颠倒的……我在王后包厢里逗留时，她一直望着这边。她的虚荣心很强，我是能够把她弄到手的。”

马勒沃特的眼光又停留在别的星斗上：

“波格菲娜勒红褐色的头发隆得很高，和肥大的鼬皮领子一起拥着一张下颌下垂的、胖乎乎的脸，一双眼睛闪着野性的光。她是第一批抬头向我包厢招呼致意的人。她那扭曲的脸让我想起那么多女人佯装出的激动。或许她是真诚的？

那个又黑又瘦的兰克莱多妮公主简直不可思议。陡峭的脖颈顶着一颗小小的僵直的头，鼻子和额头线条模糊，柔弱白皙的削肩裸露着，下方垂着镶有花边的衣袖。寒光闪闪的冠冕之下，公主打着呵欠……今晚我在我的帷布之后强暴了她！我向她发出胜利者的欢呼。我知道比起每夜把她搂在怀里的人，我更能品出她的滋味。但这又所剩几何？充其量只是让我多印出几行文字罢了。但对于我，在我灵魂深处又有什么？……

还有那些年轻的姑娘们！她们的座位离舞台很近，个个眼睛都是亮亮的，从一个无径可寻的世界里向外窥望着。康托吉有一次与我躲在小洞后面的眼睛相遇，她那种目光令我大吃一惊。可它射向何处我却不得而知。

她们中有谁会前来牵着我的手，把我带进她们的王国去感受什么是坚强和纯洁呢？

不会有的。因为她们自己也更急于学会表演生活中的喜剧。孩子般的盖玛·康托吉新近从乡下来，要嫁给到处游荡的花花公子兰蒂。多干净！

要想通过女人来忘却自己，也许应该对她是何人一无所知。今晚正厅前排坐着一个陌生女人，她头戴丝绒蝴蝶结宽檐帽，帽下一幅优美的、线条刚劲的侧面像；一条飘悠悠的粉色罗纱巾一直遮到嘴的下端……”

车子到瑟蒂格那诺广场上拐弯时，马里奥·马勒沃特还在胡思乱想着；教堂的拱形矮墙被月光抹上了一层淡蓝色的薄粉。一盏孤灯在这广袤无垠的星夜里发着幽暗的光，山野小镇正在夜幕中沉睡。

从什么地方传来一声轻微的响动。马里奥·马勒沃特发现右边的深巷中有一个黑色的物体在移动：不错，正是适才的那辆车，车篷子是卷上去的。一丝月光突然落在上面，一个白色的身影向外探了探。这辆车是附近谁家的？没看见过，车夫答道。转眼，它又消失在阴暗中了。

他们离开小巷走了一段下坡路。马里奥·马勒沃特下了车，穿过一段矮树篱笆，走上十一个台阶，便站到了他的门前。门敞开着，他的仆人躺在门口睡着了。

马勒沃特从仆人的身上跨了过去，在门厅的桌子上拿了一盏灯，上楼走进工作间。书橱上身着古式紧身裙袍的女人胸像都淡漠而沉静地微笑着，做着永不消逝的僵死的梦。月光下，她们额头上巨大的珍珠似乎在链条上微微晃动着。

屋里很亮，马勒沃特熄了灯。他走到敞开着的阳台门口靠在门框上：花园在月光下显得白惨惨的！山脊上罩着厚厚的一层树叶，墙角也被橡树的枝叶遮住了。一切都闪着银白色的、神奇的光芒，缠绕在枯死了的柏树上的紫藤也仿佛披上了一件银色的外衣，只有山茶花像幽灵一般红得滴血。

马勒沃特转过身来，他吓了一跳——刹那间他似乎看见那个比真人更大的人在雪亮的墙上正拔剑举向空中。面对这幅每日陪伴着他工作的画，他心里嘀咕着：

“我们又见面了。傍晚我离开你时心里充满了战斗前的兴奋和紧张，无法预料即将来临的是一场巨大的胜利还是一场屈辱的失败。我胜利了。这胜利在美酒和赞颂声中不断膨胀，我是在胜利在握时离开的。我只消从怀里把它拿出来欣赏就行了，不是吗？然而在回来的途中，在充满思绪的月夜里，它却变成了一场失败——啊，一场无言的、苍白无力的失败，它比人们向我喝倒彩更加惨重，更加令人难以忍受。

你也经历过这样一场胜利吗？它在喧闹声中突然转身而去。战争和艺术，这是同一个超越人性的放荡不羁！你尝过纵酒狂欢后恶心的滋味吗？回答我！皮波·斯巴诺！

你叉开两条铁一般的腿挺立着，一双铜一样的手横握着长剑。你身材细长轻盈，随时准备一跃而起，去追捕，去热烈地拥抱，去残酷地搏斗，去经受酒与血的洗礼。甚或你的名字也发出刀剑飞舞的呼啸声，然后落下沉重的一击。你宽阔的胸部披着护胸甲，优美的腰部系上了一条金色腰带，映衬着军服活泼的蓝色。两撇胡子又短又尖，瘦脸上的嘴巴用力向外凸着，灰黄色的卷发闲散地罩在脸上，眼睛睁得圆圆的，斜视着的目光既机警又咄咄逼人。看久了脸上似乎有微笑——冷峻而又自负的微笑。它与其说是看到的，不如说是想象出来的；它使人慌乱，让人畏惧却又紧紧地吸引住你。你想反抗最终却得崇拜它。

你该遭受过何等惨重的挫折哟——否则你怎能如此懂得春风得意！你同与你同样伟大的画家定然都经受过深沉的痛苦。你的一生和画像都是伟大的艺术品。它们之所以有光辉的顶峰，正是因为它们都有过可怕的深渊。噢，你这个土耳其人的战胜者，别再伪装了！我听得见你遭受重击时的狂叫声，看得见你被朋友出卖时的狼狈相，体会得出女人用那尖尖的指头抠你心肝时那种惬意的疼痛！”

马里奥·马勒沃特交叉着双臂，他向前靠了几步，眼睛盯着司令官的脸低声说道：

“你看，那种惬意之后我正在受苦！我太脆弱也太理智，所以我塑造与我不同的人，所以你才会站在这儿，充当我的良知迫使我向上，弥补我贫乏的兴趣，充实我泛泛的苦恼——我们这些缺陷累累的后辈往往安于此道。我们的艺术在精神上代表着中产阶级。无病呻吟式的技巧充斥了七十年的市民生涯，同时又为了几个铜板和几枚镍币玩弄着痛苦和欢乐。这样的艺术家只会来回在自己的灵魂中——在自己堵塞了的灵魂中——开发苦闷公之于世，还自得不已。他们对真正的强者和五光十色的生命却不屑一顾，满怀敌意和讥讽。

然而我就想这么生活！我要挥霍。在我短促的岁月里，我的艺术应该为我创造出强有力的第二生命！至于那个软弱不堪的‘我’，我不愿知道什么，我已经从他那儿领教够了。我要经历陌生的美人，陌生的痛苦，要完全陌生的。要有教养、有追求有献身精神的女人。她们是发泄痛苦的能工巧匠，在一块大理石上敲得出地狱里的鬼魅来，她们的痛苦是幽灵中驱赶精灵的飓风……我要去她们那儿，去那些尚不知喜怒无常为何物的人那儿。她们的命运尚未定局，广阔的天地正期待着她们去战斗，啊，她们可以冲锋上阵了！

我要进入她们的生活，就像进入一个暴力与令人神往的献身精神并存的世界一样，那里荆棘丛生，茂密而又峻险。去领略无可言状的、灭亡的乐趣，去享受难以置信的美妙；在那儿痛快地活着，毅然地死去。”

“皮波·斯巴诺，你所能爱的女人便是对我全部向往的奖赏。她将是最后一个从那充满魅力的世界中来到我的面前。不是吗——”

马里奥·马勒沃特忘情地越说声音越大：

“她向我迎面走来，不是吗？你相信吗，皮波·斯巴诺？她——”

他顿住了。他发现她站在那儿。

月光一下子把小客厅从阴影中拉了出来。她就站在客厅的门槛上。她白色的衣裙又抹上了一层月光，乌黑浓密的发辫衬着苍白的脸，鼻子小巧，嘴唇线条有力，胸部随着呼吸一起一伏。银线绣花从她娇小、纤细的身上和脖颈上散落开来，像是活了一般。她抬起胳膊去撩门帘，衣袖飘飘洒洒变成了许多花萼片，里面的手臂犹如花蕊在月色下闪闪发光。

马里奥·马勒沃特不由得后退了几步。他摸了摸额头，是幻觉？他喝了不少酒，更做了不少幻梦。可他的心跳得平静有力，神志也比以往更加清醒。这身影怎么还不退去？……他急忙地往前迈了两步，它仍不动，还开口说话了！

“马里奥·马勒沃特，我爱你。我来就是为了能和你相爱。”

年轻的姑娘轻声但很干脆地说。

艺术对生活的颠覆——亨利希·曼中篇小说《皮波·斯巴诺》

冯亚琳

亨利希·曼出生于德国吕贝克（Lübeck）的一个富商家庭。1893 年随家人迁往慕尼黑，至第一次世界大战前夕曾在法国、意大利等多处逗留。1931 年亨利希·曼当选为普鲁士艺术科学院主席。1933 年希特勒上台后，他被开除出艺术科学院开始其流亡生活。1940 年他前往美国，定居在加利福尼亚州的圣莫尼卡。1949 年被选为德意志民主共和国艺术科学院主席，在即将启程返回德国之前，于 1950 年 3 月 12 日逝世。亨利希·曼一生共创作了 19 部长篇小说，55 篇中短篇小说，11 部剧本和大量政论、散文。主要作品包括长篇小说《臣仆》《垃圾教授》；历史小说《亨利四世》；政论和散文集《精神与行动》（Geist und Tat，1910）《理性的独裁》（Diktatur der Vernunft，1923）等。

《皮波·斯巴诺》（Pippo Spano）写于 1903 年，是亨利希·曼最著名的中篇小说之一。小说讲述了一个生活在佛罗伦萨的意大利剧作家马里奥·马勒沃特（Mario Malvolto）的故事。马勒沃特风流成性，生活对于他仅仅是逢场作戏的舞台。在这个舞台上，他最大的愿望就是征服，征服读者，征服观众，尤其是征服女人。他一边享受着女人对他的崇拜，一边不断在她们身上寻找着艺术创作的灵感。一天晚上，他的悲剧上演又一次大获成功，他回到住所，想要独自品尝自己的荣耀。不料，有一位少女翩然而至，来到他的身边。少女名叫盖玛·康托吉（Gemma Cantoggi），是伯爵家的千金，新近从乡下来到城里，准备嫁给浪荡公子蓝蒂（Lanti）。盖玛美丽过人，却单纯幼稚，恰恰是这一点，强烈地吸引着马勒沃特，以至于他觉得自己这一次是真的爱上了一个女人，而不再是仅仅利用她。正当两人爱得死去活来的时候，盖玛从城里带回来一个令他始料不及的消息：有人拍到他们在一起的照片，而这些照片正在城里的大街小巷被人传看着。这种情形之下，死亡似乎成了他们唯一的选择。然而，在马勒沃特鬼使神差般地杀死盖玛之后，自己却放弃了——因为，“没有哪个演员在喜剧剧终时会真的去自尽”（亨利希·曼 2010，452）。

《皮波·斯巴诺》自问世以来，一直被评论界视为足以与托马斯·曼的《托尼奥·克勒格尔》（Tonio Kröger）和《威尼斯之死》（Der Tod in Venedig）相媲美的艺术家小说。自 18 世纪中叶以来，随着以写作为生的作家职业的诞生，艺术家问题就一直是德语文学中的重要主题。而艺术与生活之间的关系则一直是这一主题的核心。到了 19 世纪末、20 世纪初，艺术和生活之间的矛盾，艺术家身份与市民身份的冲突变得更加不可调和。从这一意义上讲，亨利希·曼的《皮波·斯巴诺》不仅对于德语文学中的艺术家小说有着代表意义，也对于充满了世界末日的悲观主义情绪的世纪交替时期具有典型意义。而这一典型意义，首先体现在小说塑造的两位男女主人公身上。

和托马斯·曼笔下的托尼奥·克勒格尔一样，《皮波·斯巴诺》中男主人公马勒沃特享受着在艺术创作上的巨大荣耀，他为此受到众人的追捧，更受到女人的青睐。与此同时，他却陷入深深的孤独之中，造成这种孤独的原因固然有同行的嫉妒，但更重要的是，他作为艺术家的与众不同以及他的与生活之间的彻底隔绝。马勒沃特自命不凡，认为艺术可以使他成为世界的强者。在他位于佛罗伦萨郊区的别墅中书房的墙上，悬挂着14、15世纪曾大败土耳其人的步兵统帅皮波·斯巴诺（Pippo Spano）的画像，他是马勒沃特偶像，是勇敢和强大的化身：

> 你叉开两条铁一般的腿挺立着，一双铜一样的手横握着长剑。你身材细长轻盈，随时准备一跃而起，去追捕，去热烈地拥抱，去残酷地搏斗，去经受酒与血的洗礼。甚或你的名字也发出刀剑飞舞的呼啸声，然后落下沉重的一击。你宽阔的胸部披着护胸甲，优美的腰部系上了一条金色腰带，衬映着军服活泼的蓝色。两撇胡子又短又尖，瘦脸上的嘴巴用力向外突着，灰黄色的卷发闲散地罩在头上，眼睛睁得圆圆的，斜视着的目光既机警又咄咄逼人。看久了脸上似乎有微笑——冷峻而又自负的微笑。它与其说是看到的，不如说是想象出来的；它使人慌乱，让人畏惧却又紧紧地吸引住你。你想反抗最终却得崇拜它。（亨利希·曼 2010，426）

马勒沃特向往成为像皮波·斯巴诺那样的征服者，只不过他所使用的武器不是刀剑，而是他的悲剧艺术。他要用它征服这个国家的“每一寸土地”“所有的城镇乃至最后一幢房屋”（亨利希·曼 2010，420），但他要征服的主要对象还是女人，因为在他看来，“没有女人这一切还有什么意思呢？”（亨利希·曼 2010，421）。于是，他和像“来回飘舞的小绸旗”（亨利希·曼 2010，420）一样的交际花米密（Mimi）有过一段风流韵事，与杰出的悲剧演员蒂娜（Tina）一起培养激情，他甚至诱骗了年轻的诺拉公主（Nora）。他让她为自己神魂颠倒，然后又将之遗弃，任其身败名裂。

就这样，艺术与生活的分裂造就了马勒沃特的人格分裂。在他狂热的征服欲下面，隐藏着的却是自卑和怯懦。这是他人格中的另一面也是其真实的一面。他努力掩饰着他的自卑，掩饰着他的恐惧和屈辱感：这里的一切曾经都不属于他，因为他“出生在海上，母亲是一个外国人”（亨利希·曼 2010，420）；他惧怕自己内心的温柔，他苦于自己疑虑太多，生性就是一个失败者；他渴望女人，但她们没有谁“愿为我们患有神经衰弱、过度兴奋的灵魂带来一点儿慰藉。她们不喜欢我们的落落寡合，瞧不起我们的清高文雅”（亨利希·曼 2010，421）。然而也正是如此，马勒沃特更需要女人，他崇拜她们，因为他崇拜力量；他占有她们，因为他要通过她们变成生活的强者。正因如此，马勒沃特深知，他的激情是表演出来的激情，就像女人乐于与功名为伍一样，他寻觅爱情仅仅出于醉心虚荣的天性，在所有的激情和燃烧着生命的野性的背后，“隐藏着一个贪得无厌地追求每一个新角色的舞台效果的、似笑非笑的幕后人——艺术”（亨利希·曼 2010，422）。

就像瞧不起自己一样，马勒沃特也蔑视那些和他一样在演戏，需要掌声和喝彩声、需要热情来报答的女人们。在他看来，那种“充满热情、甘愿自我牺牲、毫无疑虑、无所企求——不追求掌声，也不要回报”（亨利希·曼 2010，420）的女人是不存在的。直到盖玛（Gemma）的出现，她的孩子般的单纯、她的对爱的执着和义无反顾改变了他的看法。如果说，起初在他眼里，盖玛只不过是剧院里众多仰慕他的艺术、等待着他的追求的年轻女性中的一个，那么，随着她踏入他的生活，随着她侵入他的卧室和书房，他反而成了被征服者。一开始，他如同往常一样研究着自己的角色，为描写爱与爱人不断寻找着动人、贴切的词句；他观察爱人，为的是发现她的“奇特之处”，挖空心思地要“找到一个新奇的词句”（亨利希·曼 2010，435），将一切经历包括内心的感动变成文字。为此，他责备自己，可到了后来，当马勒沃特失去了遣词造句的能力，当他因此而焚烧了自己的书稿的时候，他自以为重新获得了生活，获得了爱的能力。

马勒沃特的错误在于，正在他自以为战胜了艺术，成为生活的拥有者的时候，他却恰恰受到了艺术的误导。在他眼里，盖玛美丽自然，天真无邪，是生命的涌泉所在，他却全然忘记了，恰恰是艺术，是他自己创造的作品的人物将盖玛引到他的身边。从这个意义上讲，真正的诱惑者是艺术，盖玛是被艺术诱惑的人，她误以为创造美好的人必定是美好的，而马勒沃特则成了被诱惑的诱惑者，尽管他面对盖玛，曾经踌躇徘徊，担心自己的虚伪会伤害姑娘的纯洁和直诚，但是他没有意识到的是，盖玛实际上爱的并不是他本人，因为她一开始甚至不知道他姓甚名谁，她的爱归根究底指向艺术，是他创造的角色。这样的一场所谓的爱情最终是建立在误会之上的，甚至连两个人殉情的决定也是一场误会，无怪乎马勒沃特自己最后也不得不承认，“这原来又是场喜剧”（亨利希·曼 2010，452），而他和盖玛则都不过是这场喜剧中的角色，如此而已。

“艺术”和“精神”是小说《皮波·斯巴诺》的关键词，与此相应，马勒沃特一直称自己是“喜剧演员”。与此相对的是“生活”和“感情”。前者是马勒沃特拥有的和实现的，也是他所鄙夷的，后者是他不具备的，因此是他所期盼得到的。前者是虚伪的面具，后者是生命的真谛。换句话说，在《皮波·斯巴诺》中，艺术和生活是对立的，甚至是水火不相容的。二者无法融合，只能取其一而不能同时拥有。对于马勒沃特来说，是精神让他的生活失去了直接性，而精神本身也不过是一个“要人扶助的稚童”（亨利希·曼 2010，421）。作为作家，他既是艺术的创作者，同时又是它的俘虏。他一方面梦想着用艺术为自己“创造出强有力的第二生命”（亨利希·曼 2010，427），另一方面又期待着进入“有教养有追求有献身精神的女人”（亨利希·曼 2010，427）的生命，到那里去经历原本的生活，体验生活带来的欢乐与痛苦。

如果说，生活在马勒沃特那里变成了第二手的，成了受艺术操纵的对象，那么，在盖玛那里，艺术则替代了生活，从而导致她生活在幻想中。她误将虚构的艺术世界当作了生活本身。或者说，她误将艺术世界当作了理想的生活世界，就像她对马勒沃特所说的那样：“今天晚上在你的剧中，我又看见了我所熟悉的你的书中的人物，他们在生存，在死亡。比起同我进餐的人，同我坐彩车的人要热烈得多……”（亨利希·曼 2010，430），正因为如此，当马勒沃特期盼着盖玛能“伏在他的胸部给他鼓入生命之气”，“拯救他，引导他进入神圣的生活”（亨利希·曼 2010，433）的时候，当他甚至为此不惜放弃艺术，从而去重新学会感受的时候，盖玛却极力督促他重新拿起笔来。她要充当他的缪斯，要他从她的身上“获得灵感”（亨利希·曼 2010，441）。

就这样，在艺术与生活的较量中，最终是前者颠覆了后者。盖玛直到死到临头，才认清了马勒沃特伪君子的真面目，并直呼他为“杀人凶手”（亨利希·曼 2010，451），而后者则把自己的惨败归罪于那个他一直以来都视为偶像的皮波·斯巴诺：“你，你说，如果是你，你会怎么办？你经历过这样的惨败吗？你这个诱骗我的强者，你曾是我的知音。这一切都是你的罪过！我该怎么办！”（亨利希·曼 2010，452），

马勒沃特与皮波·斯巴诺之间类似的对话在两个层面上引人注目。其一，这些对话直接暴露了马勒沃特不为他人所知、他也不愿意让他人得知的脆弱、敏感的内心活动。具有讽刺意义的是，这一对话与其说是马勒沃特和偶像之间的对白，不如说是他自己的内心独白。因为对方只是一幅画，也就是说，即使作为偶像，皮波·斯巴诺也是被艺术过滤了的。艺术在展示其形象的时候，一方面充当了媒介，一方面也在展示自己。如此一来，马勒沃特即使是最隐秘的内心活动也失去了直接性，只能借助艺术作为投射对象。

这种以“对话”形式展现出来的人物内心独白是《皮波·斯巴诺》艺术变现手法上的一大特点。其二，小说还使用了大量的真正的“内心独白”和“自由间接引语”。这些现代小说的艺术表现形式，一方面展现了人物的内心活动，另一方面也

强化了艺术对生活的陌生化和间隔效果。这一点，尤其表现在马勒沃特写给盖玛的信上。这封信，马勒沃特没有将其付诸笔墨，而是在盖玛离开的间隙，一边在花园里漫步一边“在心里”（亨利希·曼 2010，434）写的。读者发现，马勒沃特即使在倾诉他对“我所钟爱的盖玛”（亨利希·曼 2010，435）的深情的时候，即使在表达徘徊在生活和艺术之间的痛苦的时候，还在不断地斟酌着词句：

> 也许在今夜我们紧紧拥抱时，我就已经开始背离你了。天知道，我那时是否在搜寻描绘这种拥抱的词句，盖玛，艺术便是你的情敌，你不要轻视了它。
>
> 当你走进房间张开双臂时，它往往会把我按在它硬邦邦的胸部上。（亨利希·曼 2010，435）

小说在这里使用了叙述者评论，说：“马里奥·马勒沃特一边注视着一串紫藤从他握着的手中滑出，一边在斟酌，硬邦邦的胸部？艺术有硬邦邦的胸部吗？暂且让它这样。”（亨利希·曼 2010，435）

上述引言显示，写这封信本身既有“内心独白”的特点，是自吟式的，同时又具有艺术创作的性质。或者换句话说，即使“内心独白”也被艺术化了，他与其说是给盖玛写的，不如说是给读者写的。而由此而来的自我感动，无非是自欺欺人而已。

从上述叙述者方式上看，《皮波·斯巴诺》不仅具有传统意义的中篇小说的特点，它还结构严谨，情节颇具戏剧性，也符合歌德所说的讲述一件闻所未闻的、“新奇的事件”（Krämer 1976，29），但作为一篇现代的中篇小说，它的重点则放在了刻画人物的内心世界，展示人物的人格分裂上，而内心独白和“自由间接引语”的使用，恰恰在展示作为艺术家的主人公渗透到骨子里的孤独感和内心矛盾方面起到了不可替代的作用。

如前所述，变现艺术与生活，精神与感情，艺术家与市民之间对立关系这样一个主题的，并非仅有亨利希·曼的《皮波·斯巴诺》。但这一主题之所以在 20 世纪初的德语文学中频频出现却有着深刻的文化和思想史渊源。尼采就曾认为，“现代艺术家”在“生理学上更接近歇斯底里主义”。他尖刻地批评“对谎言的兴趣”主导着时代，指责同时代人“内心对进入一个角色和面具，进入一种假象的渴望”（Scheuer 1996，80）。与此同时，世纪末的文化悲观主义情绪、唯美主义的审美思潮、盛行一时的颓废派以及虚无主义，都在这部小说上打下了明显的烙印。换句话说，不了解 19 世纪末、20 世纪初欧洲文化的基本状况，就无法理解这部小说的典型的青春艺术风格，无法透视它所具有时代意义的主题。

从另外一个层面上讲，这部小说不仅与当时社会的思想文化背景密切相关，还同作者本人的艺术成长之路密切相关。因为，亨利希·曼对于艺术与生活之间对立关系的关注，并没有就此终结，更没有掉进后启示录式的文化毁灭论的桎梏，而是开启了一种自我批判的态度。小说通过对马勒沃特这一人物的塑造，展示了一个类型，而这个类型身上显然也有作者本人的影子。虽然说，这样一种自我批判在《皮波·斯巴诺》中还显得有些自我折磨式的隐晦，还缺少足够的自信和自如，但它在摆脱唯美主义的道路上迈出了关键的一步。正像作者后来在他的《臣仆》《垃圾教授》《精神与行动》《左拉》《亨利四世》等作品中所展现出来的，自我批判逐渐被社会批判所替代，而批判的矛头更指向后来“被称作法西斯”（Scheuer 1996，75）的一类人物。

思考题

1. 什么是唯美主义？亨利希·曼这篇小说的唯美主义色彩表现在哪里？
2. 作为艺术家小说，《皮波·斯巴诺》的主题是什么？

参考文献

[1] Helmut Scheuer. Heinrich Mann: Pippo Spano. In: Interpretationen. Erzählungen des 20. Jahrhunderts, Bd. 1. Stuttgart: Reclam, 1996.

[2] Herbert Krämer. Theorie der Novelle. Stuttgart: Reclam, 1976.

[3] 亨利希·曼.皮波·斯巴诺.冯亚琳，译//张玉书，等.德语文学与文学批评：第 4 卷.北京：人民文学出版社，2010.

第四章　赖纳·玛利亚·里尔克（Rainer Maria Rilke）

布里格手记（节选）

陈　早　译

很难让我相信，浪子的故事不是一个不愿被爱的人的传说。还是孩子时，家里所有人都爱他。长大了，他习惯了他们心的柔软，不知此外还能如何，因为他是个孩子。

少年时他却想摆脱习惯。他说不出口，但整日在外面游荡的时候，他连狗也不愿意带，因为狗也爱他；它们的目光中有关注和同情、期待和担忧；不论在它们面前做什么，都免不了让它们高兴或委屈。那时他以为这是他心里内在的冷漠，有时候在清晨的旷野，冷漠如此纯粹地攫住他，他开始奔跑，要甩掉时间和呼吸，那一瞬他意识到清晨，他不想止于此刻。

尚未出现的生活的秘密在他面前展开。他不禁离开小路，跑进野地，他张开手臂，好像能在这个宽度里同时掌握许多的方向。后来他摔倒在某处的灌木丛后，没有人注意到他。他给自己削笛子，向一只小小的食肉兽砸石头，弯下腰强迫甲虫掉头：一切都不是命运，天空走着，就像在自然之上。终于到了有种种念头的午后；是海盗岛[①]上的海盗[②]，也不是非当海盗不可；围攻坎佩切[③]，占领维拉-科鲁兹[④]；可以是整支军队，或是马上的将军，或是大海中的船：全凭他自己感觉。如果突然想

① 海盗岛（Tortuga）：位于海地北海岸多岩石的岛屿，是历史上著名的海盗基地。1630年左右，由于劫持西班牙商船而被法国政府驱逐的海盗占领此岛并在此定居。

② 原文法语：Bucanier。

③ 坎佩切（Campêche）：墨西哥湾南部城市，由西班牙殖民者建于16世纪，城中保存有殖民时期的城墙，也有更古老的玛雅遗迹。

④ 维拉-科鲁兹（Vera-Cruz）：位于墨西哥东南沿海坎佩切湾的西南岸，是墨西哥东岸的最大港口。

要跪下，就立刻成为德奥达·冯·戈丛[①]，杀死恶龙、接受审判，他热血沸腾，因为这位英雄桀骜不羁、从不服从。他不遗余力，想法多多益善。即便有再多想象，仍还会有一段只做小鸟的时间，不确定是哪种。然而，得回家了。

我的上帝，竟要摆脱、要忘记这一切；真正遗忘是必要的；否则当他们凑过来，就会泄露自己。不论怎样迟疑不决，怎样四下张望，最后还是出现了山墙。上面的第一扇窗盯住你，也许有人站在那里。等了一整天、越来越焦虑的狗从灌木中冲出，追逼你成为那个它们想要的人。剩下的家会做。只要走进它满满当当的气息，大部分就已经决定下来。小事情还可以改变：总体上你已然是那个他们在这里认可的人；他们早就用他微薄的过去和他们自己的愿望为你制作出生活；那是种公共活动，日日夜夜被他们的爱影响，在他们的希望和猜疑间，面对他们的指责或赞许。

万分小心地上楼也没用。所有人都在客厅里。只要一打开门他们就看过来。他在暗处停下，等他们问话。却出现了最讨厌的事。他们抓住他的手，把他拉到桌边，不论多少人在场，他们全都好奇地探身到灯前。他们可好，全在暗处，唯独他有脸，所有耻辱都随光落在他身上。

他会留下来，自欺欺人地过他们指定给他的似是而非的生活，变得整张脸都和所有人相似？在他意志的敏感真挚和他们毁掉他的粗暴谎言之间，他会把自己分裂开来吗？他的家人只有衰弱的心，他想成为的那个人将伤害他们，他会放弃吗？[②]

不，他要离开。比如说，在他们全都忙着用那些一猜就中、能补偿一切的物品为他布置生日餐桌的时候。永远离开。很久以后他才会明白，为了不把任何人置于被爱的可怕境地，当时他曾多么坚定地打算永远不去爱。多年之后，他突然想到，和其他决心一样，这也是不可能的。因为他在孤独里一次又一次爱过；每一次都挥霍掉他全部的天性，每一次都因他人的自由处于无法言说的恐惧。慢慢地，他学会用情感的光透射被爱之物，而不是把它吞噬。被爱者开启了他无尽的占有欲，她们日渐通透的身影让他看到欲望的广阔，他纵溺于这种喜悦。

他渴望自己也这样被照透，否则他怎会彻夜哭泣？可是一个顺从的被爱者远非爱者。哦，无望之夜，他曾经汹涌的馈赠得到七零八碎的回报，因无常而沉重。否

① 德奥达·冯·戈丛（Deodat von Gozon）：圣约翰骑士团骑士，违禁杀龙后谦卑地服从了大首领的审判，后来得到宽恕。

② 在《圣经》原文中，浪子离家是为了“任意放荡，浪费钱财”（路加福音 15，13）。但在里尔克笔下这个人物离家的动机显然不是为了满足低级的感官欲望。《圣经》原文中宽容的家人，在此处却成了面目模糊的软弱庸人。

则他怎会想起吟游诗人？他们无所畏惧，只怕被回应。为了不重蹈覆辙，他花光所有赚到、攒下的钱。他用粗鲁的交易伤害她们，日日担忧她们会试图接受他的爱。因为他再也不抱希望，会遇到穿透他的爱者。

甚至在那种时候，当贫穷每天以新的艰难恫吓他，当他的脑袋成为苦痛的心爱之物而头破血流，当他遍体疮疡，好像睁开应急之眼对抗祸患的黑暗，当他被人丢弃在垃圾前不寒而栗，因为他同样也是废物：即便那时，他想，他最大的惊恐依然是，被回应。在拥抱中一切尽失，比起这致密的悲伤，所有这些阴郁又算得了什么？不是曾在醒来时感到，没有了未来？不是曾经徒然游荡，却无权冒险？不是必须千百次许诺，不会死去？不堪的回忆一次次重现，要守住一席之地，也许正是回忆的顽固使他的生命得以在垃圾中继续。终于又有人找到他。直到那时，直到牧羊[①]的那些年，他的许多过往才平息下来。

谁去写，当时他经历过什么？哪位诗人能让人相信，当时他日子的漫长会与生命的短暂达成一致？哪种艺术足够开阔，能同时呼唤出他披着斗篷的瘦削身影和苍茫夜色的无际无垠？

那段时间之初，他感到自己平凡无名，像一个迟疑的康复者。除了愿意存在，他再无所爱。羊群低微的爱与他无关；就像光透过云落下，在他四周散开，在草地上柔和地闪烁。羊群以饥饿留下无罪的痕迹，他随之默默地在世间的草原上前行。陌生人在卫城看到他，也许他早已是一位雷堡[②]的牧人，看着石化的时间战胜高贵的家族，他们用七和三赢得的一切却无法征服星徽上的十六道光芒。[③]或者，我应

① 《圣经》原文中是放猪。

② 雷堡（Les Baux）：也译为波城，是普罗旺斯小镇，位于阿尔勒山脉核心区域，教皇城阿维尼翁南部的军事重地。里尔克 1909 年 9 月 22 日至 10 月 8 日在阿维尼翁期间曾到此地游玩。

③ 对此里尔克曾对《手记》的波兰语译者胡莱维奇（Witold Hulewicz）做出如下解释："雷堡：普罗旺斯的风景胜地，牧区，时至今日依然以雷堡亲王的宫殿遗迹著称，在 14 和 15 世纪这个王公家族以英勇无畏、以男人的伟岸和女人的美貌而闻名。关于雷堡的亲王们，是的：也许可以说，这个氏族的石化时代长存不朽。闻所未闻的宫殿风化入银灰色的坚硬风景，氏族的存在就仿佛石化其中；这个地区，靠近阿尔勒，造化令人难忘的奇观，丘陵、废墟和村庄，荒凉着，与所有的房屋和瓦砾一起，再度化为山岩。四周牧场广阔：因此牧人被唤到这里，在紧邻奥朗日剧场的此处，在卫城，他带着羊群，柔和，永恒，就像云，飘过那些大起大落后依然躁动着的地方……一如大多普罗旺斯氏族，雷堡的王公们也是迷信的领主。他们的崛起令人胆寒，他们幸运无度，财富无人可比。这个家族的女儿们女神和精灵般四处游荡，男人则是暴风骤雨般的半神。从征战中他们不仅仅带回珍宝和奴隶，还有最不可思议的王冠；他们曾一度自称'耶路撒冷之王'……但他们的纹章上坐着矛盾的蠕虫：他们相信数字 7 的威力，把 16 视作最危险的对立之数，可雷堡纹章上却是一颗 16 道光芒的星辰。（这颗星，曾把三王带出东方，把牧人引向伯利恒的马槽：因为他们相信自己起源于圣王巴尔退则……）该族的'幸运'是圣数'7'与纹章上 16 道星光的战争（他们拥有的城市、村庄和修道院总是与 7 相关的数目）。7 败了。最后一位，17 世纪葬于那不勒斯圣基娅拉教堂（Sta.Chiara）的巴尔佐侯爵（ Marchese del Balzo，他是最后一位，因为今天意大利的巴尔

该把他想在奥朗日，靠着乡间的凯旋门[①]休息？我应在阿利斯康[②]居住着灵魂的影子里看到他？那里坟冢敞开，好像属于复活者，他的目光则在茔地间追逐一只蜻蜓。

无所谓。我不止看到他，我看到他的此在那时已开启对上帝漫长的爱，那静寂的、无目的的工作。[③]他本想永远控制住自己，可他的心只能如此，日益强烈。这一次他希望回应。他那在漫长的孤独中变得有识且不惑的完整天性许诺他，现在要爱的这个懂得用透彻光亮的爱去爱。然而，当他渴望着终于能至高无上地被爱时，他那习惯了远方的感觉却领悟到上帝的望尘莫及。夜来了，他想投入上帝进入苍穹；在那些充满发现的时辰里，他感觉自己强大得足以潜入大地，把它掀翻，高举到他心头的骇浪之上。好像一个人听到极美的语言就狂热地打算用它写诗。有另一种震惊等在前面，他将体验到这种语言多么沉重；最初他不愿相信，为写出第一个短短的、无意义的假句子，竟要流逝漫长的一生。他全神贯注地学习，就像竞赛中的跑者；然而需克服的障碍之密集让他举步维艰。再想不出什么能比初学者的境况更让人屈辱。他已找到智者之石，现在却被逼把迅速成金的幸运不断转化为耐心不成形的铅。已适应苍穹的他却要蠕虫般歪歪扭扭地前行，没有出路，没有方向。如今，当他这样艰难痛苦地学着去爱，他才明白，迄今所有他误以为承担过的爱多么草率低微，无一能有所成，因为他尚未开始爱的工作、尚未实现它。

这些年他心中发生了巨大变化。为靠近上帝而做的艰难工作却使他几乎忘记了上帝，也许他希望逐渐在上帝身边达到的一切只是，"支撑一个灵魂的耐心"[④]。人们所倚重的命运的偶然，他早已置之度外，可如今，连不可或缺的乐与痛也失去了杂陈的五味，变得纯粹，能为他给养。他的存在之根生发出坚实耐冬的植物，结满丰盈的喜悦。他心无杂念，只想把握构成他内在生命的东西，什么也不愿跃过，因为他毫不怀疑，他的爱在一切之中存在、增长。是的，他的心内观照如此广阔，以至于他决定弥补某些从前他无力承担、只能空等的大事。他首先想到的是童年，回忆越是平静，它就越显得被荒废；一切童年的记忆都有种预感般的模棱两可，它被视作已过去的，却正因此几近于未来。一切重来，真正把它承担起来，这就是远行者回家的原因。我们不知道他是否会留下；我们只知道，他回来了。

佐家族用了这个姓，却不是普罗旺斯血统）似乎还知晓这场战争：如果我没弄错，他的墓碑上刻着相关的铭文。"（译自 Rilke: Briefe, Frankfurt am Main, 1950, Bd. 3, S. 890ff）。

1917 年 7 月 4 日在给丹麦译者容函斯（Inga Junghanns）的信中里尔克也对数字 16 和 7 做过类似的解释。

① 奥朗日的凯旋门，公元前 1 世纪为纪念恺撒而建。

② 阿利斯康（Allyscamps）：阿尔勒的古罗马墓地遗址。

③ 比较第 52 节手记"去缓缓做那些把我们与他隔开的漫长工作"。

④ 原文法语：Sa patience de supporter une âme，可能出自圣特蕾莎。

罗丹《浪子》

讲过这个故事的人们，试图让我们在此回忆起那幢房子的曾经；因为那里只过去一点点时间，一点点屈指可数的时间，房子里所有的人都能说出有多少。[①]狗已经老了，但还活着。据说有一只叫了起来。全部日常生活都中断了。窗边出现了许多张脸，变老的，长大的，动人相似的脸。一张很老的脸突然变白，因为认出了他。认出？真的只是认出来？——原谅。用什么原谅？——爱。我的上帝：爱。

他，被认出的人，他太专注，从未想过：爱还会在。可以理解，当时发生的事情里，流传下来只有这个：他的姿势，闻所未闻、无人见过的姿势；那是祈求的姿势，他跪倒在他们脚下，恳请他们不要爱。[②]他们大吃一惊，迟疑地扶起他。他们宽恕他，以他们自己的方式解读他的狂热。尽管他的姿态明确得绝望，可没有任何人懂他，这一定让他难以形容地自在。很可能，他会留下来，因为他日渐清楚，他们沾沾自喜、彼此暗中鼓励的爱与他无关。他们竭力去爱的时候，他几乎禁不住微笑，很明显，他们不会想到他。

他是谁，他们知道什么。现在他沉重得可怕，谁也爱不动，他感到只有一个人可以。他却还不愿意。

---

① 出走的浪子经历了大千世界、重返家乡时，家里的一切仍然冥顽地重复着世世代代的节奏，浪子的体验就是对私人诗化时间的写照。这种时间让他思考自我，让他决意找回童年，也让他掉头返乡，这是因为，在摆脱计时的那一刻，私人时间突然放缓、放大，过去、现在和未来通融为一体，一道开显出来，只有回溯过去，未来才有意义，而在未来面前，过去如梦方醒。

② 浪子祈求的姿势，里尔克参考了罗丹的雕塑《浪子》。里尔克曾评价罗丹说："他造的物，不仅裹在最近处的空气里，也被整个天空环绕。……他能塑造一种让他感到伟大的姿势，并迫使空间参与其中。"（Rilke: Sämtliche Werke, 6 Bd., E. Zinn (Hg.), Frankfurt am Main 1955-56，Bd. 5, S. 194.）罗丹的雕塑《浪子》表现的就是这种姿态："不知为何，它突然有了《祈祷》（Prière）这个名字。那不是一个在父亲面前下跪的儿子。这种姿势需要的是一位上帝，做动作的人是所有需要上帝的人。这块石头包含着天地，它在这个世界上茕茕独立。"（Ebd., S. 194f）

孤独者的澄明——评里尔克的《布里格手记》

陈　早

赖纳·马利亚·里尔克是20世纪初最伟大的德语诗人之一。生于布拉格的里尔克，青年时代曾担任法国雕塑家罗丹（Auguste Rodin，1840—1917）的私人秘书。在巴黎生活期间，里尔克创作出他平生唯一的长篇小说《布里格手记》。完成小说后，里尔克多方漂泊，最终定居瑞士。

1902年8月，计划撰写罗丹专题论文的里尔克离开妻女，只身前往巴黎。陌生而新鲜的大城市让不满27岁的年轻诗人颇受撼动；与罗丹的朝夕相处及后来接触到的波德莱尔（Charles Pierre Baudelaire，1821—1867）和塞尚（Paul Cézanne，1839—1906），更促使里尔克重新反思生活和艺术。这一次的巴黎之行，开启了里尔克中期创作生涯的高峰（1902—1910年），他一改早期浪漫抒情的诗歌风格，开始有意识地排除主观情愫，学习尽可能客观地观看和言说。随着观念的改变，里尔克的个人风格日渐成熟，特色鲜明的咏物诗便是这些思考的实践产物。在同时期诞生的《布里格手记》中，更处处可见里尔克对生命和艺术的思考痕迹。

作为里尔克平生唯一的一部长篇小说，《布里格手记》的创作始于1904年2月8日，完稿于1910年1月。漫长的时间跨度一则说明里尔克下笔之谨慎，二则暗藏着读者可能遭遇到的阅读危机。小说的主人公马尔特·劳瑞茨·布里格是28岁的丹麦破落贵族。这个家道衰败、茕茕零落的年轻诗人把他的巴黎生活、童年往事和阅读体验零散地记录在手稿之中；没有情节贯穿始终的《布里格手记》，正是由这71节看似各自独立的片段式随想拼缀而成。在给波兰译者胡莱维奇（Witold Hulewicz，1895—1941）的回信中，里尔克曾亲自解释过小说的结构：手记片段如同马赛克，彼此错落互补，以此成就整体。（参见Engel 1997，297）

在语言使用方面，里尔克选词严谨，专而不僵，很多反复出现的关键词本身就蕴含着多重解读的可能，它们的意义在行文过程中不断延宕拓展，更有许多意象与里尔克的其他作品遥相呼应，形成不断循环的互文结构。节奏上里尔克语言顿挫，句子相对精悍，很少拖泥带水，错愕惶恐抑或缱绻柔情，均呈现出克制的清醒。叙事诡谲，描写凝练，衔接突兀，出人意料的副词和定语，使文字质感生涩，读者则不得不因为能指符号[①]的阻力放弃日常语言的惯性，进入另一种因无助而缓慢的阅

① 瑞士语言学家索绪尔（Ferdinand de saussure，1857—1913）认为语言符号由"能指"和"所指"组成。能

读模式。从这种意义上讲，里尔克写作的重要目的，就是去帮助能指符号凸现自身，由此得以表现的语言的质感正是诗性的所在，而诗恰恰是在翻译中丢失的部分。单就这一点而言，翻译本身就是陷阱，妄图对等地转化语言本身的质感，而不仅仅是它传达的信息，无论如何都是西西弗斯的宿命。

线性叙事的阙如和打破常规的诗性语言，使这部二百余页的小书获誉为“第一部真正现代的德语小说”（Engel 2013，318）。然而，行文结构的陌生，因果理性的瓦解，打破空间透视和逻辑时间的个体感受，非工具性的凝视，灵光突现的直觉，却使小说中的世界时空参差、支离难解。在马尔特笔下，鬼魂颠倒了生死，君王上演着命运，圣者在生活中融化，女人言说出天地不仁的大爱。这样的书写，是体味虚空的游戏，是解剖恐惧的武器，是咀嚼生死的安全之地。可是，被冠以书写者之名的马尔特本人，却始终如幻影般面目模糊。他没有明确的个性，没有现世的人际交往，没有物质生活的目标或动机，他永远是疏离的局外人，以观察和回忆求活，以阅读和写作为生。这个形象稀薄的人物甚至在小说结尾不着痕迹地隐匿而去，无人知晓他最后的脚步是留在普罗旺斯的牧场还是阿利斯康的坟冢，马尔特的命运似乎如福柯所言：“人将被抹去，如同海边沙地上的一张脸。”不论是对自身界限的追问，还是唤醒时间的历史叙事，隐约穿行在字里行间的马尔特，一恍惚，就成了摆脱掉人间羁绊的里尔克。不可见、不可解、不可证的存在转化为语言，指向过去，同样指向未来，无法概括，也永远不会凝固。

面对这样一部颠覆现实主义叙事的作品，本体论理想中终极而正确的解读并不存在。读者的积极介入，必然糅杂着不同的个体感知和审美经验，在此意义上，种种理解，皆为误解。每一次专注而偏差的阅读都是对文本可能性的补充，都是在宣告文本此时此刻的重生。小说付梓百余年来，存在主义、精神分析、现象学等各类解读层出不穷，阐释的多重性并不意味解读无能，反而证实了文本的丰富。倘若一定要为《布里格手记》寻找一条放之四海而皆准的解读原则，那么诡辩式的结论也许是，里尔克在用小说本身的不确定性告诉我们：没有一劳永逸的答案，也没有千人一面的客观。这悖谬的真理根植于人之所以为人的局限性：全知全能的上帝和极乐永生的彼世是自欺欺人的幻象，受制于空间的刚性和时间的不可逆，个体的人永远无法逃离偶然，其所见所思无非是随机的碎片。里尔克自省的起点恰恰是人的局限性本身。换言之，对世界碎片化的反映和反思，贯串起71段没有开场也没有结局的手记。

指是语言文字的声音、形象等外在形式，所指是语言符号的意义本身。

理性化的“祛魅”（die Entzauberung，马克思·韦伯语）使神圣或神秘的古老世界体系坍塌，在崩溃的秩序中个体丧失了方向感和既定的生存意义。面对终极目的的沦丧，一方面是被引爆的现代性恐慌，处于世纪转折点的众生悲观、恐惧，甚至浸透着萨特式的恶心。在小说中，初到巴黎的马尔特经历了同样的恐慌：人的异化在物质文明极度发达的大都市中被对比得更加触目惊心，戴着面具的人们疲于奔命，他们为了生存而挣扎，越挣扎越疲惫，甚至彻底麻木。不知生，更不知死。病人和死者被剥夺了人性关怀，仿佛是工厂里批量生产的产品，受制于医院的安排，机械诊断、统一处理。另一方面，却有振臂高呼价值重估，预言超人时代的尼采。身处现代艺术巅峰时期的里尔克也深受尼采影响。小说中，经过初期混乱后的马尔特，愈来愈明确地表达出肯定当下的乐生态度。在后半部手记中，对不可预知、无法控制之事的恐惧已渐渐退出视野，文字渐趋平和。马尔特不再纠缠于二元对立的胜负之争，善恶美丑无非是观念的标签，隆隆运行的宇宙从不关心春生秋杀，夏日繁花和冬日残雪同样惊人也同样平凡。

有死才有生，有静寂才有声音，生活不做分别，因此沉重而简单。从这种意义上讲，马尔特体察世界的方式是一种消除对立的泛化的审美。在他眼中，物的价值不再依附于人的分类和判断，存在就是其意义。虚构或粉饰不会让世界完满，乌托邦的大同幻梦只是一味逃避。凭借尽可能抛却偏见的冷静，拒绝抒情的马尔特不仅看到窘迫和辛酸，更毫不留情地陈列出污秽和愚钝。他不相信童年的无辜，却测量着疯狂的国王藏在心底的温度。他看到的威尼斯不是恍惚欲睡的温柔之地，却是暖风笙歌背后的赤贫和挣扎。他不相信上帝廉价的救赎，却把同情给了铸成大错的教皇。他讽刺宣泄悲喜的诗和情节曲折的叙事，却让面具、镜子和废墟残酷而辉煌。滋味入骨的生命，不曲解，不隐瞒，不排斥，不执着；它认同自身局限，清楚生老病死的不可避免，让秘密以秘密存在，让注定消逝者优雅离开；它心怀敬畏，因此更能关注当下，投入此在。马尔特笔端理想化的圣人和女人，其共性正在于包容婆娑世界的大爱。这种爱与情欲无关，它通达天地，不垢不净，正因为不牵绊于任何有形的对象而无际无界。所谓澄明之境，其心态上的前提正在于：“对物的从容”（海德格尔 1959，25）和“对秘密的敞开”（海德格尔 1959，26）。

值得注意的是，里尔克的原始手稿中还存在其他两种版本的开头和结尾。其中一版开头中，作者以第一人称的叙述者出现，模糊地框定了此书的缘起：手记也许是马尔特对自己生命的回忆，也许是他对不同生命的观察和体悟，更可能是作者对马尔特回忆的回忆，而回忆者本人也分辨不清，哪些属于马尔特，哪些属于他自己。被放弃的另一版手稿中，马尔特在秋天的晚上拜访了一位匿名的朋友，他在明灭不定的炉火旁，自言自语般讲述着乌尔内克罗斯特的往事，仿佛身在远方。这段怪诞的叙事在最后定稿出版的小说里成了第15段手记。相比之下，里尔克最后选定的开头更为直接，甚至让人费解："那么，就是说，人们来这儿是为了活，我倒是认为，会在这儿死。"沉重的对比触目惊心，毫无准备的读者立刻被卷入陈述者内部的张力空间，追随他向外的目光观察着城市的荒芜；然而陈述者的社会身份却被省略或刻意回避，直到第14节手记，我们对这个所谓的主人公几乎一无所知。可是，不论有无背景铺垫，三种迥然不同的开头却都虚实难辨，允许客观还原的现实感大概从不是里尔克的目的所在。

里尔克草稿中，紧接在第71节手记之后的，是两则关于托尔斯泰的评述。晚年的托尔斯泰为了得到命运的安全感而信奉上帝，并因此放弃了他的天才，不再发自本真地创作。在里尔克看来，歪曲现世以换取彼世的救赎，是更可怕的亵渎。对死亡及无常的恐惧不会因为盲信而得到缓解；极力否定自我、克制生命的流动却是不可逆转的灾难。原稿的第二种结尾中，与托尔斯泰的退缩形成鲜明对比的，是一位无名的农奴画家，里尔克在他的画作中看到了豁达而勇敢的存在，画家的创作摆脱了教条束缚，以天真而自尊的态度，认认真真地尝试一切幸运和一切艰辛。真正的奇迹开放之时，从不矫饰，也从不委屈。定稿后的小说删除了对托尔斯泰的批判，另以虚笔收场，全书最后一段手记是对圣经中浪子回头这则寓言的改写。返乡之人不再执着于一己之身的个性，他无心求取宽恕，更不妄图获得理解，反而甘愿回归最庸常的世俗，以无名的孤独，接受生命的本来面目。有限的人，在天地中与万物齐生。也许，比起推卸责任的盲从或一味苛责的理性，不怨怒的超然是更清亮的彻悟。

从正午巴黎街头的熙熙攘攘到黄昏丹麦乡下悠长的晚钟，从乞丐到国王，从易卜生到波德莱尔，从塞尚到贝多芬，当亡灵淡漠地穿过厅堂，萨福（Sappho，约前630或612—约前592或560）炽热的爱却随着古希腊的暖风扑面而来。成规、旧俗、僵化的历史、固执的偏见，那么多挣扎，那么多死气。可是，五层高的楼阁上，有人在看，在想，在写，在抵抗，用他敞开的、活泼的知觉，用他沉淀得愈发清晰的回忆，用当下的肉身，用沉潜的存在。马尔特？还是里尔克？谁分得清？也许，真相逃遁永恒，解蔽只在当下。

思考题

1. 思考里尔克改动《圣经》文本的用意。
2. 从结构和内容两方面，思考本节对于《布里格手记》全书的意义。

参考文献

[1] Hartmut Engelhardt. Materialien zu Rainer Maria Rilke Die Aufzeichnungen des Malte Laurids Brigge. Frankfut am Main: Suhrkamp, 1974.

[2] Manfred Engel. Die Aufzeichnungen des Malte Laurids Brigge. Stuttgart: Reclam, 1997.

[3] Manfred Engel. Rilke-Handbuch. Stuttgart: Metzler, 2013.

[4] Martin Heidegger. Gelassenheit. Pfullingen: Neske, 1959.

第五章　赫尔曼·黑塞（Hermann Hesse）

诗歌15首

马　剑　译

仿佛一波浪潮

（1901年5月）

仿佛一波浪潮，顶着白色的浪花
从蓝色的洪流中充满渴望地涌来
疲惫而美好地在大洋中闪亮——
仿佛一波浪潮，在柔和的风中
扬起风帆，唤醒所有朝圣者的向往
苍白而清脆地流入岁月的长河——
仿佛一首在炎热街边吟唱的歌曲
声调古怪，韵律奇特
带着你的心灵越过广阔的原野——
我的生命就如此短暂地穿越时间，
尽管很快消失，但秘密地潜入
向往和永恒的王国。

我的生命是什么

（1903年）

如果今天就结束，我的生命是什么？
梦幻？失落？不，它是一枚戒指
充满宁静的欢乐，我慷慨地接受
继续传递，又重新获取。
它是与这个尘世结下的爱的联盟，
尘世用它的美丽令我幸福无比
自始至终用它威严的神情
将我的目标带向永恒的天地。
水流、山风和田野，它是
一个兄弟般的联盟，永不破裂，
还有蓝天上飘浮的所有云彩
它们的歌声诉说着我们的故里。
我与它们伟大而永恒的力量
忠诚地保持着兄弟情谊；
它们比众人令我更感亲切，
便是我这些年里犯下的罪孽。

在雾中

（1905年11月）

少见，在雾中漫步！
灌木、石头每每孤独，

树木彼此视而不见，
每个人都形只影单。
当我的生命还充满光明，
我的朋友比比皆是；
如今，因为雾气弥漫，
没有人能再被看见。
真的，黑暗无法抗拒地轻轻
将个体与众人分离，
若对这黑暗一无所知，
那个人就绝非聪颖睿智。
少见，在雾中漫步！
生命就是孤独地存在。
人们彼此互不相识，
每个人都形单影只。

我们活过……

（1907 年 8 月）

我们在形式和表象中活过
只在困苦的日子里预见
黑暗的梦境告诉我们的
那永恒的存在，从不改变。
我们为假象和幻影欣喜，
仿佛失去向导的盲人，
我们忧虑地在时空中寻找，
只在永恒中能够找到的东西。
我们希望得到解脱和
虚假的梦境馈赠的福气——
因为我们是诸神，创造
万物的开始有我们参与。

火焰

（1910 年 12 月 19 日）

无论你是否到废物和杂物中去舞蹈，
无论你的心灵是否带着创伤和忧愁
操劳，
你每天都会重新体验到那个奇迹，
生命的火焰正在你心中熊熊燃烧。
有些人令这火焰尽情燃烧，
在狂喜的瞬间如醉如痴，
另一些人却谨慎而泰然地
把命运交给儿孙们承继。
只有那走过阴郁黄昏的人，
在时日的辛劳中感到满足的人
和那从未感受过生命火焰的人，
他的岁月才无可救药。

孤独者致上帝

（1914 年 9 月）

我孤独地被风扯动着
不情愿而又孤寂地
站在怀有敌意的夜色中。
我的心绪沉重而充满苦痛，
每当我想起你，
盲目的上帝，你极其残暴地
始终做着令人无法理解的事情。
如果你有权力，为何你让
为何你让狗和猪猡
享受备受煎熬的更高尚的人

从未见到的幸福？
你为何鞭笞爱你的我，
将我独自驱赶到夜色中，
你为何夺走你赐给每个可怜人的
属于我的一切？
我很少抱怨，更很少
在烦闷中诅咒你，
多年里在虔诚的教士当中
我献身于你，称呼你主和上帝，
将你视为我存在的冠冕和意义；
我始终——即使常常在黑暗中——
也试探着追求善，爱、
宽容和纯洁始终是我高尚的目的。
然而，向我的敌人献媚的你，
从没有实现我任何一个梦想，
满足我任何一个请求！
我了解的从来都是斗争和劳作，
而在那边快乐者的家中
响起的却是琴声、舞蹈和甜美的歌唱。
哦，折磨我的人，你是如何——
每当我在盲目的希望中
充满信任地向温柔的爱奉献我的心灵，
你是如何对我嘲讽和蔑视，
使得我愤怒地逃走，身后是女人的
狂笑！
孤独，不相信幸福，
彻夜不眠，白天被怀疑夺走，
我目无上帝地穿过这个世界，
给自己造成痛苦，给你带去可悲的
耻辱。
尽管如此，哦，上帝，尽管你的手指
深深地
充满盲目的狂喜触动我的伤口，
尽管如此你不应当令我沮丧，
不会在尘埃中看到我下跪和哭泣。
因为你最隐晦的愿望，残酷的家伙，
在我心中听起来尽管无法抗拒，
但热爱生命，
狂热而盲目地热爱这无意义的生活
我却在所有的追求中，
在所有的尝试中从未完全忘记。
即使你和你乖张的路径
也为我心所爱，上帝，我热诚地喜爱
被你糟糕统治的混乱的世界。
……听！从那边快乐者的居处，
向我漂来歌声和欢笑，
漂来女性的叫喊和清脆的酒杯相碰
之声。
然而在更深沉的快乐中，
比起这些易于满足的人来，对生命
的爱
却更加甜蜜和陶醉地
燃烧在我不幸地饥渴的胸中。
我愤怒地由不眠的眼神中
摆脱疲倦，
渴求地凭借呼吸的感官将
黑夜和清风、星光和云山
尽皆收入永不满足的心灵。

自白

（1918年1月21日）

妩媚的表象，看着我
欣然沉醉于你的游戏；

他人拥有意图、目的，
而活着就已令我满意。
曾经触动我感官的一切，
在我看来希望都是譬喻，
我始终深切察觉，
那无限与大一。
阅读这样的象形文字，
总是生命对我的奖励，
因我知道，永恒、本质，
都栖居在我自己心里。

命运的岁月

（1918 年 11 月）

每当忧郁的日子降临，
世界敌对的目光充满寒意，
尽管你胆战心惊
可信赖的却只有自己。
然而从过去的快乐家园
被逐回你自己心里，
你看到你的信仰
被倾注于新的天堂。
过去陌生和厌恶的东西，
都被你视为己有，
你给命运重新命名
并且欣然接受。
曾经濒临压垮你的东西，
如今看似友善，吐纳精神，
仿佛一位信使和向导，
指引你向上、走向更高的境域。

祈祷

（1921 年 5 月）

上帝啊，令我对自己感到绝望，
而不是对你！
让我品尝迷途的全部悲伤，
令痛苦的火焰燃烧在我身上，
让我蒙受所有的屈辱，
不要帮我保全生命，
不要助我发展自我！
然而，当一切的“我”行将毁灭，
让我看到，
正是你，正是
你创造了这些火焰和痛苦，
因为我情愿沉沦，
情愿逝去，
但逝去时，我只能与你融为一体。

思索

（约 1925 至 1926 年）

我曾经是一位诗人，
如今尚能创作押韵的诗句，
看过这些诗句的人们
不是咒骂就是一笑而去。
我曾是一位智者，学识渊博，
我几乎已经达到了目的，
如今我又变成了庸人，
一切都要从头做起，
也许我还会纵火和谋杀，

就像英雄们战争中的义举。
我注定不做正人君子，
世间的生活苦痛艰辛，
我的师长早就知道，
我终究会在劫难逃。
朝着这个不幸的结局
内心的声音把我吸引，
它低沉的吟唱诱使我
躺到火车的铁轨之上。
死亡并不会像生命那么糟糕，
因为不少人已自寻短见；
但是，一位死者却从未想过，
如何再次摆脱死亡，
他应该为此羞愧不已。
不，一些人自愿死去，
但还没有人重新回到生命里。

寂静的日子

（1927 年 10 月至 11 月）

假如再次到世界周游，
再次在街巷里闲逛，
再次享用一顿美餐，
再次被爱情吸引，何等美妙！
然而，即使一切都不会再来，
我依然拥有许多财富：
莫扎特和巴赫，肖邦和舒伯特的歌曲，
赏花、做梦，还有热爱诗人的篇章。
即使感官的这份亲切的幸福消亡，
我仍要请求上帝，将我凋敝的生命
奉献给他本性的原始的光亮，
并且永不忘记，他就在我的身上。

沉思

（1933 年 11 月 20 日）

神性而永恒的精神，
我们是它的形象和工具，
我们的道路朝它延伸；我们最真挚的渴望：
像它一样，在它的光芒中闪亮。
然而，我们却都是肉眼凡胎，
我们这些生命迟缓地承受着沉重的负担，
尽管自然亲切地呵护我们如母亲般温暖，
大地哺育我们，使我们在襁褓和坟墓里安睡；
但是，自然却无法使我们安宁，
不朽的精神的火花突破它母体的吸引
像父亲般，将孩童变成壮汉，
消除了天真无邪，唤起我们面对战斗和良知。
母亲和父亲之间，
肉体和精神之间
造物的最脆弱的孩子踯躅不前，
人类颤抖的灵魂，不同于其他生物
既能够承受苦难，也能够达到最高的目标：
笃信的、充满希望的爱。
他的道路艰难，罪孽和死亡是他的食粮，
他常常误入迷途，他常想
如若不来世间或许更好。
然而，他的渴望永远在头上闪亮，

他的使命：光芒，精神。
我们感到：上帝爱他，受到伤害的人，
带着特别的爱。
因此，在我们凡夫俗子身上
爱也许就在分裂之中，
并非判决和仇恨，
而是耐心的爱，
充满爱意的忍耐
将使我们靠近神圣的目标。

阶段

（1941 年 5 月 4 日）

像每朵花儿凋谢和每个青春年代
向岁月低头，生命的每个阶段都会
闪光，
每种智慧和美德也会在它们的时代
熠熠生辉，但终究无法持久永恒。
心灵必须在生命的每个召唤下
做好准备离别和重新开始，
为了勇敢而毫不悲伤地
承担其他全新的责任。
每个开端都蕴含着一种魔力，
它保护我们，助我们活下去。
我们要欣然迈过一个个空间，
不要把任何地方当作家乡留恋，
世界精神不会束缚和限制我们，
它会一层层地将我们抬升，扩展。
一旦对一个生活环境耳熟能详、
感到舒适，我们就会变得慵懒，
只有那准备启程和旅行的人，
才能挣脱麻木不仁的习惯。
也许，即使是死亡的时刻也依然
会充满朝气地送给我们新的空间，
生命对我们的呼唤从未停止……
好吧，心灵，告别而去，保持康健！

迟来的考验

（1944 年 11 月 10 日）

从生命的广阔天地中
命运再次无情地将我撕扯进困境，
想要在黑暗和窘迫里
使我经受困苦和考验。
一切看似已经实现的事情，
安宁、智慧、老年的平静，
无怨无悔的生命表白——
难道真的都是我命中注定？
啊，那种幸福将它们
从我的手中打落
一件件接连不断；
快乐的日子一去不返。
碎片的山峦和废墟一片
成了我的世界和生命。
假如我没有这份执着，
我真想哭泣着委曲求全。
这份灵魂深处的执着——
保全自我、奋起反抗，
这份信仰——折磨我的，
定要变得一片清朗。
有些诗人的这份愚蠢到
坚韧的儿童般的信仰
指向那永不熄灭的灯火，
高高地点燃在所有地狱之上。

回忆

（1945年1月20日）

想到未来的人，
拥有生命的意义和目的，
他得到的是行动和追求，
却没有丝毫宁静赠予。
至高无上的是：生命
在永恒的当下之中。
然而这份恩赐
只赋予孩童和上帝。
往昔，你是
我们诗人的慰藉和食粮。
诗人的使命
就在于恳求和保养。
凋零的重新开花，
原始的露出青春的笑容；
虔诚的回忆啊
在敬畏中对它保持忠诚。
真诚地潜心于
往昔的孩童时光，
思念母亲
就是我们神圣的理想。

赫尔曼·黑塞诗歌中的生命主题

马 剑

作家简介

赫尔曼·黑塞，20世纪最负盛名的德语作家之一。1877年7月2日，黑塞生于德国施瓦本地区的小城卡尔夫（Calw）一个虔诚的新教传教士家庭，从小即具有超乎常人的自我意识，十三岁那年即自己决定了一生只想从事的职业——成为一名作家。1923年加入瑞士国籍，1946年获得诺贝尔文学奖，1962年8月9日病逝于瑞士的蒙塔格诺拉（Montagnola）。

1898年，黑塞出版了第一部诗集《浪漫之歌》（Romantische Lieder），随后发表了散文集《子夜一点钟》（Eine Stunde hinter Mitternacht），就此登上文坛。1904年，第一部长篇小说《彼得·卡门青》（Peter Camenzind）问世，使黑塞在德语文学界一举成名，他此后创作的文学体裁以小说为主，几部长篇小说如《在轮下》（Unterm Rad，1906）、《德米安》（Demian，1919）、《悉达多》（Siddtharta，1922）、《荒原狼》（Der Steppenwolf，1927）、《纳尔齐斯和歌尔德蒙》（Narziss und Goldmund，1930）、

《玻璃球游戏》(Das Glasperlenspiel，1943) 均取得巨大反响。作家从不同的角度深刻地探讨了个体人生如何达到完美境界的主题，充分地反映出作家围绕这一问题在20世纪上半叶不同时期的艰深探索。由于家庭原因和个人的经历，除了深谙西方文化之外，黑塞对来自东方印度和中国的思想情有独钟，这又为他的作品平添了一层思想维度，深邃的思想和优美、犀利的文字使其作品在一代代的读者中产生强烈共鸣。除了长篇小说之外，黑塞还创作了大量的中短篇小说、诗歌、文学文化评论以及撰写了大批具有文学和思想价值的书信，迄今为止，其作品被翻译成了世界上一百多种文字，始终畅销不衰。

1. 诗歌创作之于赫尔曼·黑塞

如今，提起20世纪德国重要作家赫尔曼·黑塞，读者便会自然而然地想到他在不同时期创作的诸多小说作品——《在轮下》《彼得·卡门青》《德米安》《悉达多》《荒原狼》《玻璃球游戏》等等。和这些作品所产生的巨大影响相比，黑塞的诗歌创作就显然并不为人所熟知了。

然而事实上，诗歌创作对于黑塞来说却有着不同寻常的意义。1896年3月1日，维也纳的《德国诗人之家》(Das deutsche Dichterheim) 杂志发表了黑塞的第一首诗作，而3年以后，凭借诗集《浪漫之歌》(Romantische Lieder)，黑塞正式步入文坛；(参见 Mileck 1987，24) 60多年后的1961年，黑塞的诗歌选集《阶段》(Stufen) 出版，这也是他生前所发表的最后一部作品选集。即使在他逝世的前一天，即1962年8月8日，他仍在写作生前的最后一首诗歌《裂枝的嘎鸣》(Knarren eines geknickten Astes)。(参见 Mileck 1987，24)。这样算起来，在这60多年当中，黑塞一共创作了大约1400余首诗歌作品，其中有800余首相继结集出版。

如果说诗歌创作的数量还不能完全反映黑塞对这一文学体裁的钟爱的话，那么，其对于诗歌创作的态度和投入的热情就足以体现诗歌在他心中的特殊地位了。首先，耐人寻味的是，相比于小说作家，黑塞更希望人们把自己看作一位诗人——20世纪初，在成为自由作家的最初几年里，黑塞生活在博登湖 (Bodensee) 边，从现在发现的他在那个时期所写下的诸多笔记当中，人们甚至找到了一份他为自己写的墓志铭。刚满而立之年的他这样写道："这里安息着诗人H.。作为诗人他虽然没有得到人们的欣赏，但是，作为娱乐作家，他却被人大大高估了。"(Hesse 1998，795) 那个时候，尽管恐怕连黑塞自己都无法预知他日后所取得的巨大文学成就，但是无论如何，这段略带戏谑口吻的墓志铭却透露出他对自己"诗人"(Lyriker) 身份地位的看重——他希望自己以诗人、而不是作家（Schriftsteller）的身份为后世所铭记。因此，和叙事文学作品相比，黑塞也相应地对诗歌作品喜爱有加，正如他1909年在给朋友《辛普里齐西木斯》（Simplicissimus）杂志的编辑莱因霍尔德·格赫布（Reinhold Geheeb，1872—1939）的信中所写的那样，“我很高兴您喜欢我的诗作。它们对于我来说也是最喜欢的；无论愚蠢的公众如何喜爱我的长篇小说，对于我来说，任何一首优美的诗歌都比三部长篇小说更加亲切”（Hesse 1998，795）。

那么，人们不禁要问，黑塞对诗歌创作情有独钟的原因又何在呢？这个问题的答案其实非常简单——因为在黑塞看来，一切的文学创作，尤其是诗歌的创作首先是一个个体的行为，是一件充分体现和发挥个性的事情。早在1902年，他就在一封书信里这样写道：“人是为了自己而写诗的，丝毫不用去考虑什么读者。但是，只有当人多多少少想象出听他讲述的那些群体，只有当人搞清楚了凭借何种手段才能对这些群体产生影响的时候，人才会创作一部长篇小说。”（Hesse 1998，795）换句话说，只有在创作一首诗歌的时候，诗人才可以直抒胸臆，把内心最切实的感受以最直接的方式表达出来。对此，黑塞在发表于1918年10月27日《福斯报》（Vossische Zeitung）上的文章《关于诗歌》（Über Gedichte）当中做了非常形象的阐述：

> 一首诗歌的含义在它的产生过程中是非常清楚的。它是一种爆发、一声呼唤、一次喊叫、一声叹息、一个表情，是体验的心灵的一种反应。借助这种反应，心灵试图摆脱一种激动、一种经历或者去感受它们。在这最初的、原始的而又最重要的功能当中，任何诗歌都是无法被完全评价的。它仅仅是与诗人自己展开对话，是他的深呼吸、他的叫喊、他的梦想、他的微笑、他的装扮。（Hesse 1977，154）

显然，黑塞最为看重的恰恰是体验心灵的这种最初的反应；而与此同时，诗人自己又是自身的听众和读者，可以去独自感受、体会甚至反思自身的创作。这样的心理状态一方面可以清楚地解释，为什么黑塞创作了如此数量众多的诗歌，而这些诗歌的主题也极其丰富——一旦诗人的心灵被外界所触动，一旦诗人的思绪萦绕在一件事、一个人身上，他都会将此记录下来，继而将这种心灵的反应用最完美的语言形式表达出来；另一方面，在这每天都在发生的、伴随着生命进程的心灵体验当中，人感受得最直接、最深刻的莫过于自己的生命本身，因此，“生命”成为黑塞诗歌中最重要的一个主题也就不足为奇了。

2. 生命之痛与生命之爱

一般来讲，凡是具有正常理智和情感的人，对各自的生命历程都会有各种各样的体验和感受，而对于像赫尔曼·黑塞这样一位具有超乎寻常的敏锐感觉、强烈的自我意识和危机感、又心怀远大人生理想和坚定思想信念的诗人来说，其对生命的感悟自然也与普通人大不相同。归纳起来，尤其是在黑塞前半生的诗歌作品里，其对生命主题的描述主要为两个看似有些许矛盾的方面——生命之苦与生命之爱。

在多首早期诗歌里，黑塞都直截了当地诉说着在生活中遭遇到种种不幸和逆境时抒情的“我”在生命之艰难、在生命带给人的巨大痛苦面前所发出的哀叹和感慨。显然，这与作家本人从少年时开始经历的种种坎坷，尤其是精神和情感方面所遇到的各种苦恼有着密切的关系。这里仅以创作于1914年9月的诗作《孤独者致上帝》(Der Einsame an Gott)为例。在这首从形式上看类似于歌德的名作《普罗米修斯》的诗歌里，抒情的“我”——一位孤独者展开了一段与上帝的对话，以独白的形式控诉着自己经历的由后者造成的生活困苦：

每当我想起你，
盲目的上帝，你极其残暴地
始终做着令人无法理解的事情。
如果你有权力，为何你让
为何你让狗和猪猡
享受备受煎熬的更高尚的人
从未见到的幸福？
你为何鞭笞爱你的我，
将我独自驱赶到夜色中，
你为何夺走你赐给每个可怜人的
属于我的一切？
……
哦，折磨我的人，你是如何——
每当我在盲目的希望中
充满信任地向温柔的爱奉献我的心灵，
你是如何对我嘲讽和蔑视，
使得我愤怒地逃走，身后是女人的狂笑！
孤独，不相信幸福，

彻夜不眠，白天被怀疑夺走，
我目无上帝地穿过这个世界，
给自己造成痛苦，给你带去可悲的耻辱。（Hesse 1998，370f）

尽管黑塞并不信仰基督教，但这并不妨碍他把上帝当作一个假定的全知全能者、一个假定的掌握着人类命运的至高无上的主宰来倾诉心中的怨气，借助一连串的反问句，抒情的“我”表达出了对自己在生命进程中遭遇的种种不幸和不公的强烈不满和失望，怨之愈深，痛之愈切；而与这种普罗米修斯式的慷慨激昂的倾诉形成对照的是，对生命之苦涩艰辛的另一种感悟的形式就是人流露出迷惘惆怅的情绪。这方面具有代表性的作品便是那首作于1905年11月的《在雾中》（Im Nebel）。诗歌的题目就已经透露出了诗人的创作意图——这里，黑塞运用了回文（Palindrom）的修辞方法，因为德语“雾”这个词Nebel倒读过来便是“生命”Leben，这个题目也就暗示着人在生命之中也和在雾中一样，没有明确的方向，对前途感到茫然若失。果然，这首由四个诗节组成的小诗表达的主要内容就是——人在如迷雾般模糊不清的生命中前行，这种迷茫的感觉使人倍感孤单寂寞：

少见，在雾中漫步！
灌木、石头每每孤独，
树木彼此视而不见，
每个人都形只影单。
当我的生命还充满光明，
我的朋友比比皆是；
如今，因为雾气弥漫，
没有人能再被看见。
真的，黑暗无法抗拒地轻轻
将个体与众人分离，
若对这黑暗一无所知，
那个人就绝非聪颖睿智。
少见，在雾中漫步！
生命就是孤独地存在。
人们彼此互不相识，
每个人都形单影只。（Hesse 1998，236）

这里，诗人从在雾中漫步看到的实景联想到人的生存环境，由于周围的一切都像在雾中那样含糊不明，因此，作为个体的人也就失去了与群体的联系，愈发感到“形只影单”，于是发出了“生命就是孤独地存在”的感慨。整首诗读来让人感到一丝凄凉和忧伤，看似简洁朴素的诗句背后却不知蕴含着诗人多少无奈和感伤。然而，诗歌的第三节却又流露出了另外的一种情绪——那显然代表着生命中逆境、低谷的“黑暗”固然令人“无法抗拒”，但似乎只有经历这些的人才可以变得“聪颖睿智”。可见，生命的历程并不简单，也绝不是用简单的言辞就能够轻易概括的。

有时，当一个人备受生活折磨的时候，当他对生命甚至产生绝望情绪的时候，他会采取一种极端的行为——用结束自己生命的方式展示这种绝望，或者说寻求一种形式的“解脱”——作为物质存在的生命如果已经不存在了，就更谈不上什么精神的痛苦了；事实上，黑塞本人也曾经有过两次试图自杀的经历，也曾经因为精神濒临崩溃接受过心理治疗。然而，在他的诗作里，在思考生与死的问题时，黑塞对生命的那种由衷的热爱便跃然纸上。这种热爱表现在对生命在尘世中存在的积极态度，例如，在 1903 年创作的诗歌《我的生命是什么》（Was war mein Leben?）中，黑塞在第二节里就这样写道：

它是与这个尘世结下的爱的联盟，
尘世用它的美丽令我幸福无比
自始至终用它威严的神情
将我的目标带向永恒的天地。（Hesse 1998，757）

假如没有了生命的实际存在，尽管人可以摆脱生命带来的痛苦，但与此同时，人也就根本无法体验尘世生活的幸福快乐的一面，因此，在对待生与死这个人生的关键问题的态度上面，黑塞坚决地选择拥抱生命，拒绝死亡。大约作于 1925 至 1926 年的诗歌《思索》（Betrachtung）恰恰反映了诗人这样的心路历程。在诗的前半部分里，抒情的“我”简短而概括地回顾了从前走过的人生道路，并且发出了“世间的生活苦痛艰辛”（Hesse 1998，523）的感叹。接着，黑塞提到了自杀的行为：

朝着这个不幸的结局
内心的声音把我吸引，
它低沉的吟唱诱使我
躺到火车的铁轨之上。
死亡并不会像生命那么糟糕，

因为不少人已自寻短见；（Hesse 1998，523）

对于迫切渴望摆脱生命痛苦的人来说，自己结束自己的生命似乎是一个不错的选择，但是，黑塞便话锋一转，点出了死亡最大的“问题”：

但是，一位死者却从未想过，
如何再次摆脱死亡，
他应该为此羞愧不已。
不，一些人自愿死去，
但还没有人重新回到生命里。（Hesse 1998，523）

这里，黑塞再次运用了语言的技巧——德语表示“自杀”有这样一个词组 sich das Leben nehmen，字面的意思是人将生命从自己身上夺走，黑塞套用了这个词组，用“死亡”一词 Tod 替换了“生命”Leben，假定死者仍能够从自己身上把死亡带走，显然，这种假设是不可能发生的，因此，这样的一番思考想要证明的无非就是，尽管生命充满苦痛艰辛，但也不要轻易放弃，因为生命对于人来说只有一次，失去了就再也无法得到。

然而，对于黑塞关于生命的反思来说，仅仅是享受尘世生活的美好和肯定现实生命的存在还是远远不够的，还不足以充分表达诗人对生命的真挚情感；在黑塞看来，生命中最重要的事情还是要赋予生命以某种意义，而这便成了他几乎终生思考的问题。

3 生命的永恒意义

即使是在黑塞早年的诗歌作品中，“永恒”（Ewigkeit）一词就已经多次出现，黑塞关于它的思考几乎是和关于生命的思考同时进行的，原因很简单——诗人必须找到一种他认为最合适的方式来面对、甚至是去对抗生命的困苦和短暂，而此时，如上文所说，诗歌真是最适合不过的艺术手段，可以把诗人每时每刻的意念想法记录下来。

随着时间的推移，黑塞关于“永恒”的思考也在不断地发展深化。在早期诗歌里，黑塞首先把永恒想象成了一个令他无比向往的神秘的王国，例如，他在作于 1901 年 5 月的诗歌《仿佛一波浪潮》（Wie eine Welle）的最后一节里就这样写道：

我的生命就如此短暂地穿越时间，

尽管很快消失，但却秘密地潜入
向往和永恒的王国。（Hesse 1998，162）

在抒情的“我”看来，这永恒的王国虽然看似人的短暂生命的归宿，但是，它究竟在哪里呢？于是，寻找这份永恒便成了人生命的一项任务，就像他在1907年8月的一首题为《我们活过……》（Wir leben hin ...）的诗中所写的那样：

我们在形式和表象中活过
只在困苦的日子里预感到
黑暗的梦境告诉我们的
那永恒不变的存在。
我们为假象和幻影欣喜，
我们仿佛失去向导的盲人，
我们忧虑地在时空中寻找，
在永恒中能够找到的事物。（Hesse 1998，299）

黑塞在这两节中的用词非常值得玩味——一方面，诗人用“形式”（Form）、“表象”（Schein）、“假象”（Trug）、“幻影”（Schaum）来描写眼前的世界，以便进一步强烈地反衬出在这个看似虚假的现实生活的世界背后还有另一个“真实”的世界存在；但另一方面，即使是“在困苦的日子里”，人也只能“预感到”“那永恒不变的存在”，而且即使是这一点也是“黑暗的梦境告诉我们的”，因此，由于目标并不清晰，在“时空”——人的生命存在的最基本的两个条件——中的寻找便令人感到“忧虑”。短短八个诗行，诗人就将内心复杂矛盾的状态描绘得丝丝入扣。

然而，随着生活经历的不断丰富，这种思考也日渐深入，步入中年的黑塞对“永恒”二字也有了更加深刻的感悟和理解，在这方面，写于1918年1月21日的《自白》（Bekenntnis）一诗具有非同寻常的意义，因为黑塞终于在自我的内心之中“发现”了那个永恒的世界：

曾经触动我感官的一切，
在我看来希望都是譬喻，
我始终深切察觉，
那无限与大一。
阅读这样的象形文字，
总是生命对我的奖励，

因我知道，永恒、本质，
都栖居在我自己心里。（Hesse 1998，432）

四个具有深刻思想含义的词汇分别出现在两个诗节之中——“无限”、“大一”（das Unendliche und Eine）、“永恒”（das Ewige）、“本质”（das Wesen），可见，黑塞思考的问题早已超越了感官所能够触及的世界，但他仍在不断强调，这一切又是与现实的生命密切联系的，正因为有了生命，有了丰富多彩的用生命书写的文字，人才能够把握生命的本质，才能够在有限的生命中感受到永恒的意义。从此，这样的一种认知或者说信念不仅被黑塞诚实笃信，而且，在此基础上，也得到了不断的充实和丰富，无异于一把理解黑塞思想和作品的钥匙。即使是在 27 年后的 1945 年，他在 1 月 20 日创作的《回忆》（Erinnerung）一诗中仍然这样描述着这种理想的境界：“至高无上的是：生命在永恒的当下之中。”（Hesse 1998，694）

正因为如此，正因为诗人时刻感受到永恒就在自己心中，所以，人便感觉仿佛拥有了某种神性，即使是面对再大的痛苦、哪怕是死亡，人也因为这份神性而变得毫无畏惧。在写于 1921 年 5 月的《祈祷》（Gebet）中，虽然黑塞在与上帝的又一次对话中仍然述说着对后者的埋怨，但诗歌的后半部分却多了一份从容和镇定：

然而，当一切的“我”行将毁灭，
让我看到，
正是你，正是
你创造了这些火焰和痛苦，
因为我情愿沉沦，
情愿逝去，
但逝去时，我只能与你融为一体。（Hesse 1998，494）

既然人在内心中已经无惧死亡，于是，在黑塞眼中，生命的进程就不再是一个从起步到完结的过程，而是一个不断提升、持续扩展的历程，就像那首创作于 1941 年 5 月 4 日的《阶段》（Stufen）所生动描述的那样，这里仅需引用诗的最后一节，便足以领略黑塞赋予生命的永恒意义：

也许，即使是死亡的时刻也依然
会充满朝气地送给我们新的空间，
生命对我们的呼唤从未停止……
好吧，心灵，告别而去，保持康健！（Hesse 1998，676）

4. 总结

如上所述，黑塞认为，诗人是为了自己而创作诗歌作品的。然而，就在他将自己对生命的感悟变成一首首诗作的同时，他也赋予了这份艺术的创造一种意义和价值。黑塞大部分的诗歌都短小精炼，语言朴素无华，却又优美隽永，读来朗朗上口；有别于小说和杂文，在这种直抒胸臆的表达中，读者能够更直接、更真切地体验到诗人的情感流露，更直接、更真切地体察和洞悉他用最简单的语言形式所描写的最不可思议的事情，这既是黑塞诗歌创作的目标和理想，同时或许也是文学作品带给人的莫大收获。

思考题

1. 黑塞的诗不仅思想深刻，而且语言优美，请结合诗歌作品的原文思考黑塞是如何将内容和形式结合在一起的。

2. 黑塞在其诗歌作品中关于生命主题的描写，在其叙事作品中又是如何表现的？

参考文献

[1] Hermann Hesse. Über Gedichte. In: Die Welt der Bücher. Betrachtungen und Aufsätze zur Literatur, zusammengestellt von Volker Michels. Frankfurt am Main: Suhrkamp, 1977.

[2] Hermann Hesse. Die Gedichte, neu eingerichtet sowie um eine Auswahl der nachgelassenen Gedichte Hermann Hesses und um ein Nachwort erweitert von Volker Michels. Frankfurt am Main: Suhrkamp, 1998.

[3] Joseph Mileck. Hermann Hesse. Dichter, Sucher, Bekenner. Biographie, aus dem Amerikanischen von Jutta und Theodor A. Knust. München: Bertelsmann, 1987.

第六章　阿尔弗雷德·德布林（Alfred Döblin）

扬帆出海

罗　炜　译

奥斯坦德城的防浪堤躺在正午高照的艳阳里。装扮一新的人们在宽阔的海滨林荫大道上欢声笑语，摩肩接踵。在浩渺的海水反射下，海边别墅的一扇扇窗子闪烁出柔和的光。大海不停地翻滚，海水从堆石坝滚回，反复上涨，又反复退落。

在这些打扮光鲜的人群当中有个张着嘴走路的巴西壮汉。只见他身体紧贴林荫大道的海滨护栏行走。他始终做低头状，仿佛在冲澡似的；他的两片厚厚的嘴唇十分湿润。他的头发黑中掺白，一绺一绺地耷拉到两只耳朵上。他把戴着圆顶宽边毡帽的头向左右扭动，以应对锋利的海风的冲刺。他不时地用一种喜悦的目光瞟向灰绿色的海水。他的一张黄褐色的浮肿的脸在抽搐，他的两只陷在灰色眼窝之中的眼睛闪着幽光；他琢磨着那些精巧的空气涡流，这些涡流在他光秃秃的脖颈四周肆虐，将他太阳穴处的灰发向上掀起，还嗖嗖嗖地携着精巧的三刃匕首向他的脸颊飞刺而来。他感到些许寒意；他低头去看他胸前那白色的假领子，那里弥漫着白晃晃的太阳光，于是有那么一瞬间，一个不安的念头在他的脑海里闪现：他的目光可能会投下阴影。他一边叹息，一边往人流更加密集的地方挤。

昨天，火车载着他从巴黎来到这片海域，现在，火车的晃动还在他的心中回荡。

他逃也似地离开巴黎，逃也似地，他乘着自己的快艇逃离家乡漂洋过海，逃离一种毫无希望的幸福；突然忆起他这四十八年来。在巴黎，他沉迷于艺术，沉迷于光滑的厅堂，沉迷于兽性的舞蹈，如此这般的陶醉他忍受了长达四个月之久；随后一场肺炎将他击垮；他放下一切住院数周。当他周日双膝发软地离开那家医院时，他身上穿的是罗登缩绒厚呢披肩，他竖起这披肩的领子，登上一辆出租车，坐上火车。他用一天时间低眉折眼地悄悄穿过死气沉沉的布鲁日 。然后他振作精神，顶着七月酷暑奔向奥斯坦德。

他抬起头来，不再去看从他脚下移走的细沙。

她的目光第二次从他身上掠过；锈红色的头发罩在白色宽沿帽里。一道灰色目光从一张聪慧而不年轻的脸上射出，却在他的面前退缩。她可能有三十五六岁。他还能听见身后有一个银铃般的女高音。

当这个声音响起时，柯佩塔转过身来。就在这一刻，海风停止了扔刀子。她正在和一位老夫人说话，她同时搀扶着她。那巴西人将帽子往后推；当他去看她的一双窄窄的肩膀时，黑色的斗篷罩在深蓝色的真丝上，一转眼他就找不见她的人影了。她的白帽子在人群上方晃动，随即便消失在一个拐角。

柯佩塔溜达着走进一家咖啡馆，用勺子舀一杯巧克力牛奶喝。海水一刻不停地冲着堆石坝翻滚；沙粒儿发出轻微的沙沙声；海风抛着一把把细细的匕首。

下午，疗养音乐会时间，那黑头发的巴西人穿着长长的男子小礼服走上防浪堤。音乐会的音乐轻松狂放地飘扬。他来到疗养院前，用他那根黄色的粗拐杖一步一步地杵地面。这时，一道灰色的目光再度在他的面前退缩。那老妇人正在对她进行灌输。她的脸很尖，颧骨很高；眉毛淡而红，眼睛小，目光确定而清醒，鼻根上方有些雀斑，眼角处爬出几小根皱纹。她走起路来步履轻盈。

这巴西人揉揉眼睛，不情愿地停下脚步，接着又继续溜达。

傍晚时分，他坐在他所住宾馆的游廊上。当他用手去拿餐厅酒单时，他想起他今天一共看过见一个女子三次，锈红色的头发上罩着一顶晃动不已的帽子；三次看见一个女子，黑色的斗篷罩在深蓝色的真丝上；一道灰色的目光。他默默推回他的椅子，叹息，微笑，两眼发呆。他拿出自己的钱包，拿着他的宽名片进到那栋别墅，就是他看着她消失于其间的那栋别墅，把他的名片交给一位女服务员。当他重新感受到脖颈被海风吹拂时，他问自己，那曾经的一切目的何在。进到自己房间后，他重重关上房门，在昏暗的屋子里，他一屁股坐到写字椅上，撕碎他两个孩子的相片，拿出一把指甲剪，从手上摘下自己那镶有宝石的婚戒，将它挂到那剪子上，把这戒指拿到一支燃烧的蜡烛上。戒指上的那些宝石被烧黑；剪子变得烫手；他松手让其落到地上。他用两只胳膊在两个装有海沙的大桶里胡乱翻找，这两桶海沙是他让人送到房间里来的。他痛苦地站起身来，漫无目标地把沙子撒到地上和地毯上，小声咒骂那些猪狗不如的畜生，那些勤杂工，因为他们送来的沙子太少了。然后他便窝在自己的椅子里睡着了。

中午，他就在游廊上，他躺在一把椅子里，使劲吸入锋利的空气，一阵晕眩。

闭上眼睛，那个女子行走的样子浮现在他的眼前，尖尖的枯萎的脸，一道清澈确定的目光坚决地停留在他的身上。她让人转告他，请他别在中午时分去找她。他一把掀开盖在两只脚上的薄被子，戴上帽子罩住被抓得乱七八糟的头发，步履沉重，双臂交叉放在胸前，缓慢地走下台阶，穿过空荡荡的阳光灿烂的林荫大道，走向她的别墅，一栋两层小楼，小楼的窗户细长而紧闭。他吃力地挤进一条黑暗的过道，轻轻敲门，门边的名片上写有她的名字。无人应声。他用力把门打开。

她半躺在床上；为了从床上跳起来，她已经把蓝色的被子掀到墙边。两条浑圆的女人味十足的大腿通过精巧的脚尖刚好触地，一个十分瘦削生硬的身体站立起来，身上穿着一件简洁的、没系带子的无袖睡衣，松散的头发下是一张严肃的尖脸。

黑头发的巴西人激动地站在门口一动不动。她面带笑容，遮盖自己，请他一刻钟后再来。他脸色惨白，一声不吭，将他的拐杖抬离地面。那老姑娘和他握手；他看到一双清醒的小眼睛。

傍晚，一个信差从他所住宾馆出发去到她那里；他邀请她第二天早晨一同乘帆船出海；他甚至没有在名片上签下自己的名字。她把那张厚实的信纸拿在手里来回拨弄；她半推半就地拿起一支铅笔在同一张纸上写道，她要他来，要他早早就来；她还在她名字的首字母L下面画了一个神奇的涡卷形花饰，而且用了将近一分钟的时间画它。

天刚蒙蒙亮，她就向门口的他跑去，身着茧绸；他们飞快地跳下窄窄的石阶来到喃喃低语的海滩；她向他回扔贝壳，当她向他转过身时，她发现，他的脸上颤动着欲望的激情。他全身上下都穿着纯白的亚麻，没戴帽子，左手关节处缠着绷带；他说，他昨晚摔倒时血管差点被玻璃割破。他猛地一下将一只划了推入水中，把大呼小叫的女人扶到船里坐好，紧跟着自己也跳到船上，惬意地划桨，划向一艘飘荡在男浴场旁的木桥前的帆船。他们跳进这艘帆船；柯佩塔随即起锚；她的一双裸露的胳膊紧紧抱住舵椅，桅杆上的木环微微作响，用力一拉之后，主帆鼓了起来；这只船出海了。

他们劈波斩浪，驶入那灰绿色的大海。清晰的地平线上出现一道白光，这道白光每秒钟都在变强，每秒钟都在向更高之处移动。他们在清晨的大风中平静地飞去。现在，巴西人蹲在船舱板上的主桅旁，将帆具固定。他纵声大笑，站起身来，叉开两腿，将一根细细的缆绳像套索那样套住自己的头，然后他把绳子抛向她；她用绳捆好自己，晃动身体，又猛地一下解开绳套，将这根绳子卷成一团对着他的胸脯扔去，同时发出少女般的哧哧笑声。她迅速地让舵和自己紧贴在一起，俯下身子伸出船外，用海水去浇她那张冷冰冰的脸，只浇得两个袖子都湿淋淋往下滴水，她一只脚踩在坐板上，将捧满海水的双手径直伸向他。他张嘴截住这咸咸的海水，出声地喝着，然后吞下。海风一阵阵刮起，他们任由这船在风浪里漂浮，这船于是便开始像躁动不安的动物般颠簸起来。他们在船舱板上相互追逐。瘦削的女人狂呼乱叫着跳到坐板上，用两只拳头击打帆具。她一把扯下身上所穿的薄外套，一边吹口哨，一边原地转圈。她的嘴连同两片薄薄的唇时常张开，发出短促的、孩童般的笑声。

肩膀宽阔的巴西人垂头丧气地坐在船沿上；他激动地听她大笑，她躺到他的双膝上，好奇地凝视他。这时，他用颤抖的双唇、向上提起的前额揽住她的头。他的一双坚如磐石的手推开她奋发向上的双肩；他来回摇晃脑袋表示拒绝。海浪爬上船，宛如小狗般轻柔地从他们身上向下滑脱到船舱板上。风越来越大。帆船开始剧烈倾斜，主帆的裙子开始飘扬，船和主帆迅疾地朝风扑去。巴西人乌黑的近乎浑浊的双眼越过她湿淋淋的头发看向别处，那老姑娘则扭过头来找寻他的嘴、他的脖子，她在他的胸前摸索。他的浮肿的布满皱纹的脸舒展开来，仿佛总有庄严的溢满幸福的话语将他环绕。无人驾驶的帆船开始摇晃，波浪一浪接着一浪地翻滚而来。柯佩塔坐在船沿上。当一个高墙般的大浪打向帆船时，他拼命张开双臂，整个人像躺到一个枕头上那样地仰面迎着波浪躺去。那靠垫滑了回去。她听见他在喃喃低语着什么；她还看见他目光里含着陶醉、双眼紧闭，随后就这样消失。

船的一次撞击将她抛向桅杆。她的一只胳膊出血了，但她不觉得痛。她冲着那个位置大喊救命，喊声尖利，她发出长长的呼唤。人们很快就发现她躺在这艘随波逐流的帆船上。人们在岸边迎接她。人们什么都知道；柯佩塔事先已给主管部门拍了一封电报。

她又继续在那位老妇人那里，在那栋两层楼的别墅里待了一周。然后人们告诉她，说她每天中午都会在用餐室里当着别人的面多次扑倒在地，一双手在空中乱抓。还说宾馆女服务员从外面看见她一大早就静静地站在自己屋里转圈。在人们告诉她这些话的那天下午，她和勤杂工一起收拾行李，穿上一件黑裙，离开她母亲，前往巴黎。

她找了一间小屋住下，然后上街。她的红色的头发高高盘起；抹胭脂涂口红。她好几天不回家。她来者不拒。她的一大乐趣就是向随便一个车夫、饲养员投怀送抱。她用无所谓的大笑和摇头使自己成为每一种跳向她的疾病的猎物，而后再连同接吻，连同哈欠和热情将其继续携带。几个月后，她身着黑色真丝裙悄悄溜进灯火通明的舞厅。她的脸变圆些了；一双小眼睛在阿托品的作用下闪闪发光。年轻的男人们都叫她悍妇。她将一种奇怪的舞姿带进舞厅。这种舞蹈明显是由于女舞者自身的笨拙所致，这种笨拙在她于镶木地板上开始的最初几个舞步里便已展露无遗。她推开每一只接触她的手，在她的舞伴面前左右摆臀，只是摆得很慢，像个水手，从一条腿踉跄到另一条腿。然后她用迟钝的双脚绕过她的舞伴，现在他们一起摇摆，臀贴着臀，但他却在她举起的双臂前跳回，她寻找着他，向他倒去，最后她不再辗转，而是被她的舞伴半托着，与此同时，她的双脚几乎没有拖过地面，双目则紧闭。

她就这样忍受了一年。一天傍晚，之前的那个信使带来一封信，外加一大束花，她用她的那双保养得很好的手长时间来回拨弄那厚实的信纸。她把花儿们扔进字纸篓，披上柠檬黄和服遮住胸脯，坐到写字台前，把玩那张散发着香水味的信纸。那信使还站在门口，当她站起身来请他去办理一封加紧电报时，他刚好戴上了他的制服帽。她似乎恍然大悟；她摆出一副颐指气使的样子。她向奥斯坦德发电报："柯佩塔先生，奥斯坦德埃斯特拉达宾馆，您明天中午要等我。请电报回复。"她站在台阶上颤抖了一小时，心里想着他的回复是否很快就到。她收拾好手提箱。三个小时后，她派人去叫车；穿上一套黄色茧绸质地的薄西服，乘车上路。火车在漫漫长夜里疾驰，经过布鲁塞尔、根特 、布鲁日；最后于清晨抵达奥斯坦德。她嘎吱嘎吱地坐车在城里那些熟悉的窄街里穿行。大海，灰绿色的大海，于一栋栋楼房间忽闪。她直挺挺地坐在嘎吱嘎吱的出租车里，此时，狂风大作，劈头盖脸向她倾泻如冰雹般密集的三刃匕首。她直挺挺地坐在车里大叫，因为乡愁，也因为狂喜，她高举她的太阳伞向着那灰绿色的大海挥手示意。她再次走进她之前住过的房间，一只耳朵听说，她的母亲已经在这楼里死了有好几个月之久。她的脸显得十分平静；不过，当现在寄宿在此的一位大人吃惊地问她为什么会坐在这里如此大笑时，她回答说："就是因为高兴，亲爱的女士，还能因为什么呢，除了因为高兴。您有何见教？"

随后，她动作轻柔得宛若美少妇般地拿起她的白色太阳伞来到海边。防浪堤躺在正午高照的艳阳里。在浩渺的海水反射下，海边别墅的一扇扇窗户闪烁出柔和的光。大海不停地翻滚，扑向堆石坝，继而又平躺在地。她熟练地挤过打扮光鲜的人群，钻进那家宾馆的前厅。门卫递给她那封电报；他讲述说，那位先生大约一年前在一次帆船出海游中不幸遇难了。她把手放到胸口："是在这片海上？"随后她把一枚钱币塞到他手上，在一张标有她地址的纸上写下几行字，悄声对他耳语，要他千万收好这张纸条；说如果那位不幸遇难的先生今天晚上能来的话，他可要马上就把这张纸条给人家。她微笑着从目瞪口呆的门卫身边走过，走上那条林荫大道，接受一个紧随其后的年轻男士的邀请，下午和他一起坐在小乐队旁喝杯巧克力牛奶，红光满面地聆听疗养音乐会上演奏的轻松狂放的音乐。

夜幕慢慢降临。一轮满月皎洁地挂在浩渺的海水上。

她站在她的窗前等待。夜深了；她已经不耐烦地将那顶摇晃不已的白帽子罩到自己锈红色的头发上。她踮着脚尖跑过昏暗的走廊，向下俯瞰那条长长的躺在白得刺眼的月光下的海滨林荫大道。然后，她沿着这条长长的林荫大道跑来跑去，狂风掀掉她的帽子，她紧紧攥住它，她和黑乎乎地落到她面前的自己的影子做游戏，给它在这空旷的路上边吹口哨边跳舞，对它做出长鼻子手势。她冲着那家宾馆张望，看他的窗子是否还未变亮。十二点时她坐在她的床上睡着了；四点前后她吓得跳将起来，大惊失色；天已经完全亮了。“他抢先了。”她嗖地一下闪出门，来到外面后，她大喊大叫，把一双臂膀用力伸向空中，呼唤她自己的名字，同时还伴以嘟嘟声。一转眼工夫，她便已经走下那条窄窄的石阶。她寻找之前那个启航点，跑向浴场。那里停着大大小小的划子船。可沙滩上没有新鲜的男人走过留下的脚印！她脱掉鞋子和袜子，把她的帽子扔在海滩边，撩起她的裙子，气喘吁吁地拉船绳。现在她进入陷阱口，划桨。她只在刚开始时被激浪稍稍回抛了一下，随后她就稳稳当当地出海了。

海风锐利地刮过开阔的海面；豆大的雨点落下来；四周不见一片帆，一艘船。她的船爬越一堵堵又高又弯的波浪之墙，向下俯冲数米，继续孜孜不倦地爬越。她四处找寻；恐惧袭上她的心头。她叫喊，双膝跪地爬行，从每个浪峰尖叫着他的名字翻越汹涌的海水，可是现在没有小狗滑脱到船上；海浪铁石般击打她的胸膛，她上气不接下气地擦眼睛。她体力不支，她放下船桨，禁不住使劲抽泣起来，绝望地用拳头捶打自己的胸脯，就在此时，船边有个黑影从水中立起。顺着一道波浪的浪脊，这个黑影一跃而起，上到船里。那个巴西人默默坐在船沿，两条腿悬到船舱板上。他整个人肿得变了形；他所穿的白色西服紧绷在身体上。他的灰色头发沾满了海盐；黑绿色的海藻一簇一簇地挂在他那湿淋淋的黄褐色的脸上，他的嘴在颤动。细白的沙子和贝壳儿从他宽宽的肩膀上纷纷落下，从他的袖子里流出。他大声地出气，然后开始比较平静地呼吸。他慢慢地抬起右臂抵御着从地上欢呼雀跃而起的女人。他深邃的黑眼睛疑惑地看着她，看着她的圆润的充满女人味的面庞，她的成熟的双唇，她的红眉毛下充满活力的放射着深情和渴望的小眼睛。而后他把目光从她身上挪开。大雨宛如鞭子般抽打着他们，他们在波浪的群山间向下俯冲；她惊恐万状的呼喊被狂风恶浪的歌唱和笛声淹没。他放下他的一只胳膊，像躺到一个枕头上那样地迎着一个波浪仰面而躺。那靠垫滑了回去。她看见他慢慢向她转过头来，看见他睁大双眼，陶醉的目光落到自己身上，她随他而跳，现在，那双肿胀粗壮的胳膊将她缠绕；现在她发出酣畅的笑声，把自己的头贴到他那肿胀的头上。他们一起触到那湿润的波浪。这时，他的脸变得朝气蓬勃；她的脸变得朝气蓬勃，变得青春年少。他们的嘴吻在一起不分离，他们眼皮放松地相互凝视。浩瀚无垠的灰绿色大海送来一波坚硬如铁的海水。这波海水，随着一个巨人的挥手，把他们向上载向天边追逐的云彩。紫色的黑暗涌过他们的身体。他们向下旋转，旋进汹涌的大海。

德布林中短篇小说《扬帆出海》解读

罗　炜

阿尔弗雷德·德布林是德国现代派文学的关键人物。他的叙事艺术和多元文化视野对现当代德语文学产生深远而持久的影响。戏剧大师布莱希特生前就曾高度赞赏德布林的叙事艺术，把他尊为自己戏剧创作上的“教父”（Meyer 1998，279）；1999年诺贝尔文学奖获得者君特·格拉斯把他奉为文学之路上的“恩师”（Döblin 1977，V），坦言自己的写作艺术深受德布林启迪；现当代还有一批极具代表性的优秀作家，如克劳斯·曼（Klaus Mann，1906—1949）、沃尔夫冈·科彭（Wolfgang Koeppen，1906—1996）和阿尔诺·施密特（Arno Schmidt，1914—1979）等人，均在不同程度上受到德布林的影响。作为德语先锋文学的发动机，德布林对德语文学的杰出贡献，使他无可辩驳地成为享誉世界文坛的大师和巨匠。

一

1878年8月10日德布林出生在什切青城（Stettin，今波兰境内）的一个犹太小资产阶级家庭，兄弟姊妹五人，德布林排行第四。在他十岁那年，开裁缝店的父亲和店里一名年轻女工私奔去了美国，这突如其来的家庭变故迫使德布林的母亲拖着一身债务和一群孩子离开什切青，来到柏林，靠做苦工和亲戚接济勉强度日。在舅舅和大哥的帮助下，德布林奋发努力，成为家里唯一的大学生。1900到1905年德布林在柏林和弗莱堡（Freiburg）学医并最终获得医学博士学位，1905到1910年德布林在雷根斯堡（Regensburg）和柏林任助理医生，1911年德布林在柏林东部工人区开设了自己的诊所。1915到1918年第一次世界大战期间德布林还报名做了军医。1919到1933年间德布林从文学爱好者跃升为魏玛共和国时期的文化名人。1933年1月30日希特勒上台后，德布林因其犹太人和进步人士身份生命财产安全受到威胁，甚至上了纳粹准备抓捕的黑名单，不得不在同年2月28日逃离德国，先后流亡于瑞士、法国和美国，命运急转直下，生活一度陷入赤贫。1945年纳粹德国战败后，德布林是最早返回德国参加重建工作的流亡作家之一。他参与创建了美因茨科学和文学院（die Mainzer Akademie der Wissenschaften und der Literatur），1946到1951年他还主持发行了文学杂志《金门》（Das Goldene Tor），致力于消除纳粹余毒和促进德国民主化的进程。然而，事情并没有想象中的容易，1953年德布林怀着深重的失望离开德国，定居巴黎。1957年6月26日德布林在弗莱堡附近的埃门丁根州立医院病逝。

二

德布林的作品从小说、诗歌、戏剧到童话，再从传记、政论、杂文到哲学著述，从古老的东方智慧到后工业时代的科幻人类，再从中国、印度、柏林到格林兰（Grönland）和美洲大陆，可谓题材多样，形式丰富，气势磅礴，包罗万象，其中尤以长篇小说创作见长。德布林的第一部长篇小说为1912年在表现主义杂志《风暴》（Der Sturm）上连载的《黑窗帘》（Der Schwarze Vorhang），讲述的是一个青年性虐待狂的故事。德布林对于德国小说的资产阶级传统所进行的“决定性突破”（Döblin 1977，481）则是通过他1915年发表的中国小说《王伦三跃》（Die drei Sprünge des Wang-lun）来完成的。这部以18世纪晚期中国社会为背景的作品探讨了精神与权力、有为与无为等一系列富于哲理的命题，德布林借此摘得1916年的冯塔纳文学奖。也是以此为出发点，德布林的小说创作势如破竹，一泻千里。1918和1920年德布林先后发表长篇小说《瓦德策克与汽轮机的斗争》（Wadzeks Kampf mit der Dampfturbine）和大型历史小说《华伦斯坦》（Wallenstein），前者讲述小人物以卵击石，绝望地向垄断资本开战，后者则取材于三十年战争，讨论的中心依然是形而上学意义上的权力问题。1924年德布林发表长篇科幻小说《山、海和巨人》（Berge, Meere und Giganten），展现了对人类的可能性及其创造的物质文明前景的深邃思索，是惊人的想象力的产物。这部作品近十多年来还因其超前的生态话语而备受关注。1929年，德布林最负盛名的长篇小说《柏林，亚历山大广场》横空出世，引发巨大轰动，荣登当年的畅销书榜，受到圈内圈外人士异口同声地大力推崇。这部关于大城市柏林的小说标志着德布林的文学创作达到一个顶峰，体现了内容与形式，思想性与艺术性的完美结合。这部作品几乎汇总了过去五十年间涌现出来的所有艺术风格，成为现代德语小说形式技巧的百科全书。小说先后被改编为广播剧、电影和电视连续剧，通过大众媒体的传播而家喻户晓。这部小说还相继被译为英、法、俄、意等多国文字，跻身于世界文学之林，同英国的詹姆斯·乔伊斯（James Joyce，1882—1941）以及法国的马塞尔·普鲁斯特（Marcel Proust，1871—1922）等人的伟大创作实践并驾齐驱。今天，在联邦德国，它既是大学德文系的必修课程，又是权威性的教学大纲推荐给高中生的经典读物，几乎每隔一段时间就有新的版本推出，堪称德语文坛上的常青树。然而，德布林的文学之路并未就此止步，流亡期间，他仍以顽强的毅力笔耕不辍，创作了多部鸿篇巨制。1935 年他发表了涉及阶级斗争题材且具有自传色彩的长篇小说《毫不留情》（Pardon wird nicht gegeben），1937 到 1948 年间他又发表批判西方文明的《亚马孙河三部曲》（Amazona-Trilogie）。除此之外，德布林创作后期最具震撼力的代表作当属耗时 13 年之久，从 1938 一直写到 1950 年的四部曲长篇小说《1918 年 11 月》（November 1918）。德布林在这里用如椽的大笔史诗般地记录了德国革命惊心动魄的过程，全新演绎了斯巴达克团领袖卡尔·李卜克内西（Karl Liebknecht，1871—1919）和罗莎·卢森堡（Rosa Luxemburg，1870—1919）等历史人物形象，为世界历史小说之林贡献出不朽篇章。德布林最后一部长篇小说是发表于 1956 年的《哈姆雷特，或漫漫长夜的结束》（Hamlet oder die lange Nacht nimmt ein Ende）。全书围绕二战后德国具有重大现实意义的罪责问题展开，表达出每一个个体都对历史和社会发展后果负有责任的思想。

除了特别擅长的长篇小说之外，德布林早期的中短篇小说作品也具有很高的文学欣赏和创新价值，始终被研究界归为表现主义经典范畴，成为德语文学研究的传统热点。德布林最著名的中短篇小说集是 1913 年出版的《一朵蒲公英的被害》（Die Ermordung einer Butterblume）。这本小说集收录了德布林早期创作的十二篇中短篇小说，内容以展示人的精神病态和倒错现象为主，叙事手法也一反传统铺陈，显露出引人注目的实验性和现代性。由于德布林的作品在国内总体译介很少，中短篇小说的译介相比就更少，下面就选取小说集《一朵蒲公英的被害》的第一篇目，同时也是在德语区接受程度很高的一个德式中篇——《扬帆出海》（Die Segelfahrt）来做个初步解读，以期抛砖引玉。

三

中篇小说《扬帆出海》1911 年 7 月首发于表现主义杂志《风暴》，但形成期则在前一年秋天，具体的写作契机与德布林当年的一次比利时之行密切相关。1910 年 7 月 16 到 23 日德布林和他母亲一起前往布鲁塞尔参观世界博览会，期间于 7 月 19 日从布鲁塞尔前往奥斯坦德（Ostende）。吊诡的是，他未来的妻子艾尔娜·莱斯（Erna Reiss）正好也在奥斯坦德，但他俩事先对此并不知情，也未曾在此谋面。（参见 Döblin 2001，526）据说，德布林还从奥斯坦德前往安特卫普（Antwerpen）看望了生活在那里的姐姐梅塔（Meta）及其第二任丈夫。（参见 Sander 2001，123）故而，这篇小说赖以展开情节的地点正好是比利时，尤其是其海滨城市奥斯坦德也就不足为奇了。另外，小说形成的 1910 年同时也是德布林个人爱情生活的危机年。这一年脚踏两只船的德布林向他的一个女友、犹太工厂主家庭出身的医学大学生艾尔娜·莱斯（Erna Reiss）许诺订婚。为了表示诚意，不带着谎言步入婚姻殿堂，德布林写信向艾尔娜坦白了自己仍和小户人家出身的女护士弗里达·昆克（Frieda Kunke）保持有性关系一事。艾尔娜为了安慰他，也在回信中向他承认自己打过一次胎："你别担心。我也有过同样情况。我本来也该有个孩子的。是在比利时，没生下来。"（Kreuzer 1969，482–483）女方本是一片好心，却不料德布林得知后反而深受打击，一如生命不能承受之重，沮丧之极的他不久就开始反悔，要求取消婚约。无奈女方坚决不同意，坚持要举行订婚仪式，再加上家里人也催促他赶紧结婚，他最后还是做出让步，于 1911 年 2 月 13 日，在艾尔娜 23 岁生日之际很不情愿地同她订婚。（参见 Sander 2001，22–23）艾尔娜是一位非常讲求实际的女子，德布林和她的婚姻生活从始至终危机四伏，冲突不断，但这个很成问题的婚姻却一直维持到德布林生命的终结，个中原因一方面是艾尔娜坚决不离婚，另一方面也是德布林对自己童年所遭遇的父母婚姻破裂的痛苦经历刻骨铭心，不愿意效仿父亲与女工私奔美国的不负责任的浪荡行为，重蹈其抛妻弃子的覆辙。所以，在了解了德布林这篇小说创作的大小背景之后，读者在一般情况下很容易试图结合作家生平从恋爱婚姻的角度来诠释它，这是无可厚非的，但仅关注小说的自传色彩却也是不能全面领会小说的真正内涵的。

四

小说《扬帆出海》全文由长短不一的 26 个自然段组成，按内容可分为前后两大部分，细致入微地勾勒出男女主人公的生死历程。男主人公是48岁的巴西人柯佩塔（Copetta）。他在数月前逃离家庭，抛妻弃子，“漂洋过海”来到巴黎找乐子，沉湎于艺术。可惜好景不长，“一场肺炎”迫使他住进医院。（参见Döblin 2001，9）但不等痊愈，他就离开巴黎，途经布鲁日（Brügge）前往奥斯坦德。在奥斯坦德的海滨林荫大道上他邂逅了一位“老姑娘”并马上对她展开追求。（参见Döblin 2001，11）他邀请她一起驾驶帆船出海游玩，在海上，恰在俩人看似兴致正高、情义正浓之时，他却主动让自己为海浪所吞噬：“当一个高墙般的大浪打向帆船时，他拼命张开双臂，整个人像躺到一个枕头上那样地仰面迎着波浪躺去……她听见他在喃喃低语……还看见他目光里含着陶醉、双眼紧闭，随后就这样消失。”（参见Döblin 2001，13）经历了这突如其来的不幸事件之后，读者只知道其名字首字母为L的小说女主人公从此开始性情大变，她决然放弃之前中规中矩的市民生活，只身跑到巴黎，放飞自我，无所顾忌，堕落成一个见男人就上的淫荡舞女。就这样浑浑噩噩地过了一年之后，有一天她忽然接到一封促使她返回奥斯坦德的信，动身前她还拍了一封电报通知柯佩塔。和小说开头柯佩塔沿着海滨林荫道散步的情形一样，这个于清晨重返奥斯坦德的“美少妇”也漫步在同一条海滨林荫道上。（参见Döblin 2001，15）第二天凌晨四点，她登上一艘船出海去寻找她那死去的情人。在小说充满幻象的结尾，在她绝望的呼唤声中，“有个黑影从水中立起……上到船里”，她于是幸福地“随他而跳”，跳进那“浩瀚无垠的灰绿色大海”。（参见Döblin 2001，16）

有研究者认为这个结尾体现了人与自然的关系，大海在此代表自然力，人在其中消失，意味着一种回归自然，这样归于自然的人可以摆脱红尘羁绊，摆脱俗世的义务和责任，一了百了，获得彻底解脱，获得绝对自由。（参见Becker 2016，36）也有人认为这个结尾是小说立意上的一个升华，“这波海水，随着一个巨人的挥手，把他们向上载向天边追逐的云彩”（Döblin 2001，17），尤其是这全篇倒数第二句话里的“巨人”俨然就是无所不包的万能的自然的神秘化身，从而使得整篇小说具有了一个玄学的高度。（参见Sander 2001，124）这些看法不无道理，但笔者更愿意提请受众注意这篇小说的叙事策略及其所折射出来的理论主张。

五

习惯了传统欣赏趣味的读者在阅读了这篇小说之后会有一种看不太明白、甚至是莫名其妙的感觉，这恰恰是德布林的作品必然会产生的效果，因为他的叙事手法是与传统和理性背道而驰的。这篇小说的叙事者从头到尾都聚焦于外部情节发展，只专注于一个场景接着一个场景地记录事实性细节，记录过程和动作，却没有把男女主人公作为有血有肉的个性来刻画，尤其是女主人公，且不说她生活的环境和背景如何，甚至连个具体的名字都没有！叙事者对自己所叙述的人物也是知之不多，叙事者所叙述的仅仅只是从外部能够看到的情形。叙述者更无意去说明这些人物如此行为举止的内在动机。整个叙述过程拒绝用惯有的心理描写和因果关系来解释人和世界，甚至可以说完全放弃了对一切因果关联的探究尝试。（参见 Becker 2016，37）在这种叙述策略支配下，正常的读者只能从字里行间隐约感到某种不正常、某种病态乃至某种恐怖阴森，却往往无法清晰地道出一个所以然来。

小说所呈现出的这些特点实际上就是对《致长篇小说作者及其评论者》（An Romanautoren und ihre Kritiker）一文里所倡导的艺术创作理念的一个超前实践。这是德布林 1913 年 5 月在表现主义的《风暴》杂志上发表的一篇著名的文论。在这篇以"柏林纲领"（Berliner Programm）为副标题的小说创作宣言中，德布林明确地表达了自己的艺术立场及观点。德布林赞同艺术应当更加直接地表现生活，艺术必须自觉地转向现代技术这一新的现实。德布林指出现代艺术家的孤立处境，进而要求现代艺术家勇敢地走出象牙塔，接地气，融入生活，敢于干预社会："某些东西是不会随着时代的改变而改变的，比如，我们今天阅读荷马仍然不失为一种享受。但是，几个世纪以来，工作的方法却如地球的表面一样是在时刻发生着变化的……世界已经变得深邃和宽广……我敢说，当今的许多作者甚至不比一个好的投机家、银行家、士兵更能配得上作家这个称号。"（Döblin 1989，119–120）德布林要求小说作者与时俱进，采用新颖、严格而冷静的方法来发掘纷繁复杂却又日新月异的世界。德布林毫不留情地指出当下小说作者的一个根本错误就是他们的"心理学的矫情"，"小说心理学是纯粹的抽象的幻象"，这种心理学所进行的解析和分辨其实同真正的心理过程毫无关系，因而也难以最终找到真正的根源。这种心理学是一种"外行的猜测，学院式的啰嗦，胡思乱想的轰炸，错误而虚伪的抒情"（Döblin 1989，120）。德布林继而大声疾呼地宣称这种理性主义的心理学乃是"艺术的死敌"（Döblin 1989，120）。这种装腔作势的心理描写在主体已经陷入危机的现代社会显得十分落后和过时。那么，如何才能摆脱这种陈旧的尴尬呢？德布林提供的解决办法就是要用精神病学去取而代之："大家要向精神病学学习，精神病学是唯一研究充满灵性的完整的人的科学；精神病学早已识破心理学的天真幼稚，只局限于记录过程、动作……"（Döblin 1989，120–121）那么，摒弃传统刻板的心理描写之后，文学作品又该如何来展现瞬息万变的芸芸众生和大千世界呢？德布林的回答简单干脆，那就是要运用当时新兴的动感十足的"电影风格"，要使用分外紧凑和精确的摹写，要

用短促、简练、新鲜的语言，而不要多说半句废话。（参见 Döblin 1989，121-122）

在对小说作者提出诸多要求的同时，德布林也对小说作者进行了重新定位，斩钉截铁地宣称“作者的霸权必须被打破”，苦口婆心地敦促作者要心甘情愿地“不发表任何意见”。（参见 Döblin 1989，122）这种作者的“不发表意见”被德布林定义为“去个人化”。（参见 Döblin 1989，123）这个概念是他整个小说理论中的核心概念。这也就意味着作者必须完全消失在由其自身所展示和呈现的真实和事实之后，作者要进行坚决彻底的“自我否定”，要不动声色，狠下心来运用“铁石风格”，要敬畏外在的客观现实，奉行高度的“自然主义”，唯有如此才能匹配上当今这个理性至上的冷漠世界。（参见 Döblin 1989，123）

当作者不可以表露自己的倾向性时，读者便被迫去直面文本的现实，如此一来，德布林也对读者提出了更高的要求：“小说的对象是不带一丝人的气息的现实。读者，面对一个已经形成和完成的过程，拥有完全的独立性；他可以做出判断，而不是作者。”（Döblin 1989，121）

德布林要求读者具有完全独立的判断能力，要求读者去磨炼自己，从而成长为自主的个体，而不是被同样是凡人的作者牵着鼻子走，因受作者的影响而丧失头脑的清醒。要让读者时刻保持警醒，能够有所鉴别，不从众，不随波逐流，做独立思考的个体。革新社会从改变读者开始，文学的教育功能大抵如此。这恐怕也正是作为道德主义者的德布林所孜孜以求并不断付诸实践的理想，在此套用以德布林弟子自居的诺奖得主君特·格拉斯的话来说就是：“他会让您感到不安；他会让您的美梦变得沉重；您必须细嚼慢咽；您不会觉得他可口；他是不好理解的，也是不好消化的。他会改变读者。知足的人可要当心德布林。”（Döblin 1977，XXXI）

思考题

1. 德布林主要创作了哪些长篇小说？

2. 德布林“柏林纲领”的主要内容及其在《扬帆出海》这个文本里的具体体现是什么？

参考文献

[1] Alfred Döblin. Die Ermordung einer Butterblume, sämtliche Erzählungen, hg. v. Christina Althen. Düsseldorf: Walter, 2001.

[2] Alfred Döblin. Schriften zu Ästhetik, Poetik und Lireratur. Düsseldorf:

Walter, 1989.

[3] Gabriele Sander. Alfred Döblin. Stuttgart: Reclam, 2001.

[4] Günter Grass. Über meinen Lehrer Alfred Döblin, in: Alfred Döblin, Die drei Sprünge des Wang-lun, chinesischer Roman. Düsseldorf: Walter, 1977.

[5] Jochen Meyer. Alfred Döblin 1878-1978, Eine Ausstellung des Deutschen Literaturarchivs im Schiller-Nationalmuseum, Deutsche Schillergesellschaft 1998.

[6] Robert Minder. *Die Segelfahr*t von Alfred Döblin, Struktur und Erlebnis, mit unbekanntem biographischen Material, in: Helmut Kreuzer（Hg.）, Gestaltungsgeschichte und Gesellschaftsgeschichte, literatur-, kunst- und musikwissenschaftliche Studien. Stuttgart: Metzler, 1969.

[7] Sabina Becker. Döblin-Handbuch, Leben-Werk-Wirkung. Stuttgart: Metzler, 2016.

[8] Walter Muschg. Nachwort des Herausgebers. In: Alfred Döblin, Die drei Sprünge des Wang-lun, chinesischer Roman. Düsseldorf: Walter, 1977.

[9] 罗炜．译者前言 // 德布林．柏林，亚历山大广场．罗炜，译．上海：上海译文出版社，2003.

[10] 罗炜．柏林，亚历山大广场：现代城市的史诗．文汇报，2003-9-19.

第七章　托马斯·曼
（Thomas Mann）

希特勒老兄（节选）

胡　蔚　译

倘若这位老兄好走极端的内心世界不曾使得万千生灵涂炭，没有导致道德伦理的彻底沦丧，人们也许会更乐于承认，此人的命运确有吸引人之处。人人皆有同感，无人可以免受这个阴郁人物的纠缠，因为他选择了政治作为工具，人们知道他再也没有能力选择其他工具，而政治的本质便是粗鄙不堪的高调，夸大其词、添油加醋。人们听任这位老兄扮演命运之神，征服一切对手，让今日的欧洲陷入目眩神迷的境地。因而，目前这种情况对于我们来说更为糟糕，它使得无助的欧洲更加蒙羞。通过一连串出奇的幸运，或谓不幸的巧合，此人所向披靡，如入无人之境，可谓神鬼相助，胜利一场接一场，从未遭遇到丝毫抵抗。

……

这位老兄虽然是个祸害，但这并不是将他的性格和命运视为无趣的理由。这个既无能又荒唐、屡屡失败的家伙，懒惰透顶，是个一无所长的收容所常客，被人唾弃的半吊子艺术家，彻头彻尾的遭人鄙夷之徒。他莫名其妙的愤恨和深入骨髓的复仇癖与一个被打败民族（几乎毫无理由的）自卑感紧密联系在一起，这个民族因为战败而倍感迷惘，一心只求挽救“荣誉”。而这位老兄没有一技之长，出于莫名其妙的固执和高傲，从未动过学习某种技能的心思；就是在单纯的技术层面，男人应该掌握的技能，他也一窍不通：不会骑马，不会开车或开飞机，连个孩子都没有。为了将自己与这个民族的命运联系在一起，他仅学会了一项技能应急：那就是卑鄙下流，却颇能蛊惑大众的演讲术。他用这一疯狂的道具，搅动这个民族的伤口，历数这个伟大民族的屈辱往事，使得民众动容，然后抛出堂皇的预言，试图蒙蔽他们。他把自己的名声建立在一个民族的痛苦之上，攫取无限的权力，获得惊人的过度补偿——这个曾经微不足道、毫不起眼、默默无闻的人，就这样篡夺了无上荣光，拥有了某种让人敬畏的神性，以至于每个曾经得罪过他的人，都必死无疑，却死相极为凄惨、毫无尊严，如堕地狱……他把势力范围延伸到了整个欧洲，凭空捏造各种鬼话，散布各种歇斯底里的谎言，攫取民众的魂魄。凡此种种，使他在国内获得了成功，现在他学会了在更广的范围内使用这一套。他利用欧洲大陆危难时期的虚弱无力，利用它对战争的恐惧心理，越过各个政府的头头脑脑，直接蛊惑民众，把大部分民心吸引到自己身边。在这一点上，他的确是位高手；在幸运之神的眷顾下，种种障碍在他面前悄然崩塌，这位曾经阴郁落魄的无用人，出于所谓的爱国之心，玩弄权术，正使得整个欧洲俯首称臣，天知道，也许还得加上整个世界。以上种种，绝对无与伦比、史无前例、触目惊心。对这位老兄，人们固然反感，又不得不暗自佩服。

……

说起艺术家，我方才提到了道德自阉。不管是否情愿，人们会在这人身上发现一点艺术家的影子。在他身上，构成艺术家气质的成分一应俱全，不过都以某种可鄙的方式出现了：难以相处、懒惰随意、落魄的早年、整日无所适从，不知道“究竟要干什么”、半疯半傻、动荡不安、波希米亚式的社会交往和精神生活，骨子里却是桀骜不驯，自视甚高，拒绝从事任何理性正当的工作。原因何在？在于此人隐约预感到有一些无法预知的东西正等待着自己，这是一种无法言说的东西，即便勉强可以找到语言表达，但一说出口，便会让人笑掉大牙；再加上躁动不安的良心和负罪感，对于社会的仇恨，革命的直觉，潜意识里隐藏着的强烈复仇情绪，以及自我辩护和自我证明的需要，征服和战胜世界的渴望；这个受辱的人做梦都想看到世界拜倒在他脚下，在恐惧、爱、敬畏和屈辱中消亡……如今，他把梦想变成了现实，从他使用的极端手段不难推断出，在当年那副落魄的外表下掩藏着何等强烈的自尊。人们倒也不必揣度潜意识是如何施加影响，以致生成的“硕果”具有如此凌厉的风格。宏大的历史场景常常并非人力所为，而是有赖于媒介的影响力，也就是所谓政治的作用，或者说是得益于对于民众的蛊惑。政治每每大张旗鼓、不计牺牲，绑架了多个民族人民的命运。从它光鲜的外表上看不出灵魂堕落的极端，也无法看出这位疯狂的老兄具有的影响力是多么巨大，以及无法餍足其不满、躁动不安的自我膨胀。他获得的成功迅速遭到遗忘，被新的欲望消耗掉。一旦无所作为，他就会陷入空虚和无聊；不把世界折腾得天翻地覆，就会产生幻灭感；内心的欲望使他彻夜难眠，他必须不断重新证明自己……

……

缔结同盟与重新认识自我纵然也是艺术自我贬低的表现，艺术毕竟并不乐意完全按照字面的意思被解释。我乐于相信，是的，我有把握，在即将到来的时代，精神错乱、丧失理智、不负责任、出于直觉的黑色巫术式的艺术形式将被抛弃；如今这种人性虚弱的时代将与此类艺术同时消失。艺术当然不只是光明和精神，但它也不仅是浑浊不堪的汤汤水水和来自阴间的瞎眼怪物，不仅是“生活”本身。与迄今为止的艺术形式不同，未来的艺术将更明确而欣然地将自己视同和表现为清晰的魔术：艺术家将成为游走于精神和生活之间的人，是脚蹬飞靴，赫尔墨斯式的沟通者，与月亮同族，而这样的沟通者也正是精神本身。

德意志国与德意志人（节选）[①]

胡　蔚　译

……

德意志国与德意志人，这是我今晚演讲的题目——这是个冒险的决定，不仅因为它盘根错节、千头万绪、一言难尽，更因为我们必须虑及当下的情势，以及由此可能引发的狂热情绪。德意志这个不祥的民族对世界所犯的罪行罄竹难书，若秉持“sine ira et studio”[②]的原则，单纯以心理分析法切入，则难逃不义之名。作为一个德国人，目前是否应该回避这个问题？可是，我不知道还有什么比这更为合适的题目。况且，除了私人话题，眼下几乎所有谈话都难以避开德意志，都涉及德意志民族的性格和命运之谜。不可否认，德意志民族为世界所贡献之美好伟大事物不知凡几，然而却一而再，再而三地引发泼天大祸，沦落为世界的罪人。德意志国咎由自取，近年来的所作所为使之成为人间地狱，其命运之惨烈，不得不为世人所关注，却无法获得同情。一个土生土长的德国人，为德国辩护求情，试图唤起世人的怜

① 该文为托马斯·曼于 1945 年 5 月 29 日在美国国会图书馆发表的英文演讲，德文版首发于《新评论报》（Die neue Rundschau），1945 年 10 月号。

② 拉丁文，意为“不带愤懑和偏袒”，即“不偏不倚”的意思，这是古罗马伟大的历史学家塔西陀（55–120）所倡导的修史原则。

悯，固然极不得体；趋附世情，扮演法官的角色，迎合世人对本民族的诛心之深仇大恨，对其口诛笔伐、呵叱辱骂，俨然以“善良的德国人”自居，誓与怙恶不悛、罪孽深重的那一边撇清关系，在我看来，也算不得特别体面。生为德国人，就必然无法回避对于德意志命运和罪责的审问，保持距离的审视不该被视为背叛。而洞察本民族的真相，只能是反躬自省的结果。

在下以为，德意志人本性中融合了对入世的渴望和避世的羞怯，是世界主义和乡土情结的结合。这一结论可通过分析德意志人复杂的心理世界得出，我认为不无道理，也是本人从小到大的亲身体验。比如，若是驱车从德意志帝国经博登湖至瑞士，便如从偏僻闭塞的乡村进入广阔世界。这话初听上去令人费解，煌煌大国德意志幅员辽阔，辖区内不乏宏大都市，与之相比，瑞士区区狭窄小国怎么反倒让人顿生“世界”之感？其实，有此感觉并不奇怪：瑞士作为中立国，多种语言通行，受法兰西影响颇深，在西方的空气中耳濡目染，较之北方的庞大政治板块，的确更为“世界”，更具欧洲氛围。而在德国，“英特耐雄奈尔”早已成了骂人的话，阴郁的乡土情结将气氛破坏殆尽，空气中散发出一股霉腐臭味。

……

我们最伟大的诗篇，歌德的《浮士德》，把处于中世纪与人文主义分水岭之际的人推到了主角的位置。这位上帝之子，被狂妄的求知欲所蛊惑，把灵魂交给了魔法，交给了魔鬼。知识分子的高傲古板与执拗的灵魂结合之时，魔鬼立即就出现了。魔鬼，路德的魔鬼，浮士德的魔鬼，在本人看来，正是一种非常符合德意志的形象；为了享用片刻的世间荣华，不惜与魔鬼缔结盟约，甚至以牺牲灵魂的安宁为代价，这正与德意志人的独特本性相契合。一个寂寞的思想者和研究者，一个踽踽独居的神学家和哲学家，出于对尘世享乐和统治世界的渴望，把自己的灵魂交给了魔鬼，——这不正是对当今德意志国的写照吗？今天，德意志人的灵魂不就活生生地被魔鬼掠走了吗？

……

为何德意志民族对于自由的追求总以牺牲内在自由为代价？为何它最终总是不得不攫取他人的自由，甚或牺牲自己的自由？原因在于，在德国从未发生过革命，也从不知民族统一与自由为何物。“民族”这个概念诞生于法国大革命，象征革命和自由，它涵盖了人类的全部现象。在国家内部，它表现为自由的体制，对外体现在关于欧洲的统一观念上。法兰西政治精神的所有可贵之处皆基于两者的和谐统一；德意志爱国热情中的所有偏狭之处皆是因为两者从未获得统一。我们甚至可以说，连“民族”这个概念，若将它与“自由”相联系，对于德国人来说也是陌生的。德意志人自己或他人称德意志为一个民族，但人们有理由认为，这样的称呼是有问题的。将德意志人对于祖国的热爱称为“民族主义”的做法也颇为不当，因为这意味着将之法国化，易造成误解。人们不该把两种不同的事物强以一名命之。德国人的自由观是民族性的、反欧洲的，尚处于原始部落时期。今天，他们不是已经堂而皇之地以野蛮为荣？在民族解放战争时期，他们的先驱者——诸如大学生联合会，杨[①]和马斯曼[②]之流表现出的粗野特征颇令人产生审美上的不快，亦被证明是不祥之兆。歌德对德意志民族文化的确非常了解，他不仅创作了古典主义的《伊菲格妮》，也创作了纯正德意志风格的《浮士德·第一部》和《葛兹》，并用“韵文创作对话”。尽管如此，让所有爱国者大失所望的是，他在反拿破仑战争中表现出彻底的冷淡，这不仅是出于对他的执政[③]，伟大皇帝的忠诚，更是因为歌德对这场战争中表现出来的野蛮和狭隘的民族性深恶痛绝。在当时那个被爱国的“自由主义”所鼓动的德国，这位伟人却认同诸如超民族的、世界德意志主义、世界文学等一切宽广与伟大的观念。对于他的寂寞，我们今天痛苦地感同身受。对他而言，文明还是野蛮，事关重大。生于这样一个仅将自由概念对外，将自由用于反欧洲、反文化的民族，是他的宿命。对这个民族而言，自由等同于野蛮。

……

或许，德意志人最有名的品性得用一个极难翻译的词来概括：“内向性”（Innerlichkeit），也就是说温文尔雅，内心深邃，清高乖僻，尊崇自然，极为纯正严肃的思想和良知，简而言之，便是集合了所有高雅诗体（hohe Lyrik）[④]的特征。直到今天，德意志“内向性”为世界做出的贡献众所周知：德国的形而上学，德国的音乐，特别是德国歌曲，都奇迹般地体现了独一无二、无可比拟的民族性，这正是德意志“内向性”结下的硕果。路德的宗教改革是德意志内向性成就的伟大历史事件，是一场伟大的解放运动。虽说这是善事一桩，可是，魔鬼已经暗中插手。宗教改革带来的是西方的宗教分裂，是十足的不幸。德国因此经历了三十年战争，人口急剧减少，灾难性的文化倒退，淫乱和瘟疫使德意志的血液发生了变化，也许比在

① 杨，全名为弗里德里希-路德维希·杨（Friedrich Ludwig Jahn，1778—1852），人称“体操之父”。他号召推广体操运动，将之作为在民族解放运动中抵抗拿破仑军队的手段，对大学生联合会的成立产生了重要影响。在 1848 年的国民大会上被称为极右势力的代表。

② 马斯曼，全名为汉斯-斐迪南·马斯曼（Hans Ferdinand Maßmann，1797—1874），德国体育教育家、诗人，民族主义的日耳曼学者。杨的学生，“体操运动”的重要推动者。

③ 原文为法文“Pair”，原意指法国最高等的贵族，在复辟时期担任第一议会执政，此处指歌德崇拜的拿破仑，曾任法兰西第一执政。

④ 指格律严谨、风格崇高的诗歌，如颂歌 (Ode)、哀歌 (Elegie) 和赞歌 (Hymne)。

中世纪还邪恶。《愚人颂》的作者，鹿特丹的伊拉斯谟，一位具有怀疑精神的人文主义者，他缺乏"内向性"，却显然看到了宗教改革会带来什么："如果将来你看到可怕的灾难和混乱在世间发生，"他说，"那么你要记住，伊拉斯谟早有预言。"可是，"内向性"强大的维滕贝格的粗野先生[①]可不是什么和平主义者，他对悲剧命运有着德意志式的认同，他宣称早已做好准备：要流的血，"让他来流"。

德意志的浪漫主义，难道不也体现了德意志的"内向性"——德意志民族性最美的一面？它美伦美奂又灵动飘忽，让人渴慕已久、梦寐以求；它深沉古怪，却又艺术精湛、完美无缺，还有那与浪漫主义密切相关、无处不在的反讽。然而，若由鄙人来谈谈德意志浪漫主义，这些并非关键。德意志浪漫主义，是某种深沉的力量和虔诚的心灵。人们可以这么说：这是古朴的灵魂，人们感到，它与生命的本源，某种虚幻而魔性的神秘力量更为接近；它指向更为深奥的认识，指出了简单理性的世界观与行为方式的悖谬之处，它与神圣之物存在着更为深沉密切的关系。德意志人发动了一场以浪漫主义抗击启蒙运动、哲学智识主义和理性主义的反击战——这是一场音乐反对文学，神秘主义反对澄明之境的起义。浪漫主义并非孱弱虚妄的幻想；它具有深度，同时也体现出力量和丰饶；它是诚实的悲观主义，与存在着的、现实中的以及历史结盟，反对批评和社会改良论，一言以蔽之，便是以威权反对精神，对所有演说家的美德和理想主义式的美化都不屑一顾。这里体现了浪漫主义与实用主义即马基雅维里主义的结合。俾斯麦，这位德国空前绝后的政治天才，正是以这种方式征服了欧洲。德意志人对于国家统一和建立帝国的渴望，被俾斯麦引入了普鲁士统一德国的轨道。若人们将之视为普通的民主形式的民族统一运动，显然是误解。1848年，德意志便曾做过类似的尝试，保罗教堂召开的国民议会[②]上关于建立大德意志国的讨论显露了重建中世纪神圣罗马帝国的意图。事实证明，通过民主的形式实现民族统一并不是德意志的统一道路。俾斯麦帝国绝对与民主无缘，因此，也和民主意义上的民族国家无关。它完全是欧洲霸主式的权力格局，同时却不妨碍所有现代和理性高效制度的实施。1871年的德意志帝国继承了中世纪的遗产，让人回想起萨克森和施瓦本统治时代[③]的荣光。精悍强壮、与时俱进、高效进步、迷恋往昔——这是俾斯麦帝国的特征，也是其危险所在。这是一场高度技术化的浪

① 指马丁·路德。

② 1848年革命后，在法兰克福保罗教堂召开了五千人参加的德意志国民议会，就德意志民族统一的方式进行讨论，分别提出奥地利统治下的"大德意志方案"和将奥地利排除在外，由普鲁士统治的"小德意志方案"。最后，议会的与会者认为，应在统一后采取"小德意志方案"，成立君主立宪制，将德意志皇位给予普鲁士国王腓特烈·威廉四世。

③ 公元10和11世纪，德意志神圣罗马帝国由萨克森的奥托家族和施瓦本的霍恩施陶芬家族统治。

漫主义运动。诞生于战争中的不再神圣的普鲁士德意志帝国只能是个军事帝国。它因战争而生，因战争而亡，对于整个世界来说，它是一枚肉中刺。

德意志浪漫主义是一场反革命运动，其思想史的意义不可低估。其中，黑格尔做出了最伟大的贡献，理性主义的启蒙运动和法国大革命在理智和历史之间撕开了一道裂痕，黑格尔的辩证法哲学弥合了两者的分裂。理性与现实的和解强有力地推动了历史学科的发展，创立了历史学。就本质而言，浪漫主义是一种沉迷，尤其对于历史的沉迷，是对往昔的崇拜：凡是历史上存在过的事物，都因其独特的地方与时代特征而具有价值。毋庸置疑，这一观点对于历史的撰写具有特殊的启发，预示了现代历史写作形式的出现。

作为知识体系，亦作为一种美学流派，浪漫主义运动对于美的世界做出了丰富而绚丽的贡献。什么是诗（Poesie），对此实证主义者毫无感觉，理智主义的启蒙运动也对此根本一无所知，直至浪漫主义的出现。浪漫主义之前的世界在循规蹈矩的学院主义主宰下无聊至极，是浪漫主义宣告个性和自发情感的权利，从而赋予道德伦理以诗的意蕴。它从历史深处挖掘出本民族童话和民歌的宝藏，成了日耳曼民俗学睿智的保护人。色彩绚烂的民俗学看上去倒像是异域文化的某个变种。即便情感表现的形式古怪，诸如神秘的狂喜，狄奥尼索斯式的狂欢[①]，浪漫主义依然赋予情感高于理性的地位。由此，浪漫主义与疾病之间产生了一种特殊关系，心理分析学从中受益匪浅。正如晚期浪漫主义者尼采高度评价疾病对于认识的价值，他本人正是因为疾病而成为濒死的天才。在这个意义上，精神分析学从疾病的角度对人学进行了深入发掘，亦可视为浪漫主义的苗裔。

歌德的定义言简意赅：

古典的是健康的，浪漫的是病态的。对于迷恋浪漫主义，甚而爱上了它的罪孽和恶行的人来说，歌德的断言令人痛苦。但不可否认的是，即便是在浪漫主义最为优雅妩媚、超凡脱俗，最为乡土和精细的表现形式中，同样蕴含着病态的萌芽，就如玫瑰里藏着蛀虫；同样不可否认的是，就其最内在的本质而言，浪漫主义是诱惑，死亡的诱惑。这是令人不解的悖论，浪漫主义是非理性力量的代表，是对于抽象的理性和平淡乏味的人道主义的反抗；同时，它对于感性和历史的崇拜，使得其与死亡有着深刻的关联。浪漫主义一方面歌颂生命的力量，反对单调的道德说教，另一方面又与死亡联姻。在德国，这个浪漫主义真正的故乡，这一令人目眩的悖论以最强烈、最可怕的方式成了现实。浪漫主义作为德意志的精神，作为一场逆向而

① 狄奥尼索斯是希腊神话中的酒神，酒神的狂欢是指沉醉迷狂、放浪形骸的精神状态。

行的革命，深刻地推动了欧洲思想的发展，并赋予其活力；然而，浪漫主义的尊严使其至死不愿附和欧洲，不屑从欧洲崇拜人类的宗教和民主精神中获得任何教诲。浪漫主义通过实用主义和强权相结合的政治手段，通过俾斯麦主义，通过征服法兰西，征服文明，通过建立貌似体格最为壮硕、且深以此为荣的德意志帝国，不仅让世界惊诧，也让世界迷惘和沮丧；而一旦帝国不再由天才亲自把舵，德意志的浪漫主义便让世界陷入持续的动乱之中。

……

女士们，先生们，以上粗略简短的讲述，是一段关于德意志"内向性"的历史。这是一段悲伤的历史——我之所以这么说，而不是称之为"悲剧"，是因为不幸并不值得夸张炫耀。有一点也许大家乐意记取：没有一善与一恶两个德国，德国只有一个。这个德国中的善由于魔鬼作祟，成了恶行。那个恶的德国，正是误入歧路，坠入不幸、罪责和毁灭中的善的德国。因此，对于一个在德国出生的人来说，不可能断然与恶的德国一刀两断，兀自宣布其有罪："本人清白无瑕，是纯洁善良，高贵公正德国的代表，那个恶的就任凭诸位处置吧。"在下向各位讲述的德意志，草草几笔试图勾勒出德意志肖像，不是凭借生疏与冰冷的资料，无一不是切肤之感，发自肺腑，出于在下的亲身体验。

换句话说：时势所迫，鄙人在此代表德意志国反省自责——的确如此，没有比自我反省更得德意志民族之精髓了。勤于自省正是纯粹的德意志传统，自我批评常常发展为自辱、自责。永远让人费解的是，为什么这样一个内省自律的民族会萌生出称霸世界的念头。想要称霸世界的常常是幼稚的天真汉，是一意孤行、自以为是、毫无头脑的井底之蛙，而不是德意志这样一个精神生活极其丰富的民族。于是我们看到，高傲带来的常常是悔恨。一个法国人、英国人，或者一个美国人对于自己民族的批评，远不可与德意志人中伟大如荷尔德林、歌德、尼采对于德意志国的严厉同日而语。歌德甚至曾经，至少在口头上，热切希望德国人流离失所："德国人必须同犹太人一样，流散、移植到世界各地！"他还补充道："这样，他们心中的全部善意，就能为了民族的福祉，得到充分的发展。"①

善意——它确实存在，在传统的民族国家中，却无法有所作为。二战后，德国人显然有着散居到世界各地的强烈愿望，这正应了歌德对同胞的祝愿，然而其他国家的移民法却使这一愿望落空。尽管各种强权政策明确警告我们不要有过高的期望，可是，难道不是依然存在着希望？在这场灾难之后，人们正走向新的世界格

① 歌德 1808 年 12 月 14 日与弗里德里希·米勒（Friedrich von Müller）的谈话。

局，试探性的第一步必须且必然迈出，19世纪的民族个人主义逐步瓦解，终将消亡。这种局面，较之已成为过去式的昨天，为德意志内在的善意岂不是提供了更好的生存环境？清算纳粹也许能够开启一条社会改革的道路，从而恰恰为德意志最根本的内在禀赋和需要提供最恰当的机会。世界经济一体化，逐步淡化的政治边界，国家生活的去政治化，人类大同意识的觉醒，第一次意识到建立世界国的可能——这些超出市民民主概念的人道主义社会理念正是众人努力的目标，又怎会违逆德意志民族性，而对于他们显得陌生呢？德意志，在它羞怯避世的外表下一直隐藏着积极入世的热望，孤独曾经使它变得邪恶，而隐藏在孤独之后的，众所周知，是爱人和被人爱的愿望！最后，德意志的不幸其实只是人类生存悲剧的缩影。德意志国需要的宽宥，亦为我们所需要。

“兄弟”与“魔鬼”——一位艺术家眼中的法西斯主义——读托马斯·曼的政论散文《希特勒老兄》和《德意志国与德意志人》

胡　蔚

《希特勒老兄》（Bruder Hitler，1938）和《德意志国与德意志人》（Deutschland und die Deutschen，1945）是托马斯·曼流亡美国期间（1938—1952）发表的两篇政论散文。两篇文章因为发表的时机和场合不同，文风迥异，文意也各有侧重：前文完成于第二次世界大战爆发前，是一篇招式凌厉，又颇具曼氏反讽风格的檄文，意在向世人揭示希特勒的真实面目；后者则是纳粹战败后不久，托马斯·曼在美国国会图书馆发表的公开演讲，汪洋恣肆、典雅考究、言辞恳切，旨在剖析纳粹上台的深层心理原因和历史文化因素，既是深刻反省本民族的罪责，又是自白和辩解，并试图为战后德意志民族指出一条救赎之路。

读罢全文，读者或许仍然会有所疑虑。为何反法西斯斗士托马斯·曼要与纳粹头子希特勒称兄道弟，而德意志民族的浪漫主义与音乐又与法西斯主义有何干系？要理解这一点，得从托马斯·曼的浪漫主义政治观谈起。

一

"政治就是命运！"拿破仑皇帝1808年在埃尔福特（Erfurt）会晤歌德时说，亲身经历了1806年普法战争魏玛之围的歌德对此断言颔首称是。较之歌德，政治在托马斯·曼的命运中烙下了更为深刻的印迹。他的一生经历了人类历史上最为动荡的八十年，可以粗略地划分为四个阶段：俾斯麦和威廉皇帝统一的德意志第二帝国（1875—1914）；第一次世界大战导致帝国的终结，魏玛共和国的建立（1914—1933）；纳粹党人执政和第二次世界大战（1933—1945）；二战以后冷战格局的形成造成德国的分裂。处身于跌宕起伏的政治风云变幻中，托马斯·曼与政治的关系从冷眼旁观到热情参与，政治立场从拥护君主制发展到公开支持民主共和制，经历了意味深长的转折。

德意志帝国时期的托马斯·曼是个不问政治的唯美主义者，他对政治的观察和理解集中体现在长文《一个不问政治者的看法》（Betrachtungen eines Unpolitischen, 1914）中。这种观念在20世纪初的知识分子圈子中颇为流行。对他们而言，政治是毫无诗意和美感可言的粗鄙之物；残酷的现实世界，将人制度化、工具化。"不问政治者"被托马斯·曼直截了当地定义为保守主义者，他们推崇的是"文化（Kultur）、灵魂（Seele）、自由（Freiheit）、艺术（Kunst）"，与之相对的概念是"文明（Zivilisation）、社会（Gesellschaft）、选举权（Stimmrecht）、文学（Literatur）"。（Mann 1914，31）这一组观念上的对立在托马斯·曼的概念谱系中同时也表现为保守与进步，民族主义与世界主义，君主制与民主共和制，浪漫主义与启蒙运动的冲突，也是托马斯·曼与兄长亨利希·曼的根本分歧所在。第一次世界大战爆发后，托马斯·曼认为战争能净化"颓废"的法兰西文明的影响，捍卫德意志民族精神的纯洁性，因而与亨利希·曼决裂。被托马斯·曼讥讽为"文明写手"（Zivilisationsliterat）的亨利希·曼是著名的反战人士，深受法兰西启蒙精神影响。当时讽刺帝国威权的小说《垃圾教授》、《臣仆》在文坛享有盛名。他在散文《精神与行动》、《左拉》（Zola，1914）中暗讽托马斯·曼趋炎附势、无视社会现实，是对"精神"的背叛。《一个不问政治者的看法》便是托马斯·曼对于长兄的公开回应，受到了帝国遗老遗少、保守有教养市民阶层的热烈赞同，被奉为他们的政治宣言。由此可见，早年的托马斯·曼是德国浪漫主义的继承者，信奉艺术至上，尊重个体意愿，反对工具理性，体现在文学手法和为人处世上，则是反讽的（ironisch），而非讽刺的（satirisch）；保守的，而非激进的。作为叔本华的信徒，启蒙主义的乐观主义总与他有些隔阂。他尊重个体意愿的优先性，认为精神作为"表象的世界"，可以认识个人意愿，却不可操纵它。

1922年右翼分子暗杀魏玛共和国犹太裔外交部部长瓦尔特·拉特瑙（Walther Rathenau，1867—1922），这一事件使得托马斯·曼疏远国内的右翼保守集团。在庆祝豪普特曼六十寿辰的公开演讲中，他声明支持民主共和制，而这一认同并非对启蒙运动和自由主义的信仰，而是将民主共和国的理念溯源到德国浪漫主义的开创者和苗裔诺瓦利斯、尼采和斯蒂芬·格奥尔格。（参见 Mann 1922，819）群众集会和议会制度不过是小市民的庸俗把戏，是内心苍白、精神空洞的面具而已。民主共和对托马斯·曼而言是人道主义。他之所以为共和国呐喊，是为了捍卫纯正、高贵的德意志民族传统，而它正在遭受极右翼势力的野蛮侵害。因为面对共同的敌人，托马斯·曼服从理性命令成了共和国的同盟军，内心却依然是个保守的浪漫主义者。这一内在矛盾决定了托马斯·曼的政治观点：政治时局和道德律令要求他站在民主共和制一边，在感情上保留着对于浪漫主义的忠诚。于是，他一度寻求介于左派和右翼之间的第三条道路，并称之为“保守的革命”，这是一种“民粹”“保守”的社会主义，后因有与纳粹党同流合污之嫌而弃用。（参见 Kurzke 1977，11）这一内在矛盾也决定了他对时局的观察和评论往往是站在艺术家的立场，而不是出于社会学家和政治家的视角。托马斯·曼在晚年题为《艺术家和社会》（Der Künstler und Gesellschaft，1952）的讲话中，仍然自我解嘲地总结道：“不可否认的是，艺术家发表关于道德和时政的观点时总有些滑稽可笑，而在宣传人道主义理想时不可救药地与陈词滥调相距不远，甚至就是空洞无物的废话。”（Mann 1952，397）

二

1933年纳粹上台后，托马斯·曼坚定的反法西斯立场及其夫人的犹太裔身份使他决定离开纳粹德国。早在1921年，托马斯·曼就在《歌德与托尔斯泰》（Goethe und Tolstoi，1921）一文中将法西斯主义定义为“浪漫主义的野蛮行为”（romantische Barbarei）（Mann 1921，169）。他指出，浪漫主义与法西斯主义的区别在于后者是对前者的扭曲与滥用。诸如“民族”“社会主义”“信仰”“革命”等概念被法西斯主义所刻意曲解和糟蹋。法西斯主义将德国浪漫主义注重精神和反理性的传统通过极权统治而制度化，成为一种国家政权掌控下的合理的反理性。1930年他在柏林爱乐贝多芬大厅发表重要演讲《告德意志书》（Deutsche Ansprache），直斥纳粹党人为“低俗粗鲁的乌合之众”，并质疑他们所宣扬的所谓“质朴、纯正、顺从、心灵单纯、头脑简单的”德意志人形象是否能够代表德意志这样一个成熟的文化民族。

（Mann 1930，889）托马斯·曼是魏玛共和国时期重要的反纳粹人士，他的国际声望使得他的声音对于反法西斯运动有着重大意义，然而他对于理性的呼唤无法扭转德国国内时局的发展。

1933 年 2 月正值瓦格纳逝世五十周年，托马斯·曼应邀在欧洲各国演讲。旅行途中，消息传来，国会纵火案之后，国内形势恶化，他的子女劝阻他回国。从此，托马斯·曼开始了流亡之旅。他和家人先是客居于法国南部的滨海城市萨纳里（Sanary-sur-Mer），后迁居瑞士的屈斯纳赫特（Küsnacht），1933 年 3 月 17 日，他拒绝在效忠书上签字，宣布退出已被纳粹控制的普鲁士艺术院。

然而，直到 1936 年之前，托马斯·曼对于纳粹的态度一直晦暗不明。他的书依然能够在德国费舍尔出版社（Fischer Verlag）出版，他也避免公开批评纳粹政府，并指责长子克劳斯主办的左翼流亡刊物《集合》（Die Sammlung）过于左倾。直到 1936 年 2 月，他才在女儿艾丽卡（Erika Mann，1905—1969）的施压下打破沉默，在《新苏黎世报》（Neue Züricher Zeitung）上正式宣布与纳粹德国决裂。即便如此，他依然拒绝参加任何流亡政治组织，与党派政治保持距离。1936 年 11 月他在瑞士捷克使馆加入捷克斯洛伐克国籍，同年 12 月被取消德国国籍。

1938 年 2 月 21 日，托马斯·曼偕家人在纽约港登陆，由此开始了其长达十四年（1938—1952）客居美国的生活。当时有《纽约时报》（*The New Yorker Times*）记者问及流离失所的困苦，这位 1929 年的诺贝尔文学奖得主，蜚声海外的大文豪昂然答道："我所在之处，便是德国！（Wo ich bin，ist Deutschland）"此言一是与纳粹德国划清了界限，二是将自己宣布为德意志文化的真正代表，而托马斯·曼也正符合美国人对于"诗人与哲人"国度的美好想象，所到之处，礼遇备至。

大多数德国流亡知识分子境遇悲惨，不幸者如本雅明（Walther Benjamin，1892—1940）、恩斯特·托勒（Ernst Toller，1893—1939）和图霍尔斯基（Kurt Tucholsky，1890—1935）甚至走上绝路，而被誉为"流亡文学"精神领袖的亨利希·曼晚年也须依靠托马斯·曼的资助勉强度日。作为德国文化象征的托马斯·曼却在美国获得了巨大成功。在著名记者和社会活动家阿尼亚斯·迈尔（Agnes Meyer，1887—1970）夫人的安排下，托马斯·曼先是在普林斯顿大学德文系担任客座教授，开设四门课程，讲述歌德的《浮士德》、瓦格纳、弗洛伊德和《魔山》导论。1941 年举家迁往加利福尼亚州的洛杉矶北郊居住，过着衣食无忧的宁静生活。二战爆发后，他参加了多家流亡者救助组织。从 1940 起，他每月通过英国 BBC 电台发表《致德国听众》（Deutsche Hörer!），号召德国民众摆脱纳粹统治，结束与世界为敌的状态。他的讲话被印制成传单，由盟军空军散发到德国境内。在文学创作上，托马斯·曼亦获得累累硕果，他于流亡期间相继完成了三部长篇小说《绿蒂在魏玛》（Lotte in Weimar，1939）、《约瑟夫和他的兄弟们》以及《浮士德博士》（Doktor Faustus，1947），以历史题材讽喻时事。

三

作为德国文化的代表、反法西斯运动的文化代言人，托马斯·曼在客居美利坚合众国期间发表了一系列政论散文和公开演讲，其中包括《希特勒老兄》（Bruder Hitler，1938）、《自由的问题》（Das Problem der Freiheit，1939）、《这一和平》（Dieser Friede，1938）、《这一战争》（Dieser Krieg!，1940）、《战争与民主》（War and Democracy，1940）、《日常生活的秩序》（Order of the Day，1942），1940 至 1945 年期间撰写了广播讲话《致德国听众》以及《德意志国与德意志人》（Deutschland und die Deutschen，1945）。分别发表于二战前后的《希特勒老兄》与《德意志国与德意志人》集中了托马斯·曼对法西斯主义的认识。

托马斯·曼的观点可谓别具一格。在《希特勒老兄》一文中，托马斯·曼将希特勒称为老兄，是出于爱恨交集的特殊感情，也就是出于兴趣（Interesse）。他认为只有通过反讽的态度寻求认同，缔结同盟，才能获得真正的认识。“反讽要比单纯的仇恨更为道德。”反讽作为认知的手段，这一观点来源于德国浪漫主义对于反讽的认识。施莱格尔在断片《论不可理解性》（Über die Unverständlichkeit，1800），用反讽论述反讽，阐明了不可理解的混乱便是人自身、人与人以及人与世界的关系。而且这一混乱具有绝对性的特点，只能通过反讽诠释这种无限性。因而反讽是领悟整体的手段，只有反讽才能使主体获得绝对自由的意识，并在不断的反思中借助有限性理解无限性。

依据这一观点，如果不用反讽，希特勒的种种倒行逆施便无法得到解释和理解。而托马斯·曼之所以与希特勒称兄道弟，是因为他将希特勒看作艺术家、同行、亲戚。虽然这是一门令人尴尬的亲戚，但是他们都是浪漫主义的信徒，是艺术至上的实践者，只不过托马斯·曼的领域在于文学，而希特勒早年在艺术领域未能获得的成功，在政治上得到了百倍的血腥的补偿。

《德意志国与德意志人》是托马斯·曼 1945 年 5 月 29 日在华盛顿的国会图书馆发表的一次公开演讲，这是纳粹倒台后托马斯·曼第一次在公开场合发表演说，他选择了一个虽然冒险，却又不得不为之的题目。当时，德意志国和德意志人已经成了全世界人民眼中的恶魔。托马斯·曼并未忙于与犯下滔天罪行的德意志国撇清干系，而是通过深刻反省的方式，从文化史和民族心理学的角度剖析法西斯主义的成因。他得出的结论是：没有一善一恶两个德国，而是只有一个与恶魔结盟、出卖了灵魂的德意志国。它的本质可以用浪漫主义的“内向性”来概括，德意志民族引以为荣的德国形而上学、德国音乐是“内向性”结下的硕果，它的代表人物便是马丁·路德；然而源自中世纪的神秘魔性潜伏其中，一旦受到魔鬼的蛊惑，它便会自我膨胀、妄想统治世界，从而走到自己的反面。

托马斯·曼指出德国人对于自由和民族主义的误解，对于民主共和制的陌生，其原因在于德国人的奴性和保守。历史上没有成功的民主革命例子，因此德国人不知道真正的自由和民主为何物。他们所理解的自由是民族主义的自由，是剥夺其他民族的自由。

最后，托马斯·曼将德意志的罪行抽象为人类悲剧的缩影，从而祈求世界的宽宥。他同时指出歌德超越了德意志民族性中的狭隘的一面，他所代表的人道主义和世界主义是德意志民族性本身所具备的因素，正是德国战后的发展道路。

当时托马斯·曼正在撰写《浮士德博士》，以反思法西斯主义和人类命运。小说中的一些主导动机，诸如马丁·路德、魔鬼缔盟和德意志音乐在《德意志国与德意志人》中一一出现。值得注意的是，在阿多诺（Theodor W. Adorno，1903—1969）的影响下，在完成于两年之后的《浮士德博士》中，与魔鬼结盟后的作曲家列文库恩（Leverkühn）并未沿着原先设想的浪漫主义道路走下去，而是走向了一个极端：高度精密、极为技术化的现代音乐。这意味着，托马斯·曼对于法西斯的认识摆脱了纯粹的浪漫主义政治观，意识到了法西斯主义与工具理性的关系，以及反思启蒙的必要性。

值得注意的是，托马斯·曼以浪漫主义和心理分析法解读希特勒和法西斯主义，试图揭示疯狂行为背后隐藏的精神动机和思想史根源。这在种种法西斯解释说中是个另类，受到不少诟病：一方面，托马斯·曼在德意志民族性中找到法西斯上台的根源，意味着对德意志民族的集体问责，因此受到来自德国的大量指责，这也导致他二战后选择瑞士作为终老之地，再也没有回国定居；另一方面，又有人指责托马斯·曼的解读方式过于文学性，从而弱化了法西斯的罪行。笔者认为，与流行的政治经济利益扩张说不同，托马斯·曼提出了精神信仰对于德意志人的重要意义，这也解释了为何战争后期大规模的屠犹行为，尽管屠杀犹太人已经毫无利益可图。

政治就是命运！托马斯·曼从本性上说却是个艺术家。政治易变，本性难移。在艺术家托马斯·曼的眼中，希特勒与纳粹德国既是同病相怜的兄弟，又是将德意志引向深渊的恶魔。

思考题

1. 托马斯·曼的浪漫主义政治观的内容是什么？
2. 托马斯·曼认为第二次世界大战后德国应该走什么样的道路？

参考文献

[1] Hermann Kurzke. Einleitung, in: Thomas Mann, Essays. Bd.2, Politische Reden und Schriften, ausgewählt, eingeleitet und erläutert von Hermann Kurzke. Frankfurt am Main: Fischer, 1977.

[2] Thoma Mann. Betrachtungen eines Unpolitischen (1914). In: Thomas Mann, Gesammelte Werke in 13 Bänden, Band XII. Frankfurt am Main: Fischer, 1974.

[3] Thomas Mann. Goethe und Tolstoi (1921). In: Thomas Mann, Gesammelte Werke in 13 Bänden, Band IX. Frankfurt am Main: Fischer 1974.

[4] Thomas Mann. Von deutscher Republik (1922). In: Thomas Mann, Gesammelte Werke in 13 Bänden, Band XI. Frankfurt am Main: Fischer, 1974.

[5] Thomas Mann. Deutsche Ansprache. Ein Appell an die Vernunft (1930). In: Thomas Mann, Gesammelte Werke in 13 Bänden, Band XI. Frankfurt am Main: Fischer, 1974.

[6] Thomas Mann. Der Künstler und Gesellschaft (1952). In: Thomas Mann, Gesammelte Werke in 13 Bänden, Band X. Frankfurt am Main: Fischer, 1974.

第八章　安娜·西格斯
（Anna Seghers）

扬斯必死（节选）

张　帆　译

圣诞节到了。玛丽把圣诞树栽进花盆里，在枝头夹上蜡烛。扬斯在床上一直躺到傍晚。他本可以独自起床，最近每当母亲帮他拍打枕头时，他已经可以一个人稳稳当当地站起来了，但这样躺着感觉会更好些。就在圣诞节的前一天，玛丽低着头问丈夫："我们送扬斯什么圣诞礼物？"扬森沉默良久，突然开口说："我准备了一样东西！"他打开抽屉，从里面取出一只包裹，解开系好的蝴蝶结，准备剥开包装纸。白色的绸纸发出不同寻常的沙沙声，使他想起当时在商店里买下它时的情景。此刻，它又开始沙沙作响。他又迅速将纸角叠起，重新打好蝴蝶结。不！付房租、买木柴、送玛丽圣诞礼物，现在钱已经所剩无几。不过，再买一匹小马驹或一只皮球和一块胡椒蜂蜜饼还是足够的。于是，他又飞快地跑出了家门。

晚上，他们一家人围坐在桌旁，小树凌乱的枝杈间闪烁着零星的烛光。玛丽身着一件紧身素黑的连衣裙，越发勾勒出她那瘦削的肩膀，似乎是行坚信礼年龄的少女。扬森坐在她身旁，衣服的领子颇为古怪。而扬斯则静静地蜷缩在软椅里，一言不发。一家人就这样静静地候着，直到那棵树烧成一片灰烬。从早到晚，他们一直埋头忙于各自的事情，现在总算可以休息片刻了。趁这会儿功夫，他们尽可以聊些平日里身边的趣闻轶事乐个够；或是平时难以启齿的不快，都干脆在这一刻一股脑儿稀里哗啦全都抖出来，一吐为快。可惜，现在一切都是徒劳，无论他们怎样试着去放松，依然觉得疲惫不堪，心里头萧索压抑的感觉依然凝重。马丁·扬森耷拉着嘴角，两眼空洞洞地凝望着前方，可思绪却早已不知飘到了何方；玛丽时不时地抚平她那条新围巾的流苏；扬斯瘦削苍白的双手摆弄着他那只小玩具，玩累了，便随手丢在一旁。此时，甚至连他都渴望这段休息时间能快点结束，他满怀期待着新一轮的忙碌能帮他们摆脱这层挥之不去的压抑和悲伤。然而那棵树却偏偏不识趣，依然悠悠地燃烧着，似乎这就是它存在于这个世界的理由。它不慌不忙地烧着，直到枝头焦了个透，蜡滴溅到了桌布上。

隆冬时节，寒意愈浓。几场大雪过后，双目所及之处是无尽的潮湿与阴霾。窗前雾气弥漫，此刻，扬斯的身子骨也愈发不济了。去年冬天穿着还蛮合身的羊毛上衣如今却整整大了好几圈，袖口也变得空荡荡的，在他孱弱的手腕上直晃悠。扬斯如此瘦小，他坐在沙发椅子上，如同一个小圆点，几乎都可以忽略不计了。若是有人能为他鼓掌喝彩，高喊一声“扬斯万岁”，他也许倒十分乐意更健谈一些，或是到处多走动走动，然而门那头却从没有响起过掌声或欢呼声。正相反，凡是从门口走进来的人们，没有一个不是睨视着扬斯的，那种眼神是偷偷的、虚伪的，甚至还有点怪异，就跟住在院子对面的那些人看他的眼神一样。每每想到这里，扬斯不禁缩成一团。

一天，扬斯连同他的沙发椅被整个挪到了隔壁邻居家。他静静地坐在沙发椅里，就像这把偌大的椅子上某个不起眼的螺丝钉。在接下来的差不多一周里，他就这样待在这个陌生而又拥挤的房间里。平日里，邻居家的太太是个挺风趣的人，有时玩笑甚至有些过火，她的先生也很爱开玩笑，连他们家的孩子也出奇的调皮任性，可就是这样一个整天笑声不断、颇能闹腾的一家子，只要扬斯来了，他们就会不由自主地收敛些。这倒并不是因为扬斯已是个小大人了，而是在他们眼里，他是那么的神秘莫测，不由得令人心生敬畏。似乎只要他在，他们就不便像平常那样放肆地嬉笑打闹。因而当扬斯被接走时，他们一家人都长长地松了口气。

房间里，窗边的摇篮里躺着个女婴，她的名字叫安娜。满屋子都回荡着她稚嫩的啼哭声，到处都是刚洗净的婴儿衣物。摇篮正是八年前扬斯用过的那只，被重新油漆了一遍，帐子重新上了浆，剪掉了原本系帐子的丝绸带子。但是扬斯对此一无所知。现在摇篮支在窗边，那里总是阳光明媚，而扬斯的沙发椅则被挪到了另一处，在床尾和房门之间。其实这处地方扬斯也愿意放弃，既然原本属于自己的位置给别人占了去，那么无论去哪里都无所谓了。扬斯现在已经完全能够靠自己的力量稳稳当当地站立起来了。虽说肩膀还有点疼，但万不得已时他也可以笔挺地坐在没有靠背的普通凳子上。

扬斯瞪大眼睛看着母亲，她正准备解开上衣给小安娜喂奶。扬斯分明觉察到，每每此时，母亲平日苍白严肃的脸庞上总会显现微妙的变化。八年了，母亲都很少露出笑容，只在戴上首饰时才那样；只有在方才那一刻，她脸上才浮现出以前那种心满意足的笑容，似乎多年来她的心不知流落在何处，此刻又得以回归，重新植入那虚空良久的胸膛里一般。可是扬斯怎能洞察出这些？当母亲解开衣扣时，他分明感到身体里某个地方被刺痛了一下，而当母亲把这婴儿抱进怀里时，他再次感到了一阵莫名的疼痛。于是每到这个时候，扬斯便会刻意转过身去，把脸紧贴着墙壁，有时他甚至宁愿逃出房间，一个人待在走廊里，最近他已习惯于独自一人坐在楼梯的最顶端。每天，当父亲回家时，扬斯的目光便又会转而追随着他。看着他走到摇篮边，看着他拉开帐子。八年前，扬斯也曾躺在那个摇篮里，他隐约记得父亲的眼神，但印象中那眼神是阴沉和暴躁的，而现在父亲看安娜的表情是那般和蔼，甚至有些乐不可支。扬斯依然目不转睛地注视着父亲的一举一动。

吃饭时，扬斯坐在父母中间。他低着头嚼着自己盘里的菜，不时从一旁偷偷地瞥父亲几眼。而父亲的视线也以同样古怪的方式从儿子身上掠过，但当儿子回头向他投来期待的目光时，他又立刻拨拉着自己餐盘中的饭菜。

扬森这是怎么了？难道他没有注意到一侧频频投来的目光？难道他和其他所有头脑简单、又正渐渐衰老的人们一样眼神不好使了？即便把小闪光灯递到他们眼跟前，他们也不会发火，只会对此感到厌倦或无所谓。但扬森并非如此，他不是一位空想者，也不是闪光灯的捕捉器；但愿上帝让他这样的人多一点。他从未曾忘记过，扬斯曾是他唯一的希望，他的一切。而现在他又如何能够放弃这份牵挂呢？他曾为扬斯而担惊受怕过，绝望无助过。而终于在某个深夜，他狠下心彻底放弃了。他早就为扬斯在郊外买了一块墓地——最终扬斯将葬于那里，化作一块凄凉的墓碑——；他曾如此深爱过扬斯，那是人们面对快要失去的东西时所怀有的一种不舍之情。就在这间房子里，就在他身旁的桌边，还残留着他所失去的心爱人的踪迹，他只能无力地抚摸那个躯壳，那个转瞬间便会随风而逝的所在，它勾起了扬森些许宝贵的回忆。但是无论他们多么希望能永远避开对方，两人的目光终究还是相遇了，父子俩都恨不得立刻转移视线，可眼神偏偏就这样被牢牢地定住了，四目相对，尽是忧伤和无尽的指责。

日子一天天悄然流逝，父子俩都学会了如何巧妙地避开这样的窘境。扬斯总往走廊远端，从一级楼梯挪到了另一级。而屋外的小巷子里，每一片瓦砾、每一个小水坑，还有吵闹声又开始召唤着他。透过门框，依稀望见巷子里的一些动静。扬斯多么渴望能走出去，但又难以克制心中的胆怯。于是，扬斯就这样坐在楼梯上静静地等着，留意着通道里的动静，那里发生的事他一清二楚。时间一长，扬斯已经逐渐摸出了规律，每次父亲一定会先走到摇篮边，拉开被单，然后把小安娜抱进怀里。对于做父亲的扬森而言，在他的内心深处，也必定不喜欢被人从一旁暗中盯梢的感觉，他当然希望能无忧无虑地，不受任何人骚扰，就这样心满意足地抱着小安娜。这回，玛丽也丝毫没有吃醋，甚至还鼓励似地向扬森点了点头，并帮他调整了抱姿，以便让小家伙能睡得更舒坦些。倘若知道扬斯在场，扬森会感到难为情，他不敢鼓起腮帮子，怕自己嘴里发出任何不和谐的声响；他肯定不会闭上眼睛把脸这样紧紧地贴在安娜的小脑袋上，感受着心中那点儿温暖的柔情——甚至在干活的时候，他也在寻找这种温情，而唯独在这个胖嘟嘟、满身长着绒毛的小家伙身上，他才能找到这种温情。

文学考古之发现
——评介安娜·西格斯的遗弃之作《扬斯必死》

张　帆

一

安娜·西格斯，原名内蒂·赖林（Netty Reiling），是20世纪德国杰出的女作家，也是享誉世界文坛的反法西斯作家。西格斯1900年生于德国美因茨（Mainz）的一个犹太富商家庭，青年时代先后在科隆大学和海德堡大学攻读艺术史、历史和汉学，获博士学位。受马克思主义思潮的影响，1928年西格斯加入德国共产党并发表了成名作《圣巴巴拉的渔民起义》（Aufstand der Fischer von St. Barbara）。1929年加入无产阶级革命作家联盟（Bund proletarisch-revolutionärer Schriftsteller）。纳粹上台后，西格斯因犹太人、共产党人和左翼作家的三重身份被迫流亡法国。1941年，希特勒进攻法国，迫使她几经辗转，移居墨西哥。流亡期间，西格斯的作品着重以反法西斯为主题，发表了长篇小说《解救》（Die Rettung，1937）、《第七个十字架》、《过境》以及短篇小说《已故少女的郊游》（Der Ausflug der toten Mädchen，1945）等。其中长篇小说《第七个十字架》作为世界反法西斯文学的代表作之一蜚声于国际文坛，奠定了她的世界声誉。在德国极右势力新纳粹日益抬头的当下，重读安娜·西格斯的作品，无疑具有重要的现实意义。

1947年，西格斯重返德国东部，积极参与民主德国的文化重建，发表了一系列清算法西斯主义思想残余、讴歌社会主义精神风貌的作品。如长篇小说《死者青春长在》(Die Toten bleiben jung，1949)、《决择》(Die Entscheidung，1954)、《信任》(Das Vertrauen，1968)；短篇小说《海地的婚礼》(Die Hochzeit von Haiti，1949)、《路线》(Die Linie，1950)、《克里桑塔》(Crisanta，1951)、《弱者的力量》(Die Kraft der Schwachen，1953)、《加勒比的故事》(Karibische Geschichten，1962)、《重逢》(Wiederbegegnung，1977)。1952 年，西格斯当选民主德国作家协会主席，积极推动世界和平与进步。尤其值得一提的是安娜·西格斯的“中国情结”。年轻时代的她曾在海德堡大学攻读汉学，之后创作了诸多以中国为题材的作品，如小说《同伴》(Die Gefährten，1932)颂扬了中国人民的革命斗争。安娜·西格斯怀着对新中国的向往，于 1951 年访问了中国，发表了游记《在新中国》(Im Neuen China)。1952 年，西格斯发表了《纪念〈在延安文艺座谈会上的讲话〉发表十周年》的著名文章，对毛泽东的讲话进行了客观的评价。此后，西格斯的多部作品在中国翻译出版，如《圣巴巴拉的渔民起义》《第七个十字架》《死者青春长在》等。

安娜·西格斯以卓越的艺术创造力和杰出的批判现实主义精神在 20 世纪德国文学史上占有举足轻重的地位。然而，德国分裂和冷战期间的诸多政治事件也使安娜·西格斯蒙受了各种批评，成为德国最有争议的作家。1983 年西格斯逝世以来，人们从未停止过对作家本人的再认识与再评价，而对其作品的重读和考辨也成为时代的需要。

2000 年正值安娜·西格斯一百周年诞辰之际，人们以各种形式缅怀这位 20 世纪的伟大作家，德国建设出版社(Aufbau-Verlag)隆重推出了西格斯早年的遗弃之作《扬斯必死》(Jans muss sterben)。这部创作于 1925 年、却一直不为世人所知的小说，是西格斯与家人于 1940 年春被迫从巴黎流亡到墨西哥时，不得不将之舍弃在巴黎寓所的废纸堆中的。七十五年，世事如烟，沧桑巨变，西格斯的儿子皮埃尔·拉德瓦尼(Pierre Radvànyi)在整理母亲的遗物时，意外发现了这部湮没已久的遗作，旋即在德语文学界引起轰动，也成为纪念安娜·西格斯百年华诞的最好礼物。

二

小说《扬斯必死》的原稿是未署名的打字稿。尽管虽未署名，但“这完完全全是母亲叙述的方式……，这篇小说无疑出自她之手”(Radvànyi 2000，70)，西格斯之子皮埃尔·拉德瓦尼在小说后记中确切地写道。著名评论家安德里亚·科勒(Andrea Köhler)也撰文指出，小说“明朗清晰的风格”和“典型素材”表明这是一部纯粹西格斯风格的作品。（参见 Köhler 2000）德国文学专家克里斯蒂娜·采尔·罗米奥（Christiane Zehl Romero）撰写的《安娜·西格斯传：1900—1947》（Anna Seghers. Eine Biographie 1900 – 1947）披露，西格斯在 1925 年 5 月 26 日的亲笔日记中提到了这一书名，"我正在写《扬斯必死》"（Romero 2000，180），再次确证了小说的作者身份。

从这部小说创作的时间——1925 年 5 月来看，正是青年西格斯由艺术史研究向文学创作转型的重要时期。事实上，《扬斯必死》并不是西格斯的处女作。按创作时间来看，这是她的第二部小说。处女作《吉雅尔岛上的死者》（Die Toten auf der Insel Djal）早已于 1924 年年底发表在《法兰克福报》（Frankfurter Zeitung）的圣诞刊上，以安娜·西格斯的笔名登上文坛，并一举成名。1927 年，她继续在《法兰克福报》上以连载的方式发表了小说《格鲁伯契》（Grubetsch）；1928 年，她的小说《圣巴巴拉的渔民起义》以简练有力的语言描写了古代渔民对剥削和压迫的反抗，从人性、人道主义的角度揭露社会不公，荣获了克莱斯特文学奖，成为德国备受瞩目的文坛新锐，从此真正踏上了文学创作之路。

至于西格斯后来为何没有重视这篇手稿，让它沉睡在故纸堆中长达四分之三个世纪，作家本人未做陈述，而评论界则有诸多猜测。克里斯蒂娜·采尔·罗米奥在《扬斯必死》后记中没有排除西格斯当时多次投稿未果的可能性；汉斯-尤尔根·施密特（Hans-Jürgen Schmitt）则推测说："西格斯 1947 年从墨西哥流亡回来后，不想也不能再延续从前的写作手法了"（Schmitt 2001）；海伦·罗塞尔（Hélène Roussel）则进一步指出，"西格斯身为无产阶级革命进步作家联盟的成员，此部早期作品的叙述方式已不再符合共产主义运动的标准"（Roussel 2001，218），事实上，这本小说究竟为何一直未公之于众，我们不得而知。但这部早期作品已经显示出这位 20 世纪伟大的小说家非同寻常的创作才情、敏锐的感悟力和诗话般的语言，呈现出一位"全新的、完全不同的安娜·西格斯"（Berger 2000），如果说，西格斯的后期作品大多被做政治化阐释的话，那么，《扬斯必死》或许可以给读者一个非政治化的解读契机。

三

年仅 25 岁的安娜·西格斯初登文坛，就显示出直面现实、针砭时弊的勇气。小说《扬斯必死》刻画了德国一个极具普遍性和代表性的贫困工人家庭的命运，正如那个时代造就的许多普通无产阶级工人家庭的境遇一样凄凉，三口之家挤在狭小的寓所里，萧索窄仄的空间压抑得人近乎窒息。尽管母亲玛丽（Marie）是一个热爱生活的女人，把小屋收拾得井井有条，父亲扬森（Jansen）豁达坦然、乐于助人，然而，就是这样一对善良的夫妻，彼此间的爱情却被捉襟见肘的拮据生计和毫无希望的灰色生活消磨殆尽。久而久之，感情淡漠，同床异梦，他们的结合的唯一希望和纽带就只有儿子扬斯（Jans），是他维系着这个几近破碎的家庭共同体。扬斯的出生如同洒向母亲玛丽忧郁世界的一缕阳光，这“让她觉得一切愿望都实现了”（Seghers 2000，10），让父亲扬森感到“希望正闪烁着光芒，才刚刚射入这间简朴狭窄而充斥着汤料味和衣服霉味的陋室里”（ Seghers 2000，11）。然而造化弄人，他们唯一的希望旋即破灭了。一天傍晚，七岁的儿子扬斯如往常一样从城郊的桥上与伙伴们玩耍后回家，深夜里竟莫名其妙地突发重病，昏迷不醒。长期医治的过程，慢慢演变为死亡的过程，最终成为三口之家彼此折磨的痛苦的炼狱过程。父母充满恐惧地面对这一痛苦的现实。从此，在漫长的冬季里，这个令人窒息的生活空间里，没有了阳光，没有了欢笑，一切生活都变得暗淡无光，了无生气。不幸接踵而来，扬斯的病因无法查明，救治的希望破灭了，这也就意味着扬斯必将死去。

小说虽然没有过多曲折变幻的故事情节，但读者的心情时刻伴随着人物的情绪波动而波澜起伏。对孩子病情的焦躁和忧虑，使父母间的情感距离更加疏远，无言以对，彼此隐藏和掩饰着即将失去儿子的恐惧和痛苦，甚至怯于目光的交流，毋庸说相互安慰和支撑。各自内心的痛苦，只有孤独地承受，不幸的命运几乎击垮了他们。扬斯的病情不断加重，言语和神志一度陷入昏厥状态。父母在恐惧中期盼儿子康复的希望彻底破灭了，绝望和无助的他们只有听天由命，听之任之。爱和希望的寄托在困厄中瞬间转变为自暴自弃，乃至自私的绝望，他们逐渐疏远了曾经倍加疼爱的亲生骨肉，甚至埋怨扬斯的疾病让他们幸福的未来出现“污点和裂变”。丈夫的痛苦终于抑制不住而爆发，妻子成为他最好的倾诉对象，而此时，妻子也发现丈夫才是她能依靠的臂膀和港湾，于是两颗痛苦的心又重新依偎在一起。他们期盼孕育第二个生命作为儿子的替代品，以求精神的解脱和寄托。在儿子久病不起的最后几个月里，父母已经把注意力都集中于即将出生的女儿身上。尽管扬斯还活着，但他对父母来说却早已经死了，他们过早地放弃了孩子，放弃了与命运做最后的抗争。在父母自暴自弃的影响下，扬斯得病一年后死去。

西格斯用简短而感人的笔触叙述了扬斯的慢慢死去，读者也从不同的角度体验着死亡笼罩下的气息。男孩之死，不只是他自己、他的父母，就连读者也感到解脱，因为死亡终于将他从痛苦和越来越强烈的孤独感中拯救出来。而扬斯的绝症也成为家庭新生活的转折和契机，先前相互争吵、彼此疏远的父母又重新走到一起，是儿子拯救了他们濒临危机的感情世界，但是他们却漠视了这一切。这绝对不是一种情感对等的交流或交换，而是一种献身，一种拯救。然而，扬斯难道唯有一死才能达到拯救的目的吗？这是令读者难以排解的情感疑窦。

四

小说《扬斯必死》的主题并非强调疾病的类型，也并非指责社会缺乏健康保障。而人类如何面对死亡，才是西格斯的中心话题。

扬斯为什么必将死去，其中隐含着多种可能。至于是疾病所致、自杀还是谋杀，评论界对此也有不同的看法。他或许是父母的牺牲品，或许是他稚嫩的生命不能承受父母的希望之重，他或许只有一死，才能挣脱父母为他设定的那个狭小的生活空间。也只有扬斯死了，“精疲力竭”的父亲和“满腹哀怨”的母亲才能感到如释重负后的快乐。或许扬斯更是出于自己的一个信念而决意死去，因为他感到被父母放弃了，并且他知道，只有他的死能让他的父母解脱，也只有冒死一搏，才能换回在同伴、在社会中存活的尊严，所以，他最终选择了自我牺牲。

就在父母坚信“扬斯必死无疑”，已经完全放弃之时，扬斯的病情却奇迹般地有所好转。这非但没有激起兴奋，反而让大家都觉得他似乎已经不适应这个家了：父母正全力孕育新生的小女儿，扬斯的病情和对困难岁月的回忆妨碍着这个家重获的幸福。在被父母情感疏离之后，扬斯的注意力转向了他的伙伴，甚至还去了学校，他似乎已经痊愈，但这并没有给父母带来丝毫的惊喜。扬斯失望了，他要以最后一次抵抗的方式来证明自我。他重新回到河边，回到那座往日玩耍的桥上，他选择了在一次“伟大”的行动中展示他强烈的生命力：突然萌生出一种从未有过的冲动，他用尽最后一丝力气，从曾经游戏过的桥下爬过。在伙伴们轻蔑地注视下，这个渐已消瘦的孱弱者再一次向人们表现了生命的爆发力。目瞪口呆的伙伴们惊呼“真的是他啊！”（Seghers 2000，59）尽管他的奋争瞬间导致了生命的崩溃，但他战胜了自我，实现了自我，体验到许久以来缺失的喜悦和幸福，最后一次成功足以为他弱小的生命赋予一束绚丽的光环。这体现了作者主张斗争到生命的最后一刻，突破自我，挑战生命极限。这也预示着拯救的希望，并非是基督教徒对来世生活的皈依，而是对狭隘而苍白无力的生存极限论的超越。

西格斯这部遗作的出版在评论界掀起了一场波澜，关于它的文学价值，众说纷纭，褒扬、贬斥的声音不绝于耳。其中，著名评论家汉斯·尤尔根·施密特在《法兰克福评论报》（Frankfurter Rundschau）撰文赞扬这部小说的出版是评论界的意外惊喜，也是文学爱好者的一大收获。一方面他没有料到，西格斯还有未发表的作品，另一方面，他认为西格斯 25 岁时创作的这部早期作品不愧为“真正的名家之作”（Schmitt 2001）。《新苏黎世报》则载文指出，西格斯的这部早期作品历经沧桑和岁月的洗练后出版，最终问世，虽然没有提供给读者太多出乎意料的文学价值，但它是作家西格斯文学创作成就的又一大传记式的补充。（Köhler 2000）而《时代周报》（Die Zeit）评论员弗利茨·J. 拉达茨（Fritz J. Raddatz）则批评这部作品只是一个速写本，而无法称之为“一部小说名著”（Raddatz 2000），尽管不应该以此抹杀西格斯的文学才华和成就。皮埃尔·拉德瓦尼在后记中写道：“这部小说尤其令我钦佩的是母亲一生体谅他人感受的能力。”（Radvànyi 2000，70）这正是此篇小说感人至深之所在。

但毋庸置疑的是，尽管这部作品诞生于西格斯创作生涯之初，却已经展露出不俗的才华。作者以细腻深刻的笔触通过三位主人公的感受描述了痛苦、爱情、绝望、欲望和寂寞的生命体验，以简洁而多彩、准确而多义、诗意而富有力量的语言刻画了难以言述的痛苦和欲望，以饱满而极富诗意情调的语言陈述了那个年代典型的底层市民的家庭故事，并试图寻求摆脱困境的精神逃亡之路，这也奠定了西格斯小说书写的基调：穷人和弱者的世界——贫困、无助、窘境——是她一生创作的永恒主题。虽然从文体和内容上说这部小说明显具有她早期作品的特征，但它与后来的著作文脉相通。

五

西格斯善于捕捉平常人的生活，而不乏神秘色彩。小说开篇写道，“这一天，没人知道扬斯·扬森是因为头晕而跌倒，还是因为跌倒而头晕……”（Seghers 2000，5），这种将变幻莫测、难以捉摸的未知的神秘感带进现实之中也是西格斯一贯擅长并成功使用的表现手法。在扬斯和其他男孩玩耍的桥上，“那些去年夏天在玩耍中淹死的男孩们，敏捷地爬上爬下，而不放弃”（Seghers 2000，6）。死者的灵魂在生者的活动中出现，没有人对此表示惊奇。在作者划时代的作品《死者青春常在》中，也出现了类似“理所当然”的情境描写。对神秘感的强烈兴趣，尤其是西格斯在流亡过程中表现出的审美倾向，与神秘与准确细致的日常描写融为一体，人们会想起她类似的作品《亚提密斯神话》（Sagen von Artemi，1938）、《三棵树》（Die drei Bäume，1946）、《强盗沃尔诺克最美丽的传说》（Die schönsten Sagen vom Räuber Woynok，1938）等。

值得称道的是，西格斯在这部小说中不乏运用图片、反复和视觉象征的手法，来深入人物的心理世界，捕捉情感世界中的细微波动，这展现出西格斯早期运用语言如同“绘画的线条一般娴熟和动人”（Melchert 2001，44）。首先，文中反复出现一个西格斯惯用的象征——河。河是危险的源泉，同时也是释放自我的地方。《扬斯必死》的创作始于西格斯的出生地美因茨[①]，由此可以猜测，文中的这条河意指莱茵河。西格斯曾指出，莱茵河在她“所有的故事和小说中都扮演着某种特定的角色”（Romero，82），她善于把莱茵河作为欲望的象征物，因为它通往大海，通往理想，通往陌生世界。其次，这部作品与她后期作品相比更加富有感性。例如，年轻漂亮的母亲形象几乎出现在她大多数的作品之中，然而，在《扬斯必死》中，作者通过一个孩子对母亲的心理感受，包括对她的音容笑貌、皮肤和身材的描写，首次将这样一个温柔、活跃、感性的女性形象表现得如此细腻、温婉动人。在感性世界中，最痛苦的是父亲扬森，因为他没有能力向扬斯表达他的爱。在儿子死后的几年里，父亲经常来到他的墓前，在自我意识中体味自己往日的痛苦和绝望，低迷的精神在煎熬中寻回新生：“从墓园出来，通往市郊的公路上热浪滚滚，尘土飞扬。扬森低着头，任凭骄阳炙烤着颈项。每每这时，那颗枯竭的心中总会升腾起一阵莫名的狂喜和自豪感，他知道，那是他重新找回了他曾如此深爱着的、却又令他绝望的所在。”（Seghers 2000，6）扬森类似于小说《格鲁伯契》（Grubetsch）中的人物安娜（Anna），他们都渴望经历一场“红色的、炽热的、闪亮的不幸”（Seghers 2000，10）。西格斯后期笔下的人物通常在经历了一场特殊的、冲破单一麻木的日常生活中的幸与不幸之后，自我地精神出走，正如《阿尔戈号战舰》（Das Argonautenschiff）中的伊阿宋（Jason）一样。这似乎也早已预示着，年轻时代的内蒂·赖林（Netty Reiling）渴望背井离乡，前往当时的文化世界之都柏林（Berlin），在那里她果真成熟为伟大的艺术家。

思考题

1. 如何解读《扬斯必死》中的主要人物扬斯?
2.《扬斯必死》的叙事结构和叙事手法有什么特色?

① 1924年11月西格斯于海德堡大学博士毕业后，回到家乡美因茨，在那里一直伴随在父母身边，直到1925年8月她与匈牙利社会学家拉斯奥·拉德瓦尼（László Radványi）结婚。婚后两人前往柏林。由此，可以断定，这部小说创作于莱茵河畔的美因茨。

参考文献

[1] Christel Berger. Der Tod, das Glück. In: Neues Deutschland. 7./8. Oktober, 2000.

[2] Andrea Köhler. Fratze der Lebensgier – eine nachgelassene Erzählung. In: Neue Zürcher Zeitung. 18. 11. 2000. Nr. 270.

[3] Monika Melchert, Anna Seghers. Jans muss sterben. In: Deutschunterricht 2/2001, H. 2.

[4] Fritz J. Raddatz. Leider unfertig. Anna Seghers Nachlaß. In: Die Zeit 51. 14.12.2000.

[5] Pierre Radvànyi. Geschichte einer Geschichte. Nachwort zu Jans muss sterben, in: Anna Seghers, Jans muß sterben. Berlin: Aufbau, 2000.

[6] Christiane Zehl Romero. Anna Seghers. Eine Biographie 1900-1947. Berlin: Aufbau, 2000.

[7] Christiane Zehl Romero. Der Ausbruch der Netty Reiling. Berlin: Aufbau, 2000.

[8] Hélène Roussel. Jans ist nicht tot. In: Argonautenschiff. Jahrbuch der Anna Seghers Gesellschaft, 10/2001.

[9] Hans-Jürgen Schmitt: Großer Gast mit winziger Seele. In: Frankfurter Rundschau, 18.01.2001.

[10] Anna Seghers. Jans muss sterben. Berlin: Aufbau, 2000.

第九章 克劳斯·曼
（Klaus Mann）

梅菲斯特（节选）

刘 丽 译

亨达里克·霍夫根以疲惫不堪为托词，谢绝了一切邀请，径直让人开车送他回家。待他在书房独自坐定，才意识到自己竟然毫无睡意。他沮丧、恼火，雷鸣般的掌声也无法令他忘记演出失败的事实。是的，今晚重新赢得了胖子的恩宠，这也算是件至关重要的好事，毕竟自己也常常为此忧心不已。然而即便这成就如此举足轻重又意味深长，它也无法让亨达里克获得些许慰藉，今晚他的勃勃雄心和凌云壮志已然一败涂地。"我不是哈姆雷特"，亨达里克悲哀地想。"各家报纸都会言之凿凿，说我俨然就是那位丹麦王子。可他们在撒谎。我是个假哈姆雷特，我演得糟糕透顶。——我做这么多自我批评，我已经清楚这一点。一想到自己朗诵'生存还是毁灭'时那空洞的声音，我的心里就揪成一团……"

书房的窗户敞开着，亨达里克在窗边的靠椅上坐下。他信手拿起一本书，又无精打采地把它放到了一边。那是诗集《恶之花》，他想起了尤丽埃塔。

透过窗户能够看到黑魆魆的花园，香氛和潮气正缓缓升起。亨达里克打了个寒战，裹紧了丝质睡袍。现在究竟是几月份？四月还是已经五月初了？苦涩的悲哀袭上心头，这些天来，美好的春日来了又去，都已经进入夏天，可自己却全然未曾留意。"都是这该死的戏，"他痛苦又气愤，"戏剧耗尽了我全部的精力。就为了它，我错过了生活。"

他正闭目静坐，突然一个粗鲁的声音冲他喊道："好啊！剧院院长先生！"

亨达里克一跃而起。

有人从花园里生生攀上了他的窗户，就像杂技演员一样，要知道这里没有任何藤架可以借力。窗框里露出了半截人影，亨达里克毛骨悚然。他琢磨了好几秒，怀疑会不会是自己神经过度紧张引起的幻觉。不，不是，这家伙看起来不像幻影。非常肯定：这是个大活人。这位窗外来客戴着一顶灰色的鸭舌帽，身上是一件污秽的蓝色工装，脸的上半部掩在深深的阴影里，只看得出满脸的红色胡茬。

“您要干什么？”亨达里克大声喝道，伸手去摸身后书桌上的电铃。

“别那么嚷嚷！”访客的声音里不无几许生硬的善意，“我不会把你怎么样的。”

“您想干什么？”亨达里克又问了一遍，这次声音小了点儿。

“我特地来向你转达问候，”窗外的男人说，“奥托的问候。”

亨达里克的脸变得煞白，就像脖子上围着的那条白丝巾一样。“我根本不明白，您说的是哪个奥托。”他的声音低得几乎听不见。

话音才落，窗外就传来一阵短促的大笑，笑声里有种令人不安的意味。“那么，我们要不要赌一把，你会想起来的？”访客用威胁的口吻嘲弄地问道。不过他接下来的话却变得相当严肃：“奥托留给我的最后一张纸条上写得清清楚楚，他让我们来问候你一声。请相信，我可不会为了消遣来这儿。我们得尊重奥托的心愿。”

亨达里克只能用近乎耳语的声音催促：“如果您不赶紧离开，我就要叫警察了！”

听到这儿，访客的笑声变得似乎饱含诚意。“你本来就可以这么做啊，同志！”他愉快地喊道。亨达里克悄悄拉开书桌的抽屉，不动声色地让一把手枪滑进睡袍的口袋里。他希望窗外人没有发现，可那位已经喊起来了——同时极为轻蔑地把帽子从额头上拉起：“你最好还是把那玩意儿留在抽屉里吧，剧院院长先生。没必要弄出什么动静——那只会给你带来麻烦。你到底在怕什么啊？我都跟你说了，这次不会把你怎么样的。”

来访者比亨达里克最初估计的要年轻得多。现在，他的额头上没有了帽子的阴影，这一点更确凿无疑了。小伙子脸庞粗犷漂亮，有着斯拉夫人的宽颧骨，深绿色的眼睛明亮得出奇，睫毛与眉毛微微泛红，和浓密坚硬的大胡子茬一个颜色。他脸上的皮肤也是闪闪发亮的砖红色，就像那些整日在户外劳作露宿，饱受曝晒的人的脸色。

“这人也许疯了，”亨达里克思忖着，尽管这种想法开启了最糟糕的视角，然而此刻仍不失为一剂镇静药方，甚至近乎于安慰。“我觉得他极有可能是个疯子。若是神志清醒，他绝不会用这种鬼办法来见我。这会让他送了命，而且对谁都没好处。理智的人可不会为了吓唬我一番而冒如此大的风险。简直无法想象真是奥托让他来的。奥托绝不喜欢干这种怪里怪气的事。他一向清楚，我们的力量得用到正经事上。”

亨达里克往窗边走了几步。现在他像劝说病人一样试图说服这位来客——不过妥当起见，他还是一直紧握着睡衣口袋里那把手枪的扳机。“您赶紧离开吧，小伙子！我是好心来劝您！楼底下的用人可能会发现您。我的太太和母亲也随时有可能来房间。您徒劳一场，不过把自己弄得身处险境！——赶紧走吧！”亨达里克激动地嚷起来，因为窗边的身影始终一动不动。

来客丝毫不为亨达里克好心的建议所动，他用一种突然深沉却又十分平静的声音说：“告诉你那些政府里的朋友，奥托临死前一小时托人带话给我，‘此刻，我比一生中任何时候都更加坚信我们必将胜利’。当时他已经遍体鳞伤，满嘴是血，快要说不出话了。”

“您从哪儿知道的？”亨达里克问，他呼吸急促，甚至有点喘不过气。

“我从哪儿知道的？”来客又恢复了那种短促却令人不寒而栗的爽朗大笑。“一个冲锋队员告诉我的，那是我们的人，他一直守在奥托身边，直到最后一刻。他记下了奥托在生命最后关头所说的一字一句。‘我们必将胜利！’奥托在不断重复着这句话。奥托还说，‘人若是像我现在这样斗争到底，就再也不会误入歧途’。这是奥托的话，‘我们必将胜利！’”

来客用胳膊拄着窗沿，上半身往前探，炯炯有神的绿眼睛看起来跟疯子的眼睛差不多。他咄咄逼人地打量着屋子的主人。在这目光的注视下，亨达里克仿佛被火苗撩到，慌忙后退，气喘吁吁地问：“您为什么要同我讲这些？！”

“为了让您那些高贵的朋友们知道！”男人喊道，声音里夹杂着一种愤怒、粗野的欢呼，“为了让那些显赫的混蛋们知道！为了让你那位总理先生知道！”

亨达里克失去了自制。他以一种奇特的姿势抽搐起来，双手飞快地举到脸上，旋即又放下，双唇颤动不已，那双最为人所赞许的眼睛滴溜溜地转个不停。“这一切是怎么回事？！”他终于挤出一句话，嘴角噙着白沫。“您开这种装神弄鬼的玩笑，到底是为什么？！您是想讹诈我吗？是要从我这里搞点钱吗？来，给您！”他下意识地伸手去睡袍的丝质口袋里掏，可兜里分文没有，只有一把手枪。“或者您只不过是想来吓唬我？您不会得逞的！您大概以为，在你们掌权之时，我会吓得瑟瑟发抖——因为有朝一日你们当然会掌权！”

剧院院长先生抖动着失去血色的双唇，一边说话一边脚步飘忽甚至近乎蹦跳地在房间里穿来穿去。“不，恰恰相反！”他在屋子中央站定，尖声叫道，“到那时，我只会更为显贵！您或许认为，我没替自己想过这种情况？！哼！”他以一种胜利者的姿态歇斯底里地大喊：“我和你们的人保持着最好的关系！共产党很赏识我，大家该感谢我！”

回答他的是几声轻蔑的讥笑。“这倒是非常符合你，”可怕的访客在窗外说，“和我们的人保持着最好的关系！密友先生，太轻巧了吧！我们可不会这么轻巧地放过你们！剧院院长先生，我们已经学会了无可饶恕！——今天我爬上来，就是为了给你上一课，告诉你，我们不共戴天！我们的记性好得很。——密友先生，我们的记忆力超群！一个也不会忘！我们知道，该先绞死哪些人！”

听到这儿，亨达里克只剩厉声尖叫：“滚他妈的蛋！五秒之内不滚，我就要叫警察了——我们倒是要看看，咱俩谁先被绞死！”

盛怒之下，亨达里克浑身战栗，想随手抓个物件砸向那个妖魔，可手边找不到合适的东西。他一把扯下鼻梁上的牛角框眼镜，嘶哑地怪叫着朝窗子方向扔去。可惜并没有击中敌人。一阵轻微的咣当声后，眼镜在墙上撞了个粉碎。

可怕的来客消失了。亨达里克疾步奔向窗子，追过去补上几句。“谁也缺不了我！”剧院院长朝着黑黢黢的花园喊道。“戏剧需要我，任何政权都需要戏剧！没有我，哪个政权都会捉襟见肘！”

四周一片寂静，那个红胡子的爬墙客已无迹可寻，仿佛被吞没在花园的夜色里。黑黢黢的花园树影婆娑，依稀可见灌木的白花泛出微光。园子里散发着阵阵芬芳，凉爽的气息扑面而来。亨达里克擦了擦满是汗渍的额头，俯身拾起眼镜，忧伤地发现镜片已经完全碎掉。他蹒跚又踉跄地穿过屋子。本来就因为惊吓而视线模糊，现在又失去了熟悉的眼镜，他不得不像盲人一样扶着家具。

亨达里克躺倒在一张低矮宽大的安乐椅里，顿时觉出无尽的疲惫。“这是怎样的一个晚上啊！”一想到经受的所有煎熬，他不由得生出对自己的深切同情。“强者之王也会让这种人搞得不知所措，”亨达里克把汗涔涔的脸埋进手心，“况且我又不是强者之王。”——现在也许哭出来会舒服点儿。可他不愿洒下没有观众的眼泪。饱受惊吓之后，他只想能有位亲近的人陪在身边安慰。

“我失去了他们所有人，”他满心抱怨，“芭芭拉，我那善良的天使；特巴普公主，我力量的黑暗之源；赫尔茨菲尔德女士，我忠实的女友；甚至还有小安吉丽娜——所有这些人，我全部失去了。”在重重哀伤中，他无比羡慕死去的奥托·乌尔里西斯。奥托无须再忍受任何痛苦了；他已经从这苦涩生活的孤寂中获得解脱。在生命的最后一刻，奥托的心中是他的信仰和自豪的信心。—— 甚至汉斯·米克拉斯，那个顽固而微不足道的对手，不也值得羡慕吗？凡是拥有信念的人，都值得羡慕，而沉醉于信念并为之献出生命的人，更是值得双倍的艳羡……

该怎样熬过这个夜晚？无助、惶恐、希望落空，似乎已近绝望，怎样才能挺过这一刻？——亨达里克觉得自己已经无法再忍受片刻的孤寂。

他知道，他的太太妮可兰特正在楼上的房间里等着他。说不准她正裹着轻薄的丝质睡袍，穿着那双柔软又闪闪发亮的红皮高帮靴。梳妆台上，绿色的鞭子就摆在各种瓶瓶罐罐旁边。不过在尤丽埃塔那儿，鞭子是红色的，靴子是绿色的……

他可以上楼去找妮可兰特。她会噘起火辣辣的唇，扭动着迎接；她会睁大像猫一样亮闪闪的眼，娇声调笑。——不，这不是亨达里克现在想要的——他现在亟需的不是这些。

亨达里克放开捂着脸的双手，试着用模糊不清的眼睛去适应房间的黯淡。他费劲地辨认出藏书、用硕大镜框装裱的照片、地毯、青铜摆饰、各种花瓶和画作。是啊，这儿多么精致，多么高雅。谁也无法否认，他已经一步登天。这位剧院院长、国务委员兼参议员，刚被当作哈姆雷特接受大家的祝贺，此刻在自己奢华府邸的舒适书房里恢复交瘁的身心……

亨达里克又悲叹了一声，这时门开了，进来的是他的母亲贝拉太太。

“我好像听见你这儿有人说话，”贝拉太太说，“有客人来过，亲爱的？”

亨达里克脸色苍白，缓缓地转向母亲，“没有，”他低声说，“这儿没人。”

母亲微微一笑：“怎么会搞错呢！”她朝着儿子走来。现在亨达里克才注意到，母亲一边走一边在织毛线：一件很大的毛线活，也许是围巾或者套头衫。“今晚没能去剧院看演出，真是遗憾啊！”她说道，眼睛始终不离手里的毛线。“不过，你知道的，我那偏头痛太难受了。今晚怎么样？一定大获成功吧？跟我讲讲！”

亨达里克机械地回答，“是的，大获成功。”他直愣愣地盯着母亲，眼神却又从她身上掠过，似乎心不在焉却又异常贪婪地要将她完全吞没。

“我早料到了，”母亲满意地点点头，“不过你看起来很累。哪儿不舒服吗？要不要给你弄杯热茶？”

他默默地摇了摇头。

母亲坐到安乐椅的宽扶手上，挨着儿子。“你的眼睛怎么回事？”她忧心地上下打量着，“眼镜呢？”

“碎了。”亨达里克想挤出点笑容，可是笑不出来。贝拉太太用指尖摩挲着儿子的光头，俯下身对他说：“多么傻呀！”

亨达里克痛哭起来。他猛地屈下上身，把额头埋进母亲的怀里，肩膀随着抽泣不时耸动。

尽管贝拉太太早已习惯了儿子的神经质，她还是被吓了一跳。平时亨达里克也时常会有小小的精神崩溃，可直觉告诉她，这次不同于往常，一定有其他更深层的、更糟糕的原因。

“怎么回事，到底怎么回事……”贝拉太太念叨着。她把脸贴近儿子，两人的面庞非常相似——只不过母亲显得更为温纯，更有阅历。贝拉太太感到手上湿漉漉的，那是儿子的泪水。儿子使劲搂着她的脖子，仿佛想要紧紧圈住不放，把她烫好的发型弄得乱七八糟。贝拉太太听着儿子的喘息与呻吟，心中充满了同情。她理解这一切，深怀怜悯。她清楚儿子的全部过错，知道他遭遇的巨大失败，明白他绝望且无济于事的悔恨，也懂得为什么他非得躺在这儿啜泣。“海因茨！”她轻轻地唤道，“海因茨——你冷静一些！事情没那么严重！海因茨……”

听到“海因茨”这个年少时用过的名字，这个被他出于虚荣和傲慢弃用的名字，亨达里克哭得更厉害了。不过哭声随后缓了下来，他的双肩也逐渐停止了耸动，亨达里克安静地把脸伏在母亲的膝上。

几分钟过去了，亨达里克慢慢直起身，睫毛上还挂着泪珠。泪水淌过他的脸颊，濡湿了有着优美弧线的双唇和高贵的下巴——唇间那胜券在握的鼓噪曾经引诱欺骗过多少人；而胜利时刻永远不忘高傲扬起的下巴，现在却可怜地抖个不停。亨达里克微微向后仰起那张精疲力竭、泪痕满面的脸，用一种优美的、控诉的、无助却又求助的姿势展开双臂，高声喊道：“这些人到底要我怎么样？为什么他们不肯放过我？为什么他们如此冷酷？我不过是个普普通通的演员啊！”

魔鬼的引诱与虚妄的救赎
——克劳斯·曼的小说《梅菲斯特》导读

刘　丽

德国作家克劳斯·曼出身文学世家，其父托马斯·曼是诺贝尔文学奖得主，伯父亨利希·曼亦是蜚声文坛的批判现实主义作家。克劳斯·曼继承了父辈的衣钵，年少时即展现出写作和戏剧才华。魏玛共和国前期，他对政治无感，沉迷于唯美主义文学，成为德国“失落一代”（Verlorene Generation）年轻作家的代表人物。20世纪20年代末经济大萧条，纳粹势力逐渐崛起，克劳斯·曼开始关注政治，坚定地主张和平主义，反对种族主义与独裁统治。

1933 年纳粹上台后，克劳斯·曼流亡国外，先后创作了四部长篇小说《逃往北方》（Flucht in den Norden，1934）、《悲怆交响曲》（Symphonie Pathetique，1935）、《梅菲斯特》（Mephisto，1936）、《火山》（Der Vulkan，1939）和一部英文自传《拐点》（The Turning Point，1942），还创办流亡文学期刊《汇集》（Die Sammlung，1933—1935）与《决定》（Decision，1941—1942），努力擎起德语文学界反法西斯的大旗，揭露第三帝国虚假宣传的乌托邦，向世界彰显"另一个德国"（Das andere Deutschland）的存在。流亡后期，克劳斯·曼加入美国军队，主要从事战地新闻工作，往返于欧洲大陆与美国之间。1945 年退役后，他既不能回归满目疮痍的故乡，又无法适应客居国越来越浓重的冷战气氛，身体和心灵都无处安置。种种失望之下，1949 年 5 月 22 日克劳斯·曼在法国戛纳服用过量安眠药离世。

1936 年在阿姆斯特丹出版的《梅菲斯特——一部关于发迹的小说》（Mephisto. Roman einer Karriere）是克劳斯·曼最受关注的作品。它通过叙述野心勃勃的喜剧演员亨达里克·霍夫根（Hendrik Höfgen）在法西斯崛起及掌权过程中飞黄腾达的经历，栩栩如生地再现了法西斯政变前后时代的病态，对背叛良知、出卖灵魂、功利至上的投机分子进行了无情的鞭挞，是德语流亡文学的代表作之一。

一、故事梗概

小说的时间跨度从 1926 年到 1936 年。开头采用倒叙手法，描绘了 1936 年帝国上流社会为内阁总理庆祝四十三岁寿辰的盛大宴会。席间宾客的谈话引出了小说的主人公——从汉堡艺术家剧院起家，短短十年间青云直上已经担任国家剧院经理、帝国参议员的演员霍夫根。随后作家按照时间顺序，还原了霍夫根的钻营发迹史。

霍夫根是一位小有天赋的演员，一心想成为大人物，为此特地将原名海因茨（Heinz）改为"较为高雅"的亨达里克（Hendrik）。在 20 世纪 20 年代汉堡艺术家剧院（Hamburger Künstlertheater），霍夫根演技精湛，戏路宽广，维持着剧院的门面。他思想左倾，厌恶极端民族主义；与粗俗、充满原始活力的黑人舞女尤丽埃塔（Juliette）有着秘密的虐恋关系。

虽然霍夫根在汉堡左右逢源，但他并不满足于当"小地方观众的宠儿"，始终渴望"在首都柏林获得真正伟大的名声"[①]（183）。他通过搭档的女演员妮可兰特（Nicoletta）结识了其闺中密友、枢密顾问的女儿芭芭拉（Barbara）。霍夫根很快意

① 标注页码为小说德文版页码，译文均为作者自译。

识到，与芭芭拉的结合“除了幸福，定将带来许多好处”（108），便使出浑身解数，利用芭芭拉的怜悯，与其如愿缔结婚姻。借助岳父的显赫声望，霍夫根成功地离开汉堡，登上了柏林的舞台。

在柏林演出伊始，霍夫根便因惟妙惟肖地扮演罪犯而声名大噪。他扮演凶恶残忍的道德败坏者，“观众觉得这个人就是罪恶的化身”（197）；他出演“视挑起祸端与灾难为内心需要的信念犯罪者”（201），电影票房大卖。霍夫根以令人眩晕的速度扶摇直上，在魏玛共和国的最后几年成为剧院和电影公司竞相抢夺的目标，“左翼——资产阶级和左派报纸的宠儿”，“富裕的犹太人文艺沙龙里的大红人”（214），同时也是极端右派敌视的“文化布尔什维克分子”。他的声誉在饰演《浮士德》中的恶魔梅菲斯特（Mephisto）时达到顶点。

霍夫根从来只关心个人成就，对政治的兴趣只发生在个人成就可能得到促进或者受到妨碍之时。1933年初，法西斯攫取政权，此时的霍夫根正在西班牙拍摄电影。他的第一反应是懊悔，“我在纳粹分子中结下过不共戴天的敌人”“现在才幡然醒悟，悔之晚矣”（227）；不过转念又为自己是“亚麻色头发的莱茵区人”（228）感到宽慰。霍夫根谨慎地转道巴黎，听闻了包括国会纵火案在内的众多骇人听闻的事件，产生了流亡的念头。然而当得知纳粹将军兼内阁总理的情人、演员林登塔尔（Lindenthal）保证他不会因为自己的过去而遇到任何问题时，他完全忘记了之前的不安，立刻启程回国。

返回柏林后，霍夫根处心积虑抓住机会，再度出演梅菲斯特。他充分表现出“闪耀着魔王光辉的自信心，对自己丑恶头衔的自豪感”（259），赢得了内阁总理的青睐，一夜之间平步青云。为了自己的前途，他与选择流亡的芭芭拉解除了婚姻关系，又借秘密警察之手将舞女尤丽埃塔扫地出门。在内阁总理的庇护下，霍夫根得以执掌柏林国家剧院（Berliner Staatstheater），成为第三帝国德意志文化的代表人物之一。

然而鲜花着锦的背后是纳粹对革命者的残酷迫害，霍夫根结交多年的同事、共产主义者奥托·乌尔里西斯（Otto Ulrichs）因组织抵抗法西斯被捕牺牲。霍夫根鼓足勇气向纳粹求证，却被警告“不应该去关心这种恶名远扬的重大叛逆犯”（372）。畏惧顿生的霍夫根转而全心投入戏剧《哈姆雷特》（Hamlet）的排练，试图借此在艺术和政治上证明自己。他未能成功地塑造哈姆雷特，却因卖力的表现又重新赢得纳粹的恩宠。遭遇事业失败的这个晚上，一位非法入侵者闯入他家中，给正沉溺于感伤的霍夫根带来奥托牺牲前的口信，让霍夫根转告掌权者，“我们必将胜利！”不速之客在严厉斥责背叛者后离去，惊恐不已的霍夫根绝望地扑到循声而来的母亲怀

里寻求安慰，发出自怜的哀号，“我不过是个普普通通的演员啊！”全文在达到高潮的同时戛然而止。

二、梅菲斯特的象征意义

梅菲斯特这个名字来源于古希腊语或古希伯来文，意思为“破坏者”“撒谎者”“痛恨光明的人”。他是歌德《浮士德》中的反面主角，引诱人类堕落的魔鬼。人类把自己的灵魂出卖给他，即可达成自己的愿望。在《浮士德》中，梅菲斯特有一段经典的开场白：“我就是永在否定的精灵！这自有理由：因万物皆是有成必有毁，故不如无所生成。所有你们称为罪孽、毁灭，简而言之称为恶的事物，都是我的本有属性。”（Goethe 2018，36）作为一个虚无主义者，梅菲斯特否定一切存在的价值，玩世不恭地将“罪孽”“毁灭”这些人类（“你们”）称之为“恶”的事物说成是自己的本有属性，暗含对道德判断的拒绝。

这段自我介绍在小说中霍夫根两次饰演梅菲斯特时均有出现，不过并非完整引用，而是每次各有侧重。在 1932 至 1933 年的演出季中，霍夫根首次出演梅菲斯特。他将这个“混沌世界的怪儿”塑造成一个“滑头”，一个悲剧性的小丑，一位似乎具有无限能耐的强者。梅菲斯特表现得“比上帝更机智博学”，谁也不会对他的障眼法生疑。然而这一切只是表面上的强大，因为“对上帝而言，在所有否定的精灵之中，梅菲斯特惹的麻烦最小”（220）。梅菲斯特的境遇正是当时霍夫根的真实写照。他在舞台上大放异彩，事业蒸蒸日上，为人八面玲珑，处处都能收获好感。但是所有的好感都是他通过伪装得来的，在他内心没有任何坚定的信仰，追随知识阶层中甚为流行的激进革命思想，不过是梦想“这些革命者未来很有可能掌权，到那时自己的一切努力都会大大得到报偿”（215）。霍夫根与梅菲斯特一样世故圆滑，因此作者安排他扮演的梅菲斯特道出“故万物皆是有成必有毁，故不如无所生成”，为自己不受道德约束辩解。

霍夫根第二次出演梅菲斯特时，刚回到纳粹掌权的德国不久。由于有着“放肆的过去”，他迫切地希望得到纳粹实权人物的庇护。他得知国家剧院重新将《浮士德》列入常驻剧目，便竭力为自己争取到梅菲斯特这个最为擅长的反面经典角色。如他所愿，“梅菲斯特解救了一切”（250）。当霍夫根眼露凶光地朗诵“所有你们称为罪孽、毁灭，简而言之称为恶的事物，都是我的本有属性”时，观众席上的内阁总理意味深长地点了点头。纳粹对恶的赞许，是霍夫根得宠的原因。霍夫根不仅在舞台上生动地塑造出魔鬼恃恶而骄的形象，在现实中也表现出“这个社会所特有的假模假式的威严，歇斯底里的热情，自负又玩世不恭的态度以及廉价的魔力”（268）。他为了升官晋爵，可以毫无悔意地出卖一切。在梅菲斯特和演员霍夫根身上，纳粹看到了自我和他们所理解的德国人民。正如内阁总理露骨的表述：“您（霍夫根）让我真正理解了梅菲斯特……每个真正的德国人不都有一点儿梅菲斯特吗？不都有那么点流氓和恶棍吗？如果我们只有浮士德式的心灵——那可无路可走，怕是正中敌人下怀！梅菲斯特也算是德意志的民族英雄，只不过我们不能对人这么说而已。”（276）

梅菲斯特的象征意义还体现在霍夫根对哈姆雷特的失败塑造上。被纳粹警告，面临丧失最高恩宠的霍夫根有着强烈的愿望演好哈姆雷特。一方面他亟须通过演剧重获欢心，另一方面他寄希望于通过成功的演出确定自己的艺术家本性，继而以此为自己所有的罪过、背叛与屈辱辩白。然而霍夫根始终无法驾驭丹麦王子这个角色。小说中，作者借哈姆雷特的幻影之口明示了霍夫根失败的原因，“你理解魔鬼，你像魔鬼，你不像我！”“你不是哈姆雷特，你不具备那种唯有历经坎坷、不断思索才能获得的高贵品质。你不曾经历什么坎坷，你所考虑的只有高贵的头衔与优厚的俸禄，其他对你来说都无甚价值。你不是高尚的人，你是被权力要弄的猴子，供杀人犯消遣的小丑”（376）。霍夫根在本质上与梅菲斯特的契合决定了他与哈姆雷特的格格不入。哈姆雷特虽然性格中也带有否定的特质，但他并未混淆善恶，固然不相信真理的实现，却坚决与虚假为敌，有着强烈的自我反省意识。哈姆雷特内心的凄楚与煎熬，能够使人产生宽容之心。对比之下，梅菲斯特的否定却是无视任何价值判断的，唯一的出发点便是毫无责任感的、冷酷的利己主义。霍夫根对哈姆雷特既没有感情上的认同，又缺乏思想上的理解。他祛除了王子身上痛苦、悲戚的性格特征，将其塑造成一个神经错乱的鲁莽汉，把历经沧桑的独白演绎成卖弄的诉苦、示好的哀怨。霍夫根在艺术上的惨败是注定的，这一点哈姆雷特的幻影早已警示过他：“我和你没有任何关系。你不像我。亲爱的，你曾经面临抉择，要高尚良知，还是要飞黄腾达。你已然做出决定。那么祝好运，不过别打扰我的安宁！”（377）

小说以梅菲斯特为名，从表面看是指主人公——以扮演梅菲斯特著称的演员霍夫根。但细察之下，它具有多重象征意义。在霍夫根的第二次发迹中，梅菲斯特象征着无视道德价值的虚无主义者。在第三次发迹中，梅菲斯特代表着纳粹时期相互加持、狼狈为奸的艺术与政权。当内阁总理被霍夫根扮演的梅菲斯特所陶醉，众目睽睽之下主动握手示好时，俨然一出“演员诱骗实权人物”的好戏。当霍夫根亲吻实权人物多肉长毛的手时，他已经将自己出卖给魔鬼。借助霍夫根塑造哈姆雷特的失败，作者揭示了魔鬼的最终结局：无论是没有理想信念的人还是以恶为傲的艺术与政权，均无可救赎——正如题记引用歌德在《威廉·迈斯特》中的名言：“我原谅演员犯了人的错，我不原谅人犯了演员的错。”

三、虚构与真实：小说《梅菲斯特》的产生及接受

《梅菲斯特》是克劳斯·曼在流亡生涯中创作的第三部作品。1935 年年底，克劳斯·曼收到好友作家赫尔曼·克斯腾（Hermann Kesten，1900—1996）的来信，建议他以帝国剧院（Staatliches Schauspielhaus）经理古斯塔夫·格吕德根斯（Gustav Gründgens，1899—1963）为原型创作一部小说，描述一位有同性恋倾向的人如何在第三帝国发迹。这对克劳斯·曼来说并非难事，因为帝国剧院经理格吕德根斯曾是他青年时代的密友，姐姐埃莉卡·曼（Erika Mann，1905—1969）的前任丈夫。1925 年克劳斯·曼与汉堡青年导演格吕德根斯相识，两人都折服于对方的才华，克劳斯·曼立刻将自己的第一部戏剧《安雅和埃丝特》（Anja und Esther）交由格吕德根斯导演。这部剧以两个女人的同性恋故事为主题，曼氏姐弟、格吕德根斯与作家韦德金德的女儿帕梅拉（Pamela Wedekind，1906—1986）登台出演主要角色。1927 年原班人马共同演出了克劳斯·曼的喜剧《四人时事讽刺剧》（Revue zu Vieren）。在此期间，格吕德根斯和埃莉卡·曼于 1926 年结婚，但婚姻仅持续了三年。

此后，克劳斯·曼与格吕德根斯亦渐行渐远，但同为戏剧界的活跃分子，他对后者的情况并不生疏。1928 年格吕德根斯来到柏林，在德国剧院（Deutsches Theater）为著名导演马克斯·莱茵哈德（Max Reinhardt，1873—1943）工作；1932 年转到柏林普鲁士国家剧院（Preußisches Staatstheater in Berlin），因饰演梅菲斯特而一举成名，他的演出给纳粹实权人物戈林（Hermann Wilhelm Göring，1893—1946）留下了深刻印象。纳粹上台后，格吕德根斯选择留在德国继续自己的职业生涯：1934 年起担任普鲁士国家剧院经理；1936 年被时任纳粹内阁总理的戈林任命为帝国参议员；同年因出演哈姆雷特失败招致纳粹党报《人民观察报》（Völkischer Beobachter）的强烈批评，出走瑞士后得到戈林的保证回到德国。

由于格吕德根斯与小说主人公霍夫根的人生轨迹高度重合，《梅菲斯特》被视为典型的影射小说（Schlüsselroman）。寻找书中人物在现实中对应的原型成为国内外读者的兴趣所在：在芭芭拉身上能够看到埃莉卡·曼；枢密顾问则是托马斯·曼和亨利希·曼的合体；飞行将军兼内阁总理对应戈林；矮个宣传部部长影射戈培尔；元首无疑是指希特勒。这种与现实的贴合增强了作品的可信性，有力地揭露法西斯的残暴罪行及第三帝国的恐怖统治，《梅菲斯特》因而成为反法西斯文学的代

表作。不过换个角度看，小说作为文学作品的艺术性也受到了影响。作家孚希特万格（Lion Feuchtwanger，1884—1958）曾直截了当地告诉克劳斯·曼："阅读这部小说无甚乐趣。对我而言，小说里的一切都发生在身边，更像照片而不是图画。所有的人和事都经常见报，被人们反复咀嚼，已经与最高级的艺术没什么关系，不过是无可救药的新闻报道。反对者们有可能会说，这纯属背后嚼舌，登不得艺术的大雅之堂。"文学界对这部作品的整体评价是积极的。茨威格专门写信称赞克劳斯·曼："您用新鲜的方式创造了一种由众多人物上演的杂技艺术范例，成功地将娱乐、讽刺和艺术糅合在一起，实在是太好了。"（Mann 1991，272）严苛的托马斯·曼也在日记中写道，"昨夜都在读克劳斯的《梅菲斯特》；轻松，机智，有道德影响"（Mann 1978，396）。

克劳斯·曼本人在完稿后不久即公开否认自己的作品是影射小说，"我笔下的梅菲斯特不是哪个特定的人。他身上综合了各种特征，不是一幅肖像，而是一种象征类型""（本书）针对的是功利至上者；出卖和背叛灵魂的德国知识阶层"（参见Mann 1969，49–53）。尽管克劳斯·曼一再强调小说的文学加工和虚构性，但这部作品在问世二十多年后还是引来了一场诉讼。1963 年 11 月，格吕德根斯去世后一个月，他的养子以"侵害格吕德根斯名誉，政治上有不符合真实的言论"为由向法院提起诉讼，要求禁止出版《梅菲斯特》。地方及联邦各级法院意见相左，最终联邦宪法法院（Bundesverfassungsgericht）于 1971 年裁定该小说对格吕德根斯构成侮辱和诽谤，《梅菲斯特》在联邦德国遭禁。这场诉讼本质上是人格权与艺术自由的冲突，尽管判决生效，但诸多文学界和法学界人士意见强烈，他们认为判决过多考虑小说在美学层次以外的作用，损害了艺术自由的崇高地位。

1981 年，早已获得版权的联邦德国罗韦尔特出版社（Rowohlt Verlag）重新发行《梅菲斯特》一书，没有遭遇任何抗议。小说迅速占领畅销书排行榜首位，一时洛阳纸贵。同年，由小说改编的同名电影获得了奥斯卡最佳外语片奖。克劳斯·曼这位长期隐于父辈巨大声誉之下的作家，终于迎来了迟到的认可。

思考题

1. 小说主人公霍夫根事业上的飞黄腾达伴随着个人的堕落，这是一种必然吗？请分析造成霍夫根悲剧命运的原因。

2. 克劳斯·曼在日记中称"《梅菲斯特》会是一部冷酷而邪恶的小说，也许它将散发着仇恨的光芒"。请结合时代背景、作者生平及小说内容解读作者的这一评价。

参考文献

[1] Feuchtwanger an Klaus Mann, 1. Juli 1936, Klaus-Mann-Archiv in der Handschriftenabteilung der Stadtbibliothek München.

[2] Johann Wolfgang von Goethe: Faust I. Köln: Anaconda, 2018.

[3] Helmut Lethen. Die Staatsräte: Elite im Dritten Reich: Gründgens, Furtwängler, Sauerbruch, Schmitt. Reinbek: Rowohlt, 2018.

[4] Klaus Mann. Briefe und Antworten 1922-1949. Reinbek: Rowohlt, 1991.

[5] Klaus Mann. Heute und Morgen, Schriften zur Zeit. München: Nymphenburger Verlagshandlung, 1969.

[6] Klaus Mann. Mephisto. Roman einer Karriere. Reinbek: Rowohlt, 2005.

[7] Thomas Mann. Tagebücher 1935-1936. Frankfurt am Main: Fischer, 1978.

[8] Nicole Schänzler. Klaus Mann. Eine Biographie. Frankfurt am Main: Campus Verlag, 1999.